紅樓夢錄

王立平

云南美术出版社

图书在版编目（CIP）数据

红楼梦录 / 王勇，王婕妤著．-- 昆明：云南美术出版社，2024. 7. -- ISBN 978-7-5489-5789-8

Ⅰ. I207.411

中国国家版本馆 CIP 数据核字第 20240H7528 号

责任编辑：方　帆
责任校对：金　伟　赵异宝
装帧设计：书点文化

红楼梦录

王　勇　王婕妤　著

出版发行：云南美术出版社（昆明市环城西路 609 号）
印　　装：四川科德彩色数码科技有限公司
开　　本：787mm × 1092mm　1/16
印　　张：40
版　　次：2024 年 7 月第 1 版
印　　次：2024 年 7 月第 1 次印刷
书　　号：ISBN 978-7-5489-5789-8
定　　价：98.00 元

代序："投射""移情"与"近取诸身"

庞惊涛

人一生要读多少次《红楼梦》，才能读出它深刻的同情和慈悲？

困扰大多数读者的，还有一个更为关键的问题：我们该怎样阅读《红楼梦》，才能既始终保持充沛浩荡的元气，又能透过文本，洞见那些隐藏在日常叙事里的人生奥义？

如果说红学家们的各种解读和索引，是通向洞见奥义的一把密钥，那么，在我看来，试图以普通读者身份对《红楼梦》进行解构的作家，抛开一切学术概念、工具和论争的束缚，在文本细读基础上的"投射"与"移情"，则不妨视为一条通向"真了解"的捷径。

作者王勇以父女共读《红楼梦》为情感解构的入口，以心理学和文艺美学概念上的"投射"与"移情"作为方法而完成的这部近50万字的《红楼梦录》，在汪洋磅礴的"红学"研究文献里不太容易成为学术经典，但一定会给予初读《红楼梦》的读者，尤其是青春期的少男少女以及他们的父母，提供一种有价值的启发。

瑞士心理学家荣格在他的名著《移情心理学》中，恰好谈到了"投射"与"移情"这两个关键词。在我看来，荣格借助16世纪著名炼金术文献《哲学家的玫瑰园》中的插图来详尽阐述"移情"这一重要的心理学现象，真是心理学研究上的"神来之笔"。但当我发现炼金术中相遇、投射、融合、诞生这四个重要的过程竟然暗合了王勇解构《红楼梦》的轨迹时，我就不得不为荣格心理学强大的阐释空间和阐释能力表示由衷的认同和赞美了。

文艺审美对"移情"的关注，比荣格的心理学贡献还要更早。德国美学家菲舍尔认为，鉴赏者在艺术活动中能够把没有生命的东西赋予生命，通过自己的主观情感迁移或者投射到艺术作品之中，从而在鉴赏过程中达到更好

的审美效果。也因此，“投射”和“移情”在文艺审美活动中，从来就是不可分离的一对孪生。

如此，无论是用荣格的心理学理论，还是菲舍尔的文艺审美理论，我们似乎都能在王勇的《红楼梦录》里找到这种明显的对应关系或者说理论依据，而基于心理学的“投射”与“移情”和基于文艺审美理论的“投射”与“移情”，恰好便构成了这部作品最突出的两大特点。

这种偶然的选择背后，其实存在一种人生的必然。王勇和大多数《红楼梦》的读者一样，试图认识更真实的贾宝玉、林黛玉，但前提似乎是他们需要先认清更真实的自己。事实上，我们的一生都在认识自我，从不停歇，直到生命终结，也未必完全“认清”。但认识更真实的自己作为一个生命完整和进阶的过程，却比甘于混沌和沉于混沌更有价值。从心理活动的过程来看，投射和移情一旦产生，自我和对象之间的边界便因此模糊。所以，王勇很多时候看到的“红楼”人物，其实都带有他自己的心理和情感：

林黛玉初入贾府，初见贾宝玉时，看到轩昂壮丽的建筑和富贵繁华的生活场景，又见到贾宝玉生命的与众不同，体会到彼此生命的一种纯度，突然就引起双方对生命美好的追求和眷恋。林黛玉之所以直到生命消失，香消玉殒也没有离开过大观园，是因为大观园正是她的青春乐园，是她一生对美好生命追求的灵魂寄居处，她怎么会愿意离去呢？

王勇在这里体悟到的“生命的纯度”，既是他审视黛玉性情的一个视角，也是他自己领会到的一种精神。这个过程中，王勇一定有自己的投射，黛玉之见、黛玉之想，不过是假借了他的眼和他的心。

基于他和女儿共读《红楼梦》的这样一个背景，我注意到，也许这样一个视觉和心理活动过程，还复合了他的女儿的移情作用：他用十三岁女儿的视觉看宝黛的初见，在保留自己的视觉和思想时，极力想跳出世故老练的成人思维的束缚。这看起来是一组矛盾，但这样的共读关系一旦相互作用，青春的力量一定会占尽先机。因为，从女儿视觉和心理活动中看到的《红楼梦》，才是最接近文本本质的。

这样的少男少女视觉，在这样一部中年男性解构《红楼梦》的文本里还有很多。如第十五回，宝玉见村姑二丫头，他的体悟即是少男的，而非中年男性的：

更何况，二丫头毫不客气地指责他转动纺车时，对在家受宠惯了的公子哥儿来说，似乎获得一种警醒：人生中遇见一个如此低微的生命，却可以毫无顾忌地蔑视自己，这让他突然看到生命的与众不同和自由自在——他看到了生命内在的美。这样的感觉在贾宝玉心里产生了强烈震动，使他除了有一种新鲜感外，一定也有一种阳光、清新的空气迎面而来。

自我及亲人、朋友人生经历及其情感的投射，是王勇在这部作品里，充分和娴熟运用投射理论的关键。在王熙凤协理荣国府一回中，他投射了自己的管理学经历；在宝玉挨打一回里，他又投射了父亲和他的关系；第二十二回，解构宝玉的青春期苦恼时，投射了侄儿的烦恼。这些投射价值，使相同经历和情感的人生叙事，最大化地在小说文本里找到了相似的对应，这对普通读者理解小说的情节和人物情感，无疑是有大益处的。

跨越小说文本的时空束缚，由此及彼地揭示出《红楼梦》的当代意义和生命警示，是王勇解构红楼的又一特点，“移情”当然发挥了巨大的作用。这样的当代意义和生命警示，在写刘姥姥进大观园时，他抒发自己对“时间”的感悟，极有当代意义。王勇是真诚的，他愿意告知读者他跳出红楼文本之外的体悟，他并不会在意读者会认为他的体悟是多么浅陋或者生硬，这是他理解《红楼梦》的一个入口，读者是否愿意跟着他走，他不在乎，他只是要呈现，要诞生或者产生，这样的解构才有价值。这样的当代意义和生命警示，在本书中俯拾皆是，不过，尤其以这一段的解构最为深刻，所以，我愿意将这样一段比较长的文字引出来，以引起读者的重视，并希望达到某种认同和共鸣。也基于此，王勇的这种解构的意义，才得以充分彰显：

有好几次我读到这一段文字时，很觉得奇怪，为什么作者会把刘姥姥看挂钟报时的这事写得如此详细？难道仅仅说明她的好奇吗？贾府中令刘姥姥好奇的东西很多，唯独单单只写一个钟？

钟是什么呢？是时间……在讲效率的社会里，时间的法则就是让生命紧张而忙碌。我们现代人，从清晨被闹钟惊醒的那一时刻起，时间就凌驾在我们的生命之上，我们的一切活动大多数被时间驱赶着——每一天定时起床，定时洗漱，定时上班……时间肢解着现代人的生命。

我的一个朋友在孩子的教育上很有时间观念。从孩子小学三年级起，他

把孩子每天的时间都安排得井然有序：什么时间起床，什么时间吃早饭，什么时间读早课，什么时间上课，什么时间吃晚饭，什么时间睡觉……把时间精确到分钟。孩子一直规规矩矩，成绩非常优秀。但孩子的眼神里却看不到灵动的光，也听不见孩子爽朗的笑声。他的生命是为别人而活的，所以孩子失去了天然的属性——他不是在自我人生的时间里成长，而是依附于父母的意志。

……

而在刘姥姥的生命里，她没有小时、分钟、秒的时间观念。和大多数中国传统社会的乡下人一样，他们的生命里，是自然的时间，一种模糊的概念。他们知道一年四季，二十四节气，他们懂得春种、夏管、秋收、冬藏——自然物的生长周期就是农民活动的时间周期。在乡下，时间是缓慢的，所以当一个人在回归乡野的时候，他会发现自己过得比日常更轻松，更自然。

而当时间被人们精细地分割，生命消耗的过程就会加快。

……

我想，当刘姥姥听到那钟“当”的一声响时，她的心是紧张的。她虽然不知道那是预示时间的响声，但她的心率一定加快了许多。这一声响，不仅敲在了她的心里，也敲在了贾府丫头们的心里，更敲在了王熙凤的心里……

也许作者在写这一段文字的时候，一是表示对王熙凤操劳的不忍；另一方面或许告诉我们每个人一个生命的启示：

人应该从容地走过自己的每一天，让时间随生命的成长自由地流走。

总体而言，这部《红楼梦录》，按《红楼梦》八十回本的章回推进，一回一记录，遵循了“大感则大发，微感则小发，无感则不发”的原则，具见真性情和深一度的洞察力。但问题也有不少，大发处稍嫌不足，小发时而恨多余，至于不发的地方，也难免有遗珠之憾——无论从学术争论还是世俗理解的维度来看，它们都应该是解构的重点，这自然跟王勇的眼力、学力和见识力不足有很大的关系。另外，部分解构文本也不免有故作高蹈、好用伟词的缺点。一言以概之：王勇在面对这样一部伟大的著作时，敬畏心高于自信心。在自信地完成了“投射”和“移情”之后，他对小说发自内心的敬畏，让他在另一部分解构文字里，既游离出了“红楼”中人的躯壳，又游离出了自己的灵魂，这部分，是一个世俗的读者，对《红楼梦》仰之弥高的神圣化崇拜。

回到“投射”和“移情”理论本身。窃以为，王勇对这组心理学和文艺美学理论的援引，并不表明他是要拿源自西方的理论来解构中国这部最具有代表性的古典文学名著。在重温了20世纪中国美学史上那桩容易忽视的公案时，我更倾向于接受钱锺书先生的观点：《周易》所谓“近取诸身”，即是“中国固有的文学批评的一个特点”，它和西方文学批评理论相比，更达到了《文心雕龙》所言“人化文评”的境界。因此，如果一定要说王勇这部《红楼梦录》所依傍的文学评论的理论源头，我觉得《周易》的“近取诸身”说更能体现作品的神韵，至于荣格和菲舍尔的心理学和文艺美学理论，仅从时间线上来看，它们要在“近取诸身”之后很多很多年才得以诞生。

按照孔颖达的理解，所谓“近取诸身”者，若耳目鼻口之属是也。那么，对于第一次进入《红楼梦》这个文本的读者，你愿意在王勇这本《红楼梦录》的引导下，调动你的耳目鼻口，全情全心投入到红楼人物和他们悲欣交集的人生中去吗？

庞惊涛，中国作家协会会员，四川省作家协会散文委员会委员，成都文学院签约作家，钱学（钱锺书）研究学者，蜀山书院山长。出版有《啃钱齿余录》《钱锺书与天府学人》《青山流水读书声》《看历史：大区域视野下的人文观察》《蜀书二十四品》等著作，现供职于成都时代出版社。

对此书应有所交代

满纸荒唐言，一把辛酸泪！

都云作者痴，谁解其中味？

曹雪芹在《红楼梦》的开头用了这样一首五言诗，一是表达自己写这部小说复杂的心情，二是似乎在寻求心灵的知音——多年以后，这世上有谁能读懂自己的心声？从这部小说问世，到现在三百多年的时间里，传抄、阅读、评点和续写此书的人很多，关于作者的身世、小说的版本、小说反映的内容等的探索却层出不穷，就像有人评论莎士比亚戏剧《哈姆莱特》“一千个读者，就有一千个哈姆莱特”一样。所以，在《红楼梦》这部小说的读者中，也许每一个人心中都有一部不一样的《红楼梦》。

正因如此，在很久以前我就产生了对这部伟大小说写点心得体会的想法。当然，这些体会并不算什么学术上的理论，也称不上有什么新奇的见解，只不过是我在勤读这部书的基础上，整理出自己的读书笔记，再添上些自己的思考，用通俗的语言，讲给别人听，或者某个时候也能启示于人，大概这也算茶余饭后的谈资。

但还没有写之前，我就有些犯难了。

我并不是专门从事文学作品研究的人，为了生计，我有自己的日常工作要做。我也不是一个专职于写作的人，我的文字表达能力又能为这样的小说写点什么呢？

我想起了小说里的一个场景，林黛玉教香菱学诗的第一步：读诗。只有读了更多的诗，才能领会诗的精神和艺术境界。所以受此启发，这几年来，我又再次把这部小说，以及与这部小说有关的书籍读了几遍，但是直到今天执起笔来写下这些文字的时候，我的心依然胆怯而茫然，甚至手心冒着汗。

其实真正让我鼓起勇气来整理这些文字的原因，得归功于我的女儿。

2020 年暑假，我买了一套《红楼梦》给十三岁的女儿读，并与女儿约法三章——这个暑假一定读完这套书。女儿初时很有兴趣，可没读几页，她就完全索然了，理由很简单：根本读不懂。

女儿读这部书的困难突然让我对她的成长感到有些担忧。

《红楼梦》里记录着一群少男少女的人生经历，他们的爱、他们的恨、他们的青春与聚散离别的情感纠葛、他们成长过程的烦恼……在那些青葱年华里，他们在大观园里自由地写诗作画，斗草赏花；他们愉快地度过一年四季，直到成年后的分散流离，直至生命消失。这实际上就是普通人的生命历程，而三百年后的今天，我们的孩子们却读不懂他们的青春！

我想，作为一个热爱生活的人，也作为一个青春年少孩子的父亲，我是有这个责任和义务把这本小说讲解给孩子听的，于是我就猛然地扎了进去。

白先勇先生在他的《细说红楼梦》里说过这样的一段话："我觉得，念过《红楼梦》，而且念通《红楼梦》的人，对于中国人的哲学，中国人处世的道理，以及中国人的文学艺术，和完全没有念过《红楼梦》的人相比，是会有差距的。"

后来我悟通白先勇先生说的"念通"的含义。

这样一本宏大的巨著，包罗万象，读懂它是非常难的。何况每个读者的理解都不一样，所以能把里面的文字读通，已经是一件不容易的事了。

再看看今天我们的教育，多少年来，我们一直追求的是应试教育，导致分数高低角逐，家长们现实的名利观强加在孩子们身上的压力。所以，他们的青春便少了许多自我选择和领悟的机会。我们的教育也许少了更多的人文与传统思想——当我们的孩子正在埋头计算奥数，参加各种竞赛时，大观园里的孩子们却写着工整的五言、七言律诗；画出大观园的园林建筑、人物、花鸟鱼虫；讲出音乐的不同音律，欣赏《西厢记》《牡丹亭》里生命的美好。

——原来真正的文化，不取决于文凭的高低，而来源于生活的熏陶和锤炼。

生命，也许只有经历过许多事，才能尽情地展现出夺目的光彩。所以蒋勋先生说《红楼梦》是一部悼念青春的书，这个观点颇让人信服。

读《红楼梦》的难处，不仅在于人们称之为 "大百科全书"的知识厚度和广度，更重要的是，它的内容展现了现实的人和真实的自我，把人性客观地展示给读者，所以，在静静地读这部小说时，你会猛然发现：你在不断地领悟着自己的人生经历。

要读懂《红楼梦》，首先应该了解本书的主要脉络。

大多数人都有一个共同的认识，本书应该有两条很明显的主线：一是宝

黛二人的爱情悲剧，二是贾府由盛到衰的过程。但是，从人的成长历程看，如果认可《红楼梦》是曹雪芹写的家史，是一部现实版小说的话，那它还有另一条主线：就是一个人的真实的成长经历。我们仔细阅读这部小说就会发现，小说里许多人情世故，与我们现实的经历有惊人的相似——小说里人物的喜怒哀乐，似乎也是我们现实人的喜怒哀乐。所以我觉得，读这部小说，就是在经历一种真实的人生，人的成长与发展，也是这部小说的主线之一。

这部小说共有五个名字：《石头记》《情僧录》《风月宝鉴》《金陵十二钗》，最后才是《红楼梦》。这五个名字代表了小说的发展和演变过程，以及思想和内容的变化。

《石头记》让人想到通灵宝玉（也就是小说主人公贾宝玉）经历人世的一段传奇。这很像《西游记》里孙悟空的经历，从石头到成佛的过程。把人比喻成石头应该怎样去理解呢？一块石头从山峰中风化剥离出来，顺着山体的斜面滑落到峡谷中，被无数次水流冲刷，由起初的棱角分明渐渐地变得圆润，最后终于被水流带走。原来人生也一样，只有变得又圆又滑，才可能走得更远。《红楼梦》里有许多性格鲜明的女孩子，就像棱角分明的石头，所以她们的人生结局都不尽如人意。

《风月宝鉴》这个名字我们可以在本小说十二回里见到，指的是贾瑞贪恋王熙凤美色，最后被凤姐用毒计残害致死时所用的那面镜子。从字面上看，不难理解，无非是男女之情、风月之事。然而这个情，正是人间欲望的体现。《红楼梦》大旨不过谈情，这个情被那面宝镜映照出它的真假两面，正是这部小说写人情世故的虚与实，所以要读懂这部小说，就得理解小说里写情的场景。

《金陵十二钗》这个名字不难理解，就是小说里重点写的那十二个女子。她们的性格和人生经历，也许是现实众多女孩子的群相。作者通过对这些女子命运的描写，一方面赞美女性的美好，另一方面，意在唤醒女性争取独立的意识。如果仅仅是为了说明人物的命运，这样的名字是很准确的。然而这本小说体现出来的宏大的社会场景，丰富的传统知识，却不是几个女子所能代替的，所以这个书名未免有些片面。

《情僧录》是一个很有趣的名字。小说里面说：

从此空空道人因空见色，由色生情，传情入色，自色悟空，遂改《石头记》为《情僧录》。

从空空道人这个名字，可以看出作者写这部小说的思想内涵。这部小说的底蕴一直有儒、释、道三种思想暗流其中，但通过贾宝玉的表现和小说多次出现的跛足道人与癞头和尚来看，作者把儒释道的思想贯穿于整部小说之中。佛教讲万法皆空，一切归于虚妄；而道教追求自然的养生法则，人们称修道的人为道士或道人，所以这个空空道人，很明显应该是佛、道的代表。

小说一百二十回结局，贾宝玉遁入空门。如果承认贾宝玉就是作者的化身，由此看来，这个《情僧录》倒成了作者的自叙一样。

小说第五回讲到《红楼梦》十二支曲子，代表了十二个女子的人生命运。从整部小说来看“红楼”二字至少有两层意思：一是深闺大院里，有一群穿红着绿的女子，二是代表繁华富贵之家。由此不难看出，这个名字的真正含义：人生的富贵荣华，人情的婉转缠绵，也不过是镜花水月，一场梦幻而已。所以后来大家皆认可这个书名，也正因它更丰富，更具内涵，更切合小说的思想。

其三，小说里贾、王、史、薛四大家族。小说第四回“葫芦僧乱判葫芦案”里那个门子，把四大家族的关系讲得非常明白。然而在小说里这四大家族又有各自的代表——

王家：代表的是权力，从王夫人和王熙凤掌权贾府中可以看出来。

薛家：代表的是财富，由薛姨妈、薛宝钗和薛蟠可以知晓。

史家：代表的是文化和历史，由贾母和史湘云可以看出来。

贾家：是四大家族的统一，集权力、财富、文化、历史于一体的，所以其余三家各有代表在贾府活动，共同演绎了这么一场生动的人情故事。

而从现实看，四大家族所代表的东西，也正是平常人一生苦苦寻求的四个方面。

其四，读这部小说，大多数人能够品读到书里面的人生意义。当你读得久了，你会很容易看明白一件事：其实，你在读懂一个真实的自己。这也是《红楼梦》这部小说如此深入人心的根本原因。

比如读到贾宝玉与林黛玉的爱情故事，你就会知道人世间所谓的“金玉奇缘”不抵前世的“木石前盟”究竟是怎样的刻骨铭心——爱情是讲缘分的。有些东西强求所得，未必有圆满的结局，而真正的情感是一种计较和折磨，也是一种对生命的叛逆和领悟。

读到王熙凤，你会知道什么是权术，什么是江湖。你会感叹女子的智慧与聪明。你会知道人性的欲望无边无际，你会从灵魂深处领悟到欲望对人性折磨和碾压后是多么恐怖和残忍。

你读到贾母，一个经历过创业与守业的老太太，大家族里的灵魂人物。她懂得创业的艰难，也懂得青春的美好。这个大家族老夫人的气派、大度，富贵中的慈悲，懂生活的艺术和幽默，所以她包容生命里的一切，希望美好的东西永存。你从这个老太太身上读到生命的因果，读到什么是对生命的眷恋和不舍。

后来你就会读到书中刘姥姥进大观园，去潇湘馆时摔了一跤，迅速爬起来说："那里说得我这么娇嫩了，那一天不跌两下子，都要捶起来，还了得呢。"

刘姥姥来自乡下，一生贫穷而寒酸，但她懂得生活的真实，所以她比贾母更有生命力，更顽强，也更接近生命的原态，这比拥有富贵更具有福气。人啊！也许只有紧紧地与大地相连，倾注生命的真实与豁达，才能更加健康与阳光，才能显现出生命真实的灵性来。

其五，对我写这些读书笔记的声明。

《红楼梦》的版本较多，这是红学家们不断研究的动力之一。但这也给读者带来了不少的麻烦和种种猜想，有时候读完这个版本再读另一个版本时，会显得晕头转向。

为了避免引起别人的指责和争议，这里先讲一讲我自己读《红楼梦》的原则：

一是摒弃版本说。从读这部小说起，我反反复复地读了很多遍，读过四种版本，后来我选择了程乙本，我皆以此一百二十回作为这部小说的完整版看待。

如果我写这些文字要有一个版本作为依据的话，我就把程乙本作为蓝本读下去。另外，我不是红学家，我不研究版本，我只读小说的文字，力求通过个人对文字的理解，把里面的故事读通，让我的孩子从中有所受益，也让更多的孩子能从我通俗的语言里感受到这部小说的无穷魅力。

二是我的这些文字以及后面自己的感想，仅仅是出于对小说的赏析，其中与政治有关的评论，只针对小说的时局而言。

三是我自认为书中的主人公贾宝玉就是作者本人。这方便我对这本小说的理解，所以后面的文字我会常常用到"作者"两个字。另一层意思是，如果小说的主人公不是作者本人，小说的情节不会那样真实和感人，思想也不会那样深刻，所以我就武断地给贾宝玉作了身份的定位了。

四是因个人的知识有限，我对诗词曲赋和文言的了解非常肤浅，所以对于诗词的解读未免有失偏颇，难免有误或避繁就简的地方，还望各位谅解。

五是我把后四十回与前八十回作一个整体来看。这方便我写这些文字有一个通体的把握，从而使我的某些观点更有说服力，因为此小说的伏笔实在太多，而后四十回的结局，往往也有很多前后照应之处，我的这些文字虽仅对前八十回作了自己的解读，然而终究会牵涉到后四十回的内容，所以不能置后四十回不顾。

在整理这些笔记的两年中，几乎用尽了我四十几年来所掌握的书本知识，也倾注了我人到中年的许多人生感悟，我尽力用最简易、最直白的语言表达我对《红楼梦》的理解，是希望让更多的人能够愉快地阅读这部小说。至于是否能让读者有所待见，于心惶惶。

在这里，我首先要感谢我的女儿，是她给予了我写这些文字的动力，同时在整理这些笔记的时候，小婕妤站在自己的角度和理解上给出了许多意见和建议，也许正是她青春期对生命的敏感，让我在写这些笔记的时候，突然灵光乍现，对人的生命有了不一样的感悟，同时还要真诚地感谢87版《红楼梦》电视剧作家王立平老师给我亲题的书名，感谢庞惊涛老师作序以及红学家邓遂夫先生和马经义先生的支持和推荐，感谢王明修老师对文稿的初校和建议。其次要感谢长期支持和阅读我文章的文友们，是你们的阅读和建议使我有勇气坚持写下去，也要感谢“香落尘外”网络平台的文友们给予的大力支持；感谢女儿学校老师及同年级各位家长的信赖；感谢金堂文友给予的支持和帮助……我的能力有限，不管你们喜欢也好，讨厌也罢，也许每个人心中都有一部自己的《红楼梦》，所以好歹不再争论，一切随缘就好。

只是希望我的女儿多年后能记得她的父亲为之所付出的努力，能记得在这本书里，她与我共同获得的知识和快乐，于我也算欣慰之至。

2023年1月6日于金犀庭苑

目录 CONTENTS

一、红楼梦中的人生哲学

（一）

本小说借助于明清流行的章回体话本结构形式，每一回目，是对当回内容或主旨的一个总结，起提纲的作用。开篇有明显的衔接提示，如第一回："此开卷第一回也"，结尾也有明确的提示，以连接下一回内容，如"毕竟后事如何，且听下回分解"等字句。

这是话本小说显著的一个特点。话本起源于宋，流行于明清，是民间艺人在茶楼酒肆给人们讲书的底稿，而那些开端和结尾常用的语言，也是给听众的一个提醒：告诉你，现在我开始说书了，大家应该安静下来。结尾时的语言，除了留下悬念，也表示这一场书讲完了，是不是大家该给点打赏银两？说书人也要吃饭嘛！

笔者认为，《红楼梦》是根据作者自己的人生经历，通过回忆记述的方式写成的，本质上是一部现实主义小说，题材并不来源于话本。也许在作者生活的时代，话本小说不亚于我们现在火热的流行歌曲，所以作者借这样的形式，一是迎合当时人们的喜好，二是更通俗易懂。

（二）

我们姑且不去讨论小说结构艺术的话题，还是言归正传。

那么，这部小说的开篇，它究竟讲些什么呢？我在序言"对此书应有所交代"一文里讲过自己读这本书的感受——我是在读一种真实的人性。我从中读到不少人生哲理，也获得不少人情世故的知识与经验。

所以我读这部书的方向，是去寻找里面人性的东西。当你翻开这本厚厚的大书时，仿佛就走进一个人的生命历程。"这个人"，也许是主人公贾宝玉，也许是作者本人，但更多的时候是读者自己。一部小说达到每一个读者都可以在里面找到自己相似的生活场景时，这部小说就是永恒的，所以《红楼梦》

当之无愧成了中华文化的瑰宝。

小说的开端借用一块石头的经历来讲述里面所写的人和事。作者把这块石头赋予了生命，说它经历一遭人世，去那“昌明隆盛之邦”“诗礼簪缨之族”“花柳繁华地”“温柔富贵乡”走了一遭，便领略了人世的繁华，有了人的七情六欲，通达人间的世故，所以有了情根。

其实我们从书中很容易读到这块石头的象征意义。那分明就是甄士隐梦幻识得的通灵宝玉——灵河岸边给绛珠草施与甘露的神瑛侍者，也是小说主人公贾宝玉的化身。

为什么用这个石头来喻一个人呢？石头是一个事物，没有情感，没有生命，冷冰冰地存在于大自然中。就像人刚出生的时候，只是一个襁褓中的婴儿，最多能吃喝拉撒哭。待这个人渐渐在世间长大，经历了人世的许多事，慢慢地就懂得了怎样在纷繁的人世间生存下来，所以思想和情感的东西就会越来越丰富。一块顽石被人世间的情感给温暖了，有了对人生的感悟。

二则，用石头这一天然之物正是要点明贾宝玉与林黛玉之间纯洁的爱情故事。三生石畔，一棵小草，在甘露的滋润下存活了下来。这个石头与这棵小草前世就有了一段缘分，而这个缘分来源于一滴水——很简单，也很纯洁。

现实世界里，人们谈到男女之间的爱情与婚姻，会用到“金玉奇缘”，或叫“金玉良缘”这样的说法，认为这才是最真实、最让人羡慕，也是最理想的婚姻和爱情。《红楼梦》中贾宝玉与薛宝钗之间，就有这种金玉的缘分，所以贾府里所有的人都认为贾宝玉与薛宝钗是天生一对，而小说也最终使他们成了夫妻，至于婚姻的结果如何，我想大家都能从小说中读出来。

有一句话说得很有道理：“没有爱情的婚姻，就是坟墓。”贾宝玉虽然与薛宝钗成了夫妻，但他的心里一直深爱着林黛玉，所以当林黛玉焚诗断稿、香魂归天后，贾宝玉选择了出家——留给薛宝钗的是一个空室。作者这样写的目的是什么呢？可能表达了一种爱情观：“金玉良缘”不抵“木石前盟”。

作者在写这块石头的时候，颇费了些心思，这块石头与主人公贾宝玉是一体的，石头不仅是他的生命，也是他的灵魂，所以这块石头跟随着贾宝玉的一生，走完整部小说。

当然，从前面两点来说这一块石头是一个人，未免有些牵强。我们很需要知道这块石头是怎么来的，为什么会有通灵的能力。

我初读小说时也有这样的疑问。《西游记》里写孙悟空从一块石头中蹦出来，我同样觉得奇怪——石头里为什么会突然蹦出个活蹦乱跳的生命来呢？

《西游记》开头写得很好，石头生于东胜神洲的傲来国，临着茫茫大海。佛家把世界分为四大部洲，东胜神洲就是其中之一。原来孕育孙猴子的那块石头不是凡物，是佛界的东西，所以孙悟空生于佛界，最终归于佛界。也就是说，《西游记》的一条主旨应该是一个人如何从顽石成长为佛的经历。

《红楼梦》里这石头来自哪里呢？同样来自一个神灵的地方：那是女娲补天时留下的一块石头，女娲是谁？是大地之母。她炼的石头岂能是凡物！

却说那女娲氏炼石补天之时，于大荒山无稽崖炼成高十二丈，见方二十四丈的顽石三万六千五百零一块，那娲皇只用了三万六千五百块，单单剩下一块未用，弃在青埂峰下。

这里有几个地名需要说明。“大荒山”“无稽崖”，本是无可考证的地方。“大荒”，好似茫茫的宇宙，时间和空间都无限宽广；“无稽”，没有什么痕迹，不知道在哪里。佛家讲四大皆空，空就是时间、空间里的一切没有痕迹。所以，我们是不是可以理解为这块石头同样来源于佛的世界？但这块石头与《西游记》里孕育孙悟空的那石头又有些差别，《西游记》里的石头蹦出来的是一个鲜活的生命，而《红楼梦》里的这块石头却仅具有人间的情感——它在青埂峰下获得的。“青埂”即为情根。——这部小说里许多人名、地名、物名都有其另外的含义，我们在以后的章回里会读到。

还要引起注意的是，这块石头来源的几个数字。“十二丈”“二十四丈”“三万六千五百”，它是不是跟我们生命的某些数字很相近啊？对了，十二个月，二十四节气，正好是一年的四季；三万六千五百天，不是人生百年吗？你说这块石头不是一个人，怎么会经历人的生命历程之数？

所以在《红楼梦》里的这块石头，象征着一个人，也可以叫人性的全部。石头被佛家的茫茫大士和道家的渺渺真人带去人间，又引导它开悟，最后引登彼岸。

从这里我们不难看出这本小说讲人生究竟要经历怎样的一个过程：

一个人一生大概要经历三种人生境界。一是看山是山，看水是水，二是看山不是山，看水不是水，三是看山仍是山，看水仍是水。

年少时，我们什么都不懂，世界的一切对我们来说都是新鲜和新奇的。后来人长大了，为了生存，就积极地参与社会竞争，为了赢得功名利禄去努力拼搏。当取得一定成绩后，或许到了中年，便对生命有所反省：我这个人

还是当年的那个人吗？我们在人世间忙忙碌碌地追求，为的是什么呢？于是在经历过人间悲欢离合与苦难之后，突然有所醒悟——

我们生活的世界，就像是虚无缥缈的存在。《红楼梦》里用了一个极好的名词：“太虚幻境”。这个人世间就是幻相，是虚无的。想到这里，生命也许从此就淡泊了，坦然了。

中国传统思想文化体系中，主要有三种思想，即儒家思想、道家思想、佛家思想。

儒家讲“三纲五常”，讲“仁、义、礼、智、信”的五常之道。“五常”是做人起码的道德准则，此为伦理原则，用以处理与谐和作为个体存在的人与人之间的关系，组建社会。依五常之伦理原则处之，则能直接沟通；通则去其间隔，相互感应和融洽。所以五常之道实则是一切社会成员间理性的沟通原则、感通原则、谐和原则。说得直白一点，儒家讲秩序、讲规矩，更讲现实的意义。大而言之，讲的是为社会和国家建功立业，所以是入世的思想。从小的方面，要求人因为某些利益而压抑自己的人性，改变自己的初衷。

而道家用“道”来探究自然、社会、人生之间的关系。道家提倡道法自然，无为而治，与自然和谐相处。顺应自然，不要过于刻意，“去甚，去奢，去泰”。人要以自然的态度对待自然，对待他人，对待自我。所以会有“自然—释然—当然—怡然”。在对待人方面，道家更追求人的天然属性，按人性的本质去发展，所以道家更尊重人的生命，推崇人的自由发展；在对待事物方面，道家更尊重事物的本来面貌，不会刻意去改变事物的某些特征，任其自然发展，或者遵守它固有的某些规律。

禅宗是佛教在中国的一个分支，其对人生的看法主要是：一切皆空，色即是空。这个色就是人想得到的有形的物质世界和无形的精神世界，也就是相。禅宗讲：“无我相，无人相，无众生相，无寿相。”一切物质世界的东西都是空的。而禅宗在中国分南北，修行时讲顿悟和渐悟，这里的“悟”，其实是一种思想的境界，人对万物万事的看法，决定了人的一切行为活动。所以修佛，修的是一种心境，人对世界的一切态度——如何住，如何降伏其心。

从《红楼梦》的开篇不难看出作者的思想观念：抵制儒家的正统思想，崇尚佛道的自然与心境，也就是追求人性的自然属性，最后贾宝玉赤脚出家，摆脱人世间的羁绊，就是佛家的看空、顿悟。

《红楼梦》这部小说很奇特，开端就告诉所有读者这部小说的主题思想和人生观念。也许写作小说的方法也有一种人生的道理：即事物的开始就预示着结束。

（三）

好了，以上可以算本小说第一回的第一部分——一块石头引发的人生哲理。下面将从虚幻进入到现实。

首先我们来认识现实中的两个人。如果把这部小说的内容看成是一条绳子上挂着的众多物品，那么这两个人就是牵绳子两端的两只手。而作者又给这两个人的人生不同的经历和结局，也许作者要告诉给我们的是：人生道路上，每个人有每个人的遭遇，每个人又有每个人的不同选择，一切选择在于自己的心境。

故事发生的地点是姑苏城。小说中这样写道：

这阊门外有一个十里街，街内有个仁清巷，巷内有一个古庙，因地方狭窄，人皆呼作“葫芦庙”。庙旁一家乡宦，姓甄名费，字士隐；嫡妻封氏，性情贤淑，深明礼义；家中虽不甚富贵，然本地也称他为望族了。因这甄士隐禀性恬淡，不以功名为念，每日只以观花种竹、酌酒吟诗为乐，倒是神仙一流的人物；只是一件不足：年过半百，膝下无儿；只有一女，乳名英莲，年方三岁。

这里面有几个名字需要说明：“十里街”即为势利街；“仁清巷”即为人情巷；“英莲”即是应该怜悯；“甄士隐”即是说把真事隐藏起来。这些名字隐喻丰富，我们在读本小说的时候，应该好好去领会一番。

从原本中的描述我们可以看出甄士隐的家庭情况。一是生活比较富足，用现代语言来说就是他家已经实现财务自由，可以算中产了。

二是妻子贤淑、深明礼义。夫妻之间的关系非常融洽。也就是我们中国人传统思想里的“家和”。中国人对家庭的思想观念是“家和万事兴”——夫妻举案齐眉，相敬如宾；儿孙满堂，母慈儿孝。

三是甄士隐读过书，对生活有一定品质的要求，加上甄士隐不求功名，禀性恬淡，这说明他的生命追求中有一种智慧，就是佛家说的慧根。

综合甄家的情况看，这不正是我们现实中在都市里打拼忙碌的人们想要的生活状态吗？用时下流行的话，就是生活的“躺平”。当然，这也是大多

数普通老百姓一生努力追求的生活状态。

但人生不如意十之八九，甄士隐也有不圆满的地方：

> 年过半百，膝下无儿；只有一女。

在中国人的传统思想里，儿子是能给家里传承香火命根的人，家中无儿，便失去了香火，失去了继承人，而且直至老年只得一女。所以甄士隐虽然生活得无忧无虑，但内心有一种荒凉和悲戚的孤独感。

有时候命运中总有许多偶然的事件发生。正所谓“天有不测风云，人有旦夕祸福”。甄士隐的祸来源于一个用人和庙里的一把火。这个用人的名字也取得挺有意思：“霍启”，意为甄家的祸因此而起。

那是在元宵佳节，月圆人团圆的时候，霍启带着英莲去看花灯，把英莲丢失了。可以想想，人生半百得唯一女儿，却又丢失了，该是多么伤心欲绝啊！月圆之时，甄家却与女儿分离——人们的美好期望有时候往往是背离现实而存在的。

更甚者，屋漏偏逢连夜雨，葫芦庙一场大火，把甄家的家业烧得一干二净，可惜甄家那时候并没有买财产保险（那时候到底有没有保险，值得研究），甄家也只能认下这两桩无妄之灾。加上田地的折卖，老丈人的势利，于是甄士隐：

> 心中未免悔恨，再兼上年惊唬，急忿怨痛，暮年之人，那禁得贫病交攻，竟渐渐露出了那下世的光景来。

从中产阶级到贫病交加，一无所有，短短不过一年半载。生命给甄士隐似乎开了一个大大的玩笑。他所拥有的一切，在茫茫的天地之间，一瞬间就烟消云散了。于是甄士隐对生命有了一种感悟：人生不过只是一场梦而已。

其实这个梦在他享受平静的生活时就已经出现了，只不过他那时候正沉浸在生命的美好状态中。人啊！有时候会遇到生活的各种事物，有些东西会启发你对生命的思考，但当你享受生活的过程时，你永远不会想到，你的命运正在被改写。

那年夏天，甄士隐在家看闲书，倦了，抛下书，梦见一僧一道前来，给他讲了“通灵宝玉”的故事，并引他去“太虚幻境”走了一趟。可是他不明白这个幻境到底是什么意思。后来他又看到那副对联：

假作真时真亦假，无为有处有还无。

人世间的许多事，都在真假、有无之中。现实中你认为最宝贵的东西，未必是最宝贵的；你苦苦追寻的东西，或许是缥缈虚无的存在；失去的东西未必是一种遗憾，获得的东西未必是你内心的需求。佛家讲一切皆是随缘，不必强求，所以这副对联，充满着无尽的玄机。

这就好比金庸写的小说，有些武林高手一辈子苦练武功，想成为武林霸主，可当他把所有他自认为的高手打败杀光后，突然发现自己孤独了。于是幡然醒悟：原来要打败的不是别人，正是自己啊！所以人生所追求的圆满，其实是自己内心的一种修行。

可是甄士隐此时也没有明白这个道理，因为他正享受生活。当他从梦中醒来，看到现实中的“烈日炎炎，芭蕉冉冉”，——生命多么美好，早把梦忘却了一大半。

直到他失去了这一切，拄了拐挣扎着在街前行走时，再次遇见那个跛足道人，他听见那首“好了歌”之后，才回忆起自己的经历时，他的生命开悟了。

那么我们也来读一读这首“好了歌”罢。说到这里，我记起一件事来，我曾与一个朋友聊及《红楼梦》里的人生哲学，讲到“好了歌”，他很认真地说，读这首歌，应该找一间静室，焚上香，微闭双眼，全身放松，反复地唱读就更有意味了。

我那时觉得朋友挺有意思，可能他有悟性，而我却没有慧根，根本理解不了朋友的那种境界。

世人都晓神仙好，唯有功名忘不了！
古今将相在何方？荒冢一堆草没了。
世人都晓神仙好，只有金银忘不了！
终朝只恨聚无多，及到多时眼闭了。
世人都晓神仙好，只有娇妻忘不了！
君生日日说恩情，君死又随人去了。
世人都晓神仙好，只有儿孙忘不了！
痴心父母古来多，孝顺儿孙谁见了？

我想起当初第一次读《红楼梦》时，读到这首歌，我吓了一跳。你说人生什么都不需要了，还活着有什么意思呢？

后来我有一次听南怀慬先生讲《金刚经》说到一句话，他说，人在红尘中，不是叫你什么都放下才能成佛，而是心无所住，你经历了就过了，过后不恋。你现在拥有的时候，就应该想到有一天你可能会失去，应该看到那些都不是你的，你所拥有的是你的心。

现实中的功名、钱财、娇妻、子孙，人们在人间所追求的无非是这些。然而当拥有的时候，人因为欲望和贪婪，总觉得还不满足，可当你生命垂危时，这一切还是你的吗？不是了，所以一切都是空幻的，虚无的。

甄士隐听了这个“好了歌”，他顿悟了——原来人间都是：

乱哄哄你方唱罢我登场，反认他乡是故乡。甚荒唐，到头来都是为他人作嫁衣裳。

于是跟了那道士，也不回家，丢了拐杖，一身轻松地飘然而去。

（四）

回过头来，我们再看看第二个重要人物。谁呢？

葫芦庙寄居的一个穷儒——

……姓贾名化、表字时飞、别号雨村的走来。这贾雨村原系湖州人氏，也是诗书仕宦之族，因他生于末世，父母祖宗根基已尽，人口衰丧，只剩得他一身一口，在家乡无益，因进京求取功名，再整基业。自前岁来此，又淹蹇住了，暂寄庙中安身，每日卖文作字为生，故士隐常与他交接。

看看作者写贾雨村出场：贾化，意即假话；表字时飞，也就是说时时都有飞黄腾达的想法。只不过是一介穷书生，靠寄住庙里生活，在财富方面比起甄士隐来相差很多，没有甄士隐那样的恬淡思想，闲情雅致。他得为了自己的功名和前途而奋斗，用现在的话说，他是奋斗在希望之路上的有志青年，对功名利禄看得极重。

他常与甄士隐来往，甄士隐欣赏他的才华，觉得他将来定是一个有大作为的人。

而贾雨村也常去甄士隐家里闲逛。正好有一天，他在甄家看到一个丫鬟在花园里掐花：

生得仪容不俗，眉目清秀，虽无十分姿色，却也有动人之处，雨村不觉看得呆了。

雨村怎么会看呆？因为他心中有一种欲望，自己又年轻，所以这便生贪恋之心。当然那丫鬟也多留意了一两眼雨村。贾雨村是多么聪明的人，这一回眸，便视这丫鬟为红尘之中的知己。然而造化弄人，自己却是一个穷酸书生，虽有抱负，却不能实现。只能望月长叹：

玉在椟中求善价，钗于奁内待时飞。

这里正写出他内心的追求与向往：希望获得功名，抱得美人归。世间男人的三大喜事："金榜题名时，洞房花烛夜，他乡遇故知。"他样样都是要的。

好在他生命中遇到甄士隐这样的一个贵人，不仅欣赏他的才华，还给予他生活上的资助。在得知贾雨村没有盘缠进京赴考时，甄士隐毫不犹豫地给了他五十两银子，几件冬衣。

然而贾雨村收了银子，未与甄士隐作别，天未亮便赶赴京城。我们从贾雨村进京时给甄士隐留下的话里可以看出贾雨村的为人和心态：

贾爷今日五更鼓已进京去了，他曾留下话与和尚转达老爷，说读书人不在"黄道""黑道"，总以事理为要，不及面辞了。

他追求功名利禄的心是多么急切，为了满足自己的欲望，不会在乎使用任何手段，也不会敬畏任何东西。

当然有所付出，必然有所回报，贾雨村最终高中，光耀门楣。

从全回来看，作者用对比的手法写贾雨村和甄士隐两人的人生理念：一个追求生命的物欲与名利，一个追求生命的本质和超越。作者用客观态度写这两种人生，并没有指出谁对谁错，也并未站在道德的高度进行评价。

或许作者告诉我们的是：

人生在天地间，无论出世也好，入世也好，都是生命应该经历的一个过程。没有入世的态度，不会推动社会的发展；没有出世的境界，人性就会被挤压、扭曲，从而变得贪婪和凶恶。

作者让我们自己去思考：至于人应该选择怎样的路，由自己的心去决定。

2021 年 6 月 9 日夜于金犀庭苑

二、说着人家的闲话，正好下酒

（一）

接上一回说到贾雨村“春风得意马蹄疾”，去地方上任时鸣锣开道，游街扰巷，恰巧瞥见自己潦倒时相遇的红尘知音——甄家丫鬟娇杏。于是连夜寻访，却在封肃家觅得甄家夫人及娇杏下落。

于是当夜请一顶小轿，把娇杏娶回家中。真是人生得意花团锦簇，人生失落雨雪风霜！雨村既中进士，又得娇妻，男人的三大喜事，其已近圆满。

然更羡慕娇杏之命：

偶因一着巧，便为人上人。

从丫鬟到夫人，命运两济，毕竟生命处处难有“侥幸”之遇，此真不知何世修来如此之福！可叹命运毫无定数之论。

再说贾雨村初入官场，仗着有才，总想干一些惊动宇内的政绩，于是处处显露才华，然却被官场同僚所嫉妒，于是被上级参了一本：

说他貌似有才，性实狡猾；又题了一两件狗庇且蠹役、交结乡绅之事。龙颜大怒，即命革职。

众人或有所不知，大凡做官，必有做官的规矩和道理。久居官场的人，如河中砾石一样，初有棱角，继经水流冲刷洗磨，渐渐失棱掉角，又圆又滑，外人便不好把握了。《雅俗文化书系》中有一本书专门讲做官的道理，称之为《官场文化》：

在中国古代官场，各种关系概括起来可分为这样三种：一是上级对下级，二是下级对上级，三是同级之间的关系。这三种关系是官场的基本关系，贯穿整个官场。

其一，上级对下级，应收放自如，既能体恤，又不能娇纵，掌握分寸才是上策。其二，下级对上级，士为知己者死，对上忠贞不渝，让上级心满意足。其三，同级之间，以和为贵，春秋战国蔺相如与廉颇的相处之法——将相能和，天下可以长治久安。

所以如雨村者初入官场，哪里会懂这样的道理。于是只得忍受官场的排挤，张罗妻小回归故乡之后，自己担风袖月，游览天下胜迹，以聊谢心中苦闷。

好歹天无绝人之路。官场给他闭了一扇门，上帝却又给他开了一扇窗。正值雨村难以为继之时，林黛玉家需要一名家教，于是雨村由朋友推荐，做了林家的“西宾”。

西宾是什么身份呢？古时人们待客围席而坐，以西东分宾主。家塾老师和大官们的私人秘书及幕客，坐于西边，以示尊重，所以后来用“西宾”或者“西席”作为家塾老师或幕客的尊称，而主人家处东位，所以称“做东”。

（二）

从这里可以看出，林黛玉家也是尊师重教的书香门第。所以后来林黛玉诗词曲赋样样出彩，也不为怪。但林黛玉天生是个病秧子，加上自己的母亲新殁，所以林黛玉也无心上学，在家休养，这倒使贾雨村乐得清闲，到处游山玩水：

这一日偶至郊外，意欲赏鉴那村野风光，信步至一山环水漩、茂林修竹之处，隐隐有座庙宇，门巷倾颓，墙垣剥落，有额题曰“智通寺”，门旁又有一副旧破的对联云：

身后有余忘缩手，眼前无路想回头。

佛家讲人生就是修行，处处皆有领悟之机。那日雨村来至这破寺之中，瞧见这寺门的那一副对联，此对一个读书人来说，不能不说没有感想：

雨村看了，因想道：“这两句文虽甚浅，其意则深，也曾游过些名山大刹，倒不曾见过这话头，其中想必有个翻过筋斗来的，也未可知，何不进去一访？”

但贾雨村进庙却见一个又聋且昏、齿落舌钝的龙钟老和尚，他向和尚问话，皆答非所问，一时便失去了请教的兴趣。

大家可知其中缘由？假使贾雨村此时能明白“智通寺”里的一切，可能《红楼梦》后面的故事就得改写了。作者或许在这里要告诉给读者们另一种世界观和人生观，只是贾雨村不会领悟。

我们先看看“智通寺”这个名字。什么意思呢？就是通达人生智慧的地方。《金刚经》的另一个名称叫《金刚般若波罗蜜经》，其中的“般若波罗”几个字，就是通达人生的大智慧。很明显，这里告诉人们的是：别看这个寺破烂，却可以通达人生的大智慧、大境界。

怎么通达这个大智慧呢？那副对联说得明白：做官，不可贪得无厌，不能没有节制，到时候想收手时却没有了机会；做人呢，要有一个度——话不能说尽，事不能做绝，否则到头来想回头时，却没有了退路。

这里既有一种警示，也有一种圆滑的处世态度。而贾雨村仅看到了圆滑，却未领悟到警示。更有甚者，他根本看不起那个又聋又昏的老和尚。

金庸的武侠小说里，写到少林寺时，里面总有一个“扫地僧”，通常是又聋又哑，脏乱不堪的老和尚。——他的眼神犀利，似乎能看穿人心。

自古得道的人，都经历过人生不同寻常的经历，经受过命运残酷的折磨和委屈，所以往往以一种不完整的形态出现在人世间。然而人生只有经历过大劫难后，才能悟得生命的真谛。他们看懂了世俗的一切，根本不在意外表和自己的行为，就像前面出现的癞头和尚和跛足道人一样，他们已经获得生命的“涅槃”。

可惜像贾雨村一样的俗世之人，满眼的欲望，哪里又能看得到人生的残缺和不满？哪里又能领悟到生命的真实总有不足的道理呢？

（三）

所以贾雨村的不耐烦，那是必然的——与其听那龙钟和尚叽叽歪歪，还不如到村肆中沽饮三杯来得自在。

刚入肆门，只见座上吃酒之客，有一人起身大笑，接了出来，口内说：“奇遇，奇遇！”雨村忙看时，此人是都中古董行中的贸易姓冷号子兴的，旧日在都相识。——雨村最赞这冷子兴是个有作为大本领的人，这子兴又借雨村斯文之名，故二人最相投契。

好了，贾雨村人生的第三大喜事“他乡遇故知”完成了。这个“故知”是谁呢？

冷子兴，多好听的名字——冷眼观世间，洞察人世间的兴衰。所以贾雨村最赞他是有作为有本领的人。

古董商人在旧时社会的地位很特别。既是一个商人，有商人的普遍追求——唯利，而古董又与一般商品有所不同，不但价值高昂，而且要求经营古董的商人有一定艺术鉴赏能力。

现实中大凡拥有古董的人家，不仅财富丰厚，而且大都有一定的文化修养。所以，冷子兴所结交的客人，一般都有一定的社会地位，也更能触及社会上更深层次的现象。而通常情况下，那些有社会地位的人家，不会轻易出售古董，只会在家道中落或衰败时，才会把家里值钱的古董出售或者典当出去。也就是说，出售和典当古董虽然是一桩普通的生意，但从中可以看出一个家族的败亡兴盛。电影《末代皇帝》里就有宫里的官员和太监把皇宫里的古董、字画偷出来贩卖的场景。

作者借冷子兴这样的一个人物出场，来诉说《红楼梦》里宁荣二府及四大家族之间的关系与纠葛，合情合理，而且真实可信——并且那冷子兴还是贾府中王夫人的陪嫁周瑞的女婿，所以他对贾府里的事了如指掌。

冷子兴首先告诉贾雨村贾府已现的败象是什么：

如今人口日多，事务日盛，主仆上下，都是安富尊荣，运筹谋划的竟无一个。那日用排场，又不能将就省俭，如今外面架子虽没有很倒，内囊却也尽上来了。——这也是小事。更有一件大事：谁知这样钟鸣鼎食的人家儿，如今养的儿孙，竟一代不如一代了！

我每次读到此处，总会引起人的思索：如何使一个家族或一项事业长久地发展下去？翻看中国封建历史，每一个朝代都有富可敌国的家族出现，然而能够传承和流于至今的，却没有一家。想来民间常说的一句俗话“富不过三代”，并不是没有道理的。

那原因在哪里呢？曾国藩家书里有几句话，值得玩味，不妨引来，或许可以有示警之用：

“仕宦之家，由俭入奢易，由奢入俭难。”

“吾观乡里贫家儿女，愈看得贱愈易长大，富户儿女，愈看得娇愈难成器。”

“吾不望代代得富贵，但愿代代有秀才。秀才者，读书之种子也，世家之招牌也，礼仪之旗帜也。”

意思很明白，创业艰难，但守业更是难上加难。这个“难”不仅仅是外在的因素，更多的是内部的因素。任何家族，任何事业，不管你拥有多少财富，也不管你有多少儿孙，如果没有文化和精神的传承与坚守，都是靠不住的。

古人说得好：“诗书继世长。”追求物质的东西不是永恒的，只有思想和文化的传承才能保证事业的长久发展。春秋战国时期三教九流、百家争鸣的盛况，正是文化的传承和文字光辉的魅力所在。

文化的生命力在于它传递的是思想信息，一种无形的元素，不需要外在的物质表现，都藏在个人或家族的气质里。而且文化和思想越深厚，隐藏得越彻底，气质里表现出来就越谦卑。财富却不一样，财富积累得越多，表现得越明显，争夺的人就会越多!

所以对于家族事业来说，钱财不是继世的保障，唯有精神文化、锦绣文章才可以传承千百万年，以至更久。

（四）

说到这里，贾雨村与冷子兴的酒可能已过三巡，我们来看看这位古董商人怎么闲聊贾府之中的人和事——

原来贾府乃世袭的公爵，启蒙之祖有宁荣二公，至小说中最后一代人物，已经历四代，分宁荣二府，皆可算诗礼之家，名门望族。

宁府贾代化，生二子，长子贾敷，八九岁上便死了；次子贾敬，得一儿一女，儿子贾珍，女儿惜春。贾敬虽袭了父亲的爵位，然却好炼丹修仙，家中之事一概不管，后把爵位传给儿子贾珍。贾珍只一味高乐，把那宁国府翻了过来，也没人管得了。贾珍又得一子，名贾蓉，娶妻秦氏。

再说荣府贾代善，娶妻史侯家大小姐，就是小说中的贾母。也生二子一女，长子贾赦，次子贾政，女儿贾敏。贾敏嫁巡盐御史林如海，便是林黛玉的母亲。荣府中分东西两府，东府贾赦，生一子一女，长子贾琏，娶妻乃贾政正妻王夫人侄女，九省统制之女王熙凤；后生一女，名巧姐（又名大姐儿）；女儿迎春，乃贾赦姨娘所生。西府贾政，生三子二女，长子贾珠，不到二十便夭亡了，娶妻李纨，生一子贾兰；最小儿子贾环，次女探春，皆是庶出；

长女元春，就是为贾府锦上添花，烈火喷油的那个女儿。唯次子贾宝玉，生得奇特。

根据冷子兴的闲话，我们可以看出贾府中人物姓名的显著特点，宁公与荣公的名字皆是三个字，中间一个“代”字；其次皆两个字，第二代的名字里，偏旁皆带个反写的“文”字，如贾政；第三代人的名字里，皆带一个“王”字，如贾宝玉；第四代人中，皆带有“草木”的意思，如贾兰、贾蓉。

这个家族四代人的名字，也隐含着家庭的盛衰。第一辈人的“代”字，从“人”从“弋”，意为人用带绳子的箭获取猎物，古时战争有“会猎”的意思，说明贾府是靠着与皇帝打拼江山得来的地位，靠的是武力之功。及至第二代人，则天下太平了，需要文化人，所以贾家后来治家求官，靠读书。然而当一个家族达到鼎盛时，儿孙们便坐享其成，个个如珍珠宝玉般金贵，所以天天高乐，斗鸡走狗、无所事事。及至家道中落、衰败颓废，儿孙又平凡如芥，又得重新建功立业。后来预示贾府的重振，提到“兰桂齐芳”——说贾兰靠读书考取功名，做了大官，贾家又恢复往日的繁荣。作者用贾府里的人名，点明一个家族的荣辱盛衰，更说明了人世间的各种经历，都是“你方唱罢我登场”，起伏不定，周而往复地发展下去的。

书中却特别写到贾宝玉这个人，其上载道：

一落胞胎嘴里便衔下一块五彩晶莹的玉来，还有许多字迹。

还是贾雨村独具慧眼，仅听冷子兴这样一说，便说贾宝玉与众不同：

只怕这人的来历不小！

我读《红楼梦》里的人物，单对贾雨村颇有些微词，然在评价贾宝玉这个人的观点上，贾雨村评人评事，确有深奥和独到的见解。闫红曾写过一本关于《红楼梦》人物的书，里面专门讲到这一回，说贾雨村算是一个“精致的利己主义者”。

她说贾雨村的“精致”，就在于对人的观点和看法。她还进一步指出，假如贾雨村用这个观点去见贾宝玉，很有可能贾宝玉会视他为知己，而不会骂他为“碌蠹”。

那我们就来看看贾雨村的精彩点评：

天地生人，除大仁大恶两种，余者皆无大异。若大仁者，则应运而生，大恶者，则应劫而生。运生世治，劫生世危。尧、舜、禹、汤、文、武、周、召、孔、孟、董、韩、周、程、张、朱，皆应运而生者。蚩尤、共工、桀、纣、始皇、王莽、曹操、桓温、安禄山、秦桧等，皆应劫而生者。大仁者，修治天下；大恶者，扰乱天下。清明灵秀，天地之正气，仁者之所秉也；残忍乖僻，天地之邪气，恶者之所秉也。今当运隆祚永之朝，太平无为之世，清明灵秀之气所秉者，上至朝廷，下及草野，比比皆是。所余之秀气，漫无所归，遂为甘露，为和风，洽然溉及四海。彼残忍乖僻之邪气，不能荡溢于光天化日之中，遂凝结充塞于深沟大壑之内，偶因风荡，或被云催，略有摇动感发之意，一丝半缕误而泄出者，偶值灵秀之气适过，正不容邪，邪复妒正，两不相下，亦如风水雷电，地中既遇，既不能消，又不能让，必至搏击掀发后始尽。故其气亦必赋人，发泄一尽始散。使男女偶秉此气而生者，在上则不能成仁人君子，下亦不能为大凶大恶。置之于万万人中，其聪俊灵秀之气，则在万万人之上；其乖僻邪谬不近人情之态，又在万万人之下。若生于公侯富贵之家，则为情痴情种；若生于诗书清贫之族，则为逸士高人，纵再偶生于薄祚寒门，断不能为走卒健仆，甘遭庸人驱制驾驭，必为奇优名倡。如前代之许由、陶潜、阮籍、嵇康、刘伶、王谢二族、顾虎头、陈后主、唐明皇、宋徽宗、刘庭芝、温飞卿、米南宫、石曼卿、柳耆卿、秦少游，近日之倪云林、唐伯虎、祝枝山，再如李龟年、黄幡绰、敬新磨、卓文君、红拂、薛涛、崔莺、朝云之流：此皆易地则同之人也。

这观点很新颖。说天地有正邪二气，大仁的人，会应正气而生。应正气而生的人，就会使天下太平久安。大恶的人，应邪气而生。应邪气而生的人，就会扰乱天下。其次还有一种人，介于正邪二者之间，如陶潜、阮籍、嵇康、刘伶等，而贾宝玉就属于此种人。

从贾雨村关于对人的论述中，我们也可以学会识人的某些观点。天地的气运，指什么呢？我理解为社会风气、家庭环境，人在不同的环境里生长，就有不同的表现。人对社会的认知决定了他在当时社会做什么样的人，所以环境是可以改变一个人的。

而现实中的人们，因为个人的认知或者总是先入为主的偏见，在评价人的时候，往往采用二维的观点——即不善便恶，不正即邪。人是复杂的高级

动物，我们要根据不同的社会环境、不同的年龄和社会阅历来看人，在这里我们应该向贾雨村学习，全面地去认识一个人。这或许也是《红楼梦》写人的一个观点，所以小说里的每一个人物都写得生动活泼、个性鲜明。

贾雨村还特别讲到第三种人，说他们在人群中，论灵秀聪俊，算得上是顶尖的人物；然在礼法伦理方面，却自由放荡，极具叛逆精神。

为此这不仅让人想到魏晋南北朝的竹林七贤与陶潜。他们追求人性的自由，可以放下“五斗米”的世俗欲念，去享受“采菊东篱下，悠然见南山”的恬淡。他们可以根据个人喜好，对人以“青目”和“白眼”，不顾及人家的面子，只在乎个人的态度。他们可以在闲时无目的地驱马狂奔，及至路的尽头，大哭一场而返。他们鄙视当官，不愿卑躬屈膝，却为世俗所不容。但他们的生命里有一种纯洁的坚持，他们的情操不容玷污，他们的生命精彩而亮丽。

几千年来的中国读书人，都向往和追求这样的生命价值。然而在现实的世界里，追求自由自在的生活又是多么无奈，摆在读书人面前的路只有两条：要么屈从，要么超脱。

所以小说里无处不透露着一种反叛礼教、争取个性独立与解放的思想。也许作者告诉我们的是：人生来自由，应该享受生命的洒脱与独立。

2021 年 6 月 12 日于九里堤聚贤茶楼

三、人生若只如初见

（一）

大家或许会问："如何用半句词作此题目？"——有一次翻看《红楼梦》的相关资料时，偶然读到有人提及此小说主要写清朝大臣纳兰明珠一家的盛衰之事。于是便想到一个人，就是这个明珠的长子纳兰性德，其《木兰花令·拟古决绝词》里就有一句："人生若只如初见，何事秋风悲画扇？"

这似乎在说事物的结果并不像人们最初想象的那样美好，在发展的过程中往往会变化得超出人们最初的理解，没有了刚刚认识时候的那种感觉。一切停留在初次的感觉是多么美妙！当时的无所挂碍，无所牵绊，一切又是那么新奇和兴奋。

人与人之间的相逢、相识到最后的结局——或许是相守一生，或许是纷飞离乱。但初次相见的美好，总会在内心里缱绻徘徊，直至生命终老。可是谁又能一直保持初次相见的美好呢？

这一回林黛玉初入贾府，初见贾宝玉时，看到轩昂壮丽的建筑和富贵繁华的生活场景，又见到贾宝玉生命的与众不同，体会到彼此生命的一种纯度，突然就引起双方对生命美好的追求和眷恋。林黛玉之所以直到生命消失，香消玉殒也没有离开过大观园，是因为大观园正是她的青春乐园，是她一生对美好生命追求的灵魂寄居处，她怎么会愿意离去呢？

所以，林黛玉对生命的计较和孤傲，正是坚持"人生若只如初见"的那种美好，那种纯度。尽管最后生命也许没有实现她这样的坚持，但她义无反顾、决然而然。

（二）

翻开小说的第三回，我们来看看林黛玉是如何初见贾宝玉的呢？

小说回目：

托内兄如海荐西宾　接外孙贾母惜孤女

开篇承接贾雨村与冷子兴村肆饮酒闲聊贾府之事。酒尽言终之时，正好遇见与贾雨村一起被革职的张如圭（意谓像鬼一样奸猾），言及可以通过关系复职一事，于是四处寻找门路。贾雨村一听——

忙忙叙了两句，各自别去回家。——冷子兴听得此言，便忙献计，令雨村央求林如海，转向那都中去央烦贾政。

前一章我说冷子兴为贾雨村故知，此话不假。这里冷子兴又给贾雨村讲了一个做官的道理——在官场上，找到关系很重要。这个关系就是官场的派系，也是为官的生存法则之一。

那贾雨村听冷子兴这样一说，当然欢天喜地。次日便面谋林如海，托他拉拉关系，恢复自己的官职。可见贾雨村内心求官的急切，他又怎么能看到那面“危岩”的凶险呢?

林黛玉家本是诗礼官宦之族，对待人既有文化的教养，也有人性的厚道。所以林如海便一口承诺向贾政推荐贾雨村一事。就这样贾雨村便与贾府牵上了关系，靠上了贾政这个“背景”。

于是林如海以送林黛玉之名，请他一同前往京城。

一日到了京都，雨村先整了衣冠，带着童仆，拿了“宗侄”的名帖，至荣府门上投了。彼时贾政已看了妹丈之书，急忙请入相会，见雨村相貌魁伟，言谈不俗，且这贾政最喜的是读书人，礼贤下士，拯溺救危，大有祖风，——况又系妹丈致意，因此优待雨村，更又不同，便极力帮助，题奏之日，谋了一个复职，不上两月，便选了金陵应天府，辞了贾政，择日到任去了。

庚辰本及许多其他的版本在这一段都用“轻轻谋了一个复职候缺”。我觉得这句比程乙本的用得好。为什么呢?

一是可见荣府当时在朝廷中的地位是多么重要，权力是多么巨大，对一个朝廷命官的去留可以“轻轻”地作了决定；二是或许也有贾政的为官之道，要拉贾雨村入自己的政治阵营中，让贾雨村看看自己的实力，以便以后好驾驭此人，所以小说后面情节会经常出现贾雨村前往荣府拜见贾政。

无论如何，贾雨村攀上了荣府，算是“站队”站正确了，自己以后在官场上的路，也许便是风正帆悬，荡波平浪。

但对林黛玉而言，此时才是人生命运的真正开始。等待她的，将是怎样的一种结果呢？我们先来看看她是怎么进荣府的。

那日弃舟登岸时，便有荣府打发轿子并拉行李车辆伺候。这黛玉尝听得母亲说，他外祖母家与别人家不同，他近日所见的这几个三等的仆妇，吃穿用度，已是不凡，何况今至其家，都要步步留心，时时在意，不要多说一句话，不可多行一步路，恐被人耻笑了去。

贾府安排迎接她的虽是三等仆妇和用人，但他们做事不仅有条不紊，而且用度吃穿都是很有讲究的，加上日常听她母亲贾敏讲贾府的与众不同，诗礼排场，戒律繁多。这必将给仅有七八岁还没出过远门的女孩子一种心理的恐慌和压迫感。所以在林黛玉的心里体会是：此时得处处小心、时时在意。

有时候我读到这里就会想起自己小时候离家在外的场景，临行前母亲常在面前教导——

“做人做事，站有站相，坐有坐相”“出门看天色，进门看脸色”。那时候我总嫌母亲啰唆——此等小事，难道我还不懂？后来我读《礼记·曲礼》上讲：“居不主奥，坐不中席，行不中道，立不中门。食飨不为概，祭祀不为尸。听于无声，视于无形。不登高，不临深，不苟訾，不苟笑……将适舍，求毋固。将上堂、声必扬……”

意思是走、坐、站、食、言、笑……都应该有个规矩。没有规矩，人家会笑这人没有家教。我的母亲是一字不识的文盲，却能用礼记的知识告诉我们如何在社会上为人处事、待人接物。看来“礼”是生活里的一种传承，这种传承来源于中华民族几千年来儒家的正统思想，以及人们对社会和对人的一种尊重，希望以此建立一种良好的社会秩序。

《红楼梦》的内容中，有许多关于礼教的描述，有些写得相当详细，现在很多人闻所未闻，比如贾府中过春节的家祭之礼，宏大而繁杂。作者写《红楼梦》的主题思想是反对儒家的那一套繁文缛节的东西，但一方面却又详细地记录这些内容。也许作者要告诉我们的是，许多传承的礼数，对后世的人们还是有一定意义的，而且礼教的知识已经深入到我们生活的各个方面——

这就形成了中国文化的深层结构。

为此我也想借网络上的一段话给“文化”一个定义，不知能否得到认同。

什么叫文化?

“一是根植于内心的修养，二是不用提醒的自觉，三是有约束的自由，四是为他人着想的善良。”当然这不是单纯的知识，知识只有深入到内心变成自我的领悟后，才叫文化。中国号称“礼仪之邦”，我想有志于传承中国传统文化的人，不希望见到这个社会礼坏乐崩吧!

（三）

所以林黛玉从小就接受了这样的教育与熏陶，自然会懂得如何应付荣府里所见到的一切。

她进贾府，一眼便看明白贾府里的等级和规矩——每进一道门，便是等级的划分，一层一层，直到内室，而内室里是不得有外男进入的。

特别是她去见贾政时，进入荣府的正厅堂屋，那气派、那富丽堂皇的装饰和点缀，无不显示贾府的社会地位。

进入堂屋，抬头迎面先见一个赤金九龙青地大匾，匾上写着斗大三个字，是“荣禧堂”；后有一行小字：“某年月日书赐荣国公贾源”，又有“万机宸翰之宝”。大紫檀雕螭案上设着三尺多高青绿古铜鼎，悬着待漏随朝墨龙大画，一边是錾金彝，一边是玻璃盆，地下两溜十六张楠木圈椅，又有一副对联，乃是乌木联牌镶金字迹，道是：

座上珠玑昭日月，堂前黼黻焕烟霞。

这是林黛玉眼中的贾府正堂。我想，假如一个普通的小孩子，在没有经过事先教导和告知的情况下，一定看得眼花缭乱，不辨东西南北。

而作者用缓慢的笔调，让林黛玉慢慢参观，从上至下，从外至里观看了一遍。作者不惜笔墨地这样写，正是要通过林黛玉的眼睛来体现贾府的尊荣——皇亲国戚的荣耀与富贵。我们仔细分析一下正堂里的字画和装饰：

“赤金九龙青地大匾”：木质长方形，黑漆底色，四周九条漆上金色的龙环绕着的匾。这里黑色与金色的对比，更突显出那金龙腾飞的气势，也暗示着贾府显赫的地位。

“某年月日书赐荣国公贾源”：表示“荣禧堂”是皇帝赐的名。“万机宸翰之宝”是皇帝的印文，表示皇帝日理万机；宸翰，是皇帝的笔迹，这几个字是皇帝亲笔写的；宝，是皇帝印章的标志，这暗示贾府有左右朝政的能力。

“待漏随朝墨龙大画”：待漏，指大臣上朝时在宫外等待时用以计时的铜更漏，而等待上朝的地方因此也叫待漏院。墨龙大画，大雨之中，一条龙在雨中游动。朝，就是朝见皇帝（那条龙）。

“座上珠玑昭日月，堂前黼（fǔ）黻（fú）焕烟霞”：房间里珠光玉润，与日月同辉；男人身上的官服，色彩黑白相间，如烟似霞。这表示贾府里常有达官贵人往来。

这些建筑装饰不仅突显了贾府的富贵和地位，也给林黛玉带来一种紧张的独特感受：皇家的威严，富贵的尊崇。

如果贾府的房屋建筑代表一种威严与大气，那么生活中的一饭一茶，都是礼仪和教养，也是一种拘禁和约束。

王夫人遂携黛玉过一个东西穿堂，便是贾母的后院了，于是进入后房门，——已有许多人在此伺候，见王夫人来，方安设桌椅；贾珠之妻李氏捧杯，熙凤安箸，王夫人进羹。贾母下面榻上独坐，两旁四张空椅，熙凤忙拉黛玉在左边第一张椅子上坐下，黛玉十分推让，贾母笑道：“你舅母和嫂子不在这里吃饭。你是客，原该这么坐。”黛玉方告了坐，就座了。贾母命王夫人也坐了。迎春姊妹三个告了坐方上来，迎春坐右手第一，探春左第二，惜春右第二。

看看贾府的礼仪。先从吃饭说起，旧时社会，儿媳妇地位应低于家中的小姐。不仅要侍候老人吃饭，还得接受婆婆的教训。民间因此常有一句俗话：“多年的媳妇熬成婆”，这个“熬”字就相当难受。一个女子当了人家的儿媳妇，就得低人一等，只待自己当了婆婆后才能享受另一个作了儿媳妇的女人的侍候。这正是儒家伦理道德下对妇女的一种束缚。正式的吃饭在贾府是一件大事，也是讲规矩的，所以不仅侍候的人多，而且连一声咳嗽也不能发生。

饭后吃茶也得有个先后次序：

饭毕，各各有丫鬟用小茶盘捧上茶来。当日林家教女以惜福养身，每饭后必过片时方吃茶，不伤脾胃；今黛玉见了许多规矩，不似家中，也只得随和些，

接了茶。又有人捧过一漱盂来，黛玉也漱了口，又盥手毕。然后又捧上茶来，——这方是吃的茶。

林黛玉虽也是诗礼之家的小姐，何曾见过这样的场景。所以她初进贾府，处处留意，见物遇事，便是时时见礼——加深了规矩和次序的印象。为此她在贾府之中，便永远都有一种寄居亲戚家的担心和不自在，一种寄人篱下的恐慌感。这也是她后来对贾府的人和事十分敏感的重要原因。

（四）

我们再看林黛玉眼中的贾府人物，又是何等的尊荣俊秀。

作者写林黛玉见贾府的人物，先明后隐，先略再详，有平淡，有高潮，最后千呼万唤等来一个重要人物——小说的主人公贾宝玉。

脂砚斋在批注作者这样的写法时，用了一个既褒又贬的句子："为人善良，作文狡猾。"——非常贴切到位。

林黛玉进贾府，就像我们小时候走外婆家一样。首先见到的应该是自己的外婆——那个既有风度又有气质的贾母。

贾母的高贵气质会在小说的后面一一呈现出来。这里先不再分析，此时贾母的角色是一个普通的外婆而已，所以她一见黛玉，感情表现得最直接，而且最真实：

黛玉方进房，只见两个人扶着一位鬓发如银的老母迎上来，黛玉知是外祖母了，正欲下拜，早被外祖母抱住，搂入怀中，"心肝肉儿"叫着大哭起来，当下侍立之人，无不下泪；黛玉也哭个不住。

我们站在贾母的立场上来分析这事。俗话说人生有三大悲剧，其中之一就是"白发人送黑发人"。林黛玉的母亲嫁给林如海后，应该就再没有与贾母相见。林黛玉从出生到进贾府时，也不过七八岁，所以从这一点判断，贾母与贾敏应该分离了八九年之久。可是令贾母没想到的是，贾敏的出嫁，居然是与自己的诀别，也算真正的生离死别了。

人到了一定年纪的时候，可以把自己的生命看轻，但却不能忍受自己的儿孙早一步离开，这是人生真正的一大悲剧。所以，贾母的大哭，是对失去女儿的一种悲痛。尽管这个经历了大风大浪的老太太有一种对生活的豁达，但失亲之痛怎么能够忍受得住？她见了林黛玉后，把积在心里的悲情一发涌了出来，所以搂着黛玉大哭，实乃情之所动。

幸好众人相劝，贾母与林黛玉才止声收泪。于是贾母又吩咐下人请三位小姐前来与黛玉相见——贾母是多么细心的人，首先请的是三位小姐相见，大家道那三位小姐是谁？

第一个肌肤微丰，身材合中，腮凝新荔，鼻腻鹅脂，温柔沉默，观之可亲。

这个小姐是贾府二小姐迎春，沉默寡言，老实稳重，所以人送一个绰号叫“二木头”。只是后来嫁中山狼孙绍祖，被折磨而死，命运可悲。

第二个削肩细腰，长挑身材，鸭蛋脸儿，俊眼修眉，顾盼神飞，文采精华，见之忘俗。

这个小姐是贾府三小姐探春，不妨与迎春一比。我想大多数人会更喜欢探春。作者描写林黛玉眼中的探春，身材自带一种飘逸。曹植《洛神赋》有“肩若削成，腰若约素”之句来形容神仙姿态，探春也正有一种神仙的灵秀之气。

人的气质有时候往往表现在神态上，而最能体现神态的是那一双眼睛。且看探春的眼神“顾盼神飞，文采精华”，有一种精明和机灵；顾盼之间又有一种超凡脱俗的气场。所以探春后来协助管理贾府，有她自己的一套管理方法和思路。

第三个身量不足，形容尚小。

这便是最小的惜春，贾琏的妹妹，后来出家修行。

贾母先让黛玉见三位小姐，说明什么呢？贾母要告诉众人一个信息：林黛玉以后就是自己的亲孙女，在她心中与迎、探、惜三位小姐一样。要知道，旧时人们的观念是，外孙是没有家孙亲切的，中国人的血缘关系中，总认为父亲那一方更直接、更亲切。所以后来王熙凤见林黛玉后逗乐贾母，说林黛玉像嫡亲的孙女，我想贾母那时心里一定很受用。

至于王熙凤的出场，是林黛玉见贾府众人物的一个小高潮。读过《红楼梦》的人可能都有这样的感觉：只要有贾母和王熙凤在一起的情节，一定是非常热闹的。

一语未了，只听后院中有人笑声，说："我来迟了，不曾迎接远客！"黛玉纳罕道："这些人个个皆敛声屏气，恭肃严整如此，这来者系谁，这样放诞无礼？"心下想时，只见一群媳妇丫鬟围拥着一个人从后房门进来。这个人打扮与众姑娘不同，彩绣辉煌，恍若神妃仙子：头上戴着金丝八宝攒珠髻，绾着朝阳五凤挂珠钗；项上带着赤金盘螭璎珞圈；裙边系着豆绿宫绦，双衡比目玫瑰佩；身上穿着缕金百蝶穿花大红洋缎窄褃袄，外罩五彩刻丝石青银鼠褂；下着翡翠撒花洋绉裙。一双丹凤三角眼，两弯柳叶吊梢眉，身量苗条，体格风骚，粉面含春威不露，丹唇未启笑先闻。黛玉连忙起身接见。贾母笑道："你不认得他。他是我们这里有名的一个泼皮破落户儿，南省俗谓作'辣子'，你只叫他'凤辣子'就是了。"

关于王熙凤的这个场面，作者写得相当精彩，应该说远比写贾宝玉的出场精彩。只不过从林黛玉的眼中看到的是一个被富贵和权力包裹的贵夫人形象。

有许多评论家评论过王熙凤的出场，也许我再多说，就未免显得啰唆乏味。只是看看王熙凤的衣着及林黛玉的感受，也颇有些意思。

我们来分析一下凤姐的装束有什么特别之处。"头上戴着金丝八宝攒珠髻，绾着朝阳五凤挂珠钗"：用金丝穿绕珍珠和镶嵌八宝（如玛瑙，碧玉之类）支撑的珠花的发髻，似乎是戴的假发，那发髻上的头珠钗是一只展开翅膀的凤凰，凤凰身上一粒大珍珠。"项上带着赤金盘螭璎珞圈"：这项圈上缀着盘螭璎珞，这些都是珍贵的金玉饰物。"裙边系着豆绿宫绦，双衡比目玫瑰佩"：宫绦是一种丝线编制的细绳，这里是绿色的；衡，佩玉上部横杠，两边用以系饰物；比目玫瑰佩，用玫瑰色的玉片雕琢成的双鱼形的玉佩，这个玉佩挂在宫绦上，直垂在裙子两边。"身上穿着缕金百蝶穿花大红洋缎窄褃袄，外罩五彩刻丝石青银鼠褂"：缕金，指一种金线；百蝶穿花，指一种花蝶的图案；褃袄，衣服前后两块合缝处叫"褃"，腰部叫"腰褃"，腋窝叫"抬褃"，这里的"窄褃"为了显示身材细小，类似我们现代服装的收腰；刻丝，指一种丝织的平纹图案，就是经线和纬线每隔一根线就交织一次（即线是一上一下的，好似织毛衣的上下针法），这种织物的特点是交织点多，质地坚牢、表面平整，较为轻薄耐磨性好，透气性好；石青银鼠褂，一种石青色的银鼠皮做的小褂子。“下着翡翠撒花洋绉裙”：翡翠是一种透明的翠绿色；撒花，散碎的一种花纹。

作者把王熙凤的服饰写得相当详细，而且也很专业，这是由作者的家世决定的。《红楼梦》中对服饰的描写是我们阅读此小说的难点之一，如果我们不把这些知识稍加了解，对王熙凤的形象就缺少了立体感。

王熙凤衣作的颜色由红、绿、黄搭配，一种鲜艳而明丽的色彩，这是生命力的多姿多彩。要知道那时候的王熙凤还不到二十岁，正拥有美好的青春年华。如果贾母、王夫人穿成这样，一定被人笑话成老妖婆。二是王熙凤这样的穿着，主要是宣示自己的存在感。——就如部分野生动物的颜色鲜艳，表示一种警示一样。所以王熙凤的鲜艳除了有这样的意味外，还表示了她的权力和欲望。

而林黛玉同样看出了这一点：

粉面含春威不露，丹唇未启笑先闻。

这让我想起《老残游记》里“明湖居听书”那一回。其写王小玉出场：“那双眼睛，如秋水，如寒星，如宝珠，如白水银里头养着两丸黑水银，左右一顾一看，连那坐在远远墙角子里的人，都觉得王小玉看见我了；那坐得近的，更不必说。就这一眼，满园子里便鸦雀无声，比皇帝出来还要静悄得多呢，连一根针跌在地下都听得见响！”我想，王熙凤出场时，应该与王小玉出场有异曲同工之妙。只是她出场带着威严的笑声，而王小玉却带着一种艺术的灵性。

（五）

说到这里，我们不得不叹服作者的写作水平。当作者把读者们的胃口吊足之后，才缓缓地告诉你，此时贾宝玉该上场了——

头上戴着束发嵌宝紫金冠，齐眉勒着二龙抢珠金抹额，穿一件二色金百蝶穿花大红箭袖，束着五彩丝攒花结长穗宫绦，外罩石青起花八团倭锻排穗褂，

登着青缎粉底小朝靴；面若中秋之月，色如春晓之花，鬓若刀裁，眉如墨画，鼻如悬胆，目若秋波，虽怒时而似笑，即瞋视而有情；项上金螭璎珞，又有一根五色丝绦，系着一块美玉。

黛玉一见，便吃一大惊，心下想道："好生奇怪，倒像在那里见过一般，何等眼熟！"

贾宝玉出现之前，也许最初林黛玉并不放在心上，只是作者事前却给林黛玉心里埋下了伏笔——曾听自己的母亲说贾宝玉是含玉生、性情憨顽的人，后又听王夫人事前交代，说他"孽根祸胎，是家里的混世魔王"。换作任何一个正常的人，因为好奇之心，都会极想见一见贾宝玉，探一探究竟。

及至相见时，黛玉着实吓了一跳——倒像在哪里见过一般。根据小说前面的情节，宝黛二人在三生石畔是有仙缘的：前世有恩，今生有缘，所以黛玉才有这样的反应。再者，从人的真实心理上讲，近青春期的少年，有一种对美好生命的无限追求。你看黛玉观察极为细致：从头到脚，从衣着到神态，颜色又红又绿，周身散发着一种青春的朝气和活力，而面若秋月春花，是生命最美好的肤色，可想而知，这一见，必然打开了黛玉的少女之心。

待贾宝玉换装后，黛玉二次再见时，早已经是神飞心驰，无限情思自在两眸之间：

越显得面如傅粉，唇若施脂；转盼多情，语言若笑；天然一段风韵，全在眉梢；平生万种情思，悉堆眼角。

这应该是近距离地观看，看的是神态，而关注的重点是贾宝玉的眼睛——那是心灵的窗户。人身体上最明亮的部分全在眼睛上，那风韵、那情思有一种温暖和向往，更有一种留恋和不舍。生命的情感从此在这里定格，美好的青春追求也许停留在此时此刻……

再看林黛玉在贾宝玉眼中的最初印象：

两弯似蹙非蹙笼烟眉，一双似喜非喜含情目。态生两靥之愁，娇袭一身之病。泪光点点，娇喘微微。闲静似娇花照水，行动如弱柳扶风。心较比干多一窍，病如西子胜三分。

贾宝玉眼中的林黛玉，没有服装和颜色的描述，只是一种神态——柔弱、聪慧。如果一个女子带着几分病态，聪慧又有几分愁思，是不是更让人怜惜而心疼？从男人的心理来看，女人的柔弱和泪痕，是征服男人的法宝之一：一个面目娇好的女子，带着几分愁容和泪滴，似喜非喜地望着你，哪个男人受得了。假若是一个悍妇，满脸赘肉，横眉冷对，破口便是爹娘之讳，恐怕正眼瞧的兴趣都没有吧。

而在贾宝玉眼中，林黛玉是一种神仙的姿态，没有具体的形状，只留存一种美好的印迹——有一种痴，有一种执迷。有一次，我家十三岁的女儿告诉我说，她特别“崇拜”电视里的小男生，只要在电视里见到他们出场，再怎么活跃的女生都会突然瞬间安静下来，眼中满是羞涩和不安。我那时候突然想到一个问题：也许青春就是一种“痴病”——人的青春如果没有痴过，大约他的生命是不完整的。

也许作者在这里借宝黛二人的四目相对，深情传递之景，要告诉我们的是：每一个人，都有一个青春的梦。这个梦或许不能成为现实，但当他从沉积多年的旧迹中翻转过来时，想想初见的美好，就会感叹生命与生命之间的缘分，那样即使面对命运的困苦和挫折时，也会淡然一笑——

但愿人人相见如初，不负了青春，也不负了来世……

2021 年 6 月 15 日于金犀庭苑

四、一桩特殊的案件

（一）

第四回虽不算内容宏大，但意义深远，也见人见性。

开篇承接黛玉至贾府之事，虽一一见过众人，但未必每个人皆有印象。所以作者借此回补充一人。读来仿佛闲闲地带过，然而个中味道，——却是对青春的悲叹，对女性的不忍。

红学家历来认为，《红楼梦》实乃热情赞扬女性的书。自历史上有文字记载至小说出世止，能像这样写女性的书者，实在是没有多见。所以本小说开头写的：

女儿是水做的骨肉，男子是泥做的骨肉。

既有对女性的一种温情，也有对人性的尊重。

作者在此回中说到贾珠的妻子，无不带着几分悲悯的情感。那李纨本是官宦之家出生，闺中也读过些书，不过是《女四书》《列女传》之类。封建社会里，儒家的正统思想对女人的要求是“三从四德”——《仪礼·丧服·子夏传》：“妇人有三从之义，无专用之道。故未嫁从父，既嫁从夫，夫死从子。”《周礼·天官·九嫔》：“九嫔掌妇学之法，以九教御：妇德、妇言、妇容、妇功。”

李氏是深受这正统思想束缚的人。在出嫁后死了丈夫，年纪轻轻守寡，只能把希望寄托在儿子身上（也就是从子）。所以她虽生活在贾府这样繁荣富贵的家族之中，然生命竟如“槁木死灰”一般，在家庭里，其余的事一概不问不闻，只知侍亲养子。

作者用“槁木死灰”一词，极富有意义。虽还年轻，然却不像宝黛二人那样爱恨分明、活力无限——没有生命力，极像即将枯死的草木。灰色的生命里，见不到绿肥红瘦的光鲜亮丽，只有对过去回忆的悲伤——一个人的生命里，如果少了应该有的色彩，就像挂在墙上的黑白照片，一任尘埃纷飞。

（二）

如今且说贾雨村到应天府，审理薛蟠抢人致死一事，虽是一件官家公案，然牵涉其中的人物，也是各有性格，各归天理命运。想当初读《红楼梦》此回，无不痛恨贾雨村的丑恶嘴脸。后来渐进人世，在现实生活与工作中，阅人数之众，才知道自古以来世间之人，为财、为名、为权的一部分人，皆可以湮灭人性，扭曲灵魂。所以古时儒家倡导的“以德治天下”的思想，有许多虚伪的部分。——人若无欲，岂不是像前面李氏一样，形若槁木，色若死灰？

然想做官者，像贾雨村属，也许只不过是个案，历来圣人说：人之初，性本善。人性倘若灭尽，就不是人了。

原来贾雨村受理的人命官司，为两家争买一婢，各不相让，以至要了人命的案子。这两家人一是小乡绅之子冯渊，二是皇商薛家独子薛蟠。也该冯渊遭逢冤屈——那薛家是金陵一霸，倚财仗势，打死冯渊，像无事一样，薛蟠该干吗干吗去了。

贾雨村听了这件案情，当然应该作势一番。正要发签抓人，忽见堂上一个门子以眼色示意不可妄为，贾雨村狐疑。——这个老狐狸见机不对，马上撤漂。于是后堂与门子相见——

门子上前请安，笑问：“老爷一向加官进禄，八九年来，就忘了我了？”雨村道：“我看你十分眼熟，但一时总想不起来。”门子笑道：“老爷怎么把出身之地竟忘了！老爷不记得当年葫芦庙里的事么？”

听听两个聪明人的对话，一个深谙官道的哲学，一个像狐狸一样狡猾。话不及言明，刚点到之时，便已经在各自心里透亮如水。只是那门子的话：

老爷怎么把出身之地竟忘了！

待大家读完本回，方觉得此话带有极大的讽刺意味。——一语几关？可以猜猜。

原来这门子曾是葫芦庙里的一个小和尚，知道贾雨村当年的身世与经历。

读到这里，突然想到一件事：有一年我在蓉城的一家老茶馆里听人家讲书，偶然讲到做官的三怕：

“一怕上司翻脸；二怕沟里翻船；三怕‘尾巴’露现。”

而当官的“尾巴”之多——出身、地位、家产、才学等。想想看，这门子踩着贾雨村的“尾巴”呢。于是他便忙携手笑道：“原来还是故人。”请问有故人见面不认识的吗？

贾雨村的客气，让门子也放下了芥蒂之心，便与他兴致勃勃地讲做官的秘诀：

首先得有当地的护官符。

想这护官符，我中学时学《红楼梦》选段，读过这一回，因念及那“符”朗朗上口，动听而好玩，所以至今倒背如流：

贾不假，白玉为堂金作马。

阿房宫，三百里，住不下金陵一个史。

东海缺少白玉床，龙王来请金陵王。

丰年好大雪，珍珠如土金如铁。

总体看来，这里可以分析出三个重要内容：一是这四大家族各代表什么，我在前面“对此书应有所交代”一文里讲过。二则说明了贾、王、史、薛四大家族的富贵尊荣。三则他们之间的关系盘根错节，一荣俱荣，一损俱损。

（三）

我们再看门子提及此案的薛蟠，乃是“丰年好大雪”的薛家的独子，贾雨村哪里得罪得起。所幸门子的这番道理，借鬼神之说胡乱判了此案。看看这普天之下，鬼神之怖，哪有人心之恶！所以，当官的嘴，心里的鬼，有哪一样可信？

可怜此案中的冯渊，生命被人家这样草草地了结；那被卖的婢女英莲，命运就这样轻轻地被改写。小人物的命运，在大时代的疾风骤雨之中，犹如一根枯草，被颠来覆去，自己哪里能够左右！

可恨的是，贾雨村从门子那里已知英莲乃是甄士隐家多年被拐的唯一女儿，而且甄家还对其有恩，可以说没有甄家哪有他的今日。而贾雨村呢，却以“梦幻情缘，恰遇一对薄命儿女”的说辞敷衍众人，只字不提救赎英莲一事。由此可见贾雨村早已把他的“出身地”忘了，他所忘记的是甄家给他的资助之恩，而门子的那句话，对应的这段特殊的案情，是对贾雨村极大的嘲讽。

更可叹那门子，主导了这一场葫芦案，以为机巧可以媚得上司信赖，获得升官发财的机会。又怎知贾雨村“翻手为云覆手为雨”——

后来到底寻了他一个不是，远远地充发了才罢。

一个人，可以寡情薄义、阴狠至此！古人说：“滴水之恩当涌泉相报。”某些人，大概只讲利益，不讲恩情——多么地丑陋和扭曲！

临了，作者话锋一转，便引出本小说另一个重要人物——薛家小姐宝钗。因其进京采选，一家人陪同，半路上薛蟠遇到英莲，才有贾雨村这一桩人命官司的案子。只是人生何其的千差万别！一个人的名利之途，却改变了几个人的命运。

读到这里，也许有人会产生疑问：为什么此回的回目为“薄命女偏逢薄命郎　葫芦僧判断葫芦案”，而开篇却写李纨的命运，结尾又引出薛宝钗采选一事？

读完《红楼梦》百二十回的人可能明白，薛宝钗与贾宝玉结婚后，宝玉出家，薛宝钗独自守着空房漏室。也许作者要告诉我们的是：薛宝钗虽然得到了名分，但生命就此失去了活力，美好的时光伴随着青灯残夜，不是像李纨一样失去了生命的光彩么？哎呀呀！真是一样的可叹又可悲！

2021 年 6 月 17 日夜于金犀庭苑

五、梦，是自由的世界

（一）

第五回与第一回紧密联系，榫接卯连筑成了本小说的神话架构。

作者开篇从现实的两个重要的女性入手，一则贾宝玉与林黛玉久处之后的情感，点出了林黛玉“孤高自许，目无下尘”的性格。二则薛宝钗来贾府，其“行为豁达，随分从时”自比林黛玉深得众人喜爱。看此开篇，颇似闲笔赘述，却伏下整部小说中贾、林、薛三人的爱恨缠绵，小说中人物之间情感的冲突，在此点明。

大凡写爱情小说，情感变化如果一帆风顺，读者阅之，如同嚼蜡，哪有味道？必将有三者或四五者相互斗争，猜忌碎语，争风吃醋，方可有起伏跌宕的情节，引人入胜的兴味。

只是《红楼梦》把这些情节，暗中穿插在众多人情小事之中，只有慢慢品读其中的味道，方可深解原来人世间情感之误，人性之真，莫不如此。

（二）

小说第一回和本回在思想上有异曲同工之妙——

只是第一回写了甄士隐的梦，这一回借助贾宝玉的梦，说他神游于太虚幻境，游弋“金陵十二钗”各女子的人生命运，完成了人的成年之礼，在情与爱之间，在现实与梦幻的纠葛之中却无法警醒，被迫进入迷津之道。

这个迷津是什么？从字面上讲，就是找不到的渡口。秦观有一句词：“雾失楼台，月迷津渡，桃源望断无寻处”——停靠有小舟的渡河岸边，找不到了，眼前是白茫茫的一汪水波，怎么才能达到河的对岸？佛家讲这是一个迷惘的境界，佛引导人们开悟，就像驾着一只小舟，到达灵河彼岸。如果按照佛家的哲学思想，人一生从生到死，就是通达灵魂最高处的过程。所以，人的生命历程，不管经历过的亲情、爱情、友情，还是名利、权贵，都是生命之中的“迷津”，都需要自己去渡过。

所以这一回开始，贾宝玉才正式进入他情感世界真正的“迷津”之中，去逐步完成他的通灵之路，去领悟《红楼梦》里那些女子的命运，直至开悟。

他的领悟正是从这一场梦开始的，是人世间的欲望引导他进入梦境。

梦，是自由的世界。心理学家弗洛伊德说，梦的符号和隐喻具有特殊性，可以提示人的无意识愿望。什么叫无意识愿望呢？通常指人生长过程中必需的一种生理和心理的需求，也是人自然需求的一种属性，比如吃饭、睡觉。

贾宝玉的梦同样也是从这吃饭开始的。

正好此日冬尽春来，梅开几度不知之时，宁府邀请荣府老少赏花吃酒。酒足饭饱，宝玉倦怠，欲睡中觉，贾蓉媳妇秦可卿早安排下房间待他休息。然当贾宝玉刚进那一间房时，只见一画，名叫“燃藜图”，及一副对联：

世事洞明皆学问，人情练达即文章。

贾宝玉见了忙说：“快出去！快出去！”

历来众多评论家皆指贾宝玉此处的表现为不好功名，亦不喜欢勤苦好学。我并不否认此种观点，但转念一想，他为何有这样的表现呢？

是成长的烦恼。

一个处于青春期的少年，有一个非常正统古板的父亲，一个传统伦理思想的母亲，天天听着正统的教育，青春期的自我追求和完善被压抑，甚至被剥夺，所以内心具有强烈的反抗意识，充满对自由的向往与追求。贾宝玉刚入幻境时，便自内心想道：

这个地方儿有趣，我若能在这里过一生，强如天天被父母师傅管束呢！

此想法不正是此时期少年的心理反应？

其次是对生理需求的感知——对于性的关注。

所以当他走进秦氏的卧室时，就仿佛进入了生命成长的另一个境界，他对生理好奇之心让自己迷茫。作者调动了一切生理和心理的想象，来诱发贾宝玉的欲望——

刚至房中，便有一股细细的甜香，宝玉此时便觉眼饧骨软，连说：“好

香！”入房向壁上看时，有唐伯虎画的《海棠春睡图》，两边有宋学士秦太虚写的一副对联：

嫩寒锁梦因春冷，芳气袭人是酒香。

案上设着武则天当日镜室中设的宝镜。一边摆着赵飞燕立着舞的金盘，盘内盛着安禄山掷过伤了太真乳的木瓜。上面设着寿昌公主于含章殿下卧的宝榻，悬的是同昌公主制的连珠帐。宝玉含笑道：“这里好！这里好！”

秦氏房中有一股细细的甜香。这正是成熟女性生命的气息，这种气息是一种迷人的诱惑。加之秦氏自带一种天然的风韵，袅娜纤巧，温柔和顺，既有少女的美貌，又有平易亲切的温暖，这对一个刚有生理需求的少年来说，无疑是理想的追求对象。

而贾宝玉在房中看到的一切，也无不带着他自己的感情色彩：武则天的风流韵事；赵飞燕的轻巧妩媚；寿昌公主的梅花妆；西施沉鱼之美；红娘机灵与叛逆等——更有甚者，杨贵妃的乳房，直接就是肉体的诱惑。这些在历史和传记里的传奇女子，有自己的个性，也美艳动人，在她们生命的历程中追求过自由的人性，独立的人格。

这些女子在贾宝玉的眼中，既有令人爱恋的一种气质，又有他希望获得和追求的东西。所以，他从她们的美貌之中首先看到了一种欲望，一种对生理的满足感，对“性”的联想。从男孩子的成长历程看，这也是正常的生理和心理反应。

作者没有直接这样表达出来，但却用了一句非常隐讳的话，说明了贾宝玉正处于青春的萌动期——

秦氏便叫小丫鬟们好生在檐下看着猫儿打架。

春天的时候，猫有一个最独特的生理反应，开始寻偶交配。有时候几只猫在一起，为了争夺异性而相互发怒狂叫。蜀中之地常称“猫叫春”——正是一种春情的躁动。

（三）

而现实中的秦氏，也正是引导贾宝玉完成生理成长的第一人。她把贾宝玉引入太虚幻境之中，然后交给一个更迷人的女子——离恨天之上，灌愁海之中，放春山遣香洞太虚幻境的警幻仙姑。

这是多么奇妙的地方！又一个多么神奇的仙子！

离恨天，远离爱恨的地方，有爱恨的人，一定在离恨天之外。

灌愁海，一片水域，全是忧愁笼罩，连里面的水，都充满着无尽的愁绪。

放春山，释放春情的山；山里的洞是遣派痴情怨女的地方，而这些组成了一个空幻而渺茫的世界：太虚幻境。

而警幻仙姑代表的是什么呢？代表现实中引导人们抛却情与欲，放弃人的情感，去现实中求取功名利禄的引路人。这似乎与我们现实的理解相矛盾：从警幻仙姑的名字我们可以猜想，警幻，应该是对幻想的一种警醒，那么什么是幻想呢？在这第五回里，作者说情与欲是幻想的东西，是贾宝玉的梦，所以要脱离这个回到现实。但现实里，却也是一样的声色犬马，一样的不堪。这里从幻想的假与现实的真之间，正要说明“假作真来真亦假，无为有处有还无”的内涵，——怎样面对这真假难辨的世界？

再看第一回写到的绛珠仙子，住在离恨天外，喝的是灌愁海的水，吃的是秘情的果，天生心怀一段缠绵不尽之意，把爱恨愁怨积于一身。后来其为报甘露之恩，从太虚幻境至人间，成了林黛玉。所以林黛玉的哭、恨、怨、痴和计较，可以理解为都是这个警幻仙姑故意作的局。

她为了让贾宝玉醒悟，却不与他讲讲道理，谈谈心事，而是先用情感，再讲幻灭，又用肉体的欲望完成成人之礼，希望贾宝玉看清情与欲的真实面目而不再沉浸其中。然而生活在这样幸福的梦境里，贾宝玉一时半刻又怎么能开悟呢。

可是警幻仙姑心也实诚，一计不成，再施二计，以致后来接二连三。这让我想起《大话西游》里的唐僧，为了使周星驰扮演的至尊宝开悟，从“打雷了，下雨了”到“妖是妖他妈生的”再到唱 *Only You*。啰啰唆唆，一而再再而三地提醒和劝解，以致后来至尊宝实在忍受不了他的唠叨，却又无计可施！

然而一个人在没有领悟到真正的人生意义时，会把一切表象看成是自己美好的追求，他又怎么能从中领悟到一切皆空的道理呢？可怜那警幻仙姑一番煞费苦心，循循善诱——她先从细微处着眼引导，一副对联，一句诗文，皆是偈语：

假作真时真亦假，无为有处有还无。

而此时贾宝玉心里想着是仙茗、美酒、歌姬、仙曲，更见了“古今之情”“风情月债”，早已把情魔招入膏肓之中去了。

然后警幻仙姑再用人生的幻灭警示贾宝玉。说与他生活在一起的那十二个女子，命运皆已注定，不过是福浅命薄，终无多少美好的结局。

作者用诗词的方式给十二钗每个人的结局下了定语，告诉读者，其实这部小说的人物结局，已经呈现在面前，各自去慢慢品读。而我们大多数读者也像贾宝玉一样，第一次读这些内容时，也不过从这些诗词中读到春恨秋悲，聚合离散之情罢了，待读完一百二十回，再慢慢回味：哦！原来如此！原来伏脉千里，竟是这样演化而去的！原来小说的结构也与人生领悟一样——走至生命的尽头之时，猛一回头，一切早已注定。

我们随意抽一首诗来看看：

富贵又何为？襁褓之间父母违。

展眼吊斜晖，湘江水逝楚云飞。

生在富贵之家又有什么用呢？在刚出生的时候父母就走了，留下一个人孤单地生活和长大，生命何去何从，却不知道。出嫁至湘江水边，本以为可以安静地享受着人间的快乐与幸福，然而转眼之间，美好的生活就像夕阳的余晖一样，好景不长。

没有读完这部小说的人，不会知道这是史湘云的判词。但词的情感里流露出人生无常、瞬息万变的思想。它告诉我们：没有谁能真正把握住自己的生命过程。

此情此理，大家此时不知，我也不知，贾宝玉也不会知。

（四）

警幻仙姑见贾宝玉恍恍惚惚，不明其意，于是再引他进内室，以美酒佳肴，声色情欲之事警其痴顽。

那贾宝玉进室来，突然看见一群仙女，个个“荷袂蹁跹，羽衣飘舞，娇若春花，媚如秋月”。在他眼前突然呈现出飘飘袅袅、花花绿绿一大片美景来。就像现代人第一次去娱乐场所蹦迪或唱歌，一阵灯光闪烁，满堂声音喧哗，人早已是昏昏沉沉，不知如何是好了。

至于警幻仙姑当着他说宁荣二公所托之事，尽管其言谆谆，其情殷殷，此时的贾宝玉，就像是花着祖辈们的钱，在那娱乐场所高亢地吼着：“世上只有妈妈好”的纨绔少年——一切的幸福和快乐，只在眼前当下。

每每读到此时，不觉使人一声长叹：可怜天下父母之心！祖父所积之时，呕心沥血，点滴成势，而后辈儿孙却躺在富贵温柔之乡，不思进取。所以钱财富贵，也不过是一时的虚荣，哪有继世的长久？

接着警幻仙姑再用“群芳髓”的香，“千红一窟”的茶，以及“万艳同杯”的酒来启示他，告诉他这些所谓的“芳、红、艳”，表面不过是花木草精，其实正是女子们美好的生命状态。你每天与这些美丽的女子相处，希望她们永远围着你转——为你哭，为你笑，那是不可能的。无可奈何的是时光流走，青春不可长留。时间，它带着无情的嘴脸摧毁一切美好的生命。这里的“群芳髓”“千红一窟”“万艳同杯”应该还有另外一层意思，预示着大观园里这一群女子悲惨的命运。从社会历史来看，也点明了男权社会对女性无情的摧残。

所以作者写到这里，有一种沉痛的感觉——回忆过去家族里的繁荣，那些与自己生活在一起的少男少女，而今却是——

为官的，家业凋零；富贵的，金银散尽；有恩的，死里逃生；无情的，分明报应；欠命的，命已还；欠泪的，泪已尽；冤冤相报自非轻，分离聚合皆前定。欲知命短问前生，老来富贵也真侥幸。看破的，遁入空门；痴迷的，枉送了性命。——好一似食尽鸟投林，落了片白茫茫大地真干净。

我想作者写完这《红楼梦》十二曲，一定泪流满面。一方面充满着对青春的无限感慨与怀念，另一方面只恨自己年轻时没有理解通透人生的意义。这一恨一悲，一感一念，凝结了他一生的情感纠葛。所以在小说开篇写道：

满纸荒唐言，一把辛酸泪。

落笔成殇，个中滋味，只待读者自己去体会。

（五）

只是小说里的贾宝玉，还得继续着他的美梦。

警幻见宝玉甚无趣味，因叹："痴儿竟尚未悟！"那宝玉忙止歌姬不必再唱，自觉朦胧恍惚，告醉求卧。警幻便命撤去残席，送宝玉至一香闺绣阁中。其间铺陈之盛，乃素所未见之物。更可骇者，早有一位仙姬在内，其鲜艳妩媚，大似宝钗；袅娜风流，又如黛玉。

警幻仙姑见贾宝玉有睡意，感觉其难以醒悟。便只好安排他与一仙姬行成人之事，再期望他能悟出情的空无。而贾宝玉惊奇那女子容貌有宝钗之姿色，又有黛玉之神韵。要知道，此时贾宝玉正做着春梦，他梦中的理想女子是什么样的呢？"兼美"用得特别好——现实中正好有一个这样的人，兼有林黛玉与薛宝钗共同的美貌和气质——秦可卿，岂不是正合其意！

这样的梦境似乎有些荒诞可笑。但从心理学对梦的解析来看："梦境或许向我们反映了一些最近的焦虑或是喜悦，当然也向我们告知了一部分身体的状况。"

我们可以大胆地猜一猜，或许作者的青春时代，就有一个像秦可卿这样的女子，曾经令他倾慕；或者自己一直追寻的美好生命，就是秦可卿这样的人。

为什么警幻要选择秦氏这样的一个人呢？我们得从她的判词说起：

情天情海幻情深，情既相逢必主淫。

后面的《红楼梦》曲中有一曲"好事终"，评得更加直白：

画梁春尽落香尘。擅风情，秉月貌，便是败家的根本。箕裘颓堕皆从敬，家中消亡首罪宁。宿孽总因情。

从判词和"好事终"一曲里我们至少知道两层意思。天下男女之事，总因情而起，有情便生淫心。而秦氏花容月貌，最能引起男人的垂涎，另外的考证书籍说最后秦氏悬梁自尽，皆是她与贾珍之间的淫事而终。而贾府的衰败，也是治家不严，伦理失位之果。

警幻以此告诫贾宝玉，并授以云雨之事。其最终目的很明确：

她受宁荣二公之嘱，对贾宝玉醉以美酒，沁以仙茗，警以妙曲，再与兼美行男女之事。不过告诉他，这神仙之地，不过也是这声色情淫的风光，人世间就更加不堪。劝解贾宝玉以后立世，应该多读儒家正宗，学经邦济世之道，切不要坠入人间风情月债之中。

但世人都知道，功名利禄之途，也是声色犬马之道，越是追名求利，越容易坠入酒色财气之中。不过这太虚幻境的一梦，倒是实现了贾宝玉现实中不能实现的想法和追求。然而任凭警幻如何引导劝诫，贾宝玉却终未能开悟。

梦到了尽头是一道黑溪——

警幻道："此乃迷津，深有万丈，遥亘千里，中无舟楫可通，只有一木筏，乃木居士掌舵，灰侍者撑篙，不受金银之谢，但遇有缘人渡之。尔今偶游至此，设如坠落其中，便深负我从前谆谆警戒之语了。"话犹未了，只听迷津内响如雷声，有许多夜叉海鬼，将宝玉拖将下去，吓得宝玉汗下如雨，一面失声喊叫："可卿救我！"

贾宝玉最终被拉入情感的迷津之中。——从小说这一回后，贾宝玉将在现实的迷津中，感受和体会这些人情世故。这一场梦，是现实的伦理与生命追求自由的较量；是生命幻灭的结局与享受人间过程的矛盾，更是贾宝玉对青春的自我放逐。

或许作者要告诉我们的是：人只有在现实之中不断经历男女之间的爱与恨，从中体会人世间的聚合离散，人生经历的贪嗔痴疑，才能真正得到生命的领悟。

人生天地间，必将经历亲情、友情、爱情等诸多情缘。佛家讲情是一种劫难。如何经历人生的情劫，超越生命的自然束缚，悟得人性的真正意义，可能是《红楼梦》对"情"最深刻的思考……

2021 年 6 月 24 日于金犀庭苑

六、让时间在生命的长河里自由地流走

（一）

大家可能刚从第五回的梦幻世界里出来，那些美酒和佳茗，还有人间难遇的仙女，让人留恋和向往；诱人迷迷惑惑——这个世间，到底是梦的主宰，还是现实的纠缠？有时候无法分辨清楚。

不过贾宝玉一定还沉浸于梦里。他在梦里完成了人生成长的第一件大事——他梦遗了，这印象是深刻的。

当那个大丫鬟袭人触摸到他的大腿时，只觉冰冷黏湿的一片。程乙本在这里写得较为低调和含蓄，并不像庚辰本那样直接。不过从这短短的两段文字中，可以让我们看到袭人的某些心机。小说中这样写道：

> 宝玉红了脸，把他的手一捻，袭人本是聪明女子，年纪又比宝玉大两岁，近来也渐省人事，今见宝玉如此光景，心中便觉察了一半，不觉把个粉脸羞得飞红，遂不好再问。

注意啊！书中写袭人比宝玉大两岁，按照前面的年龄推算，她应该有十五六岁了。而且“渐省人事”，这个词用得特好。什么意思呢？一是告诉大家，她知道宝玉流出来的是什么；二是她知道成年的男女之间应该发生什么事。

可后来当他们回到荣府里，袭人见四下无人，又问道：

> “那是哪里流出来的？”

她似乎又在装傻！我读《红楼梦》后面部分，晴雯被逐出大观园时，很怀疑是袭人从中做了手脚，但在小说里作者却给了袭人极大的宽容。没有一字一句评价过袭人哪里不对。也许在现实中，作者青春年华里肯定有一个既像母亲、又像姐姐，对自己体贴温柔的大丫鬟，作者不忍心写出她阴险的一面。

但仔细读读前面袭人问的那一句话，分明带着引导与挑逗的意味。她引导什么呢？她希望贾宝玉重新回到梦中的云雨之事，她需要一个机会——

袭人自知贾母曾将她给了宝玉，也无可推托的，扭捏了半日，无奈何，只得和宝玉温存了一番。自此宝玉视袭人更自不同，袭人待宝玉也越发尽职了。

然而庚辰本却这样写道：

袭人素知贾母已将自己与了宝玉的，今便如此，亦不为越礼，遂和宝玉偷试一番，幸得无人撞见。自此宝玉视袭人更比别个不同，袭人待宝玉更为尽心。

从文字表述来看，庚辰本比程乙本更直接。“偷试”比“温存”，更能让人产生联想。更重要的是后来读脂砚斋的批文本，上面就有：“伏下晴雯”之句。

我们来分析一下袭人此行的动机，以及隐藏着怎样的一种心理状态。

读过《红楼梦》的人都有这样的感觉：贾府好比一个小小的社会，也像一个现代化的企业组织一样，里面充满着人与人之间的勾心斗角、尔虞我诈。而贾宝玉的身份和地位，好比那个大家族的守业者和继承者，所有的希望都可能寄托在贾宝玉身上。因此跟着贾宝玉的下人，也就相当于为自己的未来前途选好了光明之路，并且自己未来的这个东家还是一个有菩萨心肠的人。所以，在贾宝玉面前争上位，就成了大观园众多丫头的人生追求。

而袭人呢，她对贾宝玉体贴入微、关怀备至，天天守着贾宝玉，可仍觉得自己的地位不可靠，所以她除了从贾母、王夫人那里获得信任外，更重要的，她要获得贾宝玉的全部依赖。而整本小说和各个版本中，我们很难读到袭人有什么过错和不当的地方，她处处忍让、包容、圆场，像薛宝钗一样完美得无可挑剔。

有时候完美就是一种缺陷。越完美，就越能让人看到某些虚伪、做作的东西。

（二）

所以这样的行为，还没有那个乡下老太太刘姥姥的来得真实和可信。

刘姥姥一进荣国府，带着底层人的卑微和无奈。或许我自己就是社会卑微的一员，我读到刘姥姥，非常同情和欣赏这个老太婆的命运和生命力。

这个老太太对生活有一种执着的追求，在女儿女婿极度贫困的时候，她愿意付出自己的努力去改变这种现状。刘姥姥在教训自己女婿时说的一句话：

“姑爷，你别嗔着我多嘴：咱们村庄人家儿，哪一个不是老老实实守着多大的碗儿吃多大的饭呢！”

我甚至在此时会联想到我的婆婆，她在世时好像说过类似的话。生活在贫苦的乡下，只有精打细算，勤勤恳恳地过日子，才能保住温饱。

事实上，往往越是贫穷，越有顽强的生命力，就越能表现出乐观的生活态度。小说站在中性的立场上，真实地写了这个老太太，可见作者对人性的赞美与击赏。

作者借刘姥姥的行踪、见闻以及与王熙凤的相见，不仅展示了贾府外的市井生活、阶级之间的差距，同时也点出王熙凤当家的不容易。

刘姥姥的女婿家与王熙凤家是认的亲，已经隔了几代，她想通过王夫人的帮助渡过眼下的难关，所以厚着脸皮去荣府请见王夫人。因为第一次去贾府，不认识路，只得找到王夫人的陪房周瑞的老婆，请她代为引见。

次日天未明时，刘姥姥便起来梳洗了，又将板儿教了几句话。五六岁的孩子，听见带他进城逛去，喜欢得无不应承。于是刘姥姥带了板儿，进城至宁荣街来。到了荣府大门前的石狮子旁边，只见满门的轿马。刘姥姥不敢过去，掸掸衣服，又教了板儿几句话，然后溜到角门前，只见几个挺胸腆肚，指手画脚的人坐在大门上，说东谈西的。刘姥姥只得蹭上来问：“大爷们纳福。”众人打量了一会，便问：“是那里来的？”刘姥姥赔笑道：“我找太太的陪房周大爷的。烦那位大爷替我请他出来。”那些人听了，都不理他，半日，方说道：“你远远的那墙犄角儿等着，一会子他们家里就有人出来。”

我每每读到此处，总为卑微者的不幸感到辛酸。有一句俗话：“人在屋檐下，不得不低头。”刘姥姥为了生计，不得不拉下老脸，壮着胆子去求见人家——也许明知道有可能没有希望，但生活的压力迫使她放下做人的尊严。她“掸衣服”“溜角门”“蹭上前”向贾府门前的下人纳福，一个六七十岁的老人，这是何等的卑微！或许在她生活哲学里，贫贱就是自己的宿命，小心谨慎地应付这个社会，是她的生活法则。

更辛酸的是门前那些“挺胸腆肚，指手画脚”的下人，他们也属于社会底层，只不过依着贾府的大门，却有了些身份——贾府的门面，就是他们的脸面，他们可以冷眼地对待这个乡下来的老太太。人与人很奇怪，同一阶级的人对本阶级的人会更不在意——他们对权贵跪拜，对相同身份的人鄙夷，这叫“底层互害”。

鲁迅先生在《阿Q正传》里写到阿Q被人欺侮后没处发泄，正好遇见一个小尼姑，就借机调戏了她一番，可怜那个小尼姑，也只能暗暗骂骂阿Q，于是阿Q就心满意足了。这些情节看似是对人性的讽刺和批判，却又似乎在努力寻求人性的解脱——人性在被挤压、被蔑视时，怎样去找到出路和释放？这是一个社会问题，值得我们去思索——生活在底层的人，也许就没有思考过人要怎样活着才算有尊严。

刘姥姥想过她的尊严，她对生活也有一种热爱：出门时打扮一番，教育板儿要有礼数。但当她到了贾府，进入从未见过如此气派的人家时，她简直不敢相信自己的眼睛：

> 满屋里的东西都是耀眼争光，使人头晕目眩。

及至见到王熙凤时，那种高贵的气质和傲慢的态度，换着一般的乡下人，早已经是语无伦次，不知如何开口了。

但见刘姥姥的语言，首先从场面上讲，是来给王夫人请安的，意思既然大家都是亲戚，经常走动是正常的礼数，但从反面思考一下刘姥姥的话：贫穷的人，哪里还有能耐讲得起这个“礼”呢！俗话说“富在深山有远亲，穷居闹市无人问”。现实中，贫穷和卑微让人无法攀亲待友。周瑞老婆怕她说不到正题，示意她说出本次来见王熙凤的意图。我想，刘姥姥心里早有一套完整的语言向王熙凤表达此行的目的，所以无论王熙凤中间怎么忙于应付贾蓉，干扰刘姥姥的讲话，可最后她依然很清晰地表达了自己的诉求，最终获得了王熙凤的资助。

从刘姥姥的表现来看，她的生命里有一种圆滑世故，她不放弃任何生存的机会，像一株小草一样，经历过风吹雨打，但仍然有很强的生命力。

（三）

作者在本回的重点应该是借周瑞老婆的谈话，以及刘姥姥的所见、所闻去再现另一个人的日常生活经历——王熙凤当家的不易。

表面上王熙凤在贾府里当管家，相当于一个企业的职业经理人，掌握着巨大的权力和享受众星捧月的威望。但是，从每天天刚亮起，她就得安排贾府一天的开销支出，人情世故的往来；侍候贾母；照顾贾府里众多的小姐公子，所以，无论吃饭还是睡觉，她的时间每天都被家族里的各种事情占据着。

刘姥姥见她时，还没说上两句话，就有家下媳妇前来回话，接着就是贾蓉前来索玻璃炕屏，好像她的生命是为别人而活的一样。

尤其是刘姥姥在等着见她的时候，有一段特别具有象征意义的描述：

> 刘姥姥只听见咯当咯当的响声，很似打箩筛面的一般，不免东瞧西望的，忽见堂屋中柱子上挂着一个匣子，底下又坠着一个秤铊似的，却不住的乱晃，刘姥姥心中想着："这是什么东西？有啥用处呢？"正发呆时，陡听得"当"的一声，又若金钟铜磬一般，倒吓得不住展眼儿。接着一连又是八九下，欲待问时，只见小丫头们一齐乱跑，说："奶奶下来了。"

有好几次我读到这一段文字时，很觉得奇怪，为什么作者会把刘姥姥看挂钟报时的这事写得如此详细？难道仅仅说明她的好奇吗？贾府中令刘姥姥好奇的东西很多，唯独单单只写一个钟？

钟是什么呢？是时间。

这里本意可能是写王熙凤的忙碌。她像我们现代人一样，为了想在家族中有所作为，每天都为自己的欲望而忙碌着——她无疑是贾府中最忙的一个人，她的时间在别人的生命里流走。

在讲效率的社会里，时间的法则就是让生命紧张而忙碌。我们现代人，从清晨被闹钟惊醒的那一时刻起，我们的活动就被时间驱赶着——每一天定时起床，定时洗漱，定时上班……时间肢解着现代人的生命。

我的一个朋友在孩子的教育上很有时间观念。从孩子小学三年级起，他把孩子每天的时间都安排得井然有序：什么时间起床，什么时间吃早饭，什么时间读早课，什么时间上课，什么时间吃晚饭，什么时间睡觉……把时间精确到分钟。孩子一直规规矩矩，成绩非常优秀。但孩子的眼神里却看不到灵动的光，也听不见孩子爽朗的笑声。他的生命是为别人而活的，所以孩子失去了天然的属性——他不是在自我人生的时间里成长，而是依附于父母的意志。

近几年来，青少年的心理健康已经成为需要引起广泛重视的社会问题。我想，应该让孩子在自己的生命历程去接受苦难和挫折，让他们去完成自我和自然的成长。只有那样，孩子成年后才会懂得对人的温暖，才能给别人和自己一些宽容的空间和时间，生命才会有韧性。

而在刘姥姥的生命里，她没有小时、分钟、秒的时间观念。和大多数中国传统社会的乡下人一样，他们的生命里，是自然的时间，一种模糊的概念。他们知道一年四季，二十四节气，他们懂得春种、夏管、秋收、冬藏——自然物的生长周期就是农民活动的时间周期。在乡下，时间是缓慢的，所以当一个人在回归乡野的时候，他会发现自己过得比日常更轻松，更自然。

而当时间被人们精细地分割，生命消耗的过程就会加快。

我们不能过分相信那些所谓“时间就是生命”“时间就是金钱”的励志语言，在有的时候它们不是心灵鸡汤，却是一种不断磨灭自我的毒药。

南怀瑾先生说得很好：“在这个世界上，除了人命关天外，没有什么是急事。所谓的急事，无非名利。”有时候静静地想一想，这是一句真实的话。

我想，当刘姥姥听到那钟“当”的一声响时，她的心是紧张的。她虽然不知道那是预示时间的响声，但她的心率一定加快了许多。这一声响，不仅敲在了她的心里，也敲在了贾府丫头们的心里，更敲在了王熙凤的心里……

也许作者在写这一段文字的时候，一是表示对王熙凤操劳的不忍；另一方面或许告诉我们每个人一个生命的启示：

人应该从容地走过自己的每一天，让时间随生命的成长自由地流走。

2021 年 6 月 29 日夜于金犀庭苑

七、做一个骑鲸的少年

（一）

本回不得不提一提作者的写作方式，无奈本人才疏学浅，抓耳挠腮一阵，居然想不到好词来夸赞。某日翻看庚辰本批文，上载一段：

> 他小说中一笔作两三笔者，一事启两事者均曾见之。岂有“送花”一回间三带四，攒花簇锦之文哉？

这不正合我意？也少得啰唆。此文便从这“送花”说起。那日周瑞老婆送走刘姥姥后，去王夫人房间回禀结果。正巧这王夫人去了薛姨妈那里，周瑞老婆只好又去梨香院，先见了薛宝钗，寒暄一番，才又从薛姨妈那里接了这个新的任务——给各房小姐夫人跑腿送花。

作者把周瑞老婆当作一根绳索，上挂铃铛几许，一拉，全响。

（二）

第一位出场的便是《红楼梦》的重量级人物——薛宝钗。她在干吗呢？

只见她家常打扮，头上随意挽着髻，坐在炕边，正在与丫头描花样呢。好一副“春闺绣女图”——却没有颜色的描写，也没有气质与神态的展现，眼前只是休闲和家常气氛，亲切随和的情境。

但凡人与人交流，对方若亲切随和，来者便可以轻松地多交流一会儿；若对方尖酸，来者当如坐针毡，片刻也不敢停留。所以周瑞家的在薛宝钗处多闲话一番，方才有下面的故事。

家长里短自然地谈到了薛宝钗的病——从胎里带来的一股热毒。

这里给大家分析一下薛宝钗到底得的是一种什么样的病。这是一种热病，病根在哪里？她因选秀来到京城，目的是想进入皇宫，攀上皇亲，当然也不能排除她想做皇妃的想法。虽然没有被选上，但她心里有强烈的欲望，所以她对人和事以及对自己的未来是激进的，怀着美好的期望。所以薛宝钗的病，正是天下追求欲望、追求功名的人所有的病症：一种狂热的病！小说后面部分多次写到她待人接物周到全面、平易近人，处处保持一种谦和的态度。从而让贾府大多数人都感到舒服——在社交中，一个人最大的成功之处，就是让人感到舒服。

当然有人就会问："这病有没有治？"有，而且此病得由一个和尚来治，治疗的方法取自海外仙方。也就是说一般的医生是没法医治的。

这也奇哉怪也！

和尚代表的是佛家，佛讲"色即是空"——你所追求的一切，到头来都是空的，是没有的，所以人要保持清醒的头脑，过于热衷于名利和欲望，最后你也许什么也不会得到。

也就是说，薛宝钗的病是心病，还得心药去治。

那是一服什么药呢？看看这一张药方，不禁让人眉头紧皱：

要春天开的白牡丹花蕊十二两，夏天开的白荷花蕊十二两，秋天的白芙蓉蕊十二两，冬天的白梅花蕊十二两。将这四样花蕊，于次年春分这一天晒干，和在末药一处，一齐研好；又要雨水的这日天落水十二钱……"周瑞家的忙道："哎呀！这么说就得三年的工夫呢！倘或雨水这日不下雨，可又怎么着呢？"宝钗笑道："所以了！那里有这么可巧的雨，也只好再等罢了。还要白露这日的露水十二钱，霜降这日的霜十二钱，小雪这日的雪十二钱。把这四样水调匀了，丸了龙眼大的丸子，盛在旧瓷坛里，埋在花根底下，若发了病时，拿出来吃一丸；用十二分黄柏煎汤送下。

读到这里，我常常想起电视剧《西游记》里孙悟空给一个皇帝开的药方，除了沙僧去刨的锅底灰（又名百草霜）和八戒去取的马尿（《西游记》里称马兜灵）外，还有数不清的药名和复杂的剂量，其药方烦琐程度让人咂舌。

但看《红楼梦》里给宝钗的这名叫"冷香丸"的方子，却大有来历——

先讲讲药的颜色：白色。从心理暗示来看，白代表一种纯洁，一种冷的色调，似乎在告诫热衷于追求某些东西的人们，应该时时保持冷静，保持一种纯洁的状态。

再看看主药是什么：春夏秋冬四种花。牡丹与芙蓉，花色艳丽而繁华，

姿态雍容而妖美，有一种富贵尊荣的气质；荷花和梅花，纯洁而素净，一则仅可远观，另则傲霜凌雪，都有一种与世无争的气质特点——是的，人生也许就如这四种花一样，要经历过繁华，才耐得住寂寞。

看看臣药：雨雪霜露，都是水的不同状态。老子讲："水利万物而不争。"水是一种流体，从液态到固态，其形不可捉摸；从春到冬，由温暖到冰冷，随自然的温度和地理位置改变形态与运动轨迹，恰似自然人不同的生命形式和状态。

又看看药的剂量："十二"是什么意思呢？一年十二个月，一日十二个时辰，时时刻刻提醒薛宝钗，对于热毒之病要警醒。

药引是什么呢？黄柏。《神龙本草经》上讲："性寒，味苦。有清热解毒之功效。"有时候人应该去感受生命之中的苦，人的理性和周全，给人的感觉是甜蜜的，而真性情的人，往往会体会到生命之中的苦，真情是一种纠葛和苦涩的味道。

所以，这一张药方太不简单。它包含着天地自然，四时季变，人生苦短——道家与佛家的思想全在里面。它又告诉人们一个道理：在追逐欲望的道路上，也应该时时停下脚步来想一想，回归到人的自然属性之中，保持生命的平衡状态。

周瑞家的正听得热闹，外间王夫人听见三人交谈，询问原因，于是引出薛姨妈吩咐其送花一事。为何要送花呢？因为薛宝钗不戴花，只好送给他人。薛宝钗是从来不爱这花儿粉儿的，所以她也作不出黛玉的葬花词来——一个人太热衷于欲望，太过于理性，他又怎么能看到生命中的一花一草、一叶一木的美好呢？所以一个人在忙碌的生命过程中，能够停下脚步来看看路边的小草野花，他内心一定有爱。

自然的花草，虽说是低贱的生命，但也有美好的追求，比如把花交到周瑞家手里的香菱，命运可怜又可悲，但却对美好的生命有一种向往和追求。——她对诗词的热爱达到了忘我的境界，我们常常说的一句话："生活可以苟且，但也要有诗和远方。"此话用在香菱身上，贴合她的生命特征。

所以周瑞家的，拉着她的手看了又看，反为叹息了一回。也许生命之中有许多的叹息，但人生追求过、热爱过，能够诗意地栖居于天地之间，也算是不负了青春年华。

只是让人想到另一个少女，她的青春年华里却没有诗一样的绚丽多彩。人生早把红尘看破，生命才真正如白荷一样清淡欲寡——完全与薛宝钗是另一个极端。

周瑞家的送花至惜春处，只见她正同水月庵的小姑子智能儿两个一处玩耍。

惜春笑道："我这里正和智能儿说，我明儿也要剃了头跟他作姑子去呢，可巧又送了花来，要剃了头，可把花儿戴那里呢？"

青春的生命里，过早地领悟到一切皆空的境界，不知是福还是非福，也许青灯古寺旁，晨钟暮鼓中，她就是放生池里的那一朵洁白的莲花。

希望这惜春别跟着智能儿去了那水月庵修行就好了。看看水月庵的生存之法——无非靠着像贾家这样的富贵人家，以积善行德的幌子，到处骗钱而已。

我想贾琏和王熙凤不这样认为，至少此时他们认识不到。当周瑞家的送花至王熙凤处时，夫妻二人正睡中觉：

只听那边微有笑声儿，却是贾琏的声。接着房门响，平儿拿着大铜盆出来，叫人舀水。

贾琏要的是肉体的欲望，享受的是生理的刺激。一个人没有十足的定力，怎经受得住人世间这花花绿绿的诱惑？但看现实的芸芸之众，似贾琏者，何其之多！

不过总还是有对人生有所计较和坚持的人儿。当周瑞家的送花到宝玉和黛玉处，那林黛玉却与众人不同——

黛玉只就宝玉手中看了一看，便问道："还是单送我一个人的，还是别的姑娘都有呢？"周瑞家的道："各位都有了，这两枝是姑娘的。"黛玉冷笑道："我就知道么！别人不挑剩下的也不给我呀。"

好一个伶牙利齿的黛玉！出口不但没有"周姐姐"的热情，反而给人家一顿闷锤——这老用人忙活了半天，最后非但没收到一句好话，还得受一肚子闷气。

一个人如果没有欲望，他就会表现出刚强的一面，不会对所有的人和颜悦色，只会随自己的性情而为。可叹那林黛玉！一生只为一人而活，却为真

情而死。所以她的生命里更真实，也更不会融进现实的污浊之中——她不是为现实而生的。

（三）

人在青春年少的生命里只会留下纯洁与不舍，留不下的是那些是非与妥协。

就像贾宝玉与秦钟相遇与相知一样。

想那日王熙凤带着贾宝玉去宁府赴宴，正巧遇见了秦钟。原来秦钟是秦可卿的弟弟，表字鲸卿。

这是一个多么俊俏的少年啊！

眉清目秀，粉面朱唇，身材俊俏，举止风流，似更在宝玉之上：只是怯怯羞羞有些女儿之态。

大家皆知，我们在前面已经借林黛玉的眼睛欣赏了贾宝玉的形貌与风度，而这秦钟比他还生得漂亮，就连王熙凤也偷偷地对贾宝玉说“比下去了”。可见这秦钟是神仙一样的人物啊！

只是美中不足的是“怯怯羞羞有些女儿之态”。

说到“女儿之态”，令我想起当今年轻人对明星的审美观——影视及娱乐剧中的那些少男们，无不涂抹朱粉，语言嗲气，表现得柔弱而女性，人们还给了他们一个特定的称谓“娘炮”。于是关于是否崇尚“娘炮”的争议曾在网上一度成为热搜——有人批判，有人赞成，最终不了了之。

每次读到贾宝玉初见秦钟，我便想起自己十三四岁时在故乡的乡下读中学时的情境：那时候穷乡僻壤的学校不仅教室简陋——窗无玻璃，风雨滴漏，教室地面坑洼不平，课桌陈迹斑斑，而且所识同学皆是乡村里的农家孩子，衣服破烂，补丁居多，春夏秋大都是“赤脚大仙”。

后来从县城转来一个同学，面目白净清瘦，戴一金边小眼镜，中分头；上身小西装，脚穿一双黑皮鞋，眉宇间闪烁有光。于是众人见了，眼里突然一亮——天下还有这样俊美的男生？有很长一段时间里，我们上课的眼神都被这个小男生吸引着。也有时候因为他招女生倾慕的眼神而引起某些男生的不满。所以直到如今，我仍然清晰地记得那位同学的面目。

那宝玉自一见秦钟，心中便如有所失，痴了半日，自己心中又起了呆想，乃自思道："天下竟有这等的人物！"如今看了，我竟成了泥猪癞狗了！

这样看来，岂不是与我们那时心态一样。只不同的是，我却不知道那穿小西装的同学对我们的印象如何。在秦钟眼里，贾宝玉是怎么样的呢？

形容出众，举止不凡，更兼金冠绣服，艳婢娇童——"果然 怨不得姐姐素日提起来就夸不绝口"，我偏偏生于清寒之家，怎能和他交接亲厚一番，也是缘法。

生命里的"痴"，是一种成长的烦恼，也是一种真性的表露，更是对一种美好事物的向往。人一生之中，也只有青春时光才有这样的心理特征。成年后，人将面临许多事务，早已把曾经在内心里的美好坚守与期望隐藏在岁月的深渊里了。

青春，是多么值得珍惜和回味啊！像风一样的年纪，像花一样的艳丽，像神仙一样的飘逸……自由自在，无所拘束——像庄周可以有梦蝶的自在，青春却可以有骑鲸遨游于瀚海之间的潇洒，可以随意畅想于生命的无穷之中。

所以，关于"娘炮"的争论也应该有一个结果了——那不是人的价值观和审美观出了问题，那是青春里的一种躁动和追求。人有时候应该放下世俗的羁绊，在某个风和日丽的春天，回到你出生的地方，找一块草坪，躺下，看着蓝天上的白云，再想想"娘炮"这个词罢。也许你会淡淡地一笑。

至于贾宝玉与秦钟后面会有怎样的结果，人生自有归处。毕竟本回没有提及，只待下回慢慢叙来。

（四）

只是临近结尾，王熙凤与贾宝玉回荣府之时，却又引出一人。

此人是谁？乃是贾府里的老用人焦大。其跟随贾府第一代创始人，立下过汗马功劳，见证了创业的艰辛与不易。所以他对贾府里的事最有发言权，他可以居功而指责贾府里的后辈儿孙。那焦大被众人揪翻捆倒时骂的一句话，既是一种警醒，也是小说对贾府结局的一种伏笔：

我要往祠堂里哭太爷去，那里承望到如今生下这些畜生来！每日偷狗戏鸡，爬灰的爬灰，养小叔子的养小叔子，我什么不知道？

家庭之乱，皆因伦常之乱；家族之衰，也皆因内部之衰。这不得不让人产生对治家之道的思考——

一项事业，如何可以延续百年，以至更久，它的基石是什么？恐怕不是财富的积累所能支撑的。更多的时候，它需要精神层面的东西，所以后来治家之人，应该多多思考。

2021 年 7 月 3 日于重庆江北鱼嘴

八、金玉之色，木石之意

（一）

整理这一回笔记的时候，突然想到现代京剧《沙家浜》里阿庆嫂回答刁德一的一段唱词：“垒起七星灶，铜壶煮三江……来的都客，全凭嘴一张。”“人一走，茶就凉……”这人一走，茶就凉，是人情社会里自然的规律，有时候就怕人还没走，茶就凉了，这是世态的冷暖。这世间人与人的交往和关系，像乱麻皱丝——不理，乱；理，更乱。但看这人与人之间的关系：朋友、战友、同学、同事，抑或至亲至爱，对个人的态度最终无非两个字：冷暖。

冷者是欲望获得后的嘴脸。于己所求者，可视你为友，视你为亲，其言语漂亮，热情而周到，赠物必达你的心意。然私欲暂得满足，或你走下世光景之时，他便冷脸漠然，此为其一。再则，有益于己时，便趋之若鹜，尊神念佛；无益于己时，退避三舍，明哲保身——此便是冷者的圆滑。

暖者是真情后的领悟。心与心之间的默契，以己所好者，视为挚，视为爱。而为情所动的人，言语往往羞怯，行为细微之处可观其心。世间之人情，一为至亲挚友，一为真心爱人，用情至深，伤也至痛。

然人的生命成长是一个不断过滤与筛选的过程。生命的成长历程中，看待人的态度也在不断地领悟中变得更加准确和贴合自己的心意，——人与人之间的情感和交往，什么是假意？什么是真情？需要时间一点点去淘洗，然后才显得出真金来。“路遥知马力，日久见人心”，时间的沙漏里，何曾欺骗过有情的人，只是需要你去细细体会。

（二）

说到了这里，或许有人会问，你讲这么多闲话，与本回有何关系？自我读《红楼梦》以来，总觉得这小说里写人情世故的事情太多，初读时，觉得语言未免啰唆累赘，故事繁杂细碎。后来才渐渐明白，在人的生命长河里，

本来就无非这些小事。一件件小事组成生命的过程；一桩桩人情，看的就是人生百态。从小事中领悟生命的与众不同，从人情之中，去看透这个有人的世界。所以读这书的态度，你得泡上一壶好茶，放松心情，让文字像血液一样，在体内缓缓流动，那样才能真正品出本书里的人情世故来。

《红楼梦》里处处讲人情，讲世故，为何这一回单单提人情中的冷暖呢？皆因此回中贾宝玉所牵涉到贾府里不同等级的人比较全面，而作为公子兼主人的贾宝玉来说，每个阶层的人对其的态度，便是我们每个人在人世间所见的人情世态。

想那日贾宝玉去宁府赴宴回来，想着薛宝钗有些小恙，便欲去探望一番。贾宝玉的可爱之处就在这里：对每个女孩子都关心，都能给予菩萨般的关照。我初读《红楼梦》时，总觉得金钏、晴雯之死，柳五儿之灾，以及后来小丫头们被逐，与贾宝玉的这种关爱有极大的关系。正所谓“树欲静而风不止”，青春年少的女孩子们，哪里经得住一个英俊潇洒的少年这样柔情，如此关怀备至！

我们暂且把这话题撂下，待日后慢慢闲聊出来。但见此时贾宝玉要去探望薛宝钗，却不走正道：

若从上房后角门过去，恐怕遇见别事缠绕，又怕遇见他父亲，更为不妥，宁可绕个远儿。

我小时候放暑假，总喜欢去村口的小河边洗澡，唯所虑的是挨父亲的狠揍。于是每日吃过午饭，待父亲睡中觉时，偷偷从后门溜跑，那是既胆怯又兴奋的事。贾宝玉此行莫不如此，不敢路过自己父亲的房门——父子关系如此紧张的话，恐怕也没有什么温情可言。究竟是什么东西造成父子之间这样一种冷漠的隔阂？

然而贾宝玉本以为可以顺利地绕过父亲的房间，却偏偏又遇见一群无聊的人：

偏顶头遇见了门下清客相公詹光、单聘仁二人走来，一见宝玉，便都赶上来，笑着，一个抱着腰，一个拉着手：“我的菩萨哥儿！我说做了好梦呢，好容易遇见你了！”

……可巧管库房的吴新登和仓上的头目叫戴良的，同着几个管事的头目，共七个，从账房里出来，一见宝玉赶忙都一齐垂手站立；独有一个买办，名唤钱华，因他多日未见宝玉，忙上来打千儿请宝玉的安，宝玉含笑伸手叫他起来。众人都笑说："前儿在一处见二爷写的斗方儿，越发好了，多早晚赏我们几张贴贴。"宝玉笑道："在那里看见了？"众人道："好几处都有，都称赞得了不得，还和我们寻呢。"

看看此两段文字，是不是给中午宁静的贾府又增加了一份热闹？贾宝玉这里相遇了两拨人，一是清客相公，二是管事的下人。

清客相公，即为旧时依附于官僚富贵人家帮闲凑趣的文人。这一群人在旧时社会身份特别，春秋战国时称门人或门客、食客。孟尝君食客三千，当然其中不乏有才之士，关键时也能挺身而出，以才救主卫国。然大多数人，也不过是混口饭吃，在他们的眼里心里势利第一，凑趣第二。清人陈森《品花宝鉴》借孙仲雨之口说这些清客："上等人有两个，我们是学不来，一个是前贤陈眉公，一个就是做那《十种曲》的李笠翁，不能做个显宦与国家办些大事，遂把平生之学问，奔走势利之门。且说第二等人，有十样要诀：一团和气，二等才情，三斤酒量，四季衣服，五声音律，六品官衔，七言诗句，八面张罗，九流通透，十分应酬。三等的，也有七字诀：要考过童生，略会斯文些，是半通，会足恭、巴结内东，奴才拜弟兄，拉门面认祖宗，钻头觅缝打抽风。"

可见，清客是要有点本领的，要有帮闲之志，又有帮闲之才，才是真正的帮闲。

作者写此处的清客，各位一看，便也明白他们是哪种货色。即使不太了解，但看看他们的名字："詹光"即沾光；"单聘仁"岂不是单骗人么？他们称宝玉为"菩萨哥儿"，一人拉手，一人抱腰，表现得十分亲切和热情——世间人，凡对利益献媚，弃人格而卑膝者，无不如此。

所以文化人的悲哀在于当文字换不来稻粱时，文人的品位就荡然无存了。为此，我想到当年作者中年遇困，靠食粥和赊酒度日时，他内心也一定长叹世间"百无一用是书生"罢。

令人啼笑皆非的是，那一群不识多少字的管事用人却对贾宝玉说他写的那些斗方好得不得了，到处有人赞扬呢。我们暂且不说这些下人有溜须拍马之嫌。如果说前面清客的行为是对文化的一种作践的话，那么后面下人对宝玉的夸赞，却是对文化的一种提升。所以文化本身没有错，错在当时的社会的态度。

（三）

经过好一阵折腾，那贾宝玉方才来到梨香院。

宝玉忙请了安，薛姨妈一把拉住，抱入怀中笑说：“这么冷天，我的儿！难为你想着来。快上炕来坐着罢。”

这是长辈见晚辈的一种温情体现，相比前面清客与下人的态度，薛姨妈对贾宝玉的情感就更真实，更亲切。

只是贾宝玉见薛宝钗这一次，所遇之情是冷是暖？是真是假？倒值得玩味。小说至此，贾宝玉已经见过薛宝钗多次，却从未从他眼中正面描写过薛宝钗的外貌，——作者好耐得住性子！原来在这里给读者解密呢。

宝玉掀帘一步进去，先就看见宝钗坐在炕上做针线，头上挽着黑漆油亮的鬢儿，密合色的棉袄，玫瑰紫二色金银线的坎肩儿，葱黄绫子棉裙：一色儿半新不旧的，看去不见奢华，唯觉雅淡。罕言寡语，人谓装愚；安分随时，自云“守拙”。

再看看薛宝钗眼中的贾宝玉：

头上戴着累丝嵌宝紫金冠，额上勒着二龙捧珠抹额，身上穿着秋香色立蟒白狐腋箭袖，系着五色蝴蝶鸾绦，项上挂着长命锁、记名符——另外有那一块落草时衔下来的宝玉。

薛宝钗的着装，作者用了两个传神的字：“雅淡”。有一种朴素，也有一种不俗，与当初贾宝玉眼中的林黛玉相比，薛宝钗的确没有神韵，外面的装束也没有光彩。

然而要注意的是，作者在这里已经对薛宝钗的性格下了一个定论：

罕言寡语，人谓装愚，安分随时，自云“守拙”。

很显然，作者告诉我们的是：贾宝玉面前的这个人一点也不真实，有更多“装”的成分在里面。

特别是作者在后面又写到薛宝钗取金锁时：

从里面大红袄儿上将那珠宝晶莹，黄金灿烂的璎珞摘出来。

大红，是一种热烈而鲜艳的色彩。黄金灿烂，有一种耀眼的颜色，也有一种冰冷的气息。这一内外对比，说明什么呢？薛宝钗的外素而内艳，似乎在掩藏内心的什么东西。

如若不然，再看看她眼中的贾宝玉，她从头部一直看到颈项，就直奔那块宝玉而去——

成日家说你的这块玉，究竟未曾细细赏鉴过，我今儿倒要瞧瞧。

我们看看她眼中的这块宝玉，究竟是什么样儿：

灿若明霞，莹润如酥，五色花纹缠护。

这不正是贾宝玉此时的生命状态吗？神采奕奕，气质飘逸，神仙一样的人物。我想不用薛宝钗动心，但凡见了贾宝玉这样的孩子，每个人都会动心。

然而薛宝钗却又是十分内敛的人，她不可能直接说出自己的真实感受来，所以她看到那块宝玉上的字，反复地读了两次：

宝钗看毕，又重新翻过正面来细看，口内念道：“莫失莫忘，仙寿恒昌”。念了两遍，乃回头向莺儿笑道：“你不去倒茶，也在这里发呆作什么？”莺儿嘻嘻笑道：“我听这两句话，倒像和姑娘的项圈上的两句话是一对儿。”

她本是多么聪明的一个人，难道她不懂这八个字的意思，非得念两遍？而且这块宝玉另一面还有几排字，她却偏偏不念。我每每读到此，就猜测此时薛宝钗是故意在引导她的丫鬟莺儿说出自己身上的金锁，以此来证明只有她和宝玉才有一种特别的缘分。

她的目的达到了，就连贾宝玉自己也说：

姐姐，这八个字倒和我的是一对儿。

就这一下，便拉近了她和贾宝玉之间的距离。我想此时薛宝钗的内心一定狂热，她的小宇宙也一定能量满满，随时都有爆发出来的可能。

（四）

可是正在薛宝钗内心狂热的时候，林黛玉来了。所以好戏才刚刚开始——

话犹未完，林黛玉摇摇摆摆的进来，一见宝玉，便笑道："哎哟！我来得不巧了！"宝玉等忙起身让座，宝钗笑道："这是怎么说？"黛玉道："早知他来，我就不来了。"宝钗道："什么意思？"黛玉道："什么意思呢：来呢一齐来，不来一个也不来；今儿他来，明儿我来，间错开了来，岂不天天有人来呢？也不至于太冷落，也不至于太热闹。——姐姐有什么不解的呢？"

我读这一段时，觉得很有意思。你看黛玉摇摇摆摆地来——她一定早知道薛宝钗与贾宝玉在一起，而且他们正谈得入正题时，她意识到自己应该出场了，所以她的步子走得急切而又有几分沉重：她内心有一种焦虑，也有一种不安。

她的语言中，带着讥讽薛宝钗的意思：别以为我不懂你的心思！二则呢，她讲到一个更重要的问题，也是对薛宝钗的提醒：对人的态度，是冷是热，应该有一个平衡。平衡是一种自然的状态，情感方面的事也同样应该遵循自然的法则。

也许薛宝钗明白，贾宝玉未必清楚，但他听出了黛玉话里的醋意——所以他准备选择回避。在以后的情节中，贾宝玉常常会这样处理。

这倒告诉了我们一个道理：处理感情问题，态度一定要专一，只选你自己中意的，可别像贾宝玉一样处处留情，到时候也难收拾残局。

只是这一次贾宝玉没能走得掉，薛姨妈已经准备了好酒好菜招待他们。又是一段热闹的场面即将上演。

首先出场的是李奶妈，这个把贾宝玉奶大的用人，极力劝说贾宝玉不要饮酒。从后面的情节看来，这个奶妈何其圆滑，既要获得利益，又不想承担责任。

我有时候想到社会上的某些人，在问题面前总是推卸责任，藏首畏尾，而在利益面前，却跑得如飞一般，这些精致的利己主义者，不就是李奶妈的光辉形象吗？

人性的圆滑与自私，其实在任何社会，任何阶层都是存在的。作者表面写李奶妈对贾宝玉的关心，其实正提示这个老太婆内心的本质特点：“你贾宝玉喝了酒，回家挨骂，可不关我的事。”有时候读到这些情节，我们就会自觉地反省自己：积极地承担自己应该承担的责任，同时努力地去获取自己的利益，这才是完美的人格，健康的品行。

这里不得不说到酒。贾宝玉说自己只想喝冷酒，然而薛宝钗笑道：

“宝兄弟，亏你每日家杂学旁收的，难道就不知道酒性最热，要热吃下去，发散的就快；要冷吃下去，便凝结在内，拿五脏去暖他，岂不受害？”

好一段理性的话，表面是在说喝酒，其实在说人，也在说情。一方面是对贾宝玉的关心，另一方面分析得头头是道，不得不令人信服。薛宝钗希望贾宝玉能够现实和理性地对待人和事，这样生命就会更加平顺。再则林黛玉对人刻薄和酸冷，你需要更多的心思去呵护和温暖，但用情至深，只会给自己带来伤害，这又何必呢?

可是情感的冷与热，人性的真实与理性，谁能说得清?你选择理性，就会压抑自己真实的人性；你选择真实的人性，而现实却是这样的冷酷。往往在现实面前，内心有所坚持的人，却总是败给理性的人。

可是无论薛宝钗如何在贾宝玉面前引导出金玉奇缘，而在贾宝玉心中，那份真挚的情感，却是不可动摇的。林黛玉此时的出现，也许正是把贾宝玉从理性拉回到真情的一个引路者。

所以当她要离开梨香院的时候，贾宝玉对着林黛玉说了一句至关重要的话：

“你要走我和你同走。”

仿佛是在许诺，又仿佛是深情的表白。林黛玉一下子明白了，她把前面的醋意打消得一干二净。所以在他们即将告辞薛姨妈的时候，作者写了一段相当温馨的场面——小丫鬟不会给贾宝玉戴斗笠，弄得他很不自在，于是林黛玉站在炕沿上道：

“过来！我给你戴罢。”宝玉近前来。黛玉用手轻轻笼住束发冠儿，将

笠沿掖在抹额之上，把那一颗核桃大的绛绒簪缨扶起，颤巍巍露于笠外。整理已毕，端详了一会，说道：“好了，披上斗篷罢。”

这是一幅多么美好的画面！像一对恩爱的夫妻：你出门时，我帮你整理衣物，帮你束发，轻轻地用手抚摸，带着生命的触感和体温。又轻轻地嘱咐，带着无限的深情和欣赏。

也许多少年以后，即使人到了中年、老年，有过这样经历的人回想起来，在自己青春年少的时候，有一个帮自己整理过衣物，带着深情的口吻嘱咐过自己的异性，那是多么美好和温馨的事呵！

——这又怎样能让人忘怀！

2021年7月10日于金犀庭苑

九、青春是永不褪色的风景

（一）

本回给人印象最深刻的是一群孩子拉帮结派、争宠结伙，以至吵闹斗殴的热闹场面。读完此回我不得不佩服作者的写作水平。难怪几百年来，世间竟无一本小说超越它。你看看作者怎样写一群调皮的男孩子：为了结交好友，不惜造谣中伤、吵闹打架，学堂里书飞墨溅、恶言咒骂，把一个读书的地方闹得鸡飞狗跳。岂不是一种讽刺，一场闹剧！

我第一次读到此回时，差点把一口茶喷在了书上。后来多读了几次，人又渐至中年，再读完此回后，不觉泪眼婆娑。留在书上的已不是茶水，而是对岁月流逝的感伤泪痕，对青春无限的眷念之情。

想想三十年前，自己十二三岁时，那时正读一所乡村中学，青春的萌动，思想的启蒙，已经有了对性的认识和对异性的好奇与追求，也有了自己初定的价值观和人生观。生命那时正如一张白纸，需要一支画笔，在上面去勾勒，去涂染。所以读《红楼梦》此回时，大家大可闭书沉默一阵：你自己的青春往事，是不是也有过这样的打闹场景呢？

（二）

若如此，那就让我们在作者的妙笔下，好好打闹一场，重拾青春的快乐罢。

本回里贾府中最讨厌读书的贾宝玉突然要去学堂读书了。这让我想到多年前看过的一部由演员刘德一主演的电视连续剧《傻儿师长》：这个胖乎乎的师长，一辈子只读过《三字经》，而且还把“苟不教，性乃迁”，说成是“狗不叫，八成是遇见熟人了”的笑话。这个傻子师长一心要追求一个饱读诗书的女子，为了在学识与气质上接近于人家，自己居然像模像样地跑到街道上买了几本书，并叫手下人鸣锣开道，大造声势：“傻儿要读书了！傻儿要读

书了！”一夜之间，傻儿读书竟成了街头巷尾的谈资。

而在荣府上下，贾宝玉读书的事，与那傻儿如出一辙。他虽未鸣锣开道，但却用行动惊动了贾府之中的所有人——读书是一件大事！而真正静心读书，更是一件奢侈的事！为了他去学堂，大家可以看看，到底有多大的声势，又牵扯着多少人的记挂。总之，对贾府来说，这是一件非同小可的事。

单看袭人的表现，就能让人看出一种牵肠挂肚的感受来：

到了这天，宝玉起来时，袭人早已把书笔文物收拾停妥，坐在床沿上发闷；见宝玉起来，只得服侍他梳洗。宝玉见他闷闷的，问道：“好姐姐，你怎么又不喜欢了？难道怕我上学去，撂得你们冷清了不成？”袭人笑道：“这是哪里的话。念书是很好的事，不然就潦倒一辈子了，终究怎么样呢？但只一件，只是念书的时候儿想著书，不念的时候儿想着家。总别和他们玩闹，碰见老爷不是玩的。虽说是奋志要强，那工课宁可少些，一则贪多嚼不烂，二则身子也要保重。这就是我的意思，你好歹体谅些。”袭人说一句，宝玉答应一句。

袭人又道：“大毛儿衣服我也包好了，交出给小子们去了。学里冷，好歹想着添换，比不得家里有人照顾。脚炉手炉也交出去了，你可逼着他们给你笼上。那一起懒贼，你不说，他们乐得不动，白冻坏了你。”

每次读到这里，那袭人的言语与动作就会让我想到二十多年前，我第一次从故乡那个山村离家求学时，母亲一而再，再而三地叮嘱的情景——

那种孩子离家后的牵挂；希望孩子读书成才的期望；又怕孩子远离家乡受冻挨饿的担心……那种空落、期盼、焦虑、忧愁的复杂心情，真有一种牵肠挂肚的感觉。

难怪贾宝玉每次称呼袭人：“好姐姐！”正如我从小常听说的一句话：“长兄为父，长姐为母。”也许作者在这里如此地写袭人既像母亲的叮咛，又像姐姐的关怀，正是要体现母性的慈爱，人性的温暖。

小说把母性的崇高和伟大，集中地体现在袭人身上：她温柔体贴、贤惠忠诚、明理担当。看看中国文学作品中，凡写母亲的伟大，无不体现这样的品质与精神。所以我想，如果作者写红楼梦里的女子，各有特点、各有精神象征的话，此回中袭人应该是中国社会中良母的代表。

如果肯定贾宝玉读书时离开袭人有一种依依不舍的话，那么他去面辞贾政就是一种度日如年的煎熬。贾政是一位严肃、古板的父亲形象。他靠读儒家之书立世，所以在他的思想里，君臣、父子、夫妻、师徒都得有固定的秩序，都得遵守俗成的规矩。

这种思想观念相对于社会来说就是“入世”，所修的知识就是“四书五经”和八股文章——固定的格式，固定的表达方式，固定的思想：如何修身？如何齐家？如何治国平天下？这些相对于国家和社会来说，是一种积极的态度，但相对于人性来说，却会产生更多的压抑和束缚。

而贾宝玉喜欢读诗词，具有一定的道家和佛家的思想。诗和佛道思想代表着一种自由的生命追求。生命里如果没有对自然的崇拜和敬仰，就很难体会到诗的意境和艺术成就。一个真正的诗人，不会脱离自然的生命而存在着。如果脱离自然生命所作的诗，那就是“死诗”，而不是“史诗”。

也就是说在贾宝玉的生命里，他追求的是人性的自由和人的自我完善。这与贾政的人生观和价值观是不一致的。

所以当贾宝玉上学前与贾政辞行时，贾政的态度除了严肃之外，还带有轻蔑的意思：

这日贾政正在书房中与相公清客们闲话儿。忽见宝玉进来请安，回说上学去。贾政冷笑道：“你如果再提‘上学’两个字，连我也羞死了。依我的话，你竟玩你的去是正经。看仔细站腌臜了我这个地，靠腌臜了我这个门！”

各位看看，有父亲这样说儿子的吗？我读着这些情节，总感到一种辛酸和不忍。是什么能够让父子之间形成这样一种关系？是价值观，人生观，还是伦理观？难道这些能离间父子之间的亲情？我想起宋明理学的一个观点：“存天理，灭人欲”——结合着这情境，后脊竟悄然间升起一股凉意。

也许作者写贾政对贾宝玉读书的态度是为了对比林黛玉的态度，所以当贾宝玉前来与林黛玉告辞时，情节就要舒缓得多：

宝玉忽想起未辞黛玉，因又忙至黛玉房中来作辞。彼时黛玉在窗下对镜理妆，听宝玉说上学去，因笑道：“好！这一去，可是要‘蟾宫折桂’了！我不能送你了！”宝玉道：“好妹妹，等我下学再吃晚饭。那胭脂膏子也等我来再制。”

你看看，多么温馨！既不像袭人那样细细地叮咛，也不像贾政那样严肃与冷嘲，倒像一对热恋之中的情人——你的取笑带着几分醋意，我的回答却包含许多温情。

好妹妹，等我下学再吃晚饭，那胭脂膏子也等我来再制。

这里有一种交代，也有一种不舍，不是远行，却恰似离别。我想，作为一个青春少女，有这样一个小男孩在辞别时对她这样说，她的心里，一定是美好而温馨的。

人在少年时代保留的情感，永不消失。也许作者在写到这里的时候，一定带着微笑，在冷风凄雨的茅草屋里，内心一定是温暖的。

（三）

说了半天，或许有人会问："贾宝玉为什么要积极地去学堂读书呢？"难道真正像黛玉说的他想"蟾宫折桂"？还是像袭人不期望的那样"潦倒一辈子"？

都不是的，只为一个人，为的是那个"骑鲸少年"。有时候我有些疑惑：是不是许久以前，就有同性相恋的现象？你看看贾宝玉与秦钟之间：

自秦宝二人来了，都生得花朵儿一般的模样，又见秦钟腼腆温柔，未语先红，怯怯羞羞，有女儿之风；宝玉又是天生惯能做小服低，赔身下气，性情体贴，话语缠绵。

我不知道作者是有意这样写，还是每一个人在生命的记忆中，青春的外貌和情态都让人留恋。为此，我从自己的脑海中淘了许久，想起一件事来——我八九岁时，班上有一个少年，生得面目白净，衣着整洁，说话带着几分娇气，一句不适，便面红耳赤。于是班上分座位时，不仅女生们喜欢挨着他坐，大部分男生也喜欢接近他，以至有一段时间，学他说话和动作也成了一种流行时尚。

也许在青春的成长期，对于性别的取向，没有严格的界限，只是一种对生命纯洁和美好的无限向往。

不仅仅是贾宝玉和秦钟如此，包括薛蟠及所有的孩子，都有同样的认知——

先前学堂中本有几个面貌娇好的少年与薛蟠交好，如金荣、香怜、玉爱，此时大家又见了秦宝这样神仙一般的人物，大都也有几分缱绻羡爱：

每日一入学中，四处各坐，却八目勾留，或设言托意，或咏桑寓柳，遥以心照，却外面自为避人眼目。不料又有几个滑贼看出形景来，都背后挤眉弄眼，或咳嗽扬声。

这些语言，作者虽写得含蓄，却处处表现出暧昧的味道。好像有一种欲说还休的情感在其中。人在青春年少时期，对于性的追求，正处于一种懵懂的状态。

也许有些人会这样认为：当时这一群孩子是不是性别取向有问题，为什么会对男孩子产生这样的情感？究其理由，一是当时学堂里本也只有男孩子，没有女孩子参与，所以对于有点女性化的男孩子，就会被众多的孩子所青睐。二是人处于青春年少时，性格有许多的不确定性，这种不确定性也包括对性的好奇和探索。

所以当那个滑贼金荣见香怜与秦钟单独在一起时，便认为二人有“龙阳之好”，就直白地说到性的问题上去了。以至后来的争吵打架的事就无可避免地发生了。

挑起战争的人，并非是秦钟、金荣及香怜几人。而是另有其人：

原来这人名唤贾蔷，亦系宁府中之正派玄孙，父母早亡，从小儿跟着贾珍过活，如今长了十六岁，比贾蓉生得还风流俊俏……

这贾蔷外相既美，内性又聪敏，虽然应名来上学，亦不过虚掩眼目而已。仍是斗鸡走狗，赏花阅柳。总恃上有贾珍溺爱，下有贾蓉匡助，因此族人谁敢来触逆于他。他既和贾蓉最好，今见有人欺负秦钟，如何肯依？如今自己要挺身出来抱不平，心中且忖度一番，想道：“金荣贾瑞一干人，都是薛大叔的相知，我又与薛大叔相好，倘或我一出头，他们告诉了老薛，我们岂不伤和气呢。待要不管，这谣言说得大家没趣。如今何不用计制伏，又止息了口声，又伤不脸面。”想毕，也装作出小恭去，走至后面，悄悄把跟宝玉书

童茗烟叫到身边，如此这般，调拨他几句。

读了这两段文字，我才知道在这个学堂里，最聪明、最懂政治的孩子就是贾蔷。首先他已经看明白了在这一群孩子里的帮派结构，而哪一派，他都不想得罪。然在潜意识里，他是倾向于秦钟一边的，因为秦钟是贾蓉的小舅子。但他也懂得处世的圆滑——大凡聪明的人处世，总是审时度势。在面对双方争执时，为明哲保身，最好的办法就是保持中立或沉默，否则当自己一说话，无论理由正确与否，人的立场就会立即让自己陷入政治的站队之中。

但贾蔷又不心甘，所以自己假装局外之人，走出学堂，立即挑唆了贾宝玉的跟班茗烟参与进去。于是这一场打闹就正式开始了。

有时候我总觉得贾蔷这人太过于世故和阴险，一个十几岁的青春少年，为何有这样的城府呢？

人的生活经历让他变得成熟和圆滑。贾蔷从小没了父母，依附于贾珍生活，加之自己又生得俊俏，不可避免地与贾珍父子之间有某种见不得光的关系：

宁府中人多口杂，那些不得志的奴仆们，专能造言诽谤主人，因此又有什么小人诟谇谣诼之辞。贾珍想亦风闻得些口声不好，自己也要避些嫌疑，如今竟分与房舍，命贾蔷搬出宁府，自己立门户过活去了。

所以贾蔷要在贾府中好好地生活下去，就得提前学会与权力周旋，也得学会怎样在人与人之间做到左右逢源。他过早地成熟，正是一种适应现实环境的不得已行为——“如果不是为生活所迫，谁愿把自己逼得一身才华”。也许此句话用在贾蔷身上，倒是有一种反讽的实在意义。

（四）

那茗烟仗着贾宝玉的威信进入学堂，一阵咒爹日娘地叫骂，又一阵噼里啪啦乱打，直把一场闹剧推向了高潮：

这茗烟乃是宝玉第一个得用且又年轻不谙世事的，今听贾蔷说：“金荣如此欺负秦钟，连他爷宝玉都干连在内，不给他个知道，下次越发狂纵。”

这茗烟无故就要欺压人的，如今得了这信，又有贾蔷助着，便一头进来找金荣，也不叫“金相公”了，只说“姓金的，你是什么东西！”……

金荣此时随手抓了一根毛竹大板在手，地狭人多，那里经得舞动长板。茗烟早吃了一下，乱嚷：“你们还不来动手！”宝玉还有几个小厮：一名锄药，一名扫红，一名墨雨，这三个岂有不淘气的，一齐乱嚷：“小妇养的！动了兵器了！”墨雨遂掇起一根门闩，扫红、锄药手中都是马鞭子，蜂拥而上。贾瑞急得拦一回这个，劝一回那个，谁听他的话？肆行大乱。众顽童也有帮着打太平拳助乐的，也有胆小藏过一边的，也有直立在桌上拍着手乱笑、喝着声儿叫打的：登时鼎沸起来。

大家细细品读这些文字，是不是有令人捧腹之态？作者借助文字的魅力，把一群孩子的叫骂、打闹及各种乱的景象写得生动具体，仿佛你自己也参与其中，你看着他们的动作，听着他们的吵闹，你也在一边加油鼓劲——手心冒着汗，心里憋着气。

这种感觉，往往使我产生另一种错觉，仿佛又读着《水浒传》“鲁提辖拳打镇关西”的那场景来：“噗的只一拳，正打在鼻子上，打得鲜血迸流，鼻子歪在半边，却便似开了个油酱铺，咸的、酸的、辣的一发都滚出来。郑屠挣不起来，那把尖刀也丢在一边，口里只叫：‘打得好！’鲁达骂道：‘直娘贼！还敢应口！’提起拳头来就眼眶际眉梢只一拳，打得眼棱缝裂，乌珠迸出，也似开了个彩帛铺，红的、黑的、紫的都绽将出来。

“郑屠当不过，讨饶。鲁达喝道：‘咄！你是个破落户！若只和俺硬到底，洒家倒饶了你！你如今对俺讨饶，洒家偏不饶你！’又是一拳，太阳上正着，却似做了一个全堂水陆的道场，磬儿、钹儿、铙儿一齐响。”

有一种解恨，也有一种痛快淋漓的感受。这些打架的描写，简直就是神来之笔——通过文字能把一场吵闹和打架写得如此精彩！如此动人心弦！又如此让人欲罢不能！只恨自己晚生几百年，不能与大师们互诉文字之缘分，实在是人生的遗憾！

（五）

在这一回里，我从文字里似乎又找回了自己的青春，在那一场教室的闹剧里，过去的美好情景又在面前上演。青春的热血沸腾，最易受到外在力量感染的激情，仿佛让我又触到生命里那最纯洁的东西，尽管在经历了几十年人生的洗磨后，仍然让人心潮澎湃：

青春是美好的！青春是生命中永不褪色的风景！

2021 年 7 月 17 日于西岭雪山

十、贫穷和气虚皆是一种病

（一）

此回与第九回一群孩子在学堂打闹的热烈场面紧密连接，说那金荣受了气，回家叽咕叽咕说了满肚子的委屈。原来金荣与秦钟一样，都是贾府里的亲戚，都依附于贾府，所以才有机会到贾府的私家学堂去读书。

只不过，这亲戚也有远近和亲疏之分。金荣的姑妈金氏是贾府里下世一脉贾璜的妻子，是贾家的另一支血脉，靠结交和讨好宁荣两家的主妇——尤氏和王熙凤过日子。而秦钟是秦可卿的弟弟，贾蓉的小舅子，所以论起亲疏远近，金荣自然不敌秦钟，更兼秦钟受贾宝玉护爱，所以地位当然会高出去许多。

但金荣毕竟还是个孩子，在他心里认为，亲戚都是一样的，况且秦钟与贾宝玉之间的关系就不清不楚，自己觉得自然是有理的一方，然而不想却受了这样大的委屈，那心里怎么忍得下去。

因此他回到家里便把满肚子的委屈一股脑儿地向自己的母亲胡氏倾倒出来。胡氏倒是不像孩子一样，审时度势地在脑子里分析了自己家所处的地位和现实的状况。所以她见自己的儿子受了委屈，自然也不敢争强要理，只得半劝半怨地接受着：

他母亲胡氏听见他咕咕唧唧的，说："你又要管什么闲事？好容易我和你姑妈说了，你姑妈又千方百计的和他们西府里琏二奶奶跟前说了，你才得了这个念书的地方儿。若不是仗着人家，咱们家里还有力量请得起先生么？况且人家学里，茶饭都是现成的，你这二年在那里念书，家里也省好大的嚼用呢！省出来的，你又爱穿件体面衣裳。再者你不在那里念书，你就认得什么薛大爷了？那薛大爷一年也帮了咱们七八十两银子。你如今要闹出了这个学房，再想找这么个地方，我告诉你说罢，比登天还难呢！你给我老老实实的玩一会子睡你的觉去，好多着呢！"于是金荣忍气吞声，不多一时，也自

睡觉去了。次日仍旧上学去了，不在话下。

作者在这里详细地写了胡氏的一段话，既客观又符合人物的身份。只是读来不免令人心酸——

金荣一家是生活在社会底层的小人物，他们想努力地活下去，也想过一种体面的生活。但现实往往让这些小人物委曲求全，又不得不接受这些苦楚。所以胡氏的话里，也有一种委屈和无奈。

其中她还说到薛蟠给金荣的钱，可以让金荣的日子过得体面些。表面是一种劝慰，其实也道出了社会贫富的悬殊与阶级的差异。这种差异下会导致小人物的卑微感，会对社会产生一种抱怨和不满，所以当胡氏把这种委屈告诉给金荣的姑妈金氏时，她就暴跳如雷：

这璜大奶奶不听则已，听了，怒从心上起，说道："这秦钟是贾门的亲戚，难道荣儿不是贾门的亲戚？也别太势利了，况且都做的是什么有脸的事！就是宝玉，也犯不上向着他到这个田地。等我到东府里瞧瞧我们珍大奶奶，再和秦钟的姐姐说说，叫他评评理。"金荣的母亲听了这话，急得了不得，忙说道："这都是我的嘴快，告诉了姑奶奶了，求姑奶奶快别去说罢！别管他们谁是谁非，倘或闹起来，怎么在那里站得住？要站不住，家里不但不能请先生，反倒在他身上添出许多嚼用来呢！"璜大奶奶说道："那里管得那些个？等我说了，看是怎么样！"也不容他嫂子劝，一面叫老婆子瞧了车，就坐上往宁府里来。

生活在社会中的卑微者，他们的委屈更容易被传染。正因为他们卑微和贫穷地生活在社会的底层，所以也更容易发怒。社会阶层与贫富差距对人心里的压迫，使人内心一直有一种不平的情绪，平日里隐藏和压抑着，只要有机会，他们就会爆发出来。

（二）

当金氏带着满腔的不平和怒气来到宁府，想借机发泄一通时，听到的却是另一种病。这种病不是贫穷的病，却是一种富贵高雅的病。

她听到秦氏的婆婆尤氏也在唉声叹气，她家最贤惠的儿媳妇秦氏病了：

“他这些日子不知怎么了，经期有两个多月没有来，叫大夫瞧了，又说并不是喜。那两日，到下半日就懒怠动了：话也懒待说，神也发涅。”

读过整部小说的人都知道，尤氏在宁府中是一个不擅长管家的女人，所以秦氏在宁府中掌管着家里的一切事务。当秦氏生病的时候，尤氏当然就显得六神无主，不知如何是好。

大家仔细分析一下作者写作手法的精妙之处——在这里，我们来看作者是怎样把金氏的满腔怒气给渐渐熄灭下去的？

当金氏听得尤氏这番焦虑的话后，她也就再不好意思把自己的怒气发泄出来了，最多也就只能变变脸色，尴尬地笑一笑罢了。后来尤氏接着说：

“今儿听见有人欺负了他兄弟，又是恼，又是气：恼的是那狐朋狗友，搬弄是非，调三窝四；气的是为他兄弟不学好，不上心念书，才弄得学房里吵闹。他为这件事，索性连早饭也没吃。我才到他那边劝解了他一会子，又嘱咐了他兄弟几句，我叫他兄弟到那边府里找宝玉儿去；我又瞧着他吃了半钟儿燕窝汤，我才过来了。婶子，你说我心焦不心焦？况且目今又没个好大夫，我想到他病上，我心里如同针扎的一般！你们知道有什么好大夫没有？”金氏听了这一番话，把方才在他嫂子家的那一团要向秦氏理论的盛气，早吓得丢在爪哇国去了。

我读到这里，感觉十分好笑。这总让我想到《三国演义》的“空城记”，诸葛亮大开城门，端坐城楼，焚香弹琴，却退了司马懿十五万大军。那种气定神闲，淡定从容的姿态，让读者一颗悬着的心终于放平了下去。作者更比诸葛高明之处在于：仅仅两段话，似乎在谈笑之中就把金氏的盛气吓到爪哇国去了。

而金氏态度的转变，一方面体现了身份的差异，正如我们常说的：“人穷志短”。你依附于人，又怎么有勇气与人争理。另一个方面，残酷的现实使人表现出复杂的人性，人在社会上被形势所逼迫，就不得不转换自己处世的态度。有钱你就可以任性，无钱只得认命——这是赤裸裸的社会现实。

（三）

不过秦氏到底是一种什么病，历来众说纷纭，从第五回秦可卿的判词来看，病因在于与她公公之间的纠缠。只是小说各种版本中并未明确地提出，虽暗中似乎可以看出些端倪，但也不过是模模糊糊，仅供猜度而已。我们解读此书时，权且按小说的情节来说她的病情——不过是心气虚而火旺所致。

宁府除了尤氏，贾珍更是急得上蹿下跳，比秦可卿的丈夫贾蓉还忧心忡忡，到处寻医问诊。好不容易从一个世交好友冯紫英那里打听到一位高人，姓张名友士。听闻此人：

学问最渊博，更兼医理极精，且能断人生死。

读者仅这闲闲地一读，似乎觉得有些神乎玄乎。倒为秦氏捏了一把汗：莫非是遇到了江湖骗子？

晋朝葛洪写的《抱朴子》外篇里讲社会现象，暗含了道家的哲学思想；内篇主要讲炼丹和秘制仙药，养身延年之理。小说这里讲那张友士能断人生死，可能就指其具有一定的道术。

所以当贾珍分派人拿着他的名帖去请张友士时，他便装起神秘来，说他拜访了一天客，精神实在不支持，就是去宁府把脉，也得调息一夜，第二天务必到府。

如果大家对摸脉不太了解的话，似乎觉得这个张友士真的是故弄玄虚。我想起有一年去泸州黄舣镇，拜访一位品酒大师，传说他品酒的精准度很高，仅尝一小口，便可知道酒的年份、酿造工艺、酒的纯度和香型。然在吃饭时，他却滴酒不沾，饮食相当少，而且清淡。后来才知道，凡品酒的技艺，得保护好自己舌头和鼻子的灵敏度。所以各行各业，自有自己的机巧和禁忌。而张友士说调息一夜之后才能把脉，一是要保持自己有充足的精力、平和的心态，二是使自己的手指有足够的敏感度，这样才能准确地感受到脉的跳动。从这一点讲，这张友士算一个有真本事的医者，也说明他对秦可卿的病情十分上心。更值得称赞的是，把脉后张友士对秦氏病情的分析，讲得头头是道：

这先生方伸手按在右手脉上，调息了至数，凝神细诊了有半刻的工夫，换过左手，亦复如是。诊毕了，说道："我们外边坐罢。"

贾蓉于是同先生到外间房里炕上坐了。一个婆子端了茶来，贾蓉道："先生请茶。"茶毕，问道："先生看这脉息还治得治不得？"先生道："看得尊夫人脉息：左寸沉数，左关沉伏；右寸细而无力，右关虚而无神。其左寸沉数者，乃心气虚而生火；左关沉伏者，乃肝家气滞血亏。右寸细而无力者，乃肺经气分太虚；右关虚而无神者，乃脾土被肝木克制。心气虚而生火者，应现今经期不调，夜间不寐。肝家血亏气滞者，必然肋下痛胀，月信过期，心中发热。肺经气分太虚者，头目不时眩晕，寅卯间必然自汗，如坐舟中。脾土被肝木克制者，必定不思饮食，精神倦怠，四肢酸软——据我看这脉息，应当有这些症候才对。或以这个脉为喜脉，则小弟不敢闻命矣。"

读完这些文字，许多人大脑里一头雾水。多年前我曾在一家中药企业工作过，当时同住一个寝室的室友是毕业于北京中医药大学的硕士生，我经常听他讲中医理论，所以对这段文字也略知一二。

西晋有一个人叫王叔和的写过一本专著叫《脉经》。其中第四卷讲辨别脉象有三部九候。脉象包括浮、芤、洪、滑、数、促等二十多种，而把脉的方法却只有三种，叫"寸、关、尺"，每一种方法又根据"天、地、人"三个位置形成九候。这样的理论就是说摸脉可以探究人全身的病理情况。

其二讲到中医的五行观理论。阴阳学说里讲人与自然的和谐统一时常常用到数字"五"：天有五方、五时、五气、五化、五星；地有五畜、五谷、五色、五味、五音、五臭。而人呢？却有五脏、五官、五体、五华、五志和五声。中医借助这个理论认为，人的五脏分别对应自然的五行，即金、木、水、火、土。其中木对肝；火对心；土对脾；金对肺；水对肾。而五行又相生相克，维持着一个自然的平衡，这种理论用于人的身体，也就是人的自然平衡。当人的一切生理特征达到平衡后，身体也就是健康的。

不过这段文字里还告诉我们一个适用的秘密：但凡去中医馆看病，如果医生把脉时，指头按压你的脉处没有轻重之感，或者把脉时间较短，那基本可以肯定这个医生的治疗水平有限。你看看张友士摸脉：

调息了至数，宁神细诊了有半刻的工夫，方换过左手，亦复如是。

当然也可见作者对中医理论是多么熟悉！从这一点讲，中医中药这一传统的理论和文化，是值得我们传承和发扬的！张友士到底算得上是神医，最

后说到病的根上：

据我看这脉息，大奶奶是个心性高强、聪明不过的人；但聪明太过，则不如意事常有；不如意事常有，则思虑太过；此病是忧虑伤脾，肝木忒旺，经血所以不能按时而至。

这一段话很有意思。一是讲秦氏是心病引起的，聪明的人往往并不快乐，所以常因一些小事而伤神。故奉劝世人应该用平常心待平常事，难得糊涂最好，这样快乐才能永相伴；二是年轻女子经血不能按时而至，通常无非怀孕就是生产，是否属于此，只待后来更多红学家去考证研究。

只是通回中，不闻秦氏任何言语，也未见有何大的动作，而宁府上下却因其病情奔忙了半天，甚觉奇怪。

或许作者要告诉我们的是：秦氏之病已入膏肓，大约命不久矣。虽有“益气养荣补脾和肝汤”，那幽冥殿上大门已开，只待她在望乡台上去诉说人间的悲戚苦楚了。只是可叹：

一世才貌兼美，却得个画梁春尽落香尘！

2021 年 7 月 24 日于金犀庭苑

十一、热闹与荒凉是两种不同的生命阶段

（一）

作者在本回里写到生命里两种不同的状态：贾敬的生日与秦可卿的病情。人的生老病死，是生命过程的自然组成部分，任何人都无法逃脱。而现实中，许多人一辈子都在追寻长生不老，想不死；而也有许多人，看到生命的结局，却又无可奈何。

本回中首先讲到贾敬的生日。在这些富贵人家的社交圈子中，长辈的生日是一件非同寻常的事，他们的婚丧嫁娶、死生谪迁，既是一种人情世故，也是一种政治交往，体现着一般家庭的伦理道德，也彰显着大家庭里的财富与背景，以及他们的社会地位。

所以即使贾敬并不在家，这个生日也一定要过，这样的排场也一定要讲。

那贾敬去哪里了呢？他去道观寻仙修道，炼丹求神。当然他不是为天下苍生求平安，而是想不死。道家的自然法则是修身养性，自然而然，寻求人与自然的平衡。像贾敬这样，违背了道家的宗旨，刻意地追求个人的生命长短，又岂能长寿呢。从另一个侧面上讲，当一些人拥有更多的财富后，他的精神世界往往显得空虚，有时候就想着去寻求一种内心的平静和自我安慰，这里不能排除贾敬有这样的心态。

所以他喜欢的“静”，是富贵里的一种无聊和空虚。内心对不死的热烈追求，才是他的本意。

那我们再看看宁府怎样热闹地帮他过这个生日。

一是家里请了戏班子。像宁府这样的皇亲国戚，不仅人口众多，家里也是亭台楼阁高耸，回廊水榭环绕，庭院中必建有戏台：

前日听太爷不来了，现叫奴才们找了一班小戏儿并一档子打十番的，都在园子里戏台上预备着呢。

《红楼梦》写到这里，第一次出现了戏曲。作者生活的时代正是康乾盛世，那时候戏曲非常流行。据《燕京岁时记》载："按京戏剧，风尚不同。咸丰以前，最重昆腔、高腔。"这里的昆腔，指的是昆曲，其乐以丝竹、箫管为主，其唱词优雅，动作与唱功都经过严格的训练。而欣赏昆曲，需要一定的艺术修养。这里的高腔，指弋阳腔，其乐以金鼓为主，所以其声慷慨高亢有力，大锣大鼓，难免嘈杂。小说后面写到宝钗生日里定了一班新出的小戏，请了昆、弋两腔，便指的是这两种戏曲。

二是家里来客的次序。首先来的是贾琏和贾蔷等人。他们与贾珍、贾蓉关系最好，先来的目的有两个：一是看看是否有可以帮忙的事，二呢，那是更重要的，就是趁宁府的热闹，可以尽情地娱乐两天，如看戏、如赌博、如乱酒等，这些都是富家纨绔子弟们惯有的生活习性。

其次来的是亲戚们的女家眷：

次后邢夫人、王夫人、凤姐儿、宝玉都来了，贾珍并尤氏接了进去。

这里本应该还邀请贾母的，而她因为身体不适，所以不来了。贾母在宁荣二府的地位可不能忽视，她的言行能串起整部小说的情节。作者把贾母塑造成一个非常了不起的老太太，她是这个家族的主心骨，维持着整个家族的精神状态。

其三才是贾赦与贾政来了，这叫正客。在封建社会里，男人的地位和声望都是很高的，尤其是像这种世家大族，贾赦和贾政来宁府后，这生日宴才能开席，这是一种严格的礼数。

当然还有另一种礼：

方才南安郡王、东平郡王、西宁郡王、北静郡王四家王爷，并镇国公牛府等六家，忠靖侯史府等八家，都差人持名帖送寿礼来……

这些达官贵人家送的礼，意义就不一般。不管这场生日宴是否热闹，也不管这场生日宴的主角在不在场，礼是一定要送到的。这个"礼"，表面是一种物质的东西，但它的背后却是政治联盟，彼此之间有千丝万缕的联系，就如葫芦庙里那个门子说的一样：一荣俱荣，一损俱损。

（二）

待这个生日宴席结束后，娱乐活动就开始了。这种形式至今仍流传在民间，像我们蜀中之地，以打麻将为主。当家族中的男人女人们去娱乐时，作者没有忘记另一个人：

凤姐儿宝玉方和贾蓉到秦氏这边来。进了房门，悄悄的走到里间房内，秦氏见了要站起来，凤姐儿说："快别起来，看头晕。"于是凤姐儿紧行了两步，拉住了秦氏的手，说道："我的奶奶！怎么几日不见，就瘦的这样了！"于是就坐在秦氏坐的褥子上。宝玉也问了好，在对面椅子上坐了……

秦氏拉着凤姐儿的手，强笑道："这都是我没福：这样人家，公公婆婆当自家的女孩儿似的待。婶娘，你侄儿虽说年轻，却是他敬我，我敬他，从来没有红过脸儿。就是一家子的长辈同辈之中，除了婶子不用说了，别人也从无不疼我的，也从无不和我好的。如今得了这个病，把我那要强心一分也没了。公婆面前未得孝顺一天；婶娘这样疼我，我就有十分孝顺的心，如今也不能够了！我自想着，未必熬得过年去。"

宝玉正眼瞅着那《海棠春睡图》并那秦太虚写的"嫩寒锁梦因春冷，芳气袭人是酒香"的对联，不觉想起在这里睡晌觉梦到"太虚幻境"的事来。正在出神，听得秦氏说了这些话，如万箭攒心，那眼泪不觉流下来了。凤姐儿见了，心中十分难过，但恐病人见了这个样子反添心酸，倒不是来开导他的意思了。因说："宝玉，你忒婆婆妈妈的了。他病人不过是这样说，那里就到得这个田地？况且年纪又不大，略病病儿就好了。"

其实王熙凤一进宁府时，就向贾蓉打听过秦氏的病情，只是那时生日宴正好开席，她不方便去探望秦氏。待宴席结束后，宁府上上下下正热闹地娱乐时，王熙凤便决定去看秦氏了。这里面体现了二人之间不同寻常的关系：王熙凤与秦可卿一样，都是当家的，当家的难处只有她们自己知道，所以王熙凤去探望秦氏，一是表现着一种体贴，同时也是对自己生命结局的探视。二呢，宁府一片歌舞升平的聒噪背后，却有一个生命垂危的人独守一隅，这种孤独与荒凉，也许王熙凤体会到了。

而贾宝玉却看到的是一种对生命的不舍。他想到自己在这里完成了生命的一个重大过程，这个过程是秦氏给他的。秦氏的美貌、智慧和善解人意，

是他对美好生命追求的一种理想，而面前这个美好的生命即将身亡命殒，这触动了他多情的灵魂，所以他自然地流泪。他与王熙凤看到的不一样，他所看到的是生命来去何其之迅速，美好的东西怎么就那样地容易失去呢？所以他表现出一种对生命的留恋。

然而秦氏更多的是表现出对命运的不甘。她知道自己的命不久了，所以内心里自然有一种恨，这种恨是复杂的，也许恨老天不公，让她这朵青春娇艳的花过早地凋零了。

治了病治不了命。

也许正是她对命运的一种认同——自己的命运应该有如此下场，那就只好认命吧！这里也有一种无奈和留恋，读来不免让人感到辛酸、伤痛。

（三）

我想当王熙凤离开秦可卿的房间时，她一定也是带着伤痛去的。看看作者是怎样写王熙凤那时的心情：

于是带着跟来的婆子媳妇们，并宁府的媳妇婆子们，从里头绕进园子的便门来。只见：

黄花满地，白柳横坡。小桥通若耶之溪，曲径接天台之路。石中清流滴滴，篱落飘香；树头红叶翩翩，疏林如画。西风乍紧，犹听莺啼；暖日常暄，又添蛩语。遥望东南，建几处依山之榭；近观西北，结三间临水之轩。笙簧盈座，别有幽情；罗绮穿林，倍添韵致。

作者借一段如诗如歌的句子，表面上是写王熙凤眼中见到宁府园子里的秋景，其实是写王熙凤一种复杂的心情。她从秦氏房间里出来，有一种对美好生命即将凋零的悲痛之情。从秋天的萧瑟，素净，又写到秋天的明艳，热闹，就仿佛她在经历生命的不同状态。这种状态把荒凉引导到热烈畅快之中，所以王熙凤的心情也随着这景色的变幻，从沉郁到轻松。——因为王熙凤本身是一个喜好热闹的人，所以她更容易看到热闹，却很少看到荒凉。

凤姐儿看着园中景致，一步步行来，正赞赏时，猛然从假山石后走出一个人来，向前对凤姐儿说道："请嫂子安。"凤姐儿猛吃一惊，将身往后一退，说道："这是瑞大爷不是？"贾瑞说道："嫂子连我也不认得了？"凤姐儿道："不是不认得，猛然一见，想不到是大爷在这里。"

只是令她没想到的是，猛然间却遇见了贾瑞。这个正处于欲望膨胀期的男人，有一种对异性的冲动，他像幽灵一样，对王熙凤暗暗地垂涎，欲望使他在王熙凤的美貌面前无法自拔。所以这里站在王熙凤的立场上用了三个"猛"字，似乎是一种惊醒，又似乎预示着一种不祥。至于她与贾瑞之间的纠葛，作者会在后面慢慢地道来。

王熙凤从秦氏房间出来，目的是为了看戏。看什么戏呢？

《红楼梦》里的戏不是白看的，每一折戏都有它不同的象征意义。

凤姐儿立起身来答应了，接过戏单，从头一看，点了一出《还魂》，一出《弹词》，递过戏单来，说："现在唱的这《双官诰》完了，再唱这两出，也就是时候了。"

这三出戏从《双官诰》到《弹词》，喻示着贾府的衰落。亦即宁荣二府皆世袭了爵位（双官），虽也能靠着后辈的力量起死回生（还魂），然而仍然逃不掉衰败颓废的结局。大家如果有兴趣可以去读一读《牡丹亭》和《长生殿》有关这两折戏曲的内容。只是《双官诰》是另一位清朝的戏曲作者所作《三娘教子》里的片段。

总之，这一回里，作者写人生从热闹到荒凉，从繁盛里又暗示着悲戚，也许作者要告诉我们的是：

生命经历的这些不同的过程，它们可以相互转化，又可以互为因果。不管人的生命里经历了什么样的过程，但它的结局其实都是一样的，当我们能看到最终的结果时，也许我们就会对生命有某种领悟，不管这种领悟是喜是忧，是悲凉还是温暖，我们都得承受，无可选择。

2021 年 7 月 27 日夜于金犀庭苑

十二、欲望的真假两面

（一）

此一回回目：

王熙凤毒设相思局　贾天祥正照风月鉴

初读此回目，联想到男女之间的相思与风月之事，岂不是郎情妾意、两情相悦的美好情境？然事有好坏之分，情有两面之别，你心的正照却照不出人家的毒计；你的情用错了地方的时候，就是自寻死路。

色与情，都是人的欲望。在佛教看来，欲望之首就是淫：“一切众生，生死相续，以淫为首。”

此书第五回警幻仙姑把一个淫字解释得十分透彻。淫有两种：

好色和知情都是“淫”。淫虽一理，意则有别，如世之好淫者，不过悦容貌，喜歌舞，调笑无厌，云雨无时，恨不能尽天下之美女供我片时之趣兴：此皆皮肤滥淫之蠢物耳。如尔则天分中生成一段痴情，吾辈推之为“意淫”。“意淫”二字，惟心会而不可口传，可神通而不可语达。

而贾宝玉追求的是“意淫”，贾瑞追求的是“皮肤滥淫”。佛家讲人有欲望的淫心并不可怕，可怕的是不能从中得到领悟，不能看到人的欲望的真与假，而一度沉迷其中，那样佛祖也解救不了你。

所以从上一回王熙凤去宁府赴宴时，贾瑞就已经见色起意，早把一个滥淫之心给深埋在身体里了。

只不过读完这两回，不免产生一种疑问，为何要把秦氏生病的过程与贾瑞为欲望而死之事相提并论？许多红学家讲到秦可卿之死常指她“淫丧天香楼”。又说此一处影射了作者家族之中的丑事，为避免家丑外扬，作者只有借贾瑞之死来点明秦氏的那句判词——情既相逢必主淫。

（二）

我在读完此回情节时，心中不免生起难以平复的感慨：

一是对贾瑞强烈的欲望和嘴脸感到恶心：一个人为了满足自己的淫欲，却是如此的糊涂和下作。在对王熙凤的情感上，他的内心又承受了怎样的煎熬？二是王熙凤设计惩治贾瑞，从名誉、钱财、肉体和精神上，一层衣服，一层皮，一层肉地剥开，最后露出贾瑞的白骨，是什么理由让这样的女人如此的心狠和毒辣？

想到此，翻看此一回书页，似乎满篇都能闻到贾瑞下体的腥臭，见到他污浊的血肉！

当读到他去荣府，见到王熙凤时“满脸赔笑，连连问好”的情境，我眼前似乎有一条猥琐的癞皮狗，伸出长长的舌头，正在舔食着我脚指头间的污垢，让人恶心又奇痒无比——有一种想狠狠地踢他一脚的冲动。

然而王熙凤却并非如此，在她的心里早已经定下了计谋。可怜那个被欲望所迷失的贾瑞：

“我在嫂子面前，若有一句谎话，天打雷劈！只因素日闻得人说，嫂子是个利害人，在你跟前一点也错不得，所以唬住我了。我如今见嫂子是个有说有笑极疼人的，我怎么不来？——死了也情愿。”凤姐笑道：“果然你是个明白人，比蓉儿兄弟两个强远了。我看他那样清秀，只当他们心里明白，谁知竟是两个糊涂虫，一点不知人心。”

也许贾瑞是真心爱上王熙凤的，只不过这种爱在社会地位、权力大小和家庭教养之间差距悬殊，所以他的爱在王熙凤看来，是一种卑微的、低俗的贪婪，是对自己身份极大的侮辱。借平儿的话说：“癞蛤蟆想吃天鹅肉，没人伦的东西！”所以王熙凤又怎么会正眼视之！

但王熙凤说的这段话却值得玩味——

焦大骂贾府里的人“养小叔子”那件事，也许就直指王熙凤与贾蓉之间的关系。所以这里王熙凤在贾瑞面前公开说自己与贾蓉之间往来，是什么意思呢？此时她早已经下定了收拾贾瑞的决心，她假装告诉贾瑞，其实自己也

孤独寂寞，也需要贾琏以外的情感安慰，本来贾蓉面貌不错，挺逗人喜欢的，但贾蓉却朝三暮四，不懂自己的心，所以还是贾瑞你知道心疼于我。

这似乎是一种挑逗和勾引。贾瑞哪里经得住这样的撩拨，于是胆子就越来越大，竟然凑上前去要看凤姐的荷包。要知道，旧时女人的荷包一般紧贴着身体，可算私密之物，也就是说此时的贾瑞已然心猿意马，蠢蠢欲动了。

凤姐见贾瑞已入自己的彀中，便谎说白天要避人耳目，晚上约定时辰在穿堂中私会。那贾瑞自然喜之不尽，半夜来至穿堂之中。哪知凤姐早作了安排，待贾瑞进来后，两边门一关，可怜贾瑞寒冬腊月，独自苦守一夜——

朔风凛凛，侵肌裂骨，一夜几乎不曾冻死。

当贾瑞在天明瑟瑟缩缩，鼻涕长流地回到家后，其祖父贾代儒却也不放过他，不但不给吃喝，也不准他休息，而是跪在院子里背了很多的书。我想作者写到这里的时候，一定有一种隐忍的痛——

一是贾代儒这位穷酸的老儒，深陷儒家思想教义，自己没能考取功名，却把自己终身的夙愿都寄托在贾瑞身上。所以他才对贾瑞严格管理，以至到了变态的地步。

同时对贾瑞生命历程作者给予了深切的同情：一个二十来岁的人，还没有娶妻生子，对于异性的向往和追求，可谓如饥似渴，再加上祖父采取围追堵截的方法进行管制。可想而知，即使贾瑞没有死，他在以后的生命中，心理也一定不够健康。为此我们可以想到对于青少年的生理教育问题，对他们的成长不能一味地用学习成绩来衡量，他们的身心健康和快乐成长，才是我们应该引起重视的社会问题。

（三）

贾瑞因少了疏通的平台和宣泄的机会，对性的需求无法得到排解，所以他最容易走向问题的极端，执着于自我为中心的处世观念。他在迷恋王熙凤的时候，已经达到了无法自拔的地步。他不断加深的对异性的渴求迫使他不能用正常的思维去思考和理解人与人之间复杂的关系。他在欲望前迷失了自己。同时贾瑞的行为，也是对儒家教育思想极大的讽刺：贾代儒如此严格教育出来的孩子，居然是这样一副皮囊！

所以当贾瑞第一次上当后，他邪心不改，也想不到是凤姐在捉弄自己。于是第二次再去找王熙凤时，王熙凤还责怪他不守约，他可能还真以为是自己的过错呢。

也许第一次王熙凤是想教训一下贾瑞，希望他及时醒悟，别再痴心妄想了。但当贾瑞厚着脸皮第二次再来的时候，可能已经触到了王凤姐的底线。

如果一个普通的女人遇到贾瑞这样的人，也许当面就拒绝或者直接回避。而王熙凤是谁？是九省统制的女儿，掌管着整个荣府的财政大权，像贾瑞这样卑微的人一而再，再而三地纠缠，对她来说就是一种奇耻大辱。所以她在第二次整治贾瑞的过程中，用的是狠毒的连环计，贾瑞就根本没有招架的力气了。

王熙凤约贾瑞半夜在她房子后面的小屋里见面，并告诫他不能爽约。在欲望的驱使下贾瑞第二次赴约，再一次上当：

“你在我这房后小过道子里那间空屋子里等我，——可别冒撞了！”贾瑞道：“果真么？”凤姐道：“你不信就别来！”贾瑞道：“必来，必来！死也要来的！”凤姐道：“这会子你先去罢。”贾瑞料定晚间必妥，此时先去了。凤姐在这里便点兵派将，设下圈套。

那贾瑞只盼不到晚，偏偏家里亲戚又来了，吃了晚饭才去，那天已有掌灯时候；又等他祖父安歇，方溜进荣府，往那夹道中屋子里来等着，热锅上蚂蚁一般。只是左等不见人影，右听也没声响，心中害怕，不住猜疑道：“别是不来了，又冻我一夜不成？”……

正自胡猜，只见黑魆魆的进来一个人，贾瑞便打定是凤姐，不管青红皂白，那人刚到面前，便如饿虎扑食、猫儿捕鼠的一般，抱住叫道：“亲嫂子，等死我了！”说着，抱到屋里炕上就亲嘴扯裤子，满口里“亲爹”“亲娘”的乱叫起来。

这两段文字把贾瑞急于发泄肉体的欲望写得淋漓尽致。当他和王熙凤约定好后，他回到家里，可能茶饭也不得甘味，只盼天快快黑下去。可正好家里又来了亲戚，吃了晚饭才走，于是他只有等。一方面他怕时间晚了赶不上赴约，另一方面又怕祖父没睡发现自己偷跑，所以作者在第一段里的铺排，目的是营造一种紧张的气氛，突出贾瑞那时焦急难耐的心情。当贾瑞好不容易到达约定的屋子时，王熙凤并未提前到达，他就更加急切了，像热锅上的

蚂蚁一般：是不是自己来晚了？是不是她不来了？胡思乱想，无所适从。

好不容易黑屋子进来一个人，贾瑞料定是王熙凤了。所以欲望的膨胀让他顾不得分清来人是谁，只管脱裤子撩衣服准备发泄自己的性欲。作者写作的巧妙之处就在于：前面的铺排，一紧一松，直接把贾瑞引向一种无法自拔的精神深渊之中。

或许作者让他的欲望完全暴露在读者眼前，让人看到一个人在肉欲迷惑下是何等的龌龊和不堪，那种急迫难抑的心境，让人感到紧张、焦急，甚至于有一种期盼——贾瑞最好能够达成所愿。

然而后来贾瑞发现此人并非是凤姐，而是贾蓉时，自然臊得无地自容。其情节一下子从紧张急切变得可笑和滑稽，读者的担心也得到了释放。

在贾蓉和贾蔷的威逼之下，贾瑞不得不写下一百两银子的欠条。不过此事还未就此完结——

贾瑞此时身不由己，只得蹲在那台阶下。正要盘算，只听头顶一声响，哗喇喇一净桶尿粪从上面直泼下来，可巧浇了他一身一头。

我想起小时候婆婆常讲的一件事："对人最大的侮辱，就是向人家身上泼大粪。"这是何等的一种羞辱，可能只有当事人才能体会。

王熙凤在第二次设计整治贾瑞的时候，先从心理上进行引诱；又从肉体上进行折磨；再敲诈他的钱财，留下把柄；最后从精神和伦理上进行侮辱，其计不可谓不周密，也不可谓不狠毒。

（四）

庆幸的是贾瑞命大，并没有立即死去。只是经过这两番折腾，其下场一定狼狈不堪——

他二十来岁的人，尚未娶亲，想着凤姐不得到手，自不免有些"指头儿告了消乏"；更兼两回冻恼奔波：因此三五下里夹攻，不觉就得了一病——心内发膨胀，口内无滋味，脚下如绵，眼中似醋，黑夜作烧，白日常倦，下溺遗精，嗽痰带血，诸如此症，不上一年，都添全了。

看看贾瑞的病，病因在于欲望不止，在病中尚且不能自我醒悟。导致病情越来越重，为了求得生存，竟可以到无药不吃的地步。

常言道：“病急乱投医。”这一日偏偏来了一个跛足道人，口称专能治冤孽之症。于是贾瑞急急地请他前来医治，那道士却并不开什么药方，只给了他一面镜子，称“风月宝鉴”。

这个镜子的特殊功效就在于它的两面都能照人，一面可以看到现实之中的欲望，另一面却是欲望的结果。而贾瑞看到镜子的正面，是王熙凤的诱惑，这正是他日思夜想的东西；而镜子的背面，却是一具骷髅——他不知道，那却是他生命的最终归宿。

纵观历史与现实，那些贪图权力与富贵的人，他们一生不停地追求欲望的满足感，甚至扭曲人性，失尽廉耻，然而到头来仍然要变成一堆白骨。

所以作者写到贾瑞最终被欲望杀死的时候，那道人来取镜子时说了一句话：“你们自己以假为真，为何烧我此镜！”

欲望的真假，需要怎样去识别?

——你现在拥有的，未必是你最终需要的；你所看到的虚无，未必不是真实的存在。

所以在欲望面前，人要时时领悟，时时反省，别成了它的奴隶，那样该是多么可悲！

2021 年 7 月 29 日于金犀庭苑

十三、死亡是一种象征

（一）

第十三回回目：

秦可卿死封龙禁尉　王熙凤协理宁国府

《红楼梦》的一百二十回，回目中直接用到“死”字的，好似就这一回。

这是一个沉重的话题，也是许多人都不愿意提及的生命结局。中国人的文化元素里也尽量避免这个字，一般人用“去世、归天、仙逝”等来指代人死之事，老百姓习惯用“去了”一词：“去了！去了！一了百了！”似乎也有一种通透的领悟，似乎也带着一种洒脱。

有一年秋天去一个陌生的乡下垂钓，听见两个老头在小河边闲聊，其中一个人问：“你家老伴还在不？”

对方答道：“去见马克思了。”看看，把死说得如此平淡，大约他的生命里也就无比的敞亮吧。

而《红楼梦》里这几回贾府似乎不太安宁。

初时因淫事而死了贾瑞，又提及林如海因病而亡，紧接着便写秦氏之死。贾瑞的死，是该死：一个人死于欲望的无法控制，真是可叹可悲！林如海之死似乎只是一处伏笔——从此林黛玉真正成了孤儿了，此后真正开启了她寄人篱下的人生境遇。

秦氏之死，倒是死得有些悬疑，历来众多热爱《红楼梦》的人，总会想到她病得蹊跷；她死前给王熙凤托梦的智慧，她死后热闹得又有些过分。仿佛她死了，倒成全了贾府一片繁华和热闹。死亡对她来说，生命归于终结，回归凄冷，然对活着的人而言，倒成了一种象征。

（二）

此回开篇承接林如海病重，贾琏陪着林黛玉回扬州料理家事说起。二人这一走恐怕不是三两日的时间，而是几月或者半年之久。想想古时人远行之难——没有公路，没有汽车，没有飞机，更不可能有高铁，所以千里之外，路途迢迢，离别的相思自然就成了古时人们的一种深切的怀念。

前不久去蓉城望江公园，参观了唐代女诗人薛涛的墓。早闻望江楼上半幅千古对联，自古无人能对：

“望江楼，望江流，望江楼上望江流，江楼千古，江流千古。”

相传这位才貌双全的女诗人，为了等待自己心爱的人归来，日日站在江边上，望着那个人乘船远去的方向，一时，一日，一月，一年……时光就这样让容颜变换，让情感凝结成暮对长空的哀叹：江楼高耸，看不到孤帆远影回归；江水悠悠，流不尽日夜相思成梦。后人因为此情，筑楼配联以念此人。后来想想，不是那对联难对，只是这文字里所抒写的离别相思之苦、之痛，却难以用语言表达得明白。

所以回到小说这一回——

话说凤姐儿自贾琏送黛玉往扬州去后，心中实在无趣，每到晚间，不过同平儿说笑一回就胡乱睡了。

这里面，何尝不是一种相思与离别之苦。要知道那时候王熙凤不过二十岁左右，刚与贾琏结婚不久，生命如春之草木、夏之花蔓，怎能忍受孤枕独眠的寂寞呢。所以夜夜也不过胡乱地睡，胡乱地想，处于清醒与恍惚之间。

她的这一恍惚，倒把秦氏的魂魄给招来了。

秦氏从外走进来，含笑说道：“婶娘好睡！我今日回去，你也不送我一程，因娘儿们素日相好，我舍不得婶娘，故来别你一别。还有一件心愿未了，非告诉婶娘，别人未必中用。”

秦氏的话里隐含了三个意思：一是生死的自然属性，作者借秦氏的口告诉人们一种生死观念。生与死是生命的自然规律，人从生开始，就走向死亡；从生到死，只是一段旅程。所以秦氏把自己的死说成“回去”——回到生命

来的地方去。二是与王熙凤告别，在贾府中，秦氏与王熙凤关系不一般，作为相亲相近的人，心灵自有一种相通，所以在秦氏死亡之时，前来给王熙凤托梦，符合一部分人对于灵魂不灭的观念。三是在秦氏自己离开人世时，已经预见到贾府即将从盛至衰，她不希望贾府到头来什么也没有。而贾府之中的男人，都是不务正业的纨绔子弟或者平庸之辈，不具备担当管理家族的才干，而王熙凤是非常有才华的人，向她交代自己对贾府的期望，才有可能得以实现。

那么秦氏又在王熙凤的梦里说了些什么呢？

凤姐听了，恍惚问道："有何心愿？只管托我就是了。"秦氏道："婶娘，你是个脂粉队里的英雄，连那些束带顶冠的男子也不能过你，你如何连两句俗语也不晓得？常言：'月满则亏，水满则溢'；又道是'登高必跌重'。如今我们家赫赫扬扬，已将百载，一日倘或'乐极悲生'，若应了那句'树倒猢狲散'的俗语，岂不虚称了一世的诗书旧族了？"凤姐听了此话，心胸不快，十分敬畏，忙问道："这话虑的极是，但有何法可以永保无虞？"秦氏冷笑道："婶子好痴也！'否极泰来'，荣辱自古周而复始，岂人力所能长保的？但如今能于荣时筹画下将来衰时的世业，亦可以长远保全了。即如今日诸事俱妥，只有两件未妥，若把此事如此一行，则后日可保无患了。"

在这里秦氏讲了一种对人生、社会、事物和生命运行过程的感悟与认识。她用辩证的哲学思想，讲了祸福相依，乐极生悲的观点。——任何事物发展到极盛的时候，就开始转向，走向衰败。并指出现实中的问题：贾府现在看着比较繁荣富贵，但哪有长久的运势呢？所以贾府走向衰落，这是必然。如果要保证贾府未来的根，不至于沦落到无立锥之地，可以事先谋划两件事：

秦氏道："目今祖茔虽四时祭祀，只是无一定的钱粮。第二，家塾虽立，无一定的供给。依我想来，如今盛时固不缺祭祀供给，但将来败落之时，此二项有何出处？莫若依我定见，赶今日富贵，将祖茔附近多置田庄、房舍、地亩，以备祭祀、供给之费皆出自此处，将家塾亦设于此。合同族中长幼，大家定了则例，日后按房掌管这一年的地亩钱粮、祭祀供给之事。如此周流，又无争竞，亦不有典卖诸弊。便是有罪，己物可以入官，这祭祀产业连官也不入的。便败落下来，子孙回家读书务农，也有个退步，祭祀又可永继……”

读到这里，我非常佩服秦氏的远见和才智。作者也许借秦氏的话，告诉世人治家的道理。怎样做可以使事业永继呢?

一是保留祖宗的根本，一个家族如果数典忘祖，就像无根之木，无源之水，迟早木会枯，水会涸，哪里还有代代相传的事业呢?二是要使家族事业发展下去，即使在衰落的时候又可以重振起来，所需要的保障不是现在拥有多少钱，多少地，多少房……而是要读书，有文化。中国几千年的历史里留存下来的最多的东西，也就是文化。所以有一句俗语讲得很好：“富不过三代”。我想秦氏讲的这些道理，对现实中的每一个人都是适用的：后世治家要深思啊!

只不过此时的王熙凤正处于贾府的繁荣时期，她哪里意料得到将来之事呢。所以，人无远虑，必有近忧，如果一味沉浸在当下的富贵享乐之中，那就只有等死。

当凤姐还停留在朦胧的睡梦之中，只听二门上的云板敲了四下。这不是梵音，也不是姑苏城外寒山寺的钟声，这是丧音——是秦氏之死的信息，也预示着贾府必将衰落的丧音。这丧音惊动了贾府里的所有人，也惊动了睡梦中的贾宝玉：

如今从梦中听见说秦氏死了，连忙翻身爬起来，只觉心中似戳了一刀的，不觉的‘哇’的一声，直喷出一口血来。

你道贾宝玉为何有这样的表现?此时用“撕心裂肺”来形容，也不算过分。他是秦氏的叔叔辈，从伦理的角度上看，怎么会对秦氏的死有这样大的反应?

在第五回里，他曾在秦氏房里进入太虚幻境，完成了自己的成人之礼，而这个与他共云雨之事的女人，就是秦氏的化身，所以他与秦氏似乎有一种说不出来的情感。更为重要的是，秦氏是怎样的一个人啊?

她有薛宝钗的理性与智慧，兼林黛玉的才貌和气质。所以在贾宝玉的心中，这是一个完美的女人，这样美好的生命应该长留在人间。然而现在突然听见她死去了，于是贾宝玉对美好生命的坚持动摇了——原来生命只是一个过程，无论多么美好，多么地值得拥有，却是不可长久的。生命是一个线段，不是一条射线，它有起点，也有终点。他的心痛是对生命短暂的感叹，对美好事物消失的痛惜。所以他后来喜聚不喜散。

他对秦氏之死的态度，也是众人中最难受、最伤心的，这种伤心没有泪痕，却痛在心里……

（三）

只是这不像贾珍的伤心那样，哭得泪人一般。儿媳妇死了，自己的儿子尚且没有哭成泪人，公公却是这般样子？总让人感觉里面似乎藏着些不可告人的秘密。

而且他的行为也让人捉摸不透。众人问他这丧事该如何办理，他拍手道：

怎么料理，不过尽我所有罢了！

所以这秦氏的丧事，也就办得空前的风光与奢华。

第一看秦氏的丧期，单丧事中的停灵期就有七七四十九日，并作七次道场。在地藏经中有"七七日内，广造众善"的说法，指七七四十九日内为亡者多做功德。后来民间依此流传，成为给亡者"做七"的风俗。

其二所用棺木，是薛蟠所送价值千金的万年不朽之木。这棺木也大有来历，是一位王爷预订的，只是这王爷出事，把这棺木放弃了。也就是说，此棺木只有皇族或达官贵人才能享受得起，而贾珍却用来给了秦氏，这是多大的荣幸啊！所以后来贾政说："此物非常人可享。"

据说这棺木的木头来自铁网山。我查阅过一些资料，并无铁网山的详细解释。有一次回乡下正巧遇见村里死了人，听人说到"潢海铁网山"：铁指不易改变的东西，形态稳定；网指死亡，于是恍然大悟——死亡是人永恒不变的自然法则。

其三，还得有个像样的头衔。贾蓉不过只是一个黉门监生，所以秦氏的灵幡之上，挂的头衔太小，不显宁府的声威。黉门监生，即是明清时国子监的生员。也有的是恩荫或捐纳而得的。很显然，贾蓉的这个职位还是恩荫所得，只不过是一个小小的头衔，无实际权力。

可巧这日正是首七第四日，早有大明宫掌宫内监戴权，先备了祭礼遣人来，次后坐了大轿，打道鸣锣，亲来上祭。贾珍忙接待，让至逗蜂轩献茶。贾珍心中打算定了主意，因而趁便就说要与贾蓉捐个前程的话。戴权会意，因笑道："想是为丧礼上风光些。”贾珍忙笑道：“老内相所见不差。”戴权道：“事倒凑巧，正有个美缺。如今三百员龙禁尉短了两员。昨儿襄阳侯的兄弟老三来求我，现拿了一千五百两银子送到我家里。你知道，咱们都是老相好，不拘怎么样，看着他爷爷的分上，胡乱应了。还剩了一个缺，谁知永兴节度使冯胖子要求与他孩子捐，我就没工夫应他。既是咱们的孩子要捐，快写个履历来。”……

戴权看了，回手便递与一个贴身的小厮收了，道：“回去送与户部堂官老赵，说我拜上他，起一张五品龙禁尉的票，再给个执照，就把这履历填上。明儿我来兑银子送去。”小厮答应了。戴权告辞。贾珍十分款留不住，只得送出府门。临上轿，贾珍因问：“银子还是我到部去兑，还是送入内相府中？”戴权道：“若到部里，你又吃亏了，不如平准一千两银子，送到我家就完了。”

我读到此段内容，大觉得奇怪。明明写的是丧事，却又生出这买官卖官的事情来。翻看中国历史宦官干政的事，并不鲜见。而这戴权，正是这种情形的典型。

我想此处戴权前来，恐怕不是冲着丧事而来的，他似乎嗅到了什么气息，专程为卖官而来。这个老太监对朝中官员的称呼“老三、冯胖子、老赵”，这是何等的嚣张和不可一世！好似秦氏的丧事，倒成了一场权力的交易，是他卖弄权贵的一次机会，实在是讽刺和可笑！

当然，秦氏灵幡上的那个头衔，也价值不菲——整整一千两银子呢！

而来吊丧的又何止是太监。四大家族、王爷、侯爷、达官贵人，可见十分风光：

如此亲朋你来我去，也不能计数。只这四十九日，宁国府街上一条白漫漫人来人往，花簇簇官来官去。

死亡是一件悲伤和凄凉的事，死去的灵魂需要得到安宁。而秦氏的死，却被钱财装点得热闹非凡，被人情世故渲染得富丽堂皇，到底是一场丧事，还是一场闹剧？只待大家去细细品读。

也许作者借秦氏的死，要告诉我们的是：

生离死别不过是生命的一个过程，风光繁华也许是一时的排场。

2021年8月1日于金犀庭苑

十四、一个优秀的职业经理人

（一）

在整理这一回笔记的时候，我突然想到二十多年以前的事情，那时我曾在山城的一家中药企业里做药品包装工作，那是一项特别专业的技术活。几年工作，我对药品包装的工艺和流程就有很深的了解，还一度成了公司独一无二的技术能手。那时候我认为，我这一辈子会与这项技术结下永久的缘分。后来我走上了管理岗位，才知道管理真正是一门深奥的学问。它涉及人、财、物、政治学、哲学、伦理学、心理学及公共关系学的许多方面，所以要做好一个优秀的企业管理者，是一件非常不容易的事情。

有一年，我去北京学习，听了一堂余世维先生的讲座，他讲到管理的三个方面：管理的内容；管理的方法；管理者的人格。而管理者的人格是维持管理这项活动的关键因素，所以要做一个优秀的管理者，就得不断地学习，在大脑里不断地清空旧有的思想，更换新的内容。对企业来说，没有恒定不变的管理，企业唯一不变的就是每天都在变，所以管理者都不是一般人能够干得下来的，你得应对各种纷繁复杂的事情，也因此，管理成了一项折磨人、考验人、锻炼人的活动。

读完本回后，我多次有过这样的想法：让单位所有的中层干部、部门经理都好好地读一读这一回内容，或许会对他们的管理有所帮助。后来我又放弃了这个念头，我害怕有的人把管理理解为政治。管理需要政治的手段，但不是政治本身。然而许多企业管理者，却把政治与管理等同起来，这是非常狭隘的。也正因为此，我们有许多企业的管理效率很差，很难达到预期的目标，结果所谓现代化的企业管理就成了一个半生不熟的“夹生饭”——表面看，像那么一回事，然而实质却是一团乱麻。

我们读到《红楼梦》这一回，你不得不非常佩服作者在书中所透露的管理思想，尽管这种管理思想在今天看起来还比较粗犷，但它的内容完全符合余世维先生讲的三个方面。所以要把这一回内容讲得明白，首先我们得学一学什么是管理。

《管理学原理》讲管理是有意识地协调人们的共同活动，达到一定目标的系统工作过程，它由共同劳动，也就是协同劳动引起的。

管理的三个方面：

第一是管理的内容，即人、财、物。现代管理学讲的人、机、料、法、环等相关的物质性的东西。

第二是管理的方法，在这里可以理解为管理的过程，即计划、实施、检查、处理。管理学称为PDCA循环——形容管理的螺旋结构，一圈一圈地向上延伸，只有起点，没有终点，只有更好，没有最好。

第三是管理者的人格，这是一个复杂的因素，也许读完小说的这一回，我们可能对企业管理者的人格魅力有些许了解。

那么，我们不妨翻开小说第十四回，细细品读一番，看看王熙凤这位与众不同的职业经理人如何把一个乱哄哄的大场面，收拾得井井有条。

（二）

如果把《红楼梦》里宁荣二府看成是一个企业的话，贾府里的每一件事都应该算协作劳动。而要使每一件事达到预期的目标，就需要一个人或几个人来协调、组织、指挥所有的活动，这就是贾府大管家王熙凤要做的事。

作者借秦氏之死，宁府之中无人能管理这样一个大场面入笔，引出王熙凤管理宁荣二府的情景。读完后，你仿佛觉得秦氏之死，死得太值了，她不死，我们怎么能见到王熙凤的风采呢？

当她接受这项工作后，没有任何犹豫，勇于担当起责任，立即投入到工作的氛围之中。

这里凤姐儿来至三间一所抱厦中坐了，因想：头一件是人口混杂，遗失东西；二件，事无专管，临期推诿。三件，需用过费，滥支冒领；四件，任无大小，苦乐不均；五件，家人豪纵，有脸者不能服钤束，无脸者不能上进。此五件实是宁府中风俗。

看看，凤姐还没上位呢，就已经看出宁府之中的问题来了：缺少劳动纪律，下人自由散漫；财、物没有定量管理，浪费严重；没有奖惩和考核，下人做

事拈轻怕重，也没有创造通道让人晋升，下人之间没有紧迫感和竞争力。

大家不妨看看自己所在的单位或者组织，是不是有这样的情况，如果有，也不妨再学学王熙凤是怎么管理的。

了解人员情况是管理的前提。管理学界有一个公认的道理：管理就是管人。人管顺了，事就顺了。所以作为一个职业经理人，你得首先认识你分管的所有员工，了解他们的能力、兴趣、性格特征，才能做到知人善任。所以凤姐首先叫彩明钉造册簿，要家里的花名册查看，并吩咐宁府家的管家赖升，第二日召集大家一起点名。

至次日卯正二刻，便过来了。那宁国府中老婆媳妇早已到齐，只见凤姐与赖升媳妇分派众人执事，不敢擅入，在窗外打听。听见凤姐与赖升媳妇道："既托了我，我就不得不讨你们嫌了。我可比不得你们奶奶好性儿，如今可要依着我行，错我一点儿，管不得谁是有脸的，谁是没脸的，一例清白处置。"

作为一个优秀的管理者，首先自己要身体力行，遵守规矩。你看凤姐，早上五点半就到宁府上班。上班的第一天，先立规矩，也就是建立劳动纪律制度，让所有的人都明白：在规矩面前人人平等，没什么亲疏远近之分。

读到这里，我想此时对于下人们来说，似乎应感觉到一种紧张的压力。对于一个旁观者来看，似乎又有看到一种魄力和果断，让人感到王熙凤霸气显露——这一下子宁府里的气氛就开始紧张起来了。

说罢，便吩咐彩明念花名册，按名一个一个叫进来看视。一时看完，又吩咐道："这二十个分作两班，一班十个，每日在内单管亲友来往倒茶，别的事不用管。这二十个也分作两班，每日单管本家亲戚茶饭，也不管别的事。这四十个人也分作两班，单在灵前上香、添油、挂幔、守灵、供饭、供茶、随起举哀，也不管别的事。这四人专在内茶房收管杯碟茶器，要少了一件，四人分赔。这四个人单管酒饭器皿，少一件也是分赔。这八个人单管收祭礼。这八个单管各处灯油、蜡烛、纸札；我一总支了来，交给你们八个人，然后按我的数儿往各处分派。这二十个每日轮流各处上夜，照管门户，监察火烛，打扫地方。这下剩的按房分开，某人守某处，某处所有桌椅古玩起，至于痰盒掸子等物，一草一苗，或丢或坏，就问这看守的赔补。赖升家的每日揽总查看，或有偷懒的，赌钱吃酒打架拌嘴的，立即拿了来回我。你要徇情，叫我查出来，三四辈子的老脸，就顾不成了。如今都有了定规，以后那一行乱了，只和那一行算账。素日跟我的人，随身俱有钟表，不论大小事，都有一定的时刻，——横竖你们上房里也有时辰钟：卯正二刻我来点卯，巳正吃早饭；凡有领牌回事，只在午初二刻；戌初烧过黄昏纸，我亲自到各处查看一遍，回来上夜的交明钥匙。第二日还是卯正二刻过来。说不得咱们大家辛苦这几日罢，事完了你们大爷自然赏你们。”

愿意提升管理水平的职业经理们，应该好好读一读这段话，它可包罗了许多管理事项：

第一，对每一个人的见面认识，这样做的目的是在后面督查过程中，才分清每个人是干什么的，有没有“溜号、偷懒、串岗”的现象。

第二，分配工作，每一件事有专门的人管理，而且事情单一，目的是防止混乱。有时候往往一件事由多人、多部门管理时，却老管不好，原因就在于推诿和职责不明确。

第三，财、物有人专管，而且有定量和考核，定量在王熙凤头脑里十分清晰，谁丢失、损坏得有赔偿。

第四，有检查，赖升媳妇负责每日进行全面检查，有违纪或其他行为直接报给王熙凤，并做出处罚。

第五，有效率和工作时间的规定，每天上班下班的时间规定明确。

第六，有监督检查，王熙凤每天下班前亲自进行监督检查，做到“日清日结”。

读完这一段，我曾感觉自己心跳加快，面红耳赤——堂堂七尺男子汉，也曾学过现代管理的相关知识，然而比起王熙凤来，却相去甚远。难怪作者在第一回感叹：“我堂堂须眉，诚不若彼裙钗。”似乎在骂天下所有的男子呢！更何况，这是一个文化底子不厚的女子，却摆出了这样一套管理的制度来，不得不令人钦佩。

也许作者间接地在这里告诉我们，作为一个优秀的职业经理人，得保持清醒的头脑，能分清事情的轻、重、缓、急；做到事与情的明确，合理地分配，科学地调度，严格地检查，奖惩到位。若如此，大约管理就是一项艺术了。

（三）

不仅如此，在王熙凤看来，管理更重要的还在执行。所以威重令行，自己首先遵守时间，每天准时点卯理事，独在自己的办公室里起坐，也不与妯娌合群，便有女眷来往，也不迎送。人格的魅力往往就在这里体现——做好自己的本职工作，在工作时间内，不关心其他闲事，也不说过多的闲话，一切皆在自己的掌控之中。

正好某日宁府来的人多，王熙凤起了个大早，在秦氏灵前放声大哭一场。许多人觉得王熙凤在这里是一种礼节性的假哭。其实我觉得不然，她和秦氏都是当家的，而且与秦氏关系非常要好，她们彼此之间知道当家的不容易，也知道其中的辛酸，所以王熙凤在这里的哭泣，不仅仅是哭秦氏，似乎也在哭自己。

但当她哭完后，马上收泪，因为还有更重要的事等着她，她不可能因为情感耽误了大事，所以立马去自己办公室进行点卯办公。

正巧这天，有一个下人未能准时到岗，于是凤姐即令传来。

那人惶恐，凤姐冷笑道："原来是你误了！你比他们有体面，所以不听我的话！"那人回道："奴才天天都来得早，只是今儿来迟了一步，求奶奶饶过初次。"正说着，只见荣国府中的王兴媳妇来了，往里探头儿。

凤姐且不发落此人，先处理王兴媳妇的事。后来荣国府又来四个执事，请示办理各种杂事，接着又有张材家的拿贴领钱。待这些事处理完毕后，此时凤姐再转向迟到的那个人——

凤姐便说道："明儿他也来迟了，后儿我也来迟了，将来都没有人了。本来要饶你，只是我头一次宽了，下次就难管别人了，不如开发了好。"顿时放下脸来，叫："带出去打他二十板子！"众人见凤姐动怒，不敢怠慢，拉出去照数打了，进来回复。凤姐又掷下宁府对牌："说与赖升革他一个月钱粮。"

这两段被作者写得精彩绝伦——像看电影一样，你急切地想知道王熙凤会怎样处理那个迟到的人，你紧张而又期盼地等待想要的结果，然而王熙凤却欲擒故纵，先办理日常要办的事，似乎在故意岔开，又似乎在故意挑逗人的心理。想想看，当凤姐在处理其他几件事时，那个迟到的下人，一定既害怕又恐慌，他在等待中煎熬，内心不知道有怎样的折磨呢！这里有一种处理事务的原则问题：一个管理者，每天都会面临许多具体的事务需要处理，而这些事务有轻重缓急之分，所以在面对纷繁复杂的事情时，首先要处理重要和急切的事。然而要做到这一点，就得迅速地分清哪些事重要，哪些事急切。这就需要管理者具有一定判断能力，一定的决策能力。

此时看凤姐处理违反纪律的人时，却又是干净利落。表面看似乎处理得稍加严重，然而这种杀鸡儆猴的做法，一定会起到震慑作用。所以小说写得明白：

于是宁府中人才知凤姐利害，自此俱各兢兢业业，不敢偷安，不在话下。

读完凤姐的这些精彩的表演，说实在的，我内心简直佩服得五体投地：她无疑是一个优秀的管理者，放在今天的企业管理中，她一定也是一个杰出的职业经理人。

然而想想看，一个女人，每天从早忙到晚，马不停蹄地来往于两府之间：

各事冗杂，亦难尽述：因此忙得凤姐茶饭无心，坐卧不宁。到了宁府里，这边荣府的人跟着；回到荣府里，那边宁府的人又跟着。凤姐虽然如此之忙，只因素性好胜，唯恐落人褒贬，故费尽精神，筹划的十分整齐，于是合族中上下无不称叹。

当读到这里时，联想起自己曾经的经历，我又为凤姐感到心痛和不忍。一个强势的管理者，权力欲望极强的人，总想把每一件事做好。然而人无完人，不可能有三头六臂，中间必定也有一些疏漏和顾及不到的地方。我们从王熙凤的表现一方面看到贾府男人的懦弱、无能；从另一个方面又真正体会到作为一个有能力的管理者，是非常劳累和不容易的。所以王熙凤最终积劳成疾，到头来可怜卿卿性命被算尽，一场欢喜忽悲辛！

（四）

在《红楼梦》这部小说里，王熙凤虽然能担当大任，有强有力的手段。但读完整部小说后我们知道，纵使有王熙凤的才华，贾府最终仍走向了衰落。这说明什么呢？

也许作者要表明的是，在社会的大趋势之下，没有人能够靠一己之力挽回败局。

也许放弃你的执着，一切顺其自然，未尝不是一种最好的归宿。

2021 年 8 月 7 日于金犀庭苑

十五、纵有千年铁槛寺，终需一个土馒头

（一）

第十五回回目：

王凤姐弄权铁槛寺　秦鲸卿得趣馒头庵

一个在铁槛寺弄权，一个在馒头庵得趣，佛道修行之地，岂能容得下这样糟蹋和玷污呢？这似乎有所象征，又有所指向。在面对生命的两种状态时，我们如何对待？如何作出选择？值得每一个人去认真思考。作者或许要在这里告诉我们：生命的过程中所拥有的一切，都将随死亡一起被埋葬，终归一切皆空。

本回开篇承接上一回秦氏停灵四十九日结束，马上将送往贾府家庙铁槛寺安放一事。作者借送殡的场景，极力渲染一种热闹、富贵的排场。送殡队伍中先是官客，各位公爵，各阶伯公将军，朝廷大员等；再写各位藩王：

诸王孙公子，不可枚数。堂客也共有十来顶大轿，三四十顶小轿，连家下大小轿子车辆，不下百十余乘。连前面各色执事陈设，连接一带摆了有三四里远。

接着又写各路亲王的路祭：

第一棚是东平郡王府的祭；第二棚是南安郡王的祭；第三棚是西宁郡王的祭。

连写三个亲王，目的是引出第四位郡王——北静郡王世荣。

小说写达官贵人与皇亲贵胄给秦氏送殡，使亡者在入土前达到了前所未

有的荣耀，人的生命高贵在死亡后才体现出来，这种高贵和荣耀，与死去的灵魂似乎无关，只不过是死者的悲哀、生者的荣耀、官场的游戏而已……

小说接着写北静郡王在轿子里与贾府众人相见，有许多亲切的场面，让人看到北静郡王与贾府之间不同寻常的关系：当贾府繁荣时有他的见证，当贾府抄家时他又出来相助，似乎其与贾宝玉家有不可割舍的渊源。

作者借贾宝玉的眼睛，写北静郡王的外貌与神态：

话说宝玉举目见北静王世荣头上戴着净白簪缨银翅王帽，穿着江牙海水五爪龙白蟒袍，系着碧玉红鞓带，面如美玉，目似明星，真好秀丽人物。宝玉忙抢上来参见，世荣从轿内伸手搀住，见宝玉戴着束发银冠，勒着双龙出海抹额，穿着白蟒箭袖，围着攒珠银带，面若春花，目如点漆。北静王笑道："名不虚传，果然如'宝'似'玉'。"问："衔的那宝贝在那里？"宝玉见问，连忙从衣内取出。递与北静王细细看了，又念了那上头的字，因问："果灵验否？"贾政忙道："虽如此说，只是未曾试过。"北静王一面极口称奇道异，一面理顺彩绦，亲自与宝玉带上，又携手问宝玉几岁，现读何书。宝玉一一答应。

从宝玉眼中看北静王，又从北静王眼中看贾宝玉，好似一种惺惺相惜的感觉。北静王白色的簪缨，白蟒袍，红绿的装束；贾宝玉白蟒箭袖，面若春花。这是两种纯洁生命的相遇，正处于生命力烂漫的时期，有如珠似玉的美好形象：你见我时，仿佛你是我的前生；我睹你时，犹如你是我的后世。

彼此在心里欣赏和赞叹：

天下真有如此秀丽的人！

所以当送殡队伍离开时，北静王恋恋不舍，邀请贾宝玉常到王府去，临了还送一串皇帝赐的"蕶苓香"念珠给贾宝玉，以示见面之礼。我在读其他版本的时候，见其上写皇帝赐的是"鹡鸰香"念珠。后来查阅资料，"蕶苓香"是一种香草，而"鹡鸰香"是一种相互友爱的鸟，我觉得此处应该是后一种念珠最为妥帖，更能表达北静王初见贾宝玉的那种情感。

（二）

如果贾宝玉初见北静王时，是一种三生之缘的话。那么贾宝玉见村姑二丫头，见到的应该是自己生命里的一种遗憾。一个人生活在茫茫的人世间，每天穿梭于匆匆的人流中，与不同的人擦肩而过，能够在偶然间遇见一双眼睛，或者一个莫名的微笑，也许三生三世里，曾经在某个时空中，你们拥有过一段缘分。也许你的前世与他（她）有过半年、一年、十年或者更早的一段情缘。今生的相逢，必来归还旧世的因果。

如果你相信缘分这东西，当你读完贾宝玉见村姑之后，你也会有一种怅然的失落感：生命中有很多的错过，那也没有办法，有些只能是一声叹息罢了。

当王熙凤在送殡途中需要休息的时候，便带着宝玉与秦钟及家下用人，去一村庄歇息。这好比我们去野外郊游，中途休息一下，解解急，缓缓精神。这对王熙凤和秦钟来说，只是再正常不过的停留，然而对于贾宝玉来说，正是生命的另一种相遇。

那些村姑野妇见了凤姐、宝玉、秦钟的人品衣服，几疑天人下降。凤姐进入茅屋，先命宝玉等出去玩玩。宝玉会意，因同秦钟带着小厮们各处游玩。凡庄家动用之物，俱不曾见过。宝玉见了，都以为奇，不知何名何用。小厮们有知道的，一一告诉了名色并其用处。宝玉听了，因点头道：“怪道古人诗上说，‘谁知盘中餐，粒粒皆辛苦’，正为此也！”一面说，一面又到一间房内，见炕上有个纺车儿，越发以为稀奇。小厮们又说：“是纺线织布的。”宝玉便上炕摇转，只见一个村妆丫头，约有十七八岁，走来说道：“别弄坏了！”众小厮忙上来吆喝，宝玉也住了手，说道：“我因没有见过，所以试一试玩儿。”那丫头道：“你不会转，等我转给你瞧。”秦钟暗拉宝玉道：“此卿大有意趣。”宝玉推他道：“再胡说，我就打了。”说着，只见那丫头纺起线来，果然好看。忽听那边婆子叫道：“二丫头，快过来！”那丫头丢了纺车，一径去了。宝玉怅然无趣。

首先讲到的是看热闹。一个偏远的村庄，突然来了一群神仙一样的人物，那是怎样的一种场景呢？——村里的妇女一定挤满村口，哪有不羡慕、不嫉妒的呢？我突然想起一位网名叫“看客”的文友来。有一次问及他为何起这

样的名字，他说："我不懂你的生命状态，你也不懂我的生命世界的时候，我们之间就是看客。"原来看稀奇与热闹，是对一种生命状态的探求，多么具有人生哲理！

然而当贾宝玉作为看客的时候，却有着对生命的另一种诠释。一个生长在城里的贵族公子，每天过着锦衣玉食的生活，在他的生命里，缺少一种对土地和自然生命的了解。所以当他来到村庄里，见到那些锹、镢、锄、犁，并听到它们的用途时，就自然而然地感叹："谁知盘中餐，粒粒皆辛苦。"我想，此时，他与刘姥姥进贾府一样，只不过他看到的是一种自然的生命力量：原来所有的饮食中，都有劳动的汗水；田野山岗上一切的绿意，布满着农民的掌纹。

更有趣的是，他见到二丫头，那种坦率、自然、纯朴、清新的生命气息迎面而来，他惊奇，他为之倾倒。平日里在胭脂堆混得久了，对女性的美便停留在掩饰的外表上，当他见到这个也许脸上还带着细微雀斑的村姑时，他眼前一亮：生命还可以如此随意和精彩！更何况，二丫头毫不客气地指责他转动纺车时，对在家受宠惯了的公子哥儿来说，似乎获得一种警醒：人生中遇见一个如此低微的生命，却可以毫无顾忌地蔑视自己，这让他突然看到生命的与众不同和自由自在——他看到了生命内在的美。这样的感觉在贾宝玉心里产生了强烈震动，使他除了有一种新鲜感外，一定也有一种阳光、清新的空气迎面而来。

所以二丫头离开之际，他的怅然失落里面，一定是五味杂陈的。当他们离开村庄时，他还恋恋不舍：

走不多远，却见这二丫头，怀里抱着个小孩子，同着两个小女孩子，在村头站着瞅他。宝玉情不自禁，然身在车上，只得眼角留情而已。一时电卷风驰，回头已无踪迹了。

也许在二丫头看来，贾宝玉只不过是一场热闹戏曲的插曲而已，贾宝玉的出现与否，对她的生命来说，没有什么改变。然而对贾宝玉呢，因为他的多情和多感，却留下了几许遗憾和留恋。

生命中的许多人，大都只不过是过客和一瞬间的缘分。纵然留情，也会很快淡忘而去。我曾在网络上读到一句话："许多人，走着走着，就迷失在人群中了。"所以当贾宝玉回头时，已是风尘茫茫一片，留下的也许只是暂时的记忆而已。因此，为了你生命之中的缘分，请好好珍惜生命中遇见过的每一个人吧。

（三）

好了，我们回到秦氏的归宿之地——铁槛寺里。为什么叫铁槛寺呢？佛家讲铁槛可以阻挡一切妖魔鬼怪、魑魅魍魉，所以在铁槛里的一切都是安全的，可保永久太平，当然也包括财富、名利、富贵和生命。《红楼梦》后面妙玉给宝玉送生日贺信时，写自己是槛外人，别有意味——这好似淡泊了一切，不管尘世之事的一种人生境界。

宋代有一位叫范成大的大诗人，写了一首诗名曰《重九日行营寿藏之地》："家山随处可行楸，荷锸携壶似醉刘。纵有千年铁门槛，终须一个土馒头。"诗人在家乡的山坡上行走，看到许多可用作棺材的楸树，这让他突然看到了生死之间变幻，而自己希望像醉酒的狂人刘伶一样，自由狂浪，无拘无束，生死都可以不必计较。你说吧，生命即使有千年的铁门槛保护，又怎能阻挡鬼神的索捕，到头来不过是一堆黄土。——诗人在这里感叹生死的领悟。

所以在这一回里，作者讲到两个地方，一个是铁槛寺，一个是馒头庵。我有时候读到这里就想：为什么铁槛寺与馒头庵会挨得这样近？如果铁槛指向生命的过程，当这个生命过程结束后，一定就是死亡，终归是一堆土馒头。生与死在时间的轨道上，不过是一瞬息间的事。何其短！何其迅捷！

然而在王熙凤看来，生命不是这样的，她希望获得更多的财富，更大的权力，她理解的生命过程是长久的，稳固的。所以当她去馒头庵歇息的时候，那庵里的老尼姑静虚就给她揽了一桩官司买卖：

老尼道："阿弥陀佛！只因我当日先在长安县善才庵里出家的时候儿，有个施主姓张，是大财主。他的女孩儿小名金哥，那年都往我庙里来进香，不想遇见长安府太爷的小舅子李少爷。那李少爷一眼看见金哥就爱上了，立刻打发人来求亲。不想金哥已受了原任长安守备公子的聘定。张家欲待退亲，又怕守备不依，因此说已有了人家了。谁知李少爷一定要娶，张家正在没法，两处为难：不料守备家听见此信，也不问青红皂白，就来吵闹，说：'一个女孩儿你许几家子人家儿？'偏不许退定礼，就打起官司来。嫁急了只得着人上京找门路，赌气偏要退定礼。我想如今长安节度云老爷，和府上相好，

怎么求太太和老爷说说，写一封书子，求云老爷和那守备说一声，不怕他不依。要是肯行，张家哪怕倾家孝顺，也是情愿的。”

此一段就从这个馒头庵的静虚说起。原来这个馒头庵叫水月寺，只因寺里的馒头做得好吃，故得其名。这里所谓的寺庙，无非是依附权贵的资助而存在，也靠借佛道之名骗取钱财为继。本小说后面还会讲到类似的寺与道观。所以，作者在这里写的寺与庵，无非起一个象征意义而已。

更何况这庵里的住持静虚，她的名字本意可以静静地修行，然而却是虚伪的礼佛者。她为了自己的利益，来往于达官贵人之间，从中承揽官司，居间谋利，所以她与王熙凤讲的这场官司，归根结底都是为了钱财。

再讲讲静虚说到的这个张财主，在当时他应该算有钱的一个商人。他其实只想与当官的人结亲，根本不是从女儿的幸福来考虑的。哪个官越大，越有实权，就越要往上靠。自古以来，商人无论有多少资产，哪怕富可敌国，都必须与官家结成姻亲，才能保护自己的财产得以长久。否则，官家只需要一纸空文，就可以使你倾家荡产，家破人亡。所以权与钱，是一对“孪生兄妹”，一个阴险，一个势利。

凤姐听了自然感觉有钱可图。但一个豪门大族的当家人，岂能被一个小小的老尼姑所左右。所以她装着半冷半热，并不在意。然而“姜还是老的辣”，静虚深谙江湖之道，很清楚王熙凤的脾气，当她稍稍一激王熙凤时，凤姐就被引上道了。后来她通过私盖贾琏印章，干预司法，办了这桩官司，获利三千两银子。

反观这馒头庵，它虽是小小的一个寺院，却包藏着多少人间龌龊的勾当。这边王熙凤刚与静虚谈好一桩买卖，那边秦钟却按捺不住自己的肉体欲望。他与庵里的小尼姑智能儿趁没人之际，正行云雨之事，却被贾宝玉给搅和了，真可谓“无巧不成书”。

处于青春年少的人，也许有一种急切的欲望和冲动。只是秦钟的表现，实在让人大跌眼镜。曾经多么美好的形象，神仙一样的人儿，然而在欲望面前，却表现得像一头饥渴的野兽。在现实中，有些人那美好的皮囊，不过用来掩饰肮脏的灵魂罢了。

（四）

在秦氏的丧事之中，似乎听不到任何悲伤的声音，看不到对死亡的敬畏。在送殡路上铺设的排场；在馒头庵上演的这一场场戏，是权力和欲望的展现，一面是死亡，一面是现实的人生过程。

如果把馒头庵喻为生命要归结的那堆黄土，它的隐喻就十分清晰：这堆土馒头里，最终埋葬的是生命过程拥有的权力、财富、名利和肉体的欲望。因此，何不像竹林七贤的刘伶那样，晓醉竹林，暮卧山草，早早地把人世看破？

2021 年 8 月 11 日于金犀庭苑

十六、繁华与幻灭是生命的两个节点

（一）

接着第十五回讲人的生命形态，人从生到死的这个过程里有许多的经历——我记得自己过世的婆婆讲过一句话：“人啊！从呱呱坠地，就经历起起落落，坡坡坎坎，到死才算杀割（结束）呢！”所以每次读本书的这一回，便引起自己对生命盛衰枯荣的思考。

本回首先接着前一回讲秦钟在馒头庵的经历：

偏偏那秦钟禀赋最弱，因在郊外受了些风霜，又与智能儿几次偷期缱绻，未免失于检点，回来时便咳嗽伤风，饮食懒进，大有不胜之态，只在家中调养。不能上学。

小时候我常听大人说，小孩子不能做有辱长辈的事，如果做了，是要折寿的。你看看这小秦同学，在姐姐丧葬期间，不但看不到一点悲伤，还在馒头庵与一小尼姑行苟且之事，岂不是损阳之举吗?

当然，从客观的角度上讲，秦钟的病，来源于肉体欲望的折磨。青春年少，如果过早地沉湎于欲望，必定无福消受。一个人在应该自我完善的年纪里，一味地追求超越年龄的东西，生命就会显得单薄，就要短命。

如果能懂得这个道理，正是所谓“一花一世界，一叶一如来”。

只是可惜，这世间能参透的人少，执迷的人却很多。当凤姐从张财主家获得三千两银子，办妥了那件官司后，她的欲望就更加膨胀了。一个人在初始犯罪的时候没有被制止，反而让他的欲望得以满足，那么此后许多违背道德和法律的事，在他看来就变得顺理成章。殊不知，天理昭彰疏而不漏，他越是这样肆无忌惮，他走向毁灭的时间就越来越短。

更何况，凤姐在这场官司里还欠下了两条鲜活的生命。

谁知爱势贪财的父母，却养了一个知义多情的女儿，闻得退了前夫，另许李门，他便一条汗巾悄悄的寻了自尽。那守备之子谁知也是一个情种，闻知金哥自缢，遂投河而死。

《红楼梦》的后面会写到两部著名的戏曲《西厢记》和《牡丹亭》，这两部戏曲主要歌颂男女追求自由爱情的故事，追求生命的自我完善。而这里的金哥与守备的儿子，他们青春的生命里更有一种美好的坚持，当这种坚持无法实现时，他们就采取了一种自我毁灭的行为。这似乎是对封建礼教和对剥夺纯真爱情的人间欲望给予了无情的批判。

从唯心和因果关系来说，王熙凤在馒头庵欠下的两条人命，这或许将使她生命中的福报又少了一层。一个人在满足自我欲望的时候，他怎么能看到欲望背后的悲惨结局呢？

所以在贾府如日中天的时候，每一个活在现实的人，都不可能理解秦氏临死前讲的“月满则亏”、应早做打算的道理。

（二）

秦钟刚死，贾府就迎来鲜花缀锦的大事。事情得从贾政的生日说起——那日正值贾政生日，忽然宫中夏太监宣旨传贾政进宫面圣。

贾政等也猜不出是何来头，只得即忙更衣入朝。贾母等合家人心惧惶惶不定，不住地使人飞马来往探信，有两个时辰，忽见赖大等三四个管家喘吁吁跑进仪门报喜，又说：“奉老爷的命：就请老太太率领太太等进宫谢恩。”

看看这事闹的，短短几个时辰，贾政的生日宴没有了，贾府上下男女老幼的心情从紧张到喜悦，来了个百八十度转变。为什么会有这样的表现呢？

可能贾母比我们更清楚这样的事。这个老太太经历了三世家业，见过不少的政治斗争，无缘无故皇帝命贾政进宫，一定是出了什么要紧的大事——家庭盛衰，身家性命很可能就悬在这一时半刻之间。贾母知道政治斗争没有对与错，也没有人情的温暖，只有利益和权力的重新分割。也许贾母预见到一个严重的事情，像秦氏死前说的一样——物极必反，总有一天她苦苦守护的这分家业会倾覆，所以老太太心里惶惶不定。

然而事情并非贾母预料的那样。这是一件天大的喜事：

后来夏太监出来道喜，说咱们家的大姑奶奶封为凤藻宫尚书，加封贤德妃。

自古以来，“朝中有人好做官”，何况“这个人”还居高位、深得皇帝的宠爱，所以贾府上下哪有不欢天喜地的呢！

这对于贾元春来说，此时生命达到了空前的辉煌。借秦氏的说法，真正是“烈火喷油，鲜花着锦”的一件盛事。

更可喜的是，皇帝还特批元春可以回家省亲。要知道旧时深宫大院，从未有皇帝允许妃子回家省亲的事。许多研究作者家世的人说当年曹家在江南有四次接驾皇帝临幸之事。贾琏的奶妈赵氏就说：“如今还有现在江南的甄家，哎哟！好势派！独他们家接驾四次。”这说法可能直指当年的曹家。

所以作者紧接着后两回写接驾的具体事务，写得相当真实和生动，也许在作者的人生记忆里，确有过这样的经历。

（三）

于是贾府上下内外一片忙碌。就连贾琏在得知消息后，也匆匆忙忙地提前从扬州赶了回来。一场关于迎接元春回家的大事，在贾府里正式拉开序幕。

这里面首先不能少了贾琏和王熙凤夫妻二人。因为他们是荣府的当家人，他们管理着家族中所有的人情世故，收支往来，所以贾府上上下下的人，也一定以他们为核心。

当贾琏从扬州风尘仆仆地回来时，夫妻二人久别重逢，难免有一段温馨的场面。

贾琏遂问别后家中诸事，又谢凤姐的辛苦。凤姐道：“我那里管得上这些事来！见识又浅，嘴又笨，心又直，‘人家给个棒槌，我就拿着认作针’了。脸又软，搁不住人家给两句好话儿。况且又没经过事，胆子又小，太太略有点不舒服，就吓得也睡不着了。我苦辞过几回，太太又不许，倒说我图受用，不肯学习，哪里知道我是捻着把汗儿呢！……”

每次读到这些语言，我就会想起贾冰的那句口头禅：“漂亮！”如果换着你是贾琏，你还有回话的机会吗？这一段长长的语言，如连珠炮似的，不仅“漂亮”，还带着几分刺耳的气息。我们不妨来分析分析凤姐这段话里的两个要点：如果她嘴笨的话，每次她一出场，就有一种热闹的气氛。林黛玉初入贾府的时候，不见其人，先闻其声，嘴笨的人能先声夺人？其次她说自己胆小，她能假借丈夫的名义包揽官司，干预司法公正，把法律与道德置之脑外，也许说她胆大妄为，也不为过。

凡是强势好权争利的人，说话中带着委曲和柔弱时，一定有某种不可告人的秘密。只要细细倾听，就会听出虚伪来，尤其是语言越漂亮，越能看出她内心的欲望和虚伪。

当然，从另一个侧面来看，王熙凤当家，也的确存在许多的不容易——管理者的辛酸，也许只有亲自做到时才能真正体会到。

然而对于此时的王熙凤来说，她更多的时间不是抱怨管理的辛酸，她和贾琏马上为一系列的事务需要安排和调节而忙碌呢。

首先是贾琏的奶妈赵氏前来拉关系，这些贵族人家的奶妈，有着不一样的地位，也熟悉在大家族生存的法则。赵氏前来的目的很明确：现在荣府要接驾贾元春了，家里修省亲别院，需要大兴土木，不仅需要银钱的开销，也需要众多的人员，所以这位老经世故的奶妈便前来求王熙凤照顾她的两个儿子。据考证，作者的祖上就是皇帝的奶妈，所以作者深知奶妈与主子之间的生存关系。

接着便是贾蔷、贾蓉前来汇报，而贾蔷早已经获得去姑苏采办的工作。这是一个肥差，所以贾蓉、贾蔷在临行前，直接向凤姐和贾琏行贿：“你老人家要什么，开个账儿带去，按着置办了来？”可以想想，王熙凤当家，平日里许多采办买卖，不知从中获得了多少回扣和好处。

（四）

在贾府上下正忙着算计，忙着庆贺的时候，只有一个人置若罔闻，那就是贾宝玉。他因为挂念秦钟的病，对其他事一概不再关心。

元春晋封之事，贾母等如何谢恩，如何回家，宁荣两处近日如何热闹，众人如何得意，独他一个皆视有如无，毫不曾介意：因此众人嘲他越发呆了。

在物欲横流的社会里，许多人的价值观都停留在名利方面，又有多少人会关注到人性的真实部分？所以在现实人的眼中，贾宝玉就像个书呆子，因为他关注的是人的本质方面的东西。也许这正是贾宝玉在小说里的可爱处之一。

只是那秦钟可能要辜负贾宝玉的一片真挚情感。贾宝玉在得知秦钟不行时，立即赶赴秦家：

那秦钟早已魂魄离身，只剩得一口悠悠余气在胸，正见许多鬼判持牌提索前来捉他。那秦钟魂魄哪里肯就去？又记念着家中无人掌管家务，又惦记着智能儿尚无下落，因此百般求告鬼判。无奈这些鬼判都不肯狗私，反叱咤秦钟道："亏你还是读过书的人，岂不知俗语说的：'阎王叫你三更死，谁敢留人到五更。'我们阴间上下都是铁面无私的，不比阳间瞻情顾意，有许多关碍处。"

这一段话挺有意思，把秦钟的死从实写到虚。现实中许多的人像秦钟一样，临死前还忘不掉身前的欲望，人带着欲望而去，总有一种不甘心，有一种眷恋和不舍，死得也不够平静。

所以引鬼判出来讲了一段颇有深意的鬼话：人的死是必然的，何必对那些人间的富贵、美色留恋呢？人间的欲望永无止境，怎么会有一个结果？

当读完小说的这一回时，我脑子里老想着一个问题：为什么作者在写贾元春生命的高贵时，又突然会写到秦钟的死呢？

也许作者借生命的高贵与死亡的对比，告诉世人：在人生最辉煌的时候，要学会反省，看到生命的结局，那样在余下的生命长河里，或许会少些戾气和飞扬；同时在生命临近寂灭的时候，也应该想到自己曾经也经历过人生的辉煌，也许就会安详和淡然了罢。

2021 年 8 月 12 日于金犀庭苑

十七、大观园是生命之园

（一）

我读这部小说的次数很多，每一次读都会有不同的感受和领悟。然而唯有读这一回时，总有同一种感觉：仿佛这才是本小说的开始，犹如生命之于萌动，一切皆新。

是的，大观园对于《红楼梦》来说，有着不一样的意义。作者似乎从此回起，站在一种对生命突然顿悟了的高度，来观看这园中的一切——他俯看着这里的一花一草，一池一亭，一山一石；这园中人的喜怒哀乐、生离死别，都在他的大观之中。

在作者眼里，大观园是带着生命气息而存在着的，是人性自由之园，更是青春的乐园。青春是生命的另一个起点，对于每一个人来说都是美好的。如果一个人在青春期没留下什么美好的回忆，我想这个人的一生也会徒增许多的不快，在生命的颜色里，也会有更多的灰色吧。所以林黛玉至死也没出过大观园，她永远保持了人的青春状态——一种纯洁与坚守！

（二）

在我整理这一回笔记时，突然发现了一个问题。整部小说中，涉及的内容非常丰富，这是所有读这部小说的读者共同的感受，而这一回里却讲到一个非常专业的问题——园林建筑。作者并没有具体写大观园是怎样建设的：怎么规划设计，怎么造价，怎么堆山，怎么造景……所以一切涉及工程的具体活动，一概不提。而是直接写大观园落成后，贾政带着一干人去园中观景游览，题额拟联，这一活动直接把读者正式引入到大观园里。

作者似乎在刻意回避建筑的过程，为什么呢？莫非作者这样一位伟大的文学家，对建筑过程却不甚了解？

后来我读《中国园林艺术》《中国园林史》时才发现其中的缘由。原来，

中国传统的绘画、诗词、楹联、音乐等中的写意、喻景、咏叹、明暗、距离、间歇、停顿……才是园林建筑的灵魂。园林建筑如果缺少文化的元素，就仅仅是一个建筑物，自然会少了许多情趣，也不可能留传得更为久远。同样，一个建筑设计师如果少了艺术的造诣，他设计的建筑，也不过是一堆土木而已，没有灵魂，也没有美感。

不仅如此，园林建筑还有儒学和佛教的意蕴。有些园林讲对称、规矩、高低、排列，就像儒家讲的秩序、规则、地位一样，它的窗与门，都有固定的模式，坐落的方位也十分明确，然而这样的建筑总给人千篇一律的感觉，少了许多趣味。

叶圣陶先生在《苏州园林》里写到一段话："我国的建筑，从古代的宫殿到近代的一般住房，绝大部分是对称的，左边怎么样，右边也怎么样。苏州园林可绝不讲究对称，好像故意避免似的。东边有了一个亭子或者一道回廊，西边决不会来一个同样的亭子或者一道同样的回廊。这是为什么？我想，用图画来比方，对称的建筑是图案画，不是美术画，而园林是美术画，美术画要求自然之趣，是不讲究对称的。"

道家讲自然而然的美感，在建筑中追求线条的曲折，旨在体现一种"幽寂"的感觉。中国许多的园林造景，都借助于道家思想，使建筑产生自然的美，甚至有些园林建筑直接依附于自然的山水。

有鉴于此，在园林建筑里，每一个构筑物都有特别的讲究：如山石流水，取自然之韵味；巷陌之间，要有幽深之感；小径，要曲折婉转；台榭，应负水临山；亭台，位高而纳景；墙，饰粉而洁明；窗，镂空而观外……达到人在画中，画在园中的效果。

所以欣赏园林景点，一定要从规矩和日常的束缚之中解放出来，保持内心的平静，你才能体会到园林艺术的美，才能从中感受到几千年来中国文化在园林建筑里的韵味。如果你怀着一颗浮躁的心，心里装着许多世俗的东西，哪怕再好的园林建筑，也难以产生美的观照与共鸣。

（三）

据许多红学家考证，大观园的原型位于北京西郊的恭王府邸园。我曾去过北京很多次，居然没有闲暇去游览过，恐是那时心系名利，无暇前往，所以至今感到遗憾！那么我们此时翻看小说这一回，就索性跟随贾政及一干清客，听听导游贾玉宝的解说，一起去游览一遍这生命之园吧！

首先到达的是大门：

贾珍命人将门关上，贾政先秉正看门，只见正门五间，一面筒瓦泥鳅脊；那门栏窗槅，俱是细雕时新花样，并无朱粉涂饰，一色水磨群墙；下面白石台阶，凿成西番莲花样。左右一望，雪白粉墙，下面虎皮石，砌成纹理，不落富丽俗套，自是喜欢。遂命开门进去。只见一带翠嶂挡在面前。

门是一个建筑物的脸面，其规模也是家庭显赫的象征。看一个家庭的情况，从门面可以看出来，所以有句俗话讲借人家东西来炫耀时叫“撑门面”。大观园的门面，正门五间。间指房子横排的数量，一般按单数计算。古时凡官家大院，房屋的间数是有规定的，皇帝九间，官员则多为五间。所以大观园的大门，应该是中规中矩的，这才让贾政自是欢喜。

从上到下再看脊、窗、墙、台阶，这些建筑的构筑，有形，有色、有装点，而且建筑的模式都有明确的规定和讲究。宋朝有一个建筑大师叫李诫写过一部书叫《营造法式》，里面讲到这些建筑构件具体的命名、制作方法、规格尺寸等。从中不难看出，建筑自古以来，就是一项严谨的活动，是繁杂而且费时的工种。

进大门就是一屏障。这里就涉及浓厚的文化和建筑美学的思想。许多的园林或者深宅大院，进大门有屏风阻挡着，不让来人直接看到里面院子里的内容。一是可以起一种隐避的作用，二是让来人产生联想。曾经去过云南的大理，许多白族人家的大院门口叫：“三坊一照壁”，其中这个“壁”，相当于大门的屏障，而且具有一定的艺术价值。而大观园里的壁是一座翠嶂——由绿植附在其上的一座小山组成，人一眼看见的是一片绿意。穿过这座翠嶂向上，便是奇形怪状的石头堆砌的小山，山中有供人行走的小路：

其中微露羊肠小径。贾政道：“我们就从小径游去，回来由那一边出去，方可遍览。”

这条小径，是进入大观园观景的第一条路，所以这也是题额的第一处。于是贾政就命众人题字，有人题“叠翠”；有人题“锦嶂”；有人题“赛香炉”“小终南”等等，然而贾政都不满意，便叫宝玉题出来。

题的什么呢?

——“曲径通幽”。突然想起一联诗:“曲径通幽处,禅房花木深。”多么具有禅意:曲径,不是城市里宽阔的大道,也不是高速公路,而是弯弯曲曲的一条路。在有限的空间里,把路修得弯曲,让距离变长,使人繁忙的脚步缓下来,让时间像平缓的小溪一样,慢慢地前行。通幽,到达一种幽静的地方,意为达到灵魂的深处,产生对生命的思考。一个人只有在缓慢的时间里,才会静下来,才会陷入深深的思索之中。这个命名的妙处就在于:它带着一种动态的美,把人对景物的心境和体会全包含其中。小径是弯曲的,景色是清幽的,所以一进大观园,心情自然就得到了放松和舒缓。

当他们一行到达山石的最高处时,便有一亭。亭,在古时候是供行人休息的地方。“亭者,停也。人所停集也。”(刘熙《释名》)。园中之亭,应当是自然山水或村镇路边之亭的“再现”。水乡山村,道旁多设亭,供行人歇脚,有半山亭、路亭、半江亭等,由于园林作为艺术是仿自然的,所以许多园林都设有亭。但正是由于园林是艺术,所以园中之亭是很讲究艺术形式的。亭在园景中往往是个亮点,起到画龙点睛的作用。

所以凡有亭处,便有景色可观:

再进数步,渐向北边,平坦宽豁,两边飞楼插空,雕甍绣槛,皆隐于山坳树杪之间。俯而视之,但见青溪泻玉,石磴穿云,白石为栏,环抱池沼,石桥三港,兽面衔吐。桥上有亭,贾政与诸人到亭内坐了,问:“诸公以何题此?”诸人都说:“当日欧阳公《醉翁亭记》有云:‘有亭翼然’,就名‘翼然’罢。”贾政笑道:“‘翼然’虽佳,但此亭压水而成,还须偏于水题为称。依我拙裁,欧阳公句:‘泻于两峰之间’,竟用他这一个‘泻’字。”有一客道:“是极,是极。竟是‘泻玉’二字妙。”贾政拈须寻思,因叫宝玉也拟一个来。宝玉问道:“老爷方才所说已是。但如今追究了去,似乎当日欧阳公题酿泉用一‘泻’字则妥,今日此泉也用‘泻’字,似乎不妥。况此处既为省亲别墅,亦当依应制之体,用此等字亦似粗陋不雅。求再拟蕴藉含蓄者。”贾政笑道:“诸公听此论何如?方才众人编新,你说‘不如述古’;如今我们述古,你又说‘粗陋不妥’。你且说你的。”宝玉道:“用‘泻玉’二字,则不若‘沁芳’二字,岂不新雅?”贾政拈须点头不语。

站在高处,从南向北看,有房屋,有流水,有竹树,有山石。我每次读到这里,头脑里总会想到当年自己的孩子在耳边背诵的一首古诗：“一去二三里，烟村四五家。亭台六七座，八九十枝花。”远处有疏密相间的房屋和竹树，近处有小桥流水，环亭绕榭，其间香草鲜花，一定会留人驻足远眺。

但在给亭命名的时候，这里有一段精彩的讨论。有人借用欧阳修的“翼然”二字为亭作名，原因很简单，此亭在于水上，居高临下，大有飞跃之状。贾政觉得不妥，为什么呢？

“翼然”二字，只是在外形上表现了这个亭子的位置，然而太居高位，难免有临危之感，从位置上很不贴近贾政的心理。所以贾政选择了“泻玉”，这两个字很明显从形态和关注点就发生了变化。“泻玉”，那水从缝隙中缓缓地流淌出来，除了有动态的美，也有一种无声的静寂，更有一种禅意在里面。所以当一个人去观景，因为心境和对事物的认知不同，就会对所观景物产生不同的思想境界。

而从贾宝玉对这一处景色的题字来看，此时节应该是春末夏初——落花在水里，随水漂流，水也带着花的香气。所以贾宝玉称这为“沁芳”。似乎在问：柔顺的水，带着花香去了哪里呢？

从“翼然”到“泻玉”再到“沁芳”，表面上是三个词的转换，但我们可以感到一种从动态到静态的转变。而贾宝玉的“沁芳”不仅有动态，有颜色，更有一种气息，所以从艺术的角度上看，贾宝玉的题名更有立体感。而从题名人的心理特征来看，这三个词，也体现了他们的人生境界——从世俗到禅意再到更高的一种艺术修为。

（四）

忽抬头见前面一带粉垣，数楹修舍，有千百竿翠竹遮映，众人都道：“好个所在！”于是大家进入，只见进门便是曲折小游廊，阶下石子漫成甬路，上面小小三间房舍，两明一暗，里面都是合着地步打的床几椅案。从里面房里，又有一小门出去，却是后园，有大株梨花，阔叶芭蕉，又有两间小小退步。后院墙下忽开一隙，得泉一派，开沟尺许，灌入墙内，绕阶缘屋至前院，盘旋竹下而出。

读过《红楼梦》的人一看此处，便知道这是什么地方。对了，这就是后来林黛玉居住的潇湘馆。粉墙外一带竹子，绿与白的颜色对比，突出一种立体的画面感，再加上后园的芭蕉，更添一份幽深、冷寂。

所以贾宝玉在给这里题联的时候，也许被这种感觉所触动，题下了：

宝鼎茶闲烟尚绿，幽窗棋罢指犹凉。

这样幽深的绿，不仅把整个房间的环境都染成了绿色，就连熏香的烟，也变成绿雾了。竹林下四季不见阳光，清冷而微寒，久坐其下对弈，恐怕手指也会变凉吧。多么富于想象！有一种冷静和孤傲的情境，这不正是林黛玉的生命特征吗？

一面说，一面走，忽见青山斜阻。转过山怀中，隐隐露出一带黄泥墙，墙上皆用稻茎掩护。有几百枝杏花，如喷火蒸霞一般。里面数盈茅舍，外面却是桑、榆、槿、柘，各色树稚新条，随其曲折，编就两溜青篱。篱外山坡之下，有一土井，旁有桔槔辘轳之属；下面分畦列亩，佳蔬菜花，一望无际。

贾政笑道："倒是此处有些道理。虽系人力穿凿，却入目动心，未免勾引我归农之意。"

此一处就是后来李纨居住的稻香村。里面的景色无不带着象征意义。李纨年轻守寡，生命虽有杏花的娇美，也有"东隅已逝，桑榆未晚"的机会。却因为大家族的规矩和封建礼教，不得不竖起寡妇的贞节牌子，所以她的生命从此简单而灰暗，生命里的红绿紫白即将消失，像秋后的庄稼，走向枯萎。

然而贾政却说自己看到此处有归农之思。久居官场，每天被政治的力量推来搡去，过着提心吊胆的日子，所以身心有一种疲惫和紧张。而当他游览大观园的时候，看到这些生命的美好，自己突然放松了身心，所以有归田隐居的想法，这也正是千百年来读书人的理想归宿，——像陶潜一样，种豆南山，采菊东篱之下；诵山野之歌，醉饮五柳之荫。

在这一处景致之中，贾宝玉还有一段对"天然"的精彩评说。

宝玉道："却又来！此处置一田庄，分明是人力造做成的：远无邻村，近不负郭，背山无脉，临水无源，高无隐寺之塔，下无通市之桥，峭然孤出，似非大观，那及前数处有自然之理、自然之趣呢？虽种竹引泉，亦不伤穿凿。古人云：'天然图画'四字，正恐非其地而强为其地，非其山而强为其山，即百般精巧，终不相宜……”

贾宝玉说的“天然”应该是自然而然，生命的自然形成，不能强加以人力的加工。这是道家追求的生命观念和治世哲学。并且他还指出，田庄山村应该有它应有的特征，像“小桥流水人家”，或者像杜牧诗里的“千里莺啼绿映红，水村山郭酒旗风”一样的自然景象。这里体现出造园的宗旨：园林应该尽最大程度与自然融为一体。

（五）

所以他们也不会用太多的心思去思考和体会贾宝玉的一番见解。于是一伙人：

转过山坡，穿花度柳，抚石依泉，过了荼蘼架，入木香棚，越牡丹亭，度芍药圃，到蔷薇院，傍芭蕉坞里，盘旋曲折。

这一段文字，借“转、穿、度、抚、过、入、越、到、傍”几个动作，像放电影一样，突然把游览的速度拉快，让空间迅速转换。有喜欢写游记的朋友，不妨读读这些文字，若要忽略某些景点，这不失为一种最好的方法，让场景的转换自然过渡，顺理成章。

接着他们来到另一处重要的景点。这就是后来薛宝钗居住的蘅芜苑，此处没有竹树，只有一些奇花异草：

或有牵藤的，或有引蔓的，或垂山岭，或穿石脚，甚至垂檐绕柱，萦砌盘阶，或者翠带飘飘，或如金绳蟠屈，或实若丹砂，或花如金桂，味香气馥，非凡花可比。贾政不禁道：“有趣！只是不大认识。”有的说：“是薜荔藤萝。”贾政道：“薜荔藤萝那得有此异香？”宝玉道：“果然不是。这众草中也有藤萝薜荔，那香的是杜若蘅芜，那一种大约是茝兰，这一种大约是金葛，那一种是金簦草，这一种是玉蕗藤，红的自然是紫芸，绿的定是青芷。想来那《离骚》《文选》所有的那些草：有叫作什么霍纳姜汇的，也有叫作什么纶组紫绛的。还有什么石帆、清松、扶留等样的，见于左太冲《吴都赋》。又有叫作什么绿荑的，还有什么丹椒、蘼芜，见于《蜀都赋》。如今年深岁改，人不能识，

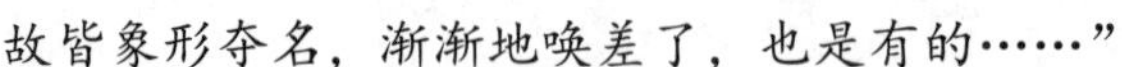

故皆象形夺名，渐渐地唤差了，也是有的……”

我记得有一次读到此处，不免自叹一声：“我的神啊！”谁说贾宝玉不爱读书！这里不仅引用了屈原的《离骚》，还引用了左思的《三都赋》。一个十几岁的少年，居然曾读过那么多难懂的诗赋！这不得不让我回忆起自己的教育经历。心生出一些感慨：

教育如果过于注重功利化、程序化，可能所有教育出来的孩子都是一种模式。他们的文化修养里，不可能有香草兰蕙、杜若蘅芜，也不会有诗词歌赋里的意境。许多年以前，我的父亲告诉我说：“你是农村的孩子，应该熟悉农业生产和认识家乡所有的庄稼及一些野草山花，千万不要读了书以后，连二十四节气都记不得，把麦子认作了韭菜，那样读书有什么用？人家会笑话你的无知！”

当然贾宝玉读的那些书，其实是作者所读过的书。一个大文学家，他的文化修养里，一定涉入了三教九流、天文地理、占卜星相，包括了自然的、社会的、人文的丰富知识。所以读这部小说的重要意义就在于：你读的不仅仅是小说，你是在中国传统的文化海洋里遨游，你享受着深厚文化之泉的滋养。你读得多了，你的身体里就会有异草鲜花的香气。那种独特的、天然的气息，蕴藏在你的血液里。

也许薛宝钗住在这里，她的血液里同样有这样的气息。但她却沉浸于那种香气里无法自拔——异草的低矮，藤萝的牵攀，却藏不住鲜艳的颜色，诱人的异香。

就像贾宝玉给这处景致作的楹联一样：

吟成豆蔻诗犹艳，睡足荼蘼梦亦香。

青春年华，如诗如梦。希望自己的生命像花一样艳丽，那样我就酣睡在荼蘼花下，把那个青春的梦做得更加香甜。

（六）

大观园游览到这里，大概也有一半的区域了。

说着，大家出来，走不多远，则见崇阁巍峨，层楼高起，四面琳宫合抱，迢迢复道萦纡。青松拂檐，玉兰绕砌；金辉兽面，彩焕螭头。

这是大观园的中心位置，贾元春将在这里完成她的省亲仪式，所以修得富丽堂皇。然而贾宝玉却说自己在哪里见过一般。第五回贾宝玉神游太虚幻境，而这省亲别院，正如那幻境一样，似乎在讲那富贵荣华之事，不过是虚无缥缈的东西。所以贾府在元春死后，立即走向衰落——富贵不过是瞬间的虚无，幻灭才是永久的存在。

当富贵繁华经历得久了，就疲倦了。正如贾政游览这大观园一样，走了半天，也腿酸脚软的，兴致不高了。正好贾雨村来相见，所以他便立生退意。他退到了贾宝玉后来居住的地方：

忽又见前面露出一所院落来，贾政道："到此可要歇息歇息了。"说着一径引入，绕着碧桃花，穿过竹篱花障编就的月洞门，俄见粉垣环护，绿柳周垂。贾政与众人进了门，两边尽是游廊相接，院中点衬几块山石，一边种几本芭蕉，那一边是一树西府海棠，其势若伞，丝垂金缕，葩吐丹砂。

海棠红色，芭蕉深绿，这红与绿，是生命最灿烂的颜色，也是令人充满幻想的色彩，所以后来称这处为怡红院。每次读到描写这里的句子时，总会想到李清照的"绿肥红瘦"——诗人看到生命的不完美：一种生命的强盛，另一种生命就会渐渐衰败下去。而贾宝玉却称为"红香绿玉"——他希望所有一切的美好生命留存下来，所以他喜欢热闹，喜欢相聚，却不喜欢离散。然而世间之事，哪有如此圆满呢。人所拥有的一切，到头来不过是一场空，能够留存下来的是自己的思想与精神。

就像怡红院里的那面镜子，能照见一切，从它里面你能看到比实物多一倍的景象，然而那只是一种幻象。镜子，不过是一种观照，佛家借镜子告诉世人：时时提醒自己要觉悟，以人生智慧照见事理。

所以后来，作者借刘姥姥进大观园，醉酒后跑到省亲别院差点拉了一堆大便，然后在这面镜子前迷糊了，又在宝玉房间里酣睡、放屁、打鼾。你似乎听到这个乡下老太婆在破口大骂：我呸！什么东西！让人找不到方向！那场景除了讽刺，更是作者对富贵虚无的一种态度。

（七）

大观园一日游到此处应该有个结局。大观，观的是生命的形态，观的是自在之心。赏景，是一种心境的修炼，可以使心灵得到净化。游园，是一种文化活动，是接受文化熏陶的过程。

当你每天穿梭在人群之中，当你在纷繁的社会中奔忙，不妨停下脚步，回首看看来时的路，静下心去想一想，或许你会生出另一种领悟：

大观世间，自在由心。

2021 年 8 月 15 日于金犀庭苑

十八、深宫大院不过是一座精致的牢笼

（一）

我每次读完这一回，总爱掩卷沉思半刻，不免舍下几滴眼泪。

此一回写贾元春在元宵节回贾府省亲之事，先写迎接贾元春省亲的礼仪；再述大观园的极尽奢华，任性铺设，喻示人生的无限辉煌；后写众人为大观园赋诗题匾。仿佛贾元春省亲，对大观园这园林景致最终定下了一个基调——原来文学艺术，才是园林建筑的真正灵魂。

但细细品读此回后，你会发现贾府的这场夜宴里总让人感觉到一种压抑的气氛，那花影缤纷，灯火辉映之间，看见的是贾元春依依不舍的悲愤之泪。

记得有一年与家人一起围坐观看 1987 版《红楼梦》电视剧，正看到贾元春省亲后回皇宫的那个场景：一步三回头，泪眼婆娑，那种生离死别的伤痛，让座上的老母亲一边观看一边抹泪。后来母亲看完叹道：“好造孽啊！这个世界看来最巴适（幸福）的事还是与家人在一起的好！”

母亲没有文化，但懂得亲情与天伦之乐对普通人家是多么重要的事。每一年年末，中华大地上的春运大迁徙，背包驼儿的行人之中，脸上洋溢着对团圆的期盼，所以即使路途再艰难、再曲折，嘴角总带着幸福的笑容。中华民族的传统文化里，深藏着团圆、平安、和谐的元素，几千年来从未改变过。中国人的传统思想里，到老来能够儿孙绕膝，全家团圆，便是享福的一生。

（二）

读完这一回，我仿佛对什么是幸福的人生有了一种更为深刻的理解。那我们就跟随贾元春回家的历程，带着游子久别重逢的心情，去体会一下相聚和离别里到底是喜是悲，是乐是苦。

元春回家省亲，从小的方面讲，不过是一个女儿回家见亲人的平常小事；从大的方面讲，却上升到皇帝的仁孝之德。封建社会里，讲家国天下，皇帝

的家事就是国家之事，所以元春省亲便是国家的一件举足轻重的大事。

因此礼仪排场自然是隆重而周到，细致又具体。

自正月初八，就有太监出来，先看方向：何处更衣，何处燕坐，何处受礼，何处开宴，何处退息。

也就是说元春出行的每一个步骤，都有具体的地点，具体时间，当然也应该有具体的人来管理。

外面又有工部官员并五城兵马打扫街道，撵逐闲人。贾赦等监督匠人扎花灯烟火之类，至十四日俱已停妥。这一夜，上下通不曾睡。

小说里写布置元春回家的街道及大观园的其他杂事，就花了六天时间，这六天主要做什么呢？

一是贾府里上上下下的人肯定要重新培训一次——在哪里出入，在哪里吃饭，在哪里进行礼仪交接……二是大街上要清扫，清理无关人员，保证城市的形象；三是元春的安全当然是头等大事，朝廷大员、皇亲国戚出行，必定开道、清场、肃静、回避，自古依然。

及至十五日时，贾府上下都按品大妆。此时园内帐舞蟠龙，帘飞绣凤，金银焕彩，珠宝生辉，鼎焚百合之香，瓶插长春之蕊，静悄悄无一人咳嗽。贾府上下像是等待着一场前所未有的大戏开场——等待既是一种煎熬，也是一种礼节。可以想象，大观园里多么严肃！又是多么地灯火辉煌！

在一队队太监仪仗过去之后，元春终于在众人的期盼中出场了：

一对对凤翣龙旌，雉羽宫扇，又有销金提炉，焚着御香，然后一把曲柄七凤金黄伞过来，便是冠袍带履，又有执事太监捧着香巾、绣帕、漱盂、拂尘等物。一队队过完，后面方是八个太监抬着一顶金顶鹅黄绣凤銮舆，缓缓行来。

那种金银闪烁、雍容华贵的场面迎面扑来。有时候我们不仅要问：为什么大人物出场，怎么弄出那么多礼仪来呢？随随便便，洒洒脱脱不是挺好的吗？这正是封建专制统治强化权力的手段，这里的排场、秩序、规矩把皇家的威严推到至高无上的地位。

（三）

你看看贾元春还没下轿，贾母等人就连忙跪下。这是君臣之礼。儒家思想里君为臣纲，无论作臣子的是什么样的人，见了君王或代表君主权利的人，都得行跪拜之礼。这似乎不符合家庭伦理道德：贾母是贾元春的奶奶，是长辈，为何要行如此大礼。我记得小时候老家的堂屋里供着一块神龛，下面贴一张大红纸，上写“天地君亲师位”，后来听爷爷讲，古时君王比父母长辈大，所以得先跪拜君王。这是统治阶级所希望看到的礼仪，集权之下，唯王权独尊。

贾母的这一道礼，算是迎接元妃的到来。所以此时贾元春才在太监的跪请中下轿更衣。于是作者借元春的眼，让读者来领略大观园的繁华盛景：

元春入室，更衣复出，上舆进园。只见园中香烟缭绕，花影缤纷，处处灯光相映，时时细乐声喧：说不尽这太平景象，富贵风流。

这是贾元春在轿子里看大观园的粗略印象。到底是怎样的感受呢？

说不尽这太平景象，富贵风流。

好嘛！这景象说不完，道不尽，所以此处省略无数字。倒是“富贵风流”，不仅写尽贾府有钱，身份地位极高，一幅热闹繁华的盛景慢慢地展现在读者面前。而且“风流”的“风”代表的是诗词曲赋，文化修养；“流”，代表的是流动、传承。也就是说，这里的热闹繁华，不是庸俗的，而是体现着贾府里的文化底蕴和艺术气质。所以富贵风流，是这一回的总括。前面写的礼仪，大观园的铺排，亦在表现富贵；后面写诗题联，便是风流之举。

接着贾元春下舆登舟。从前回贾政带着宝玉和众清客游园中我们知道，这一处应该是从稻香村到蘅芜苑的水路。后来贾宝玉给此处取名“蓼汀花溆”。我昨晚再读此回，仔细查阅资料，才知道这四个字的含义：蓼，是一种水草，长圆叶，开一串串小红花；汀，是水边的小洲；溆，是水流过的地方。后来元春听说此为贾宝玉所拟的名，非常高兴，然后又指出问题的所在：既然都是水边的野草鲜花，有了“花溆”，何必又带着“蓼汀”呢？

读后我也表示疑惑。为何不直取“蓼汀”，而取后面的“花溆”？也许“花

溆”更能表示一种生命状态，或者期盼一种景象，不得而知。

过了这个“花溆”，便直接到达大观园里的正厅“省亲别院”。

进入行宫，只见庭燎绕空，香屑布地，火树琪花，金窗玉槛；说不尽帘卷虾须，毯铺鱼獭，鼎飘麝脑之香，屏列雉尾之扇，真是：“金门玉户神仙府，桂殿兰宫妃子家。”

这里又出现一个此处省略若干字的“说不尽”，是何等的繁华与热闹，让作者用任何语言也表述不完，用多少华丽辞藻也形容不尽呢?

俗言道：“荣华富贵闹中取，安贫乐道静处得。”那么我们就去大观园里看一场元宵节的热闹，品尝一段富贵尊荣的风流之事吧。

（四）

作者此时话锋一转，从铺排的繁华转到亲情的描述之中。

此时在贾元春的心里一定是五味杂陈的。平日里天天所见的富贵繁华和锦衣玉食,在她看来,已经是一种疲劳,是一种心灵的负担。所以当她停坐行宫，等待着众人行大礼之时，却连用两次“免”字。她的心里，已经不再当自己是皇妃，而急切地想做回一个孙女，一个女儿，一个姐姐……人那！有时候身不由己，连做回你自己的权利都没了，那到底是幸运还是不幸？恐怕只有自己明白。

贾妃垂泪，彼此上前厮见，一手挽贾母，一手挽王夫人，——三人满心皆有许多话，但说不出，只是呜咽对泣而已。

这是贾元春第一次流泪。与亲人相见，有一种喜悦，有一种亲切，更有一种感叹。虽然贾府也在京都，然而那高大的皇城宫墙，一层一层地阻隔了家与自己的联系，近在咫尺，却似相隔千山万水。又怎么不教人伤心悲叹呢!

半日，贾妃方忍悲强笑，安慰道：“当日既送我到那不得见人的去处，好容易今日回家，娘儿们这时不说不笑，反倒哭个不了，一会子我去了，又不知多早晚才能一见！”

似乎是安慰，却又有悲愤和埋怨。一个女子，年纪轻轻被选入宫中，像笼中的鸟儿，失去了自由，至死也不过是一件精致的玩物。一个人不能享受家庭的温暖和亲情，只能把自己的真情掩藏起来，困死笼中，此身虽享富贵，然而又有什么值得留恋的呢。所以贾元春的话里，除了那种怨恨，也对自己的生命感到悲哀。

后来贾政至帘外问安行参之事时，贾元春终于爆发了她埋藏已久的那种不平：

元春又向其父说道："田舍之家，齑盐布帛，得遂天伦之乐；今虽富贵，骨肉分离，终无意趣。"

她似乎在痛斥自己的父亲，当年为了家庭，让她进宫，她现在贵为皇妃，家族因她而得尊荣，她也享受了最高的尊宠，可又有什么用呢？而今不能与家人团聚，不能享受世间普通人家应该有的幸福和温暖；再加上宫中政治斗争激烈，随时都有性命之忧，所以，在她看来，那些富贵荣华，比不上田舍人家的快乐和自由！

然而作为一个父亲，贾政这时却是缺位的。他在元春面前说了一大堆感激皇恩浩荡的话，并表忠心地说了一段自己将肝脑涂地，忠于职守的官腔。我想元春此时在父亲面前没有感受到一点亲切和温暖，而是独对一壁政治筑成的冷冰冰的墙，墙里是自己，墙外是一位满脑子仁义道德的朝廷大员。

好歹贾政还记得她喜欢贾宝玉，所以当宝玉来到她身边时，那画面，直接让人泪奔。脂砚斋在这一段文字里有一句侧批："作书人将批人哭坏了。"我当时读到此处，居然也是泪眼婆娑。

小太监引宝玉进来，先行国礼毕，命他近前，携手揽于怀中，又抚其头颈笑道："比先长了好些"一语未终，泪如雨下。

这是贾元春第二次哭泣。这动作，这语言，这温情的抚摸，包含了多少喜爱和不舍啊！许多年以前，我常听婆婆讲："这人啊，吃粗一点，穿破一点没什么，只要一家人平平安安在一起，就是好事。"那时候，我不明白这

话的意思，现在渐渐懂得亲情的重要，然而自己已是中年，婆婆爷爷早已经不在人世了……

（五）

好了，不再追忆煽情了，否则果真成了“一把辛酸泪”，会给别人留下笑柄。

夜宴已启，贾元春已经给大观园定名，牌额对联也已写成，接着她要考一考贾宝玉及众多姐妹了。

妹等亦各题一匾一诗，随意发挥，不可为我微才所缚。且知宝玉竟能题咏，一发可喜。此中潇湘馆蘅芜院二处，我所极爱；次之怡红院浣葛山庄。此四大处，必得别有章句题咏方妙。

我们现在的人们经常讲饮食文化和酒文化。小说里写吃饭喝酒时经常吟诗猜拳，我们在后面的章回里会有所涉及。而在这里，贾元春夜宴请众姐妹题诗，恐怕是贾府里的传统。试想，一个没有文化修养的家庭，怎么会有这样的事发生？有时候我就想，文化的传承，应该体现在生活的各种小事之中，才能深入到一代代人的灵魂里。一个有文化修养的家庭，需要几代人的不断培养和修炼。暴发户家庭，只有一时的喧嚣热闹，不会留下诗书礼仪的遗风，所以不能长久。

那么我们就随着这夜宴的热闹，去解读一番他们的诗词。

元春看毕，称赏不已，又笑道：“终是薛林二妹之作与众不同，非愚妹所及。”

薛林二人作了怎样的诗，使元春不禁叫绝？那先看看薛宝钗的：

凝晖钟瑞（匾额）：

芳园筑向帝城西，华日祥云笼罩奇。高柳喜迁莺出谷，修篁时待凤来仪。文风已着宸游夕，孝化应隆归省时。睿藻仙才瞻仰处，自惭何敢再为辞？

“芳园”句，说大观园接近皇宫为荣。“华日”句，说所受皇帝的恩宠，祥云指皇恩浩荡。

“高柳”句，莺从山谷飞到高高的柳树上去。指贾元春出深闺进宫为妃。“修篁”句，凤凰飞到大观园里，所以称有凤来仪。

“文风”句，指朝廷所宣扬的文明教化之风气。“孝化”句，指元春归省，孝悌之风应该更加发扬光大。

“睿藻”二句，这是古时候常用作吹捧帝妃的字。藻，辞藻，泛指诗文。意思是说，瞻仰了元春所题的联额和诗后，自惭才疏，不敢再措辞了。

细品此诗，前面完全是歌功颂德的词，对元妃省亲、皇恩浩荡的高度赞扬。后面是赞扬元春的品德和才华，自己十分向往，却没有元妃这样的恩宠和才能。

想想薛宝钗是怎样来京城的：她进宫选秀，没被选上，所以她向往和羡慕贾元春那种享受荣华、万人敬仰的生活。但看贾元春呢，她虽身处深宫大宅，锦衣玉食，却向往平民田舍的生活。就像钱锺书先生在他的《围城》里说的一样：“城外的人想进去，城里的人想出来。”人啊！总对自己得不到的东西寄予厚望，常常不好好珍惜眼前的所得，所以患得患失，是人的通病。

再看看林黛玉的诗，风格却迥然不同：

世外仙源（匾额）

名园筑何处，仙境别红尘。借得山川秀，添来景物新。香融金谷酒，花媚玉堂人。何幸邀恩宠，宫车过往频？

这座名贵大观园建在何处呢？有如天上仙境不像是在人世间。它借助自然山水的秀美，又匠心独创地增加了新奇的景物。今夜元妃娘娘省亲在园中饮酒赋诗，金谷美酒更助雅兴，连花儿也对宫中的美人献媚。怎么有这样的福气求得皇上的恩宠，如今身为贵妃娘娘，龙车凤辇来去如此频频呢？还记得贾宝玉见省亲别墅时说这地方好熟悉，在哪里见过一般的话么。那就是太虚幻境，而林黛玉的诗里写这大观园犹如仙境，岂不是与贾宝玉的意思不谋而合？

所以黛玉的这首诗，似乎对富贵有一种疲倦的感觉。那些仙境，是虚无缥缈地存在着；美人美酒，只不过是一种恩宠，一旦消失，就什么也没有了。“宫车过往频”的背后，有一种叹息和怨恨。所以我觉得林黛玉应该很了解元妃的心境。

特别在她帮宝玉后补的“杏帘在望”一首，更表达了希望远离富贵，过

一种恬淡生活的愿望：

杏帘招客饮，在望有山庄。菱荇鹅儿水，桑榆燕子梁。一畦春韭绿，十里稻花香。盛世无饥馁，何须耕织忙。

这里描写了一种平静和安谧的乡村景象：有山庄、鹅儿、桑树、榆树、韭菜、稻子……这也许是追求功名的人在烦累时，需要的一种理想生活吧。而且诗中还寄托着一种期望：如果统治者能够使天下太平，那么真正的安居乐业就会实现。

这种想法不是与两千多年前孔子的理想生活一样吗？

有一次孔子与弟子们在一起谈到志趣，各抒己见，大家都希望建功立业，为国家做一番大事。唯有曾子说："暮春者，春服既成，冠者五六人，童子六七人，浴乎沂，风乎舞雩，咏而归。"孔子喟然叹曰："吾与点也。"

也许那时孔老夫子把胡须一捋，大声笑道："啊！我就赞扬曾点的志趣！"也许儒家思想的最初本源是回归平淡与自然，只不过后来统治阶级的需要，儒家的哲学变成了政治的思想了。

当元春听完这首诗后，一定触及了她的心里，所以当时就夸赞其为四首之冠，并立即把"浣葛山庄"改成了"稻香村"。她是多么希望过一种"咏而归"的生活啊！

（六）

然而现实毕竟是现实，皇妃一定得有皇妃的生活，享受皇妃的待遇。所以在诗词表演结束后，这场夜宴远没有至尾声。

于是贾蔷便带着一班女戏子上场请元妃点戏。什么戏呢？元妃点了四出：《豪宴》《乞巧》《仙缘》《离魂》。至于戏中内容，大家可以去进一步研究：其中《豪宴》出自明末清初剧作家李玉的剧本《一捧雪》，讲怀璧其罪的故事。《乞巧》选自清初剧作家洪昇创作的《长生殿》里的故事，或者可以读一读白居易的《长恨歌》，便会对这出戏有更深刻的了解。《仙缘》应属汤显祖改的《枕中记》中的一出，也有人称为《邯郸梦》。至于《离魂》一出，就相当出名了，本小说后面的《游园》《惊梦》等均选自汤显祖的传奇剧本《牡丹亭》。

历来众多点评《红楼梦》的红学家对这四出戏都有全面深刻的解读：说

它是贾家即将从盛入衰的预示，这里不再赘述。

说到《离魂》就会让人想到生离死别。此时夜宴已至己丑正三刻，元妃应该起驾回宫了。

元妃不由的满眼又滴下泪来，却又勉强笑着，拉了贾母、王夫人的手不忍放，再四叮咛："不须记挂，好生保养。"……元妃虽不忍别，奈皇家规矩违错不得的，只得忍心上舆去了。

这里用的时间很奇怪，按旧时的天干地支记时法，丑时三刻应该为凌晨两三点之间，也就是接近天亮的时候。元春省亲怎么晚上到，天明回呢？莫非她是鬼神？也许作者借元春省亲这一事，来预示着一个时代的凋零，期盼一个新时代的出现。

从情节上看，这是贾元春第三次流泪，带着对深宫大院生活的怨恨和离别的不舍。后来小说中再未叙述过贾元春回家，直到她死去。也就是说这算一次真正的生离死别。

作者浓墨重彩地在这一回写元春省亲的繁华与风光；贾府的尊贵与富丽；贾元春生命中烈火烹油的盛景，然而谁能知道富贵繁荣里的痛苦与悲哀呢？

或许作者给我们提出了两个疑问：享受富贵却身不由己，到底是富贵重要还自由重要？深居皇宫大院，却拥有不了与家人团聚的生活，享受不到天伦的乐趣，这样的地方，岂不是一座精致的牢笼？

2021 年 8 月 22 日于金犀庭苑

十九、深情是生命里最温暖的记忆

（一）

第十九回回目：

情切切良宵花解语、意绵绵静日玉生香

初读时感觉有一种浓浓的情散发出来，那种情感像细流之水，初过陡坡，切切急湍，再至平滩，绵绵不尽，由激烈至温暖，最后归于一种深层的静流。情如静水，方可入心、入髓、入永久的脑海里……

这一回写贾宝玉生命中两个重要的女子，这两个女子是谁呢？一是袭人，她是贾宝玉情感的肉身，她给予了贾宝玉妻子的贤惠；姐姐的温柔；母亲的关怀。所以她的情带着理性的温暖，是现实中人对人真挚情感的体现。

而另一个人呢，是林黛玉，她给予贾宝玉生命的缘分与爱情。这种爱情的纯度很高，超越现实的金钱与名誉；也是真正的相知，超越了肉体的欲望。所以整部小说写贾宝玉与林黛玉的爱情过程，是一种理想的爱情观，这种爱情在现实中很难实现，也很不被人理解。因此，小说关于二人的爱情结局，最终以悲剧收场。

但在人的生命长河里，总希望获得一种纯洁的爱情；人生也希望遇见一个真正的知己。想想在一个人的生命里，曾经有一个人与你计较，给予你真正的爱情，懂你、知你，是不是值得用一生去回忆呢？

我想，当我们读到《红楼梦》这一回时，你也许会掩上书，闭上眼睛回味：多少年前，有一个现实的他（她），是那样的关心你，呵护你；而又有一个处处与你作对，温柔时让你着迷，计较时又让你痛苦的人，你也许会流泪，或许会感叹——时光啊！你可慢些吧！让生命回到过去，回到那些青葱的岁月里，再把已经被时间揉皱的情感拾起、展开、缓缓地烫平，轻轻地覆在脸上，让自己已经老泪纵横的脸，再显现出阳光般的笑靥吧！

（二）

在这一回里，作者用一种缓慢和温馨的笔法，写元宵后贾府过节的种种气氛。为了给人带来一种强烈的对比，作者首先写宁府的热闹。那时候贾元春正好省亲结束，贾府上下也累得够呛，所以人人力倦，个个神疲。然而在一个家庭里，只是当家的繁忙，那些纨绔子弟，也自然闲暇。

于是宁府中便请了戏班，唱起了大戏。什么戏呢？书中说《丁郎认父》《黄伯央大摆阴魂阵》《孙行者大闹天宫》《姜太公斩将封神》。不用查这四出戏的来历，从戏名便可听到一阵刀枪相击的叮当声；隔着书页，就可以闻见喝彩与喧嚣。这些富贵人家的娱乐方式，总离不开唱戏、吃、喝、赌博等，表面的热闹与嘈杂，其实更体现着生命的无聊，预示着即将的衰落。

所以贾宝玉才觉得那繁华热闹如此不堪，自己来宁府略坐一会，便走往各处闲逛。

本小说中，凡写到贾宝玉的“闲”，必定有某种意想不到的事发生。你看他此时闲下来想什么呢？

他在宁府到处走，到处看，先去内室与尤氏她们鬼混一圈，然后再出二门。为什么从内室出二门呢？因为二门外有宁府的书房，有邻近贾蓉的房间，也就是他走近了当年秦可卿居住的房间附近，他突然想到了什么——

宝玉见一个人没有，因想素日这里有个小书房，内曾挂着一轴美人，画的很得神。今日这般热闹，想那里自然无人，那美人也自然是寂寞的，须得我去望慰他一回。

有时候读着这一小段文字，我也会对贾宝玉产生怀疑：莫非他真有“神经病”？

他的“神经病”来源于对生命的尊重，他不希望看到美好的事物处于孤独与寂寞的状态。在这热闹繁华的宁府里，谁又想到那美貌与智慧并存、刚刚死去不久的秦氏呢？所以在粗俗与热闹中，贾宝玉同样感到寂寞，他对这种繁华感到失望，也许经历过元春的省亲后，让他对生命中的荣华富贵有了一种新的认识——繁华不过是一时的虚无，深情才是永久的存在。

当他正想进房间去看一看的时候，屋里居然有人呻吟。原来他的下人茗烟正与宁府一个丫头行云雨之事：

宝玉禁不住大叫："了不得！"一脚踹进门去，将两个人唬得抖衣而颤。

我想当时贾宝玉一定非常生气，所以他才大叫，才顾不得斯文地一脚把门踹开。

要知道，按当时的礼教，下人在家乱搞男女关系，是伤风败俗的事，要受到严惩的：轻者放逐，重者有可能被打死。而茗烟也算修来有福，正巧遇见的是贾宝玉这样菩萨心肠的主子。宝玉一面责怪茗烟，一边叫那丫鬟快跑。他不想让宁府的人发现，那样两个鲜活的生命可能就会葬送掉。

有时候我读到此又会多想：为什么会让贾宝玉看到这么一处场景呢？自古虚无的繁华里，都充满着吃、喝、嫖、赌，斗鸡走狗之事，宁府的前院已经有贾珍、贾琏、薛蟠等人闹得热火朝天了，而宁府的内院里，却正行着淫秽之事，这既是一种讽刺，也是一种象征——贾府的败象，首先从宁府开始。从另一方面讲，更证明了秦氏之死的秘密里，不排除情与淫的事实。

（三）

当然作者也许是借这一件事引出茗烟来，才有下面二人同去袭人家的事情。茗烟见自己的糗事被贾宝玉发现，自然觉得罪过很大，所以一心想讨好贾宝玉。他向来了解贾宝玉的脾气，所以建议去城外耍耍。但又担心外面不安全，所以思来想去，贾宝玉突然提出去袭人家看看——看来在他的生命中，似乎已经离不开袭人了。

不过在当时的社会等级与观念里，像贾宝玉这样有身份和地位的富家公子，一般不得随意去下人家的，这不仅不安全，也有失贵族的身份和礼数。所以当袭人家一听宝玉前来，自然是既惊讶又慌张：

袭人的母亲也早迎出来了。袭人拉着宝玉进去。宝玉见房中三五个女孩儿，见他进来，都低了头，羞得脸上通红。花自芳母子两个恐怕宝玉冷，又让他上炕，又忙另摆果子，又忙倒好茶。

袭人家的一阵忙乱，体现着现实社会里阶级的差异。像贾宝玉这样身份和地位的公子，是不屑来袭人家的，然而宝玉没有这样的观念，他有人性的善良，也有反抗礼教的意识，所以才会表现出对下人的尊重。

也许贾宝玉从袭人家的热情，也看到了人间的真实与温暖，这与宁府的热闹形成鲜明的对比。袭人家处于社会底层，无时不显得对权力和金钱的畏慎，也正是低微的社会背景，才产生对美好生活的向往，对物质和权力的小心与紧张。

我想起小时候过春节，有一个住在北方城里的表叔来我家做客的情景。父母提前把家里打扫得干干净净，还把最好的糖果、花生、瓜子以及舍不得吃的腊肉都拿出来招待这位表叔。也许当时我的表叔并不觉得这是什么美味，然而从我幼小的心里可以感受得到父母的热情里，除了做人的礼节和对表叔在城里生活有一种向往外，更多的是维持着穷人家的尊严。

像贾宝玉这样的公子，时时处处都有下人跟随和照顾，使其人生的成长失去了很多应该经历的过程。而此时在宁府里，所有的下人都自己去娱乐了，宝玉获得了自由的空间，所以他逃离宁府的热闹与茗烟来到袭人家，便让他看到了底层人的热情、大方、善良。也许此一回他对人世的理解就会更深刻一些。就像菩萨一样，他既看到人间的苦难，又体会到人间的欢乐，更看到了普通人的善良与热情。

只不过袭人是比较理性的。他见宝玉来她家，自然是非常高兴，但也有一种矛盾：一是在袭人的亲戚及朋友们看来，宝玉来她家也是一种荣耀的事，似乎证明了什么事情，二是假如贾府里的人知道贾宝玉来她家，一定会产生很多的麻烦。

所以不多一会儿，袭人就下逐客令了：

袭人点头，又道："坐一坐就回去吧，这地方儿不是你来得的。"宝玉笑道："你就家去才好呢，我还替你留着好东西呢。"

袭人的担心是不无道理的，因为社会的等级与伦理道德是可以让人死于口舌之下的。所以贾宝玉没玩一会，便坐上袭人安排的马车回到了宁府。临了他希望袭人早点回去，因为除了他内心离不开袭人外，他还给袭人留着好的呢。

（四）

贾宝玉给袭人留着什么好吃的呢？那是皇宫里传出来的牛奶酪。按我的

理解，应该是浓浓的酸奶。

只不过这回袭人真是无福享受——

正巧此时宝玉的奶妈李嬷嬷又来了，她是怎样的人呢。这里用了一句话：

已是告老解事出去了。

也就是说这老太婆其实已经退休，不再管事了。但她却倚老卖老，知道贾府里是诗书门第，不会刻薄有功的用人，她仗着给宝玉当过奶妈的身份，总觉得自己应该享受不一般的待遇。

所以当她看见宝玉房里放着的奶酪时，拿起就吃了。此时一个小丫鬟说那是留给袭人的，她便不依不饶地数落一顿：

别说我吃了一碗牛奶，就是再比这个值钱的，也是应该的。难道他待袭人比我还重？难道他不想想是怎么长大了？我的血变成了奶，吃得长这么大；如今我吃他碗牛奶，他就生气？我偏吃了，看他怎么着！

人老了，就应该安安静静地找个地方待着，好好享受自己的晚年生活，那才是一种正常的生活方式。如果自我感觉失宠，到老还想着自己的欲望，那就叫作。老，对某些人来说，是一种病，不愿接受，忿忿不平。应该知道人生有进有退，也应该懂得处世的人生智慧，如果为老不尊，就会让人讨厌。像李奶妈这样强撑着好胜之心，反倒得不到半点同情。

当袭人回到怡红院，贾宝玉问起那奶酪的事，丫头们说被李奶妈吃了，袭人说了一段很有意思的话：

袭人忙笑说道："原来留的是这个，多谢费心。前儿我因为好吃，吃多了，好肚子疼，闹得吐了才好。他吃了倒好，搁在这里白糟蹋了。"

表面上看是袭人的好脾气，她不想因为一碗奶酪惹宝玉对奶妈生气。然而这里很有意思——那李奶妈因为年迈失宠，内心对宝玉屋头的丫鬟产生忌妒之心，所以把奶酪吃了。而袭人怕贾宝玉把事情闹大，说吃了闹肚子。我认为袭人讲的是真话：奶酪本是发酵的牛奶，有助消化的，然而年老的李奶妈却不一样，人老了，肠胃功能哪里经受得住。她吃下去那一碗奶酪，恐怕就是一剂泻药，我不禁脑补了一下她的样子，几天泻下来，一定四肢无力，两眼昏花。

（五）

然而怡红院这一夜，也是注定不同寻常。袭人回来了，宝玉自然高兴，没有了奶酪，又忙着给她剥栗子吃。于是他们一边吃一边聊着袭人的家事。

袭人说这次回家母兄提出来要把她赎回去，宝玉听了，自然不会答应。但袭人又讲贾府是诗礼之家，不会为难下人，所以只要给贾母动之以情，她自然是容易被赎的。宝玉听了，越发觉得有道理，所以心里十分不爽：

宝玉听了，思忖半晌，乃说道："依你说来说去，是去定了？"袭人道："去定了。"宝玉听了自思道："谁知这样一个人，这样薄情无义呢！"乃叹道："早知道都是要去的，我就不该弄了来，临了剩我一个孤鬼儿！"说着便赌气上床睡了。

分析袭人为什么会对贾宝玉说这样的事呢？袭人觉得自己这样无微不至地照顾贾宝玉，将来一定会跟随宝玉的，但自己又有一种极不安全的感觉，所以在考虑自己的未来时，她做得相当理性和圆润。正好春节回家看望母兄，他们提出要赎回自己这件事来，袭人自己是极不愿意被赎回的，但她不知道贾宝玉的真实态度。适至贾宝玉来她家，让她和家人看到了希望——

次后忽然宝玉去了，他两个又是那个光景儿，母子二人心中更明白了，越发一块石头落了地，而且是意外之想，彼此放心，再无别意了。

所以袭人用激将法再次试探贾宝玉，目的是想知道究竟在宝玉心中，自己的地位如何。当她说了以后，见贾宝玉生闷气，独自上床睡了。于是她心中自然已经有了几层把握，便去安慰宝玉：

只见宝玉泪痕满面，袭人便笑道："这有什么伤心的，你果然留我，我自然不肯出去。"

这话很值得玩味，意思是说我出不出去，自然是你贾宝玉说了算。但是得依她几件事。

贾宝玉听了马上转悲为喜。

宝玉忙笑道：“你说，哪几件？我都依你。好姐姐，好亲姐姐！别说两三件，就是两三百件也是依的。只求你们看守着我，等我有一日化成了飞灰，飞灰还不好，灰还有形有迹，还有知识的。等我化成一股青烟，风一吹就散了的时候儿，你们也管不得我，我也顾不得你们了，凭你们爱那里去那里去就完了。”

贾宝玉的可爱之处就在这里，他愿意给所有的女孩子作低伏小。你听听他那两句“好姐姐，好亲姐姐”，我想此时袭人听了，一定骨头都是酥软的罢。

接着他一席关于死的论述，倒是把袭人吓了一跳。不仅是袭人，我读到此处，也着实感到惊讶——当时贾宝玉小小年纪，怎么会讲到死呢？而且他对于死的认识，完全带着佛家的观念：生命到头来是空，像青烟一样，什么也没有。所以说人死就像灰飞烟灭，一切归于空空的世界。从这里我们可以看出来，贾宝玉是有慧根的，他对生命的理解，已经超越了许多现实的人。

袭人连忙握着他的嘴，立即制止说，我要你依的第一件事就是这个：不能随便乱说生死。

那第二件事是什么呢？

袭人道：“第二件，你真爱念书也罢，假爱也罢，只是老爷跟前，或在别人跟前，你别只管嘴里混批，只作出你爱念书的样儿来，也叫老爷少生点儿气，在人跟前也好说嘴。”

袭人的这段话里，有一种真切的关心，像母亲或姐姐一样，带着劝慰，又带着恳切。什么意思呢？一是，我不管你是真正读书也好，还是假读书也好，别惹你自己的父亲生气，这样你自己少受点气，我们也少受点委曲。二是，你即使不爱读书，在人前也得装装样子，让人感觉你在读圣贤的书，那样你父亲及家里人也有面子。

这几句话，羞辱了多少读圣贤书的人啊！原来读书，是可以装装样子，不过图一个虚名而已。而在贾宝玉看来，那些读四书五经的人，目的是为了求取功名，这样的人就是“禄蠹”，是不值得称赞的。这样的思想或许是为很多读书人所不认同的。

第三件事，就是劝宝玉再不许弄花儿，弄粉儿，偷着吃人嘴上的胭脂。但凡有世俗思想的人都认为，贾宝玉的这个行为很奇怪，莫非是有一种心理疾病？一个小男孩，应该有男人的气质，而贾宝玉却喜爱脂粉气息，喜欢吃人家嘴角上的胭脂。

那胭脂是什么味？我从没尝过。

我想贾宝玉一定从中尝到一种别样的味道——那味道带着青春少女的体温，是生命的气息。这气息给了贾宝玉一种对生命自由的向往。一个人活得真实，活得自由，他就拥有了精致的人生。

但袭人不理解，她的人生观里只有理性的正统、伦理、道德。她认为如果贾宝玉秉承这些传统思想，就是一个理想的男人。

（六）

然而林黛玉不这样认为。所以当贾宝玉第二日上午去看林黛玉时，他就把袭人头一晚所说的事忘得一干二净了。他的内心世界里，根本不受传统伦理思想的束缚，也不会有一心求取功名的愿望。

他对人的关怀与体贴，是站在人的生命特征的立场上的，是自然的属性。所以当他看见林黛玉吃过午饭还躺在床上睡觉时，他担心她消化不良，故意找事与她聊天，不让她睡觉。

《红楼梦》整部小说里，以情为一条主线之一，然而写情写得最动人的部分，就在这里。

在林黛玉面前，贾宝玉就像一只温柔的小绵羊。

> “好妹妹，才吃了饭，又睡觉！”……“我替你解闷儿，混过困去就好了。”

多么甜蜜和温馨！我想换作任何一个女孩子，都不会拒绝这样的要求。

接着他们对着脸儿躺在床上。此时有一个更动人且让人感动的画面：

> 黛玉一回眼，看见宝玉左边腮上有纽扣大小的一块血迹，便欠身凑近前来，

以手抚之细看道："这是谁的指甲划破了？"宝玉倒身，一面躲，一面笑道："不是划的，只怕是才刚替他们淘澄胭脂膏子溅上了一点儿。"说着便找绢子要擦。黛玉便用自己的绢子替他擦了。

这一段对比前面袭人的劝解，是真情战胜了理性的温柔。在这里，黛玉用她的手绢帮他擦去粘在脸上的胭脂，其间虽有一丝责怪，然而在宝玉看来，那是一种浓浓的情话。

她用纤巧的手，温柔地抚着宝玉的脸，那种少女青春的香味，从鼻息间流过，令人醉魂酥骨。他闻着她的体香，感受情真意切，像一股温暖的溪水，缓缓流进人的身体。

这样的画面多么唯美。一对小年轻躺在床上窃窃私语，聊的是他们才懂的话题，这种亲密和两小无猜的情感，使人充满着无限的向往。

作者在这里故意把镜头放缓，即使在描写二人相互骑在身上的打闹时，也只会让人感到真情与温馨。

原来青春年少的时间概念里，总是过得缓慢，那些美好的场景，是作者刻意的回忆，他想把时间拉长，想使那段温馨的场面更加持久。我想多年以后，当作者到了中年、老年，潦倒不堪时，回味起这段青春的美好，才会感叹时光过得太快。

这一回作者缓缓地叙述了贾宝玉生命至深的两种情感：是谁给你母亲般的温情？又是谁与你共枕？谁给了你一种原始的嗅觉记忆？是谁与你在锦绣被褥上打闹嬉戏？

亲情的可贵在于它的深厚和无私；爱情的伟大在于它的至纯、至净、至性。即便未来的生命如一阵青烟，消失得无影无踪，但曾经拥有的幸福感觉，一定也会温暖着人间；温暖着作者的笔尖；温暖着痴痴的青春；温暖着读者的心灵……

2021 年 8 月 28 日于金犀庭苑

二十、年老者的糊涂与卑微者的妒意

（一）

接十九回的内容：宝玉与黛玉正在床上厮闹，这时候薛宝钗突然来了。有时候读到此，我就感觉薛宝钗总有第三只眼，时时关注着宝玉与黛玉之间的事儿。她一来，二人的打闹立即恢复到理性的状态，少了真情的欢乐。从这里可以看出：贾宝玉与林黛玉之间的情感，只属于他们二人，薛宝钗是融不进他们二人的世界里的。

读完通篇小说可知，很难见到薛宝钗与贾宝玉之间有过私密温馨的交谈，有过纯真的计较。你仔细读一读小说中，当薛宝钗为贾宝玉做事和关怀时，是不是总有一种莫名的不自在？她好似在装，又好似在刻意为之，少了一种自然而然的情感流露。

所以，当一个人对另一个人施予好处与关切时，如果怀着欲望与目的，无论他怎样地热情与周到，总会让细心的人看到假，感到不自在。

就如这一回中，李奶妈感觉自己失宠了，在袭人生病时还跑去怡红院辱骂大闹的事一样。她为什么会这样呢？

一是她感觉自己把贾宝玉奶大了，她付出了许多感情和心血，她一辈子获得尊重与回报是理所当然的。所以她对贾宝玉的情感之中，一开始就带着欲望与目的，这种欲望与目的，会使她从始至终都会计较自己的得与失。

二是当一个人处于卑微的社会底层，有许多东西无法得到，所以到老也不会放弃自己所拥有的东西，就像看见两根燃着的灯草还闭不上眼的人一样可怜——她要抓住的是那颗永不湮灭的欲望之心。

所以当贾宝玉与林黛玉和薛宝钗在一起谈话，听见怡红院里李奶妈与袭人吵闹的时候，林黛玉直接就说：

“这是你妈妈和袭人叫唤呢。那袭人待他也罢了，你妈妈再要认真排揎他，可见老背晦了。”

林黛玉说她老糊涂了。糊涂有时候是一种病，让人神志不清，判断失当；有时候又是一种洒脱，比如“扬州八怪”之一的郑板桥就说自己“难得糊涂”。当然李奶妈在这里的表现，都不属于这二者之列——一个人到老还想着欲望的满足，争利取宠，那不是智慧，是愚蠢。

只是林黛玉这里说的“背晦”，没有直接说她愚蠢，也许是考虑到她一个老人家，而且还是宝玉的奶妈，宝玉的面子还是要照顾一下的。

相比薛宝钗来说，这事的处理态度就要圆滑很多，你看她对宝玉怎么说的：

你别和你妈妈吵才是呢！他是老糊涂了，倒要让他一步儿的是。

听听林黛玉与薛宝钗二人的语气与说法，不难看出她们对这件事的态度：黛玉直接指出李奶妈的不是，是真的老糊涂了；薛宝钗一方面承认她老糊涂了，一方面却告诉宝玉要让她一步。

薛宝钗认为李奶妈奶大了宝玉，有养育之恩，从伦理上讲，宝玉应该压抑自己的心性去迁就这个老用人，这样可以把一场闹剧化小，让袭人受点委屈也没什么。可见宝钗处世的原则，她为了世俗的伦理，对外在的环境作了妥协和让步，所以现实中猜不透她的心理，也体现不出她真实的一面。

（二）

不过这件事的最终解决方法，不是宝玉的妥协，而要归功于王熙凤的聪明能干。王熙凤听见贾宝玉这边吵闹，知道李奶妈的老病又发了，正值这老用人又输了钱，所以迁怒于宝玉屋里的丫头们。她知道宝玉和那些丫头们都没法治得了这个老用人，也只有她出来，才能收拾这个场面：

便连忙赶过来，拉了李嬷嬷，笑道：“妈妈别生气。大节下，老太太刚喜欢了一日。你是个老人家，别人吵，你还要管他们才是；难道你倒不知规矩，在这里嚷起来，叫老太太生气不成？你说谁不好，我替你打他。我屋里烧着滚热的野鸡，快跟了我喝酒去吧。”一面说，一面拉着走，又叫：“丰儿，替你李奶奶拿着拐棍子，擦眼泪的绢子。”那李嬷嬷脚不沾地跟了凤姐儿走了。

好厉害的凤姐儿！看完真让人感到痛快。我们来猜度一下凤姐这几句话的意思：

一是提醒那李奶妈：这是过节的当下，贾府里是有规矩的，如果破坏了规矩，贾母一定不高兴。贾母是家中的“老佛爷”，她老人家不高兴，大家就别想有好日子过。王熙凤进一步告诫她：你是老用人，我没法治你，但家族中总有人治得了你；你既是长辈，更应该懂得家里的规矩，别给脸不要脸，到时候闹得不好收场。这话里带着一种提醒，又给予一种压力。

二是用软办法，你李奶妈不就是贪图那点小利和口腹之欲嘛！正好我那里炖了野鸡，就一起去吃鸡肉喝酒。目的是什么呢？让李奶妈感到当家的王熙凤都对我这样尊敬，可见我还是有地位的。另一方面，有酒有肉，正好消愁，何不享受实在的福利？

因此在王熙凤的引导下，那李奶妈脚不沾地，跟了凤姐儿走了。好一个“脚不沾地”，似乎被一阵风载走的。

李奶妈这一下子走了，却留下一颗受伤的心——袭人还病着呢，何况受了这么一大肚子气。贾宝玉就只好留下来安慰和劝导袭人。

此正值正月，按旧俗，春节还没有过完呢，所以屋里的用人和丫头都出去玩了，只留下麝月在家无聊地摸骨牌。这时候宝玉的菩萨心肠又来了，他问麝月为什么不出去玩呢。麝月在这里说了一段非常通情达理的话：

都乐去了，这屋子交给谁呢？那一个又病了，满屋里上头是灯，下头是火；那些老婆子们都“老天拔地”伏侍了一天，也该叫他们歇歇儿了；小丫头们也伏侍了一天，这会子还不叫玩玩儿去吗？所以我在这里看着。

麝月的这段对话，既表现了她的宽容、知礼，又体现着她温暖的一面。她对屋里老用人和丫头们的理解和担待，由己及人，是出自一个身份卑微者的正常表现。从另一方面讲，那些认真服侍和工作的老婆子和丫头们，在这盛大的节日里，也应该享受一下放松的快乐。所以从这一处看出，前面李奶妈对袭人及怡红院丫鬟的辱骂，纯属无理取闹，更证实了她那倚老卖老的糊涂行为。作为一个老用人，只要真心待人，做好自己分内的事，是一定会获得他人的尊重，李奶妈却缺少这样的人生智慧。

当贾宝玉听了她这一段话，十分感动：“公然又是一个袭人了。”所以

他提出要给麝月篦头发的事来。有时候想一想，贾宝玉作为一个富家公子，却主动给丫鬟们梳头调胭脂，这在当时是不符合礼教规矩的，是要受到批判的。然而贾宝玉不计较这些，在他眼中，是人与人之间的平等，人本应该是自由的个体，应该得到尊重与爱护。

小说在这里用了一句话，把主人给丫鬟梳头的场景描写得十分温馨：

宝玉在麝月身后，麝月对镜，二人镜内相视而笑。

有一种触肤的亲切，也有一种兄妹般的温暖。青春期的少男少女，可以像兄弟姐妹一样，保持一种纯洁的生命关系。这种关系，在生命历程中，也只有青春期才会常见。人一旦真正融入社会里，生命的纯度就会变得越来越少，最后渐渐消失。

我在读《红楼梦》时，常常被这些场面感动。它让我时常想起自己的青春，想起那些在学校读书时与同学一起打闹、一起玩笑的场景。而现在我已到中年，那些美好的场景，也仅能在寂静的夜里，聊慰于心。

——如果一个人的青春少了快乐与纯洁，他的生命一定多了一层灰暗。

（三）

所以，在我读到贾环去薛宝钗屋里与莺儿玩骰子耍赖的时候，我就在想，贾环的青春里是否就缺少美好，缺少真正的爱？

那时候正月里，大家都比较闲散，一是学校放年假，二是闺阁中不做针线。《燕京岁时记》里记载了“旧时二月二，龙抬头，不动针线，恐伤龙目”的说法。我想大概正月里不动针线，也是一种传统。

不管怎样，反正大观园里正月比较闲。

这日正好贾环来薛宝钗屋里玩耍，正遇上她们玩“赶围棋”游戏（没有查到关于这种游戏的具体玩法，我猜测应该是靠掷骰子比棋子多少的一种比赛）。这里有一段精彩的描述。如果你仔细读读，仿佛就能听见莺儿、贾环两个小孩子为游戏输赢叫喊的声音从书页中飘出来一样。

头一回，自己赢了，心中十分喜欢。谁知后来接连输了几盘，就有些着急。赶着这盘正该自己掷骰子，若掷个七点赢了，若掷个六点也该赢，掷个三点就输了。因拿起骰子来狠命一掷，一个坐定了二，那一个乱转。莺儿拍着手儿叫："幺！"贾环瞪着眼，"六！七！八！"混叫。那骰子偏生转出个幺来。贾环急了，伸手便抓起骰子来，就要拿钱。说是个四点，莺儿便说："分明是个幺！"

我们不看后面莺儿生气怎样评价贾环。从贾环的动作与叫喊可以看出，他是一个赢得起输不起的人。我们四川这地方，特好玩麻将，俗称"打牌"，有人就从这游戏中总结出一些识人的道理：

打麻将看人品，即牌品也是人品。大凡有三种情况：一种是积极参与，不计较输赢，非常豁达敞亮，是牌友特喜欢的类型；二种是带钱不多，却深爱之，输钱老是欠着，久而久之，无人与之玩耍；三种是，赢了十分得意，输了叫爹骂娘，一场牌局，就听他在牌桌子上拍桌捶凳，闹得乌烟瘴气。

显然，贾环应属第三种人，这种人不仅气量小，而且素养极差，应该算那种见利忘义的小人。

相比贾宝玉及其他姐妹，同样是生活在贾府里的公子小姐，贾环为什么会有这样的性格呢？这里面有深层次的原因。

当他受了贾宝玉一顿教训后，闷闷不乐地回到家里，他母亲赵姨娘看到这种光景便问：

"是那里垫了踹窝来了？"贾环便说："同宝姐姐玩来着。莺儿欺负我，赖我的钱；宝玉哥哥撵了我来了。"赵姨娘啐道："谁叫你上高台盘了？下流没脸的东西！那里玩不得？谁叫你跑了去讨这没意思？"

这里有一个很现实的教育问题：家庭教育的优劣，对孩子性格、气质、素养的形成有极大的影响，甚至影响孩子的一生。有一年我的孩子参加小升初考试，其中一所比较有名的初级中学规定了一个看似极不公平和无理的要求：考察家长的学历，还要面试家长。后来我才明白，这个学校制定这个要求是多么的明智和科学。

在一个家庭里，父母的言行直接影响着孩子性格的形成，父母是怎样的人，孩子长大后，也会有父母的影子。什么样的环境，形成什么样的人格特征，你让孩子生活在垃圾里，你的孩子就具有"垃圾的臭味"；你带着侮辱的言语教育孩子，你的孩子就将失去自信和面对困难的勇气。比如这里的赵姨娘，她自己有一种怨恨，无法得到发泄，便把这种情绪转嫁到贾环身上。她的这

种恶毒的语言，表面上是骂贾环，其实是倾倒自己在贾府里受到不公待遇的情绪。这种怨恨的情绪久而久之，便会潜移默化地留在贾环身上，让贾环从小就形成自私、阴险和贪婪的性格。

那怎样才算一个真正的贾府公子呢？我们还看王熙凤怎么说的。当她听到赵姨娘用非常恶毒的语言训骂贾环时，她立即站出来指责。凤姐对贾环的训斥中有两句特别重要的话：

输了几个钱，就这么个样儿！

亏你还是个爷，输了一二百钱就这么着！

这两句话表面看是一个意思，其实不然。第一句，教训贾环的小气，做人不应该这样，一个人做事，太小气，会让人看不起。第二句说，我们贾府是大户人家，诗书门第，做公子爷的应该有家族那种大气魄、大境界的涵养，为了一二百钱就斤斤计较，将来不是干大事的人。凤姐似乎骂的不只是贾环，而是骂贾府里所有无用的男人。凤姐的气质里有一种诗礼家族的大气和豪迈，这种气质是多少代人不断积累形成的，这足见她家族里深厚的文化底蕴。这种气质赵姨娘是不会有的，贾环也没有。

一个人的气质体现在他的为人处事、待人接物上，也体现在他的文化修养上，这需要家族一代代人的传承和保持。

（四）

小说这一回主要写王熙凤正言弹妒意。弹谁的妒意呢？一是李奶妈的，这里凤姐的“正言”告诉我们一种生命的哲理：人到了老年，应该看到生命热度的不断消失，应该承认生命有盛衰之别，所以更应领悟到生命的豁达和人生智慧。

二是贾环的，其实暗指赵姨娘。这里凤姐的“正言”告诉我们：一个人不应该老生活在怨恨和嫉妒里。生命中应该对自己的社会角色常常进行反思，不能自甘堕落，并积极地追求一种美好的生命状态，那样人生境界才会更加大气，人生的道路才会越来越宽阔。

2021 年 9 月 5 日于金犀庭苑

二十一、娇嗔软语里都有一种真诚

（一）

大家可还记得第十九回："情切切良宵花解语"里那袭人要宝玉许诺的几件事否？袭人曾说道：

"还有更重要的一件事，再不许弄花儿，弄粉儿，偷着吃人嘴上搽的胭脂，和那个爱红的毛病儿了。"

大约二十年前，我第一次买了一台电脑，特别喜欢上网聊 QQ，酷爱与群里的女孩子聊天，妻子见了，带着几分醋意嗔怪："你一天正事不做，尽在网上逗猫惹草，简直不像一个正经男人！"如今读到《红楼梦》里袭人劝解宝玉的这段话，回想过去，突然感觉几分甜蜜，又有几分温馨。

生命就是那样奇怪。青春年少时，总有一些莫名的痴病：看见花儿粉儿，有一种喜爱之情；又有一种对异性亲近的冲动。这或许是成长的躁动、生命的激情吧。只是贾宝玉却又与常人有所不同——他爱一切美好的生命，尤其是年青的女性，他那种痴痴的情感超越了世俗的眼界。

然而在袭人的眼里，贾宝玉已经成长为十五六岁的人了，该懂得许多人伦之礼，百事应收敛一些，不应该总与小女生们一起厮混，恐有失伦常。

看来世间之人，大多只以自己的思想度人，误会和猜忌往往降低人与人之间的信任度，很多时候，人们只看到他人的缺点，却看不到他人的优点，徒增莫名的烦恼。所以袭人哪里能明白贾宝玉对女孩子的爱怜中，是出自对生命的尊重，是一种超越物欲的伟大而崇高的情感呢？

本回借袭人娇嗔与平儿的软语，旨在对比贾宝玉与贾琏欲望的不同之处——一种是纯洁的痴，一种是性欲的狂；一种普世济人的意淫、一种性欲的皮肤滥淫。作者赞扬了贾宝玉那种高贵而纯洁的痴情，讽刺和批判肉欲的丑陋和可笑，也或许作者给大家提出了一个深层的问题：

在人世间，到底是精神的世界重要，还是欲望的满足重要？

（二）

我为什么把贾宝玉对女孩子的痴情看成是一种欲望呢？心理学上讲欲望是人的心理到身体的一种渴望、满足，它是一切动物存在必不可少的需求。一切动物的基本欲望就是生存和性的需要。

也就是说人的欲望包括生理的和精神的需要。人作为动物，首先应该满足的是生理的需要，才有精神的需要。所以精神的需要高于生理的需要。现实中，人们对那种为满足生理需要而疯狂追求，以致犯罪的人，总会用一个词来形容："衣冠禽兽！"

——人的兽性在什么时候展现出来？一定是肉欲的满足。

所以我读到贾宝玉在这一回里去林黛玉房间里，眼见了史湘云的睡姿，居然带着一种怜爱之情时，就感到非常吃惊：他居然没有肉欲的想法，只有爱慕与欣赏。

那黛玉严严密密裹着一幅杏子红绫被，安稳合目而睡。湘云却一把青丝，拖于枕畔：一幅桃红绸被，只齐胸盖着，衬着那一弯雪白的膀子，撂在被外，上面明显着两个金镯子。

黛玉为什么要盖得严严实实呢？因为她身体虚弱，经不住夜来风凉，所以如此。再看看史大姑娘，黝黑而长长的头发，红色的被子，白如凝脂的膀子，金黄的手镯。黑、红、白、黄，从色彩的角度上看，明暗对比，鲜艳夺目；美丽而健康，光彩照人。此情景换作任何一个有欲望的男人看来，无不是一种引诱。

而贾宝玉见了又怎么样呢？

宝玉见了叹道："睡觉还是不老实！回来风吹了，又嚷肩膀疼了。"一面说，一面轻轻地替他盖上。

多么温馨！又多么温暖！没有世俗的欲望，给予的只有亲切的关怀。或许是宝、黛、云三人从小在一起长大，宝玉对湘云的情感，就像一位亲哥哥，所以才会有这样的动作。

然而贾宝玉对史湘云又带着几分留恋和不舍。他用史湘云洗过脸的脏水洗脸，又叫史湘云给他拢头。湘云初始不答应，后来经不住贾宝玉的软磨央告：

湘云只得扶过他的头来梳篦。原来宝玉在家并不戴冠，只将四周短发编成小辫，往顶心发上归了总，编成一根大辫，红绦结住。自发顶至辫梢，一路四颗珍珠，下面又有金坠脚儿。湘云一面编着，一面说道："这珠子只三颗了，这一颗不是了，我记得是一样的，怎么少了一颗？"宝玉道："丢了一颗。"湘云道："必定是外头去，掉下来叫人拣了去，倒便宜了拣的了。"

这一段话描写了一种温馨的画面，似曾相识。第八回贾宝玉去薛宝钗那里谈到金玉奇缘后，临走时林黛玉给贾宝玉戴帽子拢头发的场景，是不是令人同样感到温馨、羡慕呢？如果贾宝玉是作者的化身，我想曹公每每写到此处，他一定面带着幸福的微笑——一个充满活力、美丽大方的少女给自己梳头束发，把青春的温度和体香留在自己的身体里，这样亲切的情景，一定会让人终生难忘。

也许细心的读者会产生另一个疑问："史湘云与贾宝玉这样亲切，为什么林黛玉却不生闷气？而薛宝钗只要稍有行动，她就会感到紧张和有所猜忌？"

史湘云性格活泼开朗、直爽，说话做事不会计较和工于算计，所以让人一眼可以看到她的真正目的。而薛宝钗不一样，她深沉而理性，不会轻易发表自己的意见，做事圆滑而考虑周全，所以让人总看不透彻。林黛玉所担心和焦虑的就是薛宝钗的为人处事，再加上有"金玉奇缘"之说，所以林黛玉针对薛宝钗的计较，是有道理的。

（三）

然而袭人的计较却更现实和直观。她是丫鬟，虽然与宝玉最为亲近，然而身份低微，自己没有林黛玉的才华，没有薛宝钗的智慧与家世，也没有史湘云的豁达，她唯一的理想就是未来作为小妾的身份陪伴在贾宝玉身边。

所以她对贾宝玉无微不至的关怀，小心翼翼的侍候里，是带着自己的欲望的。当她来到黛玉房间，看见贾宝玉已经梳洗了，而且还是史湘云及黛玉的丫鬟侍候的，她一下子感到了危机和紧张。

她带着醋意回到屋里，此时薛宝钗正好来了，她问宝玉去哪里了，袭人带着几分生气说：

"'宝兄弟'那里还有在家的工夫！"宝钗听说，心中明白。袭人又叹道："姐妹们和气，也有个分寸儿，也没个黑家白日闹的！凭人怎么劝，都是耳旁风。"宝钗听了，心中暗忖道："倒别看错了这个丫头，听他说话，倒有些识见。"宝钗便在炕上坐了，慢慢的闲言中，套问她年纪家乡等语。留神窥察，其言语志量，深可敬爱。一时宝玉来了，宝钗方出去。

袭人只顾着埋怨和生气，而一旁的宝钗却听者有意。袭人觉得贾宝玉已经快成年了，不能不遵守伦理道德，每天与林黛玉和史湘云及其他小丫头厮混，传出去名声一定不好听。二者如果贾宝玉在贾府中声誉不好，她自己作为大丫头，也有一定责任；三者她自认为在大观园众多丫鬟小姐中，她是对贾宝玉最体贴的一个，她未来的身份是小妾，所以她有理由劝解贾宝玉，也有资格生贾宝玉的气。

但薛宝钗此时并不这样想。我读此段文字时，细细猜测过薛宝钗的心理，加之作者写得含蓄而隐晦，又有指点读者探究的意味，所以从薛宝钗此处的"闲语""套问"，宝玉来了，她方出去，以及后来袭人的冷笑，宝玉深为骇异等情景，可以猜想：在这里，薛宝钗为了使袭人规劝贾宝玉，一定向袭人说了些什么，或者给袭人当了一回"参谋"，所以贾宝玉回来，袭人不仅在言语上对他表示不满，而且从行动上便不理睬贾宝玉了。

这一段公案，贾宝玉还不清楚，但薛宝钗的意图已经昭然若揭。如若不是，当宝玉回来的时候，她不会忙着离开——她知道袭人马上会对宝玉采取一种无声的对抗，而她已经把火点上，后面的事她根本不想搅进去，只想置身事外，作旁观者清。

（四）

贾宝玉回来先是受了袭人一顿闷气，已经骇异，然后袭人独自侧睡，不理宝玉，采取冷暴力的手段，无论贾宝玉如何央求，她只管合眼不理。贾宝玉此时就更加无奈了。

按道理说袭人是不会耍小姐脾气的，更何况她是丫头，根本没资格。然而她们都知道贾宝玉的性格，不会把她们当丫头看，贾宝玉对大观园里的女子一向伏低作小，以一种宽容的心态对待，所以大观园里所有的女子都希望去服侍贾宝玉。比如后面要写到的柳家女儿。

大概在众多人的眼里，觉得贾宝玉除了形象俊美外，应该一无是处，是一个好欺骗的主子。《红楼梦》的一个重要思想，是借贾宝玉对众女子的态度，来批判几千年来封建礼教对妇女的压迫与束缚，把女人的地位提高到一个前所未有的高度，这里体现了作者民主主义思想的萌芽。

在贾宝玉的心中，每一个女子都是纯洁而美丽的。所以他对每一个女子的生命都有一种怜爱与珍惜。然而人的生命又各有不同，每一个女子都有自己的个性和生命历程，以及对生命和社会不同的理解。所以这给作者或作者笔下的贾宝玉带来了情感的烦恼和困惑。

要怎样处理好自己与每一个女子的关系，或者自己怎样才能摆脱这样的困扰和烦恼。这是袭人无声的抵抗中，给贾宝玉带来的一次深沉的思想斗争。

这一日，宝玉也不出房，自己就闷闷的，只不过拿书解闷，或弄笔墨，也不使唤众人……至晚饭后，宝玉因吃了两杯酒，眼饧耳热之余，若往日则有袭人等大家嘻笑有兴，今日却冷清清的，一人对灯，好没兴趣，待要赶了他们去，又怕他们得了意，以后越来劝了；若拿出作上人的光景镇唬他们，似乎又太无情了。说不得横着心：只当他们死了，横竖自家也要过的。”如此一想，却倒毫无牵挂，反能怡然自悦。因命四儿剪烛烹茶，自己看了一回《南华经》，看至外篇《胠箧》一则。

看过许多关于贾宝玉读《南华经》这一段的解读，许多人特别指出“绝圣弃智”是对儒家思想的批判与对抗。但贾宝玉却从人对外界事物的感知觉来探讨——外界的事物作用于人的感觉器官，直到神经中枢，就会产生对外界事物的情感和情绪。

所以贾宝玉从这一段经文里读到一种特别有趣的意味，他结合自己目前面临的困惑，给予了另一种解读：人的美貌和才华让人动心移情，人一旦动心移情，不免给人留下口实，带给自己的只有烦恼和困惑。所以要回归平静的状态，就应该使那些女子没有美好的容颜，使她们才华平平，没有吸引人的地方，这样像袭人或者其他丫头们就不会说闲话或者生闷气而不理我。那容貌和才华，似乎是一张大网，人一旦进去了，却无法自拔。也就是说，要想人没有七情六

欲，就得使这个世界首先不要有引发情欲的东西存在。

当然有时候你会为贾宝玉这样的逻辑感到可笑。有一次我在公园里闲坐看书，一个老太太带着约莫三五岁的小孩子玩滑滑梯，孩子不小心，摔了一跤，便“哇哇”大哭。老太太见状，一边哄小孩，一边拍滑梯扶手道：“乖，宝宝别哭，看看奶奶打它！打死你个滑滑梯，把我幺儿摔倒了！”小孩子果然不哭了。然看此处宝玉续《南华经》的理解，和老太太逗小孩子如出一辙。难怪林黛玉早晨来怡红院，见了贾宝玉的续写，又气又笑。

她气的是，贾宝玉不明白她对他的情感，把她的一片真情当成了烦恼来看；她笑的是，明明是人的欲望无法控制，却埋怨引起欲望的对象，这才真正是可笑之处。

但是我们在笑贾宝玉孩子气的同时，也许会有所领悟——人都是在不断地对外界事物的认识过程中成长起来的，能从对事物的认识中得到心灵的解脱，走出困惑，不走极端，说明此人具有豁达的心胸和自我领悟的灵性，至少他不会深陷于外物的诱惑中无法自拔。

（五）

这一点贾琏是没有的。他的眼里心里，都是外物引发的欲望，这种欲望使贾琏在整部《红楼梦》的形象都显得不那么光辉，甚至有时候会让人感到恶心。

比如这一回里他与多浑虫的老婆之间的淫色之事，让人看到欲望暴涨之下人性的丑陋和不堪。

那时候大姐儿出水痘了。我小时候听婆婆说，小孩子出水痘不得出门，怕吹风，风一吹，水痘的痕迹就会留在脸上，坑坑洼洼，乡下人俗称“麻子”。

根据当时风俗，荣府对于孩子出水痘就更加讲究了，不仅请医生在家专门治疗，还得在家里请神供痘娘娘，且不得有男性进入。

于是贾琏便只得搬出内室，在外室居住，而且长达十二日之久。

那贾琏只离了凤姐，便要寻事，独寝了两夜，十分难熬，只得暂将小厮内清俊的选来出火。

看看贾琏的欲望是多么强烈，对比前面贾宝玉见史湘云睡姿的反应，又是多么令人倒胃！一个是真情，一个是滥欲。对欲望的追求往往使人迷失心志，甚至于扭曲人性至变态的地步。

正好荣府里有一个厨子叫多浑虫，我想作者的意思应该叫他“多浑账”！他是个什么人呢？——极不成材破烂酒头。也就是这个人只好酒食，其他一概不管。

不承想这个多浑虫娶了一个年轻漂亮的老婆——

今年才二十岁，也有几分人材，又兼生性轻薄，最喜拈花惹草。

这里写得挺有意思。一个淫态浪言，压倒娼妓；一个是丑态毕露，难舍难分。看看这一男一女，被欲望熏烤的那颗心是多么地如饥似渴！在肉欲面前，哪里还有什么所谓的伦理、道德及君子之风、圣人之言。此时更不可能讲什么仁义道德。

所以当十二天结束后，平儿在给贾琏收拾屋子的时候，发现了一束女人的头发。他怕平儿告诉王熙凤，一下子便“心肝儿乖乖肉”地乱叫——那种乞求的声调，读来仿佛就在耳边。当见平儿一大意时，便突然从平儿手上抢了那束头发，放在鞋子里。此时平儿便咬着牙骂：

“没良心的，‘过了河儿就拆桥’，明儿还想我替你撒谎呢！”

细细读平儿这句话，似乎骂的不仅仅贾琏，那些沉浸在欲望之中的人，哪个不是两面三刀，过河拆桥呢？

（六）

作者在这一回重点写了两个丫鬟，袭人娇嗔规劝宝玉，然而她岂能懂宝玉的真实心理呢？平儿软语救了贾琏，却难救得那颗欲望的心。

这两种不同的场景，写了两种不同的欲望，让人看到人性的两种对立面：一种是美好的——善良而真诚；一种是丑陋的——虚伪而阴险。

至于每个人该选择哪一种，需要各自去领悟。

2021 年 9 月 9 日于新都

二十二、生命的成长需要一个“觉”的过程

（一）

整理此一回读书笔记时，突然想到生命成熟的不同阶段——前一回贾宝玉读《南华经》从袭人的“冷战”之中解脱出来，后来黛玉笑他对道家思想领悟得不够透彻。而这一回里，贾宝玉解脱苦恼的办法，却从禅机之中觉悟出来。也许生命成长过程中，需要某些挫折在人的心里反复地折磨和考量，人才能走向更加成熟与完美。

有一次，我那十五六岁的侄儿在我家花园里站着发呆，两眼直直地看着远方，像一尊泥塑一样。我问他想什么？为什么满面愁容？起初他并不理我，然经过我几次不断地询问，他说：“我很烦，班里的同学吵架，我劝了他们，结果大家反埋怨我的不是。”后来我给他分析了这件事的原因，讲到人与人应该怎样相处，应该如何站在他人的立场上想问题，好一阵，才见他怅然一叹，脸上凝聚的神色方缓缓地散去。

从人的心理发展方面讲，如果一个人在成长过程中的苦恼没有得到解脱或者释放，也许成年后，他会走向一种极端，很难适应社会人的转变。在人生的修行路上，我们需要明白和懂得的道理很多很多。人生如苦旅，每经历过一个艰难的阶梯，人就成长一大步。

不过遗憾的是，我家并非诗书之族，我的后代在遇到烦恼时，并不像贾宝玉那样，有佛与道的思想让孩子们去领悟。更何况，随着传统文化的不断弱化，现在十几岁的孩子们，哪里又能接触到这样的文化知识呢？所以，在孩子成长的道路上，我们要更多地给予他们心理的关注，给予他们人的自由与独立的选择。

陈寅恪先生在王国维先生投水自沉后两周年写的纪念碑铭上有一句话：“独立之人格，自由之思想”。作者在《红楼梦》这两回写贾宝玉从佛道中领悟到不同的人生与情感，也许正与陈寅恪先生对自然人的一种期望和追求如出一辙罢——人是一个自然的个体，也是社会的个体，更是自由和独立的个体！

（二）

就像本回开端贾琏所说的一样，当王熙凤问他如何给薛宝钗过十五岁生日的时候，他不假思索地说应该与林妹妹一样。这是对待人的一种公平处理方式，也是对林黛玉的一种尊重。

然而王熙凤不这样认为：

凤姐听了冷笑道："我难道这个也不知道！我也这么想来着。但昨日听见老太太说，问起大家的年纪生日来，听见薛大妹妹今年十五岁，虽不算整生日，也算将笄的年分儿了。老太太说要替他做生日，自然和往年给林妹妹做的不同了。"

王熙凤心里怎样想的呢？一是她本不想多出钱给薛宝钗过生日的，但无奈贾母态度积极，而且还要摆几场戏。贾母是贾府里的"太上皇"，掌握着贾府内部管理的一切权力，所以王熙凤当然会千方百计地迎合贾母的意思。二是贾母问过大家的年纪。像贾母这样的老人家，问众人年纪时，尤其是问大观园里众女子的年龄时，必有所思考。此时正值薛宝钗十五岁生日，在古时称将笄的年纪。笄，指一种发簪，古代女子十五岁或者婚配时才开始戴簪。这里暗指宝钗已达到可以婚配的年龄，亦即成年了。

贾母主动给薛宝钗过生日，似乎隐藏着一种暗示——欲与薛家联姻。在贾府所有人的眼里，或许大都能猜到贾母的心思，唯有贾宝玉此时还不明白。

所以当贾宝玉一早去林黛玉房间里，邀她一起去看戏的时候，林黛玉表示了她的不高兴：

这日早起，宝玉因不见黛玉，便到他房中来寻。只见黛玉歪在炕上，宝玉笑道："起来吃饭去。就开戏了，你爱听那一出？我好点。"黛玉冷笑道："你既这么说，你就特叫一班戏，拣我爱的唱给我听，这会子犯不上借着光儿问我。"宝玉笑道："这有什么难的，明儿就叫一班子，也叫他们借着咱们的光儿。"一面说，一面拉他起来，携手出去。

大清早，大观园里搭上戏台，为薛宝钗过生日，一番热闹。也许谁也不会在意此时林黛玉在想什么，因为她不是今天的主角。然而只有贾宝玉时时

刻刻惦记着她，任何时候，在贾宝玉的心里，林黛玉都是主角。林黛玉仿佛就是他的精神依靠。

而林黛玉见贾母这样兴师动众地给宝钗过生日，一定体会到了危机。从小说的伏笔来看，薛宝钗的这一场生日庆典，实际上也宣布了她与贾宝玉的婚姻。而通本小说中，从来没有正面地写过给林黛玉过生日，也没有这样热闹地把她当过主角。所以林黛玉生闷气，是非常客观和正常的事。

也许贾宝玉对林黛玉的生气是心知肚明的。但他不能说出来，所以他是带着劝慰和体贴来的。我读到这一小段文字的时候，脑海里常出现这样的场面：

林黛玉嘟着嘴坐在床边，贾宝玉一边安慰一边拉她，然后两个人一前一后，携着手出去。好一个“携”字！作者用得特别好——像恩爱的夫妻一样，执子之手，与子偕老。虽然最终薛宝钗嫁给了贾宝玉，我想她从未享受过贾宝玉这样温馨的携手。贾宝玉用行动告诉了林黛玉：他对她的真情是什么！

我想那时的林妹妹，一定转悲为喜，心甚温暖。

（三）

当然，薛宝钗生日点戏是一件重要的事。先前贾母就问过薛宝钗，喜欢看什么戏。薛宝钗深知贾母的性格，喜欢热闹，首先点了一出《西游记》。小说中没有写点的是《西游记》哪一折，我当时猜想一定是《大闹天宫》，为什么会点这样的戏呢？

一则是迎合贾母。贾母喜欢热闹，喜欢看猴子蹦来跳去——在《红楼梦》里经常读到贾母说猴子，她多次笑骂王熙凤为“猴儿”。后面的灯谜中，她又讲到“猴子轻身站树上”。贾母一个古稀的老人，她希望看到生命的状态像猴子一样活泼可爱，充满生气。二则是在贾母出二两银子给薛宝钗过生日时，王熙凤说贾母很有钱，但却这样小气。取笑贾母把钱留下来给宝玉，属于偏心的行为，逗得贾母十分开心。从礼教的角度出发，这样的大家族，哪个后辈晚生敢与老祖宗叫板，也只有王熙凤才这样。就像《西游记》里孙悟空，可以与玉皇大帝争高下。《大闹天宫》正是那孙猴子最意气风发的时候，所以这折戏，一定热闹非凡。

后来轮到王熙凤点戏了，她点了一出《刘二当衣》。据《红楼梦大辞典》记录：“弋阳腔剧目。自明传奇《裴度还带记》（沈采著）第十三出。演大财主刘二官人悭吝成性，其姐夫裴度因家贫曾将几件首饰抵押在他家，无钱取赎。

当裴度家人再以几件衣物前来典当时，被他扣住，抵偿利息。”剧中写刘二早早就等候在当铺门口，百无聊赖，便唱曲解闷，那唱腔随意随口，油腔滑调，更兼插科打诨，所以贾母听了更又喜欢。但也有很多红学家点评此出戏的时候，说其实意在讽刺薛家开当铺，赚取亲戚的钱。

后来贾母又叫宝钗点戏，她点了一出《山门》，也就是《水浒传》第四回鲁达大闹五台山的那一场闹剧。这时候贾宝玉坐不住了，他质问宝钗：“你只好点这些戏。”大家还记得第十九回，宁府排宴请贾府上下看戏吃酒之事，宝玉嫌宁府里的戏太过热闹繁华，令人不堪而逃避的事——其实贾宝玉很不喜欢看那些热闹的戏曲。所以这里他带着取笑宝钗的口气说她点的戏不够水准。

宝钗笑他不懂戏，她说这出戏虽说热闹，但里面有一套唱词，叫《北点绛唇》，其中有一首散曲叫《寄生草》的，其韵、其词，都特别有意思。于是薛宝钗便念给他听：

漫揾英雄泪，相离处士家。谢慈悲，剃度在莲台下。没缘法，转眼分离乍。赤条条，来去无牵挂。那里讨，烟蓑雨笠卷单行？一任俺，芒鞋破钵随缘化！

这唱词里暗合着佛家看空的境界，也有一种生命的豁达和随性。贾宝玉是有慧根的人，所以他一听这唱词，觉得非常好，一边拍手，一边赞叹，引得一旁的林黛玉吃醋反酸，说他“装疯”。

戏唱完了，但给读者的感觉好似意犹未尽。人生如戏，宝钗此处的点戏，全是迎合别人的做法，为取悦别人而委屈自己。宝钗的一生都是为别人而活的，像戏台的角色，热闹地经历一场，最后冷清地收场。

所以贾母见戏台上的小旦和小丑表演得特别可爱，就命人带进来看一看。

细看时，益发可怜见的。因问他年纪，那小旦才十一岁，小丑才九岁：大家叹息了一回。贾母令人另拿些果肉给他两个，又另赏钱。凤姐笑道：“这个孩子扮上活象一个人，你们再瞧不出来。”宝钗心内也知道，却点头不说；宝玉也点了点头儿不敢说。湘云便接口道：“我知道，是象林姐姐模样儿。”宝玉听了，忙把湘云瞅了一眼，众人听了这话，留神细看，都笑起来。

这一段话挺有意思的。从贾母的身份看，一个老人对幼小孩子的一种慈

悲之情，再平常不过。像贾母这样一个经历了人间悲欢离合、兴衰际遇的人，有一种生命的智慧，更容易看到人间的疾苦和卑微，所以她才能给那些卑微者更多的同情与体恤。从戏曲的角色看，旦角是不同年龄段女子的角色，有一种柔弱的外表，却非常擅长唱功。很多时候，旦角还是男子扮演，比如梅兰芳先生。这似乎意味着戏里戏外的人生是迥然不同的两个方面。然对丑角来说，这个角色更难扮演。表面上在戏里逗乐、打诨，可谁知人生的戏也如小丑一样：乐中有苦，苦中有乐。也许人生的戏台上，每个人不一定会扮演旦角，但一定会扮演丑角。贾母在这里对这两个角色另外加赏，或许是她生命中的另一种领悟。

但其他人却没有贾母那样的领悟。他们看到的角色，却像林黛玉。我想那个角色一定是丑角，众人说的形态像，但作者也许想表述的是：黛玉的生命更像丑角——她因为情而生情，终身为情而死，她对情非常计较，稍有不顺心就会生气流泪，悲喜转换在一瞬之间。

所以在大观园里，我想众多的人都会认为林黛玉是极难侍候的小姐。然贾宝玉知她、懂她、心疼她，所以处处维护着她。这种“知”，这种“懂”，是一片痴情，更是一种对情的眷恋。

（四）

因此当湘云在这里说出那戏角儿像林黛玉的时候，贾宝玉就递眼色叫她不要说出来，怕黛玉生气。这一下子既惹恼了林黛玉，又得罪了史湘云。

要知道，这两个女孩子对贾宝玉来说，有着与别人不一样的生命意义，他们从小一起长大，一起睡在贾母房间里，所以他们三人总有一种无法割舍的情感，有一种共同的体温在彼此的血液里流淌。贾宝玉本想对两人进行劝解，然而却费力不讨好，两个人的怨气都集中在他一个人身上。

他的苦闷和烦恼无法得到解脱。

青春年少时遇见了成长的烦恼，自己的一片好心不被人理解，使他感到孤独和无助，这里有一种生命成长的矛盾。所以他自然地想到前两天读的《南华经》：“巧者劳而智者忧，无能者无所求，疏食而遨游，泛若不系之舟。”然后进一步想到：“山木自寇，源泉自盗。”聪明人的聪明，正是自己忧愁的根源；无智慧、简单的人却可以过得非常快乐。

为了讲清这个道理，庄子又在他的《人间世》记述了一个关于树的故事：

说一个木匠到齐国去，路上看到一棵大树，这树被当地人奉为神灵。这树有多大呢。庄子说它的树枝可以给几千头牛遮阴。然而这个木匠来了，正眼都不瞧一下就走了。他的徒弟就问木匠："这么好的木材，为什么看都不看呢？"那木匠说："这树木为散木，是'不材之木'，做什么都不行。"

后来这木匠做了一个梦，梦见这棵古树对他说话。它说假如自己有大用的话，又怎么会长得如此之大呢？树能长大，是因为它的无用；人往往获得快乐，或许正是它的无能和平静啊！就像小说第一回写这块石头，因为无才去补天，才来这人间走一趟，这多么具有人生哲理。

贾宝玉想到这里，他的心里突然有了觉悟。他想到薛宝钗跟他说的《寄生草》里的句子："赤条条，来去无牵挂。"从道家的无为和自然而然，到佛家的觉悟，贾宝玉在内心里纠结着、苦痛着。

宝玉细想这一句意味，不禁大哭起来。翻身站起来，至案边，提笔立占一偈云：

你证我证，心证意证。是无有证，斯可云证。无可云证，是立足境。

证，意为觉悟。在佛家禅宗的开悟中，觉悟有两个阶段：一是觉，由外物引发人对事理的通透理解，称有所觉。二是悟，是人对自己内心的反观、思考，是一个参化、修炼的过程，达到一种境界。觉是一个瞬间，悟是一个过程，要达到悟，必须经历觉的那个阶段。所以当第二天，林黛玉看到贾宝玉写的这一道偈时，取笑他参禅不够彻底，并在他的偈后添上一句：

无立足境，方是干净。

什么意思呢？

贾宝玉前面的偈告诉我们，思想要到最高的境界，是通过内心的觉悟实现的，当思想空到不能再觉悟的时候，才算到了精神境界的顶峰。林黛玉后面两句直接就说："把虚无的精神境界全部抛掉，那才是真正的纯净，真正的空。"所以贾宝玉只达到"觉"的境界，而林黛玉却看到了空。

佛教的禅宗讲顿悟，讲万法皆空，一切东西都取自修行者之心。所以后来薛宝钗便说到了禅宗六祖慧能的千古名句："菩提本无树，明镜亦非台。本来无一物，何处惹尘埃。"生命需要彻底地觉悟，放下一切尘世俗念，才

算真正的圆满。所以贾宝玉对于情感纠葛的领悟，还只达到“了者未了”的程度。情漫漫其修远兮，还得他上下去求索，方可达到顿悟的境界。

（五）

每一个人对生命都有一个“觉”的过程，至于“觉”后是否得到一种结果，看每个人的慧根。所以每一个人对生命的理解是不一样的。反观人的一生，生命的过去是唯一，而生命的未来却有万千条路。我们不能消极地想到过去，要积极地看到未来，这样的人生观，才能让我们平静和快乐地度过一生，才能真正地修成正果。

就像贾府此时的灯谜一样，每一个人的灯谜，都有他们各自的人生显示：你有怎样的人生态度，你表现于外在的东西其实已经可以看出来了，只有真正获得智慧的人才会处变不惊。

那时候是正月，整个月都算春节的大节。正好此时元妃从宫中送出灯谜来，给贾府众姐妹兄弟来猜，并告诉大家，猜中有奖，这便引发了贾府里的灯谜大会。

贾母组织大家举行一次猜灯谜活动，每一个人都要制一个灯谜出来，猜中有奖，不中罚酒一杯。一时间荣府自然便热闹起来。

此时贾政也正好下朝，看见府里猜灯谜活动，便主动加入进来。

> 往常间只有宝玉长谈阔论，今日贾政在这里，便唯唯而已。余者，湘云虽系闺阁弱质，却素喜谈论，今日贾政在席，也自钳口禁语；黛玉本性娇懒，不肯多话；宝钗原不妄言轻动，便此时亦是坦然自若。故此一席，虽是家常取乐，反见拘束。

有时候读到此处，我不免为贾政感到悲哀。贾政从政为官，在官场中明争暗斗，公务缠身，身心劳累，很少在家里与老人和孩子享受天伦之乐。这里正值春节喜庆之日，能够与家人在一起，对一个中年人而言，本是一件幸福和快乐的事。然而贾政一生秉承儒家正统思想，对内对外一本正经，所以在家庭聚会中，孩子们觉得贾政一向威严，都收敛了平日里的习性，使本来应该快乐热闹的聚会变得冷清和严肃，倒像官场的应酬一样拘谨。

还是贾母明白事理，一眼便看出大家的心思。然后就直接说，大家一起出灯谜，叫贾政对几个，对完了就快点走。

我们就暂且耐着性子，仔细来猜一猜他们的灯谜吧。

首先是贾母的，谜面是：

猴子身轻站树梢。——打一果名

贾母希望看到她这棵大树上站满猴子，希望老了儿孙满堂，承欢膝下。然而她却不知道“树倒猢狲散”的道理，如果有一天，这个老夫人倒下了，贾府就不复存在了。

贾政的谜面：

身自端方，体自坚硬。虽不能言，有言必应。——打一用物。

贾政为官清正，做人方平，就像一方砚台。

元春的谜面：

能使妖魔胆尽摧，身如束帛气如雷。一声震得人方恐，回首相看已化灰。——打一玩物。

贵妃的身份珍贵，像鞭炮一样响亮，平民百姓哪里亲近得了。然而虽经荣华富贵，却似乎只是一种表象，当光环和影响过去后，生命就如灰尘一样烟消云散。

迎春的谜面：

天运人功理不穷，有功无运也难逢。因何镇日纷纷乱？只为阴阳数不通。——打一用物。

生命有运数，算不尽，理无穷，人力不能完全左右。那算盘上的珠子，分分合合，离离散散，好似是人命的天数，以其纷纷扰扰地去争取，还不如顺命而为。

探春的谜面：

阶下儿童仰面时，清明装点最堪宜。游丝一断浑无力，莫向东风怨别离。——打一玩物。

她的命运注定像断了线的风筝，漂泊远处他乡，只有清明的时候，或可遥望故乡之地。所以别怨恨东风的无情，我的生命终归回不到原地。

黛玉的谜面：

朝罢谁携两袖烟？琴边衾里两无缘。晓筹不用鸡人报，五更无烦侍女添。焦首朝朝还暮暮，煎心日日复年年。光阴荏苒须当惜，风雨阴晴任变迁。

人生何必追名逐利，只想与相知的人相伴于琴棋书画之中，在夜里耳鬓厮磨，不去管时间怎样来，如何去。然而日日夜夜、年年月月的现实却让人担惊受怕；青春的美好时光容易流失，自己想好好珍惜却无法挽留，只由它在风雨里变迁，留下空了的缘分，怅然一叹而已。

宝玉的谜面：

南面而坐，背面而朝。象忧亦忧，象喜亦喜。——打一用物。

镜子就是观照，既照见现实，也照见现实的反面。那只不过是一种假象。镜中花，水中月，终须无可触摸。

宝钗的谜面：

有眼无珠腹内空，荷花出水喜相逢。梧桐叶落分离别，恩爱夫妻不到冬。——打一用物。

“竹夫人”与人，就像夫妻之间一样。夏天来时相拥入眠，叶落秋白便分别而去，短暂的恩爱夫妻却不能经历四季，白首相望，多么可叹。

贾政看完后，心内自忖道：“此物还倒有限，只是小小年纪，作此等言语，更觉不祥。看来皆非福寿之辈。”想到此处，甚觉烦闷，大有悲戚之状，只是垂头沉思。

在整个猜谜的过程中，这些孩子的谜语都突出了生离死别的悲凉气息。这让贾政看到生命的长短和命数。他似乎也从这些谜语中，看到了贾府由盛极而走向衰败的命运，这种命运是贾府里任何一个人都无法改变的，所以他感到悲伤，感到无助。

（六）

人是一个独立的个体，也是家庭、社会的一个元素。每一个人的命运与家庭和社会的命运紧紧相连。

作者借这一回里贾宝玉及每个人对人生的理解，或许要告诉我们的是：生命只是一个过程，不是无限延伸的东西。在这个过程里，我们每一个人都无法逃避命运的安排，不如从容地走过每一天，活在当下，自在当下，做一株傻乎乎、无材可用的树，那样我们的意志或许将会更加坚强！

2021 年中秋于金犀庭苑

二十三、大观园开启了青春的幽梦

（一）

其回目引用《西厢记》与《牡丹亭》两折著名的昆曲，别有一番深意。《西厢记》是一对青春男女在丫鬟红娘的帮助下，努力摆脱封建伦理束缚的爱情故事；而《牡丹亭》是一个青春少女为了爱情，死而还魂的故事。在封建礼教的束缚下，自由的爱情是非常难得的，这世上有太多追求自由爱情的少男少女，为了冲破封建礼教与家庭观念的束缚而双双殉情的故事。古往今来，多少人感叹过青春的爱情啊！

爱情的伟大力量，在于它是对生命的一种自由选择，也是对自我情感的一种认同。在青春的生命里，这种力量表现得尤其突出，甚至有人甘愿为爱情放弃生命。宁肯选择毁灭，也不愿意屈从，如前几回的金哥与守备的儿子。这正是青春之所以让人怀念，让人赞叹的真正原因吧！

有一天，我在听一堂心理学的讲座，老师特别提出一个成长心理学的问题：为什么我们往往对初恋念念不忘？老师从人对自我的认知、对社会人际关系的理解，人的生理特点，以及人的情感几个方面做了深入的讲解。但给我印象最深的是，他讲到初恋是人对异性情感的第一次自我醒悟，是青春时期对情感探索的一种尝试。他还特别讲到《红楼梦》这一回，说大观园的春天，开启了一群孩子的青春幽梦，就像初恋一样，情窦初开，那种生命的初始萌动，怎能让人轻易就能忘却呢！

幽梦是什么？幽，有一种孤独的深沉感，很难寻找，无法捉摸，但它似乎又确确实实存在着；梦，时光之中不断往返的东西，过去的，未来的，像一种意念一样，瞬间在头脑里反映出来，好似预示着什么。所以，青春就是一个爱做梦、爱发幽情的生命阶段。

（二）

这一回主要围绕大观园的事情做文章。开篇第一件事讲到大观园里的管理，元妃省亲后，念及贾府众姐妹兄弟对大观园的题咏，觉得这是一种非常有趣的文化活动，所以才交代贾政把那些题咏刻字立碑，以为千古风流雅事。这里作者对立碑勒石用了一个术语叫“烫蜡钉朱”——指在事先准备好的石头上涂上蜡，在蜡上刻字，用红色染料或涂料给文字涂上颜色和边界，最后可以按红色的印迹刻字。

因此，大观园里一下子又有些事情出来了。这就像现代企业一样，一旦有大事出现，必然就会有人事调动派遣，所以来找凤姐和贾琏求帮忙的人就特别多。

正好这日园里的小道士和小和尚要打发到家庙里去，贾府其他一族贾芹的母亲便来求凤姐，给贾芹一个差事做。所以凤姐在内心里便把这事交代给了贾芹。可贾琏却想把这事给贾芸，于是在吃饭的时候，夫妻之间关于安排小道士和小和尚的差事，有一段精彩的对话：

此时凤姐一把拉住笑道：“你先站住，听我说话：要是别的事，我不管；要是为了和尚小道士们的事，好歹你依着我这么着。”如此这般，教了一套话，贾琏摇头笑道：“我不管！有本事你说去。”凤姐听说，把头一梗，把筷子一放，腮上带笑不笑地瞅着贾琏道：“你是真话，还是玩话儿？”贾琏笑道：“西廊下五嫂子的儿子芸儿求我两三遭，要件事管管，我应了，叫他等着。好容易出来这件事，你又夺了去！”凤姐儿笑道：“你放心，园子东北角上，娘娘说了，还叫多多的种松柏树，楼底下还种些花草儿，等这件事出来，我包管叫芸儿管这工程就是了。”

这让我联想到企业管理的用人问题。优秀的企业中，人事起用、升迁、调离都应该进行相应的考核，进行岗位的评估，根据岗位要求科学地进行人事调动。而王熙凤和贾琏在吃饭之间就决定了贾府里一个职位，却没有思考这样的职位是不是贾府里必需的，或者人力成本是否可控，所以这看似是一件小事，却是贾府管理的一大漏洞。王熙凤很有才华，却也有性格的缺陷，她喜欢专权谋利，喜欢听人吹捧，所以贾府的败落，她有不可推卸的责任。

而贾琏明面上是管理贾府的人，其实是一个软弱无能的纨绔子弟，这让

他在凤姐面前显得毫无抵抗的力量。作者写凤姐的笑，是一种威严，她的笑里藏着无数的小心眼。当贾琏还想反驳时——

凤姐听说，把头一梗，把筷子一放，腮上带笑不笑的瞅着贾琏。

这种无声的表情，一定让贾琏感到害怕。

所以这一段精彩的描述，为后文的情节埋下许多伏笔。就这样，贾芹很顺利地得了这个差事。凤姐又做情，先支了三个月费用给他：

白花花三百两。贾芹随手拈了一块与掌秤的人，叫他们“喝了茶罢”。

作者用“白花花三百两”的字眼和贾芹的“随手”等，此并非闲笔。古人说钱财不可露白，贪婪的人见钱眼睛就会发光，所以白花花的银两，岂不是说“此地无银三百两”？那是一种诱惑，也是一种权力的象征物。作者没有告诉我们这些钱全用在哪里，有没有监管，可见大部分的银两最终会落入私人的腰包，这也暗中点明贾府管理的某些不当之处。

（三）

我们回过头来再说到大观园的事：

如今且说那元妃在宫中编次《大观园题咏》，忽然想起那园中的景致，自从幸过之后，贾政必定敬谨封锁，不叫人进去，岂不辜负此园？况家中现有几个能诗会赋的姊妹们，何不命她们进去居住，也不使佳人落魄，花柳无颜。却又想宝玉自幼在姊妹丛中长大，不比别的兄弟，若不命他进去，又怕冷落了他，恐贾母王夫人心上不喜，须得也命他进去居住方妥。

这段话延伸到大观园的第二件事。首先讲讲大观园的主权问题。表面看这园子是贾府的地盘，但却是为元妃省亲而修，好比皇帝的行宫，主权应该属贾元春所有，所以她有对大观园处置的权力。

她不希望大观园就这样空着，那园里的花花草草、亭台楼阁、流水山石，是一种生命。贾元春十几岁进入皇宫，过早地失去了生命应经历的美好时光，她不希望兄弟姐妹的青春像她一样，变得晦暗和荒凉，她要让这些兄弟姐妹搬去大观园，远离一些世俗的东西。所以元春的行为，既解放了贾宝玉他们的青春，又对自己的青春作了祭奠。大观园因为贾宝玉他们的入住，就真正成了一座青春的乐园。

这件事对贾宝玉来说，是一件天大的喜事。他从父母那里出来，就急着问黛玉要住哪一处：

宝玉便问她："你住在那一处好？"黛玉正盘算着这事，忽见宝玉一问，便笑道："我心里想着潇湘馆好。我爱那几竿竹子，隐着一道曲栏，比别处幽静些。"宝玉听了，拍手笑道："合了我的主意了！我也要叫你那里住。我就住怡红院。咱们两个又近，又都清幽。"

我不知道这里贾宝玉与黛玉聊的是不是同一种感受。黛玉说潇湘馆幽静，他却说怡红院清幽。大家看完整部《红楼梦》，觉得怡红院清幽吗？前面写大观园落成后，贾政带着贾宝玉一行去参观大观园时，对怡红院里作了细致的描述：有红的海棠，有红的桃花，还有绿的芭蕉，所以才叫怡红快绿。也就是说怡红院应该是大观院里颜色最丰富、最热闹的地方，怎么能谈上清幽呢？在这里唯一的解释就是贾宝玉是为了与黛玉挨得近一些，故意这样说的。

而林黛玉说的幽静，正是她生命的状态。竹子，有节、笔直而中空，有一种孤傲的气质。而林黛玉的生命正是孤独的，这种孤独不需要太多的人去理解，所以她选择的是真正的幽静之处。

作者费尽心思地安排不同的住处给每一个人，是带有目的的。每一个人的生命状态和品性，在自己所选择的居住地都一一体现出来。而宝玉选择与黛玉挨在一起，正告诉我们：青春的幽静里，有一种孤独，也更需要一些私密的空间。

这让我想起自己的女儿小婕妤，我女儿现在已经十五岁了，在我们大人面前时常是沉默寡言，不苟言笑的，然而一旦到了学校里，见了同学，就像变了一个人一样：不仅爱笑爱跳，而且话题也特别地多。后来我才明白，每一个处于青春期的孩子，都有自己的私密，都有不希望大人知道的心理活动，而这样的状态，正是我们现在所说的青春叛逆期。

（四）

正因为此，我们就不难理解贾宝玉接下来写的四首即事诗及看禁书的行为了。因为青春里既有一种成人认为的叛逆，同时更多的有一种生命的自我认知和领悟。

当现实的人们离青春越来越远的时候，特别越来越多地接触世俗的东西后，就会对青春期孩子的表现带着一种批判的态度。可是大家想想，我们也有过青春，我们曾经也为某个异性写过朦胧诗，也背着父母师长偷偷地看过言情小说……这些不过是生命的一个历程，一个阶段而已。

在对待青春期的孩子而言，我们应该正确地引导，只要不是邪门歪道的东西，让孩子过早地接触一些，未尝不是一件好事。所以在贾宝玉偷读《西厢记》的时候，作者描写得相当的美，把一幅唯美的画面展现在读者面前：

那日正当三月中浣，早饭后，宝玉携了一套《会真记》，走到沁芳闸桥那边的桃花底下一块石头上坐着，展开《会真记》，从头细看。正看到“落红成阵”，只见一阵风过，树上桃花吹下一大斗来，落得满身满书皆是花瓣。宝玉要抖将下来，恐怕脚步践踏了，只得兜了那花瓣儿，来至池边，抖在池内。那花瓣儿浮在水面，飘飘荡荡，竟流出沁芳闸去了。

多么美的画面啊！三月的春天，正是万物萌动的季节，一个俊美的男孩子坐在桃花树下看关于青春的书，桃花落在书上、身上，一片粉色，一阵红的烟霞，似云雾一般。这不正是青春的一种朦胧美吗！作者倾注这样的笔墨，不正是要极力赞美青春的美好么！

青春年少对花的珍惜，是受了《西厢记》少男少女与命运对抗的启发，让贾宝玉萌动了一种对生命怜爱的情感。这样的情感使一个男孩子的性格变得柔弱和温暖。

所以当林黛玉出现时，他立即向她建议把花瓣收拢，全部丢在流水里去。有时候我读到这里不免产生对青春流失的一种想法：贾宝玉说把花瓣抛进流水里，其实也是说青春像流水一样，随着时间的流逝，将流到它应该去的地方。

而林黛玉却不这样认为：

黛玉道：“撂在水里不好，你看这里的水干净，只是一流出去，有人家的地方儿什么没有？仍旧把花糟蹋了。那犄角儿上我有一个花冢，如今把他扫了，装在这绢袋里，埋在那里，日久随土化了，岂不干净？”

黛玉说花随水流而去，不知漂向哪里。如生命之无根，不如把它们葬在土地里：生命来源于土地，又归于土地。这似乎在说她自己的生命一样——自己无父无母，寄人篱下，像漂泊在水中的花瓣，所以她希望生命留在那块洁净的土地里，而不希望随流水四处漂泊。

同样，黛玉的行为或许也告诉我们：青春需要保持洁净。所以林黛玉的性格孤高自许，不让人轻易接近，她这里讲的“干净”，也许正是她希望追求的一种生命纯度。

她对落花的理解比贾宝玉更深刻、更细腻，是因为她的人生经历不同，她看到了生命孤独和无助。

所以，当她与贾宝玉一起读过《西厢记》后，她意识到生命是短暂的，青春更像一场幽梦，不可捉摸，也无法挽留。她从梨香院过，听见了大观园里小戏子们正在唱《牡丹亭》里的句子。

在她看来，生命的姹紫嫣红，最后都交与了断井残垣。良辰美景的热闹，似乎不属于自己，那只会让人看到生命的荒凉和寂灭。由此产生了一系列的联想：

从自己如花一般的青春年华，想到岁月流逝后铅华尽毕；青春的生命如春天的花一样美好，可谁又来珍惜这样的美好生命呢？一个年轻的女子，沉浸在对青春的感叹中，第一次对生命有了一种全新的认识。

只是这种认识，在未完全领略人生经历时，是不太明白的。在生命的长河里，人们容易记住青春，也更容易忘记青春，所以每每读到这里，我常常掩书长叹：如果生命能再给我一次青春，我一定把那场幽梦做得更久，更加甜蜜！

2021 年 10 月 2 日凌晨于金犀庭苑

二十四、一个小人物的谋生之路

（一）

在这一回里我们要认识两个在贾府里身份和地位都低下的人。或许他们在整部小说里，不算什么重要的人物，但作者却给了他们一个正面的镜头，客观地再现了这些小人物的命运。他们对社会不公的抗争，以及为了自己的理想，努力地去改变自己适应这个社会，这是很励志的故事。这部小说的伟大之一就在于作者通过对不同身份、不同阶级的人的生活状态的描写，来反映当时社会的真实面貌与多变的人性。而小说这一回写两个小人物的故事，似乎也告诉我们：人在面临困境和复杂的社会条件下，应该做出怎样的选择。

作者在这一回里写到贾芸，以及后面提到的小红，他们都有一个共同的特点——为了实现自己的人生目标，不断地改变自己，想方设法地适应外在的环境。虽然他们在《红楼梦》里只算小人物，但他们有一种永不放弃的坚守和毅力，有一种与命运抗争的智慧。作者这样丰富地着墨，不惜用几回内容来展现他们，或许从他们身上来揭示一些更深层的社会现象，以及人与社会如何相适应的人生道理。

（二）

那日贾宝玉与林黛玉在桃花树下偷读过《会真记》回来，正巧鸳鸯过来传贾母的话，说贾赦身体不好，叫贾宝玉去向他请安问好。于是作者趁袭人帮贾宝玉换衣服之际，透过他的眼睛，有一段对鸳鸯的描写，实在是绝妙有趣：

> 回头见鸳鸯穿着红绫子袄儿，青缎子坎肩儿，下面露着玉色绸袜，大红绣鞋，向那边低着头看针线，脖子上围着紫绸绢子。宝玉便把脸凑在脖颈上，闻那香气，不住用手摩挲：其白腻不在袭人以下。便猴上身去，涎着脸笑道：“好姐姐，把你嘴上的胭脂赏我吃了罢！”一面说，一面扭股糖似的粘在身上。

第一次读这本小说的人读到这里，仿佛觉得这是飞来之笔，既显得突兀，又感觉莫名其妙：明明写宝玉换衣服去见贾赦，却又转笔写到鸳鸯的外貌。而这样的外貌描写却又细细地写了女人的色与香，似乎有一种情欲的诱惑——让人产生欲望，看到一种男人的性冲动，有一种雄性的力量马上就要爆发出来的感觉。

结果贾宝玉却猴上去要吃鸳鸯嘴上的胭脂，这却又让人大跌眼镜。作者这样写并不是闲着无事，贾宝玉马上要去问安的人是贾赦。这个荣府里的大老爷，是一个欲望极强的人。他后来向贾母讨要鸳鸯，带着逼迫的口气，使得鸳鸯发誓宁肯死去也不愿意嫁他做小老婆。所以作者这里着笔于鸳鸯，意在伏下贾赦为什么会垂涎鸳鸯的原因。

有时候女人的美，对于重欲望的男人来说，就是一种折磨。所以小说在这里说贾赦偶感风寒，有一点小恙，鬼知道这个小病里，是不是藏着些见不得人的秘密呢。

言归正传，却说好一会儿贾宝玉才把衣服换了，进贾母房领过命，方才出门，就见一个人上前向他请安：

宝玉看时，只见这人生得容长脸儿，长挑身材，年纪只有十八九岁，其实斯文清秀。虽然面善，却想不起是那一房的，叫什么名字。

从这里可见贾芸在贾府里的地位何其之微，贾宝玉居然不知道他的名字，也不知道他是哪一房的。后来还是贾琏看出贾宝玉的尴尬，说那是贾芸。从贾芸的外貌可以看出，其实贾芸算一个瘦瘦高高的小帅哥。所以贾宝玉后来才说：

“你倒比先越发出挑了，倒象我的儿子。”

从字面意思看，好似贾宝玉在占贾芸的便宜。因为贾琏马上说贾芸比贾宝玉还大五六岁呢，不能这样说。其实贾宝玉并非是贾琏想象的那样，他这样脱口而出，一定对贾芸有所喜欢。要知道青春少年的眼睛里，对于外貌俊美的人，都带有倾慕的情感，如贾宝玉对秦钟。只不过贾琏看到的是一种世俗的礼节，而贾宝玉看到的是生命的美好。

倒是贾芸十分机灵，很会顺着杆子爬。

原来这贾芸最伶俐乖巧，听宝玉说“象他的儿子”，便笑道：“俗话说得好，‘摇车儿里的爷爷，拄拐儿的孙子’，虽然年纪大，‘山高遮不住太阳’——自从我父亲死了，这几年也没人照管，宝叔要不嫌侄儿蠢，认作儿子，也是侄儿的造化了。”

在贾府中，贾芸的地位非常卑微，为了在贾府里获得职务，他不得不委屈自己，不得不学会圆滑与乖巧。但从人性的角度出发，没有哪个人甘愿委曲求全地生活着，所以这对贾芸来说，是一种心灵的伤害。这种伤害，是社会地位和财富的多少带来的，这里与其说他是对贾宝玉的奉承，不如说是对财富和地位的跪拜，所以贾芸在贾府里一出场，就带着欲望与目的。

他此次跟随贾琏进荣府，就是来打听他的工作是否有了着落。然而贾琏却轻描淡写地告诉他前些日子本来有一个工作可以给他的，无奈王熙凤做主给了贾芹。贾琏虽是淡淡一说，毫不在意，这在贾芸听来，却大有道理——贾芸的聪明在这里体现了出来，他认为贾琏不可靠，要想在贾府里谋得事做，还得去求王熙凤。

（三）

在众人眼里，王熙凤是一个喜利好奉承的人，要想在她面前谋得工作，就得给她名与利的满足。所以贾芸立即就想到给王熙凤送礼这事上来。然而自己又没钱，怎么办呢？

这时候他想到自己开香料铺的舅舅卜世仁，他想从舅舅那里赊些名贵香料贿赂凤姐。他的这个舅舅却也很奇特，叫卜世仁，谐音可以叫“不是人”或者“不施人”。这常常让我想起戏曲《白毛女》里的那个大财主黄世仁。那些没有人性的温暖，只有贪财好利的嘴脸和阴险狡诈的人，是不是都可以取名为“世仁”？不得而知。

你看这个卜世仁，不但不赊香料给自己的亲侄儿，还有板有眼地数落了人家一顿，说贾芸自己毫无出息，才落得这样的下场。更有趣的是，卜世仁表面要留贾芸吃饭，而他老婆一面客气，一面说自己家里穷得连一粒米都没有，还像模像样地打发自己的女儿去邻居家借米——这不是公然地告诉贾芸：

我们家不欢迎你这个穷亲戚！

可以想想，一个年纪轻轻的小男孩，本来就已经非常失落，又受到亲舅舅和舅妈这样的冷眼，世态的炎凉和人情的冷漠在这个少年心里烙下怎样的印迹呢？

我想起多年前二弟给我讲的一件事。当时二弟去南方打工已经有四五年了，回家来仍然身无分文，村里人大都冷眼相向。正好春节去村上一家开粮食加工铺的小贩那里打米（把谷子碾成米），那老板本是村里非常熟悉的人，也有一些家底。那时他正坐在自家门口与邻居闲聊，一看是二弟担着谷子去了，一边聊天一边乜着眼说：“忙什么忙！没看我在聊天，没空给你打米！”

二弟后来告诉我，那时候他觉得这村里人没有一点温暖可言——人情世故里，都是势利的嘴脸。自那以后，二弟非常刻苦，他把自己受的冷漠变成了动力，所以直到现在，二弟都表现出一种超越自我的顽强。

有许多人，在受到世间冷暖寒凉的打击后，会一蹶不振，而也有很多人，会因此变得更加顽强和有毅力。

所以当贾芸这一天工作没寻到，在舅舅那里不但没获得香料，还受一顿奚落后，他内心一定憋着一肚子的气。他饿着肚皮，低着头，一个人孤独无助地走在大街上——人世间有谁能体会一个少年的迷茫和无助呢？我想自这一次后，贾芸从人间的冷漠和残酷中学会了顽强和世故，他思考着自己的将来何去何从，感叹命运的无定……

且说贾芸赌气离了舅舅家门，一径回家，心下正自烦恼，一边想，一边走，低着头，不想一头就碰在一个醉汉身上，把贾芸一把拉住，骂道：“你瞎了眼？碰起我来了！”

贾芸碰到的人是自己的一个邻居，这个邻居叫倪二，是一个无赖泼皮，在赌博场放高利贷，爱喝酒打架。用时下的话说，就是一个二流子，地痞流氓。这样的人，一般的普通人是不会招惹他的，也不会与他扯上什么关系。

然而无巧不成书，失落的贾芸正好遇见了醉酒的倪二。贾芸遇倪二，算是贾芸人生转折的一个起点。正应了一句话：“老天给你闭了一扇门，却又给你开了一扇窗。”那平日里看来不可招惹的倪二不但没有打贾芸，听了贾芸的苦衷之后，居然侠义地借给贾芸十五两银子，而且不收利息。

可以想想，一个放高利贷的人，本来是靠收利息过日子的，却为贾芸如

此慷慨，这让贾芸既惊喜，又矛盾。

贾芸心下自思：“倪二素日虽然是泼皮，却也因人而施，颇有义侠之名。若今日不领他这情，怕他臊了，反为不美。不如用了他的，改日加倍还他就是了。”因笑道：“老二，你果然是个好汉！既蒙高情，怎敢不领！回家就照例写了文约送过来。”

倪二对贾芸的仗义，一方面说明人性的复杂多变，另一方面用倪二对比卜世仁一家的势利与冷漠。很多时候，亲戚还不如邻居，我们老家人常说一句话：“远亲不如近邻。”讲的就是人情社会里，人与人之间应该建立一种和谐的关系，不能仅停留在金钱的利益之上，这样只会让社会变得越来越冷酷，失去人情味儿。

此时贾芸一定也感到倪二侠义的温暖，他也懂江湖的规矩，他给倪二写欠条文约，这一方面体现他做人的真诚，二是感受到人的关怀后，一种自觉的领悟。也许人世间的事情，可以用良知呼唤人性的温暖，用热情和仗义赢得相互的信任。

贾芸是一个聪明和富于心机的人，他在贫困的家庭中长大，更多更早地接触到社会底层的各个方面。在这里作者借贾芸的故事，让读者看到社会的美与丑，也体会到社会的温暖。也许人生往往就是这样的——你经历得越多，你会变得越坚强，也更容易成熟，在未来面对社会上的人和事时，就会更圆滑和机巧。

作者写贾芸遇倪二，与《水浒传》中杨志卖刀遇泼皮牛二一样，都是落魄失意之人遇见了无赖，而作者却反《水浒传》的写法，用正笔写了倪二，使人物的性格产生了前后不同的对比，具有强烈的艺术震撼力。

（四）

当贾芸拿着倪二借给他的钱，买来香料的时候，他就谋划着怎样把香料自然地送到王熙凤那里，而且不能让她看出自己明显的目的。也就是说，既要让王熙凤产生好感，留下好的印象，又不能显得过于卑微。

因此贾芸第二日便来见凤姐，编制了一个完整的故事，说一个朋友开香料铺，现在他家捐了官准备上任，把香料铺闭了，送给他些冰片、麝香之类名贵的东西，自己家里穷，用不上，因此他的母亲才叫他送来给凤姐。

“所以我得了这些冰片、麝香。我就和我母亲商量：贱卖了可惜；要送人也没有人家儿配使这些香料。因想到婶娘往年间还拿大包的银子买这些东西呢，别说今年贵妃宫中，就是这个端阳节所用，也一定比往常要加十几倍：所以拿来孝敬婶娘。”

贾芸给凤姐讲的故事中有两点特别值得推敲。一是说那香料是朋友送的，并非自己花钱买的，也就是说，我送礼品来，不是带着目的性的。二是，这些东西只有荣府的人才配使用，因为王熙凤身份地位高贵，更值得拥有。

贾芸的这些话既说得自然，又相当圆滑世故。人情送礼，拉拢关系，既不刻意，也不随意。让送礼的人既送得自然，又让收礼的人收得合情合理。

所以凤姐听了笑一笑，便自然叫丰儿收下，送往平儿那里。但只字不提要派给贾芸活计的事。

凤姐见问，便要告诉给他事情管的话，一想，又恐他看轻了，只说得了这点香料，便许他管事了。因且把派他种花木的事，一字不提，随口说了几句淡话，便往贾母屋里去了。

凤姐是何种人，一眼便看出了贾芸的目的。她不急着承诺什么，一是彰显自己的境界，不能让人看出自己是多么重利的一个人，所以暂时不提贾芸工作的事，这也许就是一种处世手段。

当然贾芸也不能直接提出这事，也只得回去等。他心里不确定自己的工作是否能有着落，但却也不放弃任何机会。所以当他从凤姐处回来的时候，他就突然想到了贾宝玉，因为头一天贾宝玉请他去怡红院坐坐。

然而此时宝玉不在，他只好在怡红院等。正此时，出现了他生命中的一个重要人物：

贾芸往外瞧时，是一个十五六岁的丫头，生得倒甚齐整，两只眼儿水水灵灵的，见了贾芸，抽身要躲……

贾芸第一次见小红，最吸引他的地方是“眼儿水水灵灵的”。这也说明

两个青春少年面对面互相看着对方，而且小红的相貌甚是齐整，贾芸的外貌可以吸引贾宝玉，也一定吸引着小红——这是不是有一种情感在二人心里生根发芽了？

小红水灵灵的眼睛，像是在说话，给了贾芸心动的感觉。而贾芸的形态，也一定留存在小红的心里。所以当她知道面前这个人是贾芸时，便“下死眼把贾芸钉了两眼”。而贾芸离开怡红院的时候，口里说话，眼睛却瞧那小红还站在那里。贾芸与小红，算不算一见钟情？不得而知。两个生活在底层的年轻人，想在贾府中有所作为，心机和兴趣应该有相投的地方，所以这一眼见了，似乎就有一种默契。

（五）

那贾芸给了凤姐香料，自然有所企图。所以第二天一大早，贾芸便在荣府大门前等待，他期盼一个结果，此正所谓无利不起早。这个除了他自己明白，凤姐也自然猜个八九不离十。所以人世间的人情交往中，忽然给你送礼的，并非一定是真正的朋友，却是有求于你的人，而这种人往往目标明确，图的是个人利益的达成，事后是否记得你的情谊，就另当别论了。

看贾芸在王熙凤面前的可怜和低三下四，那是他被形势所逼。贾芸的人生经过这几次折磨，他一定把人世间看得更加透彻，从此生命也许就完成了脱胎换骨的转变。

他虽然从凤姐那里达到了自己的目的，也谋得了事做。然而他的内心一定有一种恨，灵魂并非向善良转变。可以想象生活在社会底层的人的艰辛与痛苦，会给身心造成怎样的影响！作者客观地在读者面前展现了贾芸这样一个小人物，给予了卑微者更多的怜悯和关心，其目的也许要告诉我们：

《红楼梦》正是在这些地方写了人性的真实，揭示社会的通病：它呼吁应该给予底层人更多的关心与体贴，让社会更趋于和谐，让财富分配更加公平。

这也许正是这部小说的社会价值之一吧。

2021 年 10 月 17 日于金犀庭苑

二十五、卑微者的报复

（一）

接着二十四回的故事，间接地写到贾宝玉房里丫鬟们的斗争。我们读《红楼梦》，处处都可以看到贾府里下人及丫鬟的等级与差异：一是每个月月薪的多寡；二是他们工作的内容；三是在贾府里的空间位置。

那些月薪越少的下人，肯定地位越低；工作内容越简单或者越粗糙越繁重的下人，相对来说地位就会更低。所以人类社会自古以来就有一种现象：往往那些做又苦、又累、又脏工作的人，所获得的收入越低，获得社会的认可度也会越低。这是值得深思的问题。

那空间位置是什么呢？我们再回过头去看看林黛玉刚至贾府的那一回：林黛玉坐在轿子里，进了几道门，每一道门的交接，就会更换不同的下人抬轿子，而住在最后一道门里的才是贾府的主人。也就是说，贾府的深宅大院里，每一层墙和每一道门，就是一种地位和禁忌的阶梯，不同地位的下人，只能在不同的门外。而对贾府里的丫鬟们来说，门，象征着权力地位的等级，越进里面的门，等级越高。

所以贾宝玉的房间里，下等丫头和一般的老妈妈们是不得进入的。

而正好这一天，贾宝玉独自一个人在屋里，偏偏要喝茶了，一连叫了好几声，除了两三个老婆子，就没年轻的丫鬟响应，所以他只得自己去倒茶，此时背后却走出一个人来说道：

“二爷，看烫了手，等我倒罢。”一面说，一面走来接了碗去。宝玉倒唬了一跳，问：“你在那里来着？忽然来了，唬了我一跳！”那丫头一面递茶，一面笑着回道：“我在后院子里，才从里间的后门进来，难道二爷没听见脚步响？”

小红见贾宝玉的情景，似乎是一种偶然。但她从背后走进来，又是从容

地倒茶和笑答，可以看出小红想见贾宝玉已经蓄谋已久。贾宝玉是大观园里唯一的男孩子，却又是贾元妃亲自安排他进大观园的，享受尊贵的待遇。二则他又是贾母的心肝宝贝，在大观园里的地位独一无二。所以在贾府里的丫鬟们看来，能够侍候贾宝玉，就可以提升自己的身份与地位。

那么如何获得贾宝玉的好感，或者待在贾宝玉身边，是大多数丫鬟的理想。然而，大观园里也只有一个宝玉，不能提供更多的岗位给她们，所以争取上位的斗争便时常在丫鬟们之间上演。

所以当秋纹碧痕看见小红一个人在宝玉房中时，就不自在了。

秋纹兜脸啐了一口道："没脸面的下流东西！正经叫你催水去，你说有事，倒叫我们去，你可抢这个巧宗儿！一里一里的，这不上来了吗？难道我们倒跟不上你吗？你也拿镜子照照，配递茶递水不配？"

秋纹与碧痕对小红的态度，正是丫头们内斗的一个典型例子。这不是奇怪的事，是人与人之间利益和人性自私的一种表现。这些丫鬟其实都是社会的小人物。而往往身份越卑微的人，就越是为了一点小小的利益发生争斗，因为他们在社会上享受更少的利益，所得的不易使他们对机会和利益更加在意，所以得紧紧地抓住机会，把竞争者狠狠地挤压下去。

更恐怖的是，卑微者对卑微者的攻击会更加无情和残酷。正如鲁迅先生写阿Q欺辱小尼姑一样，同样处于社会底层的人，为何如此地对待同等命运的人呢？或许作者要告诉我们一个社会现象：斗争是人性之恶的显现，然而卑微者的斗争就更加激烈。

当然小红受了秋纹和碧痕的排挤，自然心里不高兴。但却无可奈何。她本是下人的孩子，很难靠一己之力改变命运，然而骨子里却又有一种不服输的勇气，她努力想改变自己，所以她有一个梦想——一种现实与情感纠葛的梦。

当那道门槛把她的梦绊醒后，青春年少的烦恼才刚刚开始——一是来自生存的烦恼；二是成长过程情感的烦恼。有时候情感的折磨在于：你怀念一个人，却又往往见不到，只留下一片空落落的心绪。

但作为读者，我相信生命的执着与坚持，总会给人带来美好的结局，所以我祝福着这个卑微的丫头。

（二）

只是不值得祝福的是另外的卑微者。

作为贾宝玉同父异母的弟弟贾环和他的母亲赵姨娘，一直也是众多读者心中感到不自在的人物。

书上说有一次王子腾夫人寿诞，王熙凤带着贾宝玉去赴宴回来，因喝了酒，王夫人命宝玉在自己房中休息一会儿。此时贾环正在王夫人房中抄写经文，由丫鬟彩霞陪着：

王夫人正过薛姨妈院里坐着，见贾环下了学，命他去抄《金刚经》唪诵。那贾环便来到王夫人炕上坐着，命人点了蜡烛，拿腔作势的抄写。一时又叫彩云倒盅茶来，一时又叫玉钏剪蜡花，又说金钏挡了灯亮儿，众丫头们素日厌恶他，都不答理。

一个连丫鬟和下人都看不起的卑微者，他的内心会有一种被压抑的情绪。而当他一旦感受到自己有一点地位时，就会格外地装腔作势来弥补曾受到的委屈，所以他的动作、声音、形态就会失常，这往往让人更加反感。

而贾环与赵姨娘生活在一起，每天听到的是唠叨和埋怨，没有接受正面和阳光的信息，就像阴暗中生长的植物一样，没有进行过光合作用，所以他的生命特征就显得苍白、羸弱和猥琐。长久下去，他就会产生忌妒、猜疑、憎恨等扭曲的变态心理。

所以当他看见贾宝玉在炕上与彩霞说笑时，他的憎恨和忌妒之情就爆发了。

二人正闹着，原来贾环听见了，——素日原恨宝玉，今见他和彩霞玩耍，心上越发按不下这口气。因一沉思，计上心来，故作失手，将那一盏油汪汪的蜡烛，向宝玉脸上只一推。只听宝玉“嗳哟”的一声，满屋里人都唬了一跳。

这里描写贾环的心理——“素日”说明他的恨藏在心里已经很久很久了，内心的扭曲没有得到排遣，一直积聚在心里，成了他心里邪恶的东西。所以他对贾宝玉的报复也是必然的事情，也是对长期所积怨恨的一种发泄。

这是卑微者的反抗。这种反抗带着破坏性和毁灭性。有时候我读到贾环

的行为时，就会想到孩子的心理辅导问题。一个孩子生活的环境对他后来性格的形成与心理健康有很大的关系。我们知道前面贾宝玉因为心里受了挫折，可以读庄子的《南华经》去排遣，可以从读佛经里得到领悟，这一定跟他平日里接受的教育有很大的关系。然而贾环没有这样的条件，没有人给予过他正确的人生引导，所以他的内心是狭隘和阴暗的。

人的狭隘和阴暗其实并不可怕，可怕的是人把这种狭隘与阴暗当成一种常态和自然的现象。在没有人指出他问题的根源所在，也没有人去进行过心理的疏导的时候，这样的心态更会使得卑微者的报复和反抗变本加厉。

当赵姨娘过来的时候，王夫人并没有给她解释的机会，反而生气大骂：

一句话提醒了王夫人，遂叫过赵姨娘来，骂道："养出这样黑心种子来，也不教训教训！几番几次我都不理论，你们一发得了意了！一发上来了！"那赵姨娘只得忍气吞声，也上去帮着他们替宝玉收拾，只见宝玉左边脸上起了一溜燎泡，幸而没伤眼睛。王夫人看了，又心疼，又怕贾母问时难以回答，急得又把赵姨娘骂一顿；又安慰宝玉；一面取了"败毒散"来敷上。宝玉说："有些疼，还不妨事。明日老太太问，只说我自己烫的就是了。"

为什么王夫人要大骂赵姨娘呢？大家可是别忘了，王夫人是天天念经诵佛的人啊！怎么可以这样对待赵姨娘？我想这里不仅仅是贾环烫伤了贾宝玉，王夫人因此心疼的原因。更重要的是赵姨娘是贾政的小妾，作为正室的王夫人来说，对姨娘有一种天然的恨，这是女人妒忌的心态在作怪。可以想象，身份卑微的赵姨娘，在这里再次受到侮辱，不仅要忍气吞声，还要将这种委屈合理化，她该承受多大的伤痛！

然而贾宝玉具有菩萨心肠，他怕赵姨娘再受贾母的斥责，主动说是自己烫伤的，从人性的善良上来说，宝玉比王夫人更有慈悲心。

但遗憾的是在这里贾环和赵姨娘却领悟不到贾宝玉的善良与担待，也许在他们忌恨的心里，贾宝玉的这种善良，正是一种假惺惺的怜悯之态，宝玉越是这样，他们的恨越是深重。

（三）

所以当马道婆出现在贾府，提出来可以算计一下王熙凤和贾宝玉的时候，赵姨娘不假思索地就采取了行动。

马道婆是什么人呢？就是一个江湖术士，靠迷信骗取钱财。当然，她也有自己的生存之道。当那些富贵人家对财富、生命、权利感到不安，又无可奈何时，就会求助于所谓的鬼神。而马道婆混迹于这些富贵人家，靠的就是骗他们心安的途径而生活的。她谋生的手段就是鼓动他们出资香油钱，她可以借机作法帮富贵人家消灾去难，所以马道婆的生活资源就来自那些富贵人家。

说白了，这些江湖术士的核心技能就是“骗”，他们的目的非常明确——一切为了钱财。

所以当马道婆看见宝玉受了伤后，她敏感地觉察到她赚钱的机会来了，她向贾母说：

“老祖宗，老菩萨，那里知道那佛经上说的厉害！大凡王公卿相人家的子弟，只一生长下来，暗里就有多少促狭鬼跟着他，得空儿就拧他一下，或掐他一下，或吃饭时打下他的饭碗来，或走着推他一跤，所以往往的那些大家子孙多有长不大的。”

我每次读到这一回，总感觉马道婆是一个优秀的销售人员。首先她善于发现商机，引导消费——她知道贾母心痛宝玉，故意编排出这一大段理由来，让贾母悬着的心更加焦虑。然后她借机推出自己的“产品”——可以在菩萨面前点长明灯，照亮人的生命之路。而且这个“产品”花费不高，贾府又是出得起的——就是只要一天舍得几斤香油钱，就可以保住贾宝玉一生的平安。贾母当然信了她的话，说给马道婆一日五斤香油，按月支付。

后来我算了一下，根据目前的市场价，五斤上好的香油应该值五十几块钱，那么一个月下来，贾府在马道婆那里支出的香油钱应该在一千五左右，除干打净，马道婆至少每月赚一千块钱。这对普通老百姓来说，可是一家人的生活费啊！但对贾府来说，却根本不算什么。

所以马道婆的生意经应该做得风生水起，生活也过得非常滋润。

然而这个老道婆贪心不足。当她去赵姨娘那里时，连一块破布都不放过。

更可恨的是，当她听完赵姨娘的苦衷和怨恨时，她突然又敏感地觉察到，又是一个商机。这个商机却是使用阴暗的手段，要致王熙凤与贾宝玉于死地。马道婆对贾母与对赵姨娘的行为，前后是矛盾的——从贾母那里获利是为了

贾宝玉的好，从赵姨娘那里获得利益却要致贾宝玉于死地。有时候想想马道婆的行为，完全只有商人的价值观，却毫无人性的温暖可言，与她这样的人谈事，只可谈钱，不得谈人情。现实中有许多的人，为了利益是没有人性的，所以有时候看清一个人，看他对钱财的态度就可以了。

这里也有一种对比，一是马道婆的精明，她能揣测人的心理，善于发现商机，会寻找一切可以利用的机会为自己获得利益。二是赵姨娘的糊涂，她为了整治王熙凤，甘愿上马道婆的当，没有银子，居然给马道婆写下欠条，她不知道事情总有败露的一天，那样她的下场将更加可悲。

有时候从赵姨娘的行为可以看到卑微者的智短。

为什么赵姨娘会受马道婆的蛊惑而甘愿写欠条呢？当人在无助和心灵空虚时，会失去信仰与理智，这便使那些江湖骗子有机可乘。这些江湖骗子的价值观里，其实只有钱财，没有人性的任何温暖。所以他们混迹江湖，满身都是世故圆滑和铜臭，甚至图财害命。

所以马道婆为了赵姨娘那点散碎银两，差点把王熙凤和贾宝玉害死，也就不足为怪了。

（四）

时间在不知不觉地流逝，贾府上下，除了赵姨娘外，都不知道王熙凤与贾宝玉的疯病来自哪里。

我曾在一本书里读到有人对《红楼梦》这一回结尾的解读：说此一处与本回关系不甚紧密，然却是全书的一大关节。这个关节在哪里呢？

大家都知道本书大体讲情，讲生命的领悟。而此时王熙凤与贾宝玉生了重病，眼看就要归西而去，就连棺材都准备好了。正在贾府人束手无策的时候，突然来了一僧一道。他们自称专门来医治凤姐和贾宝玉疯病的，而且不用药方，药便是那块通灵宝玉。

这里有两段关于通灵宝玉的诗词，值得说明：

天不拘兮地不羁，心头无喜亦无悲；只因锻炼通灵后，便向人间惹是非。

生命本是无拘无束、自由自在地存于天地之间；也无所谓喜怒哀乐，它是自然界的一部分，是纯洁的、高尚的，只是在这人世间经历了人情世故、生离死别、爱恨情仇之后，生命的原态发生了变化，对人世间的是是非非、儿女情长产生了眷恋之情；对人间的富贵荣华，有了贪欲之心。

粉渍脂痕污宝光，房栊日夜困鸳鸯；沉酣一梦终须醒，冤债偿清好散场。

而这块通灵的宝玉，正是在人间经历的过程中，被情和欲蒙上了污渍，但谁能知道，人世间的这些东西不过是一场梦呢。这里的散场，有许多种理解，也许是相聚后的分散；也许是生命的消失，如果把生命的过程看成一个梦，那么死亡则是从梦中觉醒。所以要保持清醒的头脑，看清这世间的一切，早早了却尘缘，回归原来的生命之初。

有一次我与一个儿科医生聊天，其间聊到小孩子的身体。她说每一个人刚出生的时候，是无尘而纯洁的，还带着一种淡淡的天然体香，后来人在成长的过程，经历吃喝、排泄、欲望，又经历过情感起起伏伏的变化，身体的原态就消失了，所以身上渐渐就带着一种异味了，依我的理解，这异味更多的是俗世间的各种污浊味。

现在再看本小说里的这两句诗，不正是讲生命过程的演变么。

也许作者在这一回表面上讲贾环和赵姨娘两个卑微者的报复行为，暗地里却指出了贾府里明争暗斗的凶险。但这何尝不是茫茫人生中经历的一件小事？

人要保持一颗童心，努力回归到生命之初的那种状态。因为童心纯洁，能见到事物的本质，就像童话故事《皇帝的新装》的结局：只有孩子才会说出真相，那些“聪明”的大人，其实已经被欲望和势利蒙住了心灵——生命中的那块宝玉，已经不再通灵了。

我想，有时候做一个天真纯朴的人，拥有一颗童心，努力活出生命最初的状态，或许才是人生的一种大智慧。

2021 年 10 月 24 日于金犀庭苑

二十六、人的社会地位限制了他的想象力

（一）

前一回写贾宝玉被烫伤，既而又被马道婆和赵姨娘算计得了失心疯病，贾府上下为了给他疗伤治病，可谓人人急切，个个紧张。

作者为了营造这种紧张的气氛，故意把情节描述得快速而热闹，仿佛读者也被带入其中，带着一颗急切的心，焦急地看着贾府里的夫人太太、下人丫鬟们一阵忙碌。

而此一回中，作者叙述方式突然转变，故意把情节放缓，从两个丫鬟的日常聊天开始，小说的气氛就从紧张转入到平静之中。有时候读一本好的小说，你会因小说的情节和结构安排而感悟：仿佛写小说与人生的经历如出一辙——平平淡淡，起起伏伏；冷冷清清又热热闹闹。

此回开篇说贾宝玉的病经历了三十三天后，不但身体强壮，就连脸上的疮痕也平复了。有一次我在给女儿小鲫鱼讲小说的这一回时，她突然问："为什么贾宝玉的病要'三十三日'这么准确的数字才好呢？"

这得让我们结合第二十五回的内容来谈一谈，那和尚对通灵宝玉进行一段颂祝之后，交还给贾政时说了这样一句话：

> "三十三日之后，包管好了。"

我在读中国传统小说或看影视剧中那些有道的高僧或神仙们说"包管这样""包管那样"，显得十分自信时就猜想：似乎生命的一切都在神与佛的掌握之中。

后来我查阅一些资料，比较普遍的认同是：三十三天是佛教上讲的凡界的欲望之天。佛经上讲：须弥山的正中央有一天，四方各有八天，共三十三天。在三十三天之上，正是离恨天。作者说经历这三十三天病就好了，似乎借佛家空间的天，来说明一段时间的过程。人在一段时间的修行中，经历了世间的爱恨后，已经染上了尘埃的浊病，就失去了本来的灵性；所以佛家讲需要通过这三十三天的静心领悟，才能找回生命的灵性。

“人之初，性本善”，然而在人生的经历过程中，常常因为名、利、权、色等欲望纠葛，使原本纯洁的人性变得暗淡无光，让善良的本性丢失。所以要回到人的本性，应时时反省——尘世不过一梦，及时领悟，才能达到至高的生命境界。

（二）

但无论怎么说，反正贾宝玉的病就这样莫名其妙地好了。他的病愈，除了那一僧一道的功劳外，还有为他担忧和守护的下人们。这其中就有贾芸，他带着家下小厮坐更看守，可谓尽心尽力。贾芸的聪明之处就在于，他虽然在贾府里没有什么后台，关系也不是很好，但他会主动找关系，巩固自己的背景，这样才可以在贾府里待得长久。

当然更重要的一个原因就是他在寻找一个人。找谁呢？就是那个曾经下死眼盯过他的女孩小红。他在花园里捡到一块手帕——我们不知道那手帕是不是小红故意弄丢让贾芸拾得的，而贾芸一定是知道那是贾宝玉房中的丫鬟丢的。所以在照顾贾宝玉的这些日子里，他有意无意地在众人面前拿出手帕来——

小红见贾芸手里拿着块绢子，倒象是自己从前掉的，待要问他，又不好问。

我们从前面二十四回中可以看出，小红对贾芸是有那么一层意思的，只恐没有机会与他搭上关系，正好自己的这一块手帕，不就是她与贾芸联系的信物么？但她却又苦恼：怎样才能捅破这层纸呢？

正在她烦闷时，小丫鬟佳蕙跑来了。她说自己得了林黛玉送给他的一些钱，自己年纪小，不善于保存，特来叫小红帮她收管好。——像这些十几岁的少年，她们相互之间的信任是最纯洁、最真挚的。当人们渐渐长大，经历过世间的许多事后，为了利益，人与人之间的信任就会降低，甚至为了私欲，可以出卖朋友。

佳蕙看小红神不守舍，闷闷的不高兴，就劝慰她回家休息一两天，或者吃点药，并对小红的状况表现出自己的担忧：

佳蕙道："你这也不是长法儿，又懒吃懒喝的，终久怎么样？"小红道："怕什么？还不如早些死了倒干净！"佳蕙道："好好儿的，怎么说这些话？"小红道："你那里知道我心里的事！"

佳蕙比小红年纪小，算来应该还只是一个小孩子，而小红已经处于青春发育期，所以佳蕙不懂小红得的是一种生命成长的相思病。这种病的显著特点不是身体里某个部位出了问题，而是心理和精神上对成长的一种不适感，有时候这种病是非理性的，比如爱，就希望爱得死去活来，可以为爱付出生命。

所以小红说，死了倒干净。似乎有一种对爱情的决绝，假如没有获得那种想要的爱，宁愿放弃生命，选择毁灭。她的话里似乎又有一种对命运的抗争，青春的生命是干净的，如果达不到那种想要的纯度，就算是死了，也罢了。

青春期的人对待事情，很容易走向极端。在这个年龄段的孩子认为生命的过程就是一个平滑的直线，没有交叉，纯净、单一。当他们遇到挫折时，突然觉得与自己理想的状态差距太远，心里的落差就很容易让他们选择用毁灭的态度来处理这些人生的困惑。

说到这里，不得不令我们想到：当我们的孩子沉默不语的时候，他们也许正面临青春的困扰，那时候更应该多给一点时间，或者多一点耐心，帮助他们化解成长的烦恼。

不过对一些有韧性的生命来说，也许挫折更能使他们坚强。人，只有坚强地面对生命中的困惑，才能最终实现自己的目标。

所以当小红去蘅芜院取笔，路过蜂腰桥时，终于实现了她想要达到的目的。

这里小红刚走至蜂腰桥门前，只见那边坠儿引着贾芸来了。那贾芸一面走，一面拿眼把小红一溜；那小红只装着和坠儿说话，也把眼去一溜贾芸：四目恰好相对。小红不觉把脸一红，一扭身往蘅芜院去了。

我想作者写这么一段，并非闲来之笔。两个"溜"字，已经写尽了在伦理社会下，两个年轻生命那种暗自相悦的情态，他们相互倾慕的心意已经通过这个眼神传达到位了。

尽管小说后来再没有写小红与贾芸的结局如何，但四目相对后，贾芸心里有了底，小红一颗悬着的心也就放下了……

（三）

小红为什么会在蜂腰桥遇见贾芸呢？是因为贾宝玉突然想起曾经叫贾芸来怡红院坐坐的事了。还记得二十四回里，贾宝玉要去向贾赦问安，在门口遇见贾芸，叫他改天有空到自己那里去坐坐的事吗？

虽然说者无意，然而听者有心。贾宝玉也许就是随便说说而已，但贾芸却把这事放在了心上。他一连几次去大观园，想拜访一下贾宝玉，然而贾宝玉不是外出，就是有事。

很多时候，当一个卑微的人遇见一个有身份和地位的人时，也许位高者不过是一种客套，其实大可不必放在心上。然而贾芸不行，他正面临人生的困扰，他要抓住在贾府里的任何一次机会。所以，他去拜访贾宝玉，或许能获得贾宝玉的好感，以后在贾府里，至少也有说话的机会。

小说里写贾芸来到宝玉的房间时，正眼都不敢看。从中可以读出他生命的卑微。所以他对贾宝玉讲话，语气除了尊敬外，更多的时候保持着一种机警。因为他对王熙凤给予他的那份工作十分珍惜，所以他用心机在贾府里生存着，生怕某一天由于自己的不小心丢掉自己的饭碗——因为不易获得，所以倍加珍惜。

那宝玉便和他说些没要紧的散话：又说谁家的戏子好，谁家的花园好，又告诉他谁家的丫头标致，谁家的酒席丰盛，又是谁家有奇货，又是谁家有异物。那贾芸口里只得顺着他说。说了一回，见宝玉有些懒懒的了，便起身告辞。

贾宝玉与贾芸的聊天特别有意思。首先贾芸一见贾宝玉，讲的是一些礼仪上常说的客套话。待贾芸坐定后，读者总以为二人便可以尽情地畅嗨，然而贾宝玉却仍然与贾芸说没要紧的散话。这些是什么散话呢？无非是贾宝玉在外面应酬的所见所闻而已。这本是日常公子哥儿们在一起常聊的话题，也许是当时上层社会富家公子流行的话语。然而贾芸却只得顺着贾宝玉说，也就是根本接不上话。当然没聊一会儿，贾宝玉失去了兴趣，贾芸也一定索然无味，所以只好起身告辞。我想以后贾宝玉再不会邀请贾芸来他房间闲聊了。

为什么会出现这样的情况呢？

贾宝玉与贾芸年纪相差不大，而且从前面我们知道贾芸相貌也不错，贾

宝玉内心一定是喜欢贾芸的。按常理，他们二人应该闲聊甚欢才对。

原来聊天一事，也就是我们平常所谓的交流。它至少得满足两个条件：一是说者会聊，听者会听，二是说者要给听者一个机会，听者要能接得住话题。这就好比对口相声，一个逗哏，一个捧哏，要不这话就讲不下去了。

贾宝玉不懂贾芸出身贫寒意味着什么。平日里为生计奔波，哪里像他公子哥一样，每天接触的富贵人家，交流的话题是上层社会的故事，闲时琴棋书画、赏花弄草……所以贾宝玉接触的人和事，贾芸几乎不曾接触过，哪里会有共同的话题呢。

作者在这里似乎要告诉我们：人与人因为在社会地位、学识、气质及见识方面相差太远的时候，根本不会有共同的语言，也不会在一件事上产生共鸣，这样的交流也只会产生一个结局：就是两个人都感觉很累。

人与人之间交往的深度，应该取决于双方的社会背景、文化程度和气质修养。很多时候，人的社会地位决定了人的想象力；人的文化程度决定了人的生命厚度；所以有时候贫穷不仅是物质上的，也是精神上的。

因此贾芸与贾宝玉的聊天，只能不欢而散。他依旧去寻找他手帕的主人，继续完成他人生的春梦；而贾宝玉也一样腻歪歪的不知所然。

（四）

每次读到这里写贾宝玉："意思懒懒的，歪在床上，似有朦胧之态。"就会让我产生一种叹惜：青春何其宝贵，生命怎能这样无聊地荒芜掉！

宝玉无精打彩，只得依他。晃出了房门，在回廊上调弄了一回雀儿，出至院外，顺着沁芳溪，看了一回金鱼。只见那边山坡上两只小鹿儿箭也似的跑来。宝玉不解何意，正自纳闷，只见贾兰在后面，拿着一张小弓儿赶来。一见宝玉在前，便站住了，笑道："二叔叔在家里呢，我只当出门去了呢。"宝玉道："你又淘气了。好好儿的，射他做什么？"贾兰笑道："这会子不念书，闲着做什么？所以演习演习骑射。"

这里有两种年轻生命的对比。宝玉的慵懒，正说明那些年少的生命里，总有些无聊的时间在不知不觉中流逝，却不知道青春的时光如金子般珍贵，而白白地让美好的时光在发呆和闲散中溜走。

接着又写贾兰读书趁闲时练习骑射。这里可能有两层意思：一是光阴似箭，如小鹿奔走，所以得好好把握时光；二是作为有志的男儿，应该文武双全，像贾兰一样，从小就有远大的志向。

我想作者写到此处，也许同样会有一种生命的感叹。如果贾宝玉是作者本人，待他写到此时，突然领悟到青春短暂，日月如梭，自己当年是如何浪费掉时间的。也许他那时应该放下手中的笔，抬头怅然一叹吧！同样的，作为读者，也许在这里会感叹时光易逝，深深怀念那些流金的岁月。尤其像我这样已到中年的人，看鬓角染霜，想过去的美好，掩书长思，不觉怆然，感触良多……

但在年轻的生命里，又有几人能知道这个道理呢！贾宝玉那时候不会知道，大观园里很多的年轻生命更不会知道。

所以当贾宝玉顺步来到林黛玉的房间外，听到的是同样的声音：

宝玉便将脸贴在纱窗上。看时，耳内忽听得细细的长叹了一声，道："每日家，情思睡昏昏！"宝玉听了，不觉心内痒将起来。再看时，只见黛玉在床上伸懒腰。

黛玉的"睡昏昏""伸懒腰"，岂不是跟前面贾宝玉一样的慵懒之态？只不过林黛玉有一种生命的孤高，所以她的情思里既包含着时光的感叹，又带着对生命美好却挽留不住的一种悲戚。

当晚上贾宝玉从薛蟠处回来，林黛玉来怡红院探望他时，被晴雯无意拒之门外之后，她的深情与孤兴被激发了出来。她那美丽动人的哭泣，惊花掠鸟，让人动容。

谁能理解她青春的生命里，怎会有那么多的惆怅和情思！谁又能明白那落花飘絮里，却是对人生与命运的哀怨，恰又是对青春的悼念呢！

让我们期待在下一回里，品读黛玉的《葬花词》，共同与她痛痛快快地为青春感叹一场吧！

2021 年 11 月 1 日于新都

二十七、一腔悲愤说不尽青春的无限愁思

（一）

在这一回中，出现了强烈的画面对比——从热烈缤纷的情境转入到低沉而悲愤的气氛之中。

在整回里，作者集中写了“红楼双艳”——薛宝钗在花园扑彩蝶的娇态，那优美的蝶姿，鲜艳的花朵，对比微胖的体态，构成了一种明丽的画面。二是林黛玉感叹生命的无常与短暂，春末夏初，桃谢李飞，落红遍地，一个娇弱的女子，坐在柳阴下，睹落花而悲戚，那种绿与红的颜色衬托出一种沉郁的气氛，似乎整个画面都变得凝重了。

本回最后以林黛玉泣吟《葬花词》收尾，旨在说明林黛玉的生命特征：她感叹花落之景，如美好的生命消失一般。她虽在贾府里不能控制自己的命运，却孤傲不屈，集中地体现了她对理想、爱情、幸福及自由的强烈追求与向往。

所以《红楼梦》里的这一回，很像一幅色彩变幻的画，作者用文字慢慢把画卷展开，初热烈明快，渐渐到沉重，从温暖到凄冷，好似生命从盛季到荒芜，最后画的落款正是那首悲怆的《葬花词》：“一朝春尽红颜老，花落人亡两不知。”写尽青春易逝的悲伤，提示物相的衰亡，所以这首惜花悲春的唱词，更像是对青春的悼念。

本回开篇接着上一回林黛玉去怡红院，吃了闭门羹，心里很不是滋味，闷闷地回到潇湘馆的场景——

那黛玉倚着床栏杆，两手抱着膝，眼睛含着泪，好似木雕泥塑的一般，直坐到二更多天，方才睡了。

很多时候，我在读到林黛玉多愁善感，常常为点小事发脾气又无端计较的时候就会思考：她如此爱生气，如此小心眼，现实中若真有这样的一个人，谁受得了啊？

林黛玉小时候父母相继亡故，失去了至亲至爱的亲情，所以她人生获得的爱与情感是不完美的。从心理学的观点来看，一个人从小失去了父母，没有获得完美的家庭情感，她的心理是不健全的。这样的人要么孤独怪癖；要么比常人坚强乐观。所以当林黛玉在第三回初到贾府时，看见贾府的深宅大院，气势恢宏，加上贾府规矩甚多，从中体会到门第权势的威严，阶级悬殊的落差，这让她感到一种压迫，陡生出寄人篱下的悲伤，所以随时随地，她都保持着一种机警。而在外人看来，这种机警的表现便是一种计较和小气。

再则，小说中林黛玉与贾宝玉有“木石前盟”的仙缘。从小说的整个情节来说，她是灵河岸边一棵仙草，她化为人形，就是来人间偿还情债的，所以她是因为情而生情。她还债的方式是流尽自己的眼泪。眼泪的苦涩，正说明了她被情感纠缠的痛苦和无助。她的生命就是为贾宝玉而生的，她所有的一切都是贾宝玉的。爱情是自私的，所以她处处计较贾宝玉对自己的态度与情感，就显得合情合理。

而小说这一回并没有接着写林黛玉的郁闷悲戚，却是转向另一个场面。脂评中常点出《红楼梦》的写作方法有：截法、岔法、突然法、伏线法等等，这里作者正用截法，把镜头转向另一个画面。

（二）

至次日，乃是四月二十六日，原来这日未时交芒种节。尚古风俗：凡交芒种节的这日，都要设摆各色礼物，祭奠花神，言芒种一过，便是夏日了，众花皆谢，花神退位，须要饯行。闺中更兴这件风俗，所以大观园中之人都早起来了。那些女孩子们，或用花瓣柳枝编成轿马的，或用绫锦纱罗叠成干旄旌幢的，都用彩线系了。每一棵树头，每一枝花上，都系了这些物事。满院里绣带飘飘，花枝招展，更兼这些人打扮得桃羞杏让，燕妒莺惭，一时也道不尽。

我从小生活在农村，跟随父母一起参加劳动，对芒种节十分熟悉。记得故乡有一句农谚：“芒种，芒种，忙收忙种。”芒种时节的农村，正是繁忙时节，收小麦，收油菜，种下谷子，所以农民称这为“双抢”，又叫“大战红五月”。

然而我却不知道芒种前后居然有一个送花神的节日。有时候读到这里，不得不佩服古人的风俗：送花神。或许是对一种美好生命的送别，或许是对

自然生命的一种尊重。至于中国的神话故事里，到底有没有花神，我没有深入研究，但作者笔下，一定是有花神的——那是《红楼梦》里众女子的神仙属位。

花，代表了一种鲜艳和亮丽的生命。世间之人，没有不爱花的。所以作者在这里写众人送花神的活动，一是体现着对花之凋零的不舍，二是喻示着生命的一种成熟，当生命走过了一个阶段后，很多东西就会消失。对于人来说，随着年龄的增加，烦恼就会越来越多，到了一定程度，甚至会把青春所经历的美好忘记得一干二净。

蒋勋老师说《红楼梦》是一本纪念青春的书。我想作者浓墨重彩地铺陈这样一个场景，除了渲染一种热闹和色彩丰富的气氛外，更重要的还有他自己对美好青春的回忆。

所以，大观园里所有的小姐丫鬟们都兴高采烈地出来了。却唯独不见林黛玉。她在干什么呢？

这时薛宝钗自告奋勇地说她要去闹她出来。当她刚接近潇湘馆时，突然看到贾宝玉进去了。

宝钗便站住，低头想了一想：“宝玉和黛玉是从小儿一处长大的，他兄妹间多有不避嫌疑之处，嘲笑不忌，喜怒无常；况且黛玉素多猜忌，好弄小性儿，此刻自己也跟进去，一则宝玉不便，二则黛玉嫌疑，倒是回来的妙。”想毕，抽身回来。

生活中往往有许多的巧合，巧合之中又有多少误会，有时候难以说得明白。只是这一小段薛宝钗的心理描写，似乎点出了她多么地体贴，做人多么地周全。她不想使宝玉难堪，也不想使林黛玉怀疑生气，所以薛宝钗做人的成功之处就在于：“使人感到舒服。”

然而作者何其用心在写这样的场景。大家千万别被他的这一段文字误导了，更别小看了薛宝钗的心机。

紧接着作者是怎样写出来的——

刚要寻别的姊妹去，忽见面前一双玉色蝴蝶，大如团扇，一上一下，迎风翩跹，十分有趣。宝钗意欲扑了来玩耍，遂向袖中取出扇子来，向草地下来扑；只见那一双蝴蝶，忽起忽落，来来往往，将欲过河去了。引得宝钗蹑手蹑脚地，一直跟到池边滴翠亭上，香汗淋漓，气喘吁吁。宝钗也无心扑了，刚欲回来，只听那亭边嘁嘁喳喳有人说话。

此一处描写，很有画面感，有鲜艳的花朵，绿色的草树，关键是有一对玉色的蝴蝶在花丛中翩翩而飞，引得一位美丽的女子在花与树之间追逐扑赶。好似一场嬉戏，却又是一个人心境的真实写照。

那双蝴蝶，是玉色的，我从未见过玉色的蝴蝶，我想众位读者大概也未曾见过吧。所以这一双玉蝶，岂不是指宝玉与黛玉？《红楼梦》里众人的名字，凡带玉的，都是与众不同的。

蝴蝶还代表了双宿双飞的恋人——黄梅戏《梁山伯与祝英台》的故事在民间家喻户晓，最后这一对深情的恋人死后变成蝴蝶，双双而飞的故事，岂不是人们对有情人终成眷属的一种美好愿望？所以这里不难让人看出，薛宝钗扑蝶，是想让宝黛二玉分离，以发泄她妒意的一种方式。

作者笔法何其巧妙隐晦，用意之深。如若不是，宝钗马上听到小红与坠儿的谈话后，所做出的表现，就显得毫无意义了。

（三）

所以，当薛宝钗转身准备回去时，突然听到小红与坠儿的讲话，我们再看她怎样演绎一处金蝉脱壳的好戏来。

那时坠儿把贾芸的一块手绢给了小红，她不知道那块手绢本不是小红丢失的那一块，而是贾芸自己用过的。小红多聪明，她知道自己丢失的手绢被贾芸收藏了，而现在贾芸却把他的手绢借坠儿的手传递给了自己，这意思再明白不过了。

而且贾芸一再对坠儿说，当他返还手绢时，一定要小红感谢他。坠儿年纪小，不懂得其中的意思，所以才对小红讨要谢礼。于是小红就顺水推舟，说把自己的一块手绢送给他。一桩男女之间互赠定情之物的过程，借坠儿的手就这样达成了，相当于此时坠儿在无意中做了贾芸与小红之间的“红娘”。

也许坠儿不懂小红究竟是什么意思，然而薛宝钗却听得明白。这是少女少男在传送幽情。宝钗是何其理智的人，她内心是反感这种违背伦理道德的行为的。所以当她听到小红说要打开游廊上的窗槅子时，她突然又吃惊又紧张起来：

宝钗外面听见这话，心中吃惊，想道："怪道从古至今那些好淫狗盗的人，心机都不错！这一开了，见我在这里，他们岂不臊了？况且说话的语音，大似宝玉房里的小红。他素昔眼空心大，是个头等刁钻古怪的丫头，今儿我听了他的短儿，'人急造反，狗急跳墙'，不但生事，而且我还没趣。如今便赶着躲了，料也躲不及，少不得要使个'金蝉脱壳'的法子——"犹未想完，只听"咯吱"一声，宝钗便故意放重了脚步，笑着叫道："颦儿！我看你往那里藏！"一面说一面故意往前赶。

我想当大家读到这一段文字时，一定不会对薛宝钗产生什么好感。

首先，她内心的理性与正统思想告诉她，小红与贾芸之间的事，并非好事，所以她称小红与贾芸为"奸淫狗盗之人"——从道德层面否定了他们之间的爱情。

其次，我们从前面贾宝玉第一次见小红时可以看出，贾宝玉尚且不能认全自己房里的下等丫头，而薛宝钗听声音就能辨别是小红，且对小红的性格了解得一清二楚。可见薛宝钗平日里对大观园里所有的人是做了功课的，她的心机之深，不可揣测。

特别是当小红把窗槅子打开时，为逃避自己的嫌疑，居然把责任转嫁给了林黛玉，她这随机应变的能力，也说明了薛宝钗的机智与聪明。但从另一方面来讲，人在应急状态下的快速反应所想到的人，一定是在心中常牵绊的人，只不过这个人不是思念与关切的牵绊，而是一种妒忌。所以对比林黛玉和薛宝钗，林黛玉的计较与妒忌表现在明处，薛宝钗的妒忌却表现在暗处，她的深沉与理性，正是让大观园里众人产生好感的原因。

也因为此，当小红听到薛宝钗向她们询问林黛玉的去处后，小红就对林黛玉产生了恨意——

小红道："要是宝姑娘听见了还罢了；那林姑娘嘴里又爱刻薄人，心里又细，他一听见了，倘或走漏了，怎么样呢？"

看看，薛宝钗不仅顺利转嫁了矛盾，而且还赢得了好的口碑，这一场，薛宝钗完胜，林黛玉在不知不觉中却成了"背锅侠"。

（四）

当林黛玉从潇湘馆出来，与众姐妹一起赏景游玩的时候，她不知道其间还演绎了这么一段公案。

在她的生命世界里，贾宝玉的情，才是她的唯一。除了这个，什么东西对她来说，都可以忽略。当她出门时，正好遇见宝玉前来，她还对贾宝玉前一晚让她吃闭门羹一事耿耿于怀，所以对贾宝玉置之不理。贾宝玉知道她的心情又不高兴了，却不知道为什么事，只得“好妹妹”长，“好妹妹”短地跟着。

大观园里众人都可以不在乎林黛玉的小性子，只有贾宝玉时时留意林黛玉的情绪。所以，也许爱一个人到深处，就是一种痛苦；也许深爱，就是一种幸福的折磨。

所以当贾宝玉被探春叫去聊了半天话后，他马上就想到了林黛玉——似乎他的心，总是被林黛玉牵扯着。

宝玉因不见了黛玉，便知是他躲到别处去了。想了一想：“索性迟两日，等他的气息一息去也罢了。”因低头见许多凤仙石榴等各色落花，锦重重的落了一地，因叹道：“这是他心里生了气，也不收拾花儿来了。等我送了去，明儿再问着他。”说着，只见宝钗约着他们往后头去。宝玉道：“我就来。”等他二人去远，把那花儿兜起来，登山渡水，过树穿花，一直奔了那日和黛玉葬桃花的去处。

《红楼梦》里葬花的事，似乎只有宝玉与黛玉知道，而葬花的地方，也是他们的秘密。有时候想想，人在青春萌动时期，如果有某个人与自己守着一个共同的秘密，而这个秘密又是那样美好，那样浪漫，是一件多么幸福的事！

然而当贾宝玉来到他们的秘密地时，居然听见有人一边哭泣，一边念道：

花谢花飞花满天，红消香断有谁怜？
游丝软系飘春榭，落絮轻沾扑绣帘。
闺中女儿惜春暮，愁绪满怀无着处。
手把花锄出绣帘，忍踏落花来复去。
柳丝榆荚自芳菲，不管桃飘与李飞；

桃李明年能再发，明年闺中知有谁？

……

昨宵庭外悲歌发，知是花魂与鸟魂？

花魂鸟魂总难留，鸟自无言花自羞；

愿侬此日生双翼，随花飞到天尽头。

天尽头，何处有香丘？

未若锦囊收艳骨，一抔净土掩风流。

质本洁来还洁去，强于污淖陷渠沟。

尔今死去侬收葬，未卜侬身何日丧？

侬今葬花人笑痴，他年葬侬知是谁？

试看春残花渐落，便是红颜老死时；

一朝春尽红颜老，花落人亡两不知！

我们读《葬花词》可以从三个层次来看：一是生命处于花开的美好时节，美得绚丽多姿；美得丰富而热烈；美得令人羡慕……但时光却如此短暂，一转眼繁华落幕，只成追忆。二是既然美好的时光如此短暂，是执着的坚守，还是不舍的放弃？这是值得思考和选择的。三是对美好的东西难以挽留的一种回答：生命来于纯洁，归于纯洁，即使春去了，花落了，追求生命高洁的信念永不泯灭。

《葬花词》是本小说诗词中写得相当出彩的一首。作者借林黛玉的口吻，感叹春尽花落，表达对青春消失的无限留恋。花，象征着青春的美好，生命达到最光辉艳丽的时候。然而一年三百六十五天，花开的时间却是这样的短暂，花落了，生命将进入另一种状态，再也寻不到往日的繁华。青春一去不复返，只留下空空的思念。

作者用一种沉郁的笔调，写下这首悲怆的诗，寓意深刻，引起了人们对青春的怀念，对美好事物的坚守。

人生，是该追求一种纯洁的生命过程，还是甘愿坠入污淖渠沟？只待每个人去细细领悟。

2021 年 11 月 12 日于金犀庭苑

二十八、情缘是生命里无法说明白的东西

（一）

曾读过很多红学家的点评，他们对这部小说都有一个共同的感受：《红楼梦》大抵写情。然而情却是一个复杂和难以捉摸的东西——爱也是情，恨也是情；信任是情，怀疑也是情……以前读过许多言情小说，其中写爱情的结局有圆满的，也有遗憾的，但从人生对于情的体会来说，情是一种痛苦的滋味，也是一种心里的折磨。

上一回林黛玉因前一夜晴雯不给她开门，错疑在贾宝玉身上，所以一日都闷闷不乐。当此时又正值春末夏初，百花褪去，正应了自己的心境，一腔悲愤成就了《葬花词》：从花开花落中感受到生命的短暂和不可捉摸，从花的飘飞想到自己的生命结局。有时候我们会产生疑问：为什么有些人会因为一株花草的枯荣而悲喜，而有些人却根本看不到花草的枯荣？一个人如果能感受四季之变，悲叹生命的衰落与无助，说明他心中一定有情，也有爱；一个人如果不能看到这些卑微生命的生死过程，说明他心中只有欲望和冷漠。

所以贾宝玉与林黛玉一样，他从葬花词里听出了生命的悲叹，继而又从此生命联想到更多的生命过程，同样生出一种更大的悲悯与无奈来。

不想宝玉在山坡上听见，先不过点头感叹；次又听到“侬今葬花人笑痴，他年葬侬知是谁？……一朝春尽红颜老，花落人亡两不知”等句，不觉恸倒山坡上，怀里兜的落花撒了一地。试想林黛玉的花颜月貌，将来亦到无可寻觅之时，宁不心碎肠断，既黛玉终归无可寻觅之时，推之于他人，如宝钗、香菱、袭人等，亦可以到无可寻觅之时矣。宝钗等终归无可寻觅时，则自己又安在呢？且自身尚不知何在何往，将来斯处、斯园、斯花、斯柳，又不知当属谁姓？——因此一而二，二而三，反复推求了去，真不知此时此际，如何解释这段悲伤！正是：花影不离身左右，鸟声只在耳东西。

这是贾宝玉听见林黛玉念的《葬花词》后，从中悟到了生命的起伏与衰落，自己同样感叹美好的生命之短，而却又无可奈何，所以同样触动了伤春之怀。在这里可以看出，林黛玉孤独的生命和灵魂中，只有贾宝玉才是真正懂她的人。

然而贾宝玉更有菩萨一样的悲悯情怀，他由林黛玉推己及人，对生命的消失更有深入的理解与领悟。每一个人，似乎都是如此地经历生与死，包括他自己。而自己尚且不能左右生命的过程，又怎么能留住那些美好的生命呢？

也许作者写到这里，突然想到自己家族从盛到衰——曾经那样繁华的园子，那样美丽的花草，不知道最终归入谁家？而今执笔写这一段故事的时候，脑海里全是当年那些美好的场景，耳朵里听见的依然是满园的欢声笑语——但一切终归于尘土，归于时光的流逝了。

结合前一回的情景，作者把大观园春末赞花描写得如画一样——他拿着一支画笔，在纸上任意地铺墨，那些花，那些草，那些树，那些人……穿红着绿，莺飞蝶舞，然而画笔落轴之处，却是一个美丽而忧伤的女子，独自坐在花树下，垂泪感叹生命之悲。色彩一下子从温暖热烈到沉郁灰暗之中，也把读者的情感从热烈带到了忧伤。我多次读到这些内容时，脑海里总会想到一联词：“无可奈何花落去，似曾相识燕归来，小园香径独徘徊。”一个人无奈地看着那花在风中飘荡，又落在地上，燕子归来的样子也似曾相识，时间飞逝，物是人非，孤独的人站在花园里飘着落花香味的小路上，唯有独自徘徊，不胜感慨。

所以我说《红楼梦》最终是写人，写人的生命历程，尽管每个人的生命经历会是千姿百态的，但结局总是一样的。

（二）

当林黛玉看到花落的时候，她或许是看到自己生命的结局。花，是一种美好的生命过程。我们有时候形容一个人的美好就用“如花似玉”或“花容月貌”这些词，然而花又仅仅是一个生命经历的过程。一棵小草，从破土而出，到开花，到结籽，最后变成枯萎的柴，生物的共性莫不如此，只不过这个过程有长有短而已。所以如何去看待这个“如花”的年纪，值得我们每个人去细细玩味。

也许林黛玉是从身体状况中感受到自己的生命可能不会长久，她预感自己在如花似玉的年纪就会离开人世，所以才产生这样深刻的感叹。但她也有一种美好的坚持：既然注定生命会过早地消亡，那么她宁愿选择一种纯洁的死法——质本洁来还洁去，不教污淖陷渠沟。她的葬花之行为，埋葬的虽然是那些五颜六色的艳骨，然而从精神世界里看，她其实已经在这里埋葬了自己的青春，也埋葬了自己的生命。

像林黛玉这样情感细腻，深情计较的人，是孤独的——既不被常人理解，也会让人产生“此人不好侍候”的认识。所以《红楼梦》中有一段写到许多丫鬟见她天天沉默流泪已经习惯，就再不去安慰和劝解了。然而在贾宝玉那里，林黛玉的任何表现，都是合情理的，他包容她的一切——欣赏她的喜好，体会她的孤独，用一种宽大的、慈爱的、温暖的情感去让林黛玉感到自己对她的爱有多深，情有多真。所以当林黛玉此时吟完葬花词，仍不理他的时候，他追上前去，推心置腹地说了一段深情的话：

宝玉道：“嗳！当初姑娘来了，那不是我陪着玩笑？凭我心爱的，姑娘要，就拿去；我爱吃的，听见姑娘也爱吃，连忙收拾得干干净净收着，等姑娘回来。一个桌子吃饭，一张床儿上睡觉。丫头们想不到的，我怕姑娘生气，替丫头们都想到了。我想着：姊妹们从小儿长大，亲也罢，热也罢，和气到了儿，才见得比别人好。如今谁承望姑娘人大心大，不把我放在眼里，三日不理，四日不见的，倒把外四路儿的什么‘宝姐姐’‘凤姐姐’地放在心坎儿上。我又没个亲兄弟，亲妹妹。虽然有两个，你难道不知道是我隔母的？我也和你是独出的，只怕你和我的心一样——谁知我是白操了这一番心，有冤无处诉！”

贾宝玉的这席话，很有深意。好像是在向林黛玉表白什么，然而又十分隐晦，他用“姑娘”而不用“妹妹”，说明他是站在男人的角度上（暂时定位为情人）与林黛玉进行倾心交谈。既显得正式，也让林黛玉认识到他说的这些话是真诚的。

他向林黛玉传递一种信息：我们从小在一张桌子上吃饭，在一个床上睡觉长大，所以大家的情感是最深、最亲切的，任何其他的情感都无法把它替代掉，更没有理由因为别人而放弃这些情感的。他告诉林黛玉：在他的心里，她是第一位的，他在人世间所拥有的一切东西，都是为林黛玉所准备的。

再次，他深情地告诉她：我理解你的孤独，理解你的精神世界。因为我自己从小也是一个人，孤独地享受着自己的成长，我的心与你的心是一样的。所以我才是你生命中真正的知己和挚爱。

当然，那时候的表白不可能像现在这样直接，所以当林黛玉听了这种以情动情的话后，自然懂得贾宝玉的意思。因此她对前日吃闭门羹的事早已经抛向了云天之外，半日无话，只得低头垂泪。

从这里可以看出，他们的情感从此又深了一层。有时候爱情的过程就像铸剑，只有经历过反复地锻造、冷却、锤炼才能达到炉火纯青，而每一次情感的深入，都需要深切的领悟与痛苦的折磨。

（三）

但是贾宝玉与林黛玉之间的爱情，只是一种缘，而没有夫妻的情分。我们在前面读本小说的时候就讲过，贾宝玉与林黛玉之间只是一种“仙缘”，他们没有最终走到一起，有很多原因。

从因果的角度来说，林黛玉是来报恩的，当她流尽报恩的眼泪之后，她就得回到她应该去的地方了。基于这个缘由，作者把林黛玉塑造成一个体弱多病又多情计较的女子，让她过早死亡，正是为了达到报恩的那个“果”。

但从社会角度上看，林黛玉与贾宝玉的爱情之间有许多封建社会伦理道德和家族利益之间复杂的关系掺杂其中，所以这段纯洁的爱情，最终会成为悲剧。

当王夫人突然问起林黛玉的病与药来，这里其实就包含着一个家长对选儿媳妇的态度。其目的一则说明林黛玉的病情正在加重，二是王夫人一定知道贾宝玉特别在意林黛玉。如果林黛玉成为贾府的媳妇，一个病秧子媳妇，对贾府来说是不可靠的。像贾府这样的大家族，对选娶儿媳妇，既讲门第，又讲财富，更讲女子能不能很好地给贾府传续香火，何况是给贾宝玉这样一个十分重要的儿子找媳妇呢！所以从王夫人此一问的用意表面是出于关心，其实正是自己矛盾心理的一种表现。从小说中不难看出，林黛玉在门第、财富及在自身体质方面，应该都不能令王夫人满意。

也许林黛玉能猜出王夫人的心思，贾宝玉同样也会有所察觉。因为小说前面基本上没有写王夫人关心林黛玉的病情，而这时突然问及此事，不免引起人的联想。

后来贾宝玉说林黛玉的病，用人参养荣丸和天王补心丸都不好使，都无法治愈她的病。于是他给了一个药方，是一剂特效药。看过很多人评价这一回贾宝玉的药方，说法各一。

宝玉笑道："当真的呢。我这个方子比别的不同，那个药名儿也古怪，一时也说不清，只讲那头胎紫河车，人形带叶参，三百六十两不足龟，大何首乌，千年松根茯苓胆——诸如此类药，不算为奇，只在群药里算；那为君的药，说起来唬人一跳。"

我想贾宝玉一定猜准王夫人问林黛玉的病与药之后，林黛玉的心情是怎样的。所以贾宝玉当着众人说出这个药方子，似乎在向林黛玉表白：不管你的病情怎样，我都将与你长长久久、永生永世地生活在一起，也不管是百年还是千年，我们都是相互依存的。

这很像周星驰在《大话西游》里讲的一句话："如果非要在这份爱上面加一个期限，我希望是一万年。"

也许林黛玉从内心已经明白贾宝玉此药方的用意，但小说中没有写她的表情，也没有写她有什么表现。可是当贾宝玉因为薛宝钗不帮助他圆谎，他又毫无原则地帮薛宝钗开脱时，林黛玉就很生气了。

在后文中林黛玉接贾宝玉的话一连两次说到："理他呢！过会子就好了！"又似乎在讥笑贾宝玉的表白和承诺是不牢固的、易变的。似乎也点出了她与贾宝玉的爱情看不到希望，未来只好走一步看一步了。

（四）

如果说宝黛二人的爱情只能走一步看一步，那么，贾宝玉接下来与蒋玉菡的相见，便促成了一桩真正有缘有分的婚姻。当然作者在这里只是伏笔，没完全读完本小说的人，只会把这一场戏当成一种纨绔子弟之间的闹剧而已。

我每次读到小说这一处，总会联想起《金瓶梅》里第五十二回西门庆与应、谢寻欢作乐，李桂姐唱小曲相陪的一段故事。

那日冯紫英来请贾宝玉与薛蟠到自己家里饮酒作乐，其间相陪的人是妓女云儿和唱小生的蒋玉菡。我们从这里可以看出旧时富贵人家的私人聚会是

一种怎样的状况：饮酒的酣畅；酒醉后妓女的调情；有当时出名的戏子唱曲；酒桌上也有诗歌酒令的应景……

喜可以饮酒，悲也可饮酒，生可以饮酒，死可以饮酒，升迁得意可以畅饮，失意落魄也可对酒伤怀……酒在中国文化元素里有举足轻重的作用。

而作者在这一场酒宴中，既展现了一种高雅的风格，又让人看到一种低俗和不堪的场景。

当时贾宝玉说滥饮伤身，不如行酒令——

宝玉笑道："听我说罢，这么滥饮，易醉而无味，我先喝一大海，发一个新令，有不遵者，连罚十大海，逐出席外，给人斟酒。"冯紫英蒋玉菡等道："有理，有理。"宝玉拿起海来，一气饮尽，说道："如今要说悲、愁、喜、乐四个字，却要说出'女儿'来，还要注明这四个字的缘故。说完了，喝门杯，酒面要唱一个新鲜曲子，酒底要席上生风一样东西或古诗、旧对，《四书》《五经》成语。"

这样一个酒令是多么地考验一个人的文化修养！一是要有对诗词和古典文学的积累，二是要随机应变，三是读过很多传统的经典之作，有此三种造诣，方可完成这样的酒令。这比起现在我们日常生活酒席上的猜拳撒泼，不知要高雅多少！

但是这样的酒令也不是人人都能说得出来的。首先薛蟠第一个不干了，他很清楚自己只是一个呆霸王，根本不懂诗词成语，这样的酒令会让他直接出丑。宴席上的酒令也仅仅是取乐而已，尽管薛蟠的酒令不是那样高雅，然而却用"哼哼韵"引得大家一阵狂笑，也算达到了娱乐的目的。

当然不用多说，贾宝玉的"抛红豆"自然技压群雄。然而作为底层人的妓女云儿与小生蒋玉菡来说，这酒令却更能体现出他们各自的生存状态。

云儿的酒令中，关于"悲、愁、喜、乐"的词句中，写尽了一个妓女人生的悲欢离合。我们来读一读云儿的词句：

"女儿悲，将来终身倚靠谁？"

一个靠卖艺又卖身为生的妓女，在旧时社会中，正常人家的男子是不会娶他的。读过明朝小说家冯梦龙写的小说《杜十娘怒沉百宝箱》的人都知道，杜十娘的悲剧，正是云儿这一句词的真实写照。

“女儿愁，妈妈打骂何时休？”

写出妓女在日常生活中受老鸨的盘剥与打骂，受尽多少侮辱与欺凌，也感叹这种生活的无休无止。

“女儿喜，情郎不舍还家里；女儿乐，住了箫管弄弦索。”

每天装笑陪着那些富家公子饮酒作乐，表面上是情郎，缠绵时说尽人间多少温情与爱怜，然而曲终人散，各自寻归处。除此之外，对管弦音乐样样都得精通，表面上的喜与乐，可那喜乐的背后，却是无尽的悲凉与痛苦。

我们再来看看蒋玉菡的唱词：

“可喜你天生成百媚娇，恰便似活神仙离碧霄。度青春，年正小；配鸾凤，真也巧，呀！看天河正高；听谯楼鼓敲；剔银灯，同入鸳帏悄。”

蒋玉菡的唱词，虽没有贾宝玉的高雅，然而看字面，却有一种清丽的感觉，不俗也不媚。在当时社会中，这样的艺人，应该算很有功底和水准的，再加上他相貌漂亮，引得众多达官贵人的喜爱和包养，应当是名噪一时。所以后来贾宝玉问其驰名天下的“琪官”之时，恍然大悟——原来“琪官”正是蒋玉菡的艺名。

贾宝玉慕他的才情，私下里互换物品以示真情相赠——二人交换了汗巾子，却给袭人伏下了一辈子的归宿。虽不是“千里姻缘一线牵”，却全寄于一条汗巾子上，此写作手法，真是千古之中，难见其二。

（五）

本回通篇讲情与缘，情节从缓慢沉郁到热烈畅快。宝黛二人的爱情与纠葛，是一种欢乐和痛苦并存的情感。然而贾宝玉的体已容人，既展现了人性的光辉，又说明了爱情的伟大和无私。

而在写众人的酒宴时，却用心伏下一段姻缘，在热烈畅快之中，却隐隐地写一种青春的情感。这种情感既有对生命的领悟，又有一种对爱情美好结

局的向往——愿天下有情人终成眷属！

作者这样明着写宝黛二人的爱情，却又没有最终的结果；暗着写琪官与袭人的缘分，结局却是美满幸福的。似乎在告诉我们：在森严的封建礼教下，爱情成了家族利益的牺牲品，既可叹，又可悲。缘分却可以在生命热烈畅快里找到归宿。

这到底是现实的悲哀，还是因果的缘法？似乎不得而知。

2021 年 11 月 29 日于新都

二十九、福报藏在人的智慧里

（一）

在整理这一回笔记的时候，不得不想到一个我们常挂在嘴边又希望获得的东西："福气"。这让我想起自己曾经的第一部书名《幸福是什么》来——我一直想弄明白一个道理：幸福到底是什么？

后来我查过许多资料，对这个字解释最多的是："富贵寿考等齐备为福。与'祸'相对"。其实从人的需求出发，我认为当人的生理需要和精神需要得到满足的时候，就是一种福气。当然这种满足有程度之分，会因为人的欲望而有所不同。所以福的获得，与人的精神世界和对生活的感悟有关。

佛家和道家也讲福，佛家讲人在世间的修行会获得两种结果：业报与福报，而且这两种结果是可以相互转变的，就看人在这个世界怎样修行。道家同样也赞成这样的说法，《道德经》上讲"福祸相依"，就是这个道理。

所以，现实中，当一个人感觉自己的人生境遇或者自己的欲望不可捉摸的时候，就需要去寺庙里祈福，希望通过这种方式，与神灵沟通，达成所愿。其实这是一种自欺欺人的心理安慰。一个人能够获得真正的幸福，完全取决于自己的内心。

（二）

小说这一回里写贾府在端午节前去清虚观祈福的热闹场面。这似乎与我们理解的日常去寺庙烧香祈福有所不同。但凡去寺庙里烧香的人，无不带着真实诚意，那活动既严肃又认真。然而仔细读读作者写的贾府一众大小去寺庙里祈福的行为：人声鼎沸，打打闹闹，说说笑笑，俨然是一场郊游活动！

作者对祈福的过程并没有进行详细的描写，而重点写了祈福中人的行为，似乎在表达一种意思：有没有福，不关乎人对神灵做了什么，而是人的心灵是否向善，是否有对众生的一种怜悯。也许一个人能够心安而平静地生活在

这个世界上，他就是幸福的。

所以这一回的回目里说“享福人福深还祷福”。谁是享福人？谁的福最深？又是为谁祷福呢？

祈福的原因表面看很简单。是因为端午前，元妃从宫里送出一些银两，叫贾府去清虚观做三天“平安醮”。什么是“平安醮”呢？就是道教中诵经祈福的一种仪式，也是祈求平安幸福的一种活动。我们可以想想，元妃是宠妃，作为女人，已经享受到人间最大的富贵与尊荣，为什么还要吩咐家人去寺庙里祈求平安呢？

原因也很简单。深处皇宫大院，伴君如伴虎，元妃的身家性命随时都有可能成为政治斗争的牺牲品。而她的处境又是家族的保障，所以可以想象一下，元妃每天的生活都小心谨慎，担惊受怕。

这种感受王熙凤可能没有深切的体会，但贾母一定感受得到。贾母是贾府里唯一健在的祖辈老人，经历了人生的风风雨雨，现在家族正是如日中天，所以从富贵荣华与生命寿数上讲，贾母是享福的人。然而她却要带领一家大小去寺庙里祈福，原因也十分明白：一是，像许多老人一样，她去给后辈儿孙祈福；二是，更重要的是这位经历过风霜的老人对生命有一种智慧和领悟：这样一个大家族已经历世三四代了，而未来的发展她无法掌握，所以她对家族的未来感到不安。

然而当贾府黑压压一堆人到达清虚观时，王熙凤的行为却把祈福的事变成了一种展示权力和娱乐的活动。

凤姐儿的轿子却赶在头里先到了，带着鸳鸯等迎接上来，见贾母下了轿，忙要搀扶。可巧有个十二三岁的小道士儿，拿着个剪筒照管各处剪蜡花儿，正欲得便且藏出去，不想一头撞在凤姐儿怀里。凤姐便一扬手，照脸打了个嘴巴，把那小孩子打了一个筋斗，骂道：“小野杂种！往那里跑？”那小道士也不顾拾烛剪，爬起来往外还要跑。正值宝钗等下车，众婆娘媳妇正围随得风雨不透，但见一个小道士滚了出来，都喝声叫：“拿，拿！打，打！”贾母听了，忙问：“是怎么了？”贾珍忙过来问。凤姐上去搀住贾母，就回说：“一个小道士儿剪蜡花的，没躲出去，这会子混钻呢。”贾母听说，忙道：“快带了那孩子来，别唬着他。小门小户的孩子，都是娇生惯养惯了的，那里见过这个势派？倘或唬着他，倒怪可怜见儿的。他老子娘岂不疼呢。”说着，便叫贾珍去好生带了来。贾珍只得去拉了，那孩子一手拿着蜡剪，跪在地下乱颤。贾母命贾珍拉起来，叫他不用怕，问他几岁了。那孩子总说不出话来。贾母还说："可怜见儿的！"又向贾珍道："珍哥带他去吧。给他几个钱买果子吃，别叫人难为了他。"贾珍答应，领出去了。

这一段文字，既展示了王熙凤的威严和达官贵族的飞扬跋扈，同时通过王熙凤与贾母对小道士的态度也对比出两种不同的人生境界。凤姐不问青红皂白，伸手就给小道士一巴掌。这充分说明王熙凤这一个当权者的不可一世和权威被挑战后的愤怒。这种愤怒是一种对贫穷者和卑微者的无视和冷漠。其实这是一个深层的现实问题，这个现实的矛盾自古以来因为阶级的出现而根深蒂固。

贾府里那些贵夫人、娇小姐、俏丫头为了自身的安全提前对清虚观清场的行为，让我想起自古以来达官贵人去某地考察民情鸣锣开道、清场的情景，让我们不得不深思一个问题：怎么理解社会的安全程度？

曾看过周星驰导演的一部电影《武状元苏乞儿》，结尾时皇帝要苏灿解散掉丐帮，皇帝的理由是丐帮遍及全天下，为国家的稳定带来隐患。其中有一段精彩的台词：

皇帝："你丐帮弟子几千万，你一天不解散，叫朕怎么安心？"

苏乞儿："丐帮有多少弟子不是由我决定，而是由你决定的。"

皇帝："我？"

苏乞儿："如果你真的英明神武，使得国泰民安，谁又愿意当乞丐？"

同理，一个社会的安全程度也应该由统治阶级决定。所以王熙凤的这一巴掌，不是祈福，是积怨，如果一个社会积怨太多，那么这个社会还有什么安全可言。

贾母懂得这个道理，她用慈悲的心对待这个小道士，体现出丰富的人生智慧。贾母经历过多少人生挫折，看过许多人世间的悲喜苦乐。她懂得多行善事，总有一天会左右逢源的道理，所以贾母的行为才是积德祈福，这也正是"享福人福深还祷福"的意义所在。

（三）

当然，家族兴盛和长久，也不是靠祈福所能带来的。除了社会的因素，家族中后辈人的德行和才能，也直接会影响着这个家族的未来。所以当清虚观里那张道士看见贾宝玉后，对贾母、贾珍讲的那段话，很有些现实的意义：

张道士道："前日我在好几处看见哥儿写的字，做的诗，都好得了不得。怎么老爷还抱怨哥儿不大喜欢念书呢？依小道看来，也就罢了。"又叹道："我看见哥儿的这个形容身段，言谈举动，怎么就和当日国公爷一个稿子！"说着两眼酸酸的。贾母听了，也由不得有些戚惨，说道："正是呢。我养了这些儿子孙子，也没一个像他爷爷的，就只这玉儿还像他爷爷。"那道士又向贾珍道："当日国公爷的模样儿，爷们一辈儿的不用说了，自然没赶上；大约连大老爷、二老爷也记不清楚了罢？"

张道士的这段话，夸赞贾宝玉的行为也许是为了讨好贾母，以便顺利地说到给贾宝玉提亲的事。然而没想到正中了贾母内心的伤处，贾母听后有些戚惨：一方面听张道士提到已故的丈夫，贾母怀人而悲，另一方面，可能贾母想到后世子孙，一代不如一代，贾府未来的前途令人担忧，所以不免引起了伤悲。

尤其是张道士与贾珍说的话，表面上说贾珍一辈人面貌不如前辈，其实似乎也在嘲笑贾家：可能才能与品德也大不如创业那一代人，这也必将把贾府带入衰败之中。

当然，张道士的主要目的很明确，就是在贾母面前给宝玉介绍亲事。还记得王熙凤在秦氏停灵铁槛寺，夜宿馒头庵时，那住持静虚给凤姐介绍的那宗生意——可知这佛道之地，也专干那种拉亲牵线的媒子之事。张道士的行为虽没有静虚那样无情，目的却是一样的，然而此处张道士遇见的是贾母，却不是凤姐。

所以贾母一口回绝，足见贾母是一个很大气的人。她不仅在这里给儿孙和家族祈福，恐怕在这位老人家的生命世界里，有更多的人生智慧，需要我们去领悟。

特别是当她听贾珍说在庙前拈了戏，问及戏名后，就有一种失落——

这里贾母和众人上了楼，在正面楼上归座。凤姐等上了东楼。众丫头等在西楼轮流伺候。一时贾珍上来回道："神前拈了戏，头一本是《白蛇记》。"贾母便问："是什么故事？"贾珍道："汉高祖斩蛇起首的故事。第二本是《满床笏》。"贾母点头道："倒是第二本也还罢了。神佛既这样，也只得如此。"又问："第三本？"贾珍道："第三本是《南柯梦》。"贾母听了，便不言语。

许多人在谈及《红楼梦》这部小说时说：小说里面的戏不是白看的，解戏，也是解读现实中的人生。那么我们就来看看这三折戏里到底有什么玄机：

《白蛇记》，又叫"斩蛇起义"，是刘邦建立大汉王朝之前的历史典故。讲述了刘邦在丰西芒砀山泽斩蛇，举起反抗暴秦义旗的故事。所以才有后来创立的汉朝。

《满床笏》讲的是唐朝大将军郭子仪拜将封侯后过寿时，七个儿子八个女婿都来给他贺寿，因为其子孙个个都是朝中重臣，所以家中的床上放满了笏板（笏，又称手板、玉板、朝笏或朝板。是中国古代臣下上殿面君时的工具。古时候文武大臣朝见君王时，双手执笏以记录君命或旨意，亦可以将要对君王上奏的话记在笏板上，以防止遗忘）。由此可见，这样的家族多么富贵和繁盛。

《南柯梦》改编自唐代李公佐《南柯太守传》，讲述了这样一个故事：淳于棼居广陵东十里，宅南有一大槐树。一日醉卧，被二紫衣人引至槐安国，招为驸马，生五男二女，位至南柯太守共二十余年，备极荣显。后与敌战，败北，公主也死去，国王对他产生了疑忌，遣其归乡。醒来方知是一梦。饮客尚未去，斜阳在壁。继而见槐下有一大穴，用土壤堆成城郭殿台，可容蚁数斛。大穴之外，尚多子穴，所谓南柯郡，即大槐南枝下的蚁穴。棼从此忽然明白了人世倏忽，穷达荣辱与南柯一梦无异。于是便出家做了道士。

不难看出，这三折戏影射着什么——一个家庭从创业到鼎盛，从贫弱到富贵，最终不过是一场梦而已。所以当贾母听到第三折戏名的时候，突然不说话了——只有心有所忧，常常把心事记挂在心头的人，才会从戏的内容联想到人生的兴衰际遇。所以这三折戏里，正折射出贾府从兴盛入衰败的必然规律。

（四）

也许作者通过这一回对祈福的记述，告诉我们：在人的生命过程里，究竟什么是福，什么是祸，很难界定清楚。

而作者重墨写了贾母、张道士和王熙凤在祈福中的表现——每一个人对福的认识各不相同，有人从权力与金钱中获得满足，以为福报；有人从善良和慈悲中把福送给别人，自然也会获得福报。然而福是靠生命去体会和积累的，福之所处，必是温暖如春，心静恬然；福之所终，也必是凄风雪雨，心神黯然。

这让我突然想起曾在某页书上读到的一句话：“人的欲望越低，幸福感就越强！”仔细思索一下，诚然如是。

2021 年 12 月 7 日夜于新都

三十、现实的矛盾与成长的烦恼

（一）

在整理此回笔记时，还得先回到第二十九回关于宝黛二人的计较与纠葛的情景中去。我曾在品读此小说时常说一句话："读《红楼梦》，就是在读一个真实的人。"这个真实的人的出生、成长、情感纠葛，以至最后的人生归途，读者都可以从中领悟得到。然而，本小说写人生过程的重点却落在一个了"情"字之上。所以，讲述小说中人物的情感变化，正是本书的重点之一。而人的情感的变化是会随着对生命的不断领悟越来越深刻，也会越来越透彻的。

想那日贾府从清虚观打平安醮回来，因张道士多嘴，在贾母面前欲与贾宝玉提亲一事，虽被贾母拒绝，然而说者无意，听者有心——想必林黛玉听后，必然内心更为恐慌。倘若贾母那时一口答应宝玉的婚事，那本小说后面的情节就会改弦易辙，林黛玉的眼泪也会早早干涸掉了。

前一回笔记中，我曾说过这些所谓"名门正派"里出来的道士和尚喜好给富贵人家保媒拉线，其目的无非为了钱粮而建立自己的社会关系，这自不必说。但从另一个角度反映出大观园里的这一群年轻人，正在长大，也正在渐渐地懂得男女之事。

所以林黛玉越来越感觉到危机，她与贾宝玉的这一次纠葛，正是这一危机与矛盾的一种爆发。后来贾母一句"不是冤家不聚头"的俗语，化解了二人心中的苦闷。

谁知这个话传到宝玉、黛玉二人耳内，他二人竟从来没有听见过"不是冤家不聚头"的这句俗话儿，如今忽然得了这句话，好似参禅的一般，都低着头细嚼这句话的滋味儿，不觉得潸然泪下。虽然不曾会面，却一个在潇湘馆临风洒泪，一个在怡红院对月长吁，正是"人居两地，情发一心"了。

这是宝黛二人同时对彼此情感的一种领悟。从佛家的角度讲，男人与女人之间的爱情，是前世所注定了的——是前世的恩怨，今生得以显现出来。那前世的恩怨，也许是冤家，也许是一段不了的情缘。宝黛二人恰有前世的一段仙缘，二人自然存有慧根，所以贾母的这句话，点醒了他们对生命轮回的认识。

但从另一方面讲，从前几回的计较与这一次二人的共同领悟，似乎也说明了他们二人的情感得到了进一步的深化。也许此正体现了人在生命的成长过程中，在不断地摆脱现实的困惑与纠缠时，得到了对生命的一种新的认识，这种认识使人会更加冷静地面对自己的生命历程，然后作出正确和客观的处理。这是所有人成长的一个阶段。

（二）

所以，在现实中，我们常常骂那些看似成年，却做出违反常理之事的人为“不懂事”。恐怕这个“事”里面，也包含着人对爱情的看法与理解吧。

为什么会说宝黛二人对爱情的认识又加深了一步呢？二十九回中有一句话叫“两假相逢，必有一真”。前面有过许多次宝黛二人的吵架，都没有这一次这样特别：二人都用假意试探对方是否具有真心，是否真正在意彼此，结果弄成了彼此的伤害。为什么会用假意？这正是人成长过程对伦理和羞耻感认知的深入。人在很小的时候，不懂得男女之间的事，对自己小伙伴的认识是没有性别之间隔阂的。可当大家到了青春期时，突然发现自己与异性之间有了某种生理和心理的变化后，就会彼此保持着一种疏离，这种距离感一方面来自生命对生命的进一步了解，另一方面，也来源于社会道德的批判和伦理观念的禁锢。

所以当贾宝玉再次来林黛玉房中道歉，准备拉她去贾母房中时，林黛玉说的这段话，其实正暗示了她与贾宝玉之间的爱情，也有一段看不见的“墙”阻挡着：

宝玉见他摔了帕子来，忙接住拭了泪，又挨近前些，伸手拉了他一只手，笑道：“我的五脏都揉碎了，你还只是哭。走吧，我和你到老太太那里去吧。”黛玉将手一摔道：“谁和你拉拉扯扯的！一天大似一天，还这么涎皮赖脸的，连个理也不知道。”

林黛玉说的这个“理”不言而喻，正是对社会伦理的一种担忧。尽管这种认识在彼此之间可以忽略，然而现实人的眼睛，却不会放过每一次可以传播自认为“理”的东西。

只不过，幸好这一次遇见的不是别人，而是凤姐：

一句话没说完，只听嚷道：“好了！”宝黛两个不防，都唬了一跳。回头看时，只见凤姐儿跑进来，笑道：“老太太在那里抱怨天，抱怨地，只叫我来瞧瞧你们好了没有，我说：‘不用瞧，过不了三天，他们自己就好了。’老太太骂我，说我懒，我来了，果然应了我的话了。——也没见你们两个！有些什么可拌的，三日好了，两日恼了，越大越成了孩子了。有这会子拉着手哭的，昨儿为什么又成了‘乌眼鸡’似的呢？还不跟着我到老太太跟前，叫老人家也放点儿心呢。”说着，拉了黛玉就走。黛玉回头叫丫头们，一个也没有。凤姐道：“又叫他们做什么，有我伏侍呢。”一面说，一面拉着就走，宝玉在后头跟着。

出了园门，到了贾母跟前，凤姐笑道：“我说他们不用人费心，自己就会好的，老祖宗不信，一定叫我去说和。赶我到那里说和，谁知两个人在一块儿对赔不是呢，倒像‘黄鹰抓住鹞子的脚’，两个人都‘扣了环’了！那里还要人去说呢？”说的满屋里都笑起来。

此一段借王熙凤的语言和行为来说明宝黛二人和好如初的结果。从写作的语言艺术上讲，大家大可微闭双眼静静地“听一听”，然后在头脑里回味一下这个场景：你耳朵里似乎还有王熙凤谈笑的余音，眼前还浮现出一个干练、雷厉风行却又处处带笑的女人形象。小说写作中，语言的高超之处就在于什么样的人使用什么样的语言来描述，假若这些语言用在薛宝钗身上，那是多么不伦不类啊！

不仅如此，从这里的情节可以看出，在面对薛宝钗和林黛玉的时候，王熙凤肯定更喜欢林黛玉。从林黛玉进贾府起，王熙凤对林黛玉表现了一种热情和周到的关怀，然而她对薛宝钗却并没表现出这样的热情。这是为什么呢？按理说，薛宝钗是她的表妹，更应该得到他的特殊照顾才是，可是全然不是这样，这里面一定有王熙凤的计较与心机——

林黛玉性情孤傲，淡泊于世俗，对名与利从未有过热衷的追求；薛宝钗

理性又富于心机，善于收买人心，是一个有欲望的人。假如未来贾府在二人之中给贾宝玉选媳妇的话，王熙凤内心肯定赞成选林黛玉，而会否定选薛宝钗。原因是显而易见的——王熙凤是何等聪明之人，她不希望贾府里多一个比他更聪明更有心机的人与她争夺管理家族的权力，然而谁能预测贾府还未到薛宝钗掌权就已经衰败了呢？所以一切的机关算尽，都算不过命运的安排。

（三）

有时候当我想到贾府后来的掌权者时，突然会天马行空地思考：假如果真让薛宝钗与王熙凤在未来一起竞争贾府的当家人，剧情又会如何发展？

我想王熙凤的泼辣与聪明一定斗不过薛宝钗的理性与智慧。如果从社会发展对人才的要求来看，薛宝钗算一个美貌与智慧并存、外柔与内刚同具的绝佳人物，若他管理贾府，一定比凤姐更精明，更有条理，也更能使贾府昌盛和持久。

薛宝钗的处世方式在于：不牵涉自己利益时，尽量置身事外，明哲保身以塑自己美好的形象。然而对宝黛二人的感情，她却是在意的，所以当王熙凤此时说宝黛二人已经和好，而且“像‘黄鹰抓住鹞子的脚’，两个人都‘扣了环’了”的时候，她心里一定有一种说不出来的酸味。

因此当贾宝玉问她为何不去看戏时，她的表现就不那么平静了：

宝钗道：“我怕热。听了两出，热得很，要走呢，客又不散；我少不得推身上不好，就躲了。”宝玉听说，自己由不得脸上没意思，只得又搭讪笑道：“怪不得他们拿姐姐比杨妃，原也富态些。”宝钗听说，登时红了脸，待要发作，又不好怎么样；回思了一回，脸上越下不来，便冷笑了两声，说道：“我倒像杨妃，只是没个好哥哥好兄弟可以做得杨国忠的！”正说着，可巧小丫头靓儿因不见了扇子，和宝钗笑道：“必是宝姑娘藏了我的。好姑娘，赏我吧。”宝钗指着他厉声说道：“你要仔细，你见我和谁玩过，有和你素日嬉皮笑脸的那些姑娘们，你该问他们去！”说得靓儿跑了。宝玉自知又把话说造次了，当着许多人，比刚才在黛玉跟前更不好意思，便急回身，又向别人搭讪去了。

薛宝钗在这里暗中取笑贾宝玉与林黛玉吵架，不好意思再去清虚观看戏及给薛蟠庆生，故以称病为托词，其实也是在笑贾宝玉不够诚实。当然贾宝玉也听出其中的讥讽来，借题发挥说她像杨贵妃一样有肉感。

对了，小说写到此处，看见薛宝钗第一次红脸生气。其实我想贾宝玉也许并不是有意在取笑于她，本可能是想转移话题，故借杨贵妃来形容薛宝钗因胖而怕热的事实，然而从古至今，女人一辈子的事业却是塑身崇美，再加上薛宝钗本有醋意，一听宝玉如此形容，心里大为光火。但她一向注意自己的形象，不好意思发作。此时正好一个丫头来找扇子，寻着她问，所以她借机发威，狠狠地讽刺了贾宝玉：说贾宝玉平日里与大观园里的女孩子嬉皮笑脸，没有一个正常的行为。

后来林黛玉问及她听的什么戏，薛宝钗又借《负荆请罪》对宝玉和黛玉一起取笑，使得宝黛二人更不好意思。所以王熙凤听出了他们三人的意思，取笑他们大热天吃生姜，火辣辣的味道。

（四）

从薛宝钗取笑贾宝玉的语言中我们可以分析出她对贾宝玉的了解只停留在表面上，尤其是她对丫头靓儿说的话：“你见我和谁玩过，有和你素日嬉皮笑脸的那些姑娘们，你该问他们去！”谁都听得出是暗中讽刺贾宝玉。

薛宝钗的理性思维认为：像贾宝玉这样的人，已经接近成年，更应该像一个正统的读书人一样，好好学习，求取功名，不应该不清不楚地混在一群女孩子当中，这既影响了自己的前途，也有违伦理道德。

但她不懂贾宝玉的性情与心思。在贾宝玉的灵魂深处，有一种对生命美好的追求，所以他拒绝长大，他对大观园里所有的女孩子都保持一种天真、纯朴的情感：就是像孩子一样地依靠那些女子，像菩萨一样地保护和关爱她们。

然而正是贾宝玉这种对女孩子的态度，却成了金钏投井、晴雯被逐的导火索。贾宝玉不知道在他成长的过程中，不仅仅有生命时间的长短，社会的伦理道德加在他身上的东西也会越来越多。

所以当那个夏天，他去自己母亲房中，与金钏交流的一席话，直接触动了王夫人那根紧张的神经：

金钏儿睁眼，见是宝玉，宝玉便悄悄地笑道：“就困得这么着？”金钏抿嘴儿一笑，摆手叫他出去，仍合上眼。宝玉见了他，就有些恋恋不舍的，悄悄的探头瞧瞧王夫人合着眼，便自己向身边荷包里带的香雪润津丹掏了一

丸出来，向金钏儿嘴里一送，金钏儿也不睁眼，只管噙了。宝玉上来，便拉着手，悄悄地笑道：“我和太太讨了你，咱们在一处吧？”金钏儿不答。宝玉又道：“等太太醒了，我就说。”金钏儿睁开眼，将宝玉一推，笑道：“你忙什么？‘金簪儿掉在井里头，有你的只是有你的。’连这句俗语难道也不明白？我告诉你个巧方儿，你往东小院儿里头拿环哥儿和彩云去。”宝玉笑道：“谁管他的事呢！咱们只说咱们的。”

只见王夫人翻身起来，照金钏儿脸上就打了个嘴巴，指着骂道：“下作小娼妇！好好儿的爷们，都叫你们教坏了！”宝玉见王夫人起来，早一溜烟跑了。这里金钏儿半边脸火热，一声不敢言语。登时众丫头听见王夫人醒了，都忙进来。王夫人便叫：“玉钏儿，把你妈叫来！带出你姐姐去。”金钏儿听见，忙跪下哭道：“我再不敢了！太太要打要骂，只管发落，别叫我出去，就是天恩了。我跟了太太十来年，这会子撵出去，我还见人不见人呢！”王夫人固然是个宽仁慈厚的人，从来不曾打过丫头们一下子，今忽见金钏儿行此无耻之事，这是平生最恨的，所以气愤不过，打了一下子，骂了几句。虽金钏儿苦求也不肯收留，到底叫了金钏儿的母亲白老媳妇儿领出去了。

金钏的话里有两层意思。当贾宝玉对金钏儿说要讨了她去时，也许贾宝玉的意思是要向王夫人讨要她去怡红院当丫头，然而金钏儿却可能理解的是宝玉要讨她做小老婆。在贾府大多数丫头中，能够争取上位，是一件荣耀的事，尤其是攀上贾宝玉而上位，更是一种千载难逢的机会。所以金钏儿马上说：“你忙什么？‘金簪儿掉在井里头，有你的只是有你的。’”这句话道出当时社会的一种现象，就是旧时富贵人家的子弟，向父母讨要丫鬟做小妾，是一件稀松平常的事。小说后来贾赦向贾母讨要鸳鸯，再后来贾赦奖励一个丫鬟给贾琏，也许所有贾府里的人认为这是一件合情合理的事，所以金钏才这样大胆地说出上面的话。

二则金钏叫贾宝玉去后院看贾环与彩霞的事，这中间更有许多隐藏在贾府里不为人知的秘密，似乎道出了贾府里某些年轻男女间那种暧昧的关系。同时也指出一种贾府里正统思想的虚伪：现实中人人都讲伦理道德，而这个大家族里，违背伦理道德的事却处处存在。

只是作为贾府的太太王夫人不同意这样的看法，所以当她听到金钏的一席话后，勃然大怒，她的那一巴掌，是出自自己对于正统与伦理思想的维护，也是出自对贾宝玉成长的担忧而积累起来的怒火。然而更有甚者，她无情地逐出金钏，表面上是合情合理的事，但她不知道世俗的眼睛里，却可以用伦理杀人——金钏儿向王夫人哭诉的那句：“这会子撵出去，我还见人不见人呢！”其实已经指出了当时社会风气之下，被逐丫鬟的悲惨命运。

（五）

当然此时有人就会问：“贾宝玉哪去了呢？他不应该站出来解释这件事吗？”小说写得也十分奇特：宝玉见王夫人起来，早一溜烟跑了。很多人读到这里，就会批评贾宝玉不负责任，也没有担当，明明是他挑起的事儿，然而见势不妙就撤漂，这太不地道了嘛。

我初读到这里，也有这样的看法。不过这事得从多方面来看，一是贾宝玉面对的是王夫人，旧时社会忠孝仁义的思想在人们的脑子里是根深蒂固的，更何况在贾府这样一个讲读书，讲规矩，晨昏都要定省的大家族里，贾宝玉哪有那个胆量在王夫人面前争辩？二则，想想贾宝玉一溜烟就跑了，这不是孩子气所表现出来的行为吗？对于一个有孩子气的人来说，他不会把世俗的事看得那么严肃认真，在他的生命世界里，认为一切的东西都是美好的，快乐的，人们一切的活动都是一种自我放纵的玩耍而已，所以他不会去思考后果与结局，直到某一天他看到事情的结果后，才会有所醒悟：原来人世间并非有他想象的那样美好。这一点很像《西游记》里孙悟空的表现，你说孙猴子有七十二般变化，功夫了得，还大闹过天宫，然而取经路上总被一些技不如他的妖怪捉住，为什么呢？

原因就在于他把与妖怪的斗争看成是一种娱乐活动，他内心的单纯告诉自己：世界只有两种情况——好与坏，快乐与不快乐，除此之外，就没有其他更复杂的东西了。所以每一次与妖怪打架，他都不会放在心上，他喜笑颜开地对待那些妖怪们，他的掉以轻心往往会让自己着了妖怪的道，直到他经历过很多取经的磨难，才明白生命里的一切。这个取经的路上，每走一步，每打一次妖怪，都是对那个世界、对生命的一种认识和深入，直到最后顿悟生命的真谛。

那么我们不禁还是要问，此时贾宝玉究竟跑哪里去了呢？

原来他跑进大观园，在蔷薇花架外看一个小女生在花下发痴。那女孩子不是别人，正是元妃省亲前买回的十二个戏子之一的龄官。

见这女孩子眉蹙春山，眼颦秋水，面薄腰纤，袅袅婷婷，大有黛玉之态。宝玉早又不忍弃他而去，只管痴看。

只见他虽然用金簪画地，并不是掘土埋花，竟是向土上画字。宝玉拿眼随着簪子的起落，一直到底，一画、一点、一勾地看了去，数一数，十八笔。自己又在手心里拿指头按着他方才下笔的规矩写了，猜是个什么字。写成一想，原来就是个蔷薇花的“蔷”字。宝玉想到：“必定是他也要作诗填词，这会子见了这花，因有所感。或者偶成了两句，一时兴至，怕忘了，在地上画着推敲也未可知。且看他底下再写什么。”一面想，一面又看，只见那女孩子还在那里画呢。画来画去，还是“蔷”字；再看，还是个“蔷”字。里面的原是早已痴了，画完一个“蔷”又画一个“蔷”，已经画了有几十个。外面的不觉也看痴了，两个眼睛珠儿只管随着簪子动，心里却想：“这女孩子一定有什么说不出的心事，才这么个样儿。外面他既是这个样儿，心里还不知怎么熬煎呢？看他的模样儿这么单薄，心里那里还搁得住熬煎呢？可恨我不能替你分些过来。”

那夏日里蔷薇花盛开，一片欣欣然的娇态，预示着生命走向繁盛期。所以贾宝玉所见的龄官画蔷，正是一种青春美好而诱人的状态，这种状态使生命处于一种朦胧的思春之情。思春的少女，带着一种痴病，所以情态极像林黛玉一样——内心孤独，追求自由的个性。这同时也让贾宝玉看得痴了。

有时候我在想，“痴”到底是一种怎样的状态？后来从字面意思了解，它应该是一种有情感和智慧的病。是人对某事某物的一种执迷，尤其是人处于青春期，或者涉世不深的情况下，由于志趣和情感的向往，把人的思想和身体都引向执迷的那个地方。所以，“痴”正体现了生命的一种执着，当人们随着年纪的增长，经历过人生的种种喜怒哀乐之后，对生命有一个清晰的认识了，那种“痴”的状态就会减少。

然而当贾宝玉看着眼前的这一幕时，他也痴了。在他的生命境界里，那种追求个性和自我完善的灵魂，是值得尊重和欣赏的。他对这样的生命给予更多的关照，所以当天空下雨时，他只顾着提醒龄官，却忘记了自己尚且还在雨中。

那女孩子听说，倒唬了一跳，抬头一看，只见花外一个人叫他“不用写了”。一则宝玉脸面俊秀，二则花叶繁茂，上下俱被枝叶隐住，刚露着半边脸儿：那女孩子只当也是个丫头，再不想是宝玉，因笑道："多谢姐姐提醒了我。难道姐姐在外头有什么遮雨的？"一句提醒了宝玉，"哎哟"了一声，才觉得浑身冰凉。低头看看自己身上，也都湿了。说："不好！"只得一气跑回怡红院去了。心里却还记挂着那女孩子没处避雨。

贾宝玉对美好生命的关切，达到了忘我的地步。这种舍身为他人的慈悲情怀，正像菩萨一样：面目俊美，慈善而温暖。所以龄官隔着花架，居然把他视作女子。庙里观世音菩萨有这样的情怀，传说他为普度世人，甘愿化作女儿身，目的是平等地对待众生。而此时龄官的眼中，面前的贾宝玉一定是一尊大慈大悲的观音形象！

（六）

作者在这一回里，从宝黛二人的情感矛盾写到现实中的世俗观念对青春情感的压迫——金钏的被逐，龄官的画蔷，都说明了在青春的幽困里，存在一种无法排遣的心理折磨。这种成长的烦恼与残酷的现实之间，有无法回避的矛盾，而这种矛盾的最终结局导致了大观园里许多年轻生命的凋零。

但作者却用炫丽的画面来展示了龄官画蔷、宝玉的看痴。也许作者正是用高度的艺术感染力来告诉我们：即使是在残酷的现实面前，人也应该保留一种对美好生命的痴病，否则一辈子生活在理性与妥协之中，生命的过程怎么会留下值得回味的东西呢？

2022 年 1 月 10 夜于新都

三十一、人对人的尊重才是最大的善良

（一）

在讲这一回内容时，还得先从上一回的端午节前说起。那日贾宝玉在雨中看龄官画“蔷”而痴，后来反被龄官提醒，方才知道自己尚且淋在雨中，此痴相真是既可笑又令人感动。

我小时候每逢端午前后，总听爷爷奶奶讲：“过端午节，要涨端午水。”意思是说，年年端午前后总要下大暴雨，农事要注意防范。所以读这部小说时，让人不仅从中懂得人生的成长历程，还可以读到时令节气，气象与自然等。《红楼梦》的伟大之一就在于，它所包含的知识性多得不可胜数。人们常常称这部小说为一部百科全书，这也正是这部书的魅力之所在。但小说在这里写的这一场大雨，对本回的情节来说，可就不是一般的雨了。

原来明日是端阳节，那文官等十二个女孩子都放了学，进园来各处玩耍。可巧小生宝官正旦玉官两个女孩子，正在怡红院和袭人玩笑，被雨阻住，大家堵了沟，把水积在院内，拿些绿头鸭、花鸂鶒、彩鸳鸯，捉的捉，赶的赶，缝了翅膀，放在院内玩耍，将院门关了。袭人等都在游廊上嘻笑。

看看这一场雨有多大，可以在院子里积上水，引得大家嬉戏逗乐，可真是：风声、雨声、欢笑声，声声入耳。却不闻院外传来敲门声，而众人皆自高乐，又岂知宝玉还在外面淋着雨呢。

我想，换成任何一个人，在这样的情况下都会生气发怒：我堂堂一个公子少爷，在外淋着雨，而你们丫头却关着院门在里面嬉戏玩乐，全然不顾主人的颜面与身体。

可想贾宝玉在院门外想着此事，再联想起林黛玉曾来怡红院也吃过这样的闭门羹后，越发就生了气，所以待袭人前来开门时，他便飞起一脚，重重地踢在袭人身上。

宝玉一肚子没好气，满心里要把开门的踢几脚。方开了门，并不看真是谁，还只当是那些小丫头们，便一脚踢在肋上。袭人“嗳哟”了一声。宝玉还骂道：“下流东西们，我素日担待你们得了意，一点儿也不怕，越发拿着我取笑儿了！”口里说着，一低头见是袭人哭了，方知踢错了。忙笑道：“嗳哟！是你来了！踢在那里了？”

从龄官画蔷引得宝玉发痴，再到飞腿踢伤袭人的情景，贾宝玉从菩萨的形象一下子转化为性情暴躁的人，这种突然的转变，不免让人产生一种突兀的感觉。

但从人的成长过程与心理变化来看，贾宝玉正处于青春期，一个十五六岁的少年，心智还不够成熟，看待外界事物还达不到那种从容淡定的境界，所以往往性情的转变会随着心理的变化而带有很大的随意性，甚至有时候会违背人们正常的行为。现代心理学讲的一个概念叫“青春叛逆期”，也正是指青少年的这个时期。其实所谓的青春叛逆期，从本质上讲，也是人成长的一种烦恼，这种烦恼使得人处于成人与未成年人之间，行为往往表现出一种成熟理智又幼稚可爱的状况。

（二）

然而当贾宝玉发现把袭人踢伤后，马上意识到自己做错了一件事，并主动承担了在夜里照顾袭人的责任来。

袭人只觉肋下疼的心里发闹，晚饭也不曾吃。到晚间脱了衣服，只见肋上青了碗大的一块，自己倒唬了一跳，又不好声张。一时睡下，梦中作痛，由不得“嗳哟”之声从睡中哼出。宝玉虽说不是安心，因见袭人懒懒的，心里也不安稳。半夜里听见袭人“嗳哟”，便知踢重了，自己下床来，悄悄的秉灯来照。刚到床前，只见袭人咳了两声，吐出一口痰来，哎哟一声。睁眼见了宝玉，倒唬了一跳，道：“做什么？”宝玉道：“你梦里‘嗳哟’，必是踢重了。我瞧瞧。”袭人道：“我头上发晕，嗓子里又腥又甜，你倒是照一照地下罢。”宝玉听说，果然持灯向地下一照，只见一口鲜血在地。宝玉慌了，只说：“了不得！”袭人见了，也就心冷了半截。

贾宝玉看见袭人吐血，从潜意识中可能认识到袭人伤势的严重性。对一个心性善良的人来说，看见自己亲手伤害了一个人，而且这个人还是对自己体贴入微的女子，他的心里一定非常愧疚。所以他说："我长这么大，头一遭儿生气打人，不想偏偏儿就碰见你了！"似乎在生命轮回中，袭人欠贾宝玉这一脚似的。也许曾经的现实中，作者真实地经历过这样的事，所以从佛家的轮回中理解，袭人是第一个与贾宝玉发生肉体关系的那个女人，相当于贾宝玉的肉身。也就是说，她是来代替贾宝玉到人间受过的。然而作者想到这种事，也许感到内心有一种不安和伤心，因此在小说的结局中，把袭人安排嫁给了蒋玉菡——生命中带"玉"的男人，不正是贾宝玉的另一种生命形态么？

从小说的情节来看，贾宝玉的不安和焦急是非常明显的——一个生命对另一个生命的担待，正是人性光辉与温暖的体现。由此我们可以延伸到现实社会中，如果每一个人都对自己给别人造成的伤害感到焦急和不安，那么这个社会一定会温暖和平静很多。然而现实社会的竞争中，人的贪婪使得社会更加地充满着火药味道；人与人之间的关系也因为资源、利益、权利的竞争变得越来越紧张。所以，不妨在自己感觉到疲倦时，静下心来想一想：在短短的生命历程中，我们究竟追求的是什么？也许这样思索后，当人们采取过激行为时，才会产生敬畏之心，才会保持一种善良的温暖。也正因为此，贾宝玉的不安和焦急里，体现着一种对生命的领悟。

所以端午节时，王夫人置办的酒席中，一向喜欢团聚的贾宝玉才闷闷地不欢而散。

那黛玉天性喜散不喜聚，他想的也有个道理。他说："人有聚就有散，聚时喜欢，到散时岂不清冷？既清冷则生感伤，所以不如倒是不聚的好。比如那花儿开的时候儿叫人爱，到谢的时候儿便增了许多惆怅，所以倒是不开的好。"故此人以为欢喜时，他反以为悲。那宝玉的性情只愿人常聚不散，花常开不谢；及至筵散花谢，虽百万种悲伤，也就没奈何了，因此今日之筵大家无兴散了，黛玉还不觉怎么着，倒是宝玉心中闷闷不乐，回至房中，长吁短叹。

其实贾宝玉在酒席的沉寂里，表现出一种对生命将散的苦闷，这种情绪是对生命的一种不舍和眷恋。然而林黛玉却有佛家寂灭的思想，她似乎已经洞悉人生繁华之后便是幻灭的道理，所以才会产生所有相聚都是为了将来的分散的感叹。宝黛二人对聚散的这两种截然不同的看法和理解，其本质上是一种悲观的情态，体现出佛家一切看空的思想。在对聚与散的认识上，林黛玉比贾宝玉看得更明白："天下哪有不散的宴席。"所以她看得更极端，也更决绝。

林黛玉在贾府中一直感觉自己寄人篱下，她看到的美好的东西，比如盛开的鲜花，只不过在短时间里，都会凋零，所以他才会唱出"一年三百六十日，风刀霜剑严相逼"的感叹，好似生命每一天都在担惊受怕中度过一样。

而贾宝玉呢，他也知道人与人总会有散去的那一天，既然是这样，何不趁现在生命美好的时候，快快乐乐、热热闹闹地度过，所以他才以丰富的情感及善良的心去赞扬和欣赏他生命中遇见的那些美好的东西。

（三）

人与人之间的聚散是讲缘分的。佛家讲"落花风前舞，许归云知处"。缘分就像落花在风中飘舞，去到了哪里，也许只有云才知道，聚散的缘起缘灭，也应当作如是观。

但是宝黛二人还未达到这样的领悟程度，这需要一种豁达，一种经历过人生许许多多的痛苦与磨难后才能懂得的道理。所以当贾宝玉看见晴雯不小心跌坏了扇子，加上近几天的心情压抑，不免引起怒火，借扇发挥，指责晴雯做事不小心之过。在二人吵闹中，贾宝玉再次提到分散，可见他对生命的离散有一种恐惧，他觉得分离是人生最痛苦的事。

宝玉听了这些话，气得浑身打战。因说道："你不用忙，将来横竖有散的日子！"袭人在那边早已听见，忙赶过来，向宝玉道："好好儿的，又怎么了？可是我说的，一时我不到就有事故儿。"晴雯听了冷笑道："姐姐既会说，就该早来呀，省了我们惹的生气。自古以来，就只是你一个人会服侍，我们原不会伏服侍。因为你伏服侍的好，为什么昨儿才挨窝心脚啊！我们不会伏服侍的，明日还不知犯什么罪呢？"袭人听了这话，又是恼，又是愧，待要说几句，又见宝玉已经气得黄了脸，少不得自己忍了性子道："好妹妹，你出去逛逛儿，原是我们的不是。"晴雯听他说"我们"两字，自然是他和

宝玉了，不觉又添了醋意，冷笑几声道："我倒不知道，你们是谁？别叫我替你们害臊了！你们鬼鬼祟祟干的那些事，也瞒不过我去。不是我说，正经明公正道的，连个姑娘还没挣上去呢，也不过和我似的，那里就称起'我们'来了！"

晴雯对宝玉的态度与情感在这里已经说得非常清楚。她的醋意是什么呢？

我们知道，袭人和晴雯是贾宝玉身边两个重要的丫鬟，然而作者在塑造这两个丫鬟形象的时候，却是性格鲜明而迥异。我读这部小说时，总会把袭人与薛宝钗联系起来，她的温柔与大度，她要贾宝玉立誓时说的那些符合伦理道德的话，完全是与薛宝钗如出一辙。同样，在怡红院里的各种事，也不能说明袭人完全没有心机。现实社会中，也有许多貌似忠厚善良的人，却很难排除那不是在韬光养晦，蓄势待发。

而晴雯呢，却像极了林黛玉，她的直言快语，爱憎分明，表现出一种孤高的生命状态。她对贾宝玉同样怀着一种计较与喜爱，当然也不能排除她有依靠贾宝玉上位的心思。然而自己是丫头出身，没有地位，也没有资格期望有什么结果，更何况在她的面前有一个袭人，所以她内心的痛苦可想而知。在她生命成长的过程中，遇见了贾宝玉这样的一个男孩子，她刚直的性格似乎在突然间被宝玉的温柔给捕获了。但她无法表达爱慕之情，所以只有一腔怨气，却正好借袭人说错话的这件事发泄出来。

有人说晴雯在这里的表现，实在有些过分：丫头怎么敢这样对主人说话，这岂不是目无尊长和无视礼教么？有一年我在北京学习企业管理，老师讲到企业制度要严格执行时说过一句话："一个柔弱善良的老板，总会培养出一群虎狼般的员工。"许多人认为贾宝玉就是这样的一个老板。

其实这只是一种表面的认知。《红楼梦》的伟大之处就在于小说里处处体现了对人的尊重和关照；对礼教的一种批判；赞扬人性的美好；追求个性的独立。

（四）

所以我赞美贾宝玉的宽容与善良。尤其是到了晚上，当他从薛蟠处喝酒回来，看见晴雯躺在外面歇凉时，便放下身段，为取得晴雯的原谅，主动讨好于她的时候，人性的光辉就更加伟大和崇高。

宝玉一看，原来不是袭人，却是晴雯。宝玉将他一拉，拉在身旁坐下，笑道："你的性子越发惯娇了。早起就是跌了扇子，我不过说了那么两句，你就说上那些话。你说我也罢了，袭人好意劝你，又刮拉上她。你自己想想该不该？"晴雯道："怪热的，拉拉扯扯的做什么，叫人看见什么样儿呢！我这个身子本不配坐在这里。"宝玉笑道："你既知道不配，为什么躺着呢？"晴雯没得说，"嗤"的又笑了，说道："你不来使得，你来了就不配了。起来，让我洗澡去。袭人、麝月都洗了，我叫他们来。"宝玉笑道："我才喝了好些酒，还得洗洗。你既没洗，拿水来，咱们两个洗。"晴雯摇手笑道："罢，罢！我不敢惹爷。还记得碧痕打发你洗澡啊，足有两三个时辰，也不知道做什么呢，我们也不好进去。后来洗完了，进去瞧瞧，地下的水，淹着床腿子，连席子上都汪着水，也不知是怎么洗的，笑了几天。我也没工夫收拾水，你也不用和我一块儿洗。今儿也凉快，我也不洗了，我倒是舀一盆水来，你洗洗脸，篦篦头。刚才鸳鸯送了好些果子来，都湃在那水晶缸里呢。叫他们打发你吃不好吗？"宝玉笑道："既这么着，你不洗，就洗洗手给我拿果子来吃吧。"晴雯笑道："可是说的，我一个蠢材，连扇子还跌折了，那里还配打发吃果子呢！倘或再砸了盘子，更了不得了。"宝玉笑道："你爱砸就砸。这些东西，原不过是借人所用，你爱这样，我爱那样，各有性情。比如那扇子，原是扇的，你要撕着玩儿也可以使得，只是别生气时拿他出气；就如杯盘，原是盛东西的，你喜欢听那一声响，就故意砸了也使得，只别在气头儿上拿他出气。这就是爱物了。"晴雯听了，笑道："既这么说你就拿了扇子我来撕。我最喜欢听撕的声儿。"宝玉听了，便笑着递给他。晴雯果然接过来，"嗤"的一声，撕了两半。接着又听"嗤""嗤"几声。宝玉在旁笑着说："撕得好！再撕响些！"

晴雯在取笑贾宝玉与碧痕洗澡一事时，难免不使读者产生欲望的联想。然而晴雯却拒绝与贾宝玉一起洗澡，说明她的性情里，有一种纯洁的追求——她对贾宝玉的情感，是纯洁的，明明白白的，相比袭人来说，她更有人性的独立与自由，也具有被解放了的人格特征。而贾宝玉这个"柔弱的老板"，对待这些女孩子，就像兄长一样，可以任随她们自由地生活在他营造的环境里。作者在塑造贾宝玉这个人物时，把他当成了冲破礼教世俗的先驱者，是何等的用笔与倾心！

在对待人的情感与对待物的态度上，贾宝玉把物质看得非常淡。物质（扇子）不过是用来取悦于人的，不是用来发泄的。在对物品的处置上，应该有一种愉快的心情，这既是对物品的尊重，也是对人的一种尊重。这种追求人性自由与任性的心态，实在是一种美妙的观点！

为此我想到现实中，许多男女之间的吵架，有时候为了发泄，不是扔东西，就是砸物品，这不是一种愉悦的情感，而是在发泄一种暴戾的情绪，是人不够成熟的表现。所以一个人如果能够温柔和体贴地处理好身边发生的事情，我想这个人的气质一定会让人大加赞赏！

在贾宝玉的心里，人比物品更重要。在给晴雯撕扇子的温情画面里，既表现出一种豁达，又可以引起我们对青春的回忆和向往。现实中，人们为了追求物质的东西，把人性的美好掩藏起来，压抑着人的本性。物质的“欲望”与生命的“真实”之间，是人在现实社会中一直要面对的选择。

那么现实中，到底是物质的享受重要，还是追求个性的独立与自由重要？这值得我们每一个人去深深地思考。

2022 年 1 月 16 日于金犀庭苑

三十二、一种至真至纯的爱情

（一）

那时正值春末夏初，大观园里春谢桃李，青杏正小；蔷薇花盛，芳草皆绿。贾府刚过了端午佳节之际，史大姑娘来了。

青年姊妹，经月不见，一旦相逢，自然是亲密的。

每当读到此处，细细一回味，不由得想起自己小时候的事来。那时候每逢寒暑大假，表弟们总爱来我家，一伙孩子们，跑遍故乡的所有山岗，爬树掏鸟窝，下河摸鱼虾，只叹游戏太少，日光太短，而今想来，人已至中年，天涯海角，人各一方，相聚甚难，纵然偶有一聚，然各皆有成家立世之烦恼，自不能畅谈了。

所以作者写到史湘云的到来，想起曾经与这些女子美好的经历，自然是不惜笔墨地长叙一番。——小说在三十一回后半部着重写了史湘云。

《红楼梦》的写作方法有一个重要的特点：借小说情节里人物的眼去看小说里的人、事、物，又借他们的嘴去评说小说里的人情世故。作者仿佛置身事外，仅仅充当一个看客而已。

我分析这种写法的好处在于：一是发挥读者最大的想象力去弥补小说的不尽之处——“一千个读者，就有一千过哈姆雷特”。每一个读者对文学作品的理解和认识是千差万别的，所以对于《红楼梦》本身来说，也许正是这种方式，才引起读者极大的兴趣和好奇之心。二是这样的写法，少了作者的主观评论，让读者自己参与其中，从而使小说的情节更加真实和可信。

小说中薛宝钗与林黛玉笑说史湘云喜欢穿大人和男孩子的衣服一事，虽说是孩子之间的笑谈，但作者的用意十分明显：以此来展示史湘云性格的活泼和可爱。相比较而言，从小说中我们可以知道史湘云比薛宝钗多一份随性和自然，比林黛玉的孤高又多一份豁达与从容。但从史湘云喜欢穿不合身的

大衣服中，我们还可以看出她心里的特征：她有一种想摆脱现实生活束缚的理想，有追求个性自由的勇气。虽然她很小死了父母，跟随自己的叔叔生活，但却不消极，也不厌世，而是保持一种积极向上的精神。从小说里看史湘云的表现，总让人看到她生命是精彩的，乐观的。而从贾迎春对她的评价中可以知道，史湘云的语言是最丰富的。一个人语言的丰富程度，可以看出她性格的活泼开朗，无所顾忌。就像二三岁的孩子，对外界事物充满着好奇，有说不完的话，问不够的问题。当一个人开始变得沉默寡言时，他或许遇见了生命成长的烦恼，所以保持一颗童心，是多么地重要！再则，从史湘云的语言中，我们还可以看到她知识的丰富和横溢的才华，在本小说的后面章回里，史湘云所表现出来对诗词的热爱是十二钗中所不多见的。

所以小说在写她与丫鬟翠缕走至花园，由荷花和石榴花引出一大段关于易经阴阳的论述时，让读者大开眼界，可见史湘云的知识之广博。

当然小说在这里关于阴阳的解说，其主要目的可以理解为一方面是对女孩子向成熟阶段发展时，对婚姻、对生命的一种领悟。更重要的是作者借此引出麒麟一物，点明男女之间性别的差异来：要知道，史湘云从小与贾宝玉、袭人生活在一起，同吃同住，在那时候他们之间只有兄弟姐妹的情感，对男女性别没有清晰的认识，而现在随着他们渐渐长大，已经到了谈婚论嫁的年龄了。所以这一大段阴阳论述，似乎点明了史湘云的婚姻归属——许多红学家说作者最后娶了一个像史湘云一样性格的表妹为妻。我想上一回所说的“金麒麟伏白首双星”可能正暗示了她的婚姻结局。

（二）

贾宝玉本来是用那个麒麟作为礼物送给史湘云的。不料自己疏忽大意，在看龄官画蔷时，把它丢在了蔷薇花下。然而有一句话是这么说的：“命里有时终须有”——那麒麟正好就被史湘云拾得。所以贾宝玉见此物失而复得，自然高兴：

话说宝玉见那麒麟，心中甚是欢喜，便伸手来拿，笑道：“亏你拣着了。你是怎么拣着的？”湘云笑道：“幸而是这个。明日倘或把印也丢了，难道也就罢了不成？”宝玉笑道：“倒是丢了印平常，若丢了这个，我就该死了。”

史湘云讲到的“印”，是古时当官的一种符号和身份，在这里她取笑贾宝玉的马虎，说他假如当了官丢了印，岂不是丢官弃印了？然而贾宝玉的态度却截然不同，在他的心里，对史湘云的情感，远比当官获得功名更为重要。

这不得不让人联想到东晋诗人陶渊明。为了追求自己想要的生活，他仅当了几十天县令，便丢印脱袍，回归田园，种豆南山之下。这样的人，在现实中是孤傲的，他们的行为与尘世相背离。这也是几千年来中国文人的骨气，贾宝玉有，作者也有。

所以当贾雨村来贾府，要求见一见贾宝玉时，贾宝玉显得极不情愿：

正说着，有人来回说：“兴隆街的大爷来了，老爷叫二爷出去会。”宝玉听了，便知贾雨村来了，心中好不自在。袭人忙去拿衣服。宝玉一面蹬着靴子，一面抱怨道：“有老爷和他坐着就罢了，回回定要见我！”

大家看看贾雨村住在哪里：“兴隆街”。“兴”有一种热烈的气氛；“隆”有一种厚重的油腻感，似乎在说贾雨村的人生正处于大红大紫、如日中天的时候。再则“兴隆”二字，大都用来形容生意，似乎也暗示着贾雨村往来于贾府之中，完全是一种投机行为。古往今来，官场上卖官鬻爵之事从未断过，这种交易，恐怕比真正的生意更直接，也更阴险。

在贾宝玉讨厌去见贾雨村的态度中，我们可以看到两种不同的人生观。贾宝玉对儒家入世思想的反叛，对热衷于功名行为的对立，表现出他有一种追求自然和真实的人生态度。贾雨村的行为，正是现实社会中人们所希望看到的，并奉为人生智慧的东西——人们在追求功名的道路上，为了迎合别人，就会压抑自己的本性，久而久之，真我变少，现实中的自己变成了一种虚伪的外壳。

我想起有一次应邀参加几个朋友的聚会，在谈到为什么要喝酒，而且要喝醉的问题上时，有一个朋友讲了一段特别有意思的话：“我喝酒的本意是想把每天被压抑、被扭曲的生活给抛弃掉，在这种迷糊状态中找回自我，所以醉酒后所说的话，大都是真话。”

后来我才恍然大悟：原来李白醉酒诗百篇；王羲之醉酒有了《兰亭集序》。真正的艺术，必然由真实的性情展示出来。正如许多人谈到文学作品时说的一句话：“真正的文学，就是人学。”这个“人”就是指人的本性。

而贾宝玉追求的正是这样真实的人性。所以在袭人与史湘云谈到贾宝玉对功名的态度时，似乎有一种无奈和失望。由此二人顺理成章地牵扯到两个重要的人物：薛宝钗与林黛玉。她们在关于贾宝玉对待功名这件事的态度上的不同，当她们说到林黛玉时，贾宝玉突然生气：

宝玉道："林姑娘从来说过这些混账话吗？要是他也说过这些混账话，我早和他生分了。"袭人和湘云都点头笑道："这原是混账话吗？"

从贾宝玉这句话里，我们似乎可以听见他说话呼出的气息声，那种激动的、快速的语气，直接让人透不过气来。这足见他对林黛玉的一种肯定，也是对林黛玉的信任。

（三）

但他不知道，此时此刻的林黛玉正守在怡红院门外。当她听见贾宝玉的这一席话时，不仅震惊，也百感交集——

黛玉听了这话，不觉又喜又惊，又悲又叹。所喜者，果然自己眼力不错，素日认他是个知己，果然是个知己；所惊者，他在人前一片私心称扬于我，其亲热厚密，竟不避嫌疑；所叹者：你既为我的知己，自然我亦可为你的知己，既你我为知己，又何必有"金玉"之论呢？既有"金玉"之论，也该你我有之，又何必来一宝钗呢？所悲者：父母早逝，虽有铭心刻骨之言，无人为我主张；况近日每觉神思恍惚，病已渐成，医者更云："气弱血亏，恐致劳怯之症。"我虽为你的知己，但恐不能久待；你纵为我的知己，奈我薄命何！——想到此间，不禁泪又下来。待要进去相见，自觉无味，便一面拭泪，一面抽身回去了。

这一段话是林黛玉的内心独白。从"又喜又惊，又悲又叹"中可以看出她内心的复杂程度。从理想到现实，她对自己和宝玉之间的关系作了深刻的分析与思考，这种思考也让她越来越理性，越来越成熟地看待自己的婚姻大事：自己与宝玉之间从相识到相熟、相亲，再到相知，人与人之间至纯至真的爱情，再不能有高于这样的境界了，所以她一下子领悟到爱情的纯洁与美好。然而她联想到自己在贾府里的处境，预见到自己的病情，她又对这场爱情的结局感到悲观和无助。

她想到这些，情发一心，不觉潸然泪下。此时正巧贾宝玉从房间出来，正欲去会贾雨村，见林黛玉在前面走，便急忙赶上去。这里有一段非常动情的场景描写：

宝玉笑道："你瞧瞧，眼睛上的泪珠儿没干，还撒谎呢。"一面说，一面禁不住抬起手来，替她拭泪。黛玉忙向后退了几步，说道："你又要死了！又这么动手动脚的。"宝玉笑道："说话忘了情，不觉得动了手，也就顾不得死活。"黛玉道："死了倒不值什么，只是丢下了什么'金'，又是什么'麒麟'可怎么好呢！"一句话又把宝玉说急了，赶上来问道："你还说这些话，到底是咒我还是气我呢？"黛玉见问，方想起前日的事来，遂自悔这话又说造次了，忙笑道："你别着急，我原说错了。这有什么要紧，筋都叠暴起来，急得一脸汗！"一面说，一面也近前伸手替他拭面上的汗。

这一处描写贾宝玉给林黛玉拭泪，林黛玉又给他拭汗的场景极为生动。人与人之间的情感之中，有时候根本不需要过多的语言来表达：一个眼神，一个温柔的小动作，彼此就会心领神会，这才是真正的知己。他们二人互相触及对方的肌肤，从生物的角度上分析，这既是彼此之间的抚摸，又是相互间的认可与信任。在《红楼梦》里，像这样的场景描写，最为动人，它体现了人的温暖，人与人之间那种深情直达读者心底。

相信每一个读者读到此处，内心一定会感到宝黛二人的情感已经达到了一个高度和深度。他们彼此之间的认可和相知，促使这份爱情逐渐走向成熟。

当然贾宝玉更加领悟到了这一点。他已经沉浸在这份纯洁爱情的幸福之中，尽管这种爱情会受到世俗观念的禁锢，但他已经顾不得那么多了。他要冲破礼教世俗的桎梏，大胆地把自己最真挚、最炽热的情感说出来：

宝玉正出了神，见袭人和他说话，并未看出是谁，只管呆着脸说道："好妹妹，我的这个心，从来不敢说，今日胆大说出来，就是死了也是甘心的！我为你也弄了一身的病，又不敢告诉人，只好挨着。等你的病好了，只怕我的病才得好呢。睡里梦里也忘不了你！"袭人听了，惊疑不止，又是怕，又是急，又是臊，连忙推他道："这是那里的话？你是怎么着了？还不快去吗？"宝玉一时醒过来，方知是袭人。虽然羞得满面紫胀，却仍是呆呆的，接了扇子，

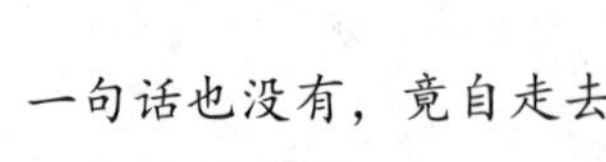

一句话也没有，竟自走去。

然而此时，林黛玉已经走远，并没有听见他的表白。我想这样的表白也无须多说，林黛玉已经明白，在她心里，那一层窗户纸早已经破了。可是这样的话却被袭人听见了，这无疑又给他们的爱情悲剧加重了一层阴影——袭人的又怕、又急、又臊的情绪，可不是林黛玉的“又喜又惊，又悲又叹”那么丰富。她在王夫人面前讲宝玉成人之事时，是理性的，现实的，更有一种虚伪的欲望在里面。

（四）

所以说宝黛二人的爱情，总归是一场不欢而散的伤心事。作者在写完宝黛二人互诉衷情之后，马上转向金钏之死这事上来，这并非是飞来之笔，而大有含义。

《红楼梦》第三十回里，金钏被逐，其实已经给贾宝玉的爱情里埋下了隐患和伏笔。而此处写到金钏之死，预示着宝黛二人的爱情悲剧是必然的。

还记得金钏说的那句话：

“金簪儿掉在井里头，有你的只是有你的。”

我认为一方面暗指金钏投井之死，另一方面说贾宝玉对人深情会像金钏的生命一样，过早地失去。本小说里在描写十二钗众女子时，各有性格，然而在对待爱情和婚姻方面，大体可以分为两类：一是浪漫自由主义，以黛玉、晴雯、司棋为代表；二是传统的理性主义，以袭人、宝钗为代表。可悲的是，贾府里掌权者王夫人，却是一个维护礼教的卫道夫，所以那些追求自由与纯洁爱情的人，结局自然令人嘘唏。

在这一回里，作者真实地再现了人间的两种情感。史湘云与袭人之间那种没有阶级，没有地位，像亲姐妹一样的友情，展示了人性的光辉与大爱。另一方面作者倾心构筑了宝黛二人的爱情表白，这种至纯至真的爱情让人产生无限的向往。

作者这样写，引起读者对美好爱情的追求，使读者产生强烈的共鸣，及至读到宝黛二人爱情的悲剧时，又产生强烈的对比与震撼。从而使小说具有更大的艺术效果和经久不衰的生命力，这恐怕是《红楼梦》如此吸引人的魅力之所在。

读完这一回，不免引起读者对生命的思考：在现实与爱情之间发生矛盾时，可以做出一个符合自己的正确选择；在人性被挤压，被扭曲的现实里，想想自己经历过一段至情至性的情感，或许也会笑着面对罢。

2022 年 1 月 25 日于四川省人民医院

三十三、笞挞之下的悲情

（一）

承接前一回金钏投井之事。金钏之死是本小说情感的一个重要转折：一是预示着大观园里众女子悲惨的命运；二是与宝黛二人情感表白的高潮相重合，意味着这段情感隐藏着的是一场不幸的结局。

而王夫人在这件事上，扮演了一个重要的角色。她虽对金钏之死表示愧意和悲伤，但她是站在阶级的立场和伦理的高度来看待这个问题的。所以她赏给了金钏母亲五十两银子，几件衣服，一些首饰。从现代社会的法制观念来看，这应该算是对金钏之死的补偿，但从人的角度上而言，一个丫头生命却可以这样轻描淡写地打发了？小说里写道：

金钏的母亲磕了头，谢了出去。

有时候我读到此处，就会感叹生命可以这样卑微和下贱！

自古以来称小老百姓为“草民”，但当这些野草蓬勃发展的时候，却可以覆盖整个大地。作者对于金钏之死如此着笔，也许暗指当时社会中对人的关怀可以这样无情与冷漠。如果一个社会、一个国家缺少对人生命的基本尊重，如果缺少对人民的真正关怀，我想这样的社会一定也是冷酷的，当然就更没有真正的诚信和仁爱可言。

然而当贾宝玉听说金钏投井之后，却表现得非常难受：

宝玉素日虽然口角伶俐，此时一心却为金钏儿感伤，恨不得也身亡命殒；如今见他父亲说这些话，究竟不曾听明白了，只是怔怔地站着。

从这里似乎又可以让读者从那冷漠的人情社会里看到一丝希望，让一颗寒凉的心感到一点点温暖。此时的贾宝玉正代表着那个社会的某种期望的火种，因为他有人性的真实，也有对人的尊重。在物欲横流的虚伪社会中，大众眼里只有金钱利益的时候，这一点点尊重和人性的温暖显得多么地难能可贵！

（二）

正当贾宝玉为此事闷闷不乐、长吁短叹之时，出门便撞见了自己的父亲贾政。其父见他如此垂头丧气，又联想起刚才见贾雨村时那种冷淡的态度，自然心中早已不悦。

贾政道："好端端的，你垂头丧气的干什么？方才雨村来了要见你，那半天才出来。既出来了，全无一点慷慨挥洒的谈吐，仍是畏畏缩缩的。我看你脸上一团私欲愁闷气色，这会子又唉声叹气，你那些还不足、还不自在？无故这样，是什么缘故？"

贾政的这些话，展示了普天之下中国众多父母的传统思想。我记得小时候父母常教育我们要多学见识，多结交有名望的人，这样将来在社会上才能左右逢源，有一个好的前程。后来想想，这些思想不正是儒家入世的人生观么？中国走过几千年的封建社会，从汉武帝罢黜百家独尊儒术以来，儒家思想经过一代代统治者出于维护自己的统治地位而不断地改变它最初的精神，最终成为封建社会根深蒂固的正统思想，它在中国人的思想元素里枝繁叶茂，难以去除。

更不必说像贾政这样一个从小就接受这种正统思想教育的儒官。在他的思想里，所有人的行为都以所谓正统的思想来评判：君臣、父子、夫妻以及朋友之间都有固定的秩序和规矩。他尊崇儒家经典，推崇八股文章。其实贾政的形象，已经完全是一个儒家的道学士。他在任何时候都代表着一种正统的礼教、权威的精神。

正因为此，在家庭里，他虽作为一个父亲，但却缺少人的温暖，也缺少对家人的亲情，在本小说里，他这个父亲是缺位的。

所以当忠顺王府的人到贾府向贾宝玉讨要琪官的时候，贾政表现得十分紧张和气愤。从忠顺王府的府官和贾政的态度可以看出贾府与忠顺王在政治上不是一条战线的，甚至有可能还会是政治上的敌人。如果贾政处理不好这件小事，不仅会给贾政仕途带来麻烦，还有可能给贾府带来灭顶之灾。

但我们从忠顺王府的府官所讲的言语和口气中，似乎也可以知道两个信息：

一是自古以来皇亲国戚和达官贵人包养戏子的事实。就是在当下，那些娱乐圈常常曝出的丑闻里，也少不了掌权者和既得利益者的身影。二是在贾宝玉认识琪官当日，除了冯紫英和薛蟠外，还有妓女云儿。假如排除冯、薛二人的嫌疑，想必应该是妓女云儿把此事说出去的，从而可见忠顺王府不仅包养戏子，也往来于青楼歌妓之间，这样的皇族一样是腐朽没落的，所以小说里，不仅写了一个家族的没落，也写了一个政权的衰败。但是，不管怎么说，贾政由不高兴转向了气愤。当他送走忠顺王府的人后，准备转身回来收拾贾宝玉，正巧碰见了贾环，贾环添油加醋的告密便把贾宝玉挨打的公案坐实了。

小厮们答应了一声，方欲去叫，贾环忙上前拉住贾政袍襟，贴膝跪下道："老爷不用生气。此事除太太屋里的人，别人一点也不知道。我听见我母亲说……"说到这句，便回头四顾一看。贾政知其意，将眼色一丢，小厮们明白，都往两边后面退去。贾环便悄悄说道："我母亲告诉我说：宝玉哥哥前日在太太屋里，拉着太太的丫头金钏儿，强奸不遂，打了一顿，金钏儿便赌气投井死了。"

我们来梳理一下在贾政心里，贾宝玉究竟犯了些什么错：

一是在面对贾雨村时，贾宝玉表现得不似平常那样潇洒自如，彬彬有礼。这让贾政觉得贾宝玉违背了"礼"的标准。贾府是诗礼之家，如果贾宝玉表现得既热情又有才华，不仅显示出贾府治家有方，也使贾政在同僚中显得荣光和有面子。

二是贾宝玉与琪官认识，忠顺王府来寻，意思明显地告诉贾政他儿子的品行不端，包养戏子。间接地指向贾政作为一个管理教育的官员，自己的儿子尚且教育不好，又怎么能在朝廷上做一个好官呢？这不正违背了儒家中讲"修身"的道理么？

三是贾政自认为贾府是正统的书香之家，尊崇儒家的道德规范，是以德治家的典范，怎么可能容忍强奸未遂、逼死丫鬟的事情发生？这不是说明自己"治家"不严吗？

所以这三件事使得贾政的情绪由不悦到气愤再到愤怒，他已经达到无法容忍的地步了，可想接下来发生的事，便水到渠成，贾宝玉的这顿挨打，在所难免。

（三）

此时的贾宝玉当然也有预感："这次会遭，而且不轻。"所以他在房间里急得团团转，想找一个人去贾母那里求救，然而此时身边一个人也没有，就连平日里一直紧跟着他的焙茗也不知去哪里了。正当他急得不知如何是好时，来了一个老嬷嬷，贾宝玉以为抓到了一根救命稻草，哪知作者的写法却令人啼笑皆非：

那宝玉听见贾政吩咐他"不许动"，早知凶多吉少，哪里知道贾环又添了许多的话？正在厅上旋转，寻得个人往里头捎信，偏偏的没个人来，连焙茗也不知在那里。正盼望时，只见一个老妈妈出来。宝玉如得了珍宝，便赶上来拉他，说道："快进去告诉，老爷要打我呢！快去，快去！要紧，要紧！"宝玉一则急了说话不明白，二则老婆子偏偏又耳聋，不曾听见是什么话，把"要紧"二字只听做"跳井"二字，便笑道："跳井让他跳去，二爷怕什么？"宝玉见是个聋人，便着急道："你出去叫我的小厮来吧！"那婆子道："有什么不了的事？老早的完了。太太又赏了银子，怎么不了事呢？"

也不知道是作者在这里故意调侃还是为了提升小说的紧张气氛。这个又聋又背的老太婆出场，增加了一种喜剧的气息——使贾宝玉的紧张显得更加地无助和可笑。作者这样写似乎又带着一种无奈的讽刺和隐喻：很多时候，当我们处于人生得意时，处处都有朋友帮助，时时都会有人呼应着你。而当你真正有难处，需要他们施以援手的时候，许多人不是装聋卖傻就是退避三舍，远远地躲着你。记得一句话：考验一些人是不是你真正的朋友，就是在你落难的时候向他借钱，看看有多少人愿意帮助你，愿意慷慨解囊的，那便是你真实的朋友。

现实中人与人之间的关系，给你锦上添花的人多，能给你雪中送炭的人却是微乎其微。世态炎凉，人情之淡是这个社会经常遇见的事。人海茫茫，大都擦肩而过，能成为你真正朋友的，不过二三，当你遇见时，却要好好珍惜！

此时的贾政已经气急败坏，根本无法控制自己的情绪了。所以他见下人把贾宝玉打得太轻，居然抢过板子，自己亲自动手：

贾政还嫌打得轻，一脚踢开掌板的，自己夺过板子来，狠命地又打了十

几下。宝玉生来未经过这样苦楚，起先觉得打得疼不过还乱嚷乱哭，后来渐渐气弱声嘶，哽咽不出。众门客见打得不行了，赶着上来，恳求住手。贾政哪里肯听？说道："你们问问他干的勾当，可饶不可饶！素日皆是你们这些人把他惯坏了，才到这步田地，还来劝解！明日惯到他弑父弑君，你们才劝不成？"众人听这话不好，知道气急了，忙乱着觅人进去给信。

为了自己心目中的伦理道德，贾政几乎丧失了作为父亲的温情，对自己的亲生骨肉下起了如此的狠手。我每次读到这里，常常想起自己的父亲——

有一年，我那时候还不过十岁，由于调皮，偷了村里人家橘子园里的橘子，被主人家逮住，那人便揪着我去向父亲讨要一个说法。我父亲先是狠狠地责备我一顿，然而那人并不松口，于是父亲便去寻一根棍子来准备好好教训我一顿。我一看，见势不妙，撒腿跑远了。后来那人不依不饶，非得要父亲追我回来给个说法，父亲见状便调转矛头直指那人："人比橘子重要，偷了你的橘子，我赔！孩子还小，不要得理不饶人！"后来父亲居然与事主大吵一场，直到把对方骂得无法开口为止。现在想来，我父亲比起贾政更有人性的温暖，也更像一个真正的慈父。

（四）

然而贾宝玉却没有遇到像我父亲这样的人。大家看看，贾政把贾宝玉究竟打得何等严重：

王夫人抱着宝玉，只见他面白气弱，底下穿着一条绿纱小衣，一片皆是血渍。禁不住解下汗巾去，由腿看至臀胫，或青或紫，或整或破，竟无一点好处，不觉失声大哭起"苦命的儿"来。因哭出"苦命儿"来，又想起贾珠来，便叫着贾珠哭道："若有你活着，便死一百个我也不管了！"此时里面的人闻得王夫人出来，李纨、凤姐及迎、探姊妹两个也都出来了。王夫人哭着贾珠的名字，别人还可，惟有李纨禁不住也抽抽搭搭地哭起来了。

王夫人作为一个母亲，自然知道贾宝玉的命比伦理道德重要的道理。在贾府之中，王夫人与贾宝玉相伴的时间更多，作为母亲，此时她的心里十分难受、伤痛欲绝。

然而在她哭泣过程中，却念叨着贾珠——那个早已死去的儿子，也就是李纨的丈夫。这其中可以看到两位女性的悲情。

在王夫人的立场来看，自己已年过五十了，本来应该有两个儿子可以依靠的，然而大儿子贾珠早夭折了，留下贾宝玉这一根独苗，倘若此时被贾政打死，自己便成了孤家寡人，无依无靠，老来不是一场悲剧吗？

站在李纨的立场看，自己年纪轻轻守寡，仅有一个独子，为了所谓的伦理和贾家的声誉，自己不能改嫁，大好青春守着一个“贞节牌坊”，如枯木一般，岂不是又一大悲剧。此时再听见王夫人哭诉到自己的伤心处，不免引了自己对未来的担忧，看到自己生命一片死灰，所以她的哭，更可怜，更值得同情。

站在贾政的立场看，从人的心理特征上讲，人们往往因爱生恨。他或许是深爱着贾宝玉的，只是他作为父亲的这种爱，是站在儒家正统思想上的（如前面贾代儒责罚贾瑞），他认为孩子知书识礼，懂得忠、孝、仁、义的道理，就是一个优秀的孩子。所以贾政的爱，是爱的他心目中的正统，爱的是他的人生观和世界观。

但他不知道，尽管儒家思想在封建社会被奉为圭臬，但历史仍然在改朝换代，甚至礼坏乐崩。因为人们追求自由独立，反抗压迫的精神永不磨灭。社会的长治久安，需要一种公平正义的环境，需要多一些对人的尊重，多一些人文的关怀。

（五）

本回围绕着贾宝玉的挨打，叙写了每一个人的悲情。以贾宝玉挨打之事为中心，贾政、贾环、王夫人、李纨、贾母等的表现各不一样。有人因此而痛苦悲伤；有人幸灾乐祸；有人伤心欲绝……然而这笞挞之下，却包含多少伦理道德下的误会与曲解！

一时间谁能说得清楚呢？

2022 年 2 月 5 日于金犀庭苑

三十四、无声之泣才是最深切的悲伤

（一）

前一回讲贾宝玉挨打，差点丢了性命，可见作为父亲的贾政，在贾宝玉身上体现的威严与苛责。站在封建正统思想上讲：人应该按儒家伦理道德的要求行事，应该遵守“仁、义、礼、智、信”对人的要求，并主动践行这样的要求，才算一个正人君子。而贾宝玉的行为，恰恰违背了这样的要求，所以这对贾政来说，算是奇耻大辱。因此与其说贾宝玉挨的是贾政的打，还不如说他被封建正统思想狠狠地教训了一顿。

几千年来，这样的正统思想被统治阶级奉为天理，所谓“存天理，灭人欲”。多年前，我那时候大概读中学，突然读到这一句话，觉得非常有意思：既然天理要人没有性欲，那这世界上哪还有人类呢？后来读书多了才知道，这个“欲”所指的是人的欲望。再后来，我才知道这句话的真实意义：朱熹在《朱子语类》中说：“去其气质之偏，物欲之蔽，以复其性，以尽其伦。”简单地说，朱熹主张的是明理见性，人如果为自己的私欲所蒙蔽，所以看不到自己的真实面貌，不能体悟到天地之理，要想体验到、找到万事万物的共同之理，就要除去人的私欲。

看来许多年来，我们不知道误读了多少经典！歪曲了多少理论！恐怕孔老夫子的初心，也不一定就是几千年来人们理解的那样，要不他怎么会赞成曾皙的“咏而归”呢？——我一直认为，曾皙的那一段话有一种强烈追求自然而然的境界。

话题似乎扯得太远，还是回归本小说吧。

我有时候在读到宝玉挨打时，总会同情贾政。他作为一个儒官，主要负责国家教育方面的工作，他的职业要求他必须正统，必须维护统治阶级的思想。所以当他看到儿子的行为时，肯定无法接受。不过他完全可以命令下人掌板去打贾宝玉的，然而他却亲自动手。这中间可能也有作为父亲恨铁不成钢的气愤；也有作为儒家官员形象的无奈。他一通板子，维护了某种权威，却失去了一个父亲温柔善良的一面。

所以当贾母哭诉和斥责他时，他似乎也有所醒悟，“贾政听了，也就灰心自己不该下毒手打到如此地步”。所以在伦理与骨肉之间，贾政内心的矛盾与痛苦是非常复杂的。

（二）

站在理性的角度考虑，大观园里的许多人认为贾宝玉这一顿板子是应该的，而且似乎打得合情合理。所以当袭人见到贾宝玉被众人抬回怡红院，看到他的伤势时，说的第一句话，不是关切，而是带着一种责备与劝解：

> 袭人咬着牙说道：“我的娘，怎么下这般的狠手！你但凡听我一句话，也不到这个分儿。幸而没动筋骨；倘或打出个残疾来，可叫人怎么样呢？”

还记得第十九回中，袭人与贾宝玉约法三章的事，然而贾宝玉却一件也未遵照执行，并不是贾宝玉不信守诺言，而是在他的生命里，对于禁锢人性的东西本身就感到厌烦，一个人怎么会对自己讨厌的东西铭记于心呢？所以袭人此时说的“但凡听我一句话”中，既指的前情，又表现出无奈。也许袭人的这一段话还有其他意思。——在她内心里，一直认定将来会终身跟随贾宝玉的，倘若贾宝玉此时被打残或者打死，那么袭人的希望岂不是落空了？所以袭人这一席话，正是她内心复杂与矛盾的体现。但比起薛宝钗来，袭人的心思要明白得多。我读《红楼梦》特别喜欢去分析薛宝钗的心思，她有才华，又有心机，遇事很容易滑脱，而且做人周到，为人处事总让人感到温暖……这样的人，如果是一个坏人，那她几乎是无敌的；如果是一个政治家，相信她治理社会也很有一套。所以，我常常觉得薛宝钗深不可测，也挺可怕的。有一次我在与别人谈到《红楼梦》的人物时，讲到薛宝钗，我说如果我身边有这样一个人，我会选择敬而远之——因为我智商低，情商也低，我怕他把我卖了，我还帮他数钱呢。

而在这里，薛宝钗对贾宝玉的心思，却要比袭人更复杂和长远。可能是身份和地位的不同吧。袭人作为一个丫鬟，在她内心里早已给自己在贾府里定了位：自己就是一个服侍人的下人，能跟随贾宝玉这样一个和善大度，又没有阶级观念的主子一辈子，也算有一个良好的归属。更何况，自己与贾宝

玉已经行过男女之事，一个女人心甘情愿地把身体给一个男人，在她心里，这个男人就是一辈子的情感寄托或者依靠，所以无论在任何场合，她都会努力维持与贾宝玉的关系。

而薛宝钗不一样，她不可能降低身份当一个丫鬟去侍候贾宝玉，她是有身份和地位的，她更需要贾府的一个名分。而要得到这个名分，她得做足功课：一方面要让贾府上上下下的人看到自己的优点；另一方面，也要让贾宝玉感到她对他的真情，所以薛宝钗在对待贾宝玉的事情上，也处处体现着心机与智慧：

只见宝钗手里托着一丸药走进来，向袭人说道："晚上把这药用酒研开，替他敷上，把那淤血的热毒散开就好了。"说毕，递与袭人。又问："这会子可好些？"宝玉一面道谢，说："好些了。"又让坐。宝钗见他睁开眼说话，不像先时，心中也宽慰了些，便点头叹道："早听人一句话，也不至有今日。别说老太太、太太心疼，就是我们看着，心里也——"刚说了半句，又忙咽住，不觉眼圈微红，双腮带赤，低头不语了。

作者写薛宝钗手里托着一丸药，这个"托"字用得非常好，也用得到位。怎么理解这个字呢？这个动作是单手向上，高出肩膀，让人上部看着比较宽阔，这才叫托。很显然，这种动作是希望让人看见那个人是带着东西来的，并不是空手而来。我们中国人很讲究礼尚往来，如果你去看望一个人，不带点东西或者送点礼物，就白白的一句话，恐怕主人家会觉得你礼数不周，不仅如此，旁人见了也会笑话你小气。所以宝钗很懂得这个"礼"，也懂得人们那些世俗的眼神。

再听听薛宝钗见了贾宝玉怎么说。她的语言几乎与前面袭人的如出一辙，都表达了对贾宝玉的关心和劝解，但薛宝钗比袭人更隐晦和理性。他先说出贾母与王夫人来，说贾宝玉挨打后，这些最亲的人是非常心疼的，看着这些亲人心疼，她自己也跟着心疼了。一方面薛宝钗表现得很有礼节，另一方面却还是无法掩饰那种对贾宝玉的情感，——也像亲人那样关心着贾宝玉。这些话里似乎都藏着她的心境和情感。

但是贾宝玉的表现既滑稽又可爱。

宝玉听得这话如此亲切，大有深意，忽见她又咽住不往下说，红了脸低下头含着泪只管弄衣带，那一种软怯娇羞、轻怜痛惜之情，竟难以言语形容，越觉心中感动，将疼痛早已丢在九霄云外去了。想道："我不过挨了几下打，他们一个个就有这些怜惜之态，令人可亲可敬。假若我一时竟别有大故，他们还不知何等悲感呢。既是他们这样，我便一时死了，得他们如此，一生事业纵然尽付东流，也无足叹惜了。"

贾宝玉看着薛宝钗因自己挨打而伤悲，不但不觉伤痛，反而感到高兴。一个人在有人疼爱和牵挂的时候，即便受皮肉之苦，似乎也能体会到一种幸福的感觉，这样的人内心一定是纯洁的和充满着爱的温暖。

（三）

所以在朦胧中，他首先看到的是蒋玉涵和金钏。因为在贾宝玉的心中，对于金钏之死和蒋玉涵被忠顺王府捉拿，他感到愧疚和悔恨。一个人可以忘记肉体的痛，而记挂于他人的安危和生死；这种悲天悯人的情怀，在物欲横流的阶级社会中，是非常珍贵的。我想，如果社会中的每一个人，都有这样的思想，恐怕这社会要和谐和温暖得多。

但是此时贾宝玉在半梦半醒中睁开眼，看见的却又不是蒋玉涵和金钏，而是林黛玉：

宝玉从梦中惊醒，睁眼一看，不是别人，却是黛玉。——犹恐是梦，忙又将身子欠起来，向脸上细细一认，只见她两只眼睛肿得桃儿一般，满面泪光，不是黛玉却是那个？宝玉还欲看时，怎奈下半截疼痛难禁，支持不住，便"嗳哟"一声仍旧倒下，叹了口气说道："你又做什么来了，太阳才落，那地上还是怪热的，倘或又受了暑，怎么好呢？我虽然捱了打，却也不很觉疼痛。这个样儿是装出来哄他们，好在外头布散给老爷听。其实是假的，你别信真了。"

此时黛玉虽不是号啕大哭，然越是这等无声之泣，气噎喉堵，更觉利害。听了宝玉这些话，心中提起万句言词，要说时却不能说得半句。半天，方抽抽噎噎的道："你可都改了罢！"宝玉听说，便长叹一声道："你放心。别说这样话。我便为这些人死了，也是情愿的。"

林黛玉此时出场时机，很有些意味：一是在贾宝玉房中没有人的时候，二是在贾宝玉感到愧疚和伤悲的时候。

《红楼梦》写作手法很多，除了伏笔，作者对比手法用得也很多。此处林黛玉的出场，正与薛宝钗来看贾宝玉对照着写来。你看林黛玉来时，手上并没有"托"着什么东西，也没有人看见。她不言不语，只是无声地哭泣。我们可以通过她红肿的眼睛，抽抽噎噎的情态看出林黛玉得知贾宝玉挨打后，一直在暗地里悲伤地哭泣。这无声的哭泣中，只有贾宝玉明白她的悲伤。

作者写林黛玉趁无人之际来怡红院探视贾宝玉的情景，处处体现着一种深情，这种深情只有宝黛二人能明白。试想一下，一个受伤的男孩子，旁边静静地坐着一个为他伤悲的多情的女子，在伤感里，又给人一种唯美的感觉。

林黛玉默默地流泪，那种无声的伤悲和抽泣最终凝结成一句话：

"你可都改了罢！"

似乎在劝解，又似乎有说不出的无奈。她知道贾宝玉对人的态度，对大观园众女子的关怀中，有一种对生命自我完成的追求，所以她内心对贾宝玉的行为充满着欣赏。但当此时，她看见贾宝玉因此而被打得半死，却因为疼惜贾宝玉的伤而内心感到非常的无助和矛盾，所以她半天说出这一句话，既显得言不由衷，又表现得相当的痛苦——那完全是一种内心的折磨。

此情此心，也只有贾宝玉明白，他们之间的情感是属于他们二人的，大观园里的众人，也不过只看见表面而已。

（四）

小说写到这里却突然穿插了袭人去王夫人那里问话一事，千万别认为这是闲笔，而是故意岔开宝黛情感变化的一个情节安排。《红楼梦》这部小说里，没有多少闲笔。有时候我读这本书，仿佛看见多年前妻子织毛衣的场景：她每织一段，就加点其他颜色的毛线在里面，初看似乎这些东西可有可无，反而影响整个编织的进度，然而等到一件毛衣织到一定程度或者完成时，你才发现那些其他颜色的毛线组成了完整的图案，美妙绝伦，我那时非常叹服她编织过程既考虑了局部又在头脑里布局了整体的手法。而《红楼梦》也像编织毛衣一样，中间穿插的其他情节，一定会在小说后来的故事中得到验证。

因此袭人此去王夫人处，必然是作者闲处着笔，要紧处体现。只待我们后面慢慢解读出来。

仔细读这一部分，有心的人会发现袭人的心机和欲望。首先王夫人找贾宝玉房中的丫头去问话，是很平常的一件事，然而袭人主动前去，为此王夫人还责备她为什么亲自前来。这足见王夫人只是想了解一下情况，并无什么重要的大事可问。

而此时，袭人觉得这是一个向王夫人表忠心和建议的绝佳机会。因为贾宝玉挨打后，直接触动了王夫人的伤痛之处，只有在王夫人因为伤痛而反省的时候，才能真正地体会到自己那片忠心的真诚和作为大丫头的责任，从而引起王夫人的重视，此后自己便也会更加受到器重，既而更能巩固自己在贾府丫鬟中的地位。

袭人道："别的原故，实在不知道。"又低头迟疑了一会，说道："今日大胆在太太跟前说句冒撞话，论理——"说了半截，却又咽住。王夫人道："你只管说。"袭人道："太太别生气，我才敢说。"王夫人道："你说就是了。"袭人道："论理宝二爷也得老爷教训教训才好呢！要老爷再不管，不知将来还要做出什么事来呢。"

王夫人问完贾宝玉的伤情之后，本来是闲闲地问一句宝玉挨打的原因，而袭人从王夫人的问话中，敏感地发现王夫人作为贾宝玉母亲的痛处。所以她先提出了自己的观点——贾宝玉应该得到一次教训才对，间接地引导王夫人说出自己的痛苦与委屈来。当然王夫人一听袭人的话正中她的心怀，自然向袭人大倒苦水：教育儿女是为人父母的一件大事，天下父母都希望自己的儿女成才。然而王夫人的内心又是矛盾的，她的那种矛盾与痛苦是普天下为人父母所共有的。

袭人此时已经看到王夫人的痛处，便站在王夫人立场，以一个丫鬟的身份，表示了自己的真情与忠心，并大胆地向王夫人提出，找一个机会让贾宝玉搬出大观园来。

王夫人听了，吃一大惊，忙拉了袭人的手，问道："宝玉难道和谁作怪了不成？"袭人连忙回道："太太别多心，并没有这话，这不过是我的小见识：如今二爷也大了，里头姑娘们也大了，况且林姑娘、宝姑娘又是两姨姑表姐

妹，虽说是姐妹们，到底是男女之分，日夜一处起坐不方便，由不得叫人悬心。既蒙老太太和太太的恩典，把我派在二爷屋里，如今跟在园中住，都是我的干系。太太想，多有无心中做出，有心人看见，当作有心事，反说坏了的，倒不如预先防着点儿。况且二爷素日的性格，太太是知道的，他又偏好在我们队里闹。倘或不防，前后错了一点半点，不论真假，人多嘴杂，那起坏人的嘴，太太还不知道呢：心顺了，说得比菩萨还好；心不顺，就没有忌讳了。二爷将来倘或有人说好，不过大家落个直过儿；设若叫人哼出一声不是来，我们不用说，粉身碎骨还是平常，后来二爷一生的声名品行，岂不完了呢？那时老爷、太太也白疼了，白操了心了。不如这会子防避些，似乎妥当。太太事情又多，一时固然想不到；我们想不到便罢了，既想到了，要不回明了太太，罪越重了。近来我为这件事，日夜悬心，又恐怕太太听着生气，所以总没敢言语。

这一大段，几乎全是袭人的语言。她表达了至少三个意思：一是站在伦理道德的立场上分析，贾宝玉成年了，而大观园里除了姓贾的姐妹，还有表姐妹，难免日久生情，做出一点违背常理的事出来。二是表示自己的忠心，既然承蒙贾母与王夫人的器重，那自己就得尽心尽力地做好自己的本职工作，帮助王夫人照顾好贾宝玉。三是要管理好贾宝玉，就得提前做好预防工作，不要到出了事时再来后悔，那时候贾宝玉的名声坏了不说，王夫人贾政一片父母之情也白费了。

袭人的语言里，既提出问题，又分析原因，还给予了解决的方法，可以说是相当完美，无懈可击。王夫人作为一个管理者，听了下属这样的意见和建议，自然觉得袭人是一个可信任的丫头。

你今日这话提醒了我，难为你这样细心，真真好孩子！也罢了，你且去吧，我自有道理。只是还有一句话，你如今既说了这样的话，我索性就把他交给你了。好歹留点心儿，别叫他糟塌了身子才好。自然不辜负你。”袭人低了一回头，方道：“太太吩咐，敢不尽心吗。”说着，慢慢的退出。

袭人与王夫人的对话，从引导到共情再到理性，层层递进，既让王夫人看到她的重要性，又达到了自己的目的。所以说袭人的心机在这里一目了然，同时也为后来晴雯被逐，大观园被抄捡埋下伏笔。

（五）

然而我想作者写到此处时，心情一定难以平复。在贾宝玉的多情与袭人的理性之间，作者一定也在思考：这是不是人对世俗认识的一种矛盾与对立？还是在面对情感与理性之间，应该做出怎样的选择？

但当贾宝玉叫晴雯给林黛玉送手绢时，其实作者已经表明了立场：我是在写一段悲伤的爱情故事，至于理性的东西，应该交由社会和后来人去评说。歌颂爱情，也就歌颂真实的人性！

在小说里，贾宝玉面对贾府众人，大多时候是孤独的，只有在林黛玉面前，他才能找到自己的灵魂。他对人对事的那种情感，也只有林黛玉才能明白和真切地感受到。

当林黛玉从晴雯那里获得贾宝玉的旧手绢时，她更深切地感受到浓浓的情意：一是告诉她自己已经知道了她的悲伤，但请别担心，一切都会好起来的。二是这旧手绢带着贾宝玉的体温和泪痕，表面是给林黛玉用来擦眼泪的，实则告诉她我的心与你的心永远在一起。

所以她看着这手绢不觉神痴心醉，引发了自己复杂的心绪：一种喜悦，一种悲伤，又有一种惧怕。抑制不住自己情感，便在手绢上写了三首诗：

其一

眼空蓄泪泪空垂，暗洒闲抛更向谁？
尺幅鲛绡劳惠赠，为君那得不伤悲！

其二

抛珠滚玉只偷潸，镇日无心镇日闲。
枕上袖边难拂拭，任他点点与斑斑。

其三

彩线难收面上珠，湘江旧迹已模糊。
窗前亦有千竿竹，不识香痕渍也无？

这三首诗正是林黛玉心情的真实写照。其一，对贾宝玉送手绢之事，感受到相知相惜，内心感到安慰。其二，因为惦念贾宝玉的伤痛，自己放不下心，所以整天以泪洗面，伤悲到了极点。其三，表达一种情感的无奈，希望我的泪将像当年的湘妃一样，因为对人的思念而留在竹子上。我的窗外就有一丛

竹子，不知道它们是否能把我的泪留下？

这三首题绢诗，是林黛玉深感贾宝玉真情的一种回应。也是林黛玉对贾宝玉感情的进一步发展。眼泪是林黛玉的情债之物，当她面对贾宝玉的真情时，她已经无法控制住对情感的抑制，所以她的泪里，既是一种深情，也是一种用生命来回报爱情的行为。

所以林黛玉的无声之泣，才是最悲伤、最动人的。

2022 年 2 月 13 日于夜金犀庭苑

三十五、孤意里的深情与生活中的艺术

（一）

想林黛玉那时立在花阴之下，见薛宝钗有哭泣之状，以为其因宝玉挨打受伤而悲泣，所以故意奚落于她，哪知薛宝钗冷漠相向，却让林黛玉感到一阵茫然。

林黛玉不知道薛宝钗此为何而泣。那全是因为贾宝玉挨打后，她和其母亲薛姨妈疑惑薛蟠有挑唆的嫌疑，于是一家人关于此事起了争执。薛蟠皆因自己平日里名声不好，连自己的母亲和妹妹也怀疑自己，所以百口莫辩，情急之下，才以“你这金锁要拣有玉的才可配，你留了心，见宝玉有那劳什子，你自然如今行动护着他”的话回怼了薛宝钗。

其实从小说的情节来看，薛蟠此话不假。《红楼梦》第八回中莺儿笑说贾宝玉的玉与薛宝钗的金锁是一对时，薛宝钗的态度已经非常明确——那是她正期望的结果。只不过此时由薛蟠这样明言明语地在她面前说出来，在旧时社会里，这对一个未出阁的小姐来说，未免着实有些羞愧。二者，一个人的心思被人家看穿并在情急之下抖露了出来，其内心有一种无法掩饰的尴尬，所以此时薛宝钗无言以对，也只能流下委屈的泪水。而林黛玉却不知前情，此时用醋意面对薛宝钗的羞愧之泪，自然也有自己的计较之处。她立在花阴树下，见薛宝钗不理自己，又只得怅然张望着那人来人往的怡红院中。她看到贾宝玉因挨打而受伤后，贾府里的太太夫人、小姐、丫鬟们忙前忙后地照应和关心，那些人情往来的热闹中，让她联想到自己的身世，倍感孤独与悲伤。她立在那里正发痴时，紫鹃呼她进屋吃药，于是才缓过神来。

作者从林黛玉的眼里描写潇湘馆的情景：

“一进院门，只见满地下竹影参差，苔痕浓淡，不觉又想起《西厢记》中所云：‘幽僻处，可有人行？点苍苔，白露泠泠’二句来。”

这样的描写，正暗合了此时林黛玉的心境，也正是她悲伤处的真实写照：《西厢记》的崔莺莺见到这样的情境，不禁引发了她的幽情，让人读到此处不免引起感伤。然而自己相较于剧中的莺莺来说，更可悲、更孤寂。小说此处的“幽僻、苍苔、白露泠泠”正写出了林黛玉这个少女一种孤独、幽冷的心理状态。她这种心情，一时无法排遣，也无法向人诉说，所以只能对着院里的花鸟草虫而悲叹：“侬今葬花人笑痴，他年葬侬知是谁？”这一句诗问，正是她对生命无法掌控的一声悲叹！

作者为了更能对比林黛玉的孤意与幽冷的心境，使那种画面感显得更为强烈，所以笔锋一转，用轻快的语言写了薛宝钗去见薛姨妈和薛蟠的情景：母子三人之间因为前一天的争执，由悲伤转为喜悦而温馨的场面。薛宝钗自幼没了父亲，但却有母亲和哥哥的关照，自然会感到人间亲情和温暖。而林黛玉却不同，她孤独一人，高兴时不能与人分享，悲伤时只能迎风落泪，对月伤怀，她住的地方，是一种幽静的去处；她的潇湘馆外种的竹子，正具有她那种幽冷、孤傲的生命特征。作者先写林黛玉的孤寂，再写薛宝钗的幸福，二者形成鲜明而强烈的对比，从而更能引起读者对林黛玉身世的同情与理解。

在《红楼梦》这部小说的前半部分，很多人读到林黛玉的小性子、爱生气、特计较时很不理解，但渐渐地随着对小说理解的深入，你就会发现越来越读懂林黛玉的心境。尤其对一个十几岁的青春少女，当她相遇情感纠葛或者在生命成长过程中遭遇烦闷时，每每读到小说中描写林黛玉这样的心境时，就会被深深地吸引进去，仿佛那个对月伤怀、临花吟诵的人不是林黛玉而是自己。我曾经的一个文友跟我说，她在十几岁就读《红楼梦》，读了很多遍，常常读到林黛玉的处境而悲伤流泪，甚至于自己的言行都十分像林黛玉了。她说这本小说有毒，所以她现在不再读这小说了。

此或许正是文学艺术影响人生的原因所在吧！

（二）

我读这部小说的时候，我觉得它是在写人的一生——人们经历过的人情世故，以及潜藏在这些人情世故里的道理和情感。比如贾宝玉这次挨打了，每天都会有人来关照他。作者借林黛玉的眼睛来看，那些来来往往探望的人，有些出于友情，有些是亲情，有些不过出于礼节，所以林黛玉在本回开端看见凤姐没来，便有一段心理描写：

他怎么不来瞧瞧宝玉呢？便是有事缠住了，他必定也是要来打个花胡哨，讨老太太的好儿才是呢。

由于林黛玉性格的孤高，所以往往对人间那种虚情假意看得更为深刻——她觉得王熙凤的行为只不过是为了讨好贾母的一种应承，表面热情，而内心却是虚伪的。因此林黛玉对这种行为就不屑一顾。

而薛宝钗却不一样。在大家讨论给贾宝玉做莲叶羹时，王熙凤为了讨贾母喜欢，积极吩咐下人做十几碗来大家一起尝尝，贾母笑她用公家的费用做人情时，薛宝钗在一旁笑道：

“我来了这里几年，留神看起来，二嫂子凭他怎么巧，再巧不过老太太。”

薛宝钗的这几句话，表面在赞扬贾母，实际也在赞扬凤姐。更让人看出，她时时留心着贾母与王熙凤的一言一行，就像王熙凤时时注意贾母的喜怒哀乐一样。我想他们的“留神”，都是有目的的。一个真实而率性的人，不会去有意关注人家的言行，看人家的脸色，除非他是真的喜爱，否则不是有所乞求，就是有所算计。所以，现实中像薛宝钗和王熙凤这样的人，活得是比较累的。

一个人要想过得自由和轻松，就应该放下许多东西。《道德经》上讲：去甚、去奢、去泰。如果一味追求和想满足自己的欲望，那么就会不断地去思考，不断地委曲求全迎合别人，久而久之，就会失去人的真实性情，改变自己的初衷。所以，有时候欲望的满足并不是一种享受，反而是一种负担。

我时常读到本小说里的食物，总觉得很多东西经过复杂的加工变得精致后，就会失去原来的味道，这与做人是一样的道理。比如贾宝玉要吃的这碗莲叶羹，却是大费周折：不仅要各种食物配合，而且还要有模有样，单那汤模子，就让人看着新奇：

原来是一个小匣子，里面装着四副银模子，都有一尺多长，一寸见方。上面凿着豆子大小，也有菊花，也有梅花的，也有莲蓬的，也有菱角的：共三四十样，打得十分精巧。

从这里不难知道：在这些富贵人家的生活里，食物已经脱离了它原始的意义——解决饥饿，而是变成了一种讲究和排场。食物的基本功用只体现在饥饿和贫寒的时候。我曾在一些文章里读到现在中国人的饮食习惯——铺张浪费的太多。后来有人专门分析过这种现象：说中国人曾经饥饿过，所以对食物就会有一种报复性的消费，这不是一件好事，是一种有些畸形的心理，这恰恰揭示了富起来的中国人，正在丢失掉我们几千年来养成的勤俭节约的传统。我想起小时候一月才能吃一次猪肉，感觉那猪肉怎样烹煮都是美味，令人回味无穷，而现在却怎么也吃不出那样的感觉来了。也许人们只有在贫困的岁月里才能体会到真正的幸福与满足，越是对物质的拥有，越是不能满足自己那日益膨胀的欲望，人们在追求物欲的道路上越来越迷失自己，岂不可悲！

（三）

好不容易那碗复杂又精致的汤做好了。王夫人命玉钏儿给宝玉送去。正好此时莺儿在场，贾宝玉又提前与薛宝钗说过叫莺儿前去打几根彩色的绦子，于是薛宝钗便命莺儿与玉钏儿一起给贾宝玉送汤过去。

这里有一段细节描写。莺儿说夏天又热，汤又烫，怎样方便端过去呢。玉钏儿便叫一个老婆子，带一个捧盒，把汤放盒里，再叫老婆子端着跟在她们后面，一径来到怡红院宝玉房中。这个细节又体现了贾府里丫鬟的地位与身份：玉钏儿是王夫人的丫头，地位自然比一般的丫头和老婆子高，所以她可以任意命令下面的老婆子和小丫头。然而到了怡红院，老婆子就不得随意进入贾宝玉的房间，这是规矩，这汤自然就得由玉钏儿自己端进去。

宝玉见莺儿来了，却倒十分欢喜；见了玉钏儿，便想起他的姐姐金钏儿来了，又是伤心，又是惭愧，便把莺儿丢下，且和玉钏儿说话。

在这里贾宝玉首先想到的是受伤的人，他早已忘记了自己也是受伤的那个人。然而玉钏儿是心里的伤，自己是身体的伤，也许相比较而言，在贾宝玉心里，最大的伤害，莫过于心里的痛苦。这部小说里写贾宝玉美好的人性就体现在这里，他对人的担待和体贴，正体现了人性的善良和温暖。

开始时，贾宝玉见玉钏儿哭丧着脸，便知道她的心事。所以便决定虚心去哄她，为了打破那种尴尬的场面，他把屋里的人打发出去，才向玉钏儿赔笑着问长问短。小说写到这里，总会让人眼前浮现出这样的一幅画面：一个小丫头坐在一个富贵公子的旁边，哭丧着脸，爱理不理，而那公子却低声下气地在一边赔笑逗乐，这似乎是不符合现实的逻辑，而一切似乎又是那样合情合理。

因为金钏之死，使贾宝玉感到非常痛苦与内疚，而且充满着自责。当然他更不想再看到玉钏儿因此事不开心，所以他想尽办法去逗玉钏儿开心，让她释怀。他先让玉钏儿递汤，玉钏儿说她从不喂人东西，所以拒绝给宝玉端汤。

宝玉笑道："我不是要你喂我，我因为走不动，你递给我喝了，你好赶早回去交代了，好吃饭去。我只管耽误了时候，岂不饿坏了你。你要懒得动，我少不得忍着疼下去取去。"

贾宝玉的这段话，不管是不是出自真心，但从人的尊卑与阶级地位来看，这无疑表明了一种态度：我是关心你还没吃饭，不要因为我让你吃不上饭，这样我的心里就过意不去。

当然，贾宝玉这样的公子能这样对待一个丫鬟，已经非常不错了。所以玉钏儿见贾宝玉真的动身来取汤，因为身体疼痛而叫出声来时，她突然心里一下子软了：

一面说，一面"哧"的一声又笑了，端过汤来，宝玉笑道："好姐姐，你要生气，只管在这里生吧！见了老太太，太太，可和气着些。若还这样，你就要挨骂了。"

当看见玉钏儿转悲为喜后，贾宝玉说出这样一段肺腑之言，这既给人一种体贴，又给人一种温暖。特别是当贾宝玉故意说这汤不好吃，骗着玉钏儿尝了一口之后，贾宝玉立即说道"这可好吃了！"的时候，我想所有的读者从中都能体会到一种温暖的情感——这一碗汤，既是精致的汤、复杂的汤，也是一碗抚慰心灵的鸡汤。

即便这汤最后烫着了贾宝玉的手，他却毫无感觉，他关心的是玉钏儿是否受伤。一个人能够站在他人的角度去思考，把自己的痛隐藏起来，而心甘情愿去慰藉和温暖另一个人，这是一种大慈大悲的精神。我想如果我们的社

会中，人与人之间都多一些这样的理解与担待，对他人多一些关照，也许这个世界会更温暖也更和谐一些。

可惜的是，大多数的人看不到，也理解不到。在竞争激烈的社会里，人们都是自私的。因为自私，所以很少能看到人间的温情，也几乎感受不到人与人之间的温暖。所以当傅家遣来的那两个老婆子看到贾宝玉的这些表现后，把他当成了笑话。这些在世俗中经历了许多人事的人，往往把欲望和利益放在首位，又怎么能看到贾宝玉具有佛一样的善良与慈悲呢？

小说中说两位老婆子“极无知识”，也说明了这些人到老都没有领悟到人生的真正意义，也看不到人生最终的结局，所以算是白活了一辈子。

（四）

也许小说里这些年轻的少女们，才会更懂得生命的真谛，所以更能理解生活里的色彩与艺术。

当贾宝玉要莺儿给他打些装饰的绦子时，莺儿的一段论述讲得精彩绝伦：

莺儿道：“汗巾子是什么颜色？”宝玉道：“大红的。”莺儿道：“大红的须是黑络子才好看，或是石青的，才压得住颜色。”宝玉道：“松花色配什么？”莺儿道：“松花配桃红。”宝玉笑道：“这才姣艳。再要雅淡之中带些姣艳。”莺儿道：“葱绿柳黄可倒还雅致。”宝玉道：“也罢了。也打一条桃红，再打一条葱绿。”莺儿道：“什么花样呢？”宝玉道：“也有几样花样？”莺儿道：“一炷香”“朝天凳”“象眼块”“方胜”“连环”“梅花”“柳叶”。

生活里有丰富多彩的颜色，也有各种艺术形式。莺儿在这里所讲的既有色彩的搭配，又有艺术的美感，我们从中更能看出这个小丫头心灵的机巧。

那时候像这样的丫头既没有读过书，也没有接受过专业的训练，却能描述这么多样装饰品来。也许是生活里一代代的传承和积累所致，而这些传承的技艺里，靠的是心灵的领悟与琢磨，从而使这一项项技艺才长久地传承下去。

作者在这里既赞扬了一种手工艺术，也表达了对黄金莺这个丫头的欣赏。这些小女孩虽然身份低下，然而内心却有对美好事物的追求，也充满着对艺术的向往——其实也是对生命的一种别样的解读。

这里不仅是贾宝玉听着莺儿讲打绦子的技艺入神，作为读者，我想也一定会感受到这是一种不一样的生命形态。所以，想起黄金莺这个名字，听着她滔滔不绝的讲解，眼前似乎就看见了春天里叫声最优美、最动听的那只小鸟——它在春风里飞跃，在自然的风景里自由自在、无忧无虑地成长……

2022 年 2 月 22 日夜于金犀庭苑

三十六、一种家的温馨，一种情的深意

（一）

我在整理这一回笔记时，费了些神。首先是对这一回内容浓缩一个标题就花了不少的时间。其实这一回主要讲两件事情，然而，读完后脑海里却久久地浮现出两幅美丽而静谧的画面，这种画面让人常想到青春里的深情和纯洁的爱意：

一是薛宝钗来怡红院，接过袭人的针线，在贾宝玉的房中绣鸳鸯肚兜的时候，让人看到了一种男耕女织的平民人家的生活场景，这使人看到一种和谐与安宁。二是借贾宝玉的眼睛，我们看到贾蔷屈就龄官的场面，那种委婉而动情的语言，欲言又止的神态，以及龄官对生命的计较，从而让读者看到了又一对宝黛之恋。

也许在青春的情感里，既有个性，又有共性。它追求一种毫无杂质的纯粹；也计较过程中的一丝一缕，既是一种快乐，也是一种伤感。有时候我就会想到自己与妻子谈恋爱时的场景，那时候总想方设法讨她开心，甚至可以在她的宿舍楼下等几个小时。爱情这东西，不仅让人着迷，也会改变一个人的心性。

《红楼梦》一条主要的线索是写情，这个情包括现实的、浪漫的、功利的、纯洁的……所以读完这部小说，你似乎就会懂得世间许多的情了。

（二）

小说这一回开篇写到贾母。在这里，贾母对贾宝玉做了一件非常温暖的事——这个老太太因为对孙子疼爱，担心其再次受到责罚，于是对贾府里上下的人都作了交代：凡是贾宝玉对外应酬之事，目前一概免了，只允他在大观园里活动。这无疑是给贾宝玉下了一道免死金牌。可想而知，此时的贾宝玉不知作何欣喜之状：

今日得了这句话，越发得意了，不但将亲戚朋友一概杜绝了，而且连家庭中晨昏定省一发都随他的便了。日日只在园中游玩坐卧，不过每日一清早到贾母、王夫人处走走就回来了，却每日甘心为诸丫头充役，倒也得十分消闲日月。

贾母的慈爱常常让我想起自己死去的婆婆，虽然那时候母亲与婆婆关系并非十分融洽，然而当我们兄弟几个因淘气挨揍时，婆婆就会出来主动解围，斥责父母，安慰我们受伤的心。而贾母在这里作为一个有智慧的奶奶，有着不一样的人生经历，她也经历过青春年少，所以她对青春年少的孩子给予更大的包容和理解——这也正是生命经历无数坡坡坎坎后的领悟。

贾母曾经也是贾府里的大管家，她懂得人情世故里的关系与利益，但也更明白生活的艺术与哲理，这是一种至高的人生智慧，需要用一辈子的生命去理解和参悟。

然而此智慧王熙凤是没有的。她此时正是贾府里的大管家，这个大家庭的一切事务都需要她去裁决、分派和监督。而贾府里上上下下的人，都看她眉眼高低行事。这就使得王熙凤不得不具有过人的才能，而且还有杀伐决断的魄力，所以作为她这个角色，既有一种权力的享受，也有一种身心的折磨。

那时，她发现有许多用人前来向她送礼问好，引起了她的警觉：因为平常无事，这些人是不会主动送礼的，“无事献殷勤，非奸即盗。”她觉得其中必然有些隐情在里面。此时平儿提醒了她：因为王夫人身边的丫头金钏儿之死，王夫人缺少了一个大丫鬟，而这些用人的女儿正好在王夫人身边当差，她们算计着让自己的女儿补上这个空缺。

这里至少有两个原因：一是贾府里凡是大丫头，每月月例有一两银子，而其他丫鬟没有这样多的月例，所以为了那一两银子，众人趋之若鹜。二是王夫人的大丫头，将来一定有个好一点的归宿，能为自己的孩子谋个好的出路，这是普天之下父母共同的心愿。

中国是一个人情社会，自古亦然，众人皆知的道理。人情社会犹如一张大网，每个人都在这个网里挣扎。有时候人情可以维持一个社会的稳定，若只讲人情，难免会干扰正常的社会秩序，甚至违背法律与道德。所以在处理人情关系时，度的把握十分重要。我们来看看王熙凤是怎样处理这件事的：

人家送的礼她照收，让人觉得她并不拒绝帮忙。然而她却把这件事推到了王夫人身上。因为这个丫鬟由王夫人使唤，她自然有决断的权力。当王夫

人说自己不再增添下人，应该把多余的月钱发给玉钏儿，以弥补她对金钏之死的愧疚。此时王熙凤就不再说什么了，这种行为间接地告诉了那些送礼的人：不是我不帮忙，是王夫人不需要增加丫鬟了，我也没有办法。

王熙凤这一手做得相当绝：既收了礼，也不得罪任何人。

（三）

说到丫鬟，王夫人突然地问起关于短缺姨娘丫鬟月钱的事。我们看看王熙凤又是怎样回答的：

凤姐忙笑道："姨娘们的丫头月例，原是人各一吊钱，从旧年他们外头商量的，姨娘们每位丫头，分例减半，人各五百钱。每位两个丫头，所以短了一吊钱。这事其实不在我手里，我倒乐得给他们呢，只是外头扣着，这里我不过是接手儿，怎么来怎么去，由不得我做主。我倒说了两三回，仍旧添上这两分儿为是，他们说了'只有这个数儿'，叫我也难再说了。如今我手里给他们，每月连日子都不错。先时候儿在外头关，那个月不打饥荒，何曾顺顺溜溜的得过一遭儿呢。"

我曾查过资料，在清朝一两银子大约值一至一倍半吊钱，那么此时两位姨娘的丫头每月的月钱仅是王夫人丫头的一半或者还不到一半。因为作为姨娘的身份地位卑微，而跟随姨娘的丫头的身份也高不到哪里去。有时候我读到这里，觉得王熙凤太过刻薄：两位姨娘本来贫寒，再减其丫头的月例，就会使她们的生活更加捉襟见肘，这不得不让人叹息，这样一定会给贾府的未来埋下隐患，给自己结下宿怨。

然而从这里，我们还能看到贾府管理上的更大隐患——

王熙凤既掌握着贾府里的人权，又控制着财权。她的权力之大，这样的权力假若由一个品行端正、为人正直的人掌握，也许这个家庭还可长久地发展下去。但这样的权力却被王熙凤掌握着，她虽有才干，然而贪小利、重名声、擅专权，这样的人掌权，就会自我膨胀，目空一切。

所以当她听见王夫人寻问短缺月例之事后，早料定是两位姨娘在王夫人面前打了小报告，此时她心里哪能服下这口气。于是转过身来，立在过堂上大骂：

凤姐把袖子挽了几挽，跐着那角门的门槛子，笑道："这里过堂风，倒凉快，吹一吹再走。"又告诉众人道："你们说我回了这半日的话，太太把二百年的事都想起来问我，难道我不说吗？"又冷笑道："我从今以后，倒要干几件刻薄事了。抱怨给太太听，我也不怕！糊涂油蒙了心、烂了舌头、不得好死的下作娼妇们，别做娘的春梦了！明儿一裹脑子扣的日子还有呢。如今裁了丫头的钱就抱怨了咱们，也不想想自己也配使三个丫头！"

这里所谓的"过堂风"，意思把自己的话带到她希望别人听见的地方去。你看凤姐挽起袖子，跐着门槛子，再加上那恶言相向，俨然是一个泼妇骂街的形象。有时候想想，对两位卑微的人这样地恶毒和刻薄，那不是在纳福，而真是积怨。

（四）

小说写到这里，并没有指出凤姐的对与错。而只是把故事的情节交代出来，让读者去自我评判。那些优秀的文学作品，只是陈述事实，事实中的好与坏、美与丑、复杂与单纯……作者没办法给出一个准确的评论。作者一定相信读者有填补作品空白的能力。伟大的文学艺术，总是把想象的空间让给读者，才能与不同的读者产生共鸣。

所以，当作者写到王熙凤大吹"过堂风"时就戛然而止了。从而把这一回小说的节奏从热闹一下子拉到静寂，从急促转向缓慢。一部好的小说，总是能很好地控制节奏，张弛有度，才能让读者感受到文字组合起来的故事更接近于生活的原态。然而，《红楼梦》这部小说里有一个奇特的写法：当小说转向静态的时候，总会有一些温馨的场面展现出来。作者会用细腻的笔法，把这些场面一一地加以描写，让人从这些细节里更能看到人的本性，体会到生活里点点滴滴的真实。

那时候，正值仲夏时节的午后，贾府里上上下下都睡午觉，所以一片静寂，鸦雀无声，连怡红院里的两只仙鹤都睡着了。这是薛宝钗来怡红院看到的景象。再后来，她进贾宝玉房间，看见丫头们横三竖四地乱躺着，连贾宝玉也熟睡过去，只有袭人守在他身边做针线，旁边放着一柄白犀麈。

我第一次读这部小说时，读到这样的画面，总觉得似乎在哪里见过一般。

后来我想起了儿时的夏天，午后爷爷就睡在堂屋门口的木板上，身边放一把竹扇，用于驱赶苍蝇；婆婆坐在屋檐下，纺棉或者纳鞋底，这样的场景，常常让人感到安心而陡生幸福之感，所以我觉得这里写得特别美好。

尤其是当袭人离开时，薛宝钗接了袭人的针线活，继续为贾宝玉绣肚兜的情景，那画面非常强烈：静静的院子里，男主人睡在床上，女主人正全神贯注地给他缝制衣物，这岂不是平凡人家追求的一种安宁吗?

也许薛宝钗也沉浸在那种美好的情景之中：她希望给贾宝玉做点什么，用自己的温暖贴近他的肌肤，这样既是一种寄托，也是一种期望。

然而此时的贾宝玉根本体会不到薛宝钗对他的情感，在他内心里，只有林黛玉存在着。所以，当薛宝钗沉浸在那种期望的美好中时，贾宝玉却在梦中给了她一瓢冷水：

这里宝钗只刚做了两三个花瓣，忽见宝玉在梦中喊骂，说：“和尚道士的话如何信得？什么‘金玉姻缘’？我偏说‘木石姻缘’！”宝钗听了这话，不觉怔了。

与其说这一段话是对薛宝钗说的，还不如说这正是本小说中作者的爱情观——真正的爱情，不取决于物质拥有的多少，也不是什么家庭利益之间的交换，而是男女之间那种纯洁的，彼此相惜、相知的情感。尤其是处于现在的社会里，人们的婚姻和爱情更注重物质方面的东西。我时常听说现在的男女婚姻需要有车、有房，还要有钱，无论城市还是乡下，都是如此。好像婚姻变成了一种交易，而不再是因为爱情形成的人与人之间的关系，所以，这样的婚姻未必有一种圆满的结果。

（五）

相比之下，那种拥有真实爱情的婚姻，应该更加难能可贵。所以作者站在一个很高的角度来赞美和歌颂纯洁的爱情。因为纯洁的爱情里，有对生命自由的追求，也有对美好生活的向往。因此，作者又借蔷、龄二人之间的爱情，进一步向人们展示青春生命里的那种纯度和洁癖。当贾宝玉来到梨香院，想请龄官给他唱一曲《袅晴丝》时，作者借贾宝玉的眼睛，看到一段温馨的场面。

贾蔷为了讨得龄官的开心，不知从哪里弄来一只驯化了的小鸟。他原来以为龄官会因此而高兴，哪知龄官却不以为然：

龄官道："你们家把好好儿的人弄了来，关在牢坑里，学这劳什子还不算，你这会子又弄个雀儿来，也干这个浪事！你分明弄来打趣形容我们，还问我'好不好'！"

看龄官的这段话，很有林黛玉的口气。生命成长的幽情里，总有一丝触动心弦的无名愁绪，龄官由鸟笼里的鸟，想到自己的生命——被贾府买来做戏子，不知道命运未来如何摆布自己。再联系到与贾蔷的爱情，这个爱情最终有没有结果，却无法受她掌控，所以她此时的计较，是对自我生命无助的一种叹息。再者，这些青春少年，不希望生命被禁锢——笼中的鸟，失去的不仅仅是自由，更多的是失去了对生命自我完善的机会。作者表面上写的是龄官一时的气话，然而也许这段话的背后，隐藏着对当时社会禁锢生命，压抑人性自由的一种无情批判。

人的生命生来是自由的，爱情是生命经历的一个过程，追求纯洁的爱情与崇尚自由的生命并不矛盾。一个人，只有真正认识到自己生命的纯度与自由，才能算一个完整和健康的人；一个社会，只有把对人的尊重放在首位，让人的个性发展随着生命历程慢慢地成长和成熟，那么这个社会的文明程度才会得到提高。

2022 年 3 月 8 日于新都

三十七、诗是生命的一种美好形态

（一）

从这一回起，小说的故事情节便转到另一个生活场面——大观园里起了诗社。从诗社到后来的灯谜，再到贾母两宴大观园里众人时的游戏，这些情节表面上是打发闲时光阴的一种活动，然而对于现代人而言，仿佛这样的活动不是一般人可以玩得起的——它里面体现着一种深厚的文化氛围，这种文化活动需要一定的文学修养与生活艺术。而读这部小说，最大的享受也在于此。

有时候我读小说里的这些情节，既感到惭愧又觉得有趣。看看我们现在有极少数人，闲暇时无非吃喝嫖赌。再文雅一些的，不过国内国外胡乱地走一遍，然后发发朋友圈，晒晒照片而已、曾经贫穷过的中国人，正用一种傲慢的大度来挥霍金钱，以一种愚蠢的豁达来报复曾经的贫穷！然而看看我们的传统文化，也正像一条无声的溪流，离我们渐行渐远，我们的传统道德，更像斜坡上的皮球，缓缓地向下滑落。

我常常读这部书里那些礼仪活动，想到作者为什么会把礼节性的东西写得如此详细和烦琐，恐怕是因为作者感受到自己生活的社会已经礼坏乐崩，需要用文化去拯救吧！遗憾的是，在很长一段时间里，有的人一直认为所有的传统文化都是繁文缛节，是当下社会里所应该摒弃的东西。可谁又知道，那些繁文缛节里的诗书礼仪，正体现中国人的儒雅与修养，而有的人追名逐利的熙熙攘攘，正酝酿着腐朽与精神的堕落！

（二）

这一回的主题，讲到我们传统文化里的一个东西：诗。诗在中国文化元素里，有几千年的历史了，从《诗经》到律诗，再到词曲，最后到目前的现代诗，可以说中国的文化历程，也是诗的历程。

诗的特征之一：语言高度凝练，想象自由而丰富。“岁月如歌，生命如诗”，人的生命到了诗的年纪，该是多么美好！又是多么令人向往与回味！我记得我的女儿读初一年级时，她说她想要学习写诗。我问她为什么突然有这样的想法，她没有正面回答，只是闪着一双晶莹的眼睛：“诗，令人向往！”

我想，大概青春的生命里，有一种朦胧和未知的猜想，又会遇见许多迷茫与不解的东西，所以青春的生命里会生出一些莫名的清愁，或许只能借了诗这种文学形式，才能更好地表达青春里的心绪罢了。

写诗，需要想象。想象又是自由的，独立的，而“想象的自由是无限的”。所以在追求诗一样的生活时，也是人们对心灵的一种放飞；是青春生命历程中的一种自我认同和自我实现，使艺术的美与生命的美达到一种高度的融合。

当贾宝玉接到探春写来的信，说起在大观园里应该建立诗社的时候，就突然触动了他那根敏感的心弦。而当人们读到探春的这封信时，我想每个人都会眼前一亮：

妹探谨启

二兄文几：前夕新霁，月色如洗，因惜清景难逢，未忍就卧，漏已三转，犹徘徊桐槛之下，竟为风露所欺，致获采薪之患，昨亲劳抚嘱，已复遣侍儿问切，兼以鲜荔并真卿墨迹见赐，抑何惠爱之深耶！今因伏几处默，忽思历来古人，处名攻利夺之场，犹置些山滴水之区，远招近揖，投辖攀辕，务结二三同志，盘亘其中，或竖词坛，或开吟社，虽因一时之偶兴，每成千古之佳谈。妹虽不才，幸叨陪泉石之间，兼幕薛、林雅调。风庭月榭，惜未燕集诗人；帘杏溪桃，或可醉飞吟盏。孰谓雄才莲社，独许须眉，不教雅会东山，让余脂粉耶？若蒙造雪而来，敢请扫花以俟。谨启。

这哪是一封平常的书信！分明是一篇优美而精致的散文！它的文雅秀气里透着一种深厚的文化底蕴：她把生病说成贪图月色而着凉，故得“采薪之患”，仿佛生病都生得富于诗情画意了。为了说明立诗社的意图，他在信中跨越了几百年，把古代先贤文化人的风雅趣事、文章典故巧妙地引用出来。让读者可以看到她在文化的海洋里无忧无虑地畅游，这是一种文化的自信，也是一种对生命的自信。

我想这也只有在深厚的文化熏陶下，才会有这样的文采。“腹有诗书气自华”，读完此信，你眼前仿佛出现一个风度翩翩、仙袂飘飞的青春少年，她身携一袭花香，款款而来，让人如痴如醉一般。

然而相比探春的信，贾芸写给贾宝玉表明送白海棠缘由的书信，就要逊色得多：

不肖男芸恭请

父亲大人万福金安：男思，自蒙天恩，认于膝下，日夜思一孝顺，竟无可孝顺之处。前因买办花草，上托大人洪福，竟认得许多花儿匠，并认得许多名园。前因忽见有白海棠一种，不可多得，故变尽方法，只弄得两盆。大人若视男是亲男一般，便留下赏玩。因天气暑热，恐园中姑娘们妨碍不便，故不敢面见。谨奉书恭启，并叩台安。男芸跪书。一笑。

如果前面没有探春那封信，大多读者不会觉得贾芸此信有什么不足之处：有恭维和问候，事情也交代得非常清晰，也懂得礼节。然而通篇信中，读来却是平平淡淡，读不出一点真诚与美感来。

相比而言，正如贾芸信中的最后一句话。恐怕此时大家会捂着嘴偷偷“一笑”罢了。为什么作者前面写了探春的信，紧接着又写贾芸的信呢？我想除了为后来立诗之题目埋下伏笔之外，另一个重要的原因是作者想通过比较来突出探春的文采和与众不同，让人更看到贾芸这个男孩子的庸俗平常。

《红楼梦》一个重要的主题思想：高度赞美女性，把女子说成是水做的骨肉，把男人说成须眉浊物。所以这里借两封信的对比，更能表达出作者的这种反叛精神——这在男权社会里，是非常先进和可贵的。

（三）

从两封信的内容来看。前一封信讲的是精神层面的东西，后一封信讲的是物质方面的东西，而对待物质与精神的态度，孰重孰轻，贾宝玉的行为表现已经非常明确。

当他看了探春的信后：

不觉喜的拍手笑道："倒是三妹妹高雅，我如今就去商议。"一面说，一面就走。

而当他看了贾芸的信之后：

笑问道："他独来了，还有什么人？"婆子道："还有两盆花儿。"宝玉道："你出去说，我知道了，难为他想着。你就把花儿送到我屋里去就是了。"一面说，一面同翠墨往秋爽斋来。

贾宝玉对贾芸送海棠的淡漠；对去秋爽斋讨论立诗社的急切，通过他前后的表现，其情已跃然于纸上。

而到了秋爽斋，这一群青春年少的人们正为立诗社讨论得热火朝天：探春的提议，众人雅号的拟定，李纨对建立诗社规矩的说明——有计划，有监督，有评比。从中可以看出，他们对此事严谨而认真的态度，这完全像一个现代企业里对某一个项目讨论制定策划方案。有这样周密的安排，就会让人看到这个诗社的与众不同。

读到这里，看到众人对诗词那种热情的态度，不免肃然起敬。如果《红楼梦》果真是作者以家世为背景而写的现实生活的话，我们不妨想一想：两三百年前，这些青春少年，居然可以组织起一个严密的诗社，也可以随意地写成律诗，这真令人大为赞叹。——我们的文化曾经多么丰富和高雅！

前些日子，为了把这部书读得更明白些，我特地买过几本关于律诗、宋词和元曲的书来学习，直到读完两本专集后，我脑袋里仍然是一片模糊，不要说会作诗，就是关于律诗的格律、音韵、对仗、炼字等等，恐是我才疏学浅，居然毫无头绪，一片茫然。

由此我想到现在的孩子们，怎么会玩得起这样的游戏？他们的世界被手机、电子游戏占据了，而应该留存在青春生命里的诗意，似乎在他们的生命里渐行渐远。有时候我有所担忧：难道现在的社会里，不适合古典诗词的发展？还是我们大多数人，都忙于上课考试，无暇吟诗诵文？这几年，每至年初，我总喜欢带着孩子看中央电视台举办的"中国诗词大会"栏目，我从那些参

赛的选手中，似乎又看到了生命的美好，中华传统文化的博大精深。也许在不久的将来，我们就会迎来一次传统文化的振兴。那时候，我们的文化自信里，一定也闪耀着诗词的光辉。

（四）

或许有人说写律诗并不难，它有固定的模式。只不过我们现在并不主导这种文学形式，所以显得有一定难度了。有时候我自诩自己是一个“码文字”的，所以写文章对我来说，不算一件难事。然而有一天，我参加一个文学社的活动，他们要求写一篇散文，题目已经拟定，而且规定了内容、字数、主题思想，叫大家在半天时间内写出来。后来我才发现，像这种命题作文，在规定的范围内要写好，写得出彩，是非常不容易的。

所以我们来看看这诗社里的第一社活动中，所写的诗有多难：

李纨道：“方才我来时，看见他们抬进两盆白海棠来，倒很好，你们何不就咏起他来呢？”迎春道：“花还未赏，先倒作诗？”宝钗道：“不过是白海棠，又何必定要见了才做。古人的诗赋也不过都是寄兴寓情，要等见了做，如今也没这些诗了。”迎春道：“这么着，我就限韵了。”说着，走到书架前，抽出一本诗来随手一揭。这首诗竟是一首七言律，递与众人看了，都该做七言律。迎春掩了诗，又向一个小丫头道：“你随口说个字来。”那丫头正倚门站着，便说了个“门”字，迎春笑道：“就是‘门’字韵，‘十三元’了。起头一个韵定要‘门’字。”说着又要了韵牌匣子过来，抽出“十三元”一屉，又命那丫头随手拿四块。那丫头便拿了“盆”“魂”“痕”“昏”四块来。

一是限题。李纨说看见有人给贾宝玉送两盆白海棠，非常漂亮，建议以咏海棠为题目。迎春说还没赏花，怎么就作诗了呢。而薛宝钗说到了写诗的一个要点：“诗言志。”诗是诗人对情感的一种宣泄，只要胸中有情，便可以写诗，而外物不过是写诗借来的一个物相而已。

第二是限结构，迎春抽出一首样诗，是七言律诗，于是就确定了本次作诗的结构。

第三是限韵。丫头说了一个“门”字，于是诗的韵必须与“门”字的韵相同。

第三是限字，不仅韵与“门”字相同，在相同的字里选择了“盆”“魂”“痕”“昏”四个字。

如果读者有诗词的功底，不妨按这样的规矩作一首咏白海棠的七言律诗出来，然后和他们的诗一一对照，或许孰优孰劣，便可见分晓了。

到底这“海棠诗社”的第一次活动所作的诗如何，我们可以借两首写得最好的来学一学。

第一首是薛宝钗的：

珍重芳姿昼掩门，自携手瓮灌苔盆。
胭脂洗出秋阶影，冰雪招来露砌魂。
淡极始知花更艳，愁多焉得玉无痕？
欲偿白帝宜清洁，不语婷婷日又昏。

第二首林黛玉的：

半卷湘帘半掩门，碾冰为土玉为盆。
偷来梨蕊三分白，借得梅花一缕魂。
月窟仙人缝缟袂，秋闺怨女拭啼痕。
娇羞默默同谁诉，倦倚西风夜已昏。

评《红楼梦》的专著及文章对这两首诗的赏析和分析已经很多，这里我不再赘述。只是在李纨的点评上，她说得非常准确。她说林黛玉的特点是“风流别致”，而薛宝钗的特点是“含蓄浑厚”。许多评论讲得好，说这两首风格迥异的诗，正写出了二人不同的生命形态。

人与各种生物的共同特点一样，如小草，小树，或者小动物，在它们的生命之初，总表现出娇美、可爱的形态，其性情也活泼、天真、无畏和随性，这样的生命特征是直白的，毫无杂质的，所以应该是一种“风流别致”的生命形态。当生命随着年龄的增长，或者是人对事物认识的不断深入，就学得了更多的人情世故，渐渐地懂得怎样束缚自己以应付事物的变化，其言谈举止往往就会收敛很多，变得世故沉稳，使生命显得更加厚重。而在中国的社会关系中，维护社会正常秩序靠的是一种群体意识，所以在传统的观念里，人们更认同那种含

蓄而理性的处世态度，往往把标新立异的个性看成异端加以排斥，甚至进行打压。因此在世俗人的眼光中，薛宝钗显然比林黛玉更讨人喜爱。

（五）

当然，真正懂诗的人，不会对诗的结构和模式看得那样重。同样，真正的诗，应该是情感的自由抒发，如果一味地讲究格律，讲究音韵，必然会导致诗词走向古板和教条。

薛宝钗在与史湘云讨论起第二社菊花诗怎样拟题，怎样限韵时，薛宝钗讲了一段关于诗的论述，非常具有代表性：

湘云依言将题录出，又看了一回，又问："该限何韵？"宝钗道："我生平最不喜限韵，分明有好诗，何苦为韵所缚？咱们别学那小家派。只出题，不拘韵：原为大家偶得了好句取乐，并不为以此难人。"

薛宝钗这一小段论述，正讲到诗的发展。如果诗一味追求固定的形式，诗便不能发展了。从诗的发展历程来看，它起源于劳动的歌声，或者口号，直到我们的现代诗，这都是随着人类生活的进步不断发展的，所以不应该受固定形式的束缚。

诗的本质是人表达情感的一种文学形式，越是好的诗词，越能从中看到生命之美，也越能从中产生对人生思考的共鸣，所以真正优美的诗词，应该是生命的另一种形态。

2022 年 3 月 19 日于新都

三十八、对兹佳品酬佳节，桂拂轻风菊带霜

（一）

承接三十七回，大观园里起了诗社。当时湘云没有参加，虽后来补了两首咏海棠的诗，然仍不尽兴，便主张自己做东另补一次。于是在薛宝钗的协助下，二人筹划了这一场热闹的菊花诗会。

从咏白海棠起诗社，到此回桂花树下吃螃蟹、咏菊花诗，再和螃蟹咏，大观园里的文化活动在进一步地深入，渐趋高潮。

本回以湘云做东，在藕香榭的桂花树下摆起螃蟹宴开始，贾府里的贵夫人、俏小姐及家下用人簇拥着贾母正兴冲冲地赶来。看看作者是怎样给读者安排了一场别开生面的文化盛宴。

（二）

首先从诗讲起——诗是中国传统文化里一种很小的形式。一个伟大的小说家，不可能单单只为写诗而作文的，诗在这里是一种文化活动，而文化的厚重和广度，才是这一回里所要表达的内容。

我国传统的文化包罗万象：有饮食文化、服饰文化、建筑与园林文化、官场文化……与人们衣食住行等相关的东西，都可以形成一种文化。换言之，凡有人参与，或者融入了人的思想与美感的东西，都可以说成一种文化，所以人是文化活动的关键因素。同样，人的文化修养、艺术鉴赏能力是决定一种文化活动的广度与深度的基本要素。当人对某一事物有一定鉴赏能力，并附上自己的思想后，就对这个事物具有了某种美的感知——事物的背后潜藏着人对艺术、对美的体会，以及由物产生的人对生命的认知程度。

当王熙凤陪着贾母来藕香榭吃螃蟹时，所经历的那些路径和大家对吃、对花和园林的谈话时，你会惊奇地发现贾母与王熙凤在这里表现出一种深厚的艺术鉴赏能力。

如她俩来大观园，看见园里的亭、台、楼、榭与山、石、水、桥时，她们很自然地与某种艺术的东西联系在了一起。

凤姐道：“藕香榭已经摆下了。那山坡下两棵桂花开的又好，河里的水又碧清，坐在河当中亭子上，不敞亮吗？看看水，眼也清亮。”

王熙凤在这里讲到桂花树下饮酒作乐，讲到亭子下面的水给人的感受。从花开到碧清的水，她虽然讲得很直白，但最后那句评论“看看水，眼也清亮”。试想，桂花树下饮酒的活动，是不是一件很高雅的事？会不会让人想到《兰亭集序》那曲水流觞的雅事呢？这比起我们现实中大酒楼里所见的觥筹交错那喧嚣的声音来，是不是更有情调？更何况有亭，亭下有水，这景致不是随便能设计的，它的目的是让人放松，使心情舒畅。特别是水，它的清澈或无声的流动，一定会使人平静下来，自然气定神闲。假如你心情不爽时，何不去寂静的公园里走一走，看看山石与水桥，或许纠缠在心里的那点事，就不成其为事了。然而，作者不仅仅只写了这些，那些园林建筑，更有特别的艺术魅力：

原来这藕香榭盖在池中，四面有窗，左右有回廊，也是跨水接峰，后面又有曲折桥。众人上了竹桥，凤姐忙上来搀着贾母，口里说道：“老祖宗只管迈大步走，不相干，这竹子桥规矩是硌吱硌吱的。”

我曾在整理十七回笔记说到大观园是生命之园时，讲到“台榭”这个建筑物，说它应该负水临山。为什么会这样设计呢？台榭的作用一般用来宴乐或者游艺活动的，而水可以反射光影，又可以吸收回声，当音乐在台榭上响起，荡于回廊与山石之间，便形成了一种立体的回声效果，回声再被水吸收，仿佛那音乐便源源不断地流动起来，从台榭到山石再回到水中，结合了光与影的效果，这样让听众或者观者更能体会到身临其境之感。

同时王熙凤还说竹桥的响声，这是“规矩”，就是说如果一个园林设计师没有考虑到这个，那他根本不太懂这竹桥设计的艺术风格。也许这样的设计，一方面告诉住在里面的主人，有人来访，桥响人至，不至于失礼；另一方面，倘若一个怀有情绪的人在这里行走，过竹桥，听闻“咯吱”之声，更能衬托出一种幽寂之感，达到“蝉鸣山更幽”的效果。

而能从这些园林建筑里看出品位来的，也只有那些懂生活、懂艺术的人才能办到。在平常人眼里，这些只不过多了一些花哨的土木建筑，而在艺术家看来，它有诗词的想象；有雕刻的遒劲；有动态的舞姿……这便是建筑的美，也是艺术的美。

从中我们也可以看出，在这些有一定历史渊源的大家族里成长的人，对文化的传承，对艺术的熏陶，就像涓涓细流，渐渐地渗透在人的气质里。所以真正的文化素养和艺术修养，往往来源于对生活的体会和家庭的教育。

（三）

当然贾母的修养自不必说。当她走过竹桥，看到门柱上那副对联时，立即叫史湘云读出来：

芙蓉影破归兰桨，菱藕香深泻竹桥。

那时我想在贾母的头脑里一定浮现出这样的画面：小船的桨划破倒映荷花的水面，菱花莲叶的清香透过竹桥飘了过来。此联的“破”与“泻”二字既有一种动态的美，也描绘出一种有光、有色、有气息的园林佳景，一下子便把贾母的思绪引到了自己的青春时代。

她说自己小时候，史家也有这样一个美丽的园子，叫枕霞阁。自己由于贪玩好奇，曾掉进水里，不仅额头受了伤，甚至差点淹死。虽然那是一件惊险的事，然而现在想来，却是那样的美好。一个人对青春的回忆，是一种幸福的享受，哪怕曾经是痛苦的经历，然而当时光已经不能再回到过去时，人对于旧时的苦难就达成了某种和解。所以贾母的生命里，有她自我的领悟，到了她这个年纪，便对生活有了一种豁达和理解。

当大家一起围坐在桂花树下开始品尝螃蟹时，贾母就说这只是平常的家庭聚会，又没有外人，就不需要太多的礼节，大家应该自娱自乐，放开些。

王熙凤作为孙媳妇，又是大管家，虽有侍候和服侍公婆的职责，然而看整个场面热烈而轻松，她自然也放开了。所以趁空闲之际，跑来丫头们一桌，逗乐取笑。

鸳鸯笑道：“好没脸，吃我们的东西。”凤姐儿笑道：“你和我少作怪。

你知道你琏二爷爱上了你，要和老太太讨了你做小老婆呢。”鸳鸯道：“啐，这也是做奶奶说出来的话！我不拿腥手抹你一脸算不得。”说着赶来就要抹。凤姐儿央道：“好姐姐，饶我这一遭儿吧。”琥珀笑道：“鸳丫头要去了，平丫头还饶他？你们看看他，没有吃了两个螃蟹，倒喝了一碟子醋。”平儿手里正掰了个满黄的螃蟹，听如此奚落他，便拿着螃蟹照着琥珀脸上来抹，口内笑骂“我把你这嚼舌根的小蹄子！”琥珀也笑着往旁边一躲，平儿使空了，往前一撞，正恰恰的抹在凤姐儿腮上。凤姐儿正和鸳鸯嘲笑，不防唬了一跳，“嗳哟”了一声。众人撑不住都哈哈的大笑起来。凤姐也禁不住笑骂道：“死娼妇！吃离了眼了，混抹你娘的。”平儿忙赶过来替他擦了，亲自去端水。鸳鸯道：“阿弥陀佛！这才是现报呢！”

《红楼梦》往往把生活的场景写得非常细腻，尤其像这样热闹的场面——而生活里的人情世故，人生道理，往往就隐藏在这些细节之中。

这种热闹的场面，在这部小说里写得很多。我想，作者一方面是为了突出贾府的荣华富贵，另一个重要的原因有可能也蕴含着对这个家族从繁荣到衰落结局的一种感叹。你看这里吃螃蟹的过程中，主人与下人之间，已经打破了身份、礼教的束缚。平日里凤姐的不可一世，在下人面前威风八面，而现在表现得十分有亲和力，可以与众丫头笑骂打闹。

有时候我想，也许作者在贫病交加的时候写到这里，想起那时候如此和谐和热闹的情景，一定会感到温暖和叹息。从另一方面讲，这些年轻的生命里，有一种追求自由的向往，这正是生命美好的状态。同时作者也对王熙凤这个大管家日常劳累的一种不忍——在凤姐的生命里，也有一种自我放纵的追求，但因为礼教与规矩，平常压抑着自己，所以在这里难得自我放松，何不痛痛快快地乐一场呢。

更难得的是，贾母也参与玩笑之中。

贾母那边听见，一叠连声问：“见了什么这样乐，告诉我们也笑笑。”鸳鸯等忙高声笑回道：“二奶奶来抢螃蟹吃，平儿恼了，抹了他主子一脸的螃蟹黄子。主子奴才打架呢。”贾母和王夫人等听了也笑起来。贾母笑道：“你们看他可怜见儿的，把那小腿子脐子给他点子吃也就完了。”

贾母是小说里一个相当重要的角色，她出身有文化教养的富贵之家，也当过贾府里的大管家，在宁荣二府之间，有着不可挑战的权威。然而这个饱经世事的老太太并不顽固，也不守旧，更不太计较世俗之中的礼节，所以她的生命是豁达的，她在小说里一出场，总带着欢乐和温暖。

这常常让人想到巴金先生塑造的艺术形象：高老太爷。他完全与贾母形成了鲜明的对比。高老太爷一生经历了宦海沉浮，终于广置田产，修建房屋，造就成这份大家业，并且实现了中国封建社会最圆满的家庭形式——四世同堂。他是封建制度的人格化，当他统治这个“黑暗王国”的时候，他是靠专制建立起自己的绝对权威的。他表面上道貌岸然，处处讲道德仁义，其实是个放荡不羁、生活腐化的封建顽固派。为挽救封建大家庭没落崩溃的命运，他竭尽全力弹压以自己孙子为代表的反封建的民主力量。

从两部小说的对比可以看出，《红楼梦》更注重于人性，从人性中去看社会，反映社会的真实。而《家》《春》《秋》同样也写一个封建家族的衰落，却更注重于社会背景，更直接地反映人在没落的社会形态中的种种表现。

（四）

小说写到这里，并没有再继续写大家的螃蟹宴，而是把热闹的场面巧妙地转移到静态之中。这种环境的转换，其实也是生命形态的转变。贾母王夫人算贾府里的长辈，生命走下坡路，在时间的流逝中，她们的生命越来越接近于寂灭，所以她们更需要一种热闹去慰藉生命最后的凄冷。现实中也同样如此。我们身边的许多老人，不在乎吃得多好、穿得多好，他们更需要儿孙的陪伴，承欢膝下的嬉戏打闹。我想，大概一个人孤独地死去，才是生命最大的不幸。而大观园里贾宝玉和这一群年轻的女孩子，正值生命最美好的时期，如朝阳东升，他们此时的生命里更需要一种平静的思考，以及对世间的自我认识。所以青春的生命，总是闷闷的，痴痴的。

因此当螃蟹宴结束，贾母一行离开后，整个藕香榭一下子就平静了下来——

黛玉因不大吃酒，又不吃螃蟹，自命人掇了一个绣墩，倚栏坐着，拿着钓竿钓鱼。宝钗手里拿着一枝桂花，玩了一回，俯在窗槛上，掐了桂蕊，扔在水面，引得那游鱼上来唼喋。湘云出一回神，又让一回袭人等，又招呼山坡下的众人只管放量吃。探春和李纨惜春正立在垂柳阴中看鸥鹭。迎春却独

在花阴下，拿着个针儿穿茉莉花。宝玉又看了一回黛玉钓鱼，一回又俯在宝钗旁边说笑两句，一回又看袭人等吃螃蟹，自己也陪他喝两口酒，袭人又剥一壳肉给他吃。

看看这一段话，有钓鱼的，有折花斗草的，有看鸟的，有静默的，有穿梭往来的。作者把每个人作诗前思考的情态、动作、性情都一一地描绘出来了：钓鱼是一个人的活动，体现了黛玉性情的孤独与闲淡；薛宝钗的折桂，特有象征意义——蟾宫折桂，总是不脱名利之举……一人一形，一个不漏地写来，却又是无声无息的状态。从热闹到静寂，虽是一种场面的转换，却让人感觉到时间在作者笔下是受人控制的一样：热闹的转瞬即逝，静寂的缓慢悠长。好像也在说一种世态的变迁——繁华只是一刹那的事，寂寞悲凉才是永恒的存在。就像他们作的菊花诗：菊花只不过是一种外在的物相，其中真正的内涵却是生命的孤独，所以他们写到菊花，自然地与陶渊明联系起来——那种孤傲与淡泊，与天地对话，追求自由的生命境界，正是中国文人的精神向往。“采菊东篱下，悠然见南山”那岂又只是写菊花、写南山呢？生于竹篱之下，现实的生命不过一枚草芥，却能孤独地傲霜斗雪，又是那样的高贵和不染尘俗，生命活到精致的最高境界，就应该是这样悠然的一种状态。所以菊花在这里，只是一种影子，而真正的东西，在于这些年轻的生命状态与对美的认识。当他们把菊花诗写完后，李纨点评说林黛玉的写得最好：题目新，诗也新，立意更新了。

真正的诗评，评的是诗的意境，只有看到诗的意境，才能懂得诗人的诗心。而不是评诗的结构、格律、音韵等外在的东西，这些外在的东西是可以学来的，而意境是没法学得来的，它是诗人独有的性情。所以李纨评的“新”字，一定是她看到某种与自己生命相关的东西——她的孤独虽然与林黛玉的孤傲不是同一种境况，但她却从中看到许多的无奈与悲戚。

然而我读他们的菊花诗时，总觉得史湘云（枕霞旧友）的那首《菊影》写得更好，更体现出人生一种孤独和缥缈不定的状态：

菊影

枕霞旧友

秋光叠叠复重重，潜度偷移三径中。
窗隔疏灯描远近，篱筛破月锁玲珑。
寒芳留照魂应驻，霜印传神梦也空。
珍重暗香踏碎处，凭谁醉眼认朦胧。

首联写菊花在阳光下的情态，诗人不直接说阳光，而用秋光。这让我总想到“银烛秋光冷画屏，轻罗小扇扑流萤”里那种孤独的凄美之感：菊花的影子在秋光下的院中小路摇曳晃动，诗人化用陶渊明的“三径就荒，松竹犹存”来形容小院里的菊花，也许是借用陶的气节来表达一种生命的纯洁。

接着诗人用“描”和“破”两个字，从明暗和距离来展示菊影在不同光线下的动态和色彩。灯光不停地晃动，把菊花的影子推远又拉近；而月光的皎洁，使菊花更加纯洁无瑕。一个人能够在灯光和月光下观看到菊花的样子，一定是寂寞和空虚的。

“寒芳留照魂应驻，霜印传神梦也空。”寒芳与霜印，正写出菊花的孤冷，那种在冰霜寒冷的气氛中，还保留着一种纯洁的品性。魂应驻——花魂应该也留驻在菊影之中，菊影能传神。梦也空——影虽能传花之神，但毕竟只是虚像。有一种无法琢磨的幻想，一切美好似乎都是虚无的。

所以那影子缥缈不定，睡眼迷茫的人看得就更加朦胧模糊了。

这首菊影写了阳光下、灯光下、月光下各种菊花的影子，展现了一种令人沉迷的朦胧美，多姿多彩，使全诗显得灵气飘逸，又透着一种凄清的孤冷之感。一个“影”字，从心理上反映了一种主观的意象，美好的东西似乎都是虚无缥缈、无法触及的。同时也写出了史湘云对自己生命不可确定的一种迷茫、无助与担忧。

我读到这首诗时，总觉得它写出了青春年少的生命特征：那种对未来的期望，又觉得非常迷茫和淡淡的忧愁之感。青春的生命也正是这样的感触，所以在现实中，以一种沉默、叛逆、发痴和无法排遣的形态表现出来。

在这一回里，无论是菊花诗还是后面的咏螃蟹，有新雅，有平淡，也有

讽喻，但这些诗都是每个人对生命和人生态度的一种表达。诗的灵魂在于干净，在于触动人的心灵。所以咏菊，咏的是一种生命状态；咏螃蟹，却咏的是一种人生态度。

2022 年 3 月 29 日夜于新都

三十九、刘姥姥二进荣国府

（一）

大家看看上面的题目，就知道这一回讲的谁了：对的，那个乡下的老太太。还记得她初入贾府那种小心翼翼的忸怩样子么？想起第一次读这部书，除了记住宝黛二人外，印象最深的就是这个乡下老太太。从整部小说来看，作者给她的笔墨并不多，却可以给读者留下这样深刻的印象，可见刘姥姥这个“老妖精”还真是与众不同！

（二）

翻开这一回，首先讲到众人作完了咏螃蟹，诗会接近尾声，螃蟹宴也已近残羹之时，平儿来了。她说在宴席上，凤姐没有吃好，所以叫平儿再来讨两个螃蟹，以解美食之思。

然而平儿的到来，却正应了我们四川人的一句歇后语：“肉包子打狗——有来无回。”她被李纨留下了。李纨把平儿拉着坐在自己身边，除了叫她喝酒，还留心地观察，轻轻地抚摸平儿。这里写李纨对平儿有几个非常奇特的动作：

> 李纨瞅着他笑道：“偏叫你坐！”因拉他身旁坐下，端了一杯酒，送到他嘴边。平儿忙喝了一口，就要走，李纨道：“偏不许你去，显见得你只有凤丫头，就不听我的话了。”……李纨揽着他笑道：“可惜这么个好体面模样儿，命却平常，只落得屋里使唤。不知道的人，谁不拿你当作奶奶太太看？”平儿一面和宝钗湘云等吃喝着，一面回头笑道：“奶奶，别这么摸得我怪痒痒的。”

这样描写李纨的动作与语言，一眼就看出她对平儿非常喜欢和不舍——那种轻轻的抚摸里，有一种触觉的温暖，也体现了李纨内心一种复杂的感慨。

李纨在本小说里，有一种不一样的人生。似乎作者有意给这样的人物赋予了某种暗示或者隐喻。李纨姓李，字宫裁，她的父亲叫李守中，这很有意思：我以为，这个“李”即是理，也是礼；宫裁，即公正裁决，所以在诗社里，作者要安排她当裁判，因为她公正。然而这个公正是站在“理”和“礼”的立场上说的，理是什么，儒家讲这是万事万物发展的固有规律，所以才有“存天理，灭人欲”之说；礼呢，则是人们必须遵守的社会秩序。

李纨小时候读过书，但读的是《列女传》《贤媛集》等歌颂妇女尊崇封建礼教和秩序的书。她住的地方叫稻香村，她的丫头叫素云和碧月，似乎有一种洁净、无色、无声的状态。而她为人处事总是循规蹈矩，平静而温和，所以稻香村也很少有欢乐的事出现。当李纨守寡后，就一直用当时社会的伦理道德来要求自己，所以小说里写她的生命形态如槁木死灰——人没有老，情感却老了。

然而当我们读到她和平儿的这些细节时，似乎又觉得她对平儿的喜爱中，渗透着自己对美好生命枯萎的不舍——当一个人正处于美好的生命时期，却要人为地把自己禁锢在世俗的圈子里，让生命像死水一样，平淡得没有一点波澜；又像无色的花一样，无声无息地开放和凋零，那是一种悲剧，也是对生命的一种践踏。

李纨道：“你倒是有造化的，凤丫头也是有造化的。想当初你大爷在日，何曾也没两个人？你们看，我还是那容不下人的？天天只是他们不如意，所以你大爷一没了，我趁着年轻都打发了。要是有一个好的守得住，我到底也有个膀臂了。”说着不觉眼圈儿红了。

这一席话，正暗示着她生命里有一种孤独和荒凉。这也是李纨发自内心的感受，她渴望生命的热闹，也渴望有一个人陪伴：人生如长长的旅途，有人中途上车了，有人中途下车了，但如果这个旅途中有人陪伴，人就会感到温暖。李纨却是一个人走完自己生命的旅途，在孤独寂寞的行走中，她还得遵守封建礼教和道德的约束，所以小说在这里对李纨的描述，也是对封建礼教束缚美好生命的一种批判。

（三）

也许李纨的这些语言，是赞美平儿的能干；羡慕王熙凤的运气好，遇上了这样一个好帮手。所以当平儿从藕香榭出来，正被袭人问住月钱的事也就顺理成章了。

我们知道，贾府的月钱好似现在企业里的工资。袭人问这个月的月钱怎么没有按时发放，平儿一时就慌了，悄悄说："你快别问！横竖再迟两天就放了。"

从现代企业管理上来说，如果员工的工资没有按时发放，那么这个企业一定出现了什么问题，要么经营不善；要么有贪腐的行为。而贾府呢，是因为王熙凤把公家的钱用去放贷收利去了，这几天利还没有及时收回来，所以月钱不能按时发放。有时候站在投资的角度上看，如果有闲钱可以赚利，当然是好事，可以增加企业的收益，但如果利钱收回归私人所有，就存在很大的风险，那叫私吞公产，是管理上的一大漏洞。再者，如果贷方不对借方的信誉、资产进行评估和监管，那么有可能贷方的利不能收到，而且本钱都会被借方吃掉。这就像我们现在讲的一句俗语："你想人家的利，人家想你的本。"所以王熙凤的放贷存在很大的风险。并且从中我们也看到贾府在管理上的缺陷，以及他们正面临着严重的经济困难。

贾府里为什么会有这样严重的经济问题呢？从刘姥姥这次来大观园，就可以知道某些原因。

刘姥姥见平儿回来，便向她问好：

"姑娘好！"又说："家里都问好。早要来请姑奶奶的安、看姑娘来的，因为庄家忙，好容易今年多打了两石粮食，瓜果菜蔬也丰盛，这是头一起摘下来的，并没敢卖呢，留的尖儿，孝敬姑奶奶、姑娘们尝尝。姑娘们天天山珍海味的，也吃腻了，吃个野菜儿，也算我们的穷心。"

刘姥姥来的原因很直接，就是自己种的瓜果蔬菜成熟了，摘了新鲜的，特地给贾府送来，以表达上次贾府救济自己的恩情。刘姥姥说自己的"穷心"，虽然说得直白，但可见乡下人的纯朴，她送来的那些农产品，本身不值什么钱，但那普普通通的瓜果蔬菜是乡下人一季的汗水浇灌而成的，所以刘姥姥的"穷心"体现着一种真诚的感恩之情。

当周瑞家和张材家的看见平儿喝酒后的脸色，问起原因时，自然就说到

大家吃螃蟹的事来。然后说螃蟹有多大，吃了多少斤。当他们说到螃蟹的数量，突然就引起了刘姥姥的兴趣：

刘姥姥道："这些螃蟹，今年就值五分一斤，十斤五钱，五五二两五，三五一十五，再搭上酒菜，一共倒有二十多两银子。阿弥陀佛！这一顿的银子，够我们庄稼人过一年了！"

从表面来看，作者写刘姥姥这样精细的计算，似乎显得过于小气和计较，但想想贫穷人家的日子，在困难的时候，朝不保夕的，为了生存，哪能不计算着过日子呢？而在刘姥姥眼里，这些富贵人家一顿饭的花销，可以抵得过乡下人一年的生活费用，在她看来这真是骇人听闻的事。

记得杜甫有一句诗"朱门酒肉臭，路有冻死骨"。这些贫富悬殊的巨大差异，让人隐约地看到那个社会矛盾的尖锐程度。作者写到这里，恐怕要表达更深刻的含义：

一是对贫穷乡下人的同情；二是对这贾府富贵奢侈生活的一种批判，也指出贾府经济困难的一个内部因素；三是像刘姥姥这样精打细算过日子的人，却还给贾府送来新鲜的瓜果蔬菜，这多少突显出这些乡下之物的稀罕。

（四）

不仅如此，作者写到刘姥姥在等待与王熙凤告辞的时候，有这样的一句话：

平儿因问："想是见过奶奶了？"刘姥姥道："见过了，叫我们等着呢。"说着，又往窗外看天气，说道："天好早晚了，我们也去罢，别出不去城才是饥荒呢。"

贫穷的乡下人，一年四季在地里辛苦劳作，几乎没有休息的时间，即使这样，尚且不能保全温饱。所以刘姥姥急着回去的心情里有一种辛酸：晚回一天，就得耽误一天的劳动。而贾府里的主子与下人却每天可以吃喝玩乐，过一种锦衣玉食的生活。这里既是一种贫富的对比，也是一种生命形态的对比。

我每次读到这里，就常常想起我的父母——他们到城里来，待不上两天就想着回到乡下去。问及原因，却总是说："家里有鸡鸭，还有地里的庄稼，不得耽搁了。”似乎在他们的生命里，只有那个茅草屋才算自己的家，也只有那土地才算正事，让土地荒芜，是一种罪过。所以我常常想：土地是农民的根，农民是这个国家的根，几千年来，从未改变过。

当然，刘姥姥这次被留下了，留下的原因是贾母想见一见她：

这里转述周瑞家的话：

老太太又说："我正想个积古的老人家说话儿，请了来我见见。"这可不是想不到的投上缘了？

贾母听说有一个年纪很大的老人来了贾府，心里很是高兴。似乎流露出一种与刘姥姥交流的期盼。也许贾母的内心有一种老人寂寞感和富贵里的枯燥感。所以贾母见了刘姥姥，十分亲切，好似离别多年的姐妹，突然在年老的时候相见了。

贾母道："老亲家，你今年多大年纪了？"刘姥姥忙起身答道："我今年七十五了。"贾母向众人道："这么大年纪了，还这么硬朗。比我大好几岁呢！我要到这个年纪，还不知怎么动不得呢。"刘姥姥笑道："我们生来是受苦的人，老太太生来是享福的。我们要也这么着，那些庄稼活也没人做了。"贾母道："眼睛牙齿还好？"刘姥姥道："还都好，就是今年左边的槽牙活动了。"贾母道："我老了，都不中用了，眼也花，耳也聋，记性也没了。你们这些老亲戚，我都不记得了。亲戚们来了，我怕人笑话，我都不会。不过嚼得动的吃两口，睡一觉，闷了时和这些孙子孙女儿玩笑会子就完了。"刘姥姥笑道："这正是老太太的福了。我们想这么着不能。"贾母道："什么福，不过是老废物罢咧！"说得大家都笑了。贾母又笑道："我才听见凤哥儿说，你带了好些瓜菜来，我叫他快收拾去了。我正想个地里现结的瓜儿菜儿吃，外头买的不像你们地里的好吃。"

贾母和刘姥姥的亲切聊天里，首先谈到年纪，老人家对生命似乎有一种留恋。而刘姥姥的回答干净利落，又表现出生命的与众不同。然后贾母讲到身体的衰老问题，感叹生命短暂，人生不易。此时刘姥姥却说她是老寿星，是享福的人，这里面有两种不同生命形态的对比：刘姥姥生命里有一种对生活的热情，以及对美好生活的追求和向往，所以她的生命状态是热烈而活泼的。而贾母一生经历过许多人情世故和政治的斗争，见过更多的生离死别，她觉

得自己活到这样大的年纪，实属不易，所以她的生命里有一种烦累，有一种颓唐。尽管她现在物质生活如此丰富多彩，却仍然感到生命里的寂寞和荒凉。这两种不同生命的对比，也许正是人生面临“老”的不同状态。

人到了年老的时候，对富贵荣华已经厌烦了，而且对物质的拥有已经无法再过度地享受，所以就会想到生命回归。

当贾母说起刘姥姥地里现结的瓜果菜儿比买来的好吃时，而刘姥姥却说那不过是些野味儿，吃的新鲜，不如鱼肉好吃。这里似乎是两个人在彼此羡慕，又彼此谦虚。不过从生命的角度讲，那些土地里的生命，才有生生不息的力量。现实中有的人，一生下来就没有真正接触过土地，他们觉得泥土很脏，他们也没有体会过土地上的劳动和汗水；没有体会到自然的阳光与雨露里那种生命的丰富和厚重。然而这些东西又是所有自然生命不可缺少的。所以贾府里的众人，虽生活在富贵之中，却少了生命的自然属性——不受约束的自然成长，与大地同息共生，才是生物最终的归属。

（五）

人与人之间，因为生活的圈子不同，对社会的了解也有很大的差异。刘姥姥此来贾府，一方面给贾府带来了不一样的活力，另一方面，从人的经历来看，似乎刘姥姥也给贾府带来了一种新的快乐。

记得鲁迅先生写的少年闰土，一个从小在城镇生活的少爷，没有经历过乡下的生活，当闰土来他家，讲起乡下孩子摸鱼、爬树、洗澡、捉鸟等等那些趣事时，却令这个少爷抓耳挠腮，充满着无限的向往——恨不得自己也生活到乡下去。

所以当刘姥姥说：

> 我们村庄上种地种菜，每年每日，春夏秋冬，风里雨里，那里有个坐着的空儿？天天都是在那地头上做歇马凉亭，什么奇奇怪怪的事不见呢？

好家伙！当刘姥姥说出这一席来，贾府里面的少爷和小姐，就像鲁迅笔下那个少爷见了闰土一样，眼里放着光，心里充满着期待。

刘姥姥在乡下，有丰富的生活阅历和对生命不同的看法。刘姥姥不同的生命历程，给贾府带来了一种生命的活力，这种活力是热烈和畅快的。所以当刘姥姥讲到村里一个死去的女孩子成精，到雪地里偷柴的时候，突然传来了马棚起火的趣事。

有时候你不得不佩服作者写这小说的结构真是千奇百怪：这里刘姥姥刚把故事讲到悬念处，突然间又写到火起，把一段故事硬生生给搅黄了。这一方面展示了作者写小说高超的编织能力，在故事情节方面起到一个转折作用——给贾宝玉后面追问故事结局埋下了伏笔，也增加了小说跌宕起伏的艺术效果。二是这个“火起”，往往让我想到清代林嗣环写的《口技》：“忽一人大呼：‘火起’，夫起大呼，妇亦起大呼。两儿齐哭。俄而百千人大呼，百千儿哭，百千犬吠。中间力拉崩倒之声，火爆声，呼呼风声，百千齐作；又夹百千求救声，曳屋许许声，抢夺声，泼水声。凡所应有，无所不有。”这种热闹，这种嘈杂，这种与众不同的景象，似乎是一种生命达到了高潮的时候才有的，读来令人兴奋不已。也许作者写刘姥姥此次进贾府，给众人的感受就是这样的，这里的“火起”，既有一种新奇的感受，又有一种热闹的场面。然而这却使贾母受惊不小，但对贾宝玉来说，没留下热闹，只留存了那抱薪的女孩子。我小时候常听婆婆讲故事，讲到一半被什么事给耽误了，我就会追着想问出结果。后来婆婆被问得烦了，也就敷衍两句，总听不到自己想要的结局。

然而贾宝玉在听刘姥姥讲完这个故事后，心里却一直惦念着那个成精的女孩子。在常人看来，这明明是虚构的故事情节，不过是刘姥姥编出来的谎话。而贾宝玉却信以为真，非得要求自己的小跟班焙茗去调查清楚。

从成人的角度上看，也许会笑话贾宝玉的痴呆，而从一个青春年少的孩子心理来看，一方面是对未知世界的一种好奇，另一方面是他有对美好生命逝去的不舍和惋惜。有时候回想一下人的青春年少时期，不仅对人，即使是对一棵树、一个小动物的死去，都会暗自神伤。也许只有这种纯洁的生命里，才会有这样的感同身受，才会体会到对死去的那些生命的惋惜与感叹……当人们成长后，见过了许多世俗的东西，那种对生命纯洁的理解就会变弱，渐渐消失。

所以，一个人要保持纯洁的灵魂是多么重要！

2022 年 4 月 5 日于新都

四十、老太太两宴大观园

（一）

话说刘姥姥进贾府被贾母留了下来，但二位老人身份地位悬殊，从她们对于生命之暮的交流，似乎既让人看到人至暮年时不同的生命状态，又让人感到生命之终前的相同点。富贵如何？贫穷如何？生命的意义不是绝对的，而是相对的，这取决于每个人对自己生命的看法。

就像贾母此回带着刘姥姥逛大观园，所见到的每一处居室一样：因为每个人的性格不同，其居室的装饰、布景、摆设等相差甚远。而作者借刘姥姥的眼睛，看到大观园里不一样的景色，那些在大观园生活惯了的公子、小姐和丫头们，对大观园里的一切已经熟透，但在刘姥姥看来，大观园简直是另一个世界：充满着向往与羡慕。也许就像钱钟书先生在他的《围城》里讲的一样："城里的想出来，城外的想进去。"所以当贾府里的众人见到刘姥姥带来的果蔬，听她讲的乡村见闻，无不充满着好奇。

前一回刘姥姥讲完了她的故事，这一回我们就借贾母设宴大观园之际，跟着贾母与刘姥姥再游览一次大观园，看看在刘姥姥的眼中，究竟是怎样的一种状态。

（二）

此一回开篇就讲到怎样在园中摆宴席的事。贾母叫宝玉过去商量，而贾宝玉别开生面，说既然是图众人一乐，何不自由而散漫一些：

每人跟前摆一张高几，各人爱吃的东西一两样，再一个什锦攒心盒子、自斟壶，岂不别致？

这个模式不就是我们今天的自助餐吗？只不过在这样的花园里，更像今天我们举办的酒会一样：自由、随性，也可任意地交流和谈笑，有一种轻松和愉悦之感。所以贾母一听，觉得很有道理，便立即答应了。我想此时贾母的生命里也有一种自由的追求。

于是大观园里开始忙碌起来：准备饮食的、摆茶的、摆餐具的、安排桌椅的、准备游乐的……进进出出，喧嚷热闹。而在这种热闹的场面里，再加上了刘姥姥的出现，又显得特别的不一般。

当贾母一行带着刘姥姥走进大观园时，李纨正好摘了一盘菊花来，贾母便顺手给自己头上戴了一朵，便叫刘姥姥也过去戴。凤姐为了取乐，便把一盘花横三竖四地插在刘姥姥头上。而刘姥姥呢，不但不介意，反而很豁达地说：

> 我虽老了，年轻时也风流，爱个花儿粉儿的。今儿索性作个老风流！

人的生命有时候很奇妙。孩提时代喜欢花枝招展地疯跑，到了一定年纪，就渐渐地变得素净起来，而当到了老年，又特别喜欢鲜艳的色彩。我曾在一本专门评论戏曲的书上读到过这样的一句话：“人生如戏，成年人更像一个演员，而幼儿和老人才更接近生命的真实。”孩子的天真无邪，对社会认知甚少，所以无忧无虑；而人老了，看到生命的终点，所以也变得开朗和豁达了，大约这才是真实的生命过程。

我读《红楼梦》这部小说，总觉得刘姥姥的生命里有一种底层人生活的智慧。比如当贾母问起她对大观园的印象如何时，她的语言非常精彩和漂亮：

> 贾母倚栏坐下，命刘姥姥也坐在旁边，因问他：“这园子好不好？”刘姥姥念佛说道：“我们乡下人，到了年下，都上城来买画儿贴，闲了的时候儿，大家都说：‘怎么得到画儿上去逛逛！’想着画儿也不过是假的，那里有这个真地方儿？谁知今儿进这园里一瞧，竟比画儿还强十倍，怎么得有人也照着这个园子画一张，我带了家去给他们见见，死了也得好处！”

读者不妨想想，假如你是刘姥姥，面对贾母这样的问话，该如何回答？我想大部分人会说：“好，非常好！”或者，“哇！漂亮！”但刘姥姥并没有这样说，而是像讲故事一样，用自己切身的经历间接地赞美了大观园的别致。我曾在一家德国公司做过设备销售，在一次培训会上，老师说做销售与客户交流要采取开放式的模式：不能人家问一句，你就答一句，这样就会冷场，

陷入尴尬的局面。而刘姥姥此处的回答，是一个很好的交流的例子。从中可以看出，刘姥姥不仅有人生的智慧，也有人情社会上的世故。

更特别之处：当他们一行人去黛玉的潇湘馆里，刘姥姥在苍苔布满的小路上摔了跤，贾母非常担心她是否受伤，然而你看刘姥姥的表现：

说话时，刘姥姥已爬起来了，自己也笑了，说道："才说嘴，就打了嘴。"贾母问他："可扭了腰了没有？叫丫头们捶捶。"刘姥姥道："那里说得我这么娇嫩了？那一天不跌两下子？都要捶起来，还了得呢！"

我每每读到这里便有所思：刘姥姥来自普通的乡下，一生贫穷而寒酸，然而她从乡下的泥土里刨生活，有着不一般的生命力，她懂得生活的真实，所以她比拥有富贵更福气。这时常让我想到我的父亲，他已经七十岁了，老实而沉默，说话粗糙而洪亮，可一顿要吃三大碗饭。他一年四季从未休息，空闲时还要去工地打工，农忙回家帮母亲收拾庄稼，却很少见父亲生过病，连咳嗽都没听到过。我总觉得父亲的生命是有质地的，也是健康的，充满活力的。

所以，当那些衣着富贵华丽的贵夫人、娇小姐、俏丫头取笑这位乡下来的老太太时，她们笑的正是自己生命的虚无和苦短。人啊！只有紧紧与大地相连，倾注生命的真实与豁达，才能更加健康与阳光，才能显现出生命的活力来，这才是人生至纯至性的道理。

（三）

当然，贾母是经历创业和守业的人，她懂得生活的苦难和不易，也懂得生命之中的色彩与艺术。所以当他们走进黛玉的潇湘馆，看见林黛玉房间里的窗纱旧了，贾母便和王夫人说道：

这个纱新糊上好看，过了后儿就不翠了。这院子里头又没有个桃杏树，这竹子已是绿的，再拿绿纱糊上，反倒不配。我记得咱们先有四五样颜色糊窗的纱呢，明儿给他把这个窗上的换了。

这里贾母讲黛玉窗上糊纱的颜色，有一种艺术的鉴赏力：贾母不识字，也不懂绘画，却从小生活在饱读诗书的大家族里，懂得许多生活之中的艺术和色彩。所以她说黛玉房间外本是竹子的绿色，而窗子上再配上绿色的纱，就越发使房间的明度减弱，光线变暗了。

也许贾母也看出了林黛玉生命的孤傲和体质的柔弱，她说这个院子里又没有桃杏树，色彩就更不适合年轻的生命了。生命是可以用色彩来描绘的：桃杏在春天开花，颜色鲜艳而热烈，充满着阳光的气息，所以贾母说林黛玉更需要这样的色彩。然而我想当时凤姐并不明白贾母说的这种生命的色彩是个啥，她理解的是贾母因疼爱林黛玉，故要给她换窗子上的纱，所以接过贾母的话，说家里有一种蝉翼纱，各种颜色，非常好看。贾母一听，就笑王熙凤不懂。然后贾母说那不是普通的纱，正经的名字叫“软烟罗”，是非常名贵的，比当今皇帝用的还要好。

那个软烟罗只有四样颜色：“一样雨过天青，一样秋香色，一样松绿的，一样就是银红的。要是做了帐子，糊了窗屉，远远地看着就和烟雾一样，所以叫作‘软烟罗’。那银红的又叫作‘霞影纱’。如今上用的府纱也没有这样软厚轻密的了。”

用现在的话来说，这四种颜色分别是：天蓝色，橙黄色，墨绿，光滑闪亮的红色。而在作者笔下，每一种颜色就像诗句一样令人充满想象。有一次我与几个家乡的文友谈及写散文时应该注意的语言艺术，我说文字要令读者产生想象，感觉到美，其中就谈到贾母形容“软烟罗”的颜色来，不知道大家读到这里有没有产生美的想象，不过我每次读完这里，总想着一句歌词：“天青色等烟雨，而我在等你。”眼前仿佛看见暮春的江南，在某个小巷子里，一个孤独的少女，在雨过天晴后，轻踏着湿润润的石板路，向我走来。再说秋香色，它是一种什么颜色呢，大家可以想想，是不是有这样的感觉：秋天来了，天气凉了，一群大雁往南飞，田野里黄澄澄的稻子，像铺上了一层金子。那金黄色里透着谷物的清香，那是一种丰收的喜悦。

我想作者这样详细地介绍这个纺织物，不仅仅是让读者产生一种唯美、浪漫的感觉。作者家族曾任江陵织造，对纺织工艺和色彩非常熟悉，所以这里贾母讲“软烟罗”的色彩、样式及精致程度是非常专业的。同时贾母讲这个纱罗已经存放了很多年，算家里的珍藏之物，而到了她这一代，她却建议取出来用了。一则似乎暗示祖辈积累的东西，迟早要给儿孙败坏掉的。二则呢，

人们视为珍贵的东西，如果仅把它存放起来，不用于生活之中，似乎也就失去了生命力，最终不过变成一件朽物。

（四）

上一回我说刘姥姥讲故事，刚讲到悬念处，突然被一阵火起给搅黄了，我非常佩服作者写小说的编织能力。在这一回里，作者更把小说的布局玩得相当纯熟。

当大家游览了潇湘馆后，如果按照事物的发展规律，就应该继续游览其他人的居所才对。而作者却把故事情节转向了另一个方面：写大家一起吃早饭的事。而这顿早饭也因刘姥姥的参与直接把本回的故事推向了一个小高潮。为了讨大家高兴，王熙凤与鸳鸯商量，让刘姥姥在饭桌上演一出闹剧。首先她们给刘姥姥交代了家里吃饭的规矩，让刘姥姥扮牛相取乐。到吃饭时，凤姐又给刘姥姥准备了一双老年四楞镶金的筷子。这筷子有什么特点呢？一是非常沉，二是筷子头很光滑，所以当刘姥姥拿起这双筷子时说："这个叉巴子，比我们那里的铁锨还沉，那里拿的动他？"引得众人大笑。接着小说又写道：

只见一个媳妇端了一个盒子站在当地，一个丫鬟上来揭去盒盖，里面盛着两碗菜，李纨端了一碗放在贾母桌上，凤姐偏拣了一碗鸽子蛋放在刘姥姥桌上。贾母这边说声"请"，刘姥姥便站起身来，高声说道："老刘，老刘，食量大如牛，吃个老母猪不抬头！"说完，却鼓着腮帮子，两眼直视，一声不语。众人先还发怔，后来一想，上上下下都一齐哈哈大笑起来。湘云撑不住，一口茶都喷出来。黛玉笑岔了气，伏着桌子直叫"嗳哟"。宝玉滚到贾母怀里，贾母笑得搂着叫"心肝"。王夫人笑得用手指着凤姐儿，却说不出话来。薛姨妈也撑不住，口里的茶喷了探春一裙子。探春的茶碗都合在迎春身上。惜春离了座位，拉着他奶母叫"揉揉肠子"。地下无一个不弯腰屈背，也有躲出去蹲着笑去的，也有忍着笑上来替他姐妹换衣裳的。独有凤姐、鸳鸯二人撑着，还只管让刘姥姥。

二十多年前，我在故乡读中学时，我们的语文课本上就节选过小说里的这一段。我记得当时老师带着悲悯的情感说，这是当权的贵族们对贫穷乡下人的一种侮辱和戏弄，是非常令人憎恨的事。

后来我通读这部小说后，渐渐不太同意当时老师的观点了。大观园里众人在刘姥姥的表演中，都得到了特别的快乐。我初读时，仿佛从他们的笑声中会感受到辛酸和愤怒。但从刘姥姥的自愿表现和鸳鸯后面的道歉来分析：一是刘姥姥本觉得自己身份低微，加上此次为感恩而来，在贾母的关心下，贾府上下对她的态度，让她并没有像第一次来那样感到拘束和紧张，而似乎让她感到一阵温暖，所以她的搞笑表演，带着一种自愿和欣然接受的态度。二是鸳鸯给她的道歉时，态度温和诚恳，体现着贾府这个家族的文化和教养，有一种宏大的胸襟和气魄。三是刘姥姥如此受欢迎，说明贾府里日常的生活精致而规矩众多，使人压抑而沉重，而刘姥姥的到来，恰恰打破了某些规矩，释放了人性，所以整个吃饭的场面表现出一种自由、畅快、轻松的气氛。似乎刘姥姥此次到来，给大观园带来了一种福祉。

特别是当刘姥姥用那双光滑的筷子好不容易夹起一个鸽子蛋，还没有送到嘴边，又掉落在地上，她忙放下筷子去捡，却被下人捡了去时，她叹了一口气："一两银子也没听见个响声儿就没了！"这体现着一种底层人对物质的珍惜，以及生活中的辛酸与不易——唯不易，才会更加懂得物质的珍贵。

这让我想起小时候，婆婆炒了花生米给爷爷下酒的事。有时不小心，一粒花生米掉地上了，滚去很远，爷爷就追着捡起来，有时候花生米沾了泥土，他便在衣服上擦了擦，又放进嘴里，微眯眼睛，轻咂着嘴，似乎很享受的样子。后来我才知道，爷爷那是在艰苦岁月里养成的习惯，骨子里有着对粮食的珍惜。

（五）

当然大观园的宴会远还没有完。大家在欢乐而热烈的气氛中吃过早饭，自然又得在园中观景游览。他们走过探春的房间，最引人注目的是：

探春素喜阔朗，这三间屋子并不曾隔断，当地放着一张花梨大理石大案，案上堆着各种名人法帖，并数十方宝砚，各色笔筒，笔海内插的笔如树林一般。那一边设着斗大的一个汝窑花囊，插着满满的一囊水晶球的白菊。西墙上当中挂着一大幅米襄阳的《烟雨图》。左右挂着一副对联，乃是颜鲁公墨迹。其联云：

烟霞闲骨骼，泉石野生涯。

各位，看了这一段描写有何感受？仿佛隔着纸有一阵淡淡的墨香透了出来。探春的心胸是敞亮的，所以房间就比较宽阔。加之其布置了米芾的画和颜真卿的书法，可以看出探春对书法的造诣很深，应该是大观园里书法最好的一位，所以他们诗社所作的诗，常常由探春誊写。

从探春房间出来，他们一行坐着小船前行。路过一片荷塘，那时已经是深秋，荷叶半枯着，孤立于水面。贾宝玉说应该把这些荷叶全部清除了，而林黛玉在这里说了一句诗，很值得玩味：

黛玉道："我最不喜欢李义山的诗，只喜他这一句：'留得残荷听雨声。'偏你们又不留着残荷了。"

这一句诗出自李商隐的《宿骆氏亭寄怀崔雍崔衮》："竹坞无尘水槛清，相思迢递隔重城。秋阴不散霜飞晚，留得枯荷听雨声。"从竹坞到枯荷，秋天给了这个世界一种清冷的状态。冰凉的水里，孤独的生命即将逝去，那种由气候的冷，到外物的孤，引发了林黛玉对生命的触感：其实自己也许就是那残荷孤影。

一个人能够看到生命的孤独，并享受这样的孤独，是一种脱尘的生命状态，也是生命最真实的体现。但薛宝钗应该没有这种状态，她的性情内外是不一样的——内心有一种热，而外面却表现得相当平静和自然，这会让人感觉此人沉稳而可靠，机谋而持重。但她的这种性情却逃不出贾母的眼睛：

贾母忙命拢岸，顺着云步石梯上去，一同进了蘅芜院。只觉异香扑鼻，那些奇草仙藤，愈冷愈苍翠，都结了实，似珊瑚豆子一般，累垂可爱。及进了房屋，雪洞一般，一色的玩器全无。案上只有一个土定瓶，瓶中供着数枝菊，并两部书，茶奁、茶杯而已。床上只吊着青纱帐幔，衾褥也十分朴素。

蘅芜院外的奇花异草，长得相当茂盛，不仅色彩鲜艳，还有特别的香气。再看房间内部，却相当素净，无任何装饰品，床上的东西也十分朴素，所以薛宝钗的居室与她的性格一样：内外差别相当的大。

贾母说要给薛宝钗的房间里增添些东西，而薛姨妈说不需要，平素薛宝钗就是这样的，贾母不同意——贾母摇头道：

“那使不得。虽然他省事，倘或来个亲戚，看着不像，二则年轻的姑娘们，屋里这么素净，也忌讳。”

贾母说这样的房间，太过于素净，是一种忌讳。我想贾母认为生命的每一个阶段都应该有它自己的颜色和姿态，薛宝钗年纪轻轻，正是生命丰富多彩的时候，怎么可以这样朴素？这一定是与生命的自然状态不相符合，贾母在给予年轻生命一种自由天然形态的认可时，也在间接地提醒着薛宝钗。

贾母最后说要给薛宝钗房间里送三样东西：

说着，叫过鸳鸯来，吩咐道：“你把那石头盆景儿和那架纱照屏，还有个墨烟冻石鼎拿来，这三样摆在这案上就够了。再把那水墨字画白绫帐子拿来，把这帐子也换了。”

贾母自己很会收拾屋子，所以她说薛宝钗的房间素净得不正常，我想她也看出薛宝钗的某些不妥之处：朴素大方不是指房间里什么也没有，而应该有他物的存在。如果一个人心里什么也没有，就显得冷清与薄情，这不是年轻人的心理特征。所以贾母叫鸳鸯给薛宝钗送的东西里，既有充满生气的东西，又有静默的物件；既有黑色的，也有白色的，这种静与动、黑与白的交互映衬，正好使房间生动和丰富起来。

（六）

贾母的生命智慧是带着艺术形式的，所以她的出场，总让人看到高雅和飘曳，而刘姥姥的智慧却让人看到世故与厚重。特别是她在大观园里行酒令时，说的那几句酒令中从“庄稼人”到“毛毛虫”再到“大倭瓜”。虽然用词普通而风趣，但从中我们可以看出这是一个庄稼人的本色。这三句酒令不是随手就可以写来的——庄稼人是刘姥姥的身份，毛毛虫涉及乡下生产的管理过程：庄稼要浇水、施肥、除草、驱虫等等，只有这样才有收获，所以“花儿落了结个大倭瓜”，很形象，也很贴切。刘姥姥这三句酒令，正好说明了庄稼人一年四季的生活状态。

为什么作者要让刘姥姥参与大观园里的文化活动？我想作者写刘姥姥这样一个乡下的老太太，她一生都没见过大观园这样的景致，也没有经历过酒

席上这样有趣的行酒令的文化活动，在她的生命里，只有辛苦的劳动，每天与土地亲密地接触，与四季风雨协调地生活。从这些对比中我们有了对文化与生活更深刻的思考：这就清楚地告诉读者，真正深厚的文化恰恰来源于生活，来源于土地，来源于人与四季之变自然和谐的共生。也似乎在提醒着我们：中国传统的农耕文明发展了几千年，这才是中华文化的根本和精髓所在。

2022 年 4 月 9 日于金犀庭苑

四十一、修行者生命里的真与假

（一）

小说里写到刘姥姥二进荣国府里，已经逗留了两三天，她人生所有没见过的，没听过的，没吃过的，没喝过的……似乎都已经历过了。然而对于细心的读者来说，通过刘姥姥进大观园里这一闹腾，也借她的眼、她的嘴，更能体会到贾府里隐藏着人性之中的美好、善良、虚伪和悲喜。

刘姥姥就像一面镜子，她从乡下人纯朴的思想“观照”大观园，似乎一切都是美好的，快乐的，好似天堂一般的存在。有时候我读本小说就有一个疑问：为什么作者会把贾府写得如此富贵？把大观园写得如此美丽和快乐？这部小说的写作方法尽管在很多评论家的笔下有各种各样的解析，但我读过后，觉得本小说用得最多的方法是：对比。所以作者在小说前部穷尽所有的言辞，大力铺排大观园的豪华与富丽，其目的是对比小说的结局：贾府的衰落，大观园的凋零。这样的对比更能产生令人震撼的艺术效果，也更能突出人对生命过程的思考：人生到头来不过是一场梦幻而已，也许这本小说旨在唤醒人们的那一场梦——从红楼里的梦到现实的梦。

（二）

而刘姥姥进大观园里，也正用不同的对比方式，间接或者直接地写出了生命之间，人的人生观、价值观之间的相融性与对立面。

比如本回开端，刘姥姥端一个精致的磁酒杯，直觉让她感到这个物件的珍贵，所以说怕因为自己粗手粗脚，把酒杯打烂了，叫换一个木的来。这一件物品，相比贾府来说，并不算什么，而刘姥姥是乡下人，家境贫寒，所以才如此爱惜物件儿。我记得我父亲常说过的一句话：“只有饿过的人，才知道食物的来之不易。”所以现实中，如果哪个人觉得饭菜不好吃，浪费严重，仅对他说教是不行的，饿他三天，我估计馊了的饭菜他都吃得下去。

不过此时凤姐却歪曲了刘姥姥的意思，为了把喝酒的气氛搞起来，正好借刘姥姥取乐，她便与鸳鸯取了一副木制的套杯来。什么是套杯呢？我想应该是像现在那种工艺品套娃一样：就是大的套小的，一个一个小下去，有的可能有很多个。而鸳鸯取出来的，恰好整整十个大套杯，这可把刘姥姥吓了一跳。

但因贾母与薛姨妈在场，怕她饮酒过多伤身，所以劝住了，允许她用最大的杯子饮一杯就好。其实即使这样，刘姥姥一个上了年纪的人，哪里经受得住。于是薛姨妈又叫凤姐给她多夹些菜，压一压酒劲。

说到凤姐的这个菜，便大有来历。刘姥姥觉得这个下酒菜好吃，就问是什么菜呢，而凤姐说是茄子做的一道小菜，但刘姥姥却不相信，既然茄子做的，为何这样精致，且没有茄子的味道呢，于是凤姐便讲到这道菜的做法：

凤姐儿笑道："这也不难。你把才下来的茄子把皮刨了，只要净肉，切成碎钉子，用鸡油炸了。再用鸡肉脯子合香菌、新笋、蘑菇、五香豆腐干子、各色干果子，都切成钉儿，拿鸡汤煨干了，拿香油一收，外加糟油一拌，盛在磁罐子里，封严了；要吃的时候儿，拿出来，用炒的鸡爪子一拌，就是了。"刘姥姥听了，摇头吐舌说："我的佛祖！倒得多少只鸡配他，怪道这个味儿。"

关于这道菜，正式的名字叫"茄鲞"。它的做法和刘姥姥的表现，可引发人的思考：茄子本是自然状态下生长的一种蔬菜，应该有它自然的生命味道。而贾府里却把一道天然的蔬菜做出其他的味道，真是一种奢华的享受。在现实社会中，有许多食物做工复杂而讲究，这样似乎才显现出它的珍贵和与众不同。以此来招待客人，既彰显着礼仪的隆重，又似乎是对客人的一种尊重。

然而，真实的生命是自然的，纯粹的，充满烟火气息的。作者也许借这道菜，喻示着富贵里的不真实、虚无和飘缈。而现实中，那些讲究食物精致，讲究排场的食客，很有可能是生命在被扭曲和压抑下产生的一种变态行为，他们吃的不是延长生命的食物，他们吃的是自己的脸面，而脸面的背后却掩藏着一颗空虚和寂寥的心。有一次我去一个工地，临近中午，我在一家路边的餐馆吃饭，来了两个农民工兄弟，浑身是泥土，一把将安全帽放在脚边，然后高声大叫："老板！来三两素椒面，再倒二两酒！"于是二人就着面条，喝着小酒，微眯双眼，那神态既幸福，又让人羡慕。所以我想，食物一旦脱离了烟火气息和它本来的滋味，那就不是果腹这么简单了。

（三）

刘姥姥总算是把酒喝下去了，只是对那套杯爱不释手。她刚见到鸳鸯取出来时，就非常惊奇：

喜的是雕镂奇绝，一色山水树木人物，并有草字以及图印。

这就是说，这个木杯也不是凡物，有名家雕刻的山水在上面的，不但是个酒杯，还是一件工艺品。所以刘姥姥饮完酒后，把酒杯拿在手上把玩。

鸳鸯笑道："酒喝完了，到底这杯子是什么木头的？"刘姥姥笑道："怨不得姑娘不认得，你们在这金门绣户里，那里认的木头？我们成日家和树林子做街坊，困了枕着他睡，乏了靠着他坐，荒年间饿了还吃他；眼睛里天天见他，耳朵里天天听他，嘴儿里天天说他，所以好歹真假，我是认得的，让我认认。"一面说，一面细细端详了半日，道："你们这样人家，断没有那贱东西，那容易得的木头你们也不收着了。我掂着这么体沉，这再不是杨木，一定是黄松做的。"众人听了，哄堂大笑起来。

前面专门说这酒杯是黄杨树根做的。而此时刘姥姥却不相信了，说它是更名贵的黄松做的，所以众人皆笑。为什么会有这样的事情发生？

刘姥姥在讲乡下人与树木的关系，似乎用一个词更能形容：休戚与共。乡下人的生命与树木的生命之间，有一种共生关系。生活在乡下的人，每一天都与自然的生命在一起，也就一样有自然的属性，所以生命就会更加顽强。而这木头杯子，本是天然的木头做的，刘姥姥认得它天然的形态，却不认得经过雕饰的形态了。似乎在说，在功利的社会里，人都失去了天然的属性，人们为了生活得更好，不得不在社会里变得伪善和虚假，看不到真实的面目，所以只有乡下的自然生命里，才见到人与人之间的真诚。

大观园里的酒宴，到此应该有一个转折才对。所以当音乐响起时，宴饮的娱乐就开始了。

不一时，只听得箫管悠扬，笙笛并发；正值风清气爽之时，那乐声穿林度水而来，自然使人心旷神怡。

音乐响起来时，宴饮开始进入到一种静的状态。因为此时为箫管之音，那种悠长的、缠绵的音乐，最适合静静地听，慢慢地小饮。然而刘姥姥却不以为然，喜得手舞足蹈。有一次我与几个客户去参加一个音乐舞会，当轻音乐响起来时，大家都凝神静听，突然一个不懂事的人站起来，在台上又舞又跳，使整个气氛一下子变了味，同时有许多人表示反感。所以刘姥姥此举是甚为不妥的。所以当宝玉叫黛玉看刘姥姥时，黛玉就很轻蔑地说：

“当日圣乐一奏，百兽率舞，如今才一牛耳。”众姐妹都笑了。

林黛玉体弱多病，她是经不住这样长久地闹腾的，所以她内心对刘姥姥有一种反感。其实有时候想想，当一个人的身体经受不住热闹和喧嚣时，她的生命也就意味着不会长久。那花径风寒，苍苔露冷，抑或季节变换，都会引发她身体的变化，所以在林黛玉的生命世界里，热烈和阳光是没有的，她终日沉郁，感物流泪，正是生命渐枯的一种表现。

当音乐结束后，贾母带着刘姥姥再次游园。此时送来了各种点心，贾母却说太过油腻，不想再吃，而刘姥姥却吃了一大半。对于一个生命里没有经历过富贵的人来说，食物无所谓精致和美味，能够吃饱，不至饿肚子就够了。

（四）

贾母带着刘姥姥一行，进了妙玉修行的栊翠庵，贾母说要讨妙玉一杯好茶。

只见妙玉亲自捧了一个海棠花式雕漆填金“云龙献寿”的小茶盘，里面放一个成窑五彩小盖钟，捧与贾母。贾母道：“我不吃六安茶。”妙玉笑说：“知道。这是‘老君眉’。”贾母接了，又问：“是什么水？”妙玉道：“是旧年蠲的雨水。”贾母便吃了半盏，笑着递与刘姥姥，说：“你尝尝这个茶。”刘姥姥便一口吃尽，笑道：“好是好，就是淡些，再熬浓些更好了。”贾母众人都笑起来。然后众人都是一色的官窑脱胎填白盖碗。

看看妙玉的茶具，不但精美而且昂贵。那“成窑五彩小盖钟”是明成化年间的官窑制成，以小件和五彩的最为名贵。明沈德符《敝帚轩剩语·瓷器》：

“本朝窑器，用白地青花，简装五色，为今古之冠，如宣窑品最贵。近日又重成窑，出宣窑之上。”各位不妨想想，一个修行的人，本应该追求一种纯粹与朴素的生活，而妙玉却显得与众不同，说明她内心仍有欲望，不是真正的修行之人。这让我想起《西游记》那观音院里的金池长老，他的衣作和器物都是相当华丽的，唐僧见了都说：“真是美食美器。”然而他拥有这些还不够，他为了贪图唐僧的锦襕袈裟，居然放火想把唐僧烧死在庙里，最终其下场也十分悲催。

然而妙玉的茶具，更比金池长老还讲究。当贾母喝茶的间隙，她拉着薛林二人到里屋喝茶，而此时宝玉也跟着跑了进去，作者借贾宝玉的眼，让我们观看了这出好戏：

宝玉便轻轻走进来，笑道：“你们吃体己茶呢！”二人都笑道：“你又赶了来撖茶吃！这里并没你吃的。”妙玉刚要去取杯，只见道婆收了上面茶盏来，妙玉忙命：“将那成窑的茶杯别收了，搁在外头吧。”宝玉会意，知为刘姥姥吃了，他嫌腌臜不要了。又见妙玉另拿出两只杯来，一个旁边有一耳，杯上镌着“瓟瓟斝”三个隶字，后有一行小真字，是“王恺珍玩”；又有“宋元丰五年四月眉山苏轼见于秘府”一行小字。妙玉斟了一斝递与宝钗。那一只形似钵而小，也有三个垂珠篆字，镌着“点犀䀉”。妙玉斟了一䀉递与黛玉，仍将前番自己常日吃茶的那只绿玉斗来斟与宝玉。宝玉笑道：“常言‘世法平等’，他两个就用那样古玩奇珍，我就是个俗器了？”妙玉道：“这是俗器？不是我说狂话，只怕你家里未必找得出这么一个俗器来呢！”

先讲一讲这里的品茶：品茶品的是一种休闲的生活滋味，也可品读人生。古时修行的人把茶看成圣物，因为茶生长在山林与泉石之间，吸天地之雨露，有一种纯洁、自然、朴素的象征意味。修行人饮茶，正是取一种清静无为的人生态度。然而这里写妙玉的品茶，却是如此苛刻和讲究，似乎与修行的人不太一样。

其次是刘姥姥来大观园，给大观园带来了不一样的生命形态。作为修行的人，更应该看到世间不同的生命形态，并给予不同的生命以普世的态度，但妙玉却嫌弃刘姥姥喝过的茶杯——她觉得刘姥姥是土里土气的乡下人，是腌臜的，所以她不再收回刘姥姥喝过的茶杯了。

如果修行过程需要外物的“劫”来启示人生的话，刘姥姥也许给贾府众

人带来了福祉，所以贾府众人对刘姥姥的态度就是积福的过程。然而妙玉内心里却装下的是世俗的欲望，哪里又能看到这样的福祉呢？记得有一年我去峨眉山报国寺游玩，正遇住持讲经，大家围坐听禅，完了有人问住持："我想在寺里修行，能不能收下我？"那住持笑一笑："佛只渡有缘分的人，而人最难自渡。"所以日日修佛，佛其实就在自己的身边、眼前和内心，只是叹世间修行的人没有慧根，与佛无缘。

三是讲到妙玉给薛宝钗和林黛玉的茶杯"𤫩瓟斝"和"点犀䀉"：

前一个茶具，其实是一件用瓜做的瓟器。而"斝"是一种远古的酒器，三足，一耳，口呈喇叭状。其实这个东西用在这里是假的，妙玉怎么会有这样的茶具呢？

其上面雕刻的两句话告诉了我们真相：一是"王恺珍玩"。王恺是西晋的一个大官，是皇帝司马炎的舅舅。据考证，西晋根本没有瓟器的酒杯，到明朝才有，何况那是用葫芦之类的瓜皮做的，不可能从西晋还能保存到明、清时期。二是"宋元丰五年四月眉山苏轼见于秘府"这一句就更假了。元丰五年，那正是苏轼因"乌台诗案"被放逐到黄州写《前赤壁赋》中那"壬戌之秋"的年份，怎么可能那时在皇宫的藏书阁看见过这样的一件东西呢？再说林黛玉手里的那个茶杯。"点犀䀉"，多读几遍，好似读着两句话："心有灵犀一点通"，"心较比干多一窍"，好家伙！这是在说明林黛玉的冰雪聪明呢！

这两件假的茶具，也正暗示妙玉的清高、脱俗是假的，是装出来的，同时也正与小说"假作真时真亦假"主旨暗合。真是巧妙之文，必有巧妙之思！

四是本小说对修行人的态度。《红楼梦》里写僧道出场的地方很多，比如王道士，馒头庵里的静虚，这里的妙玉，然而作者似乎都带着讥讽的口吻写出来，唯独写那疯疯癫癫、又聋又哑的癞头和尚、跛足道人、智通寺的老和尚，却又是另一番计较。可见作者认为：真正修行的人，不在乎外在的形式，而残缺才是生命的真实。我记得小时候看过一部电视剧叫《济公》，那里面的济癫和尚可是"鞋儿破，帽儿破，身上的袈裟破"的，他疯疯癫癫地到处游走，结果是哪里不平哪里有他的一个真菩萨。所以修行，修的是一颗远离世俗的心，而不是成天锦衣玉食，贪图名利，手里握着佛珠，嘴里念叨着"阿弥陀佛"。

（五）

讲到这里，大观园的宴饮已近尾声，贾母也游园困乏了，正想着去稻香春休息。王夫人也疲倦了，坐在贾母的坐榻上打起了瞌睡。这些富贵人繁华的生活里，每天除了吃喝玩乐的消遣，没有产出，也不参与生产劳动，所以精神上没有紧迫之感，自然就容易疲乏。

然而刘姥姥此时却被众人带到了省亲别墅的牌坊之下，她一见那楼檐高啄、气势雄伟的大殿，以为到了一座大庙之前，于是趴下便要跪拜磕头。那省亲别墅建造得金碧辉煌，本是妃子的行宫，而刘姥姥却被这样的建筑所震吓。作者此处也许借她的行为，正要表达出在集权统治下，卑微者对权力的膜拜。在长期的封建统治中，许多国人已经形成对皇权及神权的绝对尊崇，我想，作者写到这里，无不是带着一种悲悯和愤慨的情绪。

所以他接下来写刘姥姥就在省亲别墅中欲大便之事，是带着辛辣的讽刺意味的，那是对权力一种嘲讽和不屑。

刘姥姥是乡下人，平常哪里吃过那么多的美食，又怎么能喝到如此多的美酒，加上年纪大了，经冷风一侵，自然是肠胃难受，闹着欲行方便之事。作者借刘姥姥上厕所的情景，用非常准确的语言，形象生动地再现了这个乡下老太太的窘态——不胜酒力的迷糊；久蹲后的眩晕；出来见大观园复杂的道路，迷迷糊糊就进了贾宝玉的房间。这事好似偶然，却又好似必然——

刘姥姥掀帘进去。刚从屏后得了一个门，只见一个老婆子也从外面迎着进来。刘姥姥诧异，心中恍惚：莫非是他亲家母？因问道："你也来了，想是见我这几日没家去？亏你找我来，那位姑娘带进来的？"又见他戴着满头花，便笑道："你好没见世面！见这里的花好，你就没死活戴了一头。"说着，那老婆子只是笑，也不答言。刘姥姥便伸手去羞他的脸，他也拿手来挡，两个对闹着。刘姥姥一下子却摸着了，但觉那老婆子的脸冰凉挺硬的，倒把刘姥姥唬了一跳。猛想起："常听见富贵人家有种穿衣镜，这别是我在镜子里头吗？"想毕，又伸手一抹，再细一看，可不是四面雕空的板壁，将这镜子嵌在中间的，不觉也笑了。

贾宝玉的这一面镜子，在刘姥姥看来挺有意思。她看见了自己，却完全不是平常的自己：头上插满了花，一脸笑容，使她自己都认不出自己来。这很像现实中我们所谓的"哈哈镜"，——使镜前的事物完全变样走形，显现出另一种形态来。镜子里的形象，是一种虚无和空境的东西，它照见了人的另一面。

我们现在很多地方，包括大型的礼堂和大厅，都摆放着镜子，我想除了树形象、正衣冠之外，另一层意思是：当一个人独立面对镜子时，他一定会看到真实的自我，同时为了场面的需要，他在镜子面前又要调整自己的表情。镜子的作用是观照。观，是观自己的自在之心，照，是照见身后的场景。所以，当我们面对一面镜子，当有所自省和取舍。此时好不容易刘姥姥才打开镜子上隐藏的机关，一下子进入了贾宝玉的内室——似乎表明，她老人家进入到了镜子的空相里。

他此时又带了七八分酒，又走乏了，便一屁股坐在床上。只说歇歇，不承望身不由己，前仰后合的，蒙眬着两眼，一歪身就睡倒在床上。……袭人进了房门，转过集锦子，就听得鼾声如雷，忙进来，只闻见酒屁臭气满屋。一瞧，只见刘姥姥扎手舞脚的仰卧在床上。袭人这一惊不小，忙上来将他没死活的推醒。那刘姥姥惊醒，睁眼看见袭人，连忙爬起来，道："姑娘，我该死了！好歹并没弄腌臜了床。"一面说，用手去掸。

这些文字写得相当精彩。贾宝玉的房间是何等的精致和高贵！一般贾府里的普通下人都不得进入的，何况这个腌臜的乡下老太太。作者却巧妙地安排她阴差阳错地进了这样的房间，而且还在房间的床上睡觉、放屁和打鼾。突然之间让那么精致的房间充满了污浊的气息，这似乎是极大的讽刺——你一生拥有的精致和富贵，同样是臭气熏天的，一样地受到污染。所以那些荣华富贵里，哪里有什么纯洁的东西存在？

如同贾府表面的荣华富贵，却掩盖不了内在的虚假缥缈，而刘姥姥那样的生活反而更真实，更有人情味。

2022 年 4 月 17 日夜于新都

四十二、画是生命里的另一种颜色

（一）

这一回重点落在惜春因要画大观园，所以不能参加诗社而请假一事之上，一群青春年少的孩子在大观园里讨论作画的事。薛宝钗对于绘画详细的讲解非同一般，令人叹服。作者借薛宝钗的语言，讲述了国画的画法，尤其是工笔，以山水园林为内容时的布局、画功、用料、制色等各个方面，系统地向读者展示了中国画的技巧与艺术水平，从而让读者也看到了作者对绘画艺术较深的造诣。

有好几次，我在读这一回时，突然有一种冲动，很想去学一学国画，然而人至中年，为生计奔波忙碌，所以也只得叹惜无缘于此。况自己未必有那样的天赋，故所虑于在水墨的世界里，学艺不成，倒成一小丑，岂不是贻笑于人？只得作罢。

但我想，如有爱好国画者，真应好好读读此回，或可有所裨益。

（二）

此一回首先讲刘姥姥在贾府待了三四天，打算回乡下去了，所以提前向贾府里当家人辞行为开始：

> 那刘姥姥带着板儿，先来见凤姐儿说："明日一早定要家去了。虽然住了两三天，日子却不多，把古往今来没见过的、没吃过的、听见的都经验过了。难得老太太和姑奶奶并那些小姐们，连各房里的姑娘们，都这样怜贫惜老照看我。我这一回去没别的报答，惟有请些高香，天天给你们念佛，保佑你们长命百岁的，就算我的心了。"

我曾说刘姥姥的语言非常漂亮，这是一个深谙生存法则的老太太的人生

智慧。这种智慧尽管显得卑微，但一个在贫穷线上挣扎的人，她能够努力去为生活奔波，用自己的人生智慧去获得更多的生存资源，这本身就是值得称赞的。她不偷、不抢，也不算计，怜惜财物而不贪恋财物，有自然生命的顽强，也有作为穷人的骨气和感恩之情，这不正是中国传统农民的普遍精神么？

凤姐说贾母从来没有像刘姥姥来大观园这么高兴过，因高兴过了头，在大观园里闹腾了一天，就茶饭不进，懒怠不行了，所以在屋里不想见人，叫刘姥姥暂时别去辞行。

这里有一种生命的对比。刘姥姥比贾母年纪大，然她喝酒吃肉，闹腾一天，什么事都没有，而贾母呢，却因此生病。从中我们可以看出：一是贾母的生命有一种荒凉感，她的快乐来自人间那种天伦的愉悦。但这种愉悦是必须在人的参与下才会有的，而人性又多变和复杂，所以这种快乐不稳定，也不够实在。刘姥姥的快乐是天然的，是人对自然的一种欣赏、感怀，这是从苦难中吸取的一种愉悦的元素，所以刘姥姥的快乐更持久，也更广阔。二是刘姥姥来大观园，正给了大观园里不一样的生命形态——这种形态不是在富贵里形成的，而是生活在自然环境里那种顽强、乐观、厚道、简单的快乐。有时候当人的欲望越低，获得快乐就会越简单，所以刘姥姥来大观园，是给贾府带来了这样的一种人生感悟。不仅如此，凤姐还说大姐儿也因在大观园里玩，多吃了一口东西，也生病了。所以这让凤姐十分担心，然而刘姥姥却说这个未必是病，应该存在其他原因：

刘姥姥道："姐姐儿只怕不大进园子。比不得我们的孩子，一会走，那个坟圈子里不跑去？一则风扑了也是有的，二则只怕他身上干净，眼睛又净，或是遇见什么神了。依我说，给他瞧瞧祟书本子，仔细撞客着。"

她讲的这些话，很有些迷信的东西在里面。但在大多数中国人的思想里，这样的迷信却是可信的。不仅是普通的老百姓，许多达官贵人也相信这样的东西存在。所以凤姐马上叫平儿拿出《玉匣记》来看看，果真如书中说的一样。

我想起自己小时候，婆婆也说过这样的话。她说小孩子阳气不足，去那些陌生的地方，容易看见不干净的东西，就会导致生病。所以婆婆常常给去陌生地方的小孩子身上装一把米，说这个可以防范邪祟的东西。后来我才知道这个原因：因为小孩子抵抗力弱，在外易感风寒，或者吃东西消化不良，所以生病。而人能相信邪祟之事，无非求一个心理安慰而已。

这种心理安慰，有一定的社会性。当人们面临困惑，而又无法解决和排遣时，就会借某种外在的力量来安慰自己，以求得内心的平静。宗教的信仰基础往往来源于此，但当人们对某种信仰感到疑惑，或者从那里找不到安全感的时候，人们就会离经叛道，甚至推翻自己原来的信仰。所以，鬼神之事、宗教信仰，古来有之，只不过存于人心罢了——“得人心者，得天下”，诚然如是。

（三）

然而紧接着刘姥姥才说出大姐儿生病的真正原因：

刘姥姥道：“富贵人家养的孩子都娇嫩，自然禁不得一些儿委屈。再他小人儿家，过于尊贵了也禁不起。以后姑奶奶倒少疼他些就好了。”凤姐儿道：“也是有的。我想起来，他还没个名字，你就给他起个名字，借借你的寿；二则你们是庄稼人，不怕你恼，到底贫苦些，你们贫苦人起个名字只怕压得住。”刘姥姥听说，便想了一想，笑道：“不知他是几时养的？”凤姐儿道：“正是养的日子不好呢：可巧是七月初七日。”刘姥姥忙笑道：“这个正好，就叫作巧姐儿好。这个叫作‘以毒攻毒，以火攻火’的法子。姑奶奶定依我这名字，必然长命百岁。日后大了，各人成家立业，或一时有不遂心的事，必然遇难成祥，逢凶化吉，都从这‘巧’字儿来。”

刘姥姥在这里分析大姐儿的病情，很有些生活的经验：富贵人家的孩子，像温室里生长的花朵，经不住日晒雨淋和风霜的吹打，而贫穷人家的孩子，每天风里来雨里去，生命早已磨炼得十分顽强，所以不会轻易生病，即使一点小毛病，也会很快痊愈。这里似乎告诉我们一个道理：任何生命只有经历过四季风霜，才能更加顽强和坚韧。

也许王熙凤从刘姥姥的话里领悟到这一层意思，所以她便请刘姥姥给大姐儿取一个名字，希望孩子能平平安安地长大。我记得自己的故乡有一种风俗，为了使孩子平安健康长大，特地给孩子取一个非常土气的名字——甚至有的叫“狗儿”或者“猪儿”的，目的是希望孩子将来有顽强的生命力。

然而刘姥姥在这里，并没有给大姐儿取那样低贱的名字，而是叫“巧儿”。这名字听来既清脆，也有些机灵活泼的意味。作者借刘姥姥给大姐儿取名一事，似乎也暗示她的命运与刘姥姥有一种缘分，所以刘姥姥说她将来：

必然遇难成祥，逢凶化吉，都从这“巧”字儿来。

这既是生命的一种巧遇，似乎又是冥冥之中的命运安排。

不过，这一次刘姥姥算没有白来贾府。

平儿清点送给她的东西，非常丰富，除了钱财，还有衣、食、用具……临走时，鸳鸯又送钱和衣服，贾宝玉从妙玉那里送给她成窑茶杯，这些东西对刘姥姥来说，足以改变她一家人的命运。

从贾府里众人的态度和送的东西可以看出，贾府是很讲究的诗礼之族。他们对刘姥姥并没有嫌弃之感，相反，贾府众人对刘姥姥是出自真心的帮助，这足见贾府的慷慨大方。这样的善举，既对社会稳定起一定作用，同时也是为贾府后代积福——第五回十二支红楼梦曲中，关于巧姐儿的唱词有一句叫“留余庆”，也许作者相信因果轮回，故借“积善之家，必有余庆”来说明这样的道理。

刘姥姥得了这些东西，自然是千恩万谢，她对平儿说不知道怎样感激。而平儿说：

到年下，你只把你们晒的那些灰条菜和豇豆、扁豆、茄子干子、葫芦条儿，各样干菜带些来——我们这里上上下下都爱吃这个——就算了。

这些东西用现代的话说叫“土特产”——那是城里人给乡下自然生长的东西一种美称。平儿讨要的这些阳光下自然生长和自然风干的东西，似乎在说明生命里有一种融合的需要：平日里吃习惯了山珍海味、佳肴美食的人们，更需要从土地里生长出来的东西进行中和，所以说生命需要归于土地、归于自然、归于原生态。

（四）

刘姥姥从贾府带着一大车东西回到了乡下，而大观园又回归于平静。

此时薛宝钗吃过早饭，向贾母问过安后，返回蘅芜苑时，便拉着林黛玉问话。当时林黛玉觉得非常疑惑，不知道宝钗肚子里卖的是什么药。原来在前一日，贾母两宴大观园，大家行酒令时，林黛玉一时心急脱口说出了一句《牡丹亭》里的戏词：“良辰美景奈何天。”

薛宝钗指出她私下偷看禁书的事。这在当时社会是被认为违背伦理的行为，是要受到众人非议的。所以林黛玉一听宝钗这样质问，自然羞红了脸，央告她别对外说出去。

然而薛宝钗却从自己的经历说起，推己及人，讲到读书的事：

“你当我是谁？我也是个淘气的，从小儿七八岁上，也够个人缠的。我们家也算是个读书人家，祖父手里也极爱藏书。先时人口多，姐妹弟兄也在一处，都怕看正经书。弟兄们也有爱诗的，也有爱词的，诸如这些《西厢》《琵琶》以及《元人百种》，无所不有。他们背着我们偷看，我们也背着他们偷看。后来大人知道了，打的打，骂的骂，烧的烧，丢开了。所以咱们女孩儿家不认字的倒好。男人们读书不明理，尚且不如不读书的好，何况你我？连作诗写字等事，这也不是你我分内之事。——究竟也不是男人分内之事。男人们读书明理，辅国治民，这才是好。只是如今并听不见有这样的人，读了书，倒更坏了。这并不是书误了他，可惜他把书糟蹋了，所以竟不如耕种买卖，倒没有什么大害处。至于你我，只该做些针线纺绩的事才是。偏又认得几个字。既认得了字，不过拣那正经书看也罢了，最怕见些杂书，移了性情，就不可救了。”一席话，说得黛玉垂头吃茶，心下暗服，只有答应“是”的一字。

每一次读到这里，我突然觉得薛宝钗的形象变得高大了。她款款深情地向林黛玉讲述自己也背着大人们读禁书的事，那种直白的交流场面让人感到温馨。我们可以从中读出宝钗的真诚，她坦诚地与林黛玉交心，告诉她自己隐藏的秘密。我想，从此以后两位美丽的少女，便彼此把心靠近了，所以友谊的深厚，需要坦率和真诚。

然而我们可以从薛宝钗与林黛玉的交谈中，看到她的人生观和对读书的态度——宝钗说那些读了书还不明事理，反而更坏的男人，还不如不读书。这两句话似乎在骂某些读过书却又毫无道德底线的人。我们生活在现实中，见过许多当官的人因为贪污进了大牢，失去了自由。他们曾经因为读书改变了命运，当了官，然而却忘记了自己的初心。那些读过的书，没有净化他们的心灵，反而使他们变成了一个有知识的强盗和流氓。这也是对某些识文断字、满腹文章而沾染了一身“精致的利己主义”，没有家国立场，背道离德之人的一种讽刺。有时候我在想，有德行的人，不一定要读多少书，当读书变成功利和欲望的阶梯后，就是这个社会道德下滑最直接的原因。

当然从中我们还可以看到薛宝钗的人生观。在她那里，男人读书为了求得功名，这是正经的事，而对于女子而言，其主要职责不是要读多少书，应该遵从礼教的规矩：三从四德，做好女工纺织才算正事，这足见薛宝钗思想是正统的、礼教的。

但不管怎样，对林黛玉来说，她感受到了来自薛宝钗的温暖和真诚。作为姐妹那种深厚的情谊在她们彼此之间深化了。所以在这里林黛玉突然放弃了对薛宝钗的抵触与戒心，她显得无比的轻松。

从大家讨论给惜春放假的事中，我们可以看出来，林黛玉还从未像此时这样开心和放松过——她从调侃刘姥姥到惜春的作画，引得众人哈哈大笑，直把史湘云笑得连人带椅子都歪倒了。我们从中突然看不见林黛玉那曾经的忧郁、孤傲的情绪来了。有时候我读这部小说会思考林黛玉的病——其实从此处可以看出，她的病源在心里。

（五）

当然这得多亏薛宝钗在这里的大度和理解。我前几次读这部小说，总对薛宝钗有些看法，唯读到这里，就非常佩服她的为人和才华。她不仅对林黛玉十分真诚与宽容，而且她作画的才华简直让人叹服。

在大家讨论怎样给惜春放假，让她安心作画的时候，自然就引到了绘画这件事上来。看看薛宝钗是怎么讲画大观园的：

宝钗道："……藕丫头虽会画，不过是几笔写意。如今画这园子，非离了肚子里头有些丘壑的，如何成画？这园子却是像画儿一般，山石树木，楼阁房屋，远近疏密，也不多，也不少，恰恰的是这样。你若照样儿往纸上一画，是必不能讨好的。这要看纸的地步远近，该多该少，分主分宾，该添的要添，该藏该减的要藏要减，该露的要露，这一起了稿子，再端详斟酌，方成一幅图样。第二件，这些楼台房舍，是必要界划的。一点儿不留神，栏杆也歪了，柱子也塌了，门窗也倒竖过来，阶砌也离了缝，甚至桌子挤到墙里头去，花盆放在帘子上来，岂不倒成了一张笑话儿了。第三，要安插人物，也要有疏密，高低，衣褶裙带，指手足步，最是要紧，一笔不细，不是肿了手，就是瘸了脚，——染脸撕发，倒是小事。……"

作者在这里借薛宝钗的语言给读者讲了一段怎样绘园林、人物、建筑等工笔画的技巧。一是布局，画幅的大小决定景物的远近、虚实、疏密、主宾等，必要时应对景物进行适当的删减。二是画建筑，讲究笔画工整，线条清晰，所以要求界划尺寸。三是画人物，要展现人物的个性，使人物动起来，产生栩栩如生的效果。

有一次我在某画报上读到评《清明上河图》的一篇文章，说那幅画上有上千人，而每个人的动作、形态各不一样，仔细分辨一个，却又生动具体，像活人一般，正如宗炳在《画山水序》中所云："方寸之内，体百里之迥"。

所以薛宝钗说画好大观园是不容易的，建议给惜春半年的假期。然后她还建议贾宝玉配合惜春，协助她完成此画作。

接着更精彩的就出现了。薛宝钗讲到绘大观园画作所用的材料，简直令人瞠目结舌。首先她讲到用纸和参样：

宝玉道："家里有雪浪纸，又大，又托墨。"宝钗冷笑道："我说你不中用，那雪浪纸写字、画写意画儿，或是会山水的画南宗山水，托墨，禁得皴染。拿了画这个，又不托色，又难烘，画也不好，纸也可惜。我教给你一个法子，原先盖这园子就有一张细致图样，虽是画工描的，那地步方向是不错的。"

因惜春对大观园没有整体的概念，宝钗建议她参考修筑大观园的工程图，便可以定下整幅画的尺寸、布局，然后参照里面的内容，再加上人物和花草，便可初步成型了。

其次她讲到配料：

宝钗说道："头号排笔四支，二号排笔四支，三号排笔四支，大染四支，中染四支，小染四支，大南蟹爪十支，小蟹爪十支，须眉十支，大着色二十支，小着色二十支，开面十支，柳条二十支，箭头朱四两，南赭四两，石黄四两，石青四两，石绿四两，管黄四两，广花八两，铅粉十四匣，胭脂十二帖，大赤二百帖，青金二百帖，广匀胶四两，净矾四两。矾绢的胶矾在外，别管他们，只把绢交出去，叫他们矾去。这些颜色，咱们淘澄飞跌着，又玩了，又使了，包你一辈子都够使了。再要顶细绢箩四个，粗箩二个，担笔四支，大小乳钵四个，大粗碗二十个，五寸碟子十个，三寸粗白碟子二十个，风炉两个，砂锅大小四个，新瓷缸二口，新水桶二只，一尺长白布口袋四个，浮炭二十斤，柳木炭一二斤，

三屉木箱一个，实地纱一丈，生姜二两，酱半斤。”

大家看完这一段有什么感受？可能会想：薛宝钗怎么会有这样的才能呢？其实作者何其的聪明！他借宝钗的口告诉大家：其实自己才是一个精湛的绘画大师。

当然从小说的文本可以看出，薛宝钗是一个懂画的人，她对惜春作画非常上心，头脑里已经对这幅画有了一个整体的布局和精确的计算，所以才会说出这么多东西来。薛宝钗家是商人，她从小耳濡目染地经历过不少生意上的事，懂得任何物质都可以用斤、两或者刻度进行度量，然后才能精准地计算出价值来，这是做生意的门道。

然后她还讲到制颜料。这里面有一个专业的知识，就是讲色料与颜料的区别。色料是油性的，附着力强，细腻而光滑，但缺少厚重感，一般仅用于印染，却不适合用来画中国画。而颜料的颜色颗粒较粗，易溶于水，很合适用来作画，所作的画有厚重感，艺术成分很高，但它在空气中易氧化、脱落、变色，所以古代的许多画作都是泛黄的，有些现在看来还需要修补。

就因为此，薛宝钗说到制颜料的方法：“淘澄飞跌。”就是把颜料颗粒尽量研碎，兑水去除杂质，然后加上连接料（即胶质），把浮在面上的浮物吹去，留下重色待用。据说唐伯虎就非常擅长制作颜料，他制作的颜料不易返潮褪色，所以他的画比一般人的画要保存得更久。

（六）

当薛宝钗讲得正起劲的时候，林黛玉便从中插话了：说再加铁锅和铁铲一个。薛宝钗问她加这些干吗？她却调侃说炒颜料来吃，引得众人大笑，于是一场关于作画的讨论变成了一群青春少年的打闹。特别是结尾处，薛宝钗主动给林黛玉拢头发的场景。有一种亲切、接肤的温暖。从这些地方可以看出，薛林二人情感的转变：倾心相诉，真诚相投。林黛玉曾把薛宝钗看成自己的情敌，总是怀着戒心，然而在这里，二人却表现出一种亲密无间的姐妹关系。

也许青春的生命是素色的，而当人们对它投入了真情与坦诚后，就能让人感受到生命的如诗如画来。

2022 年 4 月 23 日于新都

四十三、攒金庆寿抵不过撮土为香

（一）

这一回与第十一回有同样的生命内涵：生命的繁华热闹与荒凉洁净之间形成一种对比。前面写贾敬的生日，又写到秦可卿已病入膏肓，一种热闹，一种寂寥，是生命不同阶段的对比。本回又写贾府上上下下众筹给王熙凤庆生，正当贾府里里外外热闹非凡之际，贾宝玉却带着焙茗出郊外祭奠一个亡灵。似乎作者在这里对王熙凤的生命有一种诅咒和讽刺，所以读完本回，让人们对于生命有了另一种沉思。

作者运用对比的手法，同样写两种生命的过程，但此处却从人对这两种生命的态度入手，来展现贾宝玉对生命不同过程的认知——盛与衰、美与丑、善与恶、肮脏与洁净之间存在着某种对立又互为因果的关系。

从本回的回目“闲取乐偶攒金庆寿　不了情暂撮土为香”可以看出：给王熙凤庆生倒是一件闲事，而撮土为香的祭祀，却是一生了结不完的情。这个“情”是贾宝玉痴呆的根源，也是林黛玉孤傲的病根。也许整部小说，作者要让我们思考的是：人呐！怎样去认识和面对生命中经历的那些情？当那情缘已尽，人又该何去何从？

（二）

本回起首以贾母对王夫人说食物开始。前日刘姥姥来贾府，闹腾了几天，贾母经不住几天的吃喝玩乐，身体就有些吃不消，而现在病已经好转，可以吃点东西了。贾母说那野鸡肉好吃，有味，希望再炸点来吃，把味道弄大些才好。贾母说得很现实。从生理学上讲，老人家的味觉在减弱，清淡的食物很难触动味觉细胞，所以贾母说味要重一点，正符合人的生理特征。

接着贾母便向王夫人说起凤姐的生日，说这次准备由自己组织，众筹给凤姐过生。于是经贾母这样一说，贾府里一下子就热闹起来了：

众丫头婆子见贾母十分高兴，也都高兴，忙忙的各自分头去请的请，传的传。没顿饭工夫，老的少的，上的下的，乌压压挤了一屋子。只薛姨妈和贾母对坐，邢夫人王夫人只坐在房门前两张椅子上，宝钗姐妹等五六个人坐在炕上，宝玉坐在贾母怀前，底下满满的站了一地。贾母忙命拿几张小杌子来，给赖大母亲等几个高年有体面的嬷嬷坐了。贾府风俗，年高服侍过父母的家人，比年轻的主子还有体面呢，所以尤氏凤姐等只管地下站着，那赖大的母亲等三四个老嬷嬷告了罪，都坐在小杌子上。

读《红楼梦》要特别注意对贾母的描写，她的言行贯穿整部小说。宁荣二府每场热闹的场面都有贾母的参与，甚至她主导这一场热闹。贾母是贾府里的主心骨，好比一棵大树，她其实主宰着贾府里一切的内务管理。

作者写贾母，其实既写一种生命形态，也写一种衰落前的虚华：

一是贾母经历贾府从创业到繁荣的整个过程，她知道贾府里的一切历史和渊源，也懂得如何管理好一个家族。二是贾母出身富贵人家，对世家之间的人情世故非常熟悉，对家族之间利益上的明争暗斗也有丰富的经验。三是贾母懂生活的哲理和生命的艺术，具有很高的艺术鉴赏能力。她生命之中的智慧，不仅体现在她对家族的管理上，也体现在她对艺术的欣赏水平中。

作者煞费苦心地写这样一个老人，其实预示着贾府渐渐走向衰败的事实。整本小说讲人的生命历程，却从不写有新生孩子出生，唯有一次凤姐流产，尤二怀上小孩子被凤姐害死，或许作者从人物安排上就告诉读者：他是在写生命的衰落，也写繁荣背后看不到希望的结局。

在这里贾母既然已经提出众筹的意见来了，又有哪个会反对呢？所以贾府里，从贾母、王夫人、邢夫人到小姐丫鬟，以及资深的老用人，没有哪个不高兴，也没有哪个不愿意凑银子的——

众人谁不凑这趣儿呢。再也有和凤姐儿好，情愿这样的。也有怕凤姐儿，巴不得奉承他的。况且都是拿得出来的，所以一闻此言都欣然应诺。

世间之人情，莫不如此。

但也有例外。当凤姐提出还得要两位姨太太出一份子时，尤氏却说“拉上两个苦瓜子”。前面我们知道，其实赵姨娘和周姨娘的生活是很拮据的，然而王熙凤却仍然不放过她们。《红楼梦》写小妾的出身，一般有几种途径：一是正室的陪房；二是家里的丫鬟，三是外面买回来的女孩子。她们的出身和地位其实都相当低微，甚至比丫鬟还不如，所以在家族中是不受人待见的。小说开端写贾雨村娶甄士隐家的丫鬟娇杏，本来娶回家当小妾的，不料贾雨村的正室很快死了，作者却说“偶因一回顾，便为人上人”。作者的意思是说成为小妾是不幸的，然而扶正了，就幸运了，可见小妾在旧社会里的角色尤其尴尬。

这里王熙凤不喜欢两位姨娘，是出自对王夫人地位的维护。可以想想，虽说赵周二人已经被贾政纳为小妾，但对王夫人来说，那不是第三者吗，再加上赵姨娘做出许多出格的事，恐怕在王夫人心里，比任何人更恨两位姨娘，而凤姐又是一个很会察言观色的人，那自然懂得该怎样处理二位姨娘了。

（三）

这一次王熙凤过生日，贾母特给她放假，说要她好好受用一回，所以单吩咐尤氏张罗这件事情。贾母这样做，表面是让王熙凤享受生日的快乐，其实她懂得治家的辛苦，对王熙凤管理贾府的难处深有体会，这是贾母对管理者的一种理解和不忍。然而在凑银子这件事上，却有很多问题。贾母首先定了规矩和标准，然而她却又首先破了这个规矩——

贾母忙和李纨道：“你寡妇失业的，那里还拉你出这个钱，我替你出了罢。”

贾母出自一片好心，说李纨孤儿寡母，不容易，她愿意承担李纨的份子钱。其实在贾府里，比李纨贫苦的人大有人在，比如赵周二位姨娘，然而由于贾母的偏爱，所以她乐意出这一份子。贾母的这种行为就是家庭矛盾的根源。

我们现实中，有很多老一辈的父母嫌贫爱富，对儿孙不能一视同仁，造成弟兄不和，家庭矛盾突出，所以作为儿孙众多的父母，应该具有更多的生活智慧——怎样去平衡家庭矛盾，使家庭更和睦。

这时王熙凤一听，打趣说贾母乱揽事。说贾母不仅要自己出一份，还得帮宝玉、黛玉出一份，这里又揽上李纨的，得拿出好几份钱呢，到时候别说自己出钱多。表面看凤姐是说笑，其实暗指贾母处理这事欠妥。

所以王熙凤当着众人说，李纨那份钱她帮忙出了。其实凤姐早就算好了，

大家凑的钱，过一个生日是用不完的，多一份李纨的和少一份李纨的不会影响什么。所以第二天当尤氏来讨要李纨那份银子时，凤姐便要赖，不愿意出了——王熙凤在这里既挣了面子，又享受了快乐，用我们四川人的话说叫“得了便宜还卖乖”，好处占尽了。

然而尤氏早已经看出王熙凤的心思，她也计算过，只不过她觉得王熙凤做事有点过了。所以在前面她笑凤姐：

我劝你收着些儿好，太满了就要流出来了。

这句话可以看出尤氏很有些道家思想的。我想起小时候父母经常对我说，做人要留有余地，话不能说尽，事不能做绝。尤氏讲的也正是这个道理，而王熙凤正处于春风得意之时，她又怎么能看到自己的结局呢。

既然王熙凤这样子，尤氏也学她做了人情，把平儿、彩霞的钱都退还给了她们。尤氏做得特别到位的是她把赵周二姨娘的钱也退了，这一点，我总觉得尤氏的性格温和，灵魂比凤姐高尚。不仅如此，尤氏在办理这次生日宴时，也非常成功：

转眼已是九月初二日，园中人都打听得尤氏办得十分热闹，不但有戏，连耍百戏并说书的女先儿全有，都打点着取乐玩耍。

从本回内容看，似乎这一句话只是小说内容的转折而已。作者写小说，往往从闲处着笔，却暗示着大道理。从这里轻描淡写的几个字，其实可以看出尤氏也是很有才华的，然而为什么尤氏却当不了家呢？

这里有两点需要说明：

一是尤氏出身地位卑微，只是平民百姓的女儿，在家庭利益之间，尤氏是没有背景的。而王熙凤能当家，因为她的父亲是九省统治，她姑姑是王夫人，无论从能力、权力、利益还是人情关系上，王熙凤都是贾府管家的首选，才华倒是其次的。二是作者这样写，也有一种管理上的思考。前面我说尤氏的性格温和，有道家思想。也许作者这样写，恰恰体现了儒道互补的文化理念。

于是突然想到老子的两句话：“天地不仁，以万物为刍狗；”“圣人不仁，以百姓为刍狗。”读完总觉得意犹未尽……

（四）

看完本回，寓意更多的还是贾宝玉在此时带着焙茗去烧香的那个场景。我初读时，并不知道他为什么要在王熙凤生日的热闹之际，却跑到冷冷清清的地方烧香？

宝玉道："这条路是往那里去的？"焙茗道："这是出北门的大道。出去了冷清清，没有什么玩的。"宝玉听说，点头道："正要冷清清的地方。"

……宝玉想到别的香不好，须得檀、芸、降三样。焙茗笑道："这三样可难得。"宝玉为难。焙茗见他为难，因问道："要香做什么使？我见二爷时常带的小荷包儿有散香，何不找找？"一句提醒了宝玉，便回手——衣襟上挂着的荷包——摸了一摸，竟有两星沉速，心内喜欢："只是不恭些。"再想："自己亲身带的，倒比买的要好些。"

想想此时，贾府里热闹非凡，王熙凤的生命正是一片繁花似锦，而贾宝玉却选择去郊外给亡灵烧香。直到本回结尾，我们方才知道，原来今天正是金钏的祭日。作者这样用生与死、热闹与冷清对比生命的不同，表达出一种对生命的珍重和不舍——当大家都快把金钏忘记了的时候，贾宝玉却记得。这是人对人生命的惦念，对失去的生命一种愧疚。也许更多的是他对繁华和热闹的一种倦怠，他在繁华里看到生命的另一面。一个人越是冷静地看待热闹与繁华，对生命的过程理解得越深刻。

在贾宝玉那里，他对死去的金钏，有一种不舍和怜惜。所以他向焙茗要香时，特别说到"檀、芸、降"三种香。香在中国有悠久的历史，它不但有药用、净化空气、除虫杀毒之功能，在中国传统文化中，香还广泛用于祭祀、修炼及香品装饰之中。而贾宝玉此处所说的"檀、芸、降"，均是旧时名贵的香品，有些甚至出产于国外。这从中可见他对即将祭祀的生命的虔诚。

然而焙茗说没有这三种香，目前也买不到。后来他突然想到贾宝玉自己身上平时带着一些香品，可以看看香囊里有没有，于是贾宝玉从自己身上搜了一些散状的沉香。他觉得这香有些对死者不恭，但又一想：

自己亲身带的，倒比买的要好些。

香，在这里既是一种物质的祭品，又是一种生命体的象征。它散发的烟雾和气息，带着生命随散的不确定性，同时这香也带着贾宝玉的体温，代表着生命的洁净与美好。

所以当他到水仙庵看到洛神的塑像时，想起曹植写的《洛神赋》引发了自己的伤感，禁不住滴下泪来——

在贾宝玉心中，似乎那“荷出绿波，日映朝霞”的洛神，就是金钏的化身。他们在井沿边祭祀这个死去的灵魂，似乎也在悼念那水中一朵纯洁的莲花。这与其说是贾宝玉对金钏的怀念，不如说他在成长过程中，对生命的一种领悟。

2022 年 4 月 28 日夜于新都

四十四、生命常有缺失，深情总得圆满

（一）

这一回是凤姐生日宴的高潮，贾府里众女性，正围绕着她吃酒听戏。什么戏呢？

众人看演《荆钗记》，黛玉因看到《男祭》这出上，便和宝钗说道："这王十朋也不通的很，不管在那里祭一祭罢了，必定跑到江边上来做什么，俗语说：'睹物思人'，天下的水总归一源，不拘那里的水舀一碗，看着哭去，也就尽情了。"宝钗不答。宝玉听了，却又发起呆来。

先说说《荆钗记》。它是元朝柯丹丘所作的剧本，写一个男主人公王十朋上京考试，中了状元，却拒绝丞相逼婚，被贬湖州，而其妻子也拒绝豪强的逼迫，投江自杀，后被人救起，最后夫妻得以团圆的故事。此时众人所听的《男祭》正是男主人公得知自己的妻子投江自杀的消息后，去江边祭奠的那一出戏。

黛玉是贾宝玉的知己，她知道贾宝玉在凤姐生日之际，背着众人跑到别处去祭奠了金钏。她理解宝玉的心情，但她却不赞成贾宝玉祭奠的方式：祭奠之事不需要更多形式上的东西，只要有一颗真实纯洁的心，就算尽情尽意了。

这让我想起"竹林七贤"的阮籍。有一天他母亲死了，朋友来吊丧，他表面显得不以为然，喝酒吃肉，谈笑风生，人家都认为他不孝，枉自为一个读书人。可是等朋友走了后，阮籍因伤心过度，连吐几次血。阮籍此人讨厌世俗礼法，他觉得悲伤是自己的事，不应该以一种外在的形式表现出来。林黛玉的看法与阮籍一样，所以说她的人生境界很高，世俗人是看不明白的，只有贾宝玉听懂了她的意思——"宝玉听了，却又发起呆来"。

当然，这一出戏不单单指的这些东西。凤姐的痛乐之中，也隐藏着这出戏的结局。只不过，其间的经历过程却大相径庭。

（二）

此时贾母发话了，要凤姐在今天痛乐一日。贾母说她为贾府操持一年，够辛苦的了，所以叫尤氏好好照顾一下凤姐。贾母也曾是贾府的管家，她懂得管理这样一个大家族的辛苦和不容易。此时凤姐正沉浸在众星捧月的快乐之中。人生最得意的时候意气风发，所以凤姐是这场宴会的主角。尤氏向她敬酒，家里的老用人也向她敬酒，鸳鸯代表大丫头也向她敬酒……

在中国人的饮食文化里，敬酒是很讲艺术的。在一场酒宴上，一个人往往被敬酒的次数越多，说明此人要不是德高望重，要不就被权力宠着。敬酒取的是一个“敬”字。有许多权力欲望强的人，很享受别人前来给自己敬酒的那种荣耀，自己也会从中感受到一种满足。而内心孤傲的人，往往会远离这种喧嚣和热闹，那些花天酒地的场所，其实归根到底，都是人们欲望的体现和发泄。有时候我很讨厌喝酒过程中的那种喧闹，总觉得在那些热闹的社交场合里，有一点虚伪，潜意识里感觉到生命在热闹中流失掉，显得毫无价值。如果一个人把过多的精力投入到外部世界的热闹中，哪还有精力看护自己的内心？

而王熙凤呢，最是喜欢享受这种感觉的人。她此时不知道人生总是起起伏伏，不能预料到下一场繁华之后的寂寞。所以尤氏见凤姐得意忘形，说了一句很有哲理的话：

说的你不知是谁！我告诉你说罢，好容易今儿这一遭，过了后儿，知道还得像今儿这样的不得了？趁着尽力灌两盅子罢。

尤氏的话里讲到一个道家的思想——《道德经》上讲：“祸兮福之所倚，福兮祸之所伏。”真正明白福祸相依的道理，才能让人生活得更坦然。很多事情往往都是和灾祸或者福气相依存的。所以我们在遇到事情成功的时候不要沾沾自喜，失败的时候也不要气馁。因为很多时候，往往以为糟糕的事情，说不定又会在灾祸之间有峰回路转的余地。

然而凤姐此时正沉浸在自己美好的生命世界里，她哪里会想到这样的道理呢。她当然也不知道，此时自己的丈夫贾琏正与下人鲍二的老婆在屋里厮混。

所以当她醉酒“溜号”回屋时，看见小丫头躲避疯跑，顿时起了疑心。于是抓住小丫头便来审问：

凤姐儿道："屋里既没人．谁叫你来的？你就没看见，我和平儿在后头扯着脖子叫了你十来声，越叫越跑。离得又不远，你聋了吗？你还和我犟嘴！"说着，扬手一巴掌打在脸上，打得那小丫头子一栽，这边脸上又一下，登时小丫头子两腮紫胀起来。平儿忙劝："奶奶仔细手疼。"凤姐便说："你再打着问他跑什么。他再不说，把嘴撕烂了他的！"那小丫头子先还强犟嘴，后来听见凤姐儿要烧了红烙铁来烙嘴，方哭道："二爷在家里，打发我来这里瞧着奶奶，要见奶奶散了，先叫我送信儿去呢。不承望奶奶这会子就来了。"

当一个人正享受权力达到顶峰所带来的荣耀时，怎么可以容忍他人挑战自己的权威呢？所以凤姐从高兴的情绪中，马上翻脸，而且非常严厉。可怜那个小丫头，被打得多么伤心！为什么凤姐会这样狠？那个小丫头又是多么地难做：在这种情况下，帮谁都会受到处罚，贾琏不敢得罪，凤姐更不敢得罪，所以陷入两难之中。然而作为主子可不这样认为，无论站在哪一边，在这种情况下都是对主子的不忠。

从另一方面讲，凤姐的狠也是有道理的。这样大的一个家庭，不狠一点，又怎么把它管理得下来。然而管理者的狠，往往又会给人留下骂名和祸患。所以作为一个优秀的管理者，掌握那个"度"很重要，凡事不可做绝。

（三）

凤姐此时听了丫头的话，知道贾琏勾了下人的女人在家厮混，于是悄悄地在门外偷听。

凤姐来至窗前，往里听时，只听里头说笑道："多早晚你那阎王老婆死了就好了。"贾琏道："他死了，再娶一个也这么着，又怎么样呢？"那个又道："他死了，你倒是把平儿扶了正，只怕还好些。"贾琏道："如今连平儿他也不叫我沾一沾了。平儿也是一肚子委屈，不敢说。我命里怎么就该犯了'夜叉星'！"凤姐听了，气得浑身打颤。又听他们都赞平儿，便疑平儿素日背地里自然也有怨言了。那酒越发涌上来了，也并不忖夺，回身把平儿先打了两下子。一脚踢开了门进去，也不容分说，抓着鲍二家的就厮打。又怕贾琏走了，堵着门站着骂道："好娼妇！你偷主子汉子，还要治死主子老婆！——平儿，

过来！你们娼妇们一条藤儿多嫌着我，外面儿你哄我！”说着，又把平儿打了几下。打得平儿有冤无处诉，只气得干哭。骂道：“你们做这些没脸的事，好好的又拉上我做什么！”说着，也和鲍二家的厮打起来。

从小说的情节来看，其实鲍二的媳妇也不是那么漂亮的女人。而贾琏却也要去勾引，可见贾琏的欲望是多么强烈！只要王熙凤一时不在身边，他就要花天酒地，逗猫惹草。有时候想想这些富贵之家的子孙后代，如果少了严厉的管束和教育，他们成年后的放荡和挥霍，的确是家族衰败的原因之一。

但从另一方面讲，贾琏常年因为受到王熙凤的严厉管束，男人的自尊心受到侮辱，所以潜意识里就会对王熙凤有一种背叛，以此来弥补男人的权威和自信。所以贾琏选择发泄的对象是不分人的，甚至小说前面还提到他与男人发生关系——欲望的无法抑制，会导致人迷失最基本的道德底线，使人性显得丑陋和恶心。

在这里，我们得为平儿抱不平。作为王熙凤的贴身助理，时时刻刻都尽心尽力地协助凤姐管理贾府，且大度而令人感到温暖，是一个难得的德才兼备的好女孩子。然而此时凤姐却只听贾琏与那鲍二媳妇的枕边风，为了发泄自己的怒火，居然把平儿也打了一顿。在王熙凤的人生价值观里，我似乎看到了曹操所说的“宁教我负天下人，休教天下人负我”的那种霸道和无情。跟着这样的领导，是很恐怖的。

可有谁能理解平儿此时的委屈呢？

所以当王熙凤与贾琏闹到贾母那里时，李纨便把平儿拉到了大观园里进行安慰和劝解。此时薛宝钗说话了：

宝钗劝道：“你是个明白人，你们奶奶素日何等待你，今儿不过他多吃了一口酒，他可不拿你出气，难道拿别人出气不成？别人又笑话他是假的了！”

薛宝钗站在伦理道德与理性思维上来看待这事。她认为丫头受主子的气，是正常的，这是阶级社会里天天面临的事情，所以他主张丫鬟应该有逆来顺受的态度，而不应该有反抗的情绪，那是对主子的不忠。

站在社会学上来看，为了大众的利益和社会的稳定性，薛宝钗的话很有道理。也符合当下人们的世界观和价值观——在正统思想下，主子就是主子，奴才就是奴才，你得认这个命。

然而这里忽略了一个人性的问题，人生来应该平等，没有哪一个天生成为主子或奴才的。只有尊重人的自由，才能实现社会的自由。两千多年之前，陈胜那句“王侯将相宁有种乎”的话，其实已经喊出了对阶级压迫进行反抗的口号。独立自由，个性解放是人应该追求的东西，也是人的本能。

（四）

所以贾宝玉的温暖和可敬可爱就表现在这里。

当平儿来他的怡红院时，他并没有像薛宝钗一样，讲出忠诚服从的大道理。

宝玉忙劝道：“好姐姐，别伤心，我替他两个赔个不是罢。”平儿笑道：“与你什么相干？”宝玉笑道：“我们弟兄姐妹都一样。他们得罪了人，我替他赔个不是，也是应该的。”又道：“可惜这新衣裳也沾了！这里有你花妹妹的衣裳，何不换下来，拿些个烧酒喷了，熨一熨；把头也另梳一梳。”一面说，一面吩咐了小丫头子们：“舀洗脸水，烧熨斗来。”

贾宝玉的怡红院给了平儿一种温暖，也给了人一种自由。在这里贾宝玉像救世主一样，有一种慈悲之心，担待人间一切苦难。有一次我去故乡云顶山慈云寺，看到那里的菩萨个个方额慈面，略带微笑，显得非常宽容和善，那时候我突然就想到贾宝玉这个人。

很多时候，小说里并没有过多地描写贾宝玉的外貌，然而读者读完这部小说，总感觉他形象俊美，风度优雅，是世上难得的好人儿。这是为什么呢？人心善良，外表就会和颜悦色，慈眉善目，让人陡生一阵温暖。相反人心不善，便是一副奸相，他的一言一行，必将令人作呕倒胃。

所以有时候，我们应该做一个善良的人，更应做一个温暖的人。

不仅如此，贾宝玉见平儿流泪，胭脂花了，还劝他重新补妆。于是便主动给他调制胭脂水粉：

宝玉忙走至妆台前，将一个宣窑瓷盒揭开，里面盛着一排十根玉簪花棒儿，拈了一根，递与平儿，又笑说道：“这不是铅粉，这是紫茉莉花种研碎了，兑上料制的。”平儿倒在掌上看时，果见“轻”“白”“红”“香”，四样俱美；扑在面上，也容易匀净，且能润泽，不像别的粉涩滞。然后看见胭脂，

也不是一张，却是一个小小的白玉盒子，里面盛着一盒，如玫瑰膏子一样。宝玉笑道："铺子里卖的胭脂不干净，颜色也薄，这是上好的胭脂拧出汁子来，淘澄净了，配了花露蒸成的。只要细簪子挑一点儿，抹在唇上，足够了；用一点水化开，抹在手心里，就够拍脸的了。"

各位，看到这里有什么想法？贾宝玉的行为已经超越了一个男人的性情，似乎是一个很懂深闺生活的女子一般。看它讲脂粉的知识，讲胭脂的调制，那胭脂盒的装饰，胭脂的使用，这真是千奇百怪的写法：一个男人，怎么会比女人还懂得这些知识呢？从平儿的眼中看贾宝玉房间里的脂粉，皆为上品：轻、白、红、香四样俱美——轻，指粉细腻；白，指质纯无瑕；红，指色纯，色相正；香，指气息，一种淡淡的味道，这无异于我们说一道美食：色、香、味俱全。一个人只有细腻的心思，有关怀他人比关怀自己更重的情感时，才能从一群女孩子的生活里学到这些，这也正是贾宝玉的温柔和可爱之处——或许，男人的细腻却更得女人的芳心。

同样贾宝玉看平儿受了委屈，内心一定也很难受。他觉得一个美好的生命受到了伤害，就好像自己受到了伤害一样，这种忧伤和不忍，是贾宝玉可爱的地方，也是他对生命的一种领悟。

他叫平儿更换衣服，补妆，还帮助平儿调制胭脂水粉，一方面是用身体的温暖让平儿的心平复下去，另一方面他用行动修复被破坏的美好事物，其实这是对生命的一种尊重。我想起前几年的一件小事：家里养了一只荷兰猪，女儿小婕妤特别喜欢，每天放学回来必去看一阵，独自喂食，与那小动物悄悄地说一会儿话，后来那宠物死了，她非常伤心。我想可能在青春的生命意识中，一切美好的东西都是值得尊重和爱护的。青春年少的生命里，对情感的流露都是真诚的、纯洁的、平等的——青春的生命多么美好！

（五）

此时的平儿一颗受伤的心也得到了安抚。而王熙凤在贾母的调解下，也与贾琏和好如初——情感其实已经破裂，只不过是一种形式而已。正如本回开场的那一出戏，最后王十朋与自己的妻子团圆，中国人传统的美好愿望实现了，这是贾母愿意看到的，也是中国所有的老人愿意看到的结局。然而生活不会处处是大团圆，最高的艺术成就是悲剧，而不是喜剧。"喜剧是把人生无价值的东西撕破给人看，悲剧则是把人生有价值的东西毁灭给人看。”

王熙凤的生日，表面上风光而热闹，然而在她的人生历程中，是不完美的。如果人的一生以事业、爱情的圆满来认定为成功的话，王熙凤的事业、爱情之间最多算一个平手。贾琏在情感上的背叛，是对她生命的极大讽刺。虽然在贾琏的偷情问题上，王熙凤大吵大闹了一场，似乎在贾母的主持下，她赢得了面子。然而男权社会里，贾琏的行为并不会受到太多的负面影响。从情感的角度上看，王熙凤仍然是一个悲剧人物。

只是在这一场闹剧中，贾宝玉因为照顾平儿时的言行，却让更多的读者感动。在喧嚣的吵闹中，我们看到的是令人作呕的欲望；在平静的怡红院里，我们看到的是人性的温暖。现实中，是选择欲望还是选择深情，有待每个人自己去考量。

2022 年 5 月 5 日夜于新都

四十五、秋风秋雨，说不尽的秋思秋情秋无眠

（一）

仅看题目，大家也许就领会了其中的意味——此一回，必说一段与秋有关的故事。

秋天来了，天气渐凉，阴晴不定，不觉秋雨绵绵，黄叶萧萧。每逢季节转换，总会写到林黛玉那柔弱之躯，怎抵得寒窗夜雨，凉意袭身？

所以感季节、悲人生，总有抒不完的愁思千缕，写不尽的《秋窗风雨夕》。

（二）

本回开篇写到李纨带着众姐妹前来向王熙凤讨要作画的经费。你看看王熙凤多么地精明，她给李纨算的账，门门清，没有一笔是糊涂的。从这里我们至少知道两点：

一是王熙凤虽没有文化，却对财务管理非常到位，也就是说她对钱是十分清楚的。有时候我觉得很奇怪，在现实中，有许多文化程度很低的人，做买卖时却能计算得一清二楚，甚至远超过那些学过财务、擅长经济管理的人。也许为了某种生存的需要，人更能激发出一种超越自我的本能，这种本能也是人的一种学习能力。其二，从中我们也可以看出，李纨的确是很富有的，这可以对比赵姨娘，二人的差距是非常大的：一个是寡妇，一个是姨娘。当然，作为姨娘的身份，在小说里是尴尬的。从婚姻上讲，她们不是正室，在家庭里就没有话语权，除非像我前面说到的贾雨村的小妾娇杏，她的命好，一嫁给贾雨村后，正室死了，她扶正了，所以便可掌控一个家庭的内部管理。

在本小说里，还有另一类人，就是贾府里的老用人。正当李纨与王熙凤谈话之际，老用人赖嬷嬷来了。这赖嬷嬷在贾府当用人已经有三代之久，也就是说，她与前面从死人堆里背过贾珍爷爷的焦大是一辈的老用人。贾府里像这样的老用人地位是较高的，像这样三代的用人比家里的小姐公子地位高很多，所以那焦大才有资格肆无忌惮地对贾蓉骂："爬灰的爬灰，养小叔子的养小叔子。"

这种从贾府创业到兴旺一路陪着走过来的用人，像贾母一样，经历过人世的许多变迁，也见过人生很多的起起伏伏，所以在他们的生命里，也有许多的人生哲学与人情世故。

赖嬷嬷此次来的原因是她的孙子捐了官，想请主子们去庆祝一番。在旧社会里，官是可以用钱买的，只不过取了一个好听的名字："捐"。捐了的只是一个头衔，没有实权和位置，也就没有实惠。所以赖嬷嬷说她的孙子托贾府里的关照，有了一个职位——去某地当县令，即日将上任，所以特来请贾府里的人过去乐一乐。

此时李纨听了很客气地恭喜她，说她孙子有出息了。这时赖嬷嬷却说了一段很有意味的话：

我说："小子，别说你是官了，横行霸道的！你今年活了三十岁，虽然是人家的奴才，一落娘胎胞儿，主子的恩典，放你出来，上托着主子的洪福，下托着你老子娘，也是公子哥儿似的读书写字，也是丫头、老婆、奶子捧凤凰似的。长了这么大，你哪里知道奴才两字是怎么写？只知道享福，也不知你爷爷和你老子受的那苦恼，熬了两三辈子，好不容易挣出来你这个东西，从小儿三灾八难，花的银子照样打出你这个银人儿来了。到二十岁上，又蒙主子的恩典，许你捐了前程在身上。你看那正根正苗，忍饥挨饿的要多少？你一个奴才秧子，仔细折了福！如今乐了十年，不知怎么弄神弄鬼，求了主子，又选出来了。县官虽小，事情却大，作那一处的官，就是那一方的父母。你不安分守己，尽忠报国，孝敬主子，只怕天也不容你。"

赖嬷嬷讲的话里，一方面道出了许多人家发家致富的过程——自己家族幸亏是跟了贾府，才有今天这样的荣华富贵。这倒让我记起曾经在某本杂志上看到的一则故事：说香港首富李嘉诚的司机要退休了，因念及司机跟了自己几十年，他准备给司机一笔钱，而司机婉言谢绝了。司机说他开车这几十年，常听李嘉诚闲聊经济及投资问题，当李嘉诚说要投资哪里时，司机便跟着去投资一点，所以几十年下来，自己也跟着李嘉诚赚了不少钱。所以一个人要想有所发展，就要跟对人：跟身价一千万的人混，有可能你值百万；跟身份过亿的人混，你可能值千万。正所谓稻草捆白菜，就是白菜价，捆大闸蟹，

就是大闸蟹的价——你的圈子，决定你的高度。

另一方面，讲到感恩。赖嬷嬷世代给贾府做用人，虽然现在富贵了，孙子也当官了，但不能忘记主子的恩典。从社会性看，这正是正统思想下人的奴性造成的，但从人性上看，也体现着人性的善良。一个不懂得感恩的人或者恩将仇报的人，是不会长久在社会上立世的。

随后赖嬷嬷看着贾宝玉，讲了一段更精彩的话：

因又指宝玉道："不怕你嫌我，如今老爷不过这么管你一管，老太太就护在头里。当日老爷小时，你爷爷那个打，谁没看见的！老爷小时，何曾像你这么天不怕地不怕的。还有那边大老爷，虽然淘气，也没像你这扎窝子的样儿，也是天天打。还有东府里你珍大哥哥的爷爷，那才是火上浇油的性子，说声恼了，什么儿子，竟是审贼！如今我眼里看着，耳朵里听着，那珍大爷管儿子，倒也像当日老祖宗的规矩，只是着三不着两的。他自己也不管一管自己，这些兄弟侄儿怎么怨的不怕他。你心里明白，喜欢我说，不明白，嘴里不好意思，心里不知怎么骂我呢。"

赖嬷嬷对着众人在这里讲了一个有关教育的问题——要对孩子严格管教，才能使孩子成才。我记得小时候父母常在我们弟兄面前骂："黄荆条子出好人""三天不打，房上揭瓦"。意思很明显：对不听话的孩子，就要严格管理。自古以来，体罚是中国人教育孩子的一种不成文的规矩，这种方式是儒家思想里"父为子纲"的一种扭曲的教育模式，是对孩子幼小心灵的一种伤害。

从另一个方面看，赖嬷嬷似乎也看到了贾府后辈儿孙的不成材，她不仅说贾宝玉，也说贾珍，——其实暗指贾府衰败结局的必然性。

我们读到这里，总感觉赖嬷嬷这个老人实在啰唆，倚老卖老讲不完的话。然而这些家长里短的说道，却正是日常百姓人家真正过日子的道理。普通的老百姓，没有治国之才，也没有治世的机会，却能靠这些人生智慧过好自己从容的生活，让一家人平平安安，也不失为一种理想的生存状态。每一个家庭的幸福平安，构成社会的和谐安宁，所以这种人生智慧值得提倡。

（三）

那时也正值深秋之际，昼渐短，夜渐长。大观园里也渐渐地就闲下来了——

宝钗因见天气凉爽，夜复渐长，遂至贾母房中商议，打点些针线来。日间至贾母、王夫人处两次省候，不免又承色陪坐，闲时园中姐妹处，也要不时闲话一回。故日间不大得闲，每夜灯下女工，必至三更方寝。黛玉每岁至春分、秋分后必犯旧疾，今秋又遇着贾母高兴，多游玩了两次，未免过劳了神，近日又复咳起嗽来，觉得比往常又重，所以总不出门，只在自己房中将养。

这里有几个“闲”字，似乎在写贾府里一段时间的平静。在人的生命过程中，很难有闲的时候，人们追求生活的品质，享受物质的满足，又怎么能真正地闲得下来呢？闲，应该具有道家的思想意味，它是人的一种心境和感受。所以此时作者写薛宝钗的心理，应该会有另一种的思虑和改变。既然此一段故事，从闲处着笔，各位不妨泡一壶茶，静静地跟随文字，且看这深秋之情从何闲来。

想此时，林黛玉那虚弱的身体，每逢天气从热到凉，从凉到热的季节变换，病情就会加重。人也是自然生命的一种，生命过程也随自然变化而变化。所以有一种四季养生的说法——人应该怎样适应自然变化。而林黛玉本是天地间的一株仙草，草至于秋，就更有一种弱不禁风的情态，所以她对秋的反应，比任何人都更敏感，更感伤。

这也是贾府上上下下的人都已经习惯了的事。所以此时薛宝钗知道林黛玉正害着病，特地过来探望。她见林黛玉年纪轻轻地就这样躺在床上，表示了她的担心。她说黛玉的身体一春一秋地这样闹下去，总不是个办法。她的叹惜，正触动了林黛玉的伤心处，她说自己这病是一直存在的，只不过一日好些，一日差些。

于是薛宝钗从林黛玉吃的药，分析了病理，然后建议减少吃药，以食疗为主——每日炖点燕窝粥来吃，养胃健脾，那样或许可以渐渐好起来。宝钗讲的这些，既是家常之话，又富于生活的道理。从她对药与医理的分析看，我们可以知道薛宝钗是读过医书的，《红楼梦》里有好几个场景讲到看病开方子，然后贾府里的人验药、验方子，我读到这里往往就有一个疑问：难道那时读书的人，都读过中医医理、药方吗？还是这原来就是生活中应该掌握的常识？看来我们现代的生活里，还缺少一点这个方面的知识。

我记得小时候，我爷爷和奶奶，就知道很多中草药的用法，乡下劳动受伤后，奶奶去田野里采一株草叶，捣烂了，敷在伤处，不几天就好了，很神奇。看来要发扬光大中医药，靠的是我们几千年来的传承与创新，靠的是我们对自然生命的一种理解。

薛宝钗这种真诚的关怀，触动了林黛玉的软处。所以林黛玉一时非常感动，便想起前些日子薛宝钗与她倾心交流自己儿时读禁书的事——“我长了今年十五岁，竟没有一个人像你前日话教导我。”

然后她便对着薛宝钗，讲出了自己在贾府里的感受：

你方才叫我吃燕窝粥的话，虽然燕窝易得，但只我因身子不好了，每年犯了这病，也没什么要紧的去处；请大夫，熬药，人参肉桂，已经闹了个天翻地覆了，这会子我又兴出新文来，熬什么燕窝粥，老太太、太太、凤姐姐，这三个人便没话，那些底下老婆子丫头们，未免嫌我太多事了。你看这里这些人，因见老太太多疼了宝玉和凤姐姐两个，他们尚虎视眈眈，背地里言三语四的，何况于我？况我又不是正经主子，原是无依无靠投奔了来的，他们已经多嫌着我呢；如今我还不知进退，何苦叫他们咒我？”

这些话一定隐藏在林黛玉心里很久了。像她这种孤傲的人，表面看不善言辞，其实冰雪聪明，察言观色自比一般人厉害——自己是贾母的外孙女，虽能享受小姐待遇，然而毕竟不是自己家，总有一种不自由的拘束感，加之自己长年多病，要由丫头和婆子们照顾——煎药熬药。一天两天下人们还可以承受，天长日久的，自然连累于人，民间尚且有“久病床前无孝子”之说，何况一个外姓的小姐?

林黛玉本觉得自己在贾府有寄人篱下之感，再加上下人们的言语嫌隙，自然有一种有苦无处可诉的痛苦。所以见薛宝钗此次前来，正说到了自己伤痛处，两个年轻的少女，像亲姐妹一样，彼此真诚地坦露出了各自的心声。

从林黛玉的表现来看，她改变了对薛宝钗以往的看法，对自己过去对宝钗的猜忌感到愧疚和不安，继而顿生出一种姐妹的情感来。这也说明，在生命的成长过程，林黛玉正变得成熟与理性，情感也渐趋于深刻。也许在十五六岁的青春年岁里，只要真诚地相待，人与人之间更容易获得彼此的信任。

作者在这里用缓慢的笔调，展现了两个女孩子之间那种深厚的情谊，这场面让读者感到温馨和美好，同时看到人性的善良和温暖。

（四）

当薛宝钗走后，林黛玉还沉浸在与她倾心交流的感激之中，那种从孤傲冷漠到自我认识的提升，再加上外面秋风秋雨，人生多少际遇衰微，多少复杂的情感，一时纠结在林黛玉心里，所以她无法入睡，趁着这风雨之夜，写下了这首足以令人感怀的《秋窗风雨夕》：

秋花惨淡秋草黄，耿耿秋灯秋夜长；已觉秋窗秋不尽，那堪风雨助凄凉！助秋风雨来何速？惊破秋窗秋梦续；抱得秋情不忍眠，自向秋屏挑泪烛。泪烛摇摇爇短檠，牵愁照恨动离情；谁家秋院无风入？何处秋窗无雨声？罗衾不奈秋风力，残漏声催秋雨急；连宵脉脉复飕飕，灯前似伴离人泣。寒烟小院转萧条，疏竹虚窗时滴沥；不知风雨几时休，已教泪洒窗纱湿。

这首《秋窗风雨夕》是林黛玉与薛宝钗互相倾心交流后，对人生及自己心绪的一种表达。秋夜，风雨不息，门外竹丛上，淅淅沥沥之声，轻轻地敲打着窗纱，也透着微微的凉意。那气息和声音，更使人感到生命的孤独和悲凉。

风和雨，把薛宝钗阻在了门外，也把她想见的人阻在了门外，所以无法找人来诉说自己的秋情。秋越深，越能让人看到生命的尽头，——如秋草一般，一夜秋风宿雨，必将是叶落茎黄，枯萎了去。

所以见其景、听其声、感其怀，林黛玉不能入眠。全诗用十五个“秋”字，把永夜风雨，孤灯残照，主人对窗而泣的那种伤悲写得淋漓尽致，真是秋风秋雨，说不尽的秋思秋情秋无眠！

正当林黛玉愁肠百结，无法排遣之时，外面丫头传贾宝玉来了：

一语未尽，只见宝玉头上戴着大箬笠，身上披着蓑衣，黛玉不觉笑道：“那里来的这么个渔翁？”宝玉忙问：“今儿好？吃了药了没有？今儿一日吃了多少饭？”一面说，一面摘了笠，脱了蓑，一手举起灯来，一手遮着灯儿，向黛玉脸上照了一照，觑着瞧了一瞧，笑道：“今儿气色好了些。”

林黛玉以为在这风雨不住的深夜里，没有人会再来了，所以闷作了这首诗，以排解心中那不平的情绪。然而贾宝玉却穿着一身雨夜的行头赶来了。

作者写此时贾宝玉的动作、语言、外貌，好似电影一样，在读者眼前

展开来："一面"，"一面"，"一手"，"一手"，"一照"，"一瞧"，那种放心不下的关怀，那种男人的温柔与体贴，全在那"一"字之间。举止急缓，言语恍惚，都体现着一种温情，情与爱的深度在这里被诠释得明明白白。

特别是待贾宝玉要回去时，林黛玉的叮嘱和似笑非笑的责备，又是那样不舍和深情：

> 说着，披蓑戴笠出去了，——又翻身进来，问道："你想什么吃？你告诉我，我明儿一早回老太太，岂不比老婆子们说得明白？"黛玉笑道："等我夜里想着了，明日一早告诉你。你听，雨越发紧了，快去吧。可有人跟没有？"……黛玉道："跌了灯值钱呢，是跌了人值钱？你又穿不惯木屐子。那灯笼叫他们前头点着；这个又轻巧又亮，原是雨里自己拿着的。你自己手里拿着这个，岂不好？明儿再送来。就失了手也有限的，怎么忽然又变出这'剖腹藏珠'的脾气来！"

本小说写这些场景，是多么地动情和感人！二人在大观园里，相距不过半里百米，然而却又似生生世世不得相见的那种难分难离，一询语，一笑骂，一眼神，一转身……都是牵挂，也都是深情。我想换作热恋的小青年，或者是涉世未深的少女少男，恐怕读完此处，无不黯然垂泪，俯首低眉之间，竟也是深深一叹——问世间之情，何得如此缠绵难舍！

多少年来，有多少人写过情与爱，写过为爱而不计生死的纠缠，然而未如此回风雨夜里宝黛二人的相见更能体现男女之间深切的情感。

秋风秋雨，林黛玉的孤独与寂冷，对生命的惆怅和悲凉，却因贾宝玉的到来被荡涤得一干二净。想想人生之中，如果真历此景此情，即使不便长相厮守，斯世复有何求！

2022 年 5 月 11 日夜于新都

四十六、一朵盛开在孤独生命里的花

（一）

这一回讲到封建社会里一个很现实的问题：男人权力至上对女性自由权利的剥夺，以及在男权思想影响下众人的各种形态。

在贾府里，男人除了三妻四妾外，家族里的丫头，是可以任意占有的，只要长辈不反对，这种事便无可厚非。我小时候听婆婆说，旧社会那种大家庭里的老爷少爷，经常逼死丫头的事，恐怕与这种根深蒂固的思想有很大的关系。就是现在社会，也不时有违背婚姻道德的事发生。

而这一回里的贾赦，既有官职，也有钱，家里大的小的，已经不少，却还暗暗地想讨要鸳鸯，不知道像这样一个年过半百的人，为何有如此强大的欲望？有一次我读白居易的《长恨歌》，突然想到一个问题：唐明皇那么大年纪了，居然对那十几岁的杨玉环着迷，难道他们真的有一种生死的爱情？还是人们常调侃的一样“只要有钱有权，年龄不是问题，高矮不是距离”吗？

老话说，放下执念，一身轻松。也许少一点欲望便少一点烦恼，更会增寿益智。

（二）

按写小说的正常思路，承接上一回内容，本回开篇应该写到贾府去赖家吃酒宴听戏的事。然而作者只字不提，却从另处着眼。小说的宏大从容、丰富跌宕便一下子体现了出来。

记得前一回秋雨夜里，宝黛二人之间温暖的场景，那种对纯真爱情的描写，让人感到温馨又向往。然而此一回，却写贾赦讨要鸳鸯之事，不惜用各种手段，威逼利诱，把男女之间的情却写得如此的不堪和现实。

这种一静一动，一冷一热，一纯一晦的场景对比，更能体现出“情”在人世间的种种形态，从而使这部小说写的“情”更生动，更丰富，更耐人寻味。

小说这里以邢夫人为线索作开端，她命人找王熙凤过去商量一件事情：

邢夫人将房内人遣出，悄悄向凤姐儿道："叫你来不为别的，有一件为难的事，老爷托我，我不得主意，先和你商议。老爷看上了老太太屋里的鸳鸯，要他在房里，叫我和老太太讨去。我想这倒是常有的事，就怕老太太不给。你可有法子办这件事？"

小说里说邢夫人禀性愚弱，只知奉承贾赦以自保，又贪婪钱财，不管家下事务。我读这一回，对邢夫人不由得产生一种同情和怜悯——一个贾府里的正室夫人，为了自保，不惜舍弃自己的家庭地位，去为男人讨要小妾。按正常情理，邢夫人应该极力反对才是，何至于这样热衷于此事？在男权社会里，越是顺从的女人，越是悲哀。当然，其间或可有许多值得猜想的东西，作者没说，我也不想妄加多议。只是王熙凤看出她婆婆的不妥：她清楚地知道贾母的性格，一向又与鸳鸯交好，也看得清鸳鸯的秉性，所以为了不使邢夫人难堪，她极力劝阻此事。然而邢夫人却依然顽固不化，不仅不听凤姐好言相劝，反而迁怒于她。凤姐见邢夫人生气，自己作为儿媳妇，自不必死谏，于是马上改口，迎合了邢夫人的意思。为了不引起邢夫人的怀疑，凤姐的圆滑与机智在这里表现得非常完美：

凤姐儿暗想："鸳鸯素昔是个极有心胸气性的丫头，虽如此说，保不知他愿意不愿意。我先过去了，太太后过去，他要依了，便没得话说；倘或不依，太太是多疑的人，只怕疑我走了风声，叫他拿腔作势的。那时太太又见应了我的话，羞恼变成怒，拿我出起气来倒没意思。不如同着一齐过去了，他依也罢，不依也罢，就疑不到我身上了。"

王熙凤多么聪明，明知道邢夫人有了自己的主张，自己又无法劝解，所以就做了一个顺水推舟的人情。但前面自己又表露初时的看法，邢夫人也不是糊涂到一点想法都没有，所以此时凤姐的圆滑就出来了：她建议邢夫人一起过荣府，亲自去与鸳鸯和贾母说，一则可以排除自己向鸳鸯和贾母告密的嫌疑，二则，明知这是讨人嫌的事，凤姐自然不会去主动揽下的。

可是邢夫人却信心满满，她认为鸳鸯会像她一样俗气，为了享受富贵什么都可以答应的。我们来看看邢夫人见了鸳鸯都说了些什么：

邢夫人道："你知道，老爷跟前竟没有个可靠的人，心里再要买一个，又怕那些牙子家出来的不干不净，也不知道毛病儿，买了来三日两日，又弄鬼掉猴的。……意思要和老太太讨了你去，收在屋里。你比不得外头新买了来的，这一进去就开了脸，就封你作姨娘，又体面，又尊贵。你又是个要强的人，俗语说的，'金子还是金子换'，谁知竟叫老爷看中了。"

……邢夫人见她这般便又说道："难道你还不愿意不成？若果然不愿意，可真是个傻丫头了。放着主子奶奶不做，倒愿意做丫头！三年两年不过配上个小子，还是奴才。你跟我们去，你知道我的性子又好，又不是那不容人的人，老爷待你们又好。过一年半载生个一男半女，你就和我并肩了。家里的人，你要使唤谁，谁还不动？现成的主子不做去，错过了机会，后悔就迟了。"

邢夫人讲的这一席话，从利益方面考量，对鸳鸯来说，是有很多好处的。一是可以在贾府里做姨娘，再不侍候其他人了，而是被人侍候。表面看，在身份上是得到了提高，但看看贾府里的姨娘，其结局怎样，可想而知。二是说不仅有钱花，将来生了孩子还可以与正室平起平坐，地位、物质都可以满足，何乐而不为呢？

而邢夫人本身就是一个贪恋金钱的人，她以为天下女子都像她一样，所以用荣华富贵来诱惑鸳鸯。试想一下，像邢夫人这样的人，即使鸳鸯嫁给了贾赦，怎么可能享受荣华富贵呢？

（三）

当然鸳鸯并不像邢夫人想象的那样，她是一个追求个性自由的女子，她不听从于命运的安排，她相信自己可以掌握自己的命运，她对自己的未来充满了抗争精神。所以当听完邢夫人那一些带有诱惑的话后，鸳鸯并未为之心动。而自己只是一个丫鬟，在无能为力的情况下，她选择了逃避。所以她从贾母的房间出来，径直跑到了大观园。在怡红院里她正好遇见了平儿——王熙凤猜邢夫人到她处来商量，怕平儿在场，弄得尴尬，所以凤姐叫平儿到大观园去走走，不巧两个大丫头在花园里不期而遇了。正当平儿取笑鸳鸯时，从山石后又走来一人：

只听山石背后哈哈地笑道:“好个没脸的丫头,亏你不怕牙碜！”二人听了,不觉吃了一惊，忙起身向山后找寻，不是别人，却是袭人，笑着走出来。问:“什么事情？也告诉告诉我。”说着，三人坐在石上。平儿又把方才的话说了，袭人听了，说道:“这话，论理不该我们说:这个大老爷，真真太下作了！略平头正脸的，他就不能放手了。”……

作者借平儿、鸳鸯、袭人三人的谈话，说明了她们内心美好的追求。作者并没有发表自己的议论，而是让这个事情自然而然地在大观园的枫树下发生。三个女孩子的倾心交流，展现了各自对于婚姻、爱情的看法。同时也指出了在贾府中，作为丫头的命运是多么地不由自主——像风中的落叶，荡来飘去。

同时袭人对贾赦的评语，既表达了一种愤慨，又揭示了男权社会里，男人那种贪婪的欲望是如此强烈而不堪！但在面临这种强权的威吓之下，三个弱小的女子又显得无可奈何。摆在鸳鸯面前的路，很难抉择，然而鸳鸯却不愿意屈从:

鸳鸯冷笑道:“老太太在一日，我一日不离这里;若是老太太归西去了，他横竖还有三年的孝呢，没个娘才死了，他先弄小老婆的！——等过了三年，知道又是怎么个光景儿呢？那时再说。纵到了至急为难，我剪了头发做姑子去;不然，还有一死。一辈子不嫁男人，又怎么样？乐得干净呢！”

鸳鸯的话，突然让她的形象高大了起来。她不畏强权，也懂得回报和感恩，在她的心里，是非曲直分得非常清楚。年轻的生命里，对美好和纯洁的向往与追求，使她变得勇敢和坚强。到了无法选择和没有退路的时候，宁肯选择毁灭，也要保护好自己生命的纯度。她虽是一个丫头，但骨子里却有一种令人敬佩的东西。那种干净的灵魂，不屈的斗争精神，使我想起多年前我去野外工作，在海拔四千多米的达古冰山下，看见光秃秃的石壁悬崖上，一株被雪覆盖的小草，居然冒出头来，仔细一看，一朵小小的花儿，在风雪中绽放，那生命的顽强与不屈，让我肃然久立！——那种圣洁与孤傲，让人看到了崇高和伟岸。

然而作者写鸳鸯的嫂子，就显得俗不可耐。她到大观园里找到鸳鸯，第一句话便说这是一件天大的好事。鸳鸯、平儿、袭人当然知道她所谓何事，所以鸳鸯也毫不客气，愤怒地痛斥了她的嫂子：

鸳鸯听说，立起身来，照他嫂子脸上下死劲啐了一口，指着骂道："你快夹着你那毯嘴，离了这里，好多着呢！什么'好话'？又是什么'喜事'？怪道成日家羡慕人家的丫头做了小老婆，一家子都仗着他横行霸道的，一家子都成了小老婆了！看的眼热了，也把我送到火坑里去。我若得脸呢，你们外头横行霸道，自己封就了自己是舅爷；我要不得脸，败了时，你们把王八脖子一缩，生死由我去！"一面骂，一面哭。平儿袭人拦着劝他。

鸳鸯的嫂子看重的是钱财和权势，根本不在乎鸳鸯的人生结局。所以她嫂子的一席话，一下子激怒了鸳鸯，她怒怼嫂子的语言是粗俗的、直接的，那种愤怒可以从上面的一个字一个词里感受得出来——仔细读一读，仿佛真能看到唾沫星子喷到人的脸上。鸳鸯的悲伤和痛苦在于她的哥嫂为了利益不惜牺牲她的幸福，这种所谓亲情下的冷漠，让人的心感到寒凉。这是一种无法言表的伤痛，对比平儿和袭人，这个嫂子实在该骂。可见人世间亲情、友情的转换和深浅，需要时间去验证的。钱，能买断亲情，也能荒芜人心；钱，能使人富贵，也能验证友情的真伪。

（四）

邢夫人唆使鸳鸯的嫂子来说情，未有结果。贾赦命令鸳鸯的哥哥出面，也没有获得答复。从中可以看出，为了获得鸳鸯，贾赦和邢夫人不知道用了多少手段。

当鸳鸯的哥哥向贾赦汇报实情时，贾赦便大发雷霆：

贾赦恼起来，因说道："我说给你，叫你女人和他说去。就说我的话：'自古嫦娥爱少年'，他必定嫌我老了。大约他恋着少爷们，多半是看上了宝玉，只怕也有贾琏。若有此心，叫他早早歇了。我要他不来，以后谁敢收他？这是一件。第二件，想着老太太疼他，将来外边聘个正头夫妻去。叫他细想，凭他嫁到了谁家，也难出我的手心！除非他死了，或是终身不嫁男人，我就服了他！要不然时叫他趁早回心转意，有多少好处。"

贾赦在欲望没有得到满足时，露出了本来的面目，一种狰狞的丑恶嘴脸跃然纸上。他采取恐吓的手段，让人看到人性的下流和卑劣。作者借贾赦之怒，说明了男权社会里，权力者的荒淫和不堪，同时也指出一个现实的问题：家庭的衰败，首先是人的衰败。

我们从心理和生理的角度来分析一下像贾赦这种人的欲望根源是什么。贾赦是荣国公贾源的嫡孙，上任荣国府官爵荣国公贾代善的袭承者，贾母的长子，袭爵为一等将军。这里我们可以知道贾赦是继承父亲的爵位，在官场上是没有实权的，只不过是一个头衔而已。而贾政与他是一母双兄弟，读书为官，掌握实权，所以社会层面上，贾赦不过是一个摆设，往来的大小官员到荣府来，主要是看贾政的面子。根据中国人的传统文化，家族中掌权应该是长子，而荣国府却恰恰由贾政这一脉掌握，所以无论是对外还是对内，贾赦的心里，都感觉到不公平，而且潜意识里总觉得是一种侮辱。长期如此，他内心一定是扭曲的，变态的。男人的变态是很恐怖的，所以他把对女人的占有当成一种发泄不满的途径。

人到了一定年龄，应该常常反思自己：半卷书，一壶茶，一丝一竿，庭前花开，风轻云淡，把自己的兴趣爱好提高一点，也许在社会上也少犯些错。人到中年后，最好选择道家的思想，顺势而为，不纠结，不盲从，自然恬淡，静静地做一个“美男子”就好。

言归正传。还是说到鸳鸯的事。鸳鸯拉着她的嫂子到贾母面前说理，表明了自己的态度。贾母非常生气，一方面责备了贾赦，另一方面数落了邢夫人，连带王夫人也落下个不是。

贾母听了，气得浑身打颤，口内只说：“我通共剩了这么一个可靠的人，他们还要来算计！”因见王夫人在旁，便向王夫人道：“你们原来都是哄我的！外头孝顺，暗地里盘算我！有好东西也来要，有好人也来要。剩了这个毛丫头，见我待他好了，你们自然气不过，弄开了他，好摆弄我！”

贾母的话，有一种伤痛在里面。自古以来，上至皇家，下至黎民，为了争夺皇位或者家产，不惜舍弃骨肉亲情，伦理道德在利益面前显得一文不值。翻开中国历史，满篇无不载着兄弟、父子之间的暗斗与谋杀。贾母说把鸳鸯弄走了，好摆弄她，也许正是她看到了家族之间为了利益互相算计的悲剧，所以贾母作为三代创业者之一，她感到非常悲痛。当然，贾母最终保护了鸳鸯，使贾赦的希望落了空，贾赦自然是愤愤不平的，所以后来又花钱买了一个女子。透过这些事，我们仿佛看到那种被欲望占有的人的种种行为——丑陋的、肮脏的、荒淫无度的沉沦，给人一种阴暗和恶心的感受。

（五）

这一回写鸳鸯如何反抗贾赦逼婚之事，为了不做人家的小老婆，她宁愿选择终身不嫁或者为美好而自毁。她像一朵美丽的鲜花，从此盛开在自己孤独的生命里！

作者一方面渲染大观园里的美好，一方面又这样客观地写贾府里的黑暗和肮脏。当那些美好的东西被破坏的时候，也许才会给读者留下深刻的印象，从而引发对卑微和纯洁的生命的一种领悟和反思——一个人，当他能够看到路边上的一株草，一只虫，一朵卑微的小花时，他能停下来听那些生命的歌唱，能俯下身子看它们跳舞，大约这个人的生命里充满着悲悯和爱……

2022 年 5 月 16 日夜于新都

四十七、做一个自由自在的侠客

（一）

读完此回，总让人想起金庸老先生写的小说《笑傲江湖》里的令狐冲：羡慕他武功高强，多情而重义，一生追求自由，最后如愿以偿地与女侠一起闯荡江湖——她吹笛，他舞剑，岂不是快意人生？我想每一个年轻的生命里，都有一个游侠梦。小说此回写到的柳湘莲，他相貌俊秀，自由潇洒，正是年轻生命里的偶像。

小说写他出手收拾薛蟠的时候，既有一种本性的高洁，也有一种侠肝义胆，让读者感受到这个年轻生命的与众不同。同时，作者最后写到薛宝钗劝解薛姨妈的话里，似乎又讲到人生成长的某些需要——也许生命要经受过一些摔打，才能得到深刻的领悟。所以此一回，也算是给薛蟠成长过程上了生动的一课。但愿现实中有这样的人，读完本回后，闭眼冥思：原来生命的成长，不仅需要心智的成熟，也得承受肉体的痛苦。

（二）

本回开篇很好地与前一回连接起来。面对贾赦的威逼利诱，鸳鸯宁死不从，此事已经闹到贾母那里。其实这老太太早已把鸳鸯当孙女一样看待，又怎么舍得给了贾赦？所以贾母非常生气，把家里的所有人骂了一顿，包括王夫人在内。此时正当贾母在气头上，邢夫人来了：

话说王夫人听见邢夫人来了，连忙迎着出去。邢夫人犹不知贾母已知鸳鸯之事，正还又来打听信息，进了院门，早有几个婆子悄悄地回了他，他才知道。待要回去，里面已知，又见王夫人接着出来了，少不得进来。先与贾母请安，贾母一声儿不言语，自己也觉得愧悔。凤姐儿早指一事回避了。鸳鸯也自回房去生气。薛姨妈、王夫人等恐碍着邢夫人的脸面，也都渐渐退了。

王夫人一听邢夫人来了，赶忙迎了出去。在礼教上面，王夫人迎接嫂子是没有错的，但通篇小说里，好几次邢夫人出场，都没有专门写王夫人迎出去的话，唯独此回，开篇说王夫人“连忙迎着出去”。似乎有一种急切——生怕邢夫人负罪跑了一样。我觉得王夫人此时抱着一种看笑话的心态。中国人的家庭生活中，妯娌之间一向不太和谐：大家庭为了家产明争暗斗；小户人家，为了一点鸡毛蒜皮的小事，吵架斗嘴是家常便饭。加之王夫人因贾赦讨要鸳鸯之事，自己也跟着受了气，心里自然对邢夫人更加不爽，所以她忙着迎上去，无不带着幸灾乐祸的心态。众人都知道贾母的性格——马上要训人了。所以借故走的走，溜的溜，最后只剩下邢夫人单独面对贾母：

邢夫人满面通红，回道：“我劝过几次不依。老太太还有什么不知道的呢。我也是不得已儿。”贾母道：“他逼着你杀人，你也杀去？如今你也想想，你兄弟媳妇，本来老实，又生的多病多痛，上上下下，那不是他操心？

贾母的话很直接，指责邢夫人只听贾赦的话，没有经过头脑思考的愚蠢行为。在旧时社会中，婆婆的权威，儿媳妇是不敢挑战的，加之邢夫人性格懦弱，又受贾赦左右，在贾府上下是说不上话的。但从邢夫人和贾赦后来的表现看，讨要鸳鸯之事，却有更深刻的家庭矛盾在里面。

曾有人在读这部小说中提出这样一个问题：荣府为什么不由邢夫人当家，而是由王夫人当家，王熙凤管理呢？我想，搞清这个问题，也许就明白了贾赦讨要鸳鸯时，邢夫人积极主动的真实原因。

中国老百姓的传统：“长兄为父，长嫂为母。”所以按此道理来说，贾赦和邢夫人当家，是名正言顺的。然而现实却不是这样的，——像这样的大家族里，谁当家，还得看谁有背景，谁能给这个家族带来实际的利益。前面说到邢夫人并没有背景，也不能给贾府带来经济和权力方面的保障，自然贾母不会把管理权交给邢夫人。

再者，贾赦与邢夫人都是欲望强烈的人——一个贪恋美色，一个贪婪钱财。恐怕是二人看到王夫人掌控着贾府，将来老太太的财产自己一分也捞不到，所以贾赦与邢夫人眼睛无时无刻不盯着贾母装钱的箱子了。

在贾母与王熙凤斗牌的时候，王熙凤就三番五次地提到贾母放钱的箱子：

凤姐儿听说便站起来拉住薛姨妈，回头指着贾母素日放钱的一个木箱子笑道：“姑妈瞧瞧，那个里头不知玩了我多少去了。这一吊钱玩不了半个时辰，那里头的钱就招手儿叫他了。只等把这一吊也叫进去了，牌也不用斗了，老祖宗气也平了，又有正经事差我办去了。”话未说完，引得贾母众人笑个不住。正说着，偏平儿怕钱不够，又送了一吊来。凤姐儿道：“不用放在我跟前，也放在老太太的那一处去吧。一齐叫进去倒省事，不用做两次，叫箱子里的钱费事。”贾母笑得手里的牌撒了一桌子，推着鸳鸯，叫：“快撕他的嘴！”

作者并非闲笔，那个木箱子，正是家庭斗争的根源之一。而那个木箱子平日里由鸳鸯掌管，钥匙也在鸳鸯手上，获得鸳鸯的支持，也就掌握了贾母的财产，所以说，其中缘由就不言而喻了。

（三）

当然，贾赦、邢夫人的“打猫心肠”没有实现。贾母为了安慰这个老不正经的儿子，只得答应他去花钱买了一个十七岁的女孩子，名唤嫣红的回来——人生进入富贵之家，如花儿般红艳，可是往后的生活里又有多少冤屈，谁能说得清呢？

转眼就到这一个月的十四了，那正是赖家请贾府过去吃酒娱乐的日子。贾母很高兴，便带了王夫人、薛姨妈及宝玉姐妹等至赖大家的大花园中玩了半日。小说不叙酒食怎么好，戏如何好听，单表了一个人：

因其中有个柳湘莲，薛蟠自上次会过一次，已念念不忘。又打听他最喜串戏，且都串的是生旦风月戏文，不免错会了意，误认他做了风月子弟，正要与他相交，恨没有个引进，这一天可巧遇见，乐得无可无不可。且贾珍等也慕他的名，酒盖住了脸，就求他串了两出戏。

在薛蟠与贾珍的眼里，柳湘莲是干什么的？串戏。也就是现在我们常说的反串角色。柳湘莲反串的是生旦：美好的女子形象。我想起老家人讲的一句俗语：“演戏的是疯子，看戏的是莽子。”也就是说演戏的脱离了自己本身的性格出演，入戏很深了，这可以理解为演技高超；而看戏的仰着头，像痴傻的一样，以为戏里就是现实呢。所以我想薛蟠和贾珍都看过柳湘莲演戏的身段和唱腔，他们沉浸在戏里，以为柳湘莲像戏子一样——不过是卖唱逗乐的玩物。岂不知湘莲却有别一种生命的追求。薛蟠、贾珍对柳湘莲的态度，才是真正的入戏太深，会错了意。

那柳湘莲原系世家子弟，读书不成，父母早丧，素性爽侠，不拘细事，酷好耍枪舞剑，赌博吃酒，以至眠花卧柳，吹笛弹筝，无所不为。因他年纪又轻，生得又美，不知他身份的人，都误认作优伶一类。

我们来分析一下柳湘莲其人：一是出身官宦之家，也读过书，却不喜欢学习那些四书五经之类所谓的正统思想，说明他有叛逆精神。二是一味爱好耍枪弄棒，自由随性的生活。三是侠义疏财，喜欢结交性情豪爽而真实可信的人。所以柳湘莲的生命里更有一种真实，也有对纯洁美好生命形态的追求，他比薛蟠和贾珍辈更能看到真实的人生意义，所以他不屑与此种纨绔子弟为伍。然而当他见了贾宝玉，却感觉性情相投，有聊不完的话题。他们聊到死去的秦钟，问及给秦钟修坟一事，可见二人对友谊的珍惜，对朋友的真诚，这是青春少年之间深厚情感的一种表现。所以当柳湘莲要离开时，贾宝玉便滴下泪来——这里面有一种不舍，足以证明贾宝玉内心的孤独。柳湘莲相貌俊美，性情随意，自由放浪，正是青春期少年向往的生命形态。我常记得自己十二三岁时，看了武打片中那些游踪浪迹的剑客，就非常羡慕，甚至梦想着有一天自己也成为那样的游侠，从此笑傲江湖。

（四）

然而薛蟠的心里，只把柳湘莲当玩物看。作为一个被富贵娇宠惯了的纨绔子弟，每天过的是吃喝嫖赌、斗鸡走狗的奢靡生活，他哪里能看到湘莲生命里的纯洁与佛性呢。所以他拉着湘莲不让其离开。而柳湘莲本来十分反感薛蟠，薛蟠越是这样，他越是憎恨。于是便心生一计：要好好教训一下薛蟠，从此好教他不再纠缠。

湘莲道：“既如此，这里不便。等坐一坐，我先走，你随后出来，跟到我下处，咱们索性喝一夜酒。我那里还有两个绝好的孩子，从没出门的。你可连一个跟的人也不用带，到了那里，服侍人都是现成的。”薛蟠听如此说，

喜得酒醒了一半，说："果然如此？"湘莲笑道："如何？人拿真心待你，你倒不信了。"薛蟠忙笑道："我又不是呆子，怎么有个不信的呢。既如此，我又不认得，你先去了，我在那里找你？"湘莲道："我这下处在北门外头，你可舍得家，城外住一夜去？"薛蟠道："有了你，我还要家做什么！"

柳湘莲长年在外漂泊，一定经历过许多事，所以思考问题很成熟。他与薛蟠说的话，完全看不出要收拾薛蟠的动机。而薛蟠呢，是被娇宠惯了的富家子弟，饭来张口衣来伸手，他只知道这世间只有人怕他，没有他怕人的理，所以人称"呆霸王"。他心里其实非常简单而肤浅，对世间的人和事一无所知。所以在这里，他完全相信了柳湘莲。而且在欲望的驱使下，那种急切的心理是火辣辣的：

一顿饭的工夫，只见薛蟠骑着一匹马，远远的赶了来，张着嘴，瞪着眼，头似拨浪鼓一般，不住左右乱瞧。及至从湘莲马前过去，只顾往远处瞧，不曾留心近处。湘莲又笑又恨，他便撒马随后跟来。薛蟠往前看时，渐渐人烟稀少，便又圈马回来，再不想一回头见了湘莲，如获奇珍，忙笑道："我说你是个再不失信的。"

这里写薛蟠那种急不可耐的心情，那种动作、表情，写得相当到位和形象。从中一方面可以看出薛蟠的欲望，另一方面也可见他的可爱，就连要收拾他的柳湘莲看了都感觉可笑——也许在青春年少人的心里，薛蟠也像贾宝玉一样，对柳湘莲有一种崇拜和向往。然而贾宝玉是从精神和气质上的崇拜，而薛蟠是从身体上和外貌上的崇拜，这两种追求，有着本质的差别。

我非常佩服作者对人物的描写和把握。一部伟大的作品，在描写这样的场景时，不惜笔墨，缓缓地道来，使人物的形象显得生动具体——写某时、某事、某人总是与所处的环境相得益彰，从而给读者展现了一种宏大的立体感觉，也使小说更丰富、更具有生命力。

薛蟠见了柳湘莲，自然是非常高兴，完全听了柳湘莲的话。他哪里知道柳湘莲已经做好了要收拾他的准备呢。所以当他们二人准备结拜之时，柳湘莲便开始动手了：

他从薛蟠身后狠狠地踢了一脚。薛蟠平日里吃喝玩乐，身体恐怕也是经不住折腾的，所以三五两下，脸面马上"开了果子铺"一样，——可想那滋味，一定又痛又酸爽吧。接着柳湘莲见薛蟠还不认错，便把他拉到芦苇丛深处：

一面说，一面又把薛蟠的左腿拉起来，向苇中泥泞处拉了几步，滚得满身泥水，又问道："你可认得我了？"薛蟠不应，只伏着哼哼。湘莲又掷下鞭子，用拳头向他身上擂了几下，薛蟠便乱滚乱叫，说："肋条折了！我知道你是正经人，因为我错听了旁人的话了！"湘莲道："不用拉旁人，你只说现在的。"薛蟠道："现在也没什么说的，不过你是个正经人，我错了！"湘莲道："还要说软些，才饶你。"薛蟠哼哼地道："好兄弟——"湘莲便又一拳。薛蟠"嗳"了一声道："好哥哥——"湘莲又连两拳。薛蟠忙嗳哟叫道："好老爷！饶了我这没眼睛的瞎子罢！从今以后，我敬你怕你了！"湘莲道："你把那水喝两口。"薛蟠一面听了，一面皱眉道："这水实在腌臜，怎么喝得下去！"湘莲举拳就打，薛蟠忙道："我喝……我喝……"说着，只得俯头向苇根下喝了一口，犹未咽下去，只听"哇"的一声，把方才吃的东西都吐了出来。湘莲道："好腌臜东西，你快吃完了，饶你。"薛蟠听了，叩头不迭，说："好歹积阴功饶我吧！这至死不能吃的。"湘莲道："这么气息，倒熏坏了我！"说着，丢下了薛蟠，便牵马认镫去了。

这一大段描写，着实看着过瘾。我每每读到此处，总想起《水浒传》里两个打人的场景：一是鲁提辖拳打郑关西，二是武松醉打蒋门神，不仅解恨，更有一种痛快淋漓之感。

作者在小说描写的这个场景，具有很深的用意。读这部小说的读者，其实对薛蟠的印象是很差的，特别是他为了抢夺香菱，把活生生的一个人打死，那种不可一世的恶霸行为，实在令人愤慨；再者，也因为他贪色的欲望，强买了香菱，致使香菱的命运从此改变。当后来读到香菱的判词和她遭受的折磨时，不禁令人陡然生出对薛蟠咬牙切齿的恨意。所以柳湘莲此次出手，倒像作者故意安排给读者解恨一般，读完直呼：打得好！

后来柳湘莲看到薛蟠在芦苇泥水里的那种狼狈的样子，说了一句话："这么气息，倒熏坏了我。"这似乎有一种隐喻：酒肉欲望里的灵魂，是多么令人不齿！追求高贵品质的人，怎么可以和这样不堪的人为伍？又怎么可以把自己的身体委身于这腌臜的环境中去呢？

（五）

如果从因果上分析，薛蟠与柳湘莲也该有这样的一场相遇，柳湘莲拳打薛蟠，逼薛蟠喝泥水，吃呕吐物，从肉体和心理上折磨他。也许会使薛蟠这个人的灵魂突然有了一种领悟：当看到自己这样的泥猪相，作为成长中的少年，他会感到羞耻——人有羞耻之心，就存有善念。所以，严格来说，薛蟠是可以挽救的。从贾蓉来找到他，他百般央告不用再告诉别人的情形看，薛蟠似乎从这次教训中，得到了人生的第一次领悟。而柳湘莲像佛的化身一样，给了薛蟠生命的一次启示与开悟。所以薛宝钗最后劝薛姨妈的话里，讲出了我们人生一种修行的大道理："吃亏是福"。

有时候，人要经历过磨难，才能在社会上有所忍让，有所顾忌，才能更宽容、更大度，也才能一步步地走到生命圆满之地。

2022 年 5 月 22 日夜于新都

四十八、人应该诗意地栖居在这个世界里

（一）

这一回讲两个人的生命感悟——薛蟠的成长，香菱的学诗。作者把他们安排在一起，似乎有一种说不清的缘分，同时也有一种对生命成长的对比：当人生突然发生变故，人就开始对生命有所思考了。这些思考，是人走向成熟的一种表现，也是思想具有一定深度和广度的体现。人有这样的感悟和成长，说明他的内心有许多纯洁的东西，也有吸收营养的空间。

从薛蟠的表现看人的成长历程——人天生是善良的。人之初时，犹如一张白纸，在这纸上画上什么，他的人生就像什么，所以教育的宗旨，在于引导，而不是禁锢。

再看香菱，生在书香之家，骨子里本也有一种不一般的生命气息，但似乎命运却给她开了一个玩笑：从小被卖来卖去，生命如浮萍野草一般。然而纵使生命卑贱，却保持着一种纯洁。所以她对诗的热爱，既是对艺术的热爱，也是对美的热爱，更是对生命的热爱。一个热爱生命的人，他自然有一种与众不同的气质。这种气质将会散发在他的一言一行、一颦一笑之上，从此他的生命也会闪耀着光芒。

（二）

闲话休言，还是回归到本回的内容。此一回开端讲薛蟠的变化。我曾在某一回笔记里写过，这部小说并非把薛蟠写得很坏，薛蟠的霸道和蛮横，不是天生就有的，归结一个根本原因：家庭教育使然——薛家是皇商，家里自然有钱，而薛蟠的父亲早死，家中就这一个儿子，薛姨妈因为溺爱，处处都护着他。因此薛蟠过着“衣来伸手，饭来张口”的日子，他从小生活在荣华富贵的蜜汁里，养成了一种自私、蛮横、霸道的性格，他哪里会看到社会的残酷、人性的复杂呢？所以在世人面前，薛蟠除了有钱，除了吃喝嫖赌，似

乎什么事都不懂，倒像一个白痴。直到他被柳湘莲在芦苇荡中收拾了之后，因为羞愧，突然有了一种领悟——

薛蟠听了，心下忖度："如今我挨了打了正难见人，想着要躲避一年半载又没处去躲。天天装病，也不是常法儿。况且我长了这么大，文不文武不武，虽说做买卖，究竟戥子、算盘从没拿过，土地风俗、远近道路又不知道。不如也打点几个本钱和张德辉逛一年来，赚钱也罢，不赚钱也罢，且躲躲羞去。二则逛逛山水也是好的。"

也许在薛蟠的羞耻中，正体现着人对现实认知的一种领悟。一方面他的羞耻感，说明内心还有善良存在；另一方面，他想着去散心，游山玩水，说明精神世界里有对美好的追求。这体现了人性的复杂和不确定性——任何人无论品行如何恶劣，只要给予适当的、合理的教育，社会能够容纳他，是可以唤醒人性美好的一面的。然而当薛姨妈知道他有这样的想法后，起初并不允许。幸亏在宝钗的劝说下，她才勉强放心让薛蟠跟着老伙计张德辉一起出门。

薛蟠生活在薛家富贵的家庭里，遇到薛姨妈这样的母亲，倒是一种悲哀。在人生成长的道路上，也许更需要一些自由的空间，就像宝钗说的一样：

"他出去了，左右没了助兴的人，又没有倚仗的人，到了外头，谁还怕谁。有了的吃，没了的饿着，举眼无靠，他见了这样，只怕比在家里省了事也未可知。"

给孩子成长之路一些自由的选择，让他去从中领悟人生，也许更有利于人的成长。如果父母把一切都给孩子考虑好了，孩子就像温室里的花朵，一见阳光就萎了，一遇风霜就死了。这让我常常想起公司曾经有一名员工——是一个八十年代的本科生。他从小学习很好，也很听话，可是他的母亲从小除了让他读书，什么事都不让他干。从读书到结婚生子，都是母亲一手操办的，结果待他出来工作时，却什么也不会：不会与人交流，不会主动学习，甚至现代化的办公设备都不会用。他完全是自己母亲包装出来的一件精致的陶瓷工艺品——摆在那里，一碰就碎。岂不是一个废人！

（三）

薛蟠终于获得了机会。人生第一次出门，母女二人，两双眼四目远送而去——孤寡的母女，总有一种不舍和留恋。旧时社会里，虽然薛蟠有很多的不堪，然而终究是薛家的一个男人，似乎他一走，薛姨妈和宝钗就失去了依靠一样。男人在家庭里既是一种力量，也是一种依靠。一个家庭，也许没有男人，总显得单薄了些。然而他这一走，却成就了一个人。因为薛蟠的出门，带走了好几个下人，所以薛姨妈住的房子一下子显得空落落的了。为了便于管理，她决定缩小家里人的活动范围，所以此时香菱获得了一个陪宝钗入住大观园里的机会。

香菱向宝钗道："我原要和太太说的，等大爷去了，我和姑娘做伴去。我又恐怕太太多心，说我贪着园里来玩，谁知你竟说了。"宝钗笑道："我知道你心里羡慕这园子不是一日两日的了，只是没有个空儿。每日来一趟，慌慌张张的，也没趣儿。所以趁着机会，越发住上一年，我也多个做伴的，你也遂了你的心。"香菱笑道："好姑娘！趁着这个工夫，你教给我作诗吧！"

在薛家日常的生活中，也许薛宝钗早就喜爱上了香菱。香菱身上一定有一种不同寻常的气质吸引着她，只是在薛家，香菱作为丫鬟，又是其哥哥的偏房，她不好意思主动提出让香菱跟随自己。所以当薛蟠一走，宝钗就主动要求香菱跟她一起去蘅芜苑居住。宝钗很理性地要求香菱去大观园里打招呼——告诉众人，自己搬进园里来居住了，以后多多关照。这当然是宝钗做人的周到，她看重的是理，也是礼。然而香菱却非常兴奋，她对大观园里的向往，由来已久。所以她做的第一件事，便是叫宝钗教她写诗。有时候读到这一回，总让人想到关于学习的问题：一个人要想成就一件事情，应该具有怎样的一些素养呢？

我们不妨一起来讨论一下关于香菱学诗里面的精神与境界。

有人说，香菱很勤奋，也有人说香菱很聪明。其实在香菱学诗的情节里，讲了三个问题：一是学诗的态度与精神；二是对教学的认识，一个善教，一个善学；三是对诗这种文学形式的理解。香菱刚到大观园，就要求薛宝钗教她写诗，宝钗笑她"得陇望蜀"——意思是，好不容易来大观园里了，就好好地玩一玩，别那么贪心。在薛宝钗的人生观里，觉得女子读书，不是正事，

女子的实务应该是针织以及未来的相夫教子，所以宝钗不愿意教香菱写诗。然而香菱有一种对诗的热爱——诗能表达生命之中的美好，诗也让生命更具有浪漫的色彩，它超越物质的实用价值，也超越现实中对生命的认知，所以诗提高了人的精神境界。一个人对诗的热爱，也是对生活的热爱，对生命的热爱。所以，香菱学诗的第一重境界：热爱！——“热爱是最好的老师。”

（四）

薛宝钗不愿教她写诗，她就跑到潇湘馆，直接请求林黛玉教她：

香菱因笑道：“我这一进来了，也得空儿，好歹教给我作诗，就是我的造化了。”黛玉笑道：“既要学作诗，你就拜我为师。我虽不通，大略也还教得起你。”香菱笑道：“果然这样，我就拜你为师，你可不许腻烦的。”黛玉道：“什么难事，也值得去学？不过是起、承、转、合，当中承、转是两副对子，平声的对仄声，虚的对实的，实的对虚的。若是果有了奇句，连平仄虚实不对都使得的。”

香菱很聪明，她知道大观园里，写诗写得出色的除了薛宝钗，还有林黛玉，所以学习知识，跟对了老师，就会事半功倍。林黛玉并没有拒绝她，而是非常乐意地接受了，并要求香菱拜她为师。我初读《红楼梦》时，其实对林黛玉并没有多少好感，她的孤傲，她对宝玉的计较，以及对刘姥姥的讽刺里，总让人有一种不可接近的感觉。然而待读得多了，就发现林黛玉的各种表现，才最接近于人的真实性格，这种性格的独立和自由，也是现实中的人们所缺少的部分。所以她答应教香菱作诗的承诺里，有对人的尊重，也有人性的真实在里面。更何况，林黛玉是本小说里作诗最好的一个人。作者安排她当香菱的老师，也是恰逢其人。所以从林黛玉口中讲出来写诗的道理，也最能获得读者的信服——她讲写律诗的方法，简单明了。

首先指明了写古体诗的结构和韵律——启：就是开篇交代诗的内容，说明主题；承：对主题有所展开，承上启下；转：让诗有所变化，生化而去；合：既是对全诗的总结，又是人的精神境界与诗的意境相融相合。她同时指出，这些只不过是诗的外在形式。真正的诗，应该表达出真实的情感，不应该拘泥于形式，即所谓的“诗言志”——有了好的意境，不一定讲究格式和用词。

这好比我们现在所说的："文学，即人学"是一样的道理。没有真实的情感，写出来的文字，尽管华丽，但久读之后，总觉越来越淡。好的文学作品，总是让人读了又读，爱不释手。

接着林黛玉便教香菱作诗的第一步：读诗。以前常听老师说："熟读唐诗三百首，不会作诗也会吟。"我想林黛玉给香菱讲的学诗第一步，应该就是这个道理。读诗，是对诗的初步学习，从整体上掌握诗的结构、韵律、形式，让人产生对诗的美的语感，同时也是积累词句的有效方法。然后林黛玉便向香菱推荐读哪些诗：一是王维的诗，至少一百首；其次是杜甫的诗，至少一百二十首；其三便是李白，至少一二百首。为什么林黛玉要这样安排呢？

王维乃山水田园诗人，他的诗工于描写自然的景色，而以自然景色入内容的诗，最好写，也最容易发现题材，并且，王维的五言最工整，是学习写诗的最好蓝本；杜甫的诗大都属于现实主义题材，揭示社会人生百态，以及劳动人民的疾苦，所以杜甫号称"诗圣"。这主要是告诉香菱，写诗从自然到人，从五言到七言，其内容不仅在加深，形式也在变化。其三读李白的诗。李白号称"诗仙"，其诗充满着自由豪迈、浪漫唯美的色彩，是中国古体诗的最高境界。也许作者借林黛玉的话，正要表达自己对诗的见解：真正绝妙的诗，是自由豪放、天马行空的，是人的精神世界超越物质世界的一种跨越；是生命对世界认知达到一定境界的超脱——诗是纯洁的，美好的，更体现自由的人性！

所以香菱从黛玉那里借了王维的诗，不舍昼夜地读：

香菱拿了诗，回至蘅芜院中，诸事不管，只向灯下一首一首的读起来。宝钗连催他数次睡觉，他也不睡。宝钗见他这般苦心，只得随他去了。

香菱读诗的执着，正是她学诗的第二重境界：痴！

（五）

如此下去，香菱很快就把王维的诗集读完了。接着林黛玉便教她第二步：评诗。本小说里的诗，很特别，它与文本的情节是一体的，就如木心先生说的一样："《红楼梦》中的诗，如水草。取出水，即不好，放在水中，好看。"

这一方面说明本小说的诗与小说本身是浑然天成的，另一个方面说明诗

也有生命力。它的生命力在于读者的解读与评论。

我们看香菱怎样点评王维的诗。她从“大漠孤烟直，长河落日圆”这联诗里说到两点：

一是：“诗的好处，有口里说不出来的意思，想去却是逼真的。”

二是：“又似乎无理，想去竟是有理有情的。”她又从“日落江湖白，潮来天地青”中讲到“白”与“青”两个字的妙处：想来，必得这两个字才形容得尽，念在嘴里，倒像有几千斤重的一个橄榄似的。这说明香菱已经体会到诗的意境。她的生命里富于诗意，她越是执着于诗的意境，她的生命就越表现得纯洁和完美，越能进入到诗的意境之中。

这里提到写诗的一种方法：炼字。诗这种文学形式，不仅结构严谨，富于音韵的美感，而且特别讲究语言的高度凝练——一个字可以使一首诗活跃起来，使诗产生丰富的想象，让人读了大有口齿留香不忍舍弃之感。想起曾经读过的一篇诗评，专门分析宋祁《玉楼春·春景》里的“绿杨烟外晓寒轻，红杏枝头春意闹”这一句：取一“闹”字，把春天所有的色、香、音、情全部写完，就这一字，境界全出。宋祁也因这首词，被世人称为“红杏尚书”——因一个字成为美谈。再者贾岛的“推敲”二字，也成了文坛的佳话。所以林黛玉说，只要词句好，形式也不重要了。

各位可以想想，在平时里读诗时，有没有香菱这样的感受？倘若有的话，我想你也应该有些境界了。有一次与一个文友谈到写散文，她说没有什么内容可写。我看她桌上放着一本《唐诗宋词三百首》，就问她是不是喜欢诗词，她回答说非常喜欢。后来我饶有兴趣地告诉她：“何愁没有内容！你把每一首诗或者词用自己的语言解读出来，就是一篇好的文章。在文章里你可结合自己的故事，天马行空地发挥，既有内容，又有诗的美感，岂不是一篇绝佳的散文？”她深以为然。

当然香菱是来学诗的，不是来写散文的。所以林黛玉说她既然有所领悟，就试着写一首诗：

香菱又逼着换出杜律，又央黛玉、探春二人：“出个题目让我诌去，诌了来替我改正。”黛玉道：“昨夜的月最好，我正要诌一首未诌成，你就诌一首来。‘十四寒’的韵，由你爱用那几个字去。”香菱听了，喜得拿着诗回来，又苦思一回，做两句诗：又舍不得杜诗，又读两首：如此茶饭不思，坐卧不定。

香菱开始试着写诗，已经达到了第三重境界：呆！所以薛宝钗说她：

你本呆头呆脑，再添上这个，越发弄成呆子了！

（六）

我们来看看香菱人生的第一首诗，是怎么样的呢？

月桂中天夜色寒，清光皎皎影团团。
诗人助兴常思玩，野客添愁不忍观。
弱翠楼边悬玉镜，珍珠帘外挂冰盘。
良宵何用烧银烛，晴彩辉煌映画栏。

从字面意思来看，这首诗不难理解。因为它停留在事物的表面上，写景状物已经到位了，但读了之后，没有给人留下多少印象，显得平滞而生硬。所以林黛玉说：

意思却有，只是措辞不雅，皆因你看的诗少，被他束缚了，把这首诗丢开，再作一首。只管放开胆子去作。

好个林妹妹！短短的几句话，讲到一种学习的境界：忘我，无我，才能收纳更多的东西。我想起了金庸小说《倚天屠龙记》里的故事——张三丰教太极武术给张无忌的方法：他老人家先在众人面前演习一遍，叫张无忌看，看完后领悟。待他演习完后，问张无忌记得了多少，初问，答曰：记得八九十。再问，答曰：记得五十。三问，答曰：全不记得了。然后张三丰说，你可以与他们决斗了。这是什么意思呢？就是说写诗与练武一样，要达到人与武功或诗的完全统一，不能为眼前的形式或者固有的思维所束缚：放下，意为更多地收纳，所以真正厉害的武功是“无招胜有招”。

香菱听了林黛玉的话，并没有灰心——

香菱听了，默默地回来，越发连房也不进去，只在池边树下。或坐在山石上出神，或蹲在地下抠地，来往的人都诧异。

这行为和神态，已经有一种人与诗相融的感觉了。在她此时的头脑和思想里，时时是诗，处处是诗，这便是香菱学诗的第四重境界：疯！这种境界，就是一种忘我，已经进入到一种无法控制的地步了。所以薛宝钗笑宝玉："你能够像她这苦心就好了，学什么有个不成的吗？"这虽是一句玩笑，但人人都听得出来，这也是一种劝勉，她希望看到贾宝玉走上另一种人生之路，然而她不知道贾宝玉更喜欢像香菱一样：把生命交给诗，交给自由，交给纯洁……

（七）

我们再来看香菱的第二首诗：

非银非水映窗寒，试看晴空护玉盘。
淡淡梅龙香欲染，丝丝柳带露初干。
只疑残粉涂金砌，恍若轻霜抹玉栏。
梦醒西楼人迹绝，馀容犹可隔帘看。

很明显，这首诗的进步很大，想象的意境更宽阔了。更重要的一点写到了情思："梦醒西楼人迹绝，馀容犹可隔帘看。"读完仿佛看见一个女子从梦中醒来，独自倚在楼上，浸在月光里，是在思念？还是在遥望？使人产生了联想……

这首诗把具体事物抽象化了，用了大量的比喻，但情感依然是平淡的，不能给人一种情感的冲击，多读几遍，口味便淡了下去，有嚼蜡之感。所以林黛玉说这首过于穿凿了，还得叫他另作。

有时候我读到这里就想：遇到林黛玉这样严苛的老师，一般人真受不了呢。但看香菱怎样：

香菱自以为这首诗妙绝，听如此说，自己又扫了兴，不肯丢开手，便要思索起来。因见他姐妹们说笑，便自己走至阶下竹前，挖心搜胆的，耳不旁听，目不别视。一时探春隔窗笑说道："菱姑娘，你闲闲吧。"香菱怔怔答道："'闲'字是'十五删'的，错了韵了。"

读到这里，心里突然有一种心酸：这个卑微的丫头，如此执着于写诗，完全沉浸在写诗的世界里。也许在她的生命里，因为从小接触过诗书，潜意识里就会有那样的基因，而大观园里众女子的诗情，把潜藏在她内心里的诗意一下子激发了出来。她突然像找到自己灵魂的依托一样，这便是她学诗的第五重境界：魔！

这种魔性，把她带到了一种缥缈的境地，逼着她走上一条不归路，犹如我们常说："置之死地而后生。"所以此时的她，吃饭是诗，走路是诗，坐是诗，睡也是诗，诗就是香菱，香菱也就是诗：

香菱满心中正是想诗，至晚间，对灯出了一回神，至三更以后，上床躺下，两眼睁睁直到五更，方才朦胧着了。一时天亮，宝钗醒了。听了一听，他安稳睡了，心下想："他翻腾了一夜，不知可作成了？这会子乏了，且别叫他。"正想着，只见香菱从梦中笑道："可是有了，难道这一首还不好吗？"宝钗听了，又是可叹，又是可笑，连忙叫醒了他，问他："得了什么？你这诚心都通了仙了。学不成诗，弄出病来呢！"

这便是香菱学诗的最后一重境界：仙！

梦中得诗，艺术境界已入人的灵魂和骨髓之中，这便是武侠小说里的"化境"，也是禅宗的"悟"。功夫不负有心人，一个人的执念和坚持，终究成就她不一样的生命境界。这种艺术境界，也终究陪伴她的一生，也许不管以后生活如何悲苦，如何煎熬，我想她也会忍受着痛苦，努力地生存下去——像一株卑微的草，像一朵桀骜的花一样，在寒风中开出动人的颜色……因为她的生命曾经栖居在诗的世界里。

毕竟香菱这首诗作得如何？就让我们下回继续品味吧。

2022 年 5 月 28 日于润生堂茶楼

四十九、让青春的色彩绽放在冰雪的世界里

（一）

从情节来看，本回从诗开始，又以诗意结束。作者似乎是手拿着画笔，在冰天雪地里，涂抹着蓝、靛、青、紫的色彩，这些颜色越是丰富，就越能展现出大观园里生命的生机与激情。

多少年来，我每次读完这一回后，常常轻抚书页，掩书沉思，不禁感慨万千——那白雪皑皑的寒冬，对一群生命力旺盛的人来说，根本体会不到寒冷是什么。这令我想起自己十二三岁的时候，有一年冬天，蓉城下过一场大雪，山村银装素裹，校园里所有的孩子都跑去校外的田野里打雪仗、堆雪人、手捧、脚踢、嘴尝，嬉戏打闹声响彻整个山村……那时候虽穷，衣衫单薄，然而对于雪景，却兴致浓烈。那场景对比大观园里的这一群少男少女，我们的青春却少了文化的熏陶——大观园里的雪景是喝酒吃肉，作诗吟对，是一种生命的精致。而对于贫穷的少年，雪中的快乐是野性的。这种野性又是一种生命的放纵和自由，野性的生命往往以顽强的形式表现出来。后来，待我渐渐长大后，才明白：在野性的生命里，也有诗一样的快乐——生命的自由自在，就是一种诗意！

（二）

本回开端与香菱梦中得诗起笔：

原来香菱学诗，精血诚聚，日间不能作出，忽于梦中得了八句。

前面我讲过香菱学诗的六种境界，此为最后一种：仙！正应了古时一句话：“苦心人，天不负；有志者，事竟成。”我想如果做任何事，倘有香菱这样的境界，又何事不成呢？所以香菱对自己的这首诗是胸有成竹的。各位不妨跟随我一起来看看香菱这首七言，究竟妙在哪里。

精华欲掩料应难，影自娟娟魄自寒。
一片砧敲千里白，半轮鸡唱五更残。
绿蓑江上秋闻笛，红袖楼头夜倚栏。
博得嫦娥应自问，何缘不使永团圆？

这诗的整体意象是写月亮，却不着一个月字。第一联讲月亮的光是掩不住的，月影的形象美好而令人向往，然而光辉却清冷异常。这里“精华”指月光，也暗指香菱的情操与诗意。她虽然身份卑微，但内心的美好追求不因自己所处的环境而被淹没掉。其中一个“寒”字，似乎定下了这首诗的情感基调。

第二联，承接第一联写深夜里到凌晨这一时段的月色，不直接写景，而是化用李白的“长安一片月，万户捣衣声”来叙说对远行人的一种思念。这还不够伤感，接着用“鸡唱”“月残”来加深那种眷恋之情。读到这里，常常想到周邦彦的“执手霜风吹鬓影，去意徊徨，别语愁难听。楼上阑干横斗柄，露寒人远鸡相应。”——天快亮了，月亮也快落下去了，离人远去，送行人却久立于此，那种在寒凉之下依依不舍的情感，呼之欲出，痛彻心扉！

第三联，我认为是这首诗最佳的句子：句式美，意境美。读完此句犹感一种凄苦无助、欲说无言的愁闷涌上心头。秋天的夜里，江面很静，乘船的远行人还不能入眠，立在江边吹起感伤的笛子，那声音悠扬、百转千回地飘荡在江上，似乎江水亦静了；渔火暗淡，都沉浸在笛声里。而思念远行的妇人，也无法入眠，着红装依偎在冰冷的栏杆上，怅然远望：不知你何时归来？然夜空静、月色明，只留下一声声叹息……

此句对于香菱的生命来说，有特别的意义。她是一个从小被贩来卖去的女子，生如浮萍，不知家在何处，纵然有相思惆怅，却找不到可以寄托之人，那种无依无靠的怅然失望、寂寞与孤独，有谁能懂得？又谁能给予安慰？所以众人读完此诗都大赞：

这首不但好，而且新巧有意趣。

（三）

大家对香菱的诗还未评完，突然有小丫头跑来，说贾府里来了很多客人，重点的是来了一群与大家年纪相仿的姐妹兄弟。书中对这几个人都做了详细介绍：李纨的堂妹李纹、李绮；邢夫人的侄女邢岫烟；薛宝钗的堂弟堂妹薛蝌、薛宝琴。

大观园里的年轻人，一听说有新的小伙伴来，非常高兴，而且这些少年，个个才貌双全，与众不同，自然更引起众人的注意了。贾宝玉见了，却又是另一种痴相：

然后宝玉忙忙来至怡红院中，向袭人、麝月、晴雯笑道："你们还不快着看去！谁知宝姐姐的亲哥哥是那个样子，他这叔伯兄弟，形容举止，另是个样子；倒像是宝姐姐的同胞兄弟似的。更奇在你们成日家只说宝姐姐是绝色的人物，你们如今瞧见他这妹子，还有大嫂子的两个妹子——我竟形容不出来了。老天，老天！你有多少精华灵秀，生出这些人上之人来！可知我'井底之蛙'，成日家只说现在的这几个人是有一无二的；谁知不必远寻，就是本地风光，一个赛似一个。如今我又长了一层学问了——除了这几个，难道还有几个不成？"一面说，一面自笑。

站在成人的角度上看，贾宝玉的言行实在有些可笑。但站在少年的角度上看，人对人的认识就没有那么复杂，在那颗年轻的心里，只有一种单纯的人际关系，所以当贾宝玉看到这些年轻的少男少女时，就像当时见了秦钟一样，有一种亲近和喜悦。

我记得自己小时候，每逢寒暑假就特别期盼表弟们到我们家里来，虽然在内心里知道父母与姑妈那时候的关系并不融洽，但在我们的心里，却没有那种世俗的观念。我们可以在一起去村里的小河边游泳，摸鱼，捉螃蟹，或者去山坡上爬树，掏鸟窝，放野火……那种快乐，直到现在都还留存在我的记忆里。

所以当探春说诗社活动又增加了几个人，这一下子更热闹时，贾宝玉就抑制不住那种兴奋与期盼，时时盼望着诗社活动迅速举办起来。

在诗社活动前，仿佛作者拿起画笔，把这场白雪的世界当成了一张巨大的画纸，把大观园里每一个人的颜色一一描绘出来：

黛玉换上掐金挖云红香羊皮小靴，罩了一件大红羽绉面白狐狸皮的鹤氅，系一条青金闪绿双环四合如意绦，上罩了雪帽。

看看黛玉的打扮，只有颜色和衣着，没有面貌的描写，但从那红、黄、绿的颜色中，可以看到黛玉的心情是很好的，一种鲜活明丽的生命形态从文字中飘荡出来。作者对此时人物的描写，就像工笔画一样，把林黛玉从下到上，细细地描摹了一番。有一次为了获得一些关于这本书里写衣着和服饰的知识，我从《中国服饰大全》中查到黛玉此时的这一双鞋子，简直令人叹服。“掐金挖云”是一种非常精湛的绣功。所谓掐金，就是在两层布料之间，再夹入一层金黄色面料或者丝线在其中，使颜色丰富起来；所谓挖云，用白丝线，细针脚绣上云彩的形状，使原面料的颜色在对比之下更加突显出来，所以远远看去，那云彩就像深深地陷进去一样，若隐若现。

我们再看看湘云的打扮：

一时湘云来了，穿着贾母给他的一件貂鼠脑袋面子、大毛黑灰鼠里子、里外发烧大褂子；头上戴着一顶挖云鹅黄片金里子大红猩猩毡昭君套，又围着大貂鼠风领。……一面说，一面脱了褂子，只见他里头穿着一件半新的靠色三厢领袖秋香色盘金五色绣龙窄裉小袖掩衿银鼠短袄，里面短短的一件水红妆缎狐肷褶子，腰里紧紧束着一条蝴蝶结子长穗五色宫绦，脚下也穿着鹿皮小靴，越显得蜂腰猿背，鹤势螂形。

有一次与一个朋友谈到这部小说，他说读这部小说太难了，先不说里面的诗词难懂，就是小说里面人物的服装描写，能读懂一点点都非常不容易！其实我读过此小说后，我认为《红楼梦》描写服饰的文字比诗词更难——至少在我们的学习过程中，从小学到大学，对中国古典诗词或多或少有些了解，然而对于服装、绣技、颜色等的样式、方法、搭配却了解得甚少。

大家不妨看看湘云穿的短袄：

一件半新的靠色三厢领袖秋香色盘金五色绣龙窄裉小袖掩衿银鼠短袄。

我估计要把这件短袄解释清楚，非得有专业的知识，没有半天工夫，是

难以有说服力的。这一件衣服要这样分开来看：靠色三厢领袖 / 秋香色盘金五色绣龙窄褙小袖 / 掩衿 / 银鼠短袄。其中靠色是指三种相近的颜色；三厢，应该是三镶，指把这三种颜色相近的锦缎拼成衣服的领袖；秋香色是指黄绿色，像秋天庄稼要成熟的颜色；盘金五色绣龙是指用五种金丝在袖口上绣上龙的花纹，让图案像浮雕一起凸出来；掩衿，指腋下的部位。这一件小袄子，做工精致，颜色丰富，而且防寒保暖，也不知道现代纺织工业中能不能再生产出这样的衣服来？至今我也未曾见过。

从整体看，湘云的打扮是很紧凑和干练的，所以林黛玉见了说她像一个“小骚韃子样儿”——像一个男孩子一样。从湘云服装的精致和颜色，以及她的自我打扮可以看出她生命的与众不同——不但有一种洒脱，还有一种豪爽！

（四）

读到小说这一回，我有一种向往：我想在冰天雪地里，能够围炉喝茶，品画吟诗，是多么美好的事！我每次读到这里，往往想到电视剧《三国演义》中刘备在大雪天访孔明的路上，在竹林的茅屋里遇到孟公威、石广元等名士围炉饮酒唱诗的情景——那种世事无关己心，天地自在之人的洒脱和闲适，真让人羡慕！

为此这总让人想起一本名叫《围炉夜话》的书，不看书的内容，仅读书名，似乎就令人充满着向往。这更让人想起一首诗来：“晚来天欲雪，能饮一杯无？”在冰天雪地里，围炉夜话，想必有不一样的情趣，也有不一般的精神享受，只是我此生从未经历过，甚是遗憾！所以当贾宝玉听说在芦雪庭拥炉作诗时，既兴奋又急切，整夜难以入眠，不及天亮，早早就起床了：

宝玉此时欢喜非常，忙唤起人来，盥漱已毕，只穿一件茄色哆罗呢狐狸皮袄，罩一件海龙小鹰膀褂子，束了腰；披上玉针蓑，带了金藤笠，登上沙棠屐，忙忙地往芦雪庭来。出了院门，四顾一望，并无二色，远远的是青松翠竹，自己却似装在玻璃盆内一般。于是走至山坡之下。顺着山脚刚转过去，已闻得一股寒香扑鼻，回头一看，却是妙玉那边栊翠庵中有十数枝红梅如胭脂一般，映着雪色，分外显得精神，好不有趣。宝玉便立住，细细地赏玩了一回方走。只见蜂腰板桥上一个人打着伞走来，是李纨打发了请凤姐儿去的人。宝玉来至芦雪庭，只见丫头婆子正在那里扫雪开径。原来这芦雪庭盖在一个傍山临水河滩之上，一带几间茅檐土壁，横篱竹牖，推窗便可垂钓，四面皆是芦苇掩覆，一条去径，逶迤穿芦苇过去，便是藕香榭的竹桥了。

这一段文字描述，可以看出贾宝玉的心情。作者用："穿、罩、束、披、带、登、忙忙"等几个字，写出了贾宝玉有一种急切、兴奋的期盼。这时常让我想起自己喜爱垂钓的事来：我喜欢去乡下的小河边钓鱼，每每计划着第二天出门垂钓时，总有一种无法言表的激动与兴奋，半夜不眠。很多时候还不到凌晨五更就起床，穿衣洗漱，背上渔具，提着鱼桶，兴致勃勃地开车一小时，跑到乡下。特别到了深秋及冬日，待到小河边，天还没有大亮——可谁能明白，那种对垂钓喜爱至骨髓里的心情呢？

我想贾宝玉也有这样的心情。所以当他往芦雪庭走的路上，那些青松翠竹、红梅竹桥、茅檐土壁、横篱竹牖自有另一番景象。看风景也是人的一种心情——兴奋、惬意。所以在空间里，贾宝玉的步伐应该时而轻快，时而缓慢，在兴奋里感受生命中的气息，在惬意里感受雪中的风景：雪白、梅红、茅屋、芦苇……构成了天然的一幅山水画卷。

读到这里，我们大可闭眼想一想：服装的艳丽，自然界的红与绿，在雪的映衬下，是不是更有一种生机和活力？仿佛是画，又仿佛是诗——画是生命的颜色，诗是生命的激情。

当我们看到冰天雪地里，湘云与宝玉烧着鹿肉，大口喝酒的时候，似乎这样的雪，已经不再冷，这样的冬天倒生出一种热度——这里有一种自然的野性。也许生命只有回归到自然而放松的形态中，才会有真实的诗意。那种洒脱与随性，自由与放纵才能培育诗心，正如湘云说的一样：

我吃这个方爱吃酒，吃了酒才有诗。……是真名士自风流。

有时候读完这一回，不禁令自己怅然：大观园里的雪景，虽与自己少年的场景不一样，然而生命的过程是一样的。青春的时候，都有诗意，也都是诗的生命状态。但人至中年，却失去了那种诗意，留下的全是世俗的一地鸡毛，所以感叹：人啊，最易失去的东西，才最应该珍惜啊！

2022年6月2日于新都

五十、诗与画是冰雪世界的灵魂

（一）

这一回从联诗到制作灯谜，这部小说的诗词文化活动渐渐地达到另一种境界。前两回香菱学诗，到此回联句，从静写到动，作者好似提着一台摄像机，用慢镜头拍摄着大观园里所发生的一切，那些吃喝玩乐、人情往来以及大观园春夏秋冬的变化，都细细地拍摄下来，粗读时，似乎觉得烦琐而杂乱，然而作者却非常淡定从容，一人一景、一语一事、一笔一画都细心到位，好像写小说也像雕刻一样：布局、场面、线条、刀锋……都一一地展现出来。原来一部伟大的小说，展现的正是真实的生命状态，而生命的真实也正是由生活里的一点一滴汇集起来的。

从联诗到灯谜的制作，既是一种游戏，也是一种文化活动。其间穿插着贾母的参与，似乎更增加了活动的深意和画面感。借此可以想象，在大观园的活动中，文化的传递是主流。作者能写出这么一部流传千古的经典小说，一定与他从小所经历的文化熏陶有密切的关系。很多时候，文化的传承除了学校和社会教育外，家庭里的氛围至关重要。文化的厚度和广度有时候不需要文凭来证明，它是生活里不断流传下来的东西，也许只有把这种流传下来的东西传承和发扬，我们的文化才能真正获得自信的力量。

虽然作者经历了家族的衰败，从富贵荣华到一贫如洗，然而作者生活时期的文化活动却借这部小说流传了下来。所以，这更证明了一件事：文化比金钱更长久，也更能得到传承。

（二）

此处承接上一回情景。宝玉与湘云在雪地里吃鹿肉、喝酒之后，正准备开始又一轮的诗社活动。只是这一次与前两次的形式不同，不仅参与的人增加了不少，而且大家把写单首诗变成了联句。在古典诗词中，联句相当于现在我们所说的对联，其也要求满足诗词的基本特点：如句式与韵律。只不过此次联句有一定难度，要求限韵的，所以在规定的韵部里考量的是每个人对语言和词句的积累，这也是作诗的基本功。

更有新意的是，此次联句居然由王熙凤开始。整本小说中，几乎不写凤姐作诗。一是她没有读过书，不识字，更不懂诗词；二是，在她的生命世界里，权力与利益是放在第一位的，所以她的出场，都带着目的性。然而这一次，在弟弟和姐妹们面前，她却说出了这次联句的首句。

凤姐说了一句什么呢？

“一夜北风紧”。众人听说，都相视笑道：“这句虽粗，不见底下的，这正是会作诗的起法，不但好，而且留了写不尽的多少地步与后人。

众人对凤姐的开头一句，点评得非常合理。“一夜北风紧”，重点落在了一个“紧”字上，怎样才算“紧”呢？后面众人的联句中，就会一一展示出来，所以这一句留下了无限的想象空间。

凤姐能说出这样的句子来，说明了她从小也经历过诗书的熏陶，日常生活中听过不少的诗词。二是更证明了一件事，文化与识字的多少、与文凭之间的关系并不是非常大。我常记得自己小时候生活在乡下，听那些没读过书的老头老太讲的故事和农谚，既生动又具体。那些农谚句子，像诗一样朗朗上口，如“日晕三更雨，月晕午时风”“有雨天边亮，无雨顶上光”，既有诗意的美，又有生活的道理。所以，真正深厚的文化，都来源于生活。

有一天，我的一个师兄开玩笑似的说，读这本小说从另外一角度看，很多时候就是一群孩子玩过家家。我觉得这种说法也不无道理，如果把生活的过程当成一种玩耍，就像马三立老先生的单口相声《逗你玩》，那么生命也就是一个过家家的游戏过程而已。

只不过这个游戏在大观园里，体现出更多的是文化气息和生活的经验。比如在他们所联的诗句当中，有关季节、物候、雪景等，是生活里的一物一事，也是人与自然相协同的一个过程，特别喜欢有两句诗：

价高村酿熟，年稔府粱饶。葭动灰飞管，阳回斗转杓。

从人们酿酒到粮食丰收的生产活动再转到时节的变化。雪，给了这个世界怎样的一种景象：难道仅仅是白茫茫的一片雪景吗？不是的，雪中的文化，一定是人的活动，是自然之物的演变，而这种人随自然的变化而改变活动的

过程，也许正是我们自然而然的思想文化内涵。

古时候的人们，想象多么美好！二十四节气知识上讲，天地自有阴阳二气，而阴阳二气的多少和转变，预示着一个季节的变换。古人在土地里埋上长短不同的箫管，把烧过的芦苇灰放进管里，当阳气升腾的时候，就会吹动管里的芦苇灰。冬至是阴气尽而阳气动的时节，所以最短的管里因为阳气生而始有灰烬冒出来。此时节北斗转向，一年之终，阳气应该有所回升吧。所以雪铺得越厚，可能在土地里猫冬的生命就会蕴藏更强大的生命力。雪啊！给了生命一种喜悦和向往！

在冰天雪地里，一群年轻的生命根本感受不到寒冷。他们一开始是多人的联诗，最后变成了主要由黛玉、宝琴、宝钗、湘云之间的“斗法”，从两句到一句，联诗的速度越来越快，而斗诗的激情也越来越高涨和激烈——诗给了一种生命的美好与热情；诗也让大观园里的冬天别具一格。

（三）

然而在每一次诗社活动中，贾宝玉却总是掉队。所以当大家联句结束后，李纨就说这次应该罚贾宝玉去栊翠庵讨一枝红梅来，让大家欣赏欣赏，如果讨不来，还要受罚。

在大观园里，贾宝玉甘愿为众女子做各种事，似乎他的生命也带着些女性化的味道。贾宝玉去了，讨来的红梅怎样的呢？

原来这一枝梅花只有二尺来高，旁有一枝，纵横而出，约有二三尺长，其间小枝分歧，或如蟠螭，或如僵蚓，或孤削如笔，或密聚如林，真乃花吐胭脂，香欺兰蕙，个个称赏。

看着这一株梅花，就会想起林逋写的“疏影横斜水清浅，暗香浮动月黄昏”那种骨瘦的枝影、孤傲的神态，正是冬天里与众不同的生态形状。

在大观园里，此时处处白雪，一片素净的颜色；天地之间静寂无声，然而一群年轻的生命守着一袭嫣红，嗅着自然的香气，那色是白中一抹红；那味是清冷之中的一缕魂，生命的颜色与气息之间，蕴藏着一种美好的元素。也许只有经历过艺术的熏陶，有了发现生活之美的心，才会感受到在冰天雪地里欣赏一枝梅花带来的独特感受吧！

观花赏花，也是观人。就如贾宝玉写的红梅诗中的一句：

入世冷挑红雪去，离尘香割紫云来。

要知道这首诗是为贾宝玉向栊翠庵讨来的红梅所写的，那栊翠庵是修行的地方，修行人为妙玉。诗中的“入世”与“离尘”是两种不同的人生观。入世是儒家的思想，这里入世干什么呢？是讨红梅到仙境之中，似乎是写妙玉，生在庙里，却又不舍这红尘；表面清净，却又对这世间念念不忘。而贾宝玉呢，虽生在红尘中，却为了一袭洁净的生命，要到仙境之中，所以离尘，这是佛道的思想。他的离尘，是把美好的东西带回人间，是一种普世的情怀。

“入世”与“离尘”，“去”与“来”，人生之路往往不过如此，经历过了，就过了，“赤条条来去无牵挂”。人生不要太多留恋，以为过去了的事还会再来，殊不知是再也不来。可惜妙玉不懂，枉自守孤灯、吊残影，却悟不出修行的真谛。所以这联诗是带着对妙玉的讽刺意味而写的。

大家正玩得兴起，此时贾母来了。贾母的出场，又给芦雪庭带来了另一种热闹。老人家说冬天白昼短，不能午休，所以特来大观园里看看这些孩子们在干啥，并且一再强调，自己只是过来坐坐，不会影响大家的娱乐，一切应该照旧。

这里面可以看出贾母作为老人的一些生命状态：贾府里就她一个人是最年长的老人，生活中能与自己交流的人几乎没有，所以她的内心总有一种孤独和荒凉感。二是人老了，对生命有一种不舍和怜惜，所以在性情上更趋于孩童，民间常说的“老小”恐怕就是这个意思。她生在富贵之家，虽享受一种荣华与天伦，然而一辈子经营一个大家族，小心翼翼地一路走来，总感到身心疲乏。

所以不一会儿，当王熙凤到来时，贾母感到很有些不自在——她的生命直到死亡，似乎都不是她自己的。她想摆脱这种束缚，却不能由着自己，因为作为儿媳妇的王夫人和孙媳妇的王熙凤，时时都会对她关注和服侍——有时候过度的照顾，是一种压力，这种压力来自正统思想里的“礼”。然而当她看见雪地里的宝琴与宝玉，突然感一阵轻松，一下子从生活现实里体会到了生命的艺术，也许这就是贾母的人生智慧：

凤姐儿也不等贾母说话，便命人抬过轿来，贾母笑着挽了凤姐儿的手，

仍上了轿，带着众人，说笑出了夹道东门，一看，四面粉妆银砌。忽见宝琴披着凫靥裘，站在山坡背后遥等；身后一个丫头，抱着一瓶红梅。众人都笑道："怪道少了两个，他却在这里等着，——也弄梅花去了！"贾母喜得忙笑道："你们瞧，这雪坡儿上，配上他这个人物儿，又是这件衣裳，后头又是这梅花，像个什么？"众人都笑道："就像老太太屋里挂的仇十洲画的《艳雪图》。"贾母摇头笑道："那画的那里有这件衣裳？人也不能这样好！"一语未了，只见宝琴身后又转出一个穿大红猩猩毡的人来。贾母道："那又是哪个女孩儿？"众人笑道："我们都在这里，那是宝玉。"贾母笑道："我的眼越发花了。"

这一段文字，是借贾母的眼睛看到的——不是诗，却是诗里的画，又是画里的诗。在白雪的背景下，薛宝琴鲜艳的衣服，身后的红梅，色彩浓淡、明暗、深浅之间的辉映，像一幅色彩清丽的画。再加上后来贾宝玉披着红毡子出现，更显得出彩，所以给贾母的视觉产生了强烈的对比，留下了深刻的印象。

在贾母的心里，这雪、这梅、这人如此和谐又搭配相得益彰。这激起了贾母心里美好的愿望——她希望薛宝琴和贾宝玉在一起。所以后来她向薛姨妈问及薛宝琴的婚姻，就顺理成章了。当然，这也许不是缘分，却是生活的艺术——她希望孩子们以后的生活如画般美好，也如画那样谐和。

（四）

然而世间之事，哪有如此圆满的呢？人生不如意十之八九，倘或有半世平安，也算是幸福的人生。所以在湘云作的灯谜里，更能体会到富贵平安不可久长之叹：

溪壑分离，红尘游戏，真何趣？名利犹虚，后事终难继。

贾宝玉一下子猜到这是耍猴戏。贾母时常把这些儿孙辈说成"猴儿"。史湘云的这个灯谜，一方面暗示了他们史家的衰落，另一方面似乎也说明她们生活在荣华富贵的虚无之中，每个人沉浸其中，不知道这是一场真的梦。

红尘富贵，就像戏一样，他方唱罢你登场，都是不可久持的东西。名与利，争来夺去，无非是过眼的云烟，谁又能长久地拥有呢？

2022 年 6 月 8 日于新都

五十一、纯洁的生命犹如秋天盛开的白海棠

（一）

这一回，怡红院因为大丫鬟袭人母亲去世，要回去尽孝，故贴身照看贾宝玉的人换成了晴雯和麝月。而作者的笔触重点落在了晴雯身上，这个女孩子性格鲜明，直爽而伶俐，有小姐的性情，却是一个丫鬟的命运。作者并没有站在阶级的立场上来看待晴雯，而是站在对人的尊重上，客观地描写她的性格，她的美，她的青春气息，并热情地赞扬这样的生命就像秋天初开的白海棠一样纯洁。

这部小说有一个最大的看点就是写人。从艺术的角度上讲，每一个人有每一个人的特点，包括里面的老太太、夫人、小姐、丫鬟、老嬷嬷及市井人物都写得活灵活现，而作者并没有在任何一个人身上表现出对他们的褒贬，也没有站在一个写作者的立场来评价一个人，每一个人的性格特征，都是间接地描写出来，或借小说里人物的口、眼和心理描写突显在读者面前。伟大而高超的文学作品，作者都是隐藏的，他只是陈述事实，好与坏、美与丑的评价，都交给了读者。所以《红楼梦》这部小说，因人不同，便有不同的解读方式，甚至同一个读者，因为年龄的不同，理解也大不一样。我曾在一篇文章里读到一个作者讲述自己读鲁迅先生《阿 Q 正传》的感受：年少时，读完哈哈大笑，中年时，读完便有所深思，待到年老，读完便泪流满面。

也许读一本好书，就像人的生命历程一样："小时候，哭着哭着就笑了，长大了，笑着笑着就哭了。"人生犹如一本大书，每多翻开一页，对生命的领悟就会加深一层——年少时应该把书渐渐地读厚，年老时需要把书渐渐地读薄，那样人生也许会多一些从容、少一些遗憾吧！

（二）

此一回首先以薛宝琴编灯谜所赋的古体诗开篇。这十首诗，皆是十处景点，

内隐十物——小说中并没有指出是哪十个物件。我查阅过许多资料，很多评论家在揭示这谜底的时候，所得结果差距较大。各位，恕我愚笨，我也不能一一猜测出来，只待权威人士慢慢去解读了。

只是说到其中两首：《蒲东寺怀古》和《梅花观怀古》时，众人有一段讨论。首先宝钗发话了，她说前八首都有实实在在的出处，而这两首却无可考，建议另作两首为妙。

我们来看看这两首究竟写的什么呢：

小红骨贱最身轻，
私掖偷捞强撮成。
虽被夫人时吊起，
已经勾引彼同行。

这一首诗写的是元代王实甫的杂剧《西厢记》里所虚构的佛寺，名普救寺。普救寺因在蒲郡之东，所以又称蒲东寺。故事中张生与崔莺莺同时寓居寺中由红娘牵线而恋爱的故事，诗中的小红，指的就是红娘。

第二首：

不在梅边在柳边，
个中谁拾画婵娟？
团圆莫忆春香到，
一别西风又一年。

这诗描写的是明代汤显祖戏曲《牡丹亭》的梅花观。剧中写杜丽娘抑郁成疾，死后葬于梅花观后院的梅树之下，后因爱而还魂的故事。——其中的“不在梅边在柳边”，很明显指这一戏曲的另一个主人公：柳梦梅。柳梦梅旅居该观，与杜丽娘鬼魂相聚，并受托将她躯体救活，后来二人结为夫妻。

细心的读者有可能都留意到了：《红楼梦》这部小说里，经常提到这两部戏，这是为什么呢？我想有三个方面值得分析：一是这两部戏都非常出名，而且在当时就已经非常流行，所以作者对这两部戏应该是相当熟悉的；二是这两部戏的语言也非常优美，剧作家王实甫和汤显祖，不仅创作剧本，他们的诗词也写得非常漂亮；三是这两部戏有一个共同点，就是宣扬男女之间的自由恋爱，尤其是《牡丹亭》里女主人因爱而死，也因爱而活的故事，这在几千年的封建正统思想下，无疑是一种思想的革命，所以这两部戏具有一种划时代的意义：它宣扬婚姻自由，鼓励人们为追求个性自由的解放而努力！而这样的思想，与当时伦理道德是相悖的。所以薛宝钗说的话里，一是在维护正统的礼教，二是指明这样的禁书，女孩子是不应该看的。然而林黛玉却说，宝钗太过认真了。薛宝琴能写出这两首诗，未必是读禁书得来的，很有可能是看戏得来了，所以众人都赞同黛玉的见解。林黛玉追求生命的率性和自由，自然认为诗词是可以随性发挥的，不能因为更多的禁忌而失去生命的创造性。所以从林黛玉的表现来看，她很具有庄子的那种天马行空的狂傲，也有追求自我独立的自由思想。

但从这十首诗我们可看出薛宝琴具有的才华。虽然这些诗里，蕴藏着生命的衰微之感，然而前八首诗皆描写名山大川，古迹胜地，可见薛宝琴真的见识广博，游历过不少地方，所以才会有这样一系列的怀古诗。这常常让人想起一句话："读万卷书，不如行万里路。"粗略一想，似乎很有道理，然而仔细一揣度，却又不尽然。假使一个人没有多少文化修养，没有对景物的鉴赏能力，无论他游历过多少地方，我想都作不出诗来，也写不出美妙的文字来。

（三）

小说写到这里，有一个很巧妙的过渡：

冬日天短，觉得又是吃晚饭时候，一齐往前头来吃晚饭。

不知道各位读《红楼梦》有没有这样的感觉：就是这本小说在写时间时有一个特点——时间不是具体的某一个点，而是一个抽象的时间段，如此处写吃饭的时候，具体是什么时间，我们似乎不明白，又似乎知道那个时间段。这样的时间表述，能产生艺术的美感，更令人产生想象。有一次我在和几个文友交流这部书，谈到时间之美时，就鼓励大家在表达时间的时候应该向《红楼梦》学习，让时间的表达给读者留下想象的空间，这就会使文章体现出诗意来。

在大家吃饭的时候，袭人的哥哥花自芳来向王夫人请求恩典：让袭人回

家一趟，因为她母亲病重，想见一见袭人。从旧时社会里人的尊卑地位来看，袭人是贾府里买来的丫头，人身权归贾府，算贾府的财产之一，是不允许轻易回家的，所以她哥哥前来向王夫人求得恩典，这一个“恩典”的背后其实就是古代阶级社会对贫苦人命和人权的漠视。

我们从贾宝玉挨打之后那一回可以知道，王夫人对袭人是非常信任的，在她心中，也有意要把袭人许给贾宝玉做妾。所以当她听到花自芳来请求时，便立即应允了，并叫来凤姐，命她酌量办理。

王熙凤非常清楚王夫人对袭人的态度，所以这里的“酌量”就有很深的用意。她在安排袭人回家的过程中，做了三件事：

一是排场，大家看看凤姐是怎样吩咐周瑞家的：

“再将跟着出门的媳妇传一个，你们两个人，再带两个小丫头子，跟了袭人去。分头派四个有年纪的跟车。要一辆大车，你们带着坐，一辆小车，给丫头们坐。”周瑞家的答应了，才要去，凤姐又道：“那袭人是个省事的，你告诉说我的话：叫他穿几件颜色好衣裳，大大的包一包袱衣裳拿着，包袱要好好的，拿手炉也拿好的。临走时，叫他先到这里来我瞧。”

这段话中，王熙凤给周瑞家的明确交代袭人回家探母要注意的事项：除了周瑞家的之外，还另外派了四个有年纪的人跟车，还给袭人配了两个小丫头，一大一小两辆车，另外还要穿几件颜色好看的衣服，包袱和手炉这样的细节都一一的安排到位。这是一种排场，更是大家族里的气势：让平常人看看，贾府里的大丫鬟都有这样的气派。二是，因为此时是冬天，凤姐看袭人虽然穿得还算华丽，但不够富贵和保暖，所以叫她换一件自己的大红猩猩毡的大毛褂子，这是从心里对袭人的关怀。三是，当王熙凤预测袭人母亲去世后的交代：

又嘱咐袭人道：“你妈要好了就罢，要不中用了，只得住下，打发人来回我，我再另打发人给你送铺盖去。可别使他们的铺盖和梳头的家伙。”又吩咐周瑞家的道：“你们自然是知道这里的规矩的，也不用我吩咐了。”周瑞家的答应：“都知道：我们这去到那里，总叫他们的人回避。要住下，必是另要一两间内房的。”

这里的规矩指的是不仅贾府里的小姐夫人，就是对于有身份的丫头，吃穿住行都是有讲究的：单独住，要外人回避，尤其是男人。

袭人虽说此次回家是探亲，但在王熙凤的精心安排下，一定既风光又感到舒适。这一方面体现了这种富贵之家的气派与讲究，另一方面也说明王熙凤做人的周到，在管理上的细致和周密。

（四）

所以当送走袭人后，她转过身来便安排怡红院的管理事宜。毕竟袭人是贾宝玉的大丫鬟，掌管着怡红院里的所有事务，而且年龄最大，怡红院里一切安然无恙，与袭人的管理是分不开的。

当袭人走后，晴雯与麝月便搬到里屋来住，专门在夜间照顾贾宝玉。

麝月笑道："好姐姐，我铺床，你把那穿衣镜的套子放下来，上头的划子划上，你的身量比我高些。"说着，便去与宝玉铺床。晴雯嗐了一声，笑道："人家才坐暖和了，你就来闹。"此时宝玉正坐着纳闷，想袭人之母不知是死是活，忽听见晴雯如此说，便自己起身出去，放下镜套，划上消息，进来笑道："你们暖和罢，都完了。"

晴雯的性格里，就像林黛玉一样，有一种孤傲，又有一种直爽。但命运却让她生为一个丫头，所以心比天高，命不从人。贾宝玉虽然可以屈就于她们，而世俗人的眼光，却时时像一把锋利的刀。但年轻的生命里，总有一种美好的追求，所以当贾宝玉半夜里叫袭人的时候，一场美好的生命形态就在这个下雪后的月夜里展现了出来：唯美而令人向往。

贾宝玉半夜里叫袭人，却没有人应答，后来麝月起来问及何事，原来是贾宝玉半夜要茶喝：

宝玉要吃茶，麝月忙起来，单穿红绸小棉袄儿。宝玉道："披上我的袄儿再去，仔细冷着。"麝月听说，回手便把宝玉披着起夜的一件貂颏满襟暖袄披上，下去向盆内洗洗手，先倒了一盅温水，拿了大漱盂，宝玉漱了一口，然后才向茶桶上取了茶碗，先用温水过了，向暖壶中倒了半碗茶，递与宝玉吃了；自己也漱了一漱，吃了半碗。

这一段文字，有一种生活里的人情与品位。

首先讲人情，宝玉半夜叫袭人，是因为长期受袭人的照顾，心里已经产生了一种依赖，所以在他的潜意识里只有袭人的存在。人与人之间的相处就这样奇妙：当与一个人天天在一起时，相互之间的扶携就变得自然而然，而其中一个人突然不在身边了，生活的小事又自然地想到那个人，而眼前却见不到他（她），是不是有一种失落的思念？人与人之间，在一起的时候应该好好珍惜，待到失去之时，想找回某些东西，却再也没有了，是一件多么惆怅的事！

其次是喝茶的讲究：洗手、漱口，喝茶。即便是夜深人静的时候，这种喝茶的步骤都是一丝不苟的，这正是生活里的品位，是在长期的生活过程中培养出来的一种高贵和优雅的气质。这种气质，体现着一种文化，一种根植于内心的素养，一种淡定从容的气魄。茶仅是一种饮品，然而因饮者的不同，却可以有不同的生命境界，所以品茶，品的是生命的不同形式与味道。

这一口茶，也开启了这三个人对生命之美的一种追求。当贾宝玉说外面的月亮好大时，麝月马上说要出去看看，紧接着晴雯就说要躲在黑暗处吓唬她一下。于是青春的生命犹如一段月色，在这一夜里徐徐地沁在读者的心里：

麝月便开了后门，揭起毡帘一看，果然好月色。晴雯等他出去，便欲唬他玩耍。仗着素日比别人气壮，不畏寒冷，也不披衣，只穿着小袄，便蹑手蹑脚地下了熏笼，随后出来。宝玉笑劝道："罢呀，冻着不是玩的！"晴雯只摆手，随后出了房门。只见月光如水，忽然一阵微风，只觉侵肌透骨，不禁毛骨悚然。

这一段话，是小说的大转折，伏下了晴雯后面的生病。但却非常唯美。这些年轻的生命，一旦失去了管束，就是无忧无虑的。试想想，在半夜里出门看月色，既是一种浪漫，也是一种对美好事物的追求——没有一个成年人能理解青春里这种对自由的向往。只有青春的生命才有这样纯洁的爱好和行动。

我现在常常想起自己十二三岁的时候，明月星稀的夏夜，总爱去小河边坐坐，看天空中的月亮，偶尔对着星空说几句话，或者听一听虫鸣，想想自己未成熟的心事。后来，家里修了平房，我就趁父母熟睡后，一个人偷偷地跑到房顶上坐着，看月色，听竹林里偶尔的一声鸟叫，那时的心情，总有一种莫名的惆怅感。

（五）

晴雯在这雪夜里生病了：

至次日起来，晴雯果觉有些鼻塞声重，懒怠动弹。

按我们现在医学上的知识，这叫上呼吸道感染，俗称感冒。现在应该算普通而平常的小病，然而在那个年代，医治不好，这可是要命的病。

所以看看贾宝玉的表现，既焦急又令人温暖：

他叫大家不要声张，只需要晴雯在怡红院里养病就好。贾府的规矩是下人生病，是必须搬出去的，我想主要是怕传染。在封建社会里，晴雯是一个丫头，这样的地位不允许她在怡红院养病，可是因为贾宝玉的保护，使她享受了这样的权利，这在当时，是会被其他人诟病的。

那个新来的医生看到晴雯的手时，有些惊呆，小说在这里用细节展示了晴雯的指甲：

那大夫见这只手上有两根指甲，足有三寸长，尚有金凤花染得通红的痕迹，便回过头来。有一个老嬷嬷忙拿了一块手帕掩上了。

晴雯的指甲保养得好，而且非常美。说明晴雯平日里干的活不多，也不重。试看看乡下劳苦大众之中的女人，哪个会有这样的指甲？二是可以看出，晴雯独立的个性，长长的指甲，鲜艳的颜色，既是一种明丽的生命形态，也是一种诱惑，更是一种刺眼的东西。

所以当医生问："方才不是小姐，是位爷不成？"时，那老嬷嬷说那是"屋里的丫头——倒是个大姐"。

这里可以看出这些老用人，早已对晴雯有看法了，在她们的眼里，似乎晴雯有些不守规矩。这也必将给晴雯埋下祸患。然而小说写到这里，却不再讲晴雯的病情，而是直写晴雯的药。贾宝玉看过医生给晴雯开的药后，非常生气：

该死，该死，他拿着女孩儿们也像我们一样的治，如何使得！凭他有什么内滞，这枳实、麻黄如何禁得。谁请了来的？快打发他去吧！再请一个熟的来罢。

读这部小说，有关医药方面的知识不少，可见作者至少熟读过医书药典，否则不可能对医理和用药这样清楚。

我曾在一家中药企业集团里工作过十年，我对贾宝玉说的这两味药略有耳闻。其中的枳实，在我们四川非常多。我的故乡金堂县号称“可爱的橘乡”，乡下遍种橘子，这橘子在没有成熟时，落在地上，晒干后俗称枳实。而成熟的橘子，剥皮晒干的叫陈皮，二者虽出自同一种果树，其功效和药理却大不同。药书讲：“枳实本苦降下，辛行散，微寒而不温燥，入脾、胃、大肠经，药力较猛。既善于破气消积以除胀满，又长于行气消痰以通痞塞，故为治胃肠积滞及痰滞胸痹之要药。此外，还可治脏器脱垂。”

而麻黄呢，我的印象特别深，是一种草本植物，生长小河水渠边上，高20厘米~40厘米；木质茎短或成匍匐状，小枝直伸或微曲，表面有细纵槽纹，常不明显，茎分节，节间长2.5厘米~5.5厘米，每节空心。小时候玩耍，与弟弟摘掉麻黄草，拔节，然后又接上，接缝就夹在头发上，相当于发夹一样。《本草纲目》上讲：“麻黄乃肺经专药，故治肺病多用之。张仲景治伤寒，无汗用麻黄，有汗用桂枝。”

从这两种药的功效看，的确药性较猛，所以贾宝玉直呼：“该死！该死！”他是对这个医生看病水平的鄙视呢。后来焙茗又请了常来贾府的王大夫，其所开的方子上，就少了这两味猛药。

（六）

贾宝玉再看王大夫的用药，就高兴了，便发表一通高论：

宝玉喜道：“这才是女孩儿们的药，虽然疏散，也不可太过。旧年我病了，却是伤寒内里饮食停滞，他瞧了，还说我禁不起麻黄、石膏、枳实等狼虎药。我和你们一比，就如秋天芸儿进我的那才开的白海棠，我禁不起的药，你们如何禁得起？比如人家坟里的大杨树，我和你们看着枝叶茂盛，都是空心子的。”麝月等笑道：“野坟里只有杨树，难道就没有松柏不成？最讨人嫌的是杨树，那么大树，只一点子叶子，没一点风儿，他也是乱响。你偏要比他，你也太下流了。”宝玉笑道：“松柏不敢比。连孔子都说：‘岁寒然后知松柏之后凋’呢。可知这两件东西高雅，不怕害臊的才拿他混比呢。”

后来晴雯说在怡红院煎药未免味道太大，建议到外面去煎最好。贾宝玉却说：

药气比一切的花香果子香都雅。神仙采药烧药，再者高人逸士采药治药，最妙的一件东西！这屋里我正想各色都齐了，就只少药香，如今恰全了。

从虎狼药讲到人的生命的强弱。贾宝玉借秋天的白海棠来形容年轻的生命，那白色的花儿，如玉一般纯洁与柔弱，哪里经得起风吹雨打呢？其又说大家的生命如杨树，不比松柏。杨树长得枝叶繁茂，然而心中是空的，好比一个纯洁的人一样，心里无私无欲，外直而中空。

所以他住的怡红院，就似生命的一种理想乐园，可以包容所有纯洁的生命。尽管药有异味，但药也不过是草木的一种，生命虽卑微却可以治病救人。贾宝玉希望怡红院能融进更多不一样的生命气息，所以说药香与花香并无差别。

有一年我去大理喜洲圣源寺，看到观世音菩萨的真身——原来他是一位男性，后来问及寺里的住持，才知道菩萨为了普度世间众生，避开世俗人对男女性别之间的误会，才化作女儿身的。世间的一切，在菩萨眼里，都是平等的，无贫穷富贵之别，也无高低贵贱之分，所以人们称他为“大慈大悲观世音菩萨”——用慈悲之心，观照世间一切生灵。

也许作者写到贾宝玉的行为，正是表现出他的慈悲之心。人们读红楼时，总能读出贾宝玉的多情，这一本书也大抵是写情。而贾宝玉的多情，也正是人性的善良与慈悲，最后贾宝玉赤脚在雪地里出家，也算得上“智极成圣，情极成佛”的注脚了。

2022 年 6 月 14 日于新都思学园茶园

五十二、一针一线交织着深深的情谊

（一）

上一回讲到袭人因其母亲去世，奔丧离开了怡红院，于是众丫头做事就显得忙乱而无头绪——其间不仅少了礼数，就连银两的多寡也无法分辨。从表面看袭人在怡红院具有多么重要的位置，贾宝玉一刻也离不开她。但从另一个角度看，因为袭人的忠诚和周到，事事处处都张罗得井井有条，而晴雯和麝月却很少有机会接近贾宝玉的生活细节，所以少了锻炼的机会。

从管理学上讲，这是非常失败的事。主管凡事亲力亲为，下属必然也乐得无事可做，久而久之，下属的能力和见识就会越来越弱化，待某日主管不在时，下属就像一群无头的苍蝇一样，找不到方向。所以真正优秀的管理者，应是自己坐在中堂，发号施令，检查督导而已，这样既培养了人才，又提高了工作效率。

站在袭人自身利益上考虑，她也不会让其他人更接近贾宝玉的，这里面，自然有她的心机和智慧。从本小说来看，袭人对待贾宝玉的处处周到，时时体贴入微，其实个中缘由，大家不妨去猜猜，自然耐人寻味。

（二）

只是这一回不提袭人之事，待后续我给大家慢慢道来。这里单讲晴雯。前一回讲晴雯因半夜起身想吓唬麝月，单衣薄衫，着了凉，一夜之间便头痛身重，得了重感冒，所以吃了几服药，仍不见效。

这让贾宝玉非常担心，所以待他问安贾母后，急急地赶回了怡红院：

宝玉因惦记着晴雯等事，便先回园里来。到了屋中，药香满室，一人不见，只有晴雯独卧于炕上，脸上烧得飞红。又摸了一摸，只觉烫手，忙又向炉上将手烘暖，伸进被去摸了一摸身上，也是火热。因说道：“别人去了也罢，麝月秋纹也这么无情，各自去了？”晴雯道：“秋纹是我撵了他去吃饭了，麝月是方才平儿来找他出去了。两个人鬼鬼祟祟的，不知说什么。”

这一段有好几处值得深思：

一是“药香满屋”。前一回贾宝玉说房间正需要药味，才有一种圆满之感，这种对自然生命的认识，与众不同——可以看到人心的善良和包容。在普通大众的眼里，药味甚是难闻。我记得二十年前，我在中药公司上班的时候，有一个中医药大学毕业的同事告诉我：药有五味——辛、咸、苦、酸、甘。犹如人生，经历过这五味，自然就是花香甜蜜，如甘饮露。那时候只觉得同事随便说了几句好听的话而已，及至自己年过四十，经历过许多的事后，才恍然：原来贾宝玉说的这个药味里，真正包含着生命历程的不同滋味！

二是，看看贾宝玉对晴雯的动作——

摸了一摸，只觉烫手，忙又向炉上将手烘暖，伸进被去摸了一摸身上，也是火热。

好奇怪的文字。一个贵族公子，对自己身边的丫头这样嘘寒问暖，如此细致和周到，从人的生理和心理角度来看，晴雯怎么想呢？这种温暖的问候和带着男孩子生命气息的触肤之感，是不是会让晴雯既感动又五味杂陈。我要是在自己青春年少时，若有一个少女来探望生病的自己，而且还摸了一摸自己的身体，我想大概这一辈子都不会忘记。

三是，平儿来找麝月，鬼鬼祟祟的不知道说了些什么。此时晴雯不仅好奇，贾宝玉内心也是好奇的，所以他偷偷地躲在窗外窃听。这一听却听出几层道理来：

原来前日平儿到芦雪庭吃鹿肉，随手把自己的虾须镯放在雪地里，后来不见了，当时王熙凤还特意吩咐不要声张，待日后必然可以水落石出。不想今日宋妈告诉平儿是怡红院的坠儿偷了的，所以她前来告诉麝月，叫以后防着一下坠儿就是，最好趁空找个理由，放出去算了。

平儿告诉给麝月有三层意思。一是当时丢镯子时，怀疑过邢岫烟的丫头偷的，原因是她本来又穷，又没见过这东西，拿起走是正常的。

啊，是的，穷是一种罪过！这里面有一种通常的认识：在金钱和物欲的社会里，人们笑贫不笑娼。我母亲常说“有钱人放的屁都是香的”。所以穷人，

在世俗的眼睛里，做什么事，都可能是错的，很多罪过都会在潜意识里强加在穷人的身上。我记得小时候，村里蒋二家非常穷，由于弟兄众多，家里又不擅长经营，所以每逢青黄不接的时候，总是到处借粮度日。有一年村里的鱼塘丢了鱼，大多数村民都怀疑是蒋二家偷的，害得一家人在村里面都抬不起头来，后来查出结果，原来偷鱼者是另有其人。究其原因，正因为蒋二家的穷，才会成为怀疑的对象，所以穷似乎是一种罪过——是被世俗怀疑和冷嘲的对象。

其次，平儿告诉麝月，此事不要声张，让老太太和王夫人知道了就会生气，那样宝玉、袭人和大家的脸上都不好看。

三呢，千万别告诉晴雯：

晴雯那蹄子是块爆炭，要告诉了他，他是忍不住的，一时气上来，或打或骂，依旧嚷出来，所以单告诉你留心就是了。

平儿的话，是站在对人的尊重上来说。这里有一种包容，也有一种做人的周到。然而站在坠儿的立场上看，就这样草草地给她定了罪，也失之偏颇，只是坠儿年纪尚小，不明事理，也不会知道此事的严重后果。再次，宋妈的举报之中，焉能没有贾府里下人之间利益的纠葛和政治斗争呢？

（三）

只是那时晴雯听到坠儿犯下此错后，正如平儿说的一样，早已气得蛾眉倒蹙，心中之怒难平，急急地就叫坠儿进来，幸亏贾宝玉劝住，当时才渐渐平复下去。我想晴雯应是一个品性上有洁癖的人，她怎么能容得下怡红院有这样的事发生？所以待宝玉出门后，还是气愤不过，将坠儿赶了出去。

然而此时对于生病的人来说，又哪里经得如此的气愤，所以病情又更添一成——从身体的病，到心里的急，里外皆有，一时便高烧加剧，尤鼻塞声重了。贾宝玉看了，就建议借鼻烟里的味道让晴雯闻一闻，好疏通疏通，或许好受些。

宝玉便命麝月：“取鼻烟来，给他闻些，痛打几个嚏喷，就通快了。”麝月果真去取了一个金镶双金星玻璃小扁盒儿来，递给宝玉。宝玉便揭开盒盖，里面是个西洋珐琅的黄发赤身女子，两肋又有肉翅，里面盛着些真正上等洋烟。

晴雯只顾看画儿，宝玉道："闻些，走了气就不好了。"晴雯听说，忙用指甲挑了些，抽入鼻中；不见怎么。便又多多挑了些抽入。忽觉鼻中一股酸辣，透入囟门，接连打了五六个嚏喷，眼泪鼻涕，登时齐流。

俗话说："痛则不通，通则不痛。"这个"通"是说身体血脉的通畅。一个健康的身体，总是循环顺畅，神清气爽的，所以贾宝玉说打几个喷嚏，就通了。

作者在这里写晴雯受到鼻烟的刺激后，只"觉鼻中一股酸辣，透入囟门，接连打了五六个嚏喷，眼泪鼻涕，登时齐流"。这里写得既详细又生动，又符合生活的现实——伟大的文学作品，总是来源于生活，而又是对生活进行加工和提炼而成的。所以读这一部书，你只要静静地回忆，就会找到自己生活的影子，当然除非你并不热爱生活，也不享受生活的快乐，那另当别论。

此时贾宝玉还不放心晴雯的病情，又叫麝月去凤姐房里讨点西药来给晴雯醒醒脑。

便命麝月："往二奶奶要去，就说我说了：姐姐那里常有那西洋贴头疼的膏子药，叫作'依佛哪'，我寻一点儿。"

我查过些资料，并没有"依佛哪"这种西药的介绍。从书中的情节看，此药是外用的膏贴，又起提神醒脑的作用，可能与我们现在常用的风油精不分上下。临了，麝月还传话说，明日是贾宝玉舅舅的生日，凤姐叫他去参加，还得讲究一下穿着和打扮。

我想起小时候走外婆家，那是一件欣喜异常的事。那时候外婆家虽穷，然而外公外婆和蔼可亲，舅舅们待我极好，所以很小的时候，我就在外婆家长大，我对舅舅们的热爱，远比对父亲这边的长辈要深得多。然而看看贾宝玉是怎么对待这事的呢?

宝玉道："什么顺手就是什么罢了，一年闹生日也闹不清！"说着，便起身出房，往惜春屋里去看画儿。

当麝月问及他明日穿什么衣服时，贾宝玉显然很不耐烦，他把去舅舅家这事看成是一种压力和烦恼。也许在那些富贵的大家族里，走亲戚，走的并

不是亲情，而是一种社交关系，是一种家族之间利益往来的活动。这种活动对孩子来说，是对生命的一种束缚，所以贾宝玉感到极不自在，然而对家族的掌权者来说，这正是利益的交换和关系深入的好机会，所以王夫人和贾母对这件事是非常重视的。

（四）

当贾宝玉要前去参加舅舅的生日宴会时，贾母便送了一件非常珍贵的衣服给他：

贾母见宝玉身上穿着荔枝色哆罗呢的箭袖，大红猩猩毡盘金彩绣石青妆缎沿边的排穗褂。贾母道："下雪呢么？"宝玉道："天阴着，还没下呢！"贾母便命鸳鸯来，"把昨儿那一件孔雀毛的氅衣给他吧。"鸳鸯答应走去，果取了一件来。宝玉看时，金碧辉煌，碧彩闪灼，又不似宝琴所披之凫靥裘。只听贾母笑道："这叫作'雀金呢'，这是俄罗斯国拿孔雀毛拈了线织的。前儿那件野鸭子的，给了你小妹妹，这件给你吧。"宝玉磕了一个头，便披在身上。贾母笑道："你先给你娘瞧瞧去再去。"

贾母对贾宝玉的疼爱非同一般，她给贾宝玉的这件雀金裘不但珍贵，而且还是一件舶来品，这在当时的社会里，是不容易获得的。这一方面展示了贾府的富贵和地位，另一方面，贾母给贾宝玉打扮得如此"金翠辉煌，碧彩闪闪"自有她的道理——

所谓"人靠衣装，马靠鞍"。贾宝玉要去的是他舅舅家，舅舅是九省统制，在朝廷上至少是三品大员，身份显赫。而贾宝玉正代表了贾府里的脸面，所以穿着打扮自然要显得出彩和与众不同。

不仅如此，大家看看贾宝玉去走亲戚的排场，自然就明白了：

老嬷嬷跟至厅上，只见宝玉的奶兄李贵、王荣和张若锦、赵亦华、钱升、周瑞六个人，带着焙茗、伴鹤、锄药、扫红四个小厮，背着衣包，拿着坐褥，笼着一匹雕鞍彩辔的白马，已伺候多时了。老嬷嬷又嘱咐他们些话，六个人连应了几个"是"，忙捧鞍坠镫，宝玉慢慢地上了马。李贵、王荣笼着嚼环，钱升、周瑞二人在前引导，张若锦、赵亦华在两边，紧贴宝玉身后……于是出了角门。外有李贵等六人的小厮并几个马夫，早预备下十来匹马专候，一出角门，李贵等各上马前引，一阵烟去了。

这是一种什么样的排场呢？走亲戚就像出征一样，准备衣包、坐褥，还有十几个人，十几匹马，一路招摇过市，多么气派！多么威风！这既是一种权力的象征，也是一种富贵的炫耀。曾读过一篇网文，文中讲道：没读过《红楼梦》，你都不知道旧时真正的富贵是什么样的。看看这部小说，关于贾府里建筑园林的讲究；室内摆件的奢华；工艺品的精致，人的衣着、出行等等，无不显示出华贵和气派。作者越是渲染这种富贵的场景，就越能与贾府最后的衰落形成对比，越能说明盛衰之变的无常——荣与衰、生与死，在这部小说里就被诠释得淋漓尽致。

（五）

然而这一回，最值得评说的还当数晴雯补裘。这是小说里情节的一个大转折，也从侧面看出晴雯此人的与众不同。读这部小说，起初对书中丫头的形象，第一印象应该是袭人和平儿，袭人给我印象最深的是当贾宝玉第一次去私塾读书时，她给宝玉准备读书的东西及与贾宝玉的谈话中，那种深情和关怀让人难以忘怀。然而当读完这一回晴雯病中给贾宝玉补雀金裘的时候，突然眼前一亮，晴雯的形象远远高于袭人和平儿，为什么会有这样的感觉呢？我们不妨静下心来，与各位细细品读一番。

想那日贾宝玉穿了雀金裘大张旗鼓地去给他舅舅过生日，到了傍晚时分，宝玉回来，才发现那雀金裘烧了一个洞，这该如何是好！一则这件衣服十分珍贵，二则第二日正席还要穿的，这样怎么能穿出去见人呢？所以贾宝玉一进门就嗐声顿脚，左右为难。

麝月见他如此焦虑，问明缘由，于是建议连夜送到外面找一个绣工好的人补上，天明前送回，这样才可避免第二日的尴尬。然而下人找遍了所有的织补匠，反馈的信息是：不但不能补，连这样的衣服见也没见过。

这里讲到一个织补的技能。想这件雀金裘是从俄罗斯进口来的，许多人一生也没见过，所以更不会知道怎样下针引线。而缝补要达到与原衣物接近的效果，首先就要找到原衣服纺织物的经线和纬线，还得有与原衣服一样颜色的线。而这件衣服是由孔雀毛织成的，荣府外的裁缝与织补匠哪有这样的

线和技能呢？

所以宝玉看着这样的情景，一边唉声叹气，一边也只能独自茫然。此时晴雯听了半天，忍不住了：

晴雯听了半日，忍不住，翻身说道：“拿来我瞧瞧罢！没那福气穿就罢了！这会子又着急。”宝玉笑道：“这话倒说的是。”说着，便递给晴雯，又移过灯来，细瞧了一瞧。晴雯道：“这是孔雀金线的，如今咱们也拿孔雀金线，就像界线似的界密了，只怕还可混得过去。”麝月笑道：“孔雀金线是现成的，但这里除你，还有谁会界线？”晴雯道：“说不得我挣命罢了！”

晴雯看过这件衣服后，说出了这件衣服缝补的难点：一是这衣服是孔雀金线织的，幸好怡红院里还有这样的线；二是“界线”。什么是“界线”呢？就是找到原衣服的经线与纬线，理清这两种线的走向，然后再用同样的线把它们连接起来，使其密实，再进行缝补，这样与原衣服才能保持高度一致。于是这事顺理成章地落在了晴雯头了，所以她说：“说不得我挣命罢了！”这句话，对有病在身的晴雯来说，既有一种无可奈何，又有一种仗义之感。

所以当我们看见晴雯缝补的场景时，尤其显得动人！

一面说，一面坐起来，挽了一挽头发，披了衣裳，只觉头重身轻，满眼金星乱迸，实实撑不住。待不做，又怕宝玉着急，少不得狠命咬牙挨着。便命麝月只帮着拈线。晴雯先拿了一根比一比，笑道：“这虽不很像，要补上也不很显。”宝玉道：“这就很好，那里又找俄罗斯国的裁缝去？”晴雯先将里子拆开，用茶杯口大小一个竹弓钉绷在背面，再将破口四边用金刀刮得散松松的，然后用针缝了两条，分出经纬，亦如界线之法，先界出地子来，后依本纹来回织补。补两针，又看看；织补不上三五针，便伏在枕上歇一会。宝玉在旁，一时又问：“吃些滚水不吃？”一时又命：“歇一歇。”一时又拿一件灰鼠斗篷替他披在背上，一时又拿个枕头给他靠着：急得晴雯央道：“小祖宗，你只管睡吧，再熬上半夜，明儿眼睛抠搂了，那可怎么好？”

这是一幅画，也是一个电影的场景，多么动人！多么唯美！这里既展现了晴雯心灵手巧，又展现出她可敬可爱的一面。作者在晴雯生病的时候铺排出这么一个动人的情节，而且用精致的细节描写，给读者一种强烈的画面感，这种画面感把晴雯的形象一下子突显出来，把读者在前面对晴雯的种种不好的印象一扫而空。这让我突然想到一种女性的魅力和母亲的温暖。

我想起曾看过沈腾和贾玲饰演的一部电影《你好！李焕英》，那里面的母亲给孩子的烂裤子补了个卡通的熊猫图形，这既掩盖了裤子的破洞，又美观而且得体。所以当观众看到母亲在帮孩子补那烂裤子的时候，既看到了母亲的聪慧和娴静，又看到一个母亲的慈爱和温暖，那岂只是一个卡通的图案？那是母亲一针一线缝出的爱！

多少年来，每当读着孟郊的诗“慈母手中线，游子身上衣。临行密密缝，意恐迟迟归”的时候，多少漂泊在外的人，一定紧握拳头，心跳加快，情绪不能自已——那是母亲给远离故土的孩子的一份礼物。这份礼物里有珍重，有眷恋，有期盼，有嘱托，也有游子一辈子舍不掉的情感——当作别故乡的老屋，跨过门前的小河，再回首时，村口那老槐树下，满头白发的老人已经是老泪纵横。问天涯无边，何处是故乡？何处能寻回母亲的爱？也许在梦里，在流浪的征途中，更在那皱巴巴的补丁上……

所以晴雯的那一针一线里，缝补的是一种美丽的色彩，也缝补着对生命和爱的一种眷恋。

2022 年 6 月 20 日于金犀庭苑

五十三、好一场繁华的节日盛宴

（一）

这部小说写到这里，似乎情节已经发生了转变。从大观园里的诗社到这一场宏大的节日活动，贾府里的繁华与富贵，已经达到极盛之际。

一年一度的春节，这是中国人的传统佳节，尤其是对汉族而言，春节的意义特别重大。它不仅是农历年的年末，新一年的伊始，它还是集中了中国人传统的文化、礼教、游艺、饮食、人情世故等为一体的节日，从这个节日里，我们可以看到许多深植在民族精神世界里的东西。

而小说这一回详细地写了贾府过年的隆重和盛大场面，宁府祭祀的严肃认真，荣府元宵夜宴的宏大和奢华。作者不急不慢、有条不乱地慢慢道来：每一个环节、每一处场景、每一个人物都写得非常细致，也十分到位。在贾府的这个年味里，我们可以看到儒家思想的“忠、孝、仁、义、礼”的真实体现。

有人评这部小说提到它是一本反对礼教的书，然而看作者却又把礼教写得如此详尽和细致，似乎又有几分推崇和热爱。也许正因如此，才是这部小说最令人称奇的看点，也是最值得人们阅读的地方。真正好的文学作品，总是从多方面、多视角地展现社会现象，以及人性的复杂程度，让读者对小说所描写的社会现实有一个更加全面和深刻的了解。

（二）

小说本回从晴雯的病写起，因为晴雯寒夜带病为宝玉补裘之事，使病情更加严重了，小说这样写道：

晴雯此症虽重，幸亏他素昔是个使力不使心的人，再者素昔饮食清淡，饥饱无伤的。这贾宅中的秘法：无论上下，只略有些伤风咳嗽，总以净饿为主，次则服药调养。故于前一日病时，就饿了两三天，又谨慎服药调养。如今虽劳碌了些，又加倍培养了几日，便渐渐的好了。

晴雯这一次生病的治疗时间不短，所以一直拖到了年下，也不见大愈：

只因李纨亦因时气感冒；邢夫人正害火眼，迎春、岫烟皆过去朝夕侍药；李婶之弟又接了李婶娘、李纹、李绮家去住几天。宝玉又见袭人常常思母含悲，晴雯又未大愈，因此诗社一事，皆未有人作兴，便空了几社。

当下已是腊月，离年日近，王夫人和凤姐儿治办年事。王子腾升了九省都检点，贾雨村补授了大司马，协理军机，参赞朝政。

且说贾珍那边开了宗祠，着人打扫，收拾供器，请神主，又打扫上屋以备悬供遗真影像。此时荣、宁二府内外上下，皆是忙忙碌碌。

看这三段文字，一两百字，却写了不少内容。乍一看，全是无关紧要的闲笔，许多读者有时候读这些文字会一眼瞟过，很难深究其中的内容。《红楼梦》这部小说，有一个很大的特点，往往在大处着笔的，是我们很明显可以看到的东西，而往往闲处着笔的，却隐藏着深意——或伏笔，或隐含着小说情节的大转折。

如邢夫人的火眼。火眼是什么病呢？即风热眼，俗称红眼病。学名急性结膜炎，系感受风热所致，指双眼红赤疼痛，畏光多泪，发热头痛病证，多发生于夏秋炎热季节。而小说这里写的正是冬天，邢夫人怎么会生这样的病？我们蓉城乡下人喜欢把那种多妒忌、又喜欢占小便宜的人，称之为“得红眼病”，看来作者写邢夫人的火眼，也不是偶然发生的，那应是邢夫人的一种通病。

再者，诗社也空了几社了。大观园里的生命，如诗一般的美好，也如诗一样的富于生命力，然而诗社总因人的各种原因，空了几社。少年在成长过程中，世事纷扰就会越来越多，生命被束缚的东西也就会越来越多，所以这里的空，是青春活力的空，也是生命趋弱的空。

其三，王子腾升了官，贾雨村也升了官。这二位与贾府有千丝万缕的联系，他们的升官喻示着贾府在官场上的地位就会更加稳固，也间接地告诉读者，

马上过年的庆典，一定非常热闹，也一定与众不同。

所以贾珍早早开了宗祠，着人打扫。于是年味的大幕就从这洁屋净场开始了。

（三）

汉族的年，是从腊月二十三开始的，在这一天有一个习俗：就是打扫灶房，清理屋里的杂物，使整个房屋干净整洁。乡下人称这一天为“打扬尘”，又称之为“小年”。从这一天起，年味一天天就变浓了。

我们来看看贾府里是怎样准备过年的：

一是洁物净场，前面说过贾珍已经着人打扫了宗祠。

二是准备压岁钱和礼物，这是家族中的妇女要做的事：

这日宁府中尤氏正起来，同贾蓉之妻打点送贾母这边的针线礼物，正值丫头捧了一茶盘押岁锞子进来。

三是去皇宫领取春节的赏赐，那个赏赐是什么样的呢？

一面说，一面瞧那黄布口袋，上有封条，就是“皇恩永锡”四个大字。那一边又有礼部词祭司的印记，一行小字，道是：“宁国公贾演，荣国公贾源，恩赐永远春祭赏共二分，净折银若干两，某年月日，龙禁尉候补侍卫贾蓉当堂领讫。值年寺丞某人。”下面一个朱笔花押。

各位，看过这小段文字，有什么感受？这里有机关管理的问题，作者把这一点写得非常详细。表面看皇宫里的赏赐管理似乎是非常到位：有名目，有数量，有签字，有交接画押，一丝不苟。然而想想，其实这是一种对人的不信任。凡签字画押的越多，束缚的条款自然也会越多，规矩多了，会占用时间，占用人力。这些条款和规矩既是对人性的压抑，也是相互不信任的一种表现。

四是准备年后请客的排期。贾珍又命贾蓉道：

“你去问问你那边二婶娘，正月里请吃年酒的日子拟了没有？若拟定了，叫书房里明白开了单子来，咱们再请时，就不能重复了。旧年不留神重了几家，人家不说咱们不留心，倒像两家商议定了，送虚情怕费事的一样。”贾蓉忙答应去了。

吃年酒，我们小时候叫走亲戚，就与贾珍说的一样。一般正月间，家里的七大姑八大姨、三亲六戚之间就互相请吃饭，从正月初二一直吃到正月十五，似乎不把亲戚走个遍，这个年就没算过完。所以贾珍叫贾蓉去凤姐那里问排期亦即查看这个排期有没有冲突，使亲戚吃了这家，却没吃到那一家，失了礼数。

五是收年租，年末了，是收入清算的日子。就是现代社会，到了年末，也是讨债和要账的最佳日子。在中国人的传统思想里，年是三百六十五天的总结，该了的要了，该结束的要结束，所以年末，是一个终结的日子，也喻示着美好的希望。

这时候贾府里佃户应该给贾府上缴租子了。缴多少呢？那老庄头乌进孝带了账单来：

大鹿三十只，獐子五十只，狍子五十只，暹猪二十个，汤猪二十个，龙猪二十个，野猪二十个，家腊猪二十个，野羊二十个，青羊二十个，家汤羊二十个，家风羊二十个，鲟鳇鱼二百个，各色杂鱼二百斤，活鸡、鸭、鹅各二百只，风鸡、鸭、鹅二百只，野鸡野猫各二百对，熊掌二十对，鹿筋二十斤，海参五十斤，鹿舌五十条，牛舌五十条，蛏干二十斤，榛、松、桃，杏瓤各二口袋，大对虾五十对，干虾二百斤，银霜炭上等选用一千斤，中等两千斤，柴炭三万斤，御田胭脂米二担，碧糯五十斛．白糯五十斛，粉粳五十斛，杂色粱谷各五十斛，下用常米一千担，各色干菜一车，外卖粱谷牲口各项折银二千五百两。外门下孝敬哥儿玩意儿：活鹿两对，白兔四对，黑兔四对，活锦鸡两对，西洋鸭两对。

这个账单里所列的物品非常吓人：有山珍，有海味；有鲜活的，有风干的；有自然的，有养殖的；有常见的家禽家畜，有野生的动植物；有用度的

炭，有娱乐的小动物……凡土地里出产的，应有尽有，层次丰富，数量巨大。按照当时的运输能力，应该有好几十车，假如从东北运到北京，这一路上跋山涉水，穿壑踏雪，至少要走上很长一段时间，所以乌进孝说：

回爷的话，今年雪大，外头都是四五尺深的雪，前日忽然一暖一化，路上竟难走得很，耽搁了几日。虽走了一个月零两日，日子有限，怕爷心焦，可不赶着来了。

然而贾珍却嫌所送之物不够：

我算定你至少也有五千银子来，这够做什么的？如今你们一共只剩了八九个庄子，今年倒有两处报了旱涝，你们又打擂台，真是叫别过年了！

贾珍的话里，有一种富贵人家的傲慢，也有作为地主阶层的那种盛气凌人的姿态。然而作为传统的中国农民，一辈子耕种在土地里，靠天吃饭，没有哪个能保证年年风调雨顺、旱涝保收。这一本账单，不知包含了农民一年多少心血和汗水！

然而，再穷不能穷权贵，所有的财富都得从底层人身上攫取来，用以维持住这些富贵人家一年的开支与奢侈，就像贾珍说的一样：

这一二年里赔了许多，不和你们要，找谁去？

记得一折现代京戏《白毛女》：大年三十，地主派人到喜儿家讨债，生生地逼得杨白劳把女儿交给了地主抵了债务，使本来应该在年夜里团聚的父女，变成了生离死别的悲剧。历史告诉我们，统治阶级的贪婪和残酷，是埋葬他们政权的最直接的原因。

所以这部小说写贾府的衰落，也正喻示了一个王朝的最终灭亡。

（四）

好了，贾府过年前的准备工作已经完毕，此时正值腊月二十九：

各色齐备，两府中都换了门神、联对、挂牌，新油了桃符，焕然一新。宁国府从大门、仪门、大厅、暖阁、内厅、内三门、内仪门并内垂门，直到正堂，一路正门大开，两边阶下一色朱红大高烛，点的两条金龙一般。次日由贾母有封诰者，皆按品级着朝服，先坐八人大轿，带领众人进宫朝贺行礼。领宴毕回来，便到宁府暖阁下轿。诸子弟有未随入朝者，皆在宁府门前排班伺候，然后引入宗祠。

各种彩灯、楹联挂牌，显示着一种张灯结彩的热闹气氛。门，从外依次打开，一种祥和与幸福，有接春纳福的景象。人，从大装到朝贺，是对社稷江山、君王帝制的感恩戴德——过去的一年，人民安居乐业；过去的一年，我们感激君王的仁爱。

作者借薛宝琴的眼睛，通过第三者来看贾府里的祭祀活动，这第三者的眼，把当时的情形公正地展现给读者，没有褒贬，只是客观呈现此情此景。倘若小说后来有人指责，似乎也与作者无关，借他人的眼，达自己的意，作者置身事外，真是高妙的写作手法！

在薛宝琴的眼里，对贾府宗祠里的摆设、楹联以及所看到的牌匾，一一加以描写，体现了这个大家族的与众不同：富贵、权威、文化和显赫。

再看这里的祭礼，却是复杂而周到：

第一是贾府里男人出席的，祭祀是贾府的祖先：

只见贾府人分了昭穆，排班立定。贾敬主祭，贾赦陪祭，贾珍献爵，贾琏、贾琮献帛，宝玉捧香，贾菖贾菱展拜垫，守焚池。青衣乐奏，三献爵，兴拜毕，焚帛，奠酒。礼毕，乐止，退出。

第一重祭礼，比较庄重，其祭品显得精致而珍贵，礼仪严肃而认真。《礼记》上讲祭祀有四种：禘、郊、宗、祖。前两种一般指天子和王公大臣要参加

的祭祀，后两种指家祭。所以贾府这里由男人主持的应该属家祭——即祭祀远去的祖宗和天子，也包括天地。

待他们祭祀完毕，所有的男人才往正堂：

贾荇贾芷等从内仪门挨次站列，直到正堂廊下，槛外方是贾敬、贾赦，槛内是各女眷。众家人小厮皆在仪门之外。每一道菜至，传至仪门，贾荇贾芷等便接了，按次传至贾敬手中。贾蓉系长房长孙，独他随女眷在槛里，每贾敬捧菜至，传至贾蓉，贾蓉便传于他媳妇，又传于凤姐尤氏诸人，直传至供桌前，方传与王夫人；王夫人传与贾母，贾母方捧放在桌上。邢夫人在供桌之西，东向立，同贾母供放。直至将菜饭汤点酒茶传完，贾蓉方退出去，归入贾芹阶位之首。当时凡从“文”旁之名者，贾敬为首；下则从“玉”者，贾珍为首；再下从“草头”者，贾蓉为首：左昭右穆，男东女西；俟贾母拈香下拜，众人方一齐跪下，将五间大厅，三间抱厦，内外廊檐，阶上阶下，两丹墀内，花团锦簇，塞得无一些空地。鸦雀无闻，只听铿锵叮当，金铃玉佩微微摇曳之声，并起跪靴履飒沓之响。

这是第二重祭礼，祭祀近逝的祖宗，这里就包括宁公和荣公。所以这祭祀活动由贾母亲自主持。看这祭祀的过程，长幼有序，从外到内，从“草”到“文”辈排列，一个不差；男女分列，男在槛外，女在槛内；传祭品时，从仆人到晚辈，依次到辈分高的，最后由贾母亲自摆放。下拜时，左昭右穆，男东女西，庄重而严肃，跪拜时，只听环佩之音，其余鸦雀无声。作者采用细笔，一一道来，若不是自己亲身经历，哪有这样深刻细致的描写。

作者为什么会把这种祭祀之事写得如此详细呢？也许这种仪式，正是我们中华民族一代代传承下来的礼仪。祭祀是中国传统礼文化的一部分，而这种文化，似乎是人们普遍认同的，它对维系社会稳定有重要辅助作用。但从生命的角度上看，让人们记住自己生于何处，将归何往，生命的生生不息到底是怎样的过程。祭祀先祖，是对故土的一种怀念，更是我们中华民族文化传承的命脉——没有故土，也就没有文化的根。

祭祀完毕，所有子孙均要向贾母行礼。贾府从祭祀的严肃庄重一下子变得热烈活泼起来：

贾敬、贾赦等便忙退出至荣府，专候与贾母行礼。尤氏上房地下，铺满红毡，当地放着象鼻三足泥鳅镏金珐琅大火盆，正面炕上铺着新猩红毡子，设着大红彩绣云龙捧寿的靠背、引枕、坐褥，外另有黑狐皮的袱子搭在上面；大白狐皮坐褥，请贾母上去坐了。两边又铺皮褥，请贾母一辈的两三位妯娌坐了。这边横头排插之后小炕上，也铺了皮褥，让邢夫人等坐下。地下两面相对十二张雕漆椅上，都是一色灰鼠椅搭小褥，每一张椅下一个大铜脚炉，让宝琴等姐妹坐。尤氏用茶盘亲捧茶与贾母，贾蓉媳妇捧与众老祖母，然后尤氏又捧与邢夫人等，贾蓉媳妇又捧与众姐妹。

作者在写贾府众女性晚辈向贾母敬茶时，并不用更多的笔墨，而是用红、黄、黑、白等暖色调组成的摆设、家具、靠垫，加之堂上彩灯辉煌、锦帐高挂，烘托出一种富贵热烈的气氛。各位可以闭上眼睛想一想那样的场景，似乎可以看见香烛辉煌，暖意袭人之下有一个白发苍苍的老人，正与众女人谈笑风生，隔着书页，那色彩犹在眼前；那喧嚣仍在耳边……

祭祀结束，贾母要回荣府了。

贾母与年老妯娌们闲话了两三句，便命看轿，凤姐儿忙上去搀起来。尤氏笑回说："已经预备下老太太的晚饭。每年都不肯赏些体面，用过晚饭再过去。果然我们就不济凤丫头了？"

贾母为何不在宁府吃晚饭呢？因为这是过年，我们民间的习俗里，年夜饭应该在自己的家里吃。宁公是贾府的老大，所以贾府里的宗祠修筑在宁府之中，为了过年的祭祖，两府的人才聚集在宁府之内。而贾母是荣公之妻，照例应该回荣府吃年饭，毕竟荣府的子孙，才是自己最亲近的家人——吃年夜饭才有真正的团圆气氛。再者，贾母内心里对宁府的一切活动非常清楚，她很不喜欢待在宁府。

（五）

及至到了正月十五夜，荣府举行家宴，宴请荣宁二府各子侄男孙媳等，那场面自然又与众不同：

贾母歪在榻上，和众人说笑一回，又取眼镜向戏台上照一回，又说：“恕我老了骨头疼，容我放肆些，歪着相陪罢。”又命琥珀坐在榻上，拿着美人拳捶腿。榻下并不摆席面，只一张高几，设着高架璎珞、花瓶、香炉等物，外另设一小高桌，摆着杯箸。在旁边一席，命宝琴、湘云、黛玉、宝玉四人坐着，每馔果菜来，先捧给贾母看，喜则留在小桌上尝尝，仍撤了放在席上。只算他四人跟着贾母坐。下面方是邢夫人王夫人之位。下边便是尤氏、李纨、凤姐、贾蓉的媳妇，西边便是宝钗、李纹、李绮、岫烟、迎春姐妹等。

……廊檐内外及两边游廊罩棚，将羊角、玻璃、戳纱、料丝，或绣、或画、或绢、或纸诸灯挂满。廊上几席，就是贾珍、贾琏、贾环、贾琮、贾蓉、贵芹、贾芸、贾菖、贾菱等。

贾母的富贵相，从她身边的摆件、靠褥，和她慵懒地歪在榻上的情形表现了出来。富贵里的应酬，对一个年迈的老人家来说，是一种折磨，所以贾母感到了困乏——也只有在自己家里，她才可以放松，所以她说：“容我放肆些，歪着相陪罢。”也许富贵里的礼仪和规矩，对老人和小孩子来说，是一种束缚，也是一种压力。平常百姓人家，讲不起这样的规矩，也摆不出那样的排场，然而却拥有更多的快乐和自由，所以在对富贵的认知上，道家发明了一个非常具有哲理的词：“知足常乐”——知道满足，就总是快乐的。人应安于已经得到的利益、地位，不过奢，不过贪。

再看看荣府那十几席是怎么摆设的。女眷全坐在里面，男人坐在廊上，这是规矩。只有读过《红楼梦》的人，才对什么是真正的富贵有一个清楚的了解——

一个真正的贵族家庭，不仅仅是物质的奢华，更多地体现在文化方面：那种传承下来的礼节、规矩，以及像这样大型的庆典活动中的楹联、吟诗作对和戏曲的欣赏，才是富贵气息里的生命之源。这就是很多人提过的“贵族精神”，这种精神不是钱权的拥有，更多是对文化的拥有和传承。

作者写这一场盛大的节日场面，借贾府里各种事物的铺排，各种鲜艳颜色的映衬，把节日里的气氛写得热烈而富贵。细细品味，这一回与元春省亲那一场景，却有异曲同工之妙，也许富贵的显赫里，正是生命虚无的表现，越是富贵繁华，愈显得生命的单薄，待到繁华落幕之时，不过一场梦，一场虚空而已。

2022 年 7 月 3 日于金犀庭苑

五十四、曲终人散是豪宴的最终结局

（一）

贾府里元宵盛宴，在敬酒的热闹中开启，在戏曲的咿呀声里渐入佳境，又从游乐的谈笑中进入高潮，最后随烟花的散去落幕。翻开这一回，仿佛从纸页中透着佳肴美酒的香气；戏曲中悠扬的声音；满堂的欢声笑语；那烟花轰然炸响后的五光十色，一片繁华与热闹，充斥着人的眼、耳、鼻息之间……

在这一场用财富和权力堆砌起来的盛宴里，谁能看到家族和个人的最终结局呢？也许身处其中的任何一个人，在那时候都没有想到盛极而衰的道理。然而当作者经历过那场繁华后，在感受到人间贫疾与痛苦之后，突然领悟了：原来曲终人散，才是生命经历的最终选择。

（二）

这一回以贾母命人给小戏子们撒钱为开端。于是只听戏台满是钱响，贾母大悦。我想那一阵响声里，戏子乐了，贾母乐了，众人也跟着乐了，没有人知道他们为什么而乐。也许在贾母的心里，是最明白这一举动的真实内涵的。那时候戏子算是生活在底层人的代表，贾府里的贵夫人、小姐们、大丫头们每天生活在繁花似锦的宁荣二府之中，出入皆车水马龙，执事排班站队、鸣锣开道，她们哪里又会亲历过那些底层人的生活呢。只有贾母知道，在富贵繁荣之外，还有更多的人需要照顾。贾家是贵族，拥有不计其数的财富和强大的权力，又有诗书的传承，所以贾母命人打赏戏子，一方面是行善祈福，另一方面也对社会稳定起到重大的作用。一个国家的当权者和贵族所拥有的财富都是靠盘剥底层人民得来的，如果富贵者和掌权者没有对底层人的关怀和悲悯，一味采取强压的态度，那么这个社会、这个国家就不会长治久安。所以贾府里的撒钱声，正是一种社会的警醒之音。然而，众人听见的也许是一场戏曲的落幕，所以当那一出《西楼会》唱完之后，贾府的子侄们开始给贾母及各位夫人、小姐敬酒。敬酒在传统的宴席里是一种礼仪，也是一种尊敬，更体现一种孝道。回忆一下前情：众人给凤姐过生日时，那种敬酒的场面，凤姐很是享受的。而贾母不一样，她看着跪在地上的子侄们，立即劝退了。贾母与凤姐的行为，是两种人生境界的不同：一个出世，一个入世。

贾母看到人生更广阔更深刻的一面，所以当她问及袭人怎么没来，而王夫人解释说袭人守丧之事时，贾母却有不一样的看法：

王夫人忙起身笑说道："他妈前日没了，因有热孝，不便前来。"贾母点头，又笑道："跟主子，却讲不起这孝与不孝。要是他还跟我，难道这会子也不在这里？这些竟成了例了。"

在这里，可以看出贾母有一种责备。因为袭人是贾府里买来的丫头，首先应该保证主人的权益不受到影响。这里面体现了封建社会"忠"的思想，也就是处处强调统治者的利益。二是贾府是诗书之家，在这样的大节下，不忌讳守孝不守孝的事，这可以看出贾母对礼教的规矩有一种豁达，也有一种对生命的开放。所以王夫人听了贾母的话，自然就有些尴尬。

此时凤姐听出了贾母话里的不悦来，也看出了王夫人的尴尬，于是便主动出来打圆场：

凤姐儿忙过来笑回道："今晚便没孝，那园子里头也须得看着灯烛花爆，最是担险的。这里一唱戏，园子里的谁不来偷瞧瞧，他还细心，各处照看。况且这一散后，宝兄弟回去睡觉，各色都是齐全的。若他再来了，众人又不经心，散了回去，铺盖也是冷的，茶水也不齐全，便各色都不便宜，自然我叫他不用来。老祖宗要叫他来，我就叫他就是了。"

王熙凤的话讲得非常漂亮：一是从管理家庭的角度上看，这大节之下，众人都会因为喜庆活动而忽略安全的管理，所以有隐患存在。袭人做事周到而细心，所以把大观园交给袭人看守，是非常放心的。二是王熙凤知道贾母非常疼爱贾宝玉，所以借照顾贾宝玉之事而安贾母之心，让贾母对袭人未出场这事变得合情合理。

从管理的角度上看，王熙凤的话要比王夫人说得更有道理，也更能令人信服。如果把贾府看作一家大企业，贾母相当于董事长，王夫人相当于总经理，

而王熙凤相当于主管，如果董事长和总经理听了主管这样的汇报，心里一定是赞许的，也一定是放心的。现实中，对一个管理者来说，怎样让自己的上司放心，不妨学一学凤姐。

（三）

当然，读到这里，大家也别忽略了一个细节：

当下天有二鼓，戏演的是《八义观灯》八出，正在热闹之际。宝玉因下席往外走。

这戏演得正热闹时，贾宝玉离席走了，这并不十分奇怪，因为在他不喜欢的热闹场合中，常常就是这样离开的。像前面宁府春节吃酒唱戏，他在茗烟的陪同下独自去看望袭人；王熙凤生日时，他又在茗烟的陪同下独自去祭祀金钏等等。而这一回，却是在自家的元宵节上，贾母和王夫人均又在场，按理他不应该离席才对。

原因出在哪里呢？我想他一定对这出戏有所反感。这出戏出自明代剧作家徐元的《八义记》，故事与我们今天看过的《赵氏孤儿》电影剧情一样。书中说屠岸贾把赵盾一家杀害后，唯余下一个男婴赵武，为了把这个男婴抚养成才，先后有八个人承担这样的责任和义务，所以叫“八义”。其中最令人感动的是“程婴救孤”。当时为了救下赵武，程婴采用调包计，将自己的亲生儿子交给了屠岸贾，自己眼睁睁地看着亲生儿子被杀死在面前，而自己却又背负着投奔仇人的骂名，忍辱负重地把赵武抚养成人，最后以雪仇恨的故事。

这个故事最先出自《史记·赵世家》，其宣扬的是一种忠君和仗义的思想——为了自己的主人和对朋友的义气，可以抛弃亲情骨肉，这与前面贾母埋怨袭人有异曲同工之妙。站在儒家的思想看，这是舍小义，取大义，是值得赞扬的。然而，从人性的角度来看，这是不可取的，这是对人性的扭曲和压抑。试想一下，一个人连亲情都可以不顾，他还会顾忌什么？再者，后来赵武亲手杀了抚养他、教育他的仇人屠岸贾，是出于正义，还是出于复仇？很难说得明白。

贾宝玉是有慧根的人，当他看到这出戏时，他内心一定会感到这是一种反人性的东西，是对人性自由发展的一种压迫，他从热闹之中感到不安，所以他不由自主地起身离席。这也体现了作者有反对封建专制，追求民主的思想。

宝玉离席去了哪里呢?

贾宝玉在麝月的陪同下回了怡红院。当他们刚进屋里时，听见了袭人和鸳鸯的讲话：

宝玉只当她两个睡着了，才要进去，忽听鸳鸯咳嗽了一声，说道："天下事可知难定。论理你单身在这里，父母在外头，每年他们东去西来，没个定准，想来你是再不能送终的了，偏生今年就死在这里，你倒出去送了终。"

鸳鸯的话里，有一种辛酸和悲哀。身为丫头，自小在贾府为奴，从此与父母两地分开，即使父母去世，也未必有机会送终，所以她羡慕袭人倒成全了这样的机会。作者一面写元宵节的热闹，一面又写两位大丫头谈到人的生死，似乎作者在进行一种生命的对比：人生总是热闹与悲凉同时存在着的。所以当我们看到繁华时，也应该看到悲凉和寂寞。这里有一层更深的意义：忠与孝的问题；作者借袭人与鸳鸯的对话，表达了自己的见解。

（四）

当贾宝玉再次从怡红院回到宴席中时，根据礼仪他应该像贾琏和贾珍他们一样，向贾母、王夫人及众多姐妹敬酒。特别是他向林黛玉敬酒的时候，有一段生动的描写，既温馨又感人：

宝玉听说，答应着，一一按次斟上了。至黛玉前，偏他不饮，拿起杯来，放在宝玉唇边。宝玉一气饮干，黛玉笑说："多谢。"宝玉替他斟上一杯。凤姐儿便笑道："宝玉别吃冷酒。仔细手颤，明儿写不得字、拉不得弓。"宝玉道："没有吃冷酒。"凤姐儿笑道："我知道没有，不过白嘱咐你。"

这一段描写，很值得玩味，看宝黛二人的举动，在现代人眼里，是那样的温情和自然——有一种亲密，是甜甜的味道。然而这是在充满礼教的大家族里，在众多的亲戚面前，宝黛二人的举动是失礼的。众长辈看在眼里，一定感到很不适

应，所以凤姐马上看到了不好的苗头，故意以“冷酒”之说岔开话题。

然而这岂能逃脱贾母的眼睛。所以当那说书的女先生讲到《凤求鸾》的书时，贾母发表了一大通的评论：

贾母笑道：“这些书就是一套子，左不过是些佳人才子，最没趣儿。把人家女儿说得这么坏，还说是‘佳人’！编得连影儿也没有了。开口都是乡绅门第，父亲不是尚书，就是宰相。一个小姐，必是爱如珍宝。这小姐必是通文知礼，无所不晓，竟是‘绝代佳人’，只见了一个清俊男人，不管是亲是友，想起他的终身大事来，父母也忘了，书也忘了，鬼不成鬼，贼不成贼，那一点儿像个佳人！就是满腹文章，做出这样的事来，也算不得是佳人了。比如一个男人家，满腹的文章，去做贼，难道那王法看他是个才子就不入贼情一案了不成？可知那编书的是自己堵自己的嘴。再者，既说是世宦书香大家子的小姐，又知礼读书，连夫人都知书识礼的，就是告老还家，自然奶妈子丫头服侍小姐的人也不少，怎么这些书上，凡有这样的事，就只小姐和紧跟的一个丫头知道？你们想想，那些人都是管做什么的？可是前言不搭后语了不是？”

众人听了，都笑说：“老太太这一说，是谎都批出来了。”贾母笑道：“有个缘故：编这样书的人，有一等妒人家富贵的，或者有求不遂心，所以编出来糟蹋人家。再有一等人，他自己看了这些书，看邪了，想着得一个佳人才好，所以编出来取乐儿。他何尝知道那世宦读书人家儿的道理！——别说那书上那些大家子，如今眼下拿着咱们这中等人家说起，也没那样的事。别叫他诌掉了下巴颏子吧。所以我们从不许说这些书，连丫头们也不懂这些话。”

贾母讲这话的时候，虽然面带笑容，然而看这言辞，却是十分辛辣和严厉的。这一处故事，是清代李渔写的剧本，其情节很像《西厢记》里的爱情故事。而贾母的话里，在今天的我们看来，至少包含有以下几层意思：

一是讲这折戏里所宣扬的故事违背了当时正统思想里的婚姻观念。在旧社会里，婚姻自古以来就是媒妁之言、父母之命促成的，哪能有少男少女自由选择的机会？这样的行为应该给予批判，不宜推崇；所以贾母说要杜绝这样的书流入贾府，不准大家听，也不准大家看。其实贾母很有可能直指刚才宝黛二人的饮酒行为违背了某些规矩。虽然宝玉与黛玉从小生活在一起，但现在已经渐知人事，他们表现出这样过于亲密的关系，难免让人不产生怀疑。

二是，作者似乎借贾母的口讲出了一个文学创作的观点。许多文学创作为了蹭热点，千篇一律地写一种故事，一种情节，没有任何新意和思想。就像现在有些质量低下的网络小说，凭空捏造许多相当离奇的情节，无非是博取眼球，消遣人们日常生活中无聊的时光而已。这样的文字，是浮躁的、短暂的，像一片云，风一吹就飘走了，不会留下任何的痕迹。

三是讲创作者的素养。如果一个作者三观不正，对社会生活没有深刻的认识和理解，或者怀着私愤，那他创作出来的作品怎么会有新意？怎么会有思想性？又怎么会有深度和广度呢？所以真正好的作品，都来源于生活又高于生活。

也许作者告诉我们，文学创作重在个人的创新，就像人的生命一样，追求一种自由的个性，把生命的真谛放飞出去。写作就是生命的自由选择，而不是刻意地去迎合某些东西，宣扬某种意识形态。

《红楼梦》这部小说，每一个人读，每一个年龄段的人读，都有不同的感受，也有不同的理解，这也正是这部书里体现出的人性的真实。我想作者创作这部小说的时候，正是遵循了这样的创作思想，所以几百年来，这部小说都充满着无穷的生命力。

（五）

贾母讲到这里，王熙凤可能已经听出了贾母的意思，为了防止场面尴尬，她又出来圆场了。有时候我读到这些文字，一方面感叹凤姐察言观色的水平，另一方面，更佩服她处处能找到话题的能力，我们乡下人评价那种社交能力很强的人说：“十处打锣，九处有他。”不仅我们读者有这样的感受，小说里的其他人都有这样的认识：

两个女先儿也笑个不住，都说：“奶奶好刚口，奶奶要一说书，真连我们吃饭的地方都没了。”薛姨妈笑道：“你少兴头些，外头有人，比不得往常。”

而凤姐此时，正担当了这样一个说书人的角色。她的语言，也把小说的故事情节引到了另一个方向。薛姨妈在这里说凤姐讲话太过自由和张扬，只顾着逗贾母开心，不顾外面还有男人，这样传出去不好。然而凤姐却说那些男人不能像《二十四孝》上面的“斑衣戏彩”的故事逗老人开心，自己这里只是代男人尽孝，让贾母开心而已。

“斑衣戏彩”的故事出自清·新广东武生《黄萧养回头》：“虽无儿，效老莱，斑衣戏采。”相传老莱子七十岁时穿彩衣作儿童戏以使亲人高兴。此为老养父母的孝亲典故。这表面说是一种孝顺的行为，似乎也指生命的一种荒凉和悲戚之感。同时借凤姐的言行，对贾府男人的一种嘲讽。

大家一阵谈笑，已至三更，贾母建议搬走大桌子，并两三张小桌子，大家围坐一起，于是这个热闹的圈子就变小了，自然亲切又温暖了些。

此时有人呈上戏单，请贾母再次点戏。而贾母却建议听听梨香院里自家小戏子们唱的清音，会更有味道。

少不得弄个新样儿的，叫芳官唱一出《寻梦》，只用箫和笙笛，余者一概不用。”文官笑道：“老祖宗说的是。我们的戏，自然不能入姨太太和亲家太太、姑娘们的眼；不过听我们一个发脱口齿，再听个喉咙罢了。”贾母笑道：“正是这话了。”……说着，又叫葵官：“唱一出《惠明下书》，也不用抹脸。只用这两出，叫他们二位太太听个助意儿罢了。若省了一点儿力，我可不依。”文官等听了出来，忙去扮演上台，先是《寻梦》，次是《下书》。众人鸦雀无声。薛姨妈笑道：“实在戏也看过几百班，从没见过只用箫管的。”贾母道：“先有，只是像方才《西楼·楚江清》一支，多有小生吹箫合的。这合大套的实在少。这也在人讲究罢了，这算什么出奇。”又指着湘云道：“我像他这么大的时候儿，他爷爷有一班小戏，偏有一个弹琴的，凑了《西厢记》的《听琴》，《玉簪记》的《琴挑》，《续琵琶》的《胡笳十八拍》，竟成了真的了。比这个更如何？”众人都道：“那更难得了。”贾母于是叫过媳妇们来，吩咐文官等叫他们吹弹一套《灯月圆》。媳妇们领命而去。

我在读这部小说的时候，最佩服贾母的地方就在这里。戏曲的清音，不用其他乐器，而仅用箫管合奏或者直接清唱，这就需要一定的音乐鉴赏能力和艺术的修养。元宵之夜，贾府上上下下嘈杂喧闹，贾母的心绪得不到一刻的宁静，所以她才提出这样的要求。而清音，最考验一个艺人的唱功，从清唱中能清晰地辨别出这个人的音色、音质还有情感来。

箫管发出的声音，悠远绵长，它清婉的音色，容易使人平静。犹如身临幽壑，抚一琴，吹一笛，那声音在山谷之中婉转荡漾，必然让人有脱尘离俗之感。所以贾母的艺术修养不可低估。

（六）

然而，王熙凤是一个喜欢热闹的人，她一定听不习惯这样的清唱，所以不一会儿她就建议，干脆玩击鼓传花的游戏，花儿传到谁处，谁就讲一个笑话逗乐。众人都知道王熙凤的用意，无不欢喜。于是各处丫头都以为凤姐要讲笑话了，大家全都跑来围观。

于是戏完乐罢，贾母将些汤细点果给文官等吃去，便命响鼓。那女先儿们都是惯熟的，或紧或慢，或如残漏之满，或如迸豆之急，或如惊马之驰，或如疾电之光而忽暗。其鼓声慢，传梅亦慢；鼓声疾，传梅亦疾。那梅方递至贾母手中，鼓声恰住，大家哈哈大笑。

看那说书先生敲鼓，也是一种艺术享受。因为这些艺人长年说书，平日里惯熟于敲鼓的节奏。听其鼓声时紧时慢，众人既有一种轻快感，又有一种急切感。轻快时，犹如有节奏的轻音乐，人的心情也跟着放松；急切时，犹如万马奔腾，人就格外紧张。这很像白居易写的“大弦嘈嘈如急雨，小弦切切如私雨。嘈嘈切切错杂弹，大珠小珠落玉盘”的感受。我在想，作者描写这鼓声时，很有可能是从这诗中化出来的。

当第一轮鼓声停时，那梅花正递在贾母手中。所以，第一个笑话由贾母讲来。贾母说一家人十个儿子，娶十个媳妇，其余九个心里孝顺，只是不爱说话，唯第十个媳妇聪明伶俐，最逗老人家喜欢。于是这九个媳妇不服，相约一同去找阎王问个明白，然而久等阎王不来，却遇见了孙悟空，才问明原因:原来那第十个媳妇喝了猴子尿，才变得这样聪明的。

众人听了一阵大笑。听听贾母讲的笑话，似乎在笑王熙凤。王熙凤伶牙俐齿，深得贾母宠爱，所以贾府里一定有妇人争风吃醋。贾母说喝了猴子尿就变得聪明了，似乎在间接讽刺那些嫉妒心强的人。还记得前一回写邢夫人得“红眼病”的事否?

再者，从这里我们可以看出，作者对《西游记》是非常熟悉的。这部小说很多地方化用过《西游记》《水浒传》《金瓶梅》等古典小说里的情节和叙事手法，从而可以证明，在作者生活的时代，小说和话本在民间已经非常流行。从另一个侧面可以看出，一部伟大的作品，不是孤立的，它一定是前人智慧和文化精髓的传承，所以一个民族的文化自信，一定也来源于对传统

文化的继承和发扬。

当下一轮鼓声响起时，梅花传到了凤姐手里。于是众人都翘首期盼她讲出一个更逗人的笑话来，然而王熙凤却借贾母元宵夜宴，团团坐了一屋子的子孙，最后吃酒都散了的冷笑话收住。

众人听了并不乐意，于是凤姐又讲一个“聋人放炮”的笑话，众人听完哄然大笑，才肯散去。

作者用平静的笔法写王熙凤讲的这两个笑话：

第一个笑话明显指贾母而说的。试想，传统的观念里，一个老人儿孙众多，承欢膝下，是不是一件非常幸福的事？就像当下的元宵节，众子孙在荣府里聚集一堂，欢笑逗乐，贾母自然高兴。但作者却把这个事情说成了冷笑话，结局却是“都散了”。

好一个“散”字！在贾府里，贾母就像一棵茂盛的大树，而围着她转的岂不是一群猢狲，当这棵大树倒下的时候，一群猢狲也就散去了，作者巧妙地写这大场面里蕴藏着一种大悲剧、大变革。

第二个笑话“聋人放炮”，乍一听，本身就会让人笑出声来。聋人怎么会听见炮响呢？这意味着众人都生活在繁华的盛景之中，早已经麻木了，所以再多的富贵，众人也看不见、听不见了。更何况，那炮仗不过是短时间的炫丽，当一阵五颜六色过后，烟消云散，各自须寻各自门，也都散去了。

作者在这一回里，借这两个笑话和烟花燃放收尾，用意非常明显，那就是影射着贾府繁荣之后，必将走向衰败的事实——曲终人散，才是这场豪宴的最终结局。

2022 年 7 月 10 日夜于金犀庭苑

五十五、新官上任三把火

（一）

这一回讲贾府里起用新人作为管理者的问题。前面我们讲过，站在现代社会来看，贾府就像一个庞大的企业，每天如何组织这一帮人有效地工作，提高效益，降低管理成本，是主管王熙凤所要考虑的问题。

然而此时凤姐因为小产，得休养一段时间，而贾府里不能一日无主，所以在王夫人的运筹中，起用了李纨、探春、宝钗协同管理贾府的事宜。

这一回就围绕这三个人对贾府的管理过程，铺排了一系列有趣的故事。在这些故事中，我们可以看到人性的弱点；探春的果断与才华，以及凤姐和平儿高贵而美好的品质。我每一次读到这一回末，总会掩书长叹——诚如作者第一回所言：

我堂堂七尺之躯，诚不若彼裙钗。

《红楼梦》展示女性魅力的地方很多。然而作为一个现代企业的管理者，或者从事其他事务的管理者而言，真正应该好好读一读此回：什么是管理者的才能？什么是管理者的品性？什么是管理者的气度？各位不妨细细品读一番，我想会引起许多人的感叹和嘘唏。

（二）

小说开端说到王熙凤小产之事：

凤姐儿因年内外操劳太过，一时不及检点，便小月了，不能理事，天天两三个大夫用药。凤姐儿自恃强壮，虽不出门，然筹划计算，想起什么事来，就叫平儿去回王夫人，任人谏劝，他只不听。

读这一小段，想起凤姐的判词：“机关算尽太聪明，反算了卿卿性命”。那时候，总觉得王熙凤争强好胜，权力欲望极大，而且贪心过重。但仔细想想，这样大的一个组织，每天各种杂事纷繁不断，她一个女流之辈，平日里除了平儿帮忙，再无妥帖的帮手，她若不处处操心，贾府不知道会乱成什么样儿。所以，站在管理者的角度，有时候很佩服王熙凤的才能和责任心。

相比她的丈夫贾琏，及贾府其他男人如贾珍、贾蓉，甚至贾宝玉来说，王熙凤无疑要优秀很多。我十几岁看过 1987 年版电视剧《红楼梦》，看到王熙凤死的悲惨结局，想起她在贾府里做过的事，总有一种痛快之感。然而时至今日，当自己作为一个管理者时，方才知道，凤姐在贾府里是多么不易！

一个管理者的辛酸，底层人是体会不到的。管理这一行，它并不是一项政治斗争，但它却是一个斗智斗勇、充满挑战和展示人格魅力的过程，它对人的素养要求非常高——并不是每一个人都可以做管理者的！

我想王夫人非常明白这一点，从她在凤姐小产期间，安排管理者的人选方面，就可以看得出来。

首先安排的人选是李纨。李纨这个人尚德不尚才，就是只看品德，不重视才干。这样的领导往往只会培养一群庸人，因为品德无法准确地进行考核和评价，只是唯心而已。然而像李纨这样的人，却可以使组织稳定，必要时还可出面调和组织内部的矛盾。看来王夫人的首要目标是求稳。

其次是探春。书中这样写道：王夫人便命探春合同李纨裁处。从对人的考察来看，王夫人非常清楚李纨的性格，所以派探春来与她“合同”裁处。也就是说，在决策方面，由二人共同决定。从另一方面看，王夫人对探春性格掌握也十分到位，这二人一刚一柔，正好达到和谐管理的目的。

然而大家都小看了王夫人的手段，后来她又派了一个人前来：

如今且说目今王夫人见他如此，探春和李纨暂难谢事，园中人多，又恐失于照管，特请了宝钗，托他各处小心。因嘱咐他：“老婆子们不中用，得空儿吃酒斗牌，白日里睡觉，夜里斗牌，我都知道的。凤丫头在外头，他们还有个怕惧，如今他们又该取便了。好孩子，你还是个妥当人，你兄弟妹妹们又小，我又没工夫，你替我辛苦两天照应照应。凡有想不到的事情你来告诉我，别等老太太问出来我没话回。那些人不好你只管说，他们不听你来回我。别弄出大事来才好。”宝钗听说，只得答应了。

各位，你们可别小看了王夫人天天念经诵佛，以为她四大皆空，那就错了，她在本小说里可起着大关键的作用呢。你看这一段她是怎么说的，表面看是叫宝钗协助李纨和探春，然而她向宝钗交代的那些事却像是监督和报告。从这里看王夫人在人事的安排上，是很有些道理的：有执行，有协助，有监督，这三人组成一个团队，她才能放心。

（三）

这三人小组形成的管理层，又各有性格，管理风格也大不同。当然其结果和影响，也迥然相异。李纨的柔弱、厚道，多恩无罚，下人们便不把她放在眼里；而宝钗仅起监察作用，不多言，也不多插手管理事务。唯独探春，表面言语安静，然而心中明亮，事事难逃她的眼睛，所以管理自然就会更细心，更到位，执行力也更强：

只三四天后，几件事过手，渐觉探春精细处不让凤姐，只不过是言语安静、性情和顺而已。……他二人便一日皆在厅上起坐，宝钗便一日在上房监察，至王夫人回方散。每于夜间针线暇时，临寝之先，坐了轿，带领园中上夜人等，各处巡察一次。他三人如此一理，便觉比凤姐儿当权时倒更谨慎了些。因而里外下人都暗中抱怨，说："刚刚的倒了一个'巡海夜叉'，又添了三个'镇山太岁'，越发连夜里偷着吃酒玩的工夫都没了！"

探春虽是没出阁的女孩，然而读过书，比起凤姐来，在管理方面自然有她更精到的地方——她比凤姐更了解人性，也更能把事做到细处。表面看她平心静气，但心里明镜似的。所以几件事过手，下人便知道他的厉害了。当这些卑微者的利益受到影响后，他们自然会对探春有看法。

所以当赵姨娘的兄弟赵国基死后，关于打赏银两的裁决，下人们的心理状态——人性的真实在这里表现得非常真切：

刚吃茶时，只见吴新登的媳妇进来回说："赵姨娘的兄弟赵国基昨儿出了事，已回过老太太、太太，说知道了，叫回姑娘来。"说毕，便垂手旁侍，再不言语。彼时来回话者不少，都打听他二人办事如何：若办得妥当，大家

则安个畏惧之心；若少有嫌隙不当之处，不但不畏服，一出二门，还说出许多笑话来取笑。吴新登的媳妇心中已有主意；若是凤姐前，他便早已献勤，说出许多主意、又查出许多旧例来，任凤姐拣择施行；如今他藐视李纨老实，探春年轻的姑娘，所以只说出这一句话来，试他二人有何主见。

作者选取了一个很有代表性的下人来试探二人的决策能力。那吴登新家的是贾府里的老用人，协助凤姐负责贾府人情往来之事，自然非常清楚送礼打赏的规矩。然而此时，她却只想当一个看客。她的这种心态十分清楚：

自己是贾府里的老用人，懂得某些事务的管理，所以应该得到尊重和赏识。因为这是三位新上任的管理者，自己自然有一种想看看新领导笑话的心态。这就好似一个企业，换了新的领导，许多老员工便保持看热闹的心里一样——他们在猜测新领导的品行及性格，摸清领导做事的风格，以便在以后工作中找出应对之法。这种看客的心态，表面看似聪明，其实正是庸常人的弱点。

真正有智慧的人，无论领导是谁，都应该忠诚于组织、爱岗敬业才对，因为他所服务的是单位，而不是某一个人。记得有一次，我跟一个客户喝茶，聊到与领导之间的关系时，那个客户笑说我太浅薄："你别以为你掌握着公司某些权力，有一个受人敬仰的职位就了不得！一旦离开公司，你什么都不是！"我登时恍然大悟：原来是公司的平台塑造了自己，而不是自己成就了公司。然而现实中有的人，自以为有点才干就目空一切，好似组织亏欠着他一样，离开了他，似乎组织就干不下去一般。这样的人其实不过只是见识短浅、愚蠢透顶的庸人而已，他在组织里的发展前途自然也是有限的。

而此时探春却看穿了她们的心思。当她听李纨说按袭人死了母亲赏四十两的标准打赏时，探春立即阻止，于是便问吴登新家的，家里的下人与外面的下人之间打赏有什么区别，并叫她说说差距具体是多少。

这一问，吴登新家的自然明白探春不是那么好糊弄的，于是谎称自己记不得了，要回去查查账本：

吴新登家的笑道："既这么说，我查旧账去；此时却不记得。"探春笑道："你办事办老了的，还不记得，倒来难我们！你素日回你二奶奶，也现查去？若有这道理，凤姐姐还不算利害，也就算是宽厚了。还不快找了来我瞧！再迟一日，不说你们粗心，倒像我们没主意了。"吴新登家的满面通红，忙转身出来。众媳妇们都伸舌头。

众下人本来想看探春在处理自己舅舅之死的打赏方面是否偏心，如果出现以权谋私之事，下人们就会四处传播，说探春办事有失公平，这自然让探春失去威信，在以后的管理中难以服众。然而探春早已经看出她们的心思，她义正词严地驳得吴登新家的哑口无言，这比较李纨和宝钗来，探春更睿智、更直爽，也更有魄力。

所以最终按贾府的旧例，给了二十两银子的赏钱。

（四）

但这一决定，另一个人却不干了。

当赵姨娘听说自己的亲生女儿探春，按旧例只给她兄弟打赏二十两银子时，便哭哭啼啼地来找探春理论。她的理由非常简单：就是现在探春在贾府当家了，掌权了，自然应该多照顾一下她。从赵姨娘的思想看，她的这种说法并没有错，我们现实中常说的一句话："人不为己，天诛地灭。"或者也有人说："有权不用，过期作废。"站在自身的利益上考量，似乎合乎情理。然赵姨娘的小聪明，也正是她糊涂的表现。她当着众人的面，正大光明地要求得到照顾时，探春毫不客气地回绝了，并且严厉地进行了批评。

探春站在贾府集体利益的立场做事，既公平又符合管理原则。一个优秀的管理者，怎么能以权谋私？更何况，那些下人正躲在门外看热闹呢，赵姨娘的哭诉如果得到满足，岂不正合下人们的心愿？

令探春更痛苦的是，这位亲生母亲不但不能理解自己的处境，反而受了别人的挑唆，兴师问罪一样地来质问自己，当一个大公无私的管理者面对一个自私而糊涂的母亲时，谁能猜到此时探春心里的苦楚：

> 太太满心疼我，因姨娘每每生事，几次寒心。……太太满心里都知道，如今因看重我，才叫我管家务。还没有做一件好事，姨娘倒先来作践我。倘或太太知道了，怕我为难，不叫我管，那才正经没脸呢！连姨娘真也没脸了！"一面说，一面抽抽搭搭地哭起来。

在封建伦理下，像探春这种小妾所生的儿女，在家族中低人一等。所以探春生活在贾府里，总有一种伤悲，处处做事不能张扬，更何况自己的生母

这样自私和不明事理，使探春在众人面前更没有尊严。这次好不容易获得了一个机会，而赵姨娘却为了一己私利前来闹腾，这既让人看笑话，又让探春难堪。所以探春为了大局考虑，只有不顾亲情，对自己的亲生母亲进行了严厉的批评和斥责，而且言词相当绝情。可是谁能理解她的痛苦和她在亲情与公平面前的两难呢?

最后探春在赵姨娘更激烈地刺激下，愤然而绝情：

探春没听完，气得脸白气噎，越发呜呜咽咽的哭起来。因问道："谁是我舅舅？我舅舅早升了九省的检点了！那里又跑出一个舅舅来？我倒素昔按礼尊敬，怎么敬出这些亲戚来了！——既这么说，每日环儿出去，为什么赵国基又站起来？又跟他上学？为什么不拿出舅舅的款来？何苦来！谁不知道我是姨娘养的，必要过两三个月寻出由头来，彻底来翻腾一阵，怕人不知道，故意表白表白！也不知道是谁给谁没脸！——幸亏我还明白，但凡糊涂不知礼的，早急了！"

如果仅站在亲情的角度上考虑，探春的这一席话真是非常绝情的！也许换了我，未必能把这些话说出口来。不论怎样，赵姨娘是她的亲生母亲，虽然她自小跟随王夫人长大，然而那层亲情，但凡一个普通的人，都不会轻易地舍弃的。

但探春不是普通人，她能够准确地判断事情的好坏，并以非常果断的态度作出决策。在大是大非面前，她能够站在公义的立场作出选择。所以，当我们后面读到贾府抄捡大观园的时候，才看到这个女子的雄才大略和远见。

然而就像她自己说的一样，她只是一个女孩子。在她所说的："我但凡是个男人，可以出得去，我早走了，立出一番事业来，那时自有一番道理。"一方面可以看到她那拥有智慧的自信；另一方面，也表现出自己作为女儿家，不能为家庭立世的遗憾。或可以说，这既是对贾府里男人们无所作为的一种嘲讽，也是对封建男权社会的一种批判。

（五）

所以当下人们看到探春这样的态度后，自然倒吸了一口凉气，——这是一个不好对付的主子。

正吵得不可开交的时候，平儿来了。我想平儿此时来，一定也知道了探春的态度，从表面看，她似乎是来平息事态的，然实在另有其目的：

平儿笑道：“奶奶说，赵姨奶奶的兄弟没了，恐怕奶奶和姑娘不知有旧例。若照常例，只得二十两；如今请姑娘裁度着，再添些也使得。”探春早已拭去泪痕，忙说道：“又好好的添什么？谁又是‘二十四个月养的’？不然，也是出兵放马、背着主子逃出命来过的人不成？你主子真个倒巧，叫我开了例，他做好人，拿着太太不心疼的钱，乐得做人情！你告诉他：我不敢添减混出主意。他添他施恩，等他好了出来，爱怎么添怎么添！”平儿一来时，已明白了对半；今听这话，越发会意。见探春有怒色，便不敢以往日喜乐之时相待，只一边垂手默侍。

平儿的出场是很有技巧的。表面看她似乎来平息事端，收拾残局，实则她和凤姐早已看懂了探春的做事风格。通过上面这一段对话，我们可以看出，平儿是来抬高探春威信的：让众人看看，探春连凤姐的话都可以严厉地驳回去，她还怕谁呢？后来平儿见探春发怒，再不言语，站在一边，垂手默侍。

好一个“垂手默侍”！这里面传出的信息是：一是支持探春的做法，她的支持，也是王熙凤的支持，想想以后有谁还敢反驳探春？二是自己在探春面前，俨然只是一个下人，只能规规矩矩地站在那里听吩咐。

所以当探春洗漱时，看看平儿的表现：

因探春才哭了，便有三四个小丫鬟捧了脸盆、巾帕、靶镜等物来。此时探春因盘膝坐在矮板榻上，那捧盆丫鬟走至跟前，便双膝跪下，高捧脸盆；那两个小丫头也都在旁屈膝捧着巾帕并靶镜脂粉之饰。平儿见侍书不在这里，便忙上来与探春挽袖卸镯，又接过一条大手巾来，将探春面前衣襟掩了，探春方伸手向脸盆中盥沐。

作者这样细致地描写探春的补妆，用意也十分明显：威严已经显现出来。那小丫头的“捧”“双膝跪”“高捧”“屈膝”几个词用得特好：

捧：一种小心翼翼的态度，只有害怕和尊敬才会表现出来的；

双膝跪：是臣服，是忠诚；

高捧：放低身子，不敢正视，是威；

屈膝：有一种卑微，更有一种求得怜悯的心态。

想起曾经某位领导给我讲的一句话：在政治上和管理上，只有斗争和严苛的管理，才能赢得尊重。也许这便是“严生威”的道理吧。

再看平儿的表现，她本是凤姐的丫鬟，严格来说也是贾琏的小妾，然而此时却成了服侍探春的用人，从帮着挽袖、掩衣襟等动作可以看出，平儿正向贾府里所有的下人表明了一种态度：从今日起，探春可以完全代替王熙凤行使管理权限了。

经过这样的表现，我们再看看下人的态度如何：

门外的众媳妇们都笑道：“姑娘，你是个最明白的人，俗语说：‘一人作罪一人当。’我们并不敢欺蔽主子。如今主子是娇客，若认真惹恼了，死无葬身之地！”

这些下人老婆子的态度一下子转变了。为了怕自己受到牵连，首先是推脱责任。推责是卑微者一贯的作风，现实社会中有的人，为了一点点小小的利益，趋之若鹜，然而当面临问题时，却推得一干二净，人啊，最擅长的是趋利避害。这种现象似乎在说：有过错的强者跑了，独剩下无过错的弱者承担责任。多么具有讽刺意味！

当然，探春的这一手算是取得了完胜。所以后面他取消家学里的公费时，没有一个人敢站出来反对。也就是说，进行第一轮的较量，探春不仅获得了真正的权力，而且威信大增，在以后的管理中，自然就会顺畅很多。

（六）

有了威信，就有了规矩，自然就有了尊贵的地位。所以看看三位管理者吃饭的场景，就能看出贾府的管理开始进入正轨：

三人在板床上吃饭，宝钗面南，探春面西，李纨面东。众媳妇皆在廊下静候，里头只有他们紧跟常侍的丫头伺候，别人一概不敢擅入。这些媳妇们都悄悄地议论说：“大家省事罢，别安着没良心的主意。连吴大娘才都讨了没意思，咱们又是什么有脸的？”都一边悄议，等饭完回事。此时里面唯闻微嗽之声，不闻碗箸之响。

吃饭坐的位置，可以看出谁更尊贵。小说里“探春面西”。好样的，她坐东呢！说明从现在起，贾府的内部管理，她说了算。二是，吃饭时不闻碗箸之响，管理已经进入有序的状态，安静即是威严；进出有序，便是规矩。

我想此时的探春，已经胸有成竹，一脸轻松。所以你看她叫平儿快去吃饭，吃完饭后将有更大的事商量——那语气是带着笑的。

于是这一回最感动人的情节出现了——

当平儿带着探春处理两件事的结果去回复王熙凤的时候。看看凤姐怎么说呢：

凤姐儿笑道：“好，好，好！好个三姑娘，我说不错。”

重要的事说三遍！三个“好”字，是对探春的高度赞扬和欣赏。她看到探春管理贾府的魄力时，她一定抑制不住内心的激动。

一方面她赞赏探春的管理才能和执行力，这是真正的管理者之间思想的碰撞，也可见凤姐在日常管理过程中，知己甚少。二是在与平儿的对话中，她指出了世俗观念强加在探春身上的痛苦——因为探春是庶出，所以不管做任何事，都显得不那么名正言顺，所以凤姐是真正懂探春的一个人。三是二人的对话还讲到一个现实的困难：就是贾府目前面临收支不平、入不敷出的管理问题，这必将给贾府带来经济的压力。同时从这里可以看出作者真正要表达的意图：

首先是贾府里由于长期形成的固有的管理模式，上上下下的人都已经习惯按传统的方法办事，所以要改革贾府，开源节流，达到收支平衡，是非常困难的事。这便为探春下一步的改革和管理留下了思路。

其次是从平儿与凤姐的讨论中可以看出，这二人虽是女流之辈，却能预见到家族的现在和未来，并对目前的困难进行相应的筹划，对比贾府里那些纨绔子弟，此时的凤姐和平儿，实在是巾帼不让须眉。

再者，当凤姐谈到探春接下来的管理时，她表现出来的气度，陡然让人起敬：

还有一件，我虽知你极明白，恐怕你心里挽不过来，如今嘱咐你：他虽是姑娘家，心里却事事明白，不过是言语谨慎。他又比我知书识字，更利

害一层了。如今俗语说：‘擒贼必先擒王。’他如今要作法开端，一定是先拿我开端，倘或他要驳我的事，你可别分辩，你只越恭敬越说驳的是才好。千万别想着怕我没脸，和他一强，就不好了。”

大智慧的人，必有大境界。王熙凤的胸襟实在让人敬佩。在管理上她不仅相信探春，并视为知己，所以她宁愿作出更多的妥协，甘当改革的第一个靶子，支持探春的改革向前推行。这是何等的情怀！

我想作者在这里写探春的“三把火”，又着眼于凤姐和平儿，岂不是大笑于天下众多的正人君子，及着冠带礼服的士大夫吗？

2022 年 7 月 17 日于金犀庭苑

五十六、改革需要创新和魄力

（一）

整理这一回笔记时想到我国改革开放的总设计师邓小平同志。当年之中国，若不是他提出改革开放的发展目标，指引着中国的发展，也许就没有今天中国的经济腾飞。

改革不仅需要智慧，也需要人格的魅力。当他提出“解放思想，实事求是”“发展才是硬道理”“实践是检验真理的唯一标准”等一系列理论后，中国从此以后就走上一条欣欣向荣的康庄大道。

一个国家，需要一个伟大的改革家和创新者作为当家人；一个企业，一个家族，同样也需要一个富于创新思想，有魄力和执行力的管理者，这样的企业和家族的事业才能长久地发展。所以在读小说这一回时，想到探春她们的改革和执行力，不得不由衷的佩服和感叹：排除贾府受到政治因素的影响外，仅仅从管理的角度出发，探春的管理是有效的，而且也将会把贾府带出经济拮据的境地。

然而贾府最终走向衰败，其根本的原因在于那个腐朽落后的政治体制。作者站在历史的高度，已经预见到封建社会最后的苟延残喘。所以作者用悲情的笔法，写出了这样一部内容丰富，又充满生命历程和人生哲理的小说。也许作者也很迷茫：一个久远的体制即将谢幕，然而接替它的新时代却远没到来，所以一切的东西，都将走向混乱、迷离、模糊之中，最后的选择，也不过是一场空幻而已——未来的时代该由谁来主宰？也许只能交给信仰，交给宗教去解释。

也许信仰是最伟大的绝望！作者写这部小说，也正是写那个时代的哀歌，更是对那种政治体制的绝望。

（二）

小说这一回开篇便讲到探春的施政。我们不妨跟随作者，慢慢地来看看这几个女子是怎样兴利除弊的。

平儿服侍凤姐吃了饭过来，看到院子一片寂静，每个丫头和下人都规规矩矩井然有序，说明探春的“三把火”已经对下人产生了威慑力量，管理已经进入正轨。从她们的讨论中可以知道，探春已经看出贾府里重复支出的成本太多，所以她的改革第一步便是“节流”。

首先探春看到的不仅仅是前一回学里读书重复支出的钱，而且从园子里众小姐丫头日常所用的头油和脂粉里，也有许多重复花出去的费用。

这里她讲到一个管理上的问题：本来小姐丫头的头油和脂粉是公家统一采购，并按等级和人头分配的，然而采购者的不负责，花了钱买了些劣质产品回来，致使众人又得另花钱重购，这样既浪费物质，又多花费银两。

探春道：“因此我心里不自在，饶费了两起钱，东西又白丢一半！不如竟把买办的这一项每月蠲了为是。此是第一件事。第二件，年里往赖大家去，你也去的：你看他那小园子，比咱们这个如何？”平儿笑道：“还没有咱们这一半大，树木花草也少多着呢。”探春道：“我因和他们家的女孩儿说闲话儿，他说这园子除他们带的花儿，吃的笋菜鱼虾，一年还有人包了去，年终足有二百两银子剩。从那日，我才知道一个破荷叶，一根枯草根子，都是值钱的。”

我们可以分析一下这头油和脂粉的采购：凡是一个组织里，从事采购的人，或多或少会从供应方获得好处。中国人的生意经里面，客户之间关系的维护在所难免，然而当这层关系用金钱来衡量的时候，就会产生腐败。采购方与供应方就形成了利益链，所以很多组织的采购部门，在一般人看来，都是肥缺。然而探春是一个相当聪明的人，其实她早已经看出了贾府里采购存在的问题，只是她没有当家，不便出手管理。

现在他坐镇大观园，自然顺理成章地指出可以解除专购丫头和小姐们头油和脂粉的费用了。那么，没有公家的采购，而这些油头和脂粉的钱从哪里来呢?

这就讲到探春管理的第二步：“开源”。

话得从她去赖家吃酒说起。探春说人家的院子比贾府里小得多，却可以承包出去，除去平日园子里的花销，一年还有剩余的钱。这便触发了探春对管理大观园的思考——何不仿效人家，合理地利用资源，使本来闲置的东西产生价值呢？

从这里我们可以看出一个管理者基本的管理素养：眼里容不得沙子——看见不合理的地方，善于思考和想办法解决。

于是探春便把自己的想法抛了出来：

宝钗道："天下没有不可用的东西，既可用，便值钱。难为你是个聪明人，这大节目正事竟没经历。"李纨笑道："叫人家来了，又不说正事，你们且对讲学问！"宝钗道："学问中便是正事。若不拿学问提着，便都流入世俗去了。"

宝钗很懂经营之道，她早已看出大观园里物质的价值，也看到了商机。然而自己又不是贾府里的人，也不是当家的，所以不便说明。这次趁此机会，讲出了自己的看法：物虽可能换成钱，可以经营，但做生意也得讲文化和道义，否则就会变得市侩和奸诈了。做生意讲学问，才能使生意长久下去。同样做管理也是这个道理，一个有学问的管理者，一定会把管理工作做得有条不乱，也容易生发出管理的新思路和新方法。

（三）

所以当探春获得宝钗的支持后，就把自己的想法和盘托出：

探春又接说道："咱们这个园子，只算比他们的多一半，加一倍算起来，一年就有四百银子的利息。若此时也出脱生发银子，自然小气，不是咱们这样人家的事；若派出两个一定的人来，既有许多值钱的东西，任人作践了，也似乎暴殄天物。不如在园子里所有的老妈妈中，拣出几个老成本分，能知园圃的，派他们收拾料理。也不必要他们交租纳税，只问他们一年可以孝敬些什么。一则园子有专定之人修理花木，自然一年好似一年了，也不用临时忙乱；二则也不致作践，白辜负了东西；三则老妈妈们也可借此小补，不枉常年在园中辛苦；四则也可省了这些花儿匠、山子匠并打扫人等的工费：将

此有余，以补不足，未为不可。”

前面探春只说出了开源节流的思路，这一大段文字却指出了开源节流的方法：

一是对大观园里所有物质价值的重新定位和评估；

二是采取承包制或者专人专管，让人尽其才，物尽其用；

三是讲到这样管理的结果——那一、二、三、四点中，既看到了效益，又让大观园的管理更加有序。再者，也让园中的老婆子更加有积极性，这真是一举多得的创新改革！同时我们也可以看出，探春的思路是非常清晰和明白的，她是一个不可多得的管理人才。

受到探春和宝钗的鼓励，平日里沉默少言的李纨也充满了激情，她的思路一下子打开了。当探春说到衡芜院和怡红院没有出息之物时，李纨一下子指出了这两处的出产，并且指明了所出之物的价值。

李纨忙笑道：“蘅芜院里更利害！如今香料铺并大市大庙卖的各处香料香草儿，都不是这些东西？算起来，比别的利息更大！怡红院别说别的，单只说春夏两季的玫瑰花，共下多少花朵儿？还有一带篱笆上的蔷薇、月季、宝相、金银花、藤花，这几色草花，干了卖到茶叶铺药铺去，也值好些钱。”

李纨讲这两处的产出时，突然让我想到一个词：头脑风暴。在不受任何限制的情况下，集体讨论问题能激发人的热情。人人自由发言、相互影响、相互感染，能形成热潮，突破固有观念的束缚，最大限度地发挥创造性的思维能力。

所以，一个优秀的管理者，应该要更大程度地让所有参与者充满激情，让他们的思维开放和发散，这样不仅能调动人的积极性，更能获得新的管理思路。如果一个管理者选择躺平，一切照旧，那么这个组织几乎没有什么希望可言。

在大家的讨论中，有几个温暖的场面出现。一是当平儿听见众人如何管理大观园的想法后，发表了她的意见：

平儿道：“这件事须得姑娘说出来。我们奶奶虽有此心，未必好出口。此刻姑娘们在园里住着，不能多弄些玩意儿陪衬，反叫人去监管修理，图省钱，这话断不好出口。”

这里平儿并没有反对众人的想法，而是站在自己主子的立场上，既赞成探春的改革，又维护了王熙凤的面子。所以宝钗随后取笑平儿很会说话，表示了她对平儿的喜爱。

站在探春和王熙凤的立场看，假如二人之间有什么意见和冲突，当听到平儿这一席话，不仅彼此之间会消除矛盾，而且还会感到羞愧。所以探春听了平儿的话，很有感触地说：

我早起一肚子气，听他来了，忽然想起他主子来：素日当家，使出来的好撒野的人！我见了他更生气了。谁知他来了，避猫鼠儿似的，站了半日，怪可怜的。接着又说了那些话，不说他主子待我好，倒说‘不枉姑娘待我们奶奶素日的情意了’，这一句话，不但没了气，我倒愧了，又伤起心来。我细想：我一个女孩儿家，自己还闹得没人疼没人顾的，我那里还有好处去待人？”口内说到这里，不免又流下泪来。

推心置腹，将心比心，这是平儿在探春与凤姐之间起了很好的桥梁和纽带作用——让王熙凤放心，让探春感动。平儿的形象一下子在这里显得无比的高尚和亮丽。这让我想到自己的公司：对公司里的员工来说，他们在领导之间传递信息时，是不是也像平儿一样，从大局及和谐的角度出发来考虑呢？还是添油加醋地增加管理者之间的矛盾？这是一个考验人品的话题，希望读到此处的读者们，可以静静地想一想。

当然，探春的感动是有感染力的。李纨从探春的言行中，受到了感染，一是佩服探春的才华，二是想到探春这样的出身，在管理上的不易，所以从敬佩到怜爱，触动了她那颗柔软的心：

李纨等见他说得恳切，又想他素日赵姨娘每生诽谤，在王夫人跟前，亦为赵姨娘所累，也都不免流下泪来，都忙劝他：“趁今日清净，大家商议两件兴利剔弊的事情，也不枉太太委托一场。又提这没要紧的事做什么！”

管理需要“法”的威严，然而管理者之间却需要更多的理解和温暖。作者闲笔处，写尽人间多少温情脉脉的场景——在正统和伦理社会中，对女子

虽然有许多束缚和压抑，然而在此时，几个女子却表现出了人间无比的宽容、理解、和谐和体贴。

有时候我想，为什么天使总是女性化的，菩萨也似女性般的温柔和善目，也许人们有一种美好的愿望：如果这个社会由女子主导，也许社会就更和谐，更平静，也更温情些罢。

（四）

各位看看，通过这四个女子对大观园一琢磨，便有了思路，有了方法，并达成了统一的意见。接下来的事，就是如何选人用人。在用人之前，必须得识人。也就是说，对园中的下人，有一个清晰的了解：谁擅长哪一行？谁擅长做实事？谁擅长管理？等等，得一一对应和考查。这里就出现一个用人的争论。当平儿说可以叫莺儿的妈来管理草花时，宝钗就站出来反对。

宝钗道："断断使不得。你们这里多少得用的人，一个个闲着没事办，这会子我又弄个人来，叫那起人连我也看小了。我倒替你们想出一个人来：怡红院有个老叶妈，他就是焙茗的娘，那是个诚实老人家；他又合我们莺儿妈极好。不如把这事交与叶妈，他有不知的，不必咱们说给他，就找莺儿的娘去商量了。哪怕叶妈全不管，竟交与那一个，这是他们私情儿，有人说闲话，也就怨不到咱们身上。如此一行，你们办的又公道，于事又妥当。"李纨、平儿都道："很是。"探春笑道："虽如此，只怕他们见利忘义呢。"平儿笑道："不相干。前日莺儿还认了叶妈做干娘，请吃饭吃酒，两家和厚得很呢。"探春听了，方罢了。又共斟酌出几个人来，俱是他四人素昔冷眼取中的，用笔圈出。

宝钗不答应莺儿的妈去管理香草香花，自有她自己的小算盘：

一是她本不是贾府里的人，莺儿和她妈更不是，由一个外人来管理大观园的香草香花，还从中谋利，必然引起大观园里众人的非议。所以宝钗为了避嫌，坚决地否定了。

二是她推荐焙茗的妈前去管理，也是大有深意的。首先莺儿认了焙茗的妈作了干娘，这两家下人之间关系不一般。其次焙茗是谁呢？贾宝玉的小跟班。假如他妈管理有什么不到位的地方，贾宝玉也不至于动怒。更何况，贾宝玉在外有什么活动，她可以通过莺儿的妈打听得到，所以宝钗的棋，是下一步看三步，步步为营。

不仅如此，宝钗的利害之处更体现在她对人性的理解上。这就表现在她们管理的第三步：利益分配与共享。

当然，探春其实也想到了分配这一点，也有具体的方法。这次大观园的改革，类似于当年的家庭联产承包责任制。只是年终的产出不缴公家，只留作小金库——取之于大观园，用之于大观园。二是余下的收入，承包者可以自行分配，这大大地调动了园里老婆子的积极性，从此以后，大观园不仅管理有序，就是日常老婆子们的斗酒玩牌也会少了很多。

这样的分配表面看是非常合理的，然而宝钗却看出了一个问题。她知道这样会引起收入的不公。有一句话说得好“不患寡而患不均”。这是人性的弱点，所以宝钗比探春高明的地方在于他更洞悉人性。

“……一年竟除这个之外，他每人不论有余无余，只叫他拿出若干吊钱来，大家凑齐，单散与这些园中的妈妈们。他们虽不料理这些，却日夜也都在园中照料；当差之人，关门闭户，起早睡晚，大雨大雪，姑娘们出入，抬轿子，撑船，拉冰床，一应粗重活计，都是他们的差使：一年在园里辛苦到头，这园内既有出息，也是分内该沾带些的。——还有一句至小的话，越发说破了：你们只顾了自己宽裕，不分与他们些，他们虽不敢明怨，心里却都不服，只用假公济私的，多摘你们几个果子，多掐几枝花儿，你们有冤还没处诉呢。他们也沾带些利息，你们有照顾不到的，他们就替你们照顾了。”众婆子听了这个议论，又去了账房受辖制，又不与凤姐儿去算账，一年不过多拿出若干吊钱来，个个欢喜异常，都齐声说：“愿意！强如出去被他们揉搓着，还得拿出钱来呢！”那不得管地的，听了每年终无故得钱，更都喜欢起来。

宝钗的这一大段话，站在不同的立场上讲出了深刻的道理，语言漂亮，深入人心。从企业管理的角度看，她们开创了现代企业的一种新的管理思路：股权激励计划——相当于把大观园里的管理权限以股权的形式承包给了某些人，而剩下的人虽然没有股权承包，却可以拥有虚拟的股票，他们可以享受这些虚拟股票的分红和增值，不承担决策和风险。而当这一承包活动受到损失后，相当于大家的共同利益就会受到影响，所以所有的人都会极力支持和维护这一种承包经营模式。

这种模式用现代的话讲，就叫利益共享——让所有的人分享改革的成果。

可惜得很，我们现实中的一些企业家，并不完全懂得这个道理。他们把管理视为一种政治斗争，把争权夺利看成是管理的精髓。殊不知，企业管理的真正目的是让更多人受益，创造更多的社会财富，承担更多的社会责任……而不是中饱私囊、唯利是图。

（五）

当时光已经进入到二十一世纪，再看过去几百年的历史，《红楼梦》这部小说，依然有它值得我们思考和学习的地方。一部伟大的小说，在于能从人的本性上着笔，客观地再现人性的美与丑，善与恶，又能客观地提出推动社会进步的思路。

当我们读到这一回大观园的改革时，联想起当年中国走向对外开放的改革之路：一路上的曲折，一路上的不可预测的风险，考验着前辈们的思想和意志。今天，前辈们没有走完的路，摆在后人的面前，我们没有理由退缩，也没有理由拒绝，更没有理由躺平。新的时代，需要新的观念，新的思想，也需要管理者的魄力和勇气。

只有这样，我们的梦想才能真正地成为现实。

2022 年 7 月 26 日夜于金犀庭苑

五十七、深情的告白与现实的痛苦

（一）

这一回从一个梦开始。这个梦似真非真，似假非假。就像《红楼梦》小说开始说的一样，“假作真时真亦假”，这就要看读者怎么去理解了。

在梦里，贾宝玉见到了甄家的另一个宝玉：一样的场景，一样的人物，一样的性情，似乎在隐约地告诉读者，这部小说，大体是真的，也大体是假的。那个梦，是现实与理想之间的一种矛盾。

想起弗洛伊德《梦的解析》里讲的道理——梦是被压抑的意识，通过伪装的方式而呈现内容。同时还指出梦是欲望的满足。想想贾宝玉正处于青春期，也正是人生最爱做梦的年纪。在生命的成长过程中，他有一种对自己成长的烦恼，所以潜意识里他想对自己的生命有一个完全的了解。

当他听到这个世上有一个与自己几乎完全一样的宝玉时，这更加触动了他对自己生命的好奇。所以他进入了梦中见到了一个与大观园一样的园子，园子里也有许多漂亮的女孩子，然而这些女孩子看见他，都骂他是“臭肉”，这似乎告诉我们，生命的另一面是肮脏的、世俗的。贾宝玉进入梦中听到别人说到他生命的另一面——他在现实中自我感觉的纯洁和美好，而在别人看来，那都是世俗不堪的，这很能启发人对生命的思考。

再者当他见到梦中的甄宝玉时，甄宝玉也跟他说，他也在梦里，梦里他遇见了一个与他一模一样的贾宝玉。有时候我们常说“人生如梦”，可等梦醒来，却发现仍然在梦里。其实从“甄”（真）到“贾”（假），一切的真实与虚幻，仿佛都是缥缈不定的，这就提出了一个问题：那么，什么才是我们真正想拥有的东西呢？

在整部书里，主人公贾宝玉的行为告诉了我们梦的结果。

（二）

此时正好贾府里过完春节，又是一年春来到，草绿、春花开、燕子舞，人的身体和情绪也会随着春暖花开而发生变化。春使万物复苏，生命生长，所以人也一样，过了一年，人又长大了一岁。

当大观园这些少男少女们，正步入青春最热烈之季，其时随着生理的变化也会带来心理的影响。每一个少年都面临着一种青春期的冲动和欲望，在人最纯洁的年纪里，这种冲动和欲望往往伴随着迷茫、痛苦、毁灭和绝望。

“个人的青春是不自觉的浪漫主义。”所以青春的情感是最美好、最让人怀念的。其实每一个人，都经历过美好的青春。——这部小说常常引发人对青春的思考。我有时候就会想到自己十几岁生活的那个山村——那山、那水、那一片橘子树林，以及曾经萌动的情感——思念的那个少女……读着读着，就会在嘴角边露出甜蜜的微笑。

然而当自己慢慢长大，青春的美好记忆就会渐渐消失，尤其是当自己独立面对生活的柴、米、油、盐之后，记忆里面，连青春的痕迹都不存在了。所以，作者写到《红楼梦》这一回时，一定也在思考一个问题：为什么人到了一定年龄时，就该谈婚论嫁？男人开始变得浊臭，女人开始变成鱼眼睛？也许这是人一辈子都难以搞明白的事。

贾宝玉内心对这种变化有一种思考和反抗，这正是青春的无畏和烦恼造成的。小说里写紫鹃两次与贾宝玉的对话，都引起他思想的强烈波动。

紫鹃笑道：“你也念起佛来，真是新闻！”宝玉笑道：“所谓‘病急乱投医’了。”一面说，一面见他穿着弹墨绫薄绵袄，外面只穿着青缎夹背心，宝玉便伸手向他身上抹了一抹，说道：“穿这样单薄，还在风口里坐着，时气又不好，你再病了，越发难了。”紫鹃便说道：“从此咱们只可说话，别动手动脚的。一年大二年小的，叫人看着不尊重。打紧的那起混账行子们背地里说你，你总不留心，还自管和小时一般行为，如何使得？姑娘常常吩咐我们，不叫和你说笑。你近来瞧他，远着你还恐远不及呢。”说着，便起身携了针线进别的房里去了。

这个场景有两种观念的对立，贾宝玉看见紫娟，首先看到的她美好的形象，从这种美好的形象里他看到了女子的柔弱和单薄，产生了怜爱之情。所以情不自禁地去抚摸紫鹃，并告诉她穿这样单薄，如果受凉，不但自己受累，林黛玉也会少人照顾了。从人性的角度看，这里面有一种人对人的体贴和温暖，如果紫鹃多一些感性的话，她一定会有种无法言说的舒服体验。

然而紫鹃说却，大家都长大了，世俗人眼前是容不得贾宝玉对女孩子动手动脚的，这不但造成误会，还会落下不好的名声。站在成人的角度上讲，紫鹃这话是很理性的。记得小时候父母也常说：人越大，就应该越懂规矩。这个“规矩”是什么，就是伦理道德，三纲五常；是立世的手段和方法；是社会上人与人之间维持某种关系需要的准则。在中国人的生命世界里，受儒家思想的影响很深，而这种思想在人的成长过程中，就像一堵建设中的墙，随着年龄增长，这堵墙越修越高，越来越厚实，以至于看不透它也看不到生命的真实。所以贾宝玉从紫鹃的话里感受到了压力，这种压力就是生命成长过程中与社会世俗之间的矛盾。他无法获得解脱，内心在苦苦挣扎着，所以只能坐在桃花树下冥思苦想。

（三）

初春的大观园，桃红柳绿，贾宝玉坐在沁芳亭后的桃花树下冥想。这是一幅多么唯美的画！一个小男生，在桃花树下哭泣，似乎很像当时林黛玉葬花的情景——

那桃花随风片片飘飞，一片落在男孩子身上，一片落在水里，水带着花儿流向了远方，花不见了，水却香了，那不正是青春的流逝留下的美好记忆么？作者用这样唯美而浪漫的场景，似乎又一次强调：青春如逝水流年，那是一种忧愁和感伤，也许是作者对青春的一种悼念——从这回起，生命似乎进入成年人的世界。

当紫鹃说林黛玉因为现实的原因要回苏州，再也不回贾府时，贾宝玉的内心产生了强烈的震动，他根本无法接受那种失爱的痛苦和悲愤：

宝玉听了，便如头顶上响了一个焦雷一般。

……更觉两个眼珠儿直直的起来：口角边津液流出，皆不知觉；给他个枕头，他便睡下；扶他起来，他便坐着，倒了茶来，他便吃茶。

……谁知宝玉见了紫鹃，方“嗳呀”了一声，哭出来了。众人一见，都放下心来。贾母便拉住紫鹃，只当他得罪了宝玉，所以拉紫鹃命他赔罪。谁

知宝玉一把拉住紫鹃，死也不放，说：“要去连我带了去！”

紫鹃的智慧在于她用爱情的一种绝望的方式试探贾宝玉的真情。然而她不知道，一个纯洁的心灵，怎么经得起情感的欺骗。在贾宝玉的心里，林黛玉已经像灵魂一样附在他的身体里，深爱一个人，不需要什么理由，也不需要多少解释，她的一举一动，一颦一笑，都有可能牵动着他的心。他是她灵魂的守望人，她是他一生的执念，不会因任何外力的改变而移动。而紫鹃的话，无疑像有人用一把刀，在他心里剐割那块肉，那种痛，那种本来已经被爱溢满的心里，突然被抽空的失落和无助，也许只有经历过深情之痛的人才能懂得。

就像第五回的那首曲子所唱的一样：

都道是金玉良缘，俺只念木石前盟。空对着，山中高士晶莹雪；终不忘，世外仙姝寂寞林。叹人间，美中不足今方信：纵然是齐眉举案，到底意难平。

这也许是贾宝玉对失去林黛玉最痛心的呼唤，也是对她深情的表白。“都道是”三个字，是对世俗观念无情的批判和怒吼；“俺只念木石前盟”却是对那个灵魂的招引——你纵然远去了，然而我仍然相信我们的爱情是纯洁的，坚贞的；“终不忘，世外仙姝寂寞林”这是对她最深切最直接的表白；“意难平”难平于一生一世中孤独的思念，难平于爱与世俗的挣扎，却找不到解脱的方法。

这里贾宝玉从失落的发呆，到失魂落魄的发疯，正是对这首曲子最有力的解释。真正的爱情，是伴随着痛苦和折磨的。

也许当作者初时写到这里，应该觉得很是可笑的，尤其是当贾宝玉恢复后，史湘云取笑的场景里，作者也会有一种微笑溢在嘴角。可是当他暮年独守黄叶村，陪一盏孤灯下，烛火微明之时，批阅这一回情节，他一定伤痛欲绝：屋外黄叶萧萧，山鬼夜泣，一时间多少往事，到底意难平！

特别是当贾宝玉恢复理智之后，紫鹃谈到贾母本想要薛宝琴与他订婚之事，贾宝玉有一段决绝的誓言：

一面说，一面咬牙切齿地，又说道：“我只愿这会子立刻我死了，把心迸出来，你们瞧见了，然后连皮带骨，一概都化成一股灰，再化成一股烟，一阵大风，吹得四面八方，都登时散了，这才好！”一面说，一面又滚下泪来。

……我告诉你一句打趸儿的话，活着，咱们一处活着；不活着，咱们一处化灰、化烟。如何？”紫鹃听了，心下暗暗筹划。

这似乎是一种表白，更是一种深情的流露。他以死来说明对林黛玉的真情，让紫鹃明白他的真心。然而死还不足以表达那种彻骨透底的爱，生命化成灰，化成风，化成无形的东西，与她的灵魂一起散去，这既是一种对爱的决绝——如果达不到那种内心追求的境界，就宁愿消失得无影无踪，不留下任何尘埃，这是青春的洁癖，也是爱的洁癖。同时也是对爱无法自我掌控的一种无奈……

（四）

然而，作者不得不把笔墨从唯美的、浪漫的、痛苦的爱情宣言中拉回到现实中去。现实中是什么？是人情、是名利、是物与人之间的纠葛，更是这群年轻人的终身大事。

当薛家与贾府谈到薛蝌与邢岫烟的婚姻时，那二人之间的情感不过是一笔带过，而更多的是谈到生活的现实。

一是薛姨妈的认识，“因薛姨妈看见邢岫烟生得端雅稳重，且家道贫寒，是个钗荆裙布的女儿，便欲说给薛蟠为妻。”岫烟出身贫寒，能够安贫乐道，这是持家勤勉的根本，也是旧时社会每个家庭选儿媳妇的标准之一。

二是邢夫人的态度：

邢夫人想了一想，薛家根基不错，且现今大富，薛蝌生得又好，且贾母又作保山。将计就计，便应了。贾母十分喜欢，忙命人请了薛姨妈来。二人见了，自然有许多谦辞。邢夫人即刻命人去告诉邢忠夫妇。他夫妇原是此来投靠邢夫人的，如何不依，早极口地说：“妙极。”

邢夫人和她兄弟皆是从物质的角度上去考量的，根本没有站在婚姻主体地位的立场上去思考。尽管薛蝌和岫烟二人早有这样的心，这种做法成全了他们的意愿，然而在旧时社会里，大多数青年男女，未必有此二人这样的好运。这部小说里常常引出《西厢记》《牡丹亭》这两部戏曲，也许正是要表达对这种婚姻观念的一种批判，以及对爱情自由的一种向往。

三是薛宝钗的看法。当她去潇湘馆看望林黛玉的路上与岫烟相遇时，薛

宝钗问的话里，一方面展示了对邢岫烟的关心，另一方面，也在试探岫烟的为人。

而这些所有的交流中，全都围绕着一个“钱”字和人情。宝钗在这里表现得温情脉脉，俨然把邢岫烟当成自己的弟媳看待。所以人情世故里，薛宝钗是“理”的代表，她给人以温暖，也给人以和睦之态。

她的爱与恨从不表露于外。即使在薛姨妈谈到收林黛玉为干女儿的时候，她怕宝黛的婚姻成为事实，故意以玩笑的形式打趣林黛玉，这不得不说她是智慧的，也是富于心机的。

然而通篇看贾宝玉的表现，任何人都看得出贾宝玉对林黛玉的情感是多么深厚。但却从未有人向贾母提出过宝黛二人的婚姻。只是在薛姨妈的话里，第一次这样说道：

老太太还取笑说：“我原要说他的人，谁知他的人没到手，倒被他说了我们一个去了！虽是玩话，细想来倒也有些意思。我想宝琴虽有了人家，我虽无人可给，难道一句话也没说？我想你宝兄弟，老太太那样疼他，他又生得那样，若要外头说去，老太太断不中意。不如把你林妹妹定给他，岂不四角俱全？”

这里有薛姨妈的慈爱和善良。但她也看出来了，贾母的态度并不希望宝黛二人成婚，贾母说起薛宝琴与宝玉，其实也暗含着贾宝玉的婚姻未来一定是一种利益的交换。所以，从贾宝玉失魂落魄的爱情宣言里，一方面展现的是一种至情至性的爱情观，另一方面也是对现实世俗强压爱情的一种哭诉。

深情的爱情宣言与现实的痛苦交织着，注定了宝黛二人的爱情最终以悲剧收场。也许作者想告诉我们，真正纯洁的爱情，只留在青春的执念里；真正的深情，只是在幻想的时空里流动，一旦把这些放在现实的世界里，那便是一地鸡毛，经不住折腾。

想起鲁迅先生《伤逝》里的问题——为什么真诚的爱情却结出了虚伪的果子。正如先生所说：“我在苦恼中常常想，说真实自然须有极大的勇气的；假如没有这勇气，而苟安于虚伪，那也便是不能开辟新的生路的人”。也许追求一份纯真自然的爱，需要一种无上的勇气和自由的人格，即使现实中找不到，留存在青春的梦里，那一定是甜蜜的，也一定令人回味不止。

2022 年 7 月 30 日于泰明酒店

五十八、人生就是情中之情戏里戏外

（一）

这一回笔记从贾府里的那群小戏子说起。这部小说里写戏的地方很多，每出戏都似乎暗示着情节或者情感的变化，所以我常说《红楼梦》这部小说里的戏不是白看的。

从这部小说可以看出，在明清时期，舞台戏已经非常流行，就像我们现在的电影院，凡是人多的聚集区，都应该有唱戏的地方。我的老家原来是一个古镇，很多老房子都属明清建筑，后来拆的拆，毁的毁，剩下的也不过是片瓦残垣。我模糊的印象里，那古镇有一个寺庙，进庙门就有一个戏台。那时候，我常跟婆婆去庙里烧香，就见过那戏台表演川戏，那咿呀的唱腔，优雅的动作，至今犹如在耳旁，仿佛在眼前，可惜现在再难见往日的光景了。

而贾府不一样，当年为了迎接元妃省亲，家里养了一帮小戏子，可以随时听戏的。这一回正是围绕梨香院那一群小戏子的故事展开情节，铺写出现实与戏中的纠葛，以及青春与成年两种生命历程之间的对立和矛盾。

（二）

小说这一回开篇讲皇帝的老太妃死了，举行国悼祭奠，所以凡有官衔和品爵的人都要参加。

古时皇帝的母亲或者爱妃死后，所有的大臣要参与吊丧、守灵、送葬之事，这样的活动一定是声势浩大的，这就是儒家“以孝治天下”的思想带给社会的影响。同时，封建统治者都是家国天下，皇帝的母亲死了，等同天下人的母亲死了一样，所以皇帝“敕谕天下，凡有爵之家，一年内不得筵宴音乐，庶民皆三月不得婚姻”。也就是说皇帝家的生老病死，那都不是一个人的事，是天下人的事。

那么回过头来看，按规矩贾府里的当家人，几乎都要参加国丧，而且来

来去去地折腾，至少要一个多月时间。这样贾府里的管理就会因人手的缺少而失控，所以贾母和王夫人便作了精心的安排：

一是探春、李纨、薛宝钗仍然管理大观园；

二是尤氏协助管理两府事务；

三是请薛姨妈进园代为照看园中的女孩子。

宁荣二府的主子走了，虽然忙碌，人手不够，但看贾母的安排，也是考虑到方方面面，非常妥帖的。

但是我们从小说前面可以了解尤氏虽有管理才能，却缺少王熙凤的威望和魄力，管理不够强势；薛姨妈呢，不过是亲戚，许多事又不好插手，所以实质上贾府里的管理一下子松懈了许多：

当下荣、宁两处主人既如此不暇，并两处执事人等，或有跟随着入朝的，或有朝外照理下处事务的，又有先踩踏下处的，也都个个忙乱。因此两处下人无了正经头绪，也都偷安，或乘隙结党，和权暂执事者窃弄威福。荣府只留得赖大并几个管家照管外务。这赖大手下常用几个人已去，虽另委人，都是些生的，只觉不顺手。且他们无知，或赚骗无节，或呈告无据，或举荐无因，种种不善，一再生事，也难备述。

这一段话总结起来就两个字：忙、乱。忙是主人和管事的人；乱的是下人。看那些下人们的表现，我想起了老家人讲的一句俗语："山中无老虎，猴子称大王。"这些下人在缺少管理的情况下，就显得毫无纪律、偷奸耍滑，这是人性的本质问题。这些下人都是生活在底层的劳苦大众，卑微的生命里总是看着眼前的利益，所以在个人利益面前，他们很难看到贾府里的管理问题，也不容易预见到贾府未来的隐患。在潜意识里，他们喜欢随大流，不经思考地容易被鼓动，也容易被别人的情绪左右。

所以历史的变革总是煽动这些卑微者起义，推翻旧的政权，建立新的体制，而当革命成功后，真正享受成果的，又有哪个是卑微者呢？所以人应该具有独立思考的能力，应该不断增强自己对社会的认知程度，那样的话，才不至于在社会的变革中充当炮灰。

再者，从敬业精神上来讲，他们在贾府工作，只有一个目的，就是挣得维持生计的钱物，所以在"性本私"的意识下，他们工作的时候，能够少做一点就少做一点，谈不上有良好的敬业精神。就是现代企业里，同样存在这样的情况，有些人一心一意地打着自己的小算盘，工作得过且过，也不愿意努力学习，更不会站在为公的立场上考虑，表面看这是一种聪明，实质上，这既对工作不负责，也对自己的人生不负责，假若企业倒闭之后，这样的人下场是最悲凉的。

所以说卑微者之所以卑微，一定有他自己的原因在里面，这也是本小说的人情世故里带给我们思考的原因之一。

（三）

小说在这里还讲到另一件事，就是戏子的分流。因为国丧期间，一年内不得举行宴饮娱乐，所以尤氏与王夫人商量，把十二个戏子进行安置和发送。

王夫人因说："这学戏的倒比不得使唤的，他们也是好人家的女儿，因无能，卖了做这事，装丑弄鬼的几年。如今有这机会，不如给他们几两银子盘费，各自去吧。当日祖宗手里都是有这例的。咱们如今损阴坏德，而且还小气。"

从王夫人与尤氏的谈话中可以看出，她们对十二个戏子的去留问题是比较宽松的，这体现了王夫人的大气。相比邢夫人来说，王夫人的气度要高得多，所以一个人的家庭出生和教养，影响着这个人将来的气质和做事的风格。

当然最后这些戏子是留的留，遣的遣，各自都有了一个归宿：

将十二个女孩子叫来，当面细问，倒有一多半不愿意回家的。也有说父母虽有，他只以卖我们姊妹为事，这一去还被他卖了；也有说父母已亡，或被伯叔兄弟所卖的；也有说无人可投的；也有说恋恩不舍的，所愿去者只四五人。王夫人听了，只得留下。将去者四五人皆令其干娘领回家去，单等他亲父母来领；将不愿去者分散在园中使唤。贾母便留下文官自使，将正旦芳官指给了宝玉，小旦蕊官送了宝钗，小生藕官指给了黛玉，大花面葵官送了湘云，小花面豆官送了宝琴，老外艾官指给了探春，尤氏便讨了老旦茄官去。当下各得其所，就如那倦鸟出笼，每日园中游戏。

从另一方面讲，旧时社会里，这些戏子的命运是很悲惨的，她们无法左右自己的人生，只待人家对她们进行安排。但贾府还算是仁慈的主顾，尚能

征询她们的意见，而戏子在大部分雇主那里，不过是被人卖来卖去的奴婢而已，她们身如浮萍一样四处漂泊。

谈到戏子，这里面讲到昆曲的几个角色的名字，我们现在日常知道的戏曲，指的是京戏，包括五大角色：生、旦、净、末、丑。生，指戏中年轻的男子；旦，指戏中的女子；净，指戏里性格刚强或粗暴的男子；末，指戏里年纪较大的男子；丑，指戏里大花脸的角色，一般表演滑稽逗乐较多。

这些戏子的角色一般都比较固定，加上她们从小就跟随师傅练习唱功、动作及表演艺术，渐渐地每个人的角色就会有与自己所扮演的形象气质相同之处——戏里戏外，有时候对她们来说，自己都是迷糊的，所以一旦回归现实，如果不学习生计，不仅自己很难生活，也会遭人非议。

所以即使她们被分配到每个主子的房间里，开始时她们仍然什么事也做不了，加上只是一群小孩子，所以小说里说："就如那倦鸟出笼，每日园中游戏。"——那似乎是一种青春的放纵，无忧无虑的感觉。

此时正是清明时节，大观园里桃谢李飞青杏小，贾宝玉的失心疯病也好得差不多了，袭人建议他趁春光明媚去园子里走一走。这一走，却引发了一段贾宝玉儿女情长般的春恨秋悲之叹。

宝玉也正要去瞧黛玉，起身拄拐，辞了他们，从沁芳桥一带堤上走来。只见柳垂金线，桃吐丹霞，山石之后一株大杏树，花已全落，叶稠阴翠，上面已结了豆子大小的许多小杏。宝玉因想道："能病了几天，竟把杏花辜负了，不觉到'绿叶成阴子满枝'了！"因此仰望杏子不舍。又想起邢岫烟已择了夫婿一事，虽说男女大事不可不行，但未免又少了一个好女儿，不过二年，便也要"绿叶成阴子满枝"了；再过几日，这杏树子落枝空，再几年，岫烟也不免乌发如银，红颜似缟。因此，不免伤心，只管对杏叹息。正悲叹时，忽有一个雀儿飞来，落于枝上乱啼。宝玉又发了呆性，心下想道："这雀儿必定是杏花正开时他曾来过，今见无花空有叶，故也乱啼。这声音必是啼哭之声。可恨公冶长不在眼前，不能问他。但不知明年再发时，这个雀儿可还记得飞到这里来与杏花一会不能？"

读这部小说，我最喜欢的就是这样的描写——像一篇借景抒情的优美散文一样：

清明时节，暖风拂面，闲暇的人们最易犯困，而大观园里，承包园林的人们却在忙碌。这是两种生命的对比，一种有着旺盛的生命力，一种却是柔弱无助的。当史湘云看见贾宝玉坐在石头上，说的那句："这里有风，石头上又冷，坐坐去吧。"好像说贾宝玉的生命弱不禁风一样。这个公子哥儿享受着饭来张口、衣来伸手的生活，却又是多情而多感的。有时候想想，也许多情多感的人更容易受到伤害，因此也更柔弱。所以当他看到那杏花落、青杏小，想到春天即将过去，他对花草的变化想到人生的转变，特别是从邢岫烟的变化到那只鸟徐徐降落又受惊飞走的感伤，正应了杜甫的那句"感时花溅泪，恨别鸟惊心"的情态。伤春之悲，也是伤人之心，只有情感丰富细腻的人才能看到那样的景色，感触到生命转变时的那一种悲切。这与林黛玉的葬花词所抒发的情感一样：那是对生命美好的一种不舍。只不过林黛玉是决绝的，贾宝玉更绵长而已。

（四）

当贾宝玉正在那里低吟哀叹，无可排遣之时，忽然一阵火起，把他从惆怅之中惊醒。这一阵火，是真情的火，也是世俗的烟火；这一阵火也点燃了青春与成年人之间矛盾的冲突与对立。

原来分配到林黛玉房中的戏子藕官在花园里烧纸，以祭奠死去的某个人时，却被一个老婆子发现，正恶狠狠地拉她去请功呢。小说在这里用到一个词"恶狠狠"，可以想象这个老婆子的嘴脸当时是怎样的：满脸横肉，龇牙咧嘴，口沫横飞……想起一句俏皮话："女人何苦为难女人？"换在这里可以说"卑微者为何要如此为难卑微者？"有时候那些卑微者对卑微者的手段更残忍更直接，也许这就是人性的悲哀。

然而贾宝玉看到藕官可怜巴巴的样子，顿生了怜悯之心。

那婆子便弯腰向纸灰中拣出不曾化尽的遗纸在手内，说道："你还嘴硬？有证又有凭，只和你厅上讲去。"说着，拉了袖子，拽了要走。宝玉忙拉藕官，又用拄杖隔开那婆子的手，说道："你只管拿了回去。实告诉你，我这夜做了个梦，梦见杏花神和我要一挂白钱，不可叫本房人烧，另叫生人替烧，我的病就好得快了。所以我请了白钱，巴巴的烦他来替我烧了，我今日才能起来。偏你又看见了！这会子又不好了，都是你冲了，还要告他去？——藕官，你只管见他们去，就依着这话说！"

正在藕官无计可施的时候，贾宝玉出场了，他像一位英雄一样，横在藕官与那老婆子之间，拼命地守护着那个惊慌失措的小女孩。这一种形象，我想一定会让所有的读者感动，也会让藕官产生无比的温暖。有时候人与人之间，应该多一些包容和理解，从人性的角度看，每一个人都有值得原谅的地方。但是历经世俗的老婆子们不懂，她们经历人与人之间利益的斗争，变得势利、圆滑和见风使舵，她们早已把人性那些纯洁、温暖的东西给折磨掉了，在她们忙忙碌碌的生命里，缺少的是爱和对生命本质的思考。

所以在怡红院的芳官与她干娘的吵架里，同样突现出这样人性的缺失和思考。这些世故的老人，你无法站在某种道德的标准上说她们对与不对，她们的行为也许是为了生计，为了那一点小小的利益。人为了生存的路而钻营刻薄，偷盗抢劫，并非大罪。

（五）

不过人间至少还有真情在，它是人际关系的润滑剂，使人间产生更多的温暖和留恋。可以想象，如果这个社会没有人的真情，那么大家活在这个世界，岂不是行尸走肉?

所以当贾宝玉看到芳官受了委屈后，产生一种怜爱的情愫。贾宝玉的情，像一个旋转的水车，他每旋转一周，用充满爱的水浇灌着水车周围的一切生命，然而使他稳定旋转的那个轴心却是林黛玉。所以他的情既是普世的，也是专注的。

芳官吹了几口，宝玉笑道："你尝尝，好了没有？"芳官当是玩话，只是笑着看袭人等。袭人道："你就尝一口何妨。"晴雯笑道："你瞧我尝。"说着便喝一口。芳官见如此，他便尝了一口，说："好了。"递给宝玉，喝了半碗，吃了几片笋，又吃了半碗粥，就算了。

这样的情景，我们在这部小说里不止一次读到过。分享肉汤的过程，很有画面感，充满着人间的温情。这里表面看是分享肉汤，实质也分享着快乐；分享着生命的温暖，把芳官的委屈也荡涤得一干二净。如果我们每一个人的青春年少都有这样一群少年团聚着，同时又分享生命之中的快乐、痛苦、忧伤，体会成长中的点点滴滴，那该是多么令人怀念！

这一回直到最后，贾宝玉才了解藕官在花园里烧纸的真正原因——

芳官道："他祭的就是死了的药官儿。"宝玉道："他们两个也算朋友，也是应当的。"芳官道："那里又是什么朋友哩？那都是傻想头。他是小生，药官是小旦，往常时他们扮作两口儿，每日唱戏的时候都装着那么亲热，一来二去，两个人就装糊涂了，倒像真的一样儿。后来两个竟是你疼我，我爱你。药官儿一死，他就哭得死去活来的，到如今不忘，所以每节烧纸。"

芳官给宝玉讲藕官的情感经历，正应了"人生如戏，戏如人生"的那句话。一个小戏子，如果热爱戏，便一辈子活在戏里，所以她的爱与恨，她的生与死只与戏里的情节相关。然而放在现实里，却是矛盾的，受现实排斥的。现实中的人们说戏子无情，看来都是谬误，生活在戏里的人，都是深情的。

也许人生的过程，就像藕官的生命一样：情中之情，戏里戏外。

2022 年 8 月 1 日于泰明酒店

五十九、世俗的利益之争更显人性之私

（一）

从五十八回开始，众戏子遣散在大观园及各主子门下，便因为利益与私怨产生口角之争。大观园从一片宁静转入到一阵世俗的热闹之中。青春少年的天真无邪，老婆子的世故重利，生命形态的再次对比与冲突，让我们看到人世间丰富多彩的世相。

我们无法说谁对谁错，每个人处在不同的生命形态中，便对这个社会和人性有不同的认识。但当我们在社会上处处受折磨，时时被挤压，或者失意落魄时，翻开这本小说，我们能在疏雨梧桐、莺飞燕舞的春天里感受一阵春意，从中看到人的纯真时，我想或多或少，在我们空落的心里，总会产生不一样的波澜，也许会嫣然一笑——我们的生命曾经也是如此美好，也是那样的充满诗意！

《红楼梦》里写死的时候多，写生的场景少。就像我在前面说的，这部小说整体情感基调是悲伤的——是对生命的悲，也是对时代的悲。只有那些充满了对社会和人性洞察力和智慧的人，才能看到时代的悲哀，而大多数的人，只是麻木地被卷入时代洪流中，然后起起伏伏地随波逐流。死，是生命的最终归属，我们每个人的生命，正是在享受走向死亡的过程。就像史铁生在他的《我与地坛》中说的一样，“死，是一件不必急于求成的事，是一个必然会降临的节日”。

我困惑，死亡怎么像过节一样快乐？

《红楼梦》里写秦可卿之死，那种热闹，那种喧嚣和排场，可能比节日更具体，更像一场狂欢。就像此回说到那老太妃的葬礼，小说虽然没有像写秦氏那样大肆地铺陈，然而从贾母一行人的忙碌中我们可以看出，那远比秦氏之死更热闹，更震撼人心。

对生命来说，死亡是一个自然的消亡过程，为什么要搞得那样隆重和热烈呢？也许权力和富贵，要用复杂和喧嚣的外在形式来表现，方显得那生命与众不同。然而真正的生命是放在自然界里的，却是自然而然的，简单的。越是简单的美，越难以让人忘记，如水之透彻，心之纯洁一般。

（二）

所以当我们在这一回里看到莺儿与藕官走在春天的大观园里，莺儿用花和柳条编织花篮的时候，似乎触到了我们心里最美好的东西一样：

顺着柳堤走来，因见叶才点碧，丝若垂金，莺儿便笑道："你会拿这柳条子编东西不会？"蕊官笑道："编什么东西？"莺儿道："什么编不得？玩的使的都可。等我摘些下来，带着这叶子编一个花篮，掐了各色花儿放在里头，才是好玩呢。"说着且不去取硝，只伸手采了许多嫩条命蕊官拿着，他却一行走一行编花篮。随路见花便采一二枝，编出一个玲珑过梁的篮子。枝上自有本来翠叶满布，将花放上，却也别致有趣。喜得蕊官笑说："好姐姐，给了我吧。"莺儿道："这一个送咱们林姑娘，回来咱们再多采些，编几个大家玩。"

突然想起一首歌来："编，编，编花篮，编个花篮上南山……"歌声里虽没有"叶才点碧，丝若垂金"里的一片春意，然而那种轻快，那种青春生命里的活力却可以透过声音和文字飘荡出来。

《红楼梦》里最心灵手巧的人，就是莺儿，前面讲到她打络子的场景，对络子的形态，颜色搭配都作了生动的讲解，既看到她有一种艺术的修养，也能感受到生命的活力。在这一回里，那绿的柳枝，五色的花儿，编制成玲珑小巧的过梁，是不是有一种对生活的热爱？生命里有很多美好的寄托和希望时，才能对一枝一木、一花一叶产生艺术的欣赏，也才能发现生活之中的美。有时候，谈艺术和美，对于世俗的人来说，是一件奢侈的事，这需要修养和一颗感知美的心。也许青春年少的生命时期，才能更多地看到这样的美，也才能发挥无尽的想象——青春，是一个幻想的年纪，是美的化身。然而青春里更动人的，是那种难分又难解的情谊。有时候我们笑藕官生活在戏里，又感叹她对药官和蕊官的深情。在人的生命历程中，只有青春和童年时期，才没有是非好坏之分。爱，即爱一切的美好，无所谓男与女，爱的是那种纯粹和直白。我想作者一定回忆起自己的人生经历，体会到这样的情感，才会把藕官与蕊官在此时的表现写出来：

只见蕊官却与藕官二人正说得高兴，不能相舍……他二人只顾爱看他编，哪里舍得去？莺儿只管催，说："你们再不去，我就不编了。"藕官便说："同你去了，再快回来。"二人方去了。

这里写藕、蕊两位戏子，虽是淡淡着笔，但那种深情和不舍，却让人看得动心。我想起自己小时候，表兄弟表姐妹来我们家玩，大家那种无忧无虑地玩耍，那种无所不谈的坦诚，在彼此内心里都留下很深的痕迹，及至他们即将离去时，却是那样的不舍，甚至会产生一种空虚和落寞之感。

（三）

莺歌的娇嗔，引来了燕语的呢喃。

小说这一回里，我认为写得最好的是春燕。她的出场让人眼前一亮。作者在这里讲到三个老婆子：一个是春燕的姨妈，一个是她的姑妈，一个是她的亲妈，真可谓是三姑六婶，婆婆妈妈一大堆！作者把老婆子的各种人性的丑陋都集中在春燕一个人的生命里，借她的口，一一地把这三个老婆子进行解剖，这样的写法，既生动，又更能让人物形象丰满和立体。春燕是一个天真的孩子，骨子里有一种正义感，思想纯洁而无邪，就像一张白纸。你看她一出场就像春天里一只刚飞出来的小燕子，叽叽喳喳，毫无顾忌。

春燕便向藕官道："前日你到底烧了什么纸？叫我姨妈看见了，要告你没告成，倒被宝玉赖了他好些不是，气得他一五一十告诉我妈。你们在外头二三年了，积了些什么仇恨，如今还不解开？"藕官冷笑道："有什么仇恨？他们不知足，反怨我们。在外头这两年，不知赚了我们多少东西，你说说可有的没的？"春燕也笑道："他是我的姨妈，也不好向着外人反说他的。怨不得宝玉说：'女孩儿未出嫁是颗无价宝珠，出了嫁不知怎么就变出许多不好的毛病儿来，再老了，更不是珠子，竟是鱼眼睛了。分明一个人，怎么变出三样来。'这话虽是混账话，想起来真不错。"

各位，看看春燕的话是不是挺有意思的。有时候想一想，青春的纯洁与年老的世俗之间，难道真的有一种不可调和的矛盾吗？还是人的认知水平造成了对生命的一种误解？有时候从文学作品来看，写人，往往写出人与人之间世界观、价值观和人生观的冲突和分裂，才能展现一部小说的艺术水平。那些世故的老婆子一直生活在社会的底层，她们经历了生活艰辛的折磨，她们更看重的是利益，所以当她们的利益受到损害时，哪怕一株草，一束花，她们都会据理力争的。而在利益的争夺中，最能看到人性丑陋的一面。所以春燕认同贾宝玉的话，她说女人有三面：

女孩子青春时，未出嫁，涉世未深，对现实的认识是纯洁的，天真的，也是乐观的，充满着对美好生活的向往。有一次我和妻子逗我十二岁的女儿说，长大了你给爸爸买辆豪车吧，她一本正经地告诉我："爸爸，长大了，我给你买别墅，让你和妈妈住别墅里，天天开心。"那时候，她哪里知道社会的艰辛和磨难呢？所以，年少的心是纯情的，眼睛也是明亮和清澈的，愈是明亮和清澈，愈能看到人性的美好。

但当女孩子出嫁了，为人妻、为人母的时候，她们得为生活而奔波忙碌，渐渐地就会失去青春的活力，容颜开始变老，心里盘算更多的是柴、米、油、盐、酱、醋、茶的事，所以曾经的诗和远方就脱离了生命而去。人一旦变得世俗，就会缺少灵气，就像珠子，少了光亮，眼睛岂不是鱼目么？

人的生命过程受环境影响很大的。社会的环境让人改变了许多东西，所以在生活中，我们更应该保持一种智慧，更优雅，更鲜亮地享受生活，感悟生活，即使面对困苦，我们也要笑得坦然一点。

从春燕的姑妈关心的树木花草看，我们似乎也看到大观园里承包后带来的矛盾——各位老婆子因为从中取利，往往把自己管辖的东西当成私产一样，所以当别人动其一物，必损伤其利，其也必然心痛。承包制让人贪婪，然而不承包呢，却又避免不了浪费，效率低下，这种矛盾，归根结底是人性之私使然。

也许与老子说的一样："不尚贤，使民不争。不贵难得之货，使民不为盗。不见可欲，使民心不乱。是以圣人之治，虚其心、实其腹、弱其志、强其骨。常使民无知无欲，使夫知者不敢为也。为无为，则无不治。"

（四）

然而在春燕她妈打骂她的过程中，我们更看到人性在利益面前是何等的不堪：

他姑妈那里容人说话？便将石上的花柳与他娘瞧，道：“你瞧瞧你女孩儿，这么大孩子玩的，他领着人糟蹋我，我怎么说人？”他娘也正为芳官之气未平，又恨春燕不遂他的心，便走上来打了个耳刮子，骂道：“小娼妇，你能上了几年台盘，你也跟着那起轻薄浪小妇学！怎么就管不得你们了？干的我管不得，你是我自己生出来的，难道也不敢管你不成？既是你们这起蹄子到得去的地方我到不去，你就死在那里伺候，又跑出来浪汉子！”一面又抓起那柳条子来，直送到他脸上，问道：“这叫作什么？这编的是你娘的什么？”

小时候见过很多乡下妇女的吵架，她们骂人的语言比陌生人和仇人更恶毒和下流。尤其是她们喜欢用生殖器来辱骂对方，表面上这是一种解恨的做法，殊不知，从中更能看到那种丑恶的嘴脸和非人性的东西。就像春燕的妈所骂的，众位可以看看，那岂不是在句句辱骂自己？多么愚蠢和可笑！

这里从中可以看出，春燕的生命在这三位老婆子的眼里，还不如一株草和一朵花，她们不知道，这些年轻的生命，正是如花似草的年纪。她们看重的不是花草，而是那银钱的光亮，在她们的人生智慧里是为了钱财可以不要脸面的。

所以当人老了的时候，应保持一种怎样的人生态度，这很重要。像春燕的姨妈、姑妈和亲妈，每天停留在婆婆妈妈的利益之间，生命是多么的卑微和渺小。如果一个人能够抛弃某些过多的名利，或者不要超越自身能力去追求那种欲望的满足，也许他会看到不一样的人间。那样即使老了，他也会从容，像贾母一样优雅。

2022年8月4日于金犀庭苑

六十、一粉一硝写尽人性的自私和悲哀

（一）

从五十八回贾府遣散小戏子后，大观园里就吵嚷不断。闲看众人，不过是些鸡毛蒜皮、蝇头小利而已。说到这蝇头小利，就想起苏轼的一首词："蜗角虚名，蝇头微利，算来著甚干忙。事皆前定，谁弱又谁强。且趁闲身未老，尽放我、些子疏狂。百年里，浑教是醉，三万六千场。"

很多人说苏轼豪放大度，淡泊名利，即使乌台诗案后被贬官他乡，一样从容豪放。然看苏轼生平，尽管被贬，却仍时时为官，何曾缺少过物质和名誉呢，且其保守自私，反对国家改革，如果他能真有淡泊之心，何不像陶潜一样："采菊东篱下，悠然见南山"？陶潜才是中国文化人真正的代表，而苏轼呢，供着，仰面一看——亮眼！所以苏词读得久了，就读出一点虚伪来。

当然，这话题说得远了些，揭苏轼之事，有待后人慢慢去解读。这里不过借他讲到"利益"二字——看那些社会上无官无职的小人物，哪个不是为一点小利你争我夺、苟且而活呢？倘若他们能做官，哪怕芝麻绿豆之微职，恐怕也能大度从容一点。历史固然有"君子固穷"，饿死不食周食之士，但那毕竟是迂腐和不通世故之人。

《红楼梦》里众多丫鬟、老婆子、家下用人等，只不过依靠贾府觅食，生存之道，各有法则。我认为以生存为目的，不作奸，不犯科，懂感恩的人，为利而争，并不算错。

就像此时春燕的母亲那样，她能认识到自己的错误，立即改正，主动向莺儿认错赔罪，而且当听到春燕说起贾宝玉的好时，更像刘姥姥一般：

春燕笑道："妈，你若好生安分守己，在这屋里长久了，自有许多好处。我且告诉你句话：宝玉常说，这屋里的人，无论家里外头的，一应我们这些人，他都要回太太全放出去，与本人父母自便呢。你只说这一件可好不好？"他娘听说，喜的忙问："这话果真？"春燕道："谁可撒谎做什么？"婆子听了，

便念佛不绝。

也许这老婆子的那一声声“阿弥陀佛”里，正是人性之良善的体现。作者写春燕之母，一方面展现人性的真实，一方面却借春燕的行为，要引出下一段故事。

（二）

那春燕从蘅芜苑出来，蕊官交给她一包蔷薇硝，劳她代送与芳官。我初读时，不知道这是种什么香粉膏脂，后来查资料方明白：

“蔷薇硝其成分由蔷薇露和银硝合成。医书记载蔷薇花能清暑和胃，润泽肌肤，粉质细腻柔滑，对春季内热上蕴，风热外感引发的双颊过敏有一定治疗作用，是一种对症的药用化妆品。将蔷薇花整朵摘下，浸泡于适量水中，置于石钵中杵槌研碎，萃取澄净花汁，拌入香料、银硝、橙花精油等材料熏蒸，晒干后碎成粉末即可用来妆面，平时可装入粉盒使用，也可装入荷包作荷香携带。”

看来这东西，不仅有治病美容之功效，而且制作工艺复杂，我想平常人家，哪里去买得到，说它属稀贵之物也不为过。

所以当贾环看见这东西时，除了闻得香外，自然有垂涎之意：

贾环听了，便伸着头瞧了一瞧，又闻得一股清香，便弯腰向靴筒内掏出一张纸来，托着笑道：“好哥哥，给我一半儿。”宝玉只得要给他。芳官心中因是蕊官之赠，不肯给别人，连忙拦住，笑说道：“别动这个，我另拿些来。”宝玉会意，忙笑道：“且包上拿去。”

……芳官听说，便将些茉莉粉包了一包拿来。贾环见了，喜的就伸手来接，芳官便忙向炕上一掷。贾环见了，也只得向炕上拾了，揣在怀内，方作辞而去。

读此两段文，我有心痛之感。那贾环向贾宝玉要蔷薇硝的形态，显得毫无气质，既猥琐，又难堪。“送”与“要”之间，体现的是不同的处世境界。送，是人对人的一种关爱和尊重，是出自一种真挚的情感。如果为达目的送礼，另当别论。要，是一种委屈的表现，也有贪婪的意味。所以“送”与“要”之间，却能看出人的品性、气质和世故。

贾环本也是公子哥儿，贾府的少爷，然而为人阴沉而猥琐，显得面目可憎，所以大观园里的丫鬟们都不太喜欢他。在他向贾宝玉要蔷薇硝的动作中的确很失身份——一副小气、贪婪的形态跃然纸上。想想，如果赵姨娘教育有方的话，贾环出门应该身上带些钱财和物品，以赠丫头和下人，岂有这样低三下四向下人索要东西的道理呢？难怪芳官把那茉莉粉丢在炕上，那种轻蔑之举完全是对贾环的一种侮辱。

其实贾环那时不过十一二岁，从人的发展和成长来看，也是可以得到改变的，因为“人之初，性本善”，没有哪个人生来就是阴险和猥琐的。恶，是这个社会造成的，是由人生活的环境影响形成的。当贾环带着茉莉粉回家说是蔷薇硝，彩云指出其并非此物时，贾环说了一段话：

贾环看了一看，果见比先的带些红色，闻闻也是喷香，因笑道：“这是好的，硝粉一样，留着擦罢，横竖比外头买的高就好。”彩云只得收了。

这一段话，可见这孩子善良的天性还是有的。然而当孩子的这一丝善良出现时，却没有被人发现和关注，他的母亲赵姨娘反而破口大骂：

赵姨娘便说：“有好的给你？谁叫你要去了，怎么怨他们耍你！依我，拿了去照脸摔给他去。趁着这会子，撞丧的撞丧去了，挺床的挺床，吵一出子，大家别心净，也算是报报仇。莫不成两个月之后，还找出这个碴儿来问你不成？就问你，你也有话说。宝玉是哥哥，不敢冲撞他罢了，难道他屋里的猫儿狗儿也不敢去问问？”

赵姨娘的心被忌妒蒙蔽了，她把自己的恨转嫁在贾环身上，用很肮脏的语言骂自己的儿子，使贾环身上仅余下的那点天真和良善都给抹掉了。有时候读赵姨娘骂贾环时，我老想到教育孩子的问题：

当我们每个人成了孩子的家长时，别把自己在外面所受的怨气带回家中，不能对着亲人们发泄，更不能强加在孩子身上。切忌不能把孩子当成出气筒，这样孩子就会产生自卑感，将来立世时，也没有太大的责任心。所以，怎样的家长，就会教育出怎样的孩子，这是没有错的。

（三）

从小说刻画人物的形象来看，赵姨娘也算一个有个性的人。她骂了贾环，又受不了贾环的回怼，在受到激将之后，径直跑到怡红院大吵大闹，结果被一群小戏子给围攻，自己既没讨到好处，反而丢尽了脸面。

她的表现，不是用一两句话说得清楚的。

我们先讲讲赵姨娘的愤怒。这种愤怒是她长期在贾府里感受到被冷落、被压迫的一种反抗。在长期的生活中，自己的身份虽是姨娘，但她却生了探春和贾环，以为这样可以提高自己在贾府的影响力，然而贾府又是王夫人和王熙凤当家。从女人的角度考虑，王夫人潜意识里是憎恨赵姨娘的，王熙凤又是王夫人的亲侄女，她们怎么会善待二位姨娘呢。所以赵姨娘的内心一直是愤愤不平的。此时正好贾母和王夫人不在家，凤姐又病在床上，于是赵姨娘便感觉自己出气的机会来了，所以她要借机发泄一通。再加之一个老婆子的挑唆，更激起了她吵架的勇气和自信心。

然而赵姨娘的糊涂就在于她找发泄的对象却是怡红院里的小戏子芳官。那只不过是一个唱戏的孩子，社会地位低下，又尚不谙事。如果赵姨娘稍懂一点事理，绝不会下降身份与一群孩子吵架的。再者，如果一个聪明的人，怎么会受一个见识短浅的老婆子的挑唆，从智商来看，赵姨娘还不如一个老婆子高明。

所以她骂芳官的语言里，完全就像一个泼妇：

赵姨娘也不答话，走上来，便将粉照芳官脸上摔来，手指着芳官骂道："小娼妇养的，你是我们家银子钱买了来学戏的，不过娼妇粉头之流，我家里下三等奴才也比你高贵些！你都会'看人下菜碟儿'！宝玉要给东西，你拦在头里，莫不是要了你的了？拿这个哄他，你只当他不认得呢。好不好，他们是手足，都是一样的主子，那里有你小看他的？"

上一回我讲女人骂女人的时候，总爱用生殖器来侮辱人家，其实仔细一分析，这不仅可以看出来骂人的人素质低下，而且也让人觉得那些恶毒的语言，也是在骂自己。其实所有大观园里的人，都没把赵姨娘当一回事，她这样大吵大闹，不仅越发显得卑微可怜，也自曝其短。

那院子里的所有下人，都像看戏一样地观看这一场热闹。这是一种常见的社会现象。鲁迅先生在很多文章里批判过这样的行为，他写的小说《药》里，那些看杀革命党头的人，那种看客的心态，是一种麻木不仁，更有甚者用革命党人的血蘸馒头治病，更是一种愚昧。这样的心态，直到现在也没有消除，真正算国民的劣根性吧。

然而赵姨娘的愚蠢行为，并没有让她拣到好果子吃：

当下藕官、蕊官等正在一处玩，湘云的大花面葵官，宝琴的豆官，两个听见此信，忙找着他两个说："芳官被人欺负，咱们也没趣儿。须得大家破着大闹一场，方争得过气来。"四人终是小孩子心性，只顾他们情分上义愤，便不顾别的，一齐跑入怡红院中。豆官先就照着赵姨娘撞了一头，几乎不曾将赵姨娘撞了一跤。那三个也便拥上来，放声大哭，手撕头撞，把个赵姨娘裹住。晴雯等一面笑，一面假意去拉。急得袭人拉起这个，又跑了那个，口内只说："你们要死啊，有委屈只管好说，这样没道理还了得了。"赵姨娘反没了主意，只好乱骂。蕊官、藕官两个一边一个，抱住左右手；葵官、豆官前后头顶住，只说："你打死我们四个才算。"芳官直挺挺躺在地下，哭得死过去。

每每看到此处，不只是小说里那些下人们感到可笑，我想作为读者，不妨闭着眼睛想一想——那场景有哭的，有骂的，有打的，有扯衣服的，有抱腰的，有吐口水的，有真劝架的，也有假劝架的……一时间，真像乡下死了人所做道场一样：锣儿，钹儿，鼓儿，哭的，喊的一发涌了出来，岂不是给我们上演了一场别开生面的打闹大戏么。

再看那些小戏子们，从小就经过专业的培训和练习，要身段有身段，要唱腔有唱腔，而且又聪明机灵，从那拉、扯、抱、顶、哭、笑之中，这哪是什么打架，分明是一场生动的表演而已。

可以想想，此时赵姨娘又怎么会捞到好处呢？

正在她们闹得不可开交的时候，探春、李纨、宝钗来了，这一场热闹方才平息。

探春便叹气说道："这是什么大事，姨娘太肯动气了。我正有一句话，要请姨娘商议，怪道丫头们说不知在哪里，原来在这里生气呢。姨娘快同我来。"……探春便说："那些小丫头子们原是玩意儿，喜欢呢，和他玩玩笑笑；

不喜欢，可以不理他就是了。他不好了，如同猫儿狗儿抓咬了一下子，可恕就恕；不恕时，也只该叫管家媳妇们，说给他去责罚。何苦自不尊重，大吆小喝，也失了体统。你瞧周姨娘，怎么没人欺他、他也不寻人去？我劝姨娘且回房去煞煞气儿，别听那说瞎话的混账人调唆，惹人笑话自己呆，白给人家做活。”

首先看看探春的聪明，她一出场并不责怪谁对谁错，而是骗赵姨娘迅速离开，避免尴尬。再者她劝赵姨娘的话，既得体又充满着人生的智慧：一是说自己的母亲与下人打架，实为自取其辱；二是指出赵姨娘的愚蠢，容易听信他人的挑唆，缺少对事物进行分辨的能力。

探春的叹气声里，也有一种无奈。作为大观园里的临时管理者，赵姨娘闹的这一出，既是对她威信的一种无视，也使她背着伦理道德的压力，又背负着伤亲之名的一种伤痛，可以想象，这个年轻的女孩子是多么地难过！

作者这样写赵姨娘的表现，其实更能体现探春的人格魅力。尤其是当她听到赵姨娘是夏婆子挑唆的时候，她表面答应，却并不认真看待这事。从中可以看出探春是有大境界的人，她对下人之间的小事，根本不放在心上，这种气魄和大度，实在令人叹服！

站在社会的角度看，其实在我们身边，或多或少都有赵姨娘这样的人。她的语言粗俗，心胸狭隘，贪图小利的性格里，也正是小市民的普遍心态。所以对照小说里面的人物，我们不妨多多自省，这一生做不到探春那样，但也可以不被外物所动，不为妄言所惑，做一个明辨事理的人就好。

（四）

反过来，我们再看看芳官其人。她是众多小戏子的代表，从这儿回看芳官的表现，我们总能看到晴雯的某些影子：娇气、任性、傲气、有反叛的精神，却又是小姐心戏子命……

芳官在戏里是饰演莺莺小姐的，戏里的角色被她误认为了生活中的角色，所以她把现实的生活，当成了戏里的情景。她与自己的干娘吵架时，表现出一种娇气；她把怡红院里的钟玩坏，又是小孩子的任性；她给贾环的茉莉粉，丢在坑上，却又是一种傲气。

特别是她在厨房里，见柳嫂子的这一场戏里，引发了一场争权夺利的斗争：

芳官才进来，忽有一个婆子手里托了一碟子糕来。芳官戏说：“谁买的热糕？我先尝一块儿。”小蝉一手接了，道：“这是人家买的，你们还稀罕这个！”柳家的见了，忙笑道：“芳姑娘，你爱吃这个，我这里有才买下给你姐姐吃的，他没有吃，还收在那里，干干净净没动的。”说着，便拿了一碟子出来，递给芳官，又说：“你等我替你炖口好茶来。”一面进去现通开火炖茶。芳官便拿着那糕，举到小蝉脸上，说：“谁稀罕吃你那糕，这个不是糕不成？我不过说着玩罢了，你给我磕头，我还不吃呢。”说着，便把手内的糕掰了一块扔着逗雀儿玩，口内笑说道：“柳婶子，你别心疼，我回来买二斤给你。”

……芳官道：“你为什么不往前去？”柳家的道：“我没叫他往前去。姑娘们也不认得他，倘有了不对眼的人看见了，又是一番口舌。明日托你携带他，有了房头儿，怕没人带着逛呢，只怕逛腻了的日子还有呢。”芳官听了，笑道：“怕什么？有我呢。”柳家的忙道：“哎哟哟，我的姑娘！我们的头皮儿薄，比不得你们。”说着，又倒了茶来。芳官那里吃这茶，只漱了一口便走了。

她因自己在宝玉房中，自有比众多小丫鬟高人一等的姿态，所以处处表现出一种与众不同的孤傲。站在当下的思想看，这似乎是对礼教压抑人性的一种反叛，这些戏子里，都有追求个性自由的思想，然而在封建礼教里，这是决不允许的，所以芳官最后的结局也是一种悲哀——守着水月庵，晨闻钟，暮听鼓，把青春年少的生命白白地浪费掉，甚至可以想象到水月庵里的肮脏气息，她又怎么能够独善其身呢。

从大观园里的老婆子，到赵姨娘，再到这一群小戏子，她们不过是一群可怜又可悲的底层人物的代表，在那样的封建社会里，无论她们怎样地争吵，如何地算计，都难逃社会现实的倾轧。

所以《红楼梦》里的悲剧，不仅仅是贾府的悲剧，也不仅仅是宝黛二人爱情的悲剧，所有生活在那个时代里的人，都难逃社会变迁带来的伤痛，——社会上的一粒砂，落在个体的生命里，都是庞然大物。也许正因为此，那萦绕在整部小说的悲情里，也正充满着对一种新时代的呼唤。

2022 年 8 月 6 日于外滩八号茶楼

六十一、一露一霜尽现人性的丑陋与善良

（一）

前一回用茉莉粉替去了蔷薇硝，这一回咱们接着讲玫瑰露引出的茯苓霜。这一粉一硝，一露一霜，在贾府的主子看来，不过是些小东西，就是平日里送到贾府的，无非精致一点，质量上乘一点的物品。然而整个大观园却为了它们弄得鸡飞狗跳，你争我夺，好一派热闹的场面。

在这场热闹的争执里，我们不妨抽丝剥茧，一层一层地剥开来看，从那粉啦、霜啦之类的东西到大观园里厨房管事之争，以及柳五儿被软禁的事件里，似乎可以看到老婆子们和丫头们为了某些私利表现出来的人性丑陋的一面。然而当贾宝玉主动瞒赃，平儿断冤平狱的智慧里，我们又可见到人性的光辉和善良。

作者采用对比的写法，向读者展示了不同人对同一事物的不同态度。在这种态度里，我们可以看到人生格局对生命的影响：格局的大小，往往决定他在社会上拥有财富的多寡，以及精神元素的丰富程度；格局小的人，眼中不过半斤八两的鸡毛蒜皮；格局大的人，胸中蕴藏着湖海山川的丘壑。

所以各位，读此小说时，如果仔细品品里面每个人的言行，个中滋味稍加揣摩，自然可以获得对人性深刻的了解。

（二）

小说这一回里接着写柳家嫂子给其侄儿送玫瑰露，并带着她嫂子送的茯苓霜从外面回大观园里时，遇见守门的小子，此二人一段交流斗嘴，可见真实的社会现象。

一是守门小子故意不开门，理由很简单，希望柳嫂子承诺进园后，能给自己送点好处。这很有意思，小人掌权，自然想着多寻好处，多捞油水，哪怕只是一个守门的呢？记得有一次我去一个大型企业见当领导的好友，那守门的以没有提前预约为由，死活不让我进去，无奈我只得去商店买了一包香烟送给他，方才允许我进去。我们乡下人常流行一句话：“阎王好见，小鬼难缠。”所以看一个单位守门人的态度，便可以猜测这个单位是怎样的一种风气。

二是那守门的小子跟柳嫂子怎么说的呢：

> 好婶子，你这一进去，好歹偷几个杏儿出来赏我吃，我这里老等。你要忘了，日后半夜三更打酒买油的，我不给你老人家开门，也不答应你，随你干叫去。

大家看看，为了几个杏子，那守门的却可以这样要挟人的。那杏子是什么味，我们可以去猜猜。我从小不喜欢吃杏子，因为一听到杏子，嘴里就会冒酸水，牙齿有变软的感觉——在我脑海里，这水果一直是酸味十足的。“酸”在我们四川人的思想里，除了“酸儿辣女”的说法外，更有一层象征意义：那人说话怎么“酸不拉叽”的呢？这里面的酸，不就是羡慕忌妒恨吗？

难怪那小子后来说，柳嫂子如果不给他带几个酸杏子，倘若她女儿柳五儿进了怡红院，往后还要用他的时候，那就不是怎么方便的事了。言下之意，就是大家共同合作、互惠互利，没有好处的事，我守门的也不会那么爽快地为你服务的。

从人性的角度分析，每一个下人都想从大观园里获得一点好处，然而由于探春实行承包责任制后，这样的好处却是越来越少。眼看着柳五儿要进怡红院了，这好处对众人来说，无疑是一种诱惑，所以众多的下人丫头，立即对柳家母女就多了一分“关注”。

我们不难理解那些小人物的心态——人总是忌妒人家之好，喜看别人之悲。所以人情世故里，其实看得最真实的不过是世态的炎凉、人性的丑恶而已——聪明的人不相信人品，只相信人性。

（三）

因此，细细分析来看，那柳家母女便成了众矢之的。

首先来找麻烦的是迎春屋里小丫头莲花，她因司棋想吃碗蒸蛋，要求柳嫂子给她蒸一碗，而柳嫂子却因鸡蛋难买为由，便有一番推辞和争论。

然而矛盾的积聚不是一天两天的事。那柳嫂子为了使自己的女儿能够进

到怡红院，极力讨好怡红院里所有的人，由此便引起了大观园里其他人的不满。众人认为，柳家嫂子为大观园的主厨，用的是公家出的费用，而用公家的费用去讨好怡红院里面的人，那就会出现徇私的行为，众人看到眼里，不公之愤油然于心。

因有这样的看法和理由，司棋指派莲花前来索取蒸蛋，自我感觉也是情理之中的事。

我想起以前在单位，食堂总是免不了被人诟病。每天总有员工抱怨——今日说菜淡了，明日说豆腐是馊的，甚至就像此时小丫头莲花的心态一样：这掌管厨房的人，不知道在这里捞了多少油水。

莲花儿道："前日要吃豆腐，你弄了些馊的，叫他说了我一顿；今儿要鸡蛋又没有了！什么好东西？我就不信连鸡蛋都没有了？别叫我翻出来！"一面说，一面真个走来，揭起菜箱一看，只见里面果有十来个鸡蛋，说道："这不是？你就这么利害？吃的是主子分给我们的份例，你为什么心疼？又不是你下的蛋，怕人吃了！"

我们不能排除管理厨房是否从中赚取了好处，但这毕竟是公家的行为，当时在大观园里单独立厨房之时，凤姐也是出自一片好心，然而事可立了，却缺少监督管理，自然会引起众人的怀疑。倘若柳家嫂子能按时公布开销，说明缘由，也许矛盾也会更少些。

不过话又说回来，厨房之事，众口难调：

你们深宅大院，"水来伸手，饭来张口"，只知鸡蛋是平常东西，哪里知道外头买卖的行市呢？——别说这个，有一年连草棍子还没了的日子还有呢！我劝他们，细米白饭，每日肥鸡大鸭子，将就些儿也罢了。吃腻了肠子，天天又闹起故事来了：鸡蛋，豆腐，又是什么面筋，酱萝卜炸儿，敢自倒换口味！只是我又不是答应你们的，一处要一样，就是十来样；我倒不用伺候头层主子，只预备你们二层主子了！

柳嫂子的这段话，正说出了做厨房管理的难处，因为受物价和货物短缺的影响，每一个人的口味和要求不一样，难免不存在这样那样的问题，虽然柳家嫂子自己有一肚子的委屈，然而对她有意见的人，谁又会站在她的立场上思考呢？

莲花儿听了，便红了脸，喊道："谁天天要你什么来，你说这么两车子话？叫你来，不是为便宜，是为什么？前日春燕来说，晴雯姐姐要吃蒿子杆儿，你怎么忙着还问肉炒鸡炒？春燕说荤的不好，另叫你炒个面筋儿，少搁油才好，你忙着就说自己'发昏'，赶着洗手炒了，'狗颠屁股儿'似的，亲自捧了去；今儿反倒拿我作筏子，说我给众人听！"

莲花的这一席话，其实道出了众人对柳家嫂子不满的真正原因：

一是怡红院是大观园里的中心地带，贾宝玉对众下人的态度是极好的，不仅地位高，而且没有阶级之分，加之贾宝玉受贾母疼爱，怡红院里的女孩子当然会有更多的好处。所以那些丫头们内心里认为，能够在怡红院当差，是一件非常幸福的事，而那些去不了的丫头们，自然也会有忌妒之心。

二是柳嫂子对待大观园里的人，不是一视同仁的，而是有亲疏之嫌。试想想，大家都生活在大观园里，又都是下人，理应享受同等的待遇，就像贾宝玉前面所说："人不平则鸣"。而柳嫂子因为自己女儿之事又特殊照顾怡红院，这自然加重了众人对柳氏母女的忌恨。

所以，大观园里一场闹剧在所难免。

当莲花回到司棋身边，一番添油加醋的说明后，司棋从羡慕到忌妒再到愤怒之火，一发不可收拾。

司棋听了，不免心头起火，此刻伺候迎春饭罢，带了小丫头们走来，见了许多人正吃饭，——见他来得势头不好，都忙起身赔笑让座。司棋便喝命小丫头子动手："凡箱柜所有的菜蔬，只管扔出去喂狗，大家赚不成！"小丫头子们巴不得一声，七手八脚抢上去，一顿乱翻乱掷，慌得众人一面拉劝，一面央告司棋说："姑娘别误听了小孩子的话！柳嫂子有八个脑袋，也不敢得罪姑娘。

《红楼梦》写到这里，第一次正面出现了司棋，她出场时居然是为了一碗蒸蛋，然而又是这样来势汹汹，我不知道作者这样写，是为了增加司棋给读者的印象，还是把情节推向一个小高潮？

从这里我们总会对司棋产生不好的印象。她有豪爽的一面，也有性情暴

躁的一面，她敢爱敢恨，某些地方很像晴雯，这样的性格是很独特的。然而在封建正统思想里，哪里容得下独特性格的人，所以看司棋的出场，也就预示了她未来的悲剧。

（四）

这一场厨房闹剧的最终结果，导致了柳五儿无缘于怡红院。

前面我们说怡红院里丫头地位高、待遇好，所以许多下人都希望自己的女儿或者有亲戚关系的女孩子到怡红院当差。而此时怡红院少了小红，赶走了坠儿后，就产生了两个空缺。这一下子大家感觉机会来了，所以在大观园里找各种门道，欲获得这样的好去处。而柳五儿在柳嫂子的运作下将进入怡红院之事，已成了公开的秘密，表面看大家彼此风平浪静，然而小丫头、老婆子们之间却暗流涌动。

所以当柳五儿擅自进大观园，来怡红院给芳官送茯苓霜时，这一下子被林之孝家的看见了——这个贾府里的管家形象一下子在柳五儿面前就变得威严了。再加上刚才大闹厨房的莲花和小蝉儿一撺掇，那柳五儿便成了替罪的羔羊。

小蝉又道："正是。昨日玉钏儿姐姐说：'太太耳房里的柜子开了，少了好些零碎东西。'琏二奶奶打发平姑娘和玉钏儿姐姐要些玫瑰露，谁知也少了一罐子，不是找还不知道呢！"莲花儿笑道："这我没听见。今日我倒看见一个露瓶子。"林之孝家的正因这事没主儿，每日凤姐儿使平儿催逼他，一听此言，忙问在那里。莲花儿便说："在他们厨房里呢。"林之孝家的听了，忙命打了灯笼，带着众人来寻。五儿急得便说："那原是宝二爷屋里的芳官给我的。"林之孝家的便说："不管你'方官''圆官'！现有赃证，我只呈报了，凭你主子前辩去。"一面说，一面进入厨房。莲花儿带着，取出露瓶。恐还偷有别物，又细细搜了一遍，又得了一包茯苓霜。一并拿了，带了五儿来回李纨与探春。

有时候想想，那一点茯苓霜究竟能值多少钱呢？而这些家下老婆子、小丫头却要这样煞有介事的兴师问罪。她们一行人，查抄厨房，管制柳嫂子，软禁柳五儿，似乎因为这一件小事，好像查出了一件惊天大案一般充满着激情。

从林之孝报李纨、禀探春、回凤姐来看，其实在主子的眼里，这并不是什么大的事情。

凤姐方才睡下，听见此事，便吩咐：“将他娘打四十板子，撵出去，永不许进二门。把五儿打四十板子，立刻交给庄子上，或卖或配人。” 平儿听了出来，依言吩咐了林之孝家的。五儿吓得哭哭啼啼，给平儿跪着，细诉芳官之事。平儿道：“这也不难，等明日问了芳官便知真假。但这茯苓霜前日人送了来，还等老太太、太太回来看了才敢打动，这不该偷了去。”五儿见问，忙又将他舅舅送的一节说出来。平儿听了，笑道：“这样说，你竟是个平白无故的人了，拿你来顶缸的。此时天晚，奶奶才进了药歇下，不便为这点子小事去絮叨。如今且将他交给上夜的人看守一夜，等明日我回了奶奶，再作道理。”

试想想，如果当真这样草草地执行凤姐的意思，恐怕一桩冤案就此坐实了，这不仅会破坏一个家庭，甚至会断送一个人的生命。幸亏出来传达命令的人是平儿，当她听了五儿的申诉后，并没有立即执行凤姐的决定，而是很智慧地告诉众人，暂关押五儿母女，待调查清楚后才做决定。

这里面有两种管理思想的对比：在凤姐眼里，只有利益和权力，没有人性的温暖。在权力面前，她相信严刑峻法可以产生令人恐惧的威慑力——王熙凤更希望看到事情的结果，她并不在乎人家究竟出自何种理由。而在平儿看来，管理最重要的是对人的尊重、沟通和理解，对一件事应该多方面地去考虑，才能做得更加圆满和富于人性。尊重人，也许是管理的最高境界，然而现实中无论是企业还是政治体系里的管理者，能做到对人的尊重是很难的，更多的情况是权力凌驾于尊严之上。

有时候站在小人物的角度来看，探春改革措施执行后，似乎平白无故就生出了许多事。但一件件事情分析出来看，当利益重新分配之后，许多的人就把利益看得更重要了。所以，表面看大观园里乱，其实是利益之间的诱惑和争夺。《道德经》上讲：“不尚贤，使民不争；不贵难得之货，使民不为盗；不见可欲，使民心不乱。”在一个没物欲的社会里，也许人与人之间的氛围会更和谐和真诚，所以不崇尚财富，就不会引起偷盗抢的行为；不重视官爵，就不会让人产生争执，弱化人们崇尚名利的心，才能治理好天下。这当然是一种理想的状态，几乎是不可以实现的。儒家思想讲有为而治，为名为利，

要看到切实的东西，所以奉承儒家思想的人，更注重实际效果，更懂得与人争名夺利的机巧，也更能看到人的私欲。

（五）

然而平儿在听到贾宝玉主动帮五儿和彩云瞒赃的时候，表现出了一个优秀管理者的智慧和品行。

第二日，平儿前往怡红院调查五儿之事时，芳官和袭人说出了实情，然而玫瑰露一事，却与怡红院无关。但王夫人房间丢了玫瑰露之事，其实众人心里也明白是谁干的，只是没有人承认。这样的事本来可以成为无头冤案的，然而偏偏此时一个柳五儿撞在了枪口上，眼看五儿这黑锅将要背上的时候，贾宝玉出场了，他先应了五儿这件事，后又愿意为彩云瞒赃。

一群女孩子，加一个贾宝玉，为了两件小物件，表现出了人性的善良和担当，贾宝玉此时的行为，却显得高大凛然。这在功利的社会里，是绝无仅有的。现实中，人们在面对事情的时候，大都会选择逃避、推诿，就是本该属于自己职责之内的事，许多人也是能推则推，能躲则躲，像贾宝玉这样主动承担事情的人，不是傻子，就是脑袋被驴踢了。

但是，人性的美好往往体现在这里，对比前面金钏之死，宝玉有逃避的嫌疑，而此时的他却表现出了一个男子汉的气魄。一方面说明贾宝玉在人生的成长过程，更加领悟到人性的真善美——他成长了，他的精神世界更趋于完美。一个人在社会中生活，从幼年的天真到青春的纯洁，再到成年的世故圆滑，这是普遍的规律。为了更好地在社会上生活，人理所当然地沿着这条路发展下去。然而贾宝玉却在成长过程中，更加深切地领悟到人性的善良与美好，这似乎与正常的人生发展相悖，也许只有精神纯洁、内心高尚的人，才能时时领悟到人应该走怎样的路，人应该承担起他真正的责任，或许这才算人的健康发展——人一旦丧失了基本的良善和责任感，人性就扭曲了。

所以大家为贾宝玉的行为所感动，于是意见很快达成了一致。然而平儿却有另外的想法：

平儿笑道："也倒是小事。如今就打赵姨娘屋里起了赃来也容易，我只怕又伤着一个好人的体面。别人都不必管，只这一个人，岂不又生气？我可怜的是他，不肯为'打老鼠伤了玉瓶儿'。"说着，把三个指头一伸。袭人等听说，便知他说的是探春，大家都忙说：“可是这话，竟是我们这里应起来的为是。”平儿又笑道：“也须得把彩云和玉钏儿两个孽障叫了来，问准了他方好。不然，他们得了意，不说为这个，倒像我没有本事，问不出来；就是这里完事，他们以后越发偷的偷、不管的不管了。”袭人等笑道：“正是，也要你留个地步。”

本来偷玫瑰露的事是可以查出来的——那是赵姨娘唆使彩云行盗。然而为了照顾探春的脸面，平儿就显得非常为难。她一方面赞许贾宝玉的义举，一方面又从管理的角度考虑，必得将这个事进行一次警戒和教育。

所以当即便召集彩云和玉钏到怡红院来，面对当事人，平儿原原本本说了事情的经过。

彩云听了，不觉红了脸，一时羞恶之心感发，便说道：“姐姐放心。也不用冤屈好人，我说了罢：伤体面，偷东西，原是赵姨奶奶央及我再三，我拿了些给环哥儿是情真。——连太太在家我们还拿过，各人去送人，也是常有的。我原说嚷过两天就完了；如今既冤屈了人，我心里也不忍。姐姐竟带了我回奶奶去，一概应了完事。”……彩云道：“我干的事，为什么叫你应？死活我该去受。”平儿、袭人忙道：“不是这么说：你一应了，未免又叨登出赵姨奶奶来，那时三姑娘听见，岂不又生气？竟不如宝二爷应了，大家没事；且除了这几个人，都不知道，这么何等的干净！——但只以后千万大家小心些就是了。

彩云的表现也非常让人感动。因为宝玉的瞒赃，让她看到了人的善良和包容，所以她勇敢地承认了，而且也敢于面对偷盗带来的各种惩罚。有时候想一想，以善良而唤醒善良，是因为彼此之间均有那颗为善的心。对比起赵姨娘来，彩云的形象一下子要高大许多——赵姨娘那可怜的人，也有可恨之处，皆是人生的格局使然。

作者在这一回里，对比了不同人对同一件事的看法和意见。现实中，面对利益的态度，更能看出人性的美丑——以至于在对物的态度和对人的态度上，会获得迥然不同的结果：

如果一个人只顾着追求物质的满足，那么他最终会变得自私、庸俗、贪婪，甚至人性也会被扭曲掉；如果在追求物质的过程中，能给他人一点温暖和帮助，

能体谅人的悲伤，担当起应负的责任，那么从物质到人的转换过程中，也许会更多地领悟到人性的真善美。

所以观红楼六十和六十一回，虽用一粉一硝，一露一霜的小物串起一系列的故事情节，然而反观其间，却可以照见人生的大世界……

2022 年 8 月 16 日夜于金犀庭苑

六十二、每一个人的人生经历都是生命最圆满的选择

（一）

读这部小说，让人感叹的地方很多。然此一回，给人的印象却是深刻的。小说在这一回里写了两个唯美的画面：一是史湘云醉卧芍药花下，二是香菱斗草夫妻蕙。大观园在无人约束的情况下，一群少女围绕着贾宝玉、平儿、岫烟、宝琴四人的生日，举行了一场别开生面的生日派对，作者不惜笔墨地写了这个生日派对的组织、实施，派对过程中斗酒作诗、赏景斗草等游艺的热闹场面。

读完这一回，合上书，仿佛都能见到那种热闹的气氛萦绕在读者的脑海里，那些如花似玉的年纪，在自由的空气里，绽放得如此的热烈和艳丽。从生日的活动中，我们似乎也能看到自己青春年少的某些影子，同时也能从她们的快乐中同感愉悦之心。

（二）

小说在这回里开端讲到六十一回的结局。平儿给柳氏母女平了冤，然而柳五儿却因此遭了一劫，不仅身体受了伤害，心里也必将留下阴影，所以小说后面再没有写到柳五儿进怡红院之事。但从柳嫂子被暂时停职，秦显家的迅速代替柳氏管理厨房之事来看，就更加证实了柳家母女的冤屈，也揭示了人情世故之中利益争夺的不堪和人心险恶。

司棋等人空兴头了一阵。那秦显家的好容易等了这个空子钻了来，只兴头了半天，在厨房内正乱着收家伙、米粮、煤炭等物。又查出许多亏空来，说："粳米短了两担，长用米又多支了一个月的，炭也欠着数额。"一面又打点送林之孝的礼，悄悄地备了一篓炭一担粳米在外边，就遣人送到林家去了。又打点送账房儿的礼，又备几样菜蔬请几位同事的人，说："我来了，全仗

你们大家扶持。自今以后，都是一家人了，我有照顾不到的，好歹大家照顾些。”

从这一段话里，可以看出中国社会里许多复杂的人际关系来。

那柳家的掌管大观院里的厨房，被人盯上了——在其他人眼里，总以为这是一个肥差，因此关于柳嫂子母女的一言一行，都看在别人的眼里，记在人家心中。所以她们一旦出现问题，管家林之孝家的很快就更换自己心腹的人来顶替——这里林之孝家的一定与秦显家的有不可告人的秘密。当秦显家的来掌管厨房后，首先不是很快地投入工作，而是想尽办法来诋毁柳家嫂子，这样似乎就可以显得自己有才能，而且公正严明。其实她的私心比柳嫂子更重。她一上任便贿赂其他人、拉关系，建立自己的圈子，以赢得大家的好感。很明显，卑微者的小聪明里，无非就是因为利益之间的政治斗争。而从秦显与司棋之间的关系可以看出，原来司棋带着小丫头大闹厨房是早有预谋的。所以这样一想，如果秦显家的一旦掌管厨房，不知道会出现怎样的贪腐事件呢。再者，从另一方面看，中国自古以来就是个人情社会，看得出来，秦显的老婆很懂这个人情道理。这种关系有时候在某种程度上会使社会趋于和谐，但当人与人之间的关系太过紧密的时候，就会使法律执行力变弱，规章制度形同虚设，产生许多不公平的竞争，使本该优质的东西由劣质的关系户代替。有一次，我与一个朋友谈到在一个小县城里的生存之道，他说在那里生活，做什么事都得有熟人，否则，一件事可能跑断腿都未必能办得下来。我时不时想起他的话总感觉啼笑皆非。

很显然，秦显家的这一次关系走偏了。平儿代替凤姐给柳家平了冤，不但她的期望没有得逞，反而赔了许多东西，真是“赔了夫人又折兵！”岂不让人痛快地发笑！——卑微者的算计，怎么能逃得过智慧者的法眼！

（三）

然而“关系”有时候是以送礼的形式表现出来的。

比如在这一回里，贾宝玉要过生日了，而与贾宝玉有密切关系的人们，以各种形式送礼：有送生活用品的；也有送小物件工艺品的；也有送字画诗词的；也有直接来磕头祝贺的……这里面的“礼”体现了与贾宝玉之间不同程度的亲疏关系。

小说里写现实生活中的送礼，在这里表现得非常具体和详细：

当下又值宝玉生日已到。原来宝琴也是这日，二人相同。王夫人不在家，也不曾像往年热闹，只有张道士送了四样礼，换的寄名符儿，还有几处僧尼庙的和尚姑子送了供尖儿，并寿星、纸马、疏头，并本宫星官、值年太岁、周岁换的锁。家中常走的男女，先一日来上寿。王子腾那边，仍是一套衣服，一双鞋袜，一百寿桃，一百束上用银丝挂面。薛姨妈处减一半。其余家中尤氏仍是一双鞋袜，凤姐儿是一个宫制四面扣合堆绣荷包装一个金寿星，一件波斯国的玩器。各庙中遣人去放堂舍钱。又另有宝琴之礼，不能备述。姐妹中皆随便，或有一扇的，或有一字的，或有一画的，或有一诗的，聊为应景而已。

贾宝玉的生日中，亲戚朋友送礼的礼品里，体现的是人的地位、身份，以及与主人之间关系的深浅程度。在中国人的社会里，送礼也是一门人生哲学，值得好好揣摩。

然而在人们的心里，贾宝玉毕竟还算是小孩子，所以那些生日礼物并不是什么很名贵的东西。我小时候常听婆婆爷爷讲："大人生日一把扎，小孩生日挨顿打。"其中这个"扎"就是一种礼物，在重庆称作"扎包"——人家送礼的时候，主人要回送一份小礼物。然而普通人家孩子的生日在大人的心目中，是可有可无的——认为孩子成长的日子还很长，有的是时间用来庆祝生日。而大人呢，似乎是过了一年就少了一年，特别是老人，那生命如夕阳西垂，过一天就少一天了。

所以，现实中往往记住老人生日的时候多，而记住小孩子生日的时候少。

这就更不用说还有人记得贾府里丫鬟们的生日了——社会地位低下的人，永远是被忽略的对象。所以当平儿向贾宝玉作揖的时候，袭人才说今天也是平儿的生日，贾宝玉也应该向平儿作揖才对：

平儿笑道："我正打发你姐姐梳头，不得出来问你。后来听见又说让我，我那里禁当得起？所以特给二爷来磕头。"宝玉笑道："我也禁当不起。"袭人早在门旁安了座让他坐。平儿便拜下去，宝玉作揖不迭，平儿又跪下去，宝玉也忙还跪下，袭人连忙搀起来；又拜了一拜，宝玉又还了一揖。袭人笑推宝玉："你再作揖。"宝玉道："已经完了，怎么又作揖？"袭人笑道："这是他来给你拜寿。今日也是他的生日，你也该给他拜寿。"

看着贾宝玉与平儿互相作揖——你跪下时我也跪下，你拜一拜我作一揖，那形象和画面好似鸡啄米一般，非常引人发笑。但这里体现了一种人与人之间的尊重，同时也体现着人的教养和素质。

就像贾宝玉这一天的表现一样：自己的生日，首先要在院子里焚上香烛，祭奠自己的先祖，又因为贾母及许多在世的长辈都参加国丧去了，所以他又向贾母等人的方向进行跪拜，最后还要向留守在家里的长辈作揖。不知道现在还有没有人这样讲究过？我记得自己十岁生日的时候，家里请了舅舅和姑姑他们前来，大大小小的亲戚围了好几桌，当开席的时候，婆婆便在堂屋的神龛下点上香烛，燃一把纸钱，口中念念有词。我当时不知道这是为何。后来当我成年后，才渐渐明白，在生日这一天祭拜先祖，至少有两层意思：一是让人记住，自己来自哪里，根源何处；二是感恩给予自己生命的先祖。

这也许是几千年来农耕文明社会里形成的一种对生命的敬畏之心。同时，这也是治家的规矩，一个家族的发展，很多时候靠的就是这样的规矩，这种规矩同样也维系着家族中人与人之间的关系。如果家庭成员之间仅靠法律来维护，未必显得冷酷和无情，所以维持家庭秩序，使之和谐亲密，有时候还真得靠伦理，靠礼制的作用。

（四）

袭人说出了今天也是平儿的生日后，这便引发了探春对众人生日的一段讨论：

> 探春笑道："倒有些意思。一年十二个月，月月有几个生日。人多了就这样巧，也有三个一日的，两个一日的。大年初一也不白过，大姐姐占了去，怨不得他福大，生日比别人都占先。又是太祖太爷的生日冥寿。过了灯节，就是大太太和宝姐姐，他们娘儿两个遇的巧。三月初一是太太的，初九是琏二哥哥。二月没人。"袭人道："二月十二是林姑娘，怎么没人？只不过是咱们家的。"

在这里探春首先讲到元妃的生日与故去的老太祖太爷是一天。活人与死去的人一天生日，似乎在暗示元春的悲剧。元春虽还活在人世，但却没有与大家生活在一起，不能享受家庭里父母姐妹之间那种亲密的快乐和人间的温情，而是隔离于宫墙以内，这与作古的老人并没有什么区别——也许在《红楼梦》里，元春就是一个鬼魂。

同时，看了探春的这段话，我想起了自己读中学时，班上有好几个同学在同一天过生日的，大家讨论起自己的生日时，都显得十分兴奋。也许在青春的记忆里，能与自己一天出生的同龄人，都是有缘分的。年少时往往很容易记住同学的生日——那不但是有心，也更体现人与人之间的一种纯洁和不舍。

所以接下来，探春说要做主给平儿过生日，也仿着贾母给凤姐过生的样子——大观园里凑份子，办几桌宴席，邀请园子里众人一起娱乐一番。

这是本小说里第一次大张旗鼓地给一个大丫头过生，可见平儿在众人心里的地位有多高——在探春的心里，她把平儿当成姐妹一样看待，并没有什么身份和地位的区别。也许在人的生命长河中，只有青春年少的时候，才把人们的友谊和情感看得如此纯洁和重要，当成年后，经历过生活的折磨和俗事的变故，那种对人的真诚和纯洁之情，总会被各种理由给挤压掉。

青春年少是感性的、唯美的，也是最易动情的。

然而宝钗却不这样，她表现出来的理性和成熟，却是大观园里的另类。当贾宝玉和她一起回大观园后，她便立即命人把通往薛家住处的门给锁了：

一进角门，宝钗便命婆子将门锁上，把钥匙要了，自己拿着。宝玉忙说："这一道门何必关？又没多的人走，况且姨娘、姐姐、妹妹都在里头，倘或要家去取什么，岂不费事？"宝钗笑道："小心没过逾的！你们那边这几日七事八事，竟没有我们那边的人，可知是这门关的有功效了。要是开着，保不住那起人图顺脚走近路从这里走，拦谁的是？不如锁了，连妈妈和我也禁着些，大家别走。纵有了事，也就赖不着这边的人了。"宝玉笑道："原来姐姐也知道我们那边近日丢了东西？"宝钗笑道："你只知道玫瑰露和茯苓霜两件，乃因人而及物，要不是里头有人，你连这两件还不知道呢。殊不知还有几件比这两件大的呢。若以后叨登不出来，是大家的造化；若叨登出来了，不知里头连累多少人呢。"

宝钗对贾府里丢东西，大观园下人们争利益之事心知肚明，她甚至也知道产生这些事情的祸首是谁。然而宝钗为了明哲保身，维护自己美好的形象，

却对自己家严防死守，以事不关己不劳心的态度对待这些事情。表面看薛宝钗好像是置身事外的，然而从她在这里对贾宝玉说的话中可以看出，她比贾宝玉和大观园里其他人知道得更多，所以她的置身事外是做给人看的，而内心却热衷于贾府里所有事态的发展。

有时候想想，薛宝钗一定是非常累的。她冷静地看大观园里的一切，处处显示出理性和与人为善的处事风格，极力控制着自己的性情——她一生是为名利而活的，缺少了独立的个性。如果从思想上分析，宝钗、袭人是儒家思想的代表，而宝玉和黛玉明显具有老庄的哲学思想。儒家思想里以道德为先，仁义礼乐是儒家思想的核心。而老庄哲学思想以生命为先，道德服从于生命。这在本质上应该是一种对立，道德捉摸不定，儒家有儒家的道德，墨家有墨家的道德，但生命却是唯一的。所以老庄的思想更自由，更独立，而儒家的思想却是压抑和虚伪的。

人，有时候要活出自己的本性来，特别是在青春年少的时候，生命如果少了那份纯度，少了天真与浪漫，就会缺少成长的快乐。倘使如此，待到风烛残年，回首过去，人生记忆里只留下一片苍白，那该是多么遗憾啊！

（五）

所以，在平儿的生日宴中，我们可以看到一场生命放纵的喧嚣。如前面贾母组织的各种宴饮一样，当一群少年坐在一起欢聚时，自然也少不了戏曲、行令、游艺之乐。

> 宝玉便说："雅座无趣，须要行令才好。"众人中有说行这个令好的，又有说行那个令才好的。黛玉道："依我说，拿了笔砚将各色令都写了，拈成阄儿，咱们抓出那个来就是那个。"众人都道："妙极！"即命拿了一副笔砚花笺。香菱近日学了诗，又天天学写字，见了笔砚，便巴不得，连忙起来，说："我写。"

宴饮上的娱乐活动，这也是中国酒文化和饮食文化的体现。而在贾府里，这种文化活动是一代代传承下来的，所以贾府里关于游艺活动的各种用具也都非常齐全，而众人对游戏的规矩也是烂熟于心的。所以当他们抓阄抓出“射覆”和“拇战”后，湘云立马说射覆不好玩，不如拇战来得直接和简便。

什么是“射覆”呢？这类似于占卜猜物的游戏。在一个密闭的器物里放上东西，叫人猜出来。《西游记》里孙悟空与三个妖怪道士斗法，其中有一个环节叫“隔空猜物”，也就是这一类游戏。其中“射”与“覆”代表游戏的双方，“射”指猜物方；“覆”指藏物方。然而小说这里的射覆，应该是这个传统游戏的一种延伸——用文字或诗词设覆之物，所以它更高雅，更能考验人的文化功底。

而“拇战”就很明白了，就是我们现在的划拳。史湘云说更喜欢划拳，可见她性情里的爽直与豁达。这并不代表湘云惧怕射覆游戏，而是人的性格决定的。

湘云等不得，早和宝玉“三”“五”乱叫，猜起拳来。那边尤氏和鸳鸯隔着席，也“七”“八”乱叫起拳来。平儿、袭人也作了一对。叮叮当当，只听得腕上镯子响。一时湘云赢了宝玉，袭人赢了平儿，二人限酒底酒面。湘云便说：“酒面要一句古文，一句旧诗，一句骨牌名，一句曲牌名，还要一句时宪书上有的话：共总成一句话。酒底要关人事的果菜名。”众人听了，都说：“唯有他的令比人唠叨！——倒也有些意思。”

划拳的游戏虽也热闹，但过于简单，这对一群有文化修养的人来说，未免显得单调无味，所以不过玩一两圈，史湘云便提出了其他建议。她的建议里，对参与人的文化底蕴要求极高：一是要求熟读经、史、子、集各类古文，二是熟悉诗词曲赋，三要有临场应变能力。

这并不是所有人能够玩的。我每次读到有关这些游戏的内容时，就会引发沉思：文化的真正含义是什么？难道是现代人玩的电子游戏？还是坐在公园、商场、地铁上目不转睛地看某音和短视频？有时，往深处去想，不禁为传统文化的落寞而感到悲哀。

然而我们不妨借史湘云的酒面，看看这酒令到底有多难呢？

湘云便说道：奔腾澎湃，江间波浪兼天涌，须要铁索缆孤舟，既遇着一江风，不宜出行。

其中第一句，引用欧阳修的《秋声赋》里的句子：“初淅沥以萧飒，忽奔腾而澎湃，如波涛夜惊，风雨骤至。”第二句引用杜甫《秋兴八首》中的“江

间波浪兼天涌，塞上风云接地阴。”第三句，指骨牌的形状像江面上的孤舟一般。第四句“一江风”为曲牌名，《九宫大成》所载“一江风”以十一句为正体，但实际运用不广，明清文人运用更多的是十字句形式。第五句就是皇历上记载关于黄道吉日的说明。

这一酒面起首大气而豪迈，给人一种广阔、雄浑的意境，如生命快意而激情。然而到了第三句，情感却急转直下，一种苍凉、萧索、孤独、悲怆之感油然而生，好似暗示着史湘云的生命历程一样：“湘江水逝楚云飞”——生命最终走向孤独。

（六）

但不管怎样，史湘云在行酒令的时候一定玩得很嗨，也玩出了自己的真实水平。所以待众人玩得高兴时，突然发现史湘云不见了，于是才派人到处寻找：

正说着，只见一个小丫头笑嘻嘻地走来，说：“姑娘们快瞧，云姑娘吃醉了，图凉快，在山子后头一块青石板凳上睡着了。”众人听说，都笑道：“快别吵嚷。”说着，都走来看时，果见湘云卧于山石僻处一个石凳子上，业经香梦沈酣。四面芍药花飞了一身，满头脸衣襟上皆是红香散乱。手中的扇子在地下，也半被落花埋了，一群蜜蜂蝴蝶闹嚷嚷地围着。又用鲛帕包了一包芍药花瓣枕着。众人看了，又是爱，又是笑，忙上来推唤搀扶。湘云口内犹作睡语说酒令，嘟嘟囔囔说：“泉香酒洌，……醉扶归，——宜会亲友。”众人笑推他说道：“快醒醒儿，吃饭去。这潮凳上还睡出病来呢！”湘云慢启秋波，见了众人．又低头看了一看自己，方知是醉了。原是纳凉避静的，不觉因多罚了两杯酒，娇袅不胜，便睡着了，心中反觉自悔。

这里作者用唯美的笔墨描写了一幅花下睡美人的画面：初夏时节，芍药花开，落英缤纷，一个美丽而娇柔的少女，枕着花儿沉睡。那花瓣片片而落，半遮了她的身体，又半铺满地面；蜂蝶绕着花，也围着人，一时间，人似花，花如人，人与花融合在了一起——生命的形态，如花那样艳丽，也如花那样洁净。也许在这位少女的心里，正做着花一般的梦，梦里不知身处凡尘几许，只道自己入瑶池仙宫一般吧！

也许“醉”是一种生命的境界和诗意。史湘云因酒而醉，枕花而眠，那不过是外在的娇弱无力，真正醉的是生命的一种精神情态。花香可醉人，花色也可醉人。能让美好的外物而使自己沉醉的，酒不过是一种引发之物，醉在内心的是那种对生命的热爱和执着的情感。一个人充满着世俗的欲望，肮脏的思想，又怎么会醉在一花一叶之间？又怎么能体会到“泉香酒洌”的酣畅之乐呢？

有时候读到这里，就会使人联想到生命的豁达和通透。竹林七贤的阮籍可以醉后驾车狂奔，穷途而哭，哭尽而返；刘伶之饮，饮而醉，醉而裸——生命虽是怪诞不羁，然而却是纯洁的，天然的，无尘无欲般的潇洒！

青春啊！如花似玉般精致纯洁！也如花草般自由潇洒！青春啊！若也如她这般痛痛快快地醉一回，夫复何求！

有一次被一个文友问道：“你读过许多遍《红楼梦》，你喜欢那里面哪个女子呢？”我笑而答曰：“史大妹子是也！”

友人同笑。

（七）

各位，读这一回时，你不仅会感受到生命的唯美，还会体味到青春年少之间那种纯洁无欲的情感：

> 袭人便送了那钟去，偏和宝钗在一处，只得一钟茶，便说：“那位喝时那位先接了，我再倒去。”宝钗笑道：“我倒不喝，只要一口漱漱就是了。”说着，先拿起来喝了一口，剩了半杯，递在黛玉手内。袭人笑说：“我再倒去。”黛玉笑道：“你知道我这病，大夫不许多吃茶，这半钟足够了，难为你想得到。”说毕饮干，将杯放下。

宝钗喝过的茶，黛玉接着喝，同饮一杯茶的情景里，那是一种姐妹情深的表现——有一种亲密无间的温暖。我想起自己读书时，八个小男生住一间宿舍，每晚泡一碗方便面，全宿舍的一人一口，连汤都会喝个精光，那种人与人之间的坦诚与信任，兄弟之间的纯洁，如一泓清水般透彻。然时过境迁，想众人也为人夫、为人父，如他们能再回味起当年同分一碗面食的快乐，我想哪怕生活再怎样艰难，也仍可以会心一笑。

这种深刻的印象，就像贾宝玉与芳官和春燕同吃一桌饭一样：

说着，只见柳家的果遣人送了一个盒子来。春燕接着揭开看时，里面是一碗虾丸鸡皮汤，又是一碗酒酿清蒸鸭子，一碟腌的胭脂鹅脯，还有一碟四个奶油松瓤卷酥，并一大碗热腾腾碧莹莹绿畦香稻粳米饭。春燕放在案上，走来安小菜碗箸，过来拨了一碗饭。芳官便说："油腻腻的，谁吃这些东西！"只将汤泡饭，吃了一碗，拣了两块腌鹅，就不吃了。宝玉闻着，倒觉比往常之味又胜些似的，遂吃了一个卷酥。又命春燕也拨了半碗饭，泡汤一吃，十分香甜可口。春燕和芳官都笑了。吃毕，春燕便将剩的要交回。宝玉道："你吃了罢，若不够，再要些来。"春燕道："不用要，这就够了。方才麝月姐姐拿了两盘子点心给我们吃了，我再吃了这个，足够了，不用再吃了。"说着，便站在桌旁，一顿吃了。

芳官和春燕本是照顾贾宝玉的下人，然而贾宝玉却与两个小女生一起吃饭。在旧时社会里，这是绝不允许的，倘若被园子里的老婆子看见，自然又有一番风言口舌之争。

然而，这里体现了一种兄妹之情。旧时讲"同衣""同食"者，关系是何等的亲密！"岂曰无衣？与子同袍"那是兄弟的情谊。"同食"那是手足的无间。

贾宝玉与两个小女孩同食，这里没有世俗的等级和贵贱之别，只有人与人之间纯纯的和谐相处，似兄弟姐妹般亲切。这种对人的尊重和包容，正是现实社会里追逐功利之人所缺少的东西。作者这样写，一方面赞美青春年少里那种亲密无间的情感，另一方面，正要唤醒人们最美好、最善良的人性。

（八）

人性的善良体现在纯真之中——不仅对人有爱，即使对待花草也有特别的情感。当平儿的生日宴会接近尾声时，众人早已酒足饭饱，畅游酣玩尽兴，小说写到这里，却又引出另一种别样的情景：

外面小螺和香菱、芳官、蕊官、藕官、豆官等四五个人，满园玩了一回，大家采了些花草来兜着，坐在花草堆里斗草。这一个说："我有观音柳。"

那一个说："我有罗汉松。"那一个又说："我有君子竹。"这一个又说："我有美人蕉。"这个又说："我有星星翠。"那个又说："我有月月红。"这个又说："我有《牡丹亭》上的牡丹花。"那个又说："我有《琵琶记》里的枇杷果。"豆官便说："我有姐妹花。"众人没了，香菱便说："我有夫妻蕙。"

斗草的乐趣，那是对花草的一种怜爱。兰，一枝一花，有孤傲之感；蕙，一枝多花，色香比一般的兰花更淡一些。兰草，常形容女子的美好形态——蕙质如兰，那一定是一种优雅的气质。这里香菱说到兰又想到蕙，也许这正是她的生命里蕴藏的东西，或者是她追求的一种美好的生命形态——命虽苦，却气质如兰，品性如蕙。

然而正当她用"夫妻蕙"斗众草之时，一群小女孩因斗草之戏，在花下纠缠在了一起：

你汉子去了大半年，你想他了，便拉扯着蕙上也有了夫妻了，好不害臊！"香菱听了，红了脸，忙要起身拧他，笑骂道："我把你这个烂了嘴的小蹄子，满口里放屁胡说。"豆官见他要站起来，怎肯容他，就连忙伏身将他压住，回头笑着央告蕊官等："来帮着我拧他这张嘴。"两个人滚在地下。众人拍手笑说："了不得了，那是一洼子水，可惜弄了他的新裙子。"豆官回头看了一看，果见旁边有一汪积雨，香菱的半条裙子都潮湿了，自己不好意思，忙夺手跑了。众人笑个不住，怕香菱拿他们出气，也都笑着一哄而散。

我读到此处，内心除了感叹外，总会把嘴角微微向上翘起，回味与向往油然而生——想起自己的童年来：一群孩子在小河边玩水，丢石头、打碗碗，玩得高兴时，有人偷偷地搬来一块大石头，"轰"一声砸在水里，一时间水花乱溅，弄得大家满身满脸都是水，于是一群孩子一哄而散，却留下那个全身湿透的孩子，孤独地立在水边茫然失措、欲哭无泪。

而香菱此时的囧态却被贾宝玉看见了，他不但排解了香菱弄脏裙子的难堪，更甚者，她用并蒂菱安慰了香菱受伤的心。

香菱的生命如水中之菱草，随水的流动漂泊无助，也许生命是孤苦和凄凉的，然而贾宝玉却有一颗温暖的心——告诉她，她这株菱草并不孤独。因为这个世界上，还有同根而生，同枝而花的并蒂之草。

作者借菩萨化身般的贾宝玉，用慈悲的心完善了香菱生命的缺憾——这里借用的并蒂菱，带着祝福和安慰。也许作者在想到香菱生命的悲苦时，不再忍心使这个女孩子受到更多的伤害。

人生可以如花般美丽，也可以如草芥般低微，但不管怎样，在这些年轻的生命里，那些才华，那般纯情，却是如诗如画般的美好，令人回味，无限向往。

更令人动容的是，当这一切结束时，贾宝玉却把那夫妻蕙和并蒂菱葬在了土里：

香菱见宝玉蹲在地下，将方才夫妻蕙与并蒂菱用树枝儿挖了一个坑，先抓些落花来铺垫了，将这菱蕙安放上，又将些落花来掩了，方撮土掩埋平伏。香菱拉他的手笑道："这又叫作什么？怪道人人说你惯会鬼鬼祟祟使人肉麻呢。你瞧瞧，你这手弄得泥污苔滑的，还不快洗去。"宝玉笑着，方起身走了去洗手。

贾宝玉掩埋并蒂菱和夫妻蕙的行为，与林黛玉葬花一样：对青春美好的不舍和留恋。葬花草，也许是一种情感的释放和解脱，更是对青春的纪念。"葬"字的形状，上是"草"，中是"死"，下如"土"，花草命贱，却能在春天展现出美好的生命形态，从土地到生命之美，再到死去，似乎让生命得到了升华——生命最终归于纯洁的土地。

所以，当我们能看到自己生命的结局，又能看到生命经历过的美好时，此生也会更坦然和从容——我自己从来没有辜负过生命；我的人生经历，正是我生命最圆满的选择！

2022 年 8 月 24 日于金犀庭苑

六十三、生的绚烂，死的荒凉

（一）

曾读过周汝昌先生评《红楼梦》的艺术特色，其上多讲到“草蛇灰线”与“伏脉千里”。的确，在这部小说的写作手法上，处处都有这两种方法的体现，这是《红楼梦》写作的两个重要特点。

然而在我读这部小说的时候，我所能看到更多的是对比手法的运用。小说里有许多关于人生命运、生死、衰荣、生命状态和场景的各种对比，仿佛这部小说的作者就像两个辩论的高手一样——在正方与反方之间激烈的角逐中，让广大读者看到了生命的方方面面。

在这一回里，作者既写了贾宝玉生日的热闹，又写到贾敬之死，贾宝玉生日的热闹是其生命过程最繁盛的时候，而贾敬的死亡却是生命的荒凉。也许在人生过程中，这两种状态，正是生命的两个极端——从来没有往返的机会。在热闹中体会荒凉，在看到他人的荒凉后能体会生命热闹的过程，作者这样一而再，再而三地进行对比，他告诉读者：生与死，是生命不可逃避的两个阶段，对一个人而言，对待这两个阶段的态度，也决定了生命的高度和境界——从生命哲学上考虑，有生也必有死，这样的生命两极观，似乎说明了人生何其短暂，又何其地飘浮不定，所以何必去苦苦寻求那些生命中超越自己能力的东西——保持一种平淡之心，活在当下，知足常乐，不失为一种人生的大智慧。

（二）

小说前一回写探春提议，给平儿过生日，大观园在白天热闹了一日。然而在怡红院里，众女子皆认为这样不够尽兴，所以在袭人和晴雯的组织下，决定在夜里给贾宝玉单独庆祝一番——很多时候，小范围的聚会，才更能体现人与人之间的亲密关系。

我想起自己读书时，一群年轻人凑份子给同寝室的同学过生日的事情。那时候每次遇到寝室里同学过生日，大家必将商量着怎样度过这愉快的一天——过生日的同学也会邀请大家吃一顿饭，待生日蛋糕分切时，大家强抹蛋糕到寿星的脸上、身上，一群人打闹笑骂，无休无止，直到深夜。

为什么人们会对这样的事情记忆犹新呢？在无忧无虑的生命时段，人的心灵纯洁得如同白纸一般，所以这时候，人最容易受到情感的触动，也最容易留下深刻的印迹。

尤其是对于特别感性的贾宝玉来说，他对这一晚的聚会，一定充满着期盼和向往。

宝玉说："关了院门吧。"袭人笑道："怪不得人说你是'无事忙'！这会子关了门，人倒疑惑起来，索性再等一等。"

你看，天还没有黑下来，贾宝玉就有点迫不及待了，可见在他的心里，是多么地喜欢团聚和热闹！这是一种生命的活力，也是对生活的一种热爱。

然而，此时管家林之孝家的来了。《红楼梦》里有一个写作布局很特别，脂砚斋在评这本书的时候说：为人要老实，为文要狡猾。在这里，贾宝玉想着晚上的生日酒会，表现得既兴奋又急切，然而作者写到这里却戛然而止，偏偏写管家林之孝带着上夜的人来了，于是一阵聒噪，让读者摸不着头脑。其实这正是写作的好方法，吊足了读者的胃口——有时候，你想急切地做一件事，然而偏偏有人在中间打扰你，你又不能光火，这种场景，只会使心情愈发地急切。就像贾宝玉那次要挨贾政打的时候，他需要一个人去向贾母求救，然而偏偏此时却一个人也没有，好不容易盼来了一个人，却又是一个耳背的老婆子，这无疑加强了小说情节的戏剧性和生动性。这种情节不仅使读者焦急，小说里的当事人也非常焦急——人物形象与读者之间，就形成了一种无缝连接的默契。

所以当林之孝家的讲了一套礼仪规矩离开之后，晴雯马上发表了自己的意见：

这里晴雯等忙命关了门，进来笑说："这位奶奶那里吃了一杯来了？唠三叨四的，又排场了我们一顿去了。"

晴雯的急切性格一定讨厌林之孝家的唠三叨四、啰啰唆唆。这些烦琐的规矩，既有礼教正统思想下的礼节，也有书香人家多年积累出来的治家经验。这些规矩，有些在成人的世界里是一种场面上的虚伪应酬，这对青春年少的人来说，却是一种对生命的束缚——在青春的生命里，潜意识里是抵制这样的规矩的——青春希望获得自由和放纵。

所以当林之孝家的走后，这一群孩子仿佛获得了生命的解放：摆酒安桌，一阵热闹：

宝玉说："天热，咱们都脱了大衣裳才好。"众人笑道："你要脱，你脱，我们还轮流安席呢。"宝玉笑道："这一安席，就要到五更天了。知道我最怕这些俗套，在外人跟前，不得已的。这会子还怄我，就不好了。"众人听了，都说："依你。"于是先不上坐，且忙着卸妆宽衣。一时将正妆卸去，头上只随便挽着纂儿，身上皆是紧身袄儿。宝玉只穿着大红棉纱小袄儿，下面绿绫弹墨夹裤，散着裤脚，系着一条汗巾，靠着一个各色玫瑰芍药花瓣装的玉色夹纱新枕头，和芳官两个先搳拳。当时芳官满口嚷热，只穿着一件玉色红青驼绒三色缎子拼的水田小夹袄，束着一条柳绿汗巾；底下是水红洒花夹裤，也散着裤腿；头上齐额编着一圈小辫，总归至顶心，结一根粗辫，拖在脑后，右耳根内只塞着米粒大小的一个小玉塞子，左耳上单一个白果大小的硬红镶金大坠子：越显得面如满月犹白，眼似秋水还清。引得众人笑说："他两个倒像一对双生的弟兄。"

前面林之孝家的强调规矩，而此时贾宝玉却对规矩听而不闻：

知道我最怕这些俗套，在外人跟前，不得已的。

在他的认识当中，很多的规矩都是做给外人看的，是一种不可取的东西，而现在是在怡红院，规矩一概可以免去了——怡红院成了自由的乐园，贾宝玉成了保护这群女孩子的大力神。

所以芳官在贾宝玉的纵容下，就更显得自由散漫了。看看芳官的打扮：袄子的白、红、青三色拼接而成，裤子红色而自由垂下裤脚，头发随意地圈在头顶，耳朵上一大一小的坠子，既活泼又富于鲜明的个性。这也正是生命的自由和放纵，才使芳官显得那样动人和充满着活力。

（三）

青春的活力既体现出一种热烈，也体现在无私的分享上。当贾宝玉说大家喝酒，也应该行一个酒令才好玩，春燕建议把林黛玉和薛宝钗及大观园里的众女子都请来时，贾宝玉一下子就答应了。

于是另一场与众不同的热闹大戏在怡红院上演开来。

这里行的酒令，却与平日里大家玩的并不一样——占花儿名。事先准备一个竹雕的签筒，里面装上花名的签子，又准备骰子来，根据摇骰子的点数进行抽签，按签上的要求进行下一步活动的一种游戏。

青春的生命如花一般娇艳，花的生命状态正是这一群女孩子的生命特征，所以作者借这一场酒令，把这些如花的生命状态一一地展现给读者。

首先抽签的是宝钗：

宝钗便笑道："我先抓，不知抓出个什么来。"说着将筒摇了一摇，伸手掣出一签。大家一看，只见签上画着一枝牡丹，题"艳冠群芳"四字。下面又有镌的小字，一句唐诗，道是：任是无情也动人。又注着："在席共贺一杯。此为群芳之冠，随意命人，不拘诗词雅谑，或新曲一支为贺。"

薛宝钗的生命特征如牡丹，富丽堂皇，一种富贵的气质。在现实中，薛宝钗虽然对事对人都冷静沉着，然而那种美貌和气质却令人羡慕，所以薛宝钗作为十二钗之首，是集富贵、美貌和才华为一体的。但是，宝钗的冷静，是一种明哲保身的行为，所以显得无情——从整部小说来看，很难看出薛宝钗是不是真心地喜欢贾宝玉，也许在她的思想里，只是通过与贾宝宝的婚姻来维持住家族的某些利益而已。

下一个抽签的是探春：

探春笑道："还不知得个什么。"伸手掣了一根出来，自己一瞧，便撂在桌上，红了脸笑道："很不该行这个令！这原是外头男人们行的令，许多混账话在上头。"众人不解，袭人等忙拾起来。众人看时，上面一枝杏花，那红字写着"瑶池仙品"四字，诗云：日边红杏倚云栽。注云："得此签者，必得贵婿，大家恭贺一杯，再同饮一杯。"

杏花，火红的颜色，生命力极其旺盛。日边与倚云，天边的云彩，比喻很远的地方。探春据说嫁到很远的地方，从今天来看，应属国外，后来当了王妃，所以得贵婿。

再看李纨的签：

李纨摇了一摇，掣出一根来一看，笑道："好极！你们瞧瞧这行子，竟有些意思。"众人瞧那签上，画着一枝老梅，写着"霜晓寒姿"四字，那一面旧诗是：竹篱茅舍自甘心。注云："自饮一杯，下家掷骰。"

一枝老梅，冬深之时，清晨一阵霜露坠在梅花之上，瘦骨的枝，单薄的花，孤独地将艳色收起，又孤独地在冰雪中开放，谁懂她那颗孤冷的心呢。所以她只在稻香村里，平淡地生活，让时光消磨掉那鲜艳的颜色，渐趋灰暗——生命从此孤苦而暗淡了。

接下去便是湘云：

黛玉一掷是十八点，便该湘云掣。湘云笑着，揎拳掳袖的，伸手掣了一根出来。大家看时，一面画着一枝海棠，题着"香梦沉酣"四字，那面诗道是：只恐夜深花睡去。黛玉笑道："'夜深'二字改'石凉'两个字倒好。"

这一句出自苏东坡的"只恐夜深花睡去，故烧高烛照红妆"。那海棠花在白天里开得多么艳丽，花色红润，花瓣轻盈，然而花开不久，便渐渐地凋零了，就像海棠春睡、香梦沉酣——那短暂的美好，只留存在梦里，随湘江水逝，与彩云同飞。

史湘云掷过之后，便是麝月：

麝月便掣了一根出来，大家看时，上面是一枝荼蘼花，题着"韶华胜极"四字，那边写着一句旧诗，道是：开到荼蘼花事了。注云："在席各饮三杯送春。"麝月问："怎么讲？"宝玉皱皱眉儿，忙将签藏了，说：咱们且喝酒罢。"

荼蘼花据说是春天最艳丽的花，它在暮春盛开，它开过之后，整个春天的花就没有了，这似乎预示着一场盛宴的结束，美好的东西即将消失。所以

当麝月问及怎么解时，贾宝玉皱着眉头，忙着收签——他不希望美好的东西消失掉。

麝月一掷个十点，该香菱。香菱便掣了一根并蒂花，题着“联春绕瑞”，那面写着一句旧诗，道是：连理枝头花正开。注云：“共贺掣者三杯，大家陪饮一杯。”

前一回里香菱斗草提到夫妻蕙，贾宝玉用并蒂菱安慰了她。香菱是薛蟠买回来的丫头，相当于是小妾，然而薛蟠朝三暮四，喜新厌旧，哪里会真正守护和喜爱香菱呢。所以看似连理枝，却只在枝头独自开放而已。

读到这里，各位该怎么想：怎么还没有轮到林黛玉呢？

香菱便又掷了个六点，该黛玉。黛玉默默地想道：“不知还有什么好的被我掣着方好。”一面伸手取了一根。只见上面画着一枝芙蓉花，题着“风露清愁”四字，那面一句旧诗，道是：莫怨东风当自嗟。注云：“自饮一杯，牡丹陪饮一杯。”众人笑说：“这个好极，除了他，别人不配做芙蓉。”黛玉也自笑了。

芙蓉指荷花，有一种高洁而出尘不染的形态。“风露清愁”，从无形到有形，有一种冰冷可怜的情绪，那正是林黛玉的神态。“莫怨东风当自嗟”与《葬花词》里的形象一样，独自的嗟叹：枉自嗟呀，空劳牵挂。生命最后选择孤独地离开，不是东风无情，而是生命的不能自主，所以只能独自哀叹，怅然神伤。

然而在酒令里，却有牡丹陪饮，这陪饮的表面是一种深情，却饮的是一杯苦酒。无论是获得了爱情也好，还是失去那份深情也罢，爱情，既美好又痛苦——当一个人香魂逝断，一个人独守枯灯，一个人雪地了悟之后，这千古的爱情，谁能说得清，谁又能言得尽啊！

所以春去春来，且看袭人的桃花正艳：

袭人便伸手取了一枝出来，却是一枝桃花，题着“武陵别景”四字，那一面写着旧诗，道是：桃红又见一年春。注云：“杏花陪一盏，座中同庚者陪一盏，同姓者陪一盏。”

武陵乃桃花之源，可以安定生命，可以避乱情迷，预示着生命即将迎来新生，也许袭人对贾宝玉一片痴意的因果里，此正是她最好的归宿。

（四）

花儿盛开，春天便来了。然而花不会常开，快乐的时光总是易逝的。所以待二更天过，似乎所有的花儿也睡去了，快乐即将进入尾声。

回想起自己的青春，总感觉那些快乐的时光很短暂，生命之中的快乐不是时时刻刻都有的，所以对待生命中所遇见的人和事，不是久久地怀念，而是懂得当下的珍惜——既爱过，又恨过；既快乐过，又痛苦过，那又有什么后悔的呢？

我记起自己十一二岁的时候，每逢表弟表妹在节假日来我家的情景，大家一起玩得多么的开心，常常忘记时光渐渐地流去，就像李清照的《如梦令》一样："常记溪亭日暮，沉醉不知归路，兴尽晚回舟，误入藕花深处，争渡，争渡，惊起一滩鸥鹭。"然而待他们将要离开时，总是恋恋不舍，顿生怅然若失之感。

所以待一群少男少女醉卧一起，醒来犹觉沉醉在快乐的梦中，那忘情的笑声里，是多么令人向往！在贾宝玉的生日酒会里，大家划拳、行令、喝酒，年轻的生命得到了完全的放松——在那时，没有主子、仆人、丫头之间的等级差异，更多的是生命平等的自由和随意，也只有在这样的年纪里，人与人之间才会找到这种自由放松的快乐，才能看到切实的纯真。

也许在正统思想影响下的社会里，这场生日聚会更像一场梦，待梦醒来，现实的无奈便把它捣碎了，它碎在每一个人的青春里，也碎在那些充满着感性与爱的生命中。

这场梦，向每一个年轻而美好的生命开放，你只要愿意接纳，梦的美好就会留在心里。待生命染上风尘，即使苍老了容颜，翻开这一场梦来，依然觉得那样的精彩和不舍。

所以尽管像妙玉一样，守着青灯古佛，念着阿弥陀佛，她依然有一颗憧憬美梦的心。

晴雯忙启砚拿了出来，却是一张字帖儿。递给宝玉看时，原来是一张粉红笺纸，上面写着："槛外人妙玉恭肃遥叩芳辰。"

那粉红的信笺上，一定也留下少女的芬芳——在作者的笔下，妙玉虽与众女子不同，然而毕竟那是一个年轻的生命，年轻的本质应追求一种纯洁和美好，不应因身处什么环境而改变。所以作者借贾宝玉的态度，表达了对妙玉不一样的尊重和珍惜。

只是在邢岫烟看来，妙玉却又是那样的别扭和虚伪，当贾宝玉要给妙玉回帖，不知如何下笔，想去请教林黛玉的时候，中途遇上了邢岫烟，于是关于妙玉的拜帖，邢岫烟作了这样一段解释：

岫烟笑道："他这脾气竟不能改，竟是生成这等放诞诡僻了。从来没见拜帖上下别号的，这可是俗语说的'僧不僧，俗不俗，女不女，男不男'，成个什么理数。"宝玉听说，忙笑道："姐姐不知道，他原不在这些人中算，他原是世人意外之人。因取了我是个些微有知识的，方给我这帖子。我因不知回什么字样才好，竟没了主意，正要去问林妹妹，可巧遇见了姐姐。"

在邢岫烟的表情和语言中，我们至少看到两层意思：一般的拜帖落款时应该用真人的名字，以示尊敬。然而岫烟在这里取笑妙玉用"槛外人"，说她"僧不僧""俗不俗"的，这句话很直白地说妙玉故弄玄虚——妙玉内心的复杂表现：她在众人面前，本是一个出家人，不应该眷恋红尘俗事的，然而自己对贾宝玉有所爱恋，所以用粉红的信笺写下拜帖，却用"槛外人"落笔，其间可见她内心的矛盾。

邢岫烟一看便明白了妙玉的心，但此时岫烟一定也很纳闷：为什么妙玉会有这样的心思呢？

岫烟听了宝玉这话，且只管用眼上下细细打量了半日，方笑道："怪道俗语说的，'闻名不如见面'，又怪不得妙玉竟下这帖子给你，又怪不得上年竟给你那些梅花。既连他这样，少不得我告诉你缘故。

岫烟看贾宝玉，而且是仔细地打量——那男孩子神态面如秋月，肤如傅粉，顾盼生辉，风流之中自带一种才气，言语中却更添几分温柔……这样一个既有才华又相貌俊美的男孩子，谁能不喜欢呢？所以岫烟内心一定会想：妙玉对贾宝玉是动了情的，要不怎么会给贾宝玉下帖子、冬天送梅花呢？这世上没有无缘无故的爱，妙玉对贾宝玉的爱恋，爱的是他的才华和俊美。只是她既以身许佛门，又岂能轻易返俗，可怜妙玉，一个青春少女，竟把一段美好的情愫埋在青灯烛光、木鱼磬声之中了。

也许像妙玉这样的人，她的性格一定也固执和有洁癖的——人世间找不到她的所属，无法达成所愿，只求自许于佛门。然而当她看见贾宝玉后，似乎找到了内心所追求的东西，只是可惜，身已经许了佛门，纵然贪恋，也不过是镜中看花、水中捞月。所以她每天听着木鱼声响，心却念着尘世之佛。妙玉的结局，最终被尘世所卷，坠入到红尘之中——她的生命到此，是成佛，是成就自己的内心，谁能答复呢？

所以这里讲到的“槛外人”与“槛内人”正是两种不同生命观的对立，而不是和谐的统一，最终的结局，贾宝玉从槛内走向了槛外，妙玉从槛外卷入了槛内，多么可笑和讽刺啊！

（五）

然而真正的“槛”只不过是人对生与死的一种愿望——也许有一道铁制的门槛，可以阻挡死亡。但是，生与死，谁能主宰得了？

正好宝玉生日后的第二天，当大家在大观园游玩时，突然外面传来消息称贾敬死了——所以任何铁门槛都挡不住死亡的来临。

贾敬是怎样死的呢？

大夫们见人已死，何处诊脉来？素知贾敬导气之术，总属虚诞，更至参星礼斗，守庚申，服灵砂等，妄作虚为，过于劳神费力，反因此伤了性命的，如今虽死，腹中坚硬似铁，面皮嘴唇，烧得紫绛皱裂。便向媳妇回说：“系道教中吞金服砂，烧胀而殁。”众道士慌得回道：“原是秘制的丹砂吃坏了事，小道们也曾劝说：‘功夫未到，且服不得。’不承望老爷于今夜守庚申时，悄悄地服了下去，便升仙去了。这是虔心得道，已出苦海，脱去皮囊了。”

大夫的话很实诚，也很有科学依据；道士的话，很得体，也很缥缈。贾敬想长生不死，然而却早早地离开了人间。与其苦苦地寻求长生，折磨肉体，不如像前面平儿和贾宝玉的生日一样，放纵生命，自由自在，让生命随自然的变化而消失，岂不是真正的快乐吗？

然而寻求长生的根本目的，不是成仙成道，那是欲望的不死。所以贾敬的死，只不过是欲望的延伸罢了——世人都晓神仙好，唯有功名忘不了。当贾珍和贾蓉父子听见尤氏姐妹因自家中死人而前来照看宁府时，他们的言语，他们的动作，哪里还有死了爷爷和父亲的那种悲伤——有时候，悲伤是做给人看的。

二尤在这里出现了，必将引发一场不同寻常的情缘出来。且看珍蓉父子，一个忘记死了爷爷的悲伤，一个忘记死了父亲的痛苦，一个笑容满面，一个“妥当”里，却包含着多少肉体的欲望——这既是对前面皇帝隆敦孝悌的嘲笑，更是对封建礼教忠、孝、仁、义极大的讽刺。

作者在这一回既写生日聚会的热闹与自由自在，却在结尾处又写到生命的寂灭。这样的对比，似乎说明生命的转换只不过是瞬息之间的事，热闹之极，是生命的美好；死亡之时，是生命的荒凉。然而每一个人，都会经历这样的阶段，也许当自己看明白了这一点之后，对于生死和欲望，就不再那样在乎和惆怅了吧！

2022 年 8 月 31 日夜于金犀庭苑

六十四、真情与虚伪同时存在人的情感中

（一）

读到这一回，突然想到鲁迅先生《阿Q正传》里面的一段话："中国的男人，本来大半都可以做圣贤，可惜全被女人毁掉了。商是妲己闹亡的；周是褒姒弄坏的；秦……虽然史无明文，我们也假定他因为女人，大约未必十分错，而董卓可的确是给貂蝉害死了。"

乍一读，好似鲁迅先生也变得思想迂结了，怎么能这样说呢？但我想大多数人都会从这一段话里读出鲁迅对男权社会的讽刺意味来——天下许多男人在事业失败、爱情失意，甚至是君王亡国之后都怪罪于女人身上，"自古红颜多祸水"——却把男人的懦弱和无能推给那些弱小的女人——封建男权社会里，女人老是当"背锅侠"。

然而细细想来，江山是男人的，事业是男人的，就连女人，在权力和欲望之下，也不过是男人的附属品之一。就是现在，常听到某男酒后之言："兄弟如手足，女人如衣服，手足不可断，衣服可常换。"当男人的光辉形象，需要女人来衬托时，也算不得什么伟大和圣贤吧！

所以《红楼梦》站在对人的尊重上，热情地歌颂了一群女性，旗帜鲜明地批判了男权社会对女性的侮辱和不公——女性的悲剧，来源于男人的欲望。

不仅如此，小说从头到尾，写男人在政治生活、男女情感、对待家庭伦理、对社会人情世故等，无不表现出欲望、虚伪、贪婪等丑陋的面目。小说里借贾宝玉这个极具女性色彩的小男孩所表现出来的善良、真诚、深情、大度和对人的尊重方面，来反衬当时社会男人们的种种虚伪行为。所以《红楼梦》这部小说，如果站在封建社会的角度来看，它所体现的精神和思想无疑是反叛的，为当时社会所不容的。然而从小说考证来看，这本小说从写成到现在，一直为人们所推崇，甚至几百年来，不断有人进行续写、评论和借鉴，这又是为何呢？

我想起自己读这部小说的时候，书中描写的众多人情世故，往往会引起

我对自己人生经历的思考。特别是看到书中人物的一言一行，又仿佛看到自己的某些行为——这一部书，我自认为写的是人性，每一个人，都可以在这里找到自己，每一个人心中都有一部属于自己的《红楼梦》，这大概就是这部书一直被人们推崇的根本原因吧！

（二）

小说这一回开篇讲到贾敬的丧礼，从停灵到扶柩进城，一路喧嚣热闹：

> 是日丧仪焜耀，宾客如云，自铁槛寺至宁府，夹路看的何止数万人。内中有嗟叹的，也有羡慕的；又有一等“半瓶醋”的读书人，说是丧礼与其奢易，莫若俭戚的：一路纷纷议论不一。

寥寥数笔，写贾敬送灵的人之众，场面之热闹。但此处令人印象深刻的还属那群看热闹的人。但凡看热闹一般有两种心态，要么是心闲无事之人，要么是寒酸忌妒之人。作者写作细致之处，三五两句，写尽悠悠众口，却让读者看到的是人生百态。

然而再看珍蓉父子：

> 贾珍、贾蓉此时为礼法所拘，不免在灵旁藉草枕块，恨苦居丧；人散后，仍乘空在内亲女眷中厮混。

这里令人很难相信的是：贾珍是不是贾敬的亲生儿子？或者说贾蓉是不是他的亲孙子？在举丧期间，他们居然还要去女眷之中厮混，那场景可想而知：管他是不是死了父亲或者是死了爷爷，该乐的时候要乐，随时随地，都有欲望之心，这样的子孙，不是败家亡族的祸患，又是什么呢？

> 一日供毕早饭，因天气尚长，贾珍等连日劳倦，不免在灵旁假寐。宝玉见无客至，遂欲回家看视黛玉，因先回至怡红院中。进入门来，只见院中寂静无人，有几个老婆子和那小丫头们在回廊下取便乘凉，也有睡卧的，也有坐着打盹的。宝玉也不去惊动。

贾珍的“假寐”里有很多值得玩味的东西：守灵之事，他要在众亲戚面前做好孝子的形象；二是他本不劳倦，只是厮混于女眷之中，耗费了精力，所以此睡并不是守灵之困；三是守灵守丧，对于一个死去的灵魂，又有什么用呢？我小时候生活在乡下，很多老人在世时，儿子并不孝顺，儿媳妇三天两头打骂公婆，但当老人去世时，所谓孝子贤孙全部跪在棺材前号啕大哭，像杀猪一样，观之，未免令人恻目。真正的行孝，是于父母在世时而为之，倘若到了“子欲养而亲不在”时，那真是生命里无法弥补的遗憾。

再看贾宝玉呢，从后面他见王熙凤的话里我们可以看出，贾宝玉虽然对这些礼教的行为非常反感，然而贾敬毕竟是自己的伯父辈，所以他一直是陪着守灵的——对礼教反感的人，却能自觉地遵守礼教，而天天把礼教挂在嘴边的人，却处处用欲望破坏礼教，这岂不是莫大的讽刺？

有时候我们说《红楼梦》这部小说里，贾宝玉是反对儒家思想的。这并不完全对，儒家思想有它许多的先进性，只不过在历史的发展中，儒家思想被统治阶级利用，变成了一种禁锢人们思想、巩固其政治统治的一种工具，所以后来儒家思想越来越受到批判，尤其是宋明的程朱理学：“存天理，灭人欲”“为公去私”之说，遭到后世文化人，尤其是五四以来新文化动动的大肆驳斥，所以这对我们现代文化有着巨大的影响。

儒家讲的仁爱是不错的，值得我们学习和继承。不仅如此，道家、佛家也讲仁爱，只是各自的出发点不一样，其根本目的却是一致的。

而作者笔下的贾宝玉是很有仁爱思想的人。在这里我理解贾宝玉表现的仁爱应该是相互尊重的爱，即一方面关心人、帮助人，另一方面体谅人、尊重人。所以当贾宝玉从宁府回来，看到怡红院里老婆子、小丫头打盹睡觉时，他并没有显示出主子的身份——我想那时他一定放慢了脚步，轻身轻脚地离开。

刚到怡红院门口，芳官一下子冲出来：

将掀起时，只见芳官自内带笑跑出，几乎和宝玉撞个满怀。一见宝玉，方含笑站着，说道：“你怎么来了？你快给我拦住晴雯，他要打我呢。”一语未了，只听见屋里稀里哗啦的乱响，不知是何物撒了一地。随后晴雯赶来骂道：“我看你这小蹄子儿往那里去？输了不叫打。……芳官早已藏在身后，搂着宝玉不放。宝玉遂一手拉了晴雯，一手携了芳官，进来看时，只见西边炕上麝月、秋纹、碧痕、春燕等正在那里抓子儿赢瓜子儿呢。却是芳官输给晴雯，芳官不肯叫打，跑出去了，晴雯因赶芳官，将杯内的子儿撒了一地。

宝玉笑道："如此长天，我不在家里，正怕你们寂寞，吃了饭睡觉，睡出病来。大家寻件事玩笑消遣甚好。"

炎炎夏日悠长，怡红院里的生活场景如一幅画一般：院里树阴浓稠，年老的人正在打盹；小女孩子们在屋里玩游戏；大姐姐在做着日常家务……这里有静，有动，有色彩，生活中的细枝末节，一样不落地徐徐铺写开来。

作者用缓慢的笔法，把这些生活小事一一展现在读者面前，如涓涓细流浸入人的心里，也许生命的光阴，都是在这样的场景中渐渐消失的。

而还有更动人的场景：

芳官早已藏在身后，搂着宝玉不放。宝玉遂一手拉了晴雯，一手携了芳官，进来看时，只见西边炕上麝月、秋纹、碧痕、春燕等正在那里抓子儿赢瓜子儿呢。

芳官搂着宝玉，宝玉一手拉一个小女孩，笑着走进屋里，那场景多么令人感到温暖——什么男女授受不亲，什么礼教，什么规矩，什么伦理道德……在贾宝玉的心里，都是不存在的，只有对人的爱，对女孩子的尊重。我想，假使生命中有过这样的经历，不管你曾经是贾宝玉，还是晴雯或芳官，待人成年，或者中年，抑或老年，想起这样的事来，总不免微微一笑：我是多么地幸福，我曾经历过那么一段美好的日子！

（三）

真诚地爱是会感染人的。所以当贾宝玉回到怡红院来，芳官立即给他倒了一杯茶，怎样的茶呢？

说着，芳官早托了一杯凉水内新湃的茶来。因宝玉素昔禀赋柔脆，虽暑月不敢用冰，只以新汲井水，将茶连壶浸在盆内，不时更换，取其凉意而已。宝玉就芳官手内吃了半盏，遂向袭人道："我来时，已吩咐了焙茗，要珍大哥那边有要紧的客来时，叫他即刻送信。要没要紧的事，我就不过去了。"说毕，遂出了房门，又回头向碧痕等道："要有事，到林姑娘那里找我。"

这茶喝得很是讲究。喝杯凉茶，这么费事——把富贵生活里的讲究写得十分生动。也许真正的富贵，就是把生活过得高雅和讲究一点，把日常生活复杂化，变得有仪式感吧！但从另一方面讲，怡红院里的小女孩儿，对贾宝玉是用了心地服侍着，要不怎么会记得贾宝玉禀赋柔弱，不用冰，而不时更换井里的凉水呢？再看芳官的行为，早早地托了这杯凉茶，一个“托”字，有一种爱惜和尊重，而贾宝玉却不用手接，直接让芳官端着茶杯，就着芳官的手喝了一口：有一种亲密，有一种关爱，更有一种温暖的享受——那时候我想贾宝玉的内心是温暖的，芳官的内心是甜蜜的——她愿意这样亲密地为这个小男孩付出。一杯茶，体现了人与人之间真诚、深厚的情感，也许很多现代的少男少女们，看到这样的场景，一定要羡慕忌妒恨吧！

然而贾宝玉最惦念的人，还是林黛玉。在他的心里，林黛玉就像自己的生命一样，时时刻刻都牵动着他的心。

所以当他在路上遇到雪雁，了解到林黛玉准备菱藕瓜果祭祀之事时，有一段特别的心理描写：

但我记得每年到此日期，老太太都吩咐另外整理肴馔送去林妹妹私祭，此时已过。大约必是七月，因为瓜果之节，家家都上秋季的坟，林妹妹有感于心，所以在私室自己奠祭，取《礼记》“春秋荐其时食”之意，也未可定。但我此刻走去，见他伤感，必极力劝解，又怕他烦恼郁结于心；若竟不去．又恐他过于伤感，无人劝止，两件皆足致疾。莫若先到凤姐姐处一看，到彼稍坐即回。如若见林妹妹伤感，再设法开解。既不致使其过悲，哀痛稍申，亦不至抑郁致病。

只有对一个人付出了真爱，才会如此地考虑到对方的感受。一个人对另一个人的体贴入微及处处在乎和计较，那么，这个人一定是他生命中一个重要的人物。

贾宝玉看待林黛玉在潇湘馆的祭祀之事，从林黛玉的心里想法到林黛玉的身体状况，几乎作了全方位的考虑。也许只有深爱，才会使人产生这样的行为，如果一个人对另一个人满不在乎，他怎么会考虑对方的感受？又怎么会那样嘘寒问暖切切关心呢：

宝玉道：“妹妹这两天可大好些了？气色倒觉静些，只是为何又伤心了？”黛玉道：“可是你没得说了。好好的，我多早晚又伤心了？”宝玉笑道：“妹

妹脸上现有泪痕，如何还哄我呢？只是我想妹妹素日本来多病，凡事当各自宽解，不可过作无益之悲。若作践坏了身子，使我——”说到这里，觉得心下的话有些难说，连忙咽住。只因他虽和黛玉一处长大，情投意合，又愿同生同死，却只心中领会，从来未曾当面说出。况兼黛玉心多，每每说话造次，得罪了他。今日原为的是来劝解，不想把话又说造次了，接不下去。心中一急，又怕黛玉恼他，又想一想自己的心，实在的是为好，因而转念为悲，反倒掉下泪来。黛玉起先原恼宝玉说话不论轻重，如今见此光景，心有所感，本来素昔爱哭，此时亦不免无言对泣。

很动情的描写：一个深情，一个更深情，情与情之间却又不能说破，情与情却又有这么多的纠结和计较，所以情之深处，有一种无法说明白的痛。这样就凝结成两个人的泪，这泪水中，是一种复杂的心理。只有彼此之间心灵相通的感应，才能达到这样的默契，这样的情感统一。这样深厚的爱只属于他们两个人——这是爱的深入，占据着两个身体，却是一人之心的境界。

薛宝钗是无论如何也融不进宝黛二人的情感之中去的。尽管她处处关切着宝黛二人的行为，然而，她一定不会明白二人情感有多深，又有多么地真实！

当林黛玉作了五美吟诗，对女子生命表示可欣、可羡、可悲、可叹时，贾宝玉已经感动得一塌糊涂，而薛宝钗却讲了一大堆“女子无才便是德”道理来——爱情有时候是没有道理可讲的，它完全取决于人的感性，太理性的人，怎么能看到爱情的动人之处？

而林黛玉的五美吟里，讲到五个历史上的美女：西施、虞姬、明妃、绿珠和红拂，这五个女子都是有个性的人，然而命运却被男人左右着，有悲有喜，有怨有叹，这正是林黛玉自己生命不断领悟的结果。假如换着薛宝钗，她无论如何也不会有这样的感叹——她活在理性之中，所以对每一个人的生命，她没有悲叹，也缺少同情。

这五个美女之中，我觉得最令人感叹的应该是虞姬：

肠断乌骓夜啸风，虞兮幽恨对重瞳。
黥彭甘受他年醢，饮剑何如楚帐中？

项羽虽然兵败乌江，然而却对自己所爱的人不离不弃，爱到最后，即使生命消失，也心念着虞姬。这样的男人，难道不值得用一生去爱他吗？她饮剑自尽，是对真爱的回报，也是对项羽个人魅力的肯定。再看看刘邦及那些叛变的男人，他们口口声声说忠义，说情谊，然而在关键时刻为了自己的名利，抛弃老婆，背叛主子，还有什么仁义道德可言呢？

所以常常想起李清照的一首诗：“生当作人杰，死亦为鬼雄。自今思项羽，不肯过江东。”

真正的英雄，表现出来的是对生命和人的尊重，全心全意地付出自己的爱，爱与恨分明而显然，而不是把人的情感作为换取江山美人的筹码，那样的人，只能叫政治家，不是英雄！也不值得歌颂！所以那虞姬一剑自刎里，有多少是对那些无情无义的男人的嘲讽！如果历史让我在项羽与刘邦之中作出选择，我也许会选择项羽，因为他一定不会杀那些跟自己出生入死的兄弟，所以他更有人情味，更真实，更像英雄。

（四）

然而小说在这里，并不是要评判历史，歌颂英雄。作者笔锋一转，就立即写到了另一个虚伪的男人：贾琏。

小说这一回里写得最精彩的地方，就在这里。贾琏暗中贪恋尤二的美色，不料却被贾蓉看穿，于是叔侄俩各怀鬼胎，关于贾琏怎样偷纳尤二之事，二人在马上商量得妥妥帖帖的。放在现在这样的社会里，这种事是断然行不通的。大家想想，即使是贾琏欲娶尤二为妻，怎么不经得女方的同意呢？然而在封建社会里，尤二的悲剧就在这里：

第一，尤氏姐妹早已没有了父亲，由母亲带大，家道中途就败落了，可想而知，那个时代的女人又不能外出谋生，全靠贾珍接济过活，所以一定过得清苦和艰难。第二，尤二与贾珍父子有聚麀之诮（父子共享一个女人），由此看来，尤二的名声一定是不好听的。那么，找到一个可以托付一生的人嫁了，也算是对自己有一个交代，所以尤二的心里已经被这两个纨绔子弟掌控得死死的。

这里也告诉我们一个很现实的问题：女人要想获得爱情的自主权，首先要自立自强，获得生活的自主权，即便某一日被男人抛弃，也不至于过得十分难堪。

贾琏与尤二，一个似乎有情，一个似乎有意，这事就好办了，只是场面上女方怎么好说得出口？那我们来看看，贾琏是怎样与尤二搭上关系的：

却说贾琏素日既闻尤氏姐妹之名，恨无缘得见，近因贾敬停灵在家，每日与二姐儿三姐儿相认已熟，不禁动了垂涎之意。况知与贾珍、贾蓉素日有聚麀之诮，因而乘机百般撩拨，眉目传情。

……此时伺候的丫头因倒茶去，无人在跟前，贾琏不住的拿眼瞟看二姐儿。二姐儿低了头，只含笑不理。贾琏又不敢造次动手动脚的，因见二姐儿手里拿着一条拴着荷包的绢子摆弄，便搭讪着，往腰里摸了摸，说道："槟榔荷包也忘记带了来，妹妹有槟榔，赏我一口吃。"二姐道："槟榔倒有，就只是我的槟榔从来不给人吃。"贾琏便笑着欲近身来拿。二姐儿怕有人来看见不雅，便连忙一笑，撂了过来。贾琏接在手里，都倒了出来，拣了半块吃剩下的撂在口里吃了，又将剩下的都揣了起来。刚要把荷包亲身送过去，只见两个丫头倒了茶来。贾琏一面接了茶吃茶，一面暗将自己带的一个汉玉九龙佩解了下来，拴在手绢上，趁丫头回头时，仍撂了过去。二姐儿亦不去拿，只装看不见，坐着吃茶。

……只听后面一阵帘子响，却是尤老娘、三姐儿带着两个小丫头自后面走来。贾琏送目与二姐儿，令其拾取，这二姐亦只是不理。贾琏不知二姐儿何意思，甚实着急，只得迎上来与尤老娘、三姐儿相见。一面又回头看二姐儿时，只见二姐儿笑着，没事人似的；再又看一看，绢子已不知哪里去了。贾琏方放了心。

这三段文字把贾琏如何认识尤二到如何与她达成情感关系的过程写得非常详细，个中滋味，读罢令人拍案叫绝。

我初读时，突然想到一个词："勾引"。"勾"，是一种引诱，一定有什么东西值得注意的地方，才会勾起人的关注——尤氏的美，触动了贾琏的欲望。"引"，是一种挑逗，有语言和行为的表现，才能叫引，就是带着人痴痴地往一个方向前行。

看看贾琏怎么近处与尤二相见："靠东边插儿坐下"；趁丫鬟倒水之际"拿眼瞟看"，从表面的谦恭到眼睛的传神，是一种贪婪。而二姐的矜持，从低头到含笑，又表示了一种欲说还休的娇态，这让贾琏越发地心痒难耐，所以他眼里看出的是一种半推半就的意思来。

在讨要槟榔的过程中，尤二先是不肯，到贾琏拣半块吃剩下的撂在嘴里吃了，那神态，那动作，无不表现出一种眉目传情的场景。尤其是拣半块吃剩下的，那上面一定有尤二的唇印，或者残留着她的体温。槟榔，意为"宾郎"，暗示着一种意愿：你若宾来聘之，我愿有心嫁之。

特别是当贾琏撂九龙佩的汉玉作为定情物给尤二，此时尤老娘和尤三出来了，他那种怕人识破的担心，又怕尤二不同意的焦急，那眼神和动作，有时候读着不禁令人发笑：这似乎也写出贾琏的可爱，又让人看到一个人被欲望左右后显得多么地难堪。

虽然贾琏偷娶二姐成功，表面看是一件皆大欢喜的事，然而里面却隐藏着极大的悲剧。尤氏姐妹的命运，好似被一种无形的力量牵扯着，不由自主地走向毁灭，当我们读到她们之死时，无不生出一种愤怒的恨：恨那个社会，恨男人的无情与无能，虚伪与懦弱。

（五）

这一回，一写黛玉悲题的五美吟，二写贾琏偷娶尤二姐的情节。表面看，这两件事毫无关联，其实细细品读，却大有来头。五美吟的五个女子，让人可欣、可羡、可悲、可叹，但总体看来，那时代的女人，自己的爱情和生命是不能自主的，即使有红拂女的自主，然而也不过是命运的偶然相济——遇到李靖那样的人。而人世间，又有多少这样的人呢，所以可欣喜、可羡慕。

二尤的爱情和生命，完全被男人左右，从爱的期盼，到爱的失望，再到为爱而死，欣喜、羡慕、悲凄、叹息都会在她们的生命历程中体现出来。

作者用贾宝玉的深情，对比当时天下众多男人的虚伪和无情，似乎告诉我们，旧时社会里，男人的爱情观决定了一个女人一辈子的命运。

也许作者写这样的故事，其用意在呼唤女性的觉醒——女人也应该追求一种独立自由的生命，可以爱，也可以选择爱的对象，而不应该单由伦理和男人主宰自己的命运。

2022 年 9 月 3 日于金犀庭苑

六十五、一场色与欲的完美诱惑

（一）

我曾对朋友们说过，自己至少读过十遍《红楼梦》，但所领悟小说内涵和精神者，不过一二，所以往后余生，也许将继续读下去。然而回味起来，唯此回尤三的出现及刘姥姥二进大观园时，却反复再读、又读，读之再读，不能罢手，为何如此？

各位，不妨听我慢慢讲出缘由来，其间之妙处，一定会令众人回味无穷。

进入主题之前，先讲一讲何为尤物？尤，甚，多的意思，也就是可以超越一般的意义。尤物一词，最先见于《左传·昭公二十八年》：“夫有尤物，足以移人；苟非德义，则必有祸。”杨伯峻注：“尤物，指特美之女。”什么意思呢？就是说天下有特别美丽动人的女子，足以使人动心移性，如果你没有高贵的品质，良好的德行，自我约束的能力，一旦被这样的女子迷惑，就是祸患。

对了，这一回我们就来说一说那两个特别美丽的女子——二尤。

（二）

常言道：“匹夫无罪，怀璧其罪。”那么女人的美貌，也是一种罪过吗！红颜多薄命，自古依然。男人的欲望，以及欲望下的虚伪，便是造成女人薄命的罪魁祸首，所以读这一回，体会书中的风骚气息，想起二尤之死，不免怅然一叹！

此一回开篇直写贾琏欲望达成，迎娶尤二之事：

> 话说贾琏、贾珍、贾蓉等三人商议，事事妥帖，至初二日，先将尤老娘和三姐儿送入新房。尤老娘看了一看，虽不似贾蓉口内之言，倒也十分齐备，母女二人，已算称了心愿。……至次日五更天，一乘素轿，将二姐儿抬来，

各色香烛纸马，并铺盖以及酒饭，早已预备得十分妥当。一时贾琏素服坐了小轿来了，拜过了天地，焚了纸马。

怎样看贾琏迎娶尤二之事？五更天未亮，表示见不得光；素轿，生命没有颜色。女子结婚时，本是她生命最鲜艳，最美好的日子，然而却是黑夜里的一顶素轿结束了她美好的青春。这不能不说，悲剧也就在眼皮之下——那贾琏的素服里，倒看不出他在服丧，却已经看到了尤二的葬礼。

至于他看尤二，越看越爱，倒把凤姐一笔勾倒之行为，就不足为奇怪了。试看那一个喜新厌旧的男人，初见女子之容时，爱得死去活来，颠鸾倒凤，夜夜红烛，更觉春宵日短。然而待女子人老珠黄时，便早已忘却了初时的山盟海誓、卿卿我我。世间女子之悲情，“由来只有新人笑，有谁看到旧人哭。”所以王熙凤再怎么了得，最终的结局也只是“一从二令三人木”——雪地上那一卷破席子里，有谁想到她往日的风光呢?

但看贾琏对尤二的态度，想凤姐平时之威，也叹贾琏的不幸：

贾琏一月出十五两银子，做天天的供给。若不来时，她母女三人一处吃饭；若贾琏来，他夫妻二人一处吃，她母女就回房自吃。贾琏又将自己积年所有的体己，一并搬来给二姐儿收着，又将凤姐儿素日之为人行事，枕边衾里，尽情告诉了他，只等一死，便接他进来。二姐儿听着，自然是愿意的了。当下十来个人，倒也过起日子来，十分丰足。

贾琏这小日子——“金屋藏娇”也过得有滋有味。也许他初时在尤二这里感受到了作为一个男人的尊严：那尤二的体贴与温柔，正好消除了他在王熙凤那里受到的压迫。他期盼凤姐快死，足见贾琏的薄情与寡义。在他那里，无非只贪恋美色的欲望，而所谓的真情，不过是看在眼里的容颜，满足于身体的欲望而已。所以自古以来，凡“金屋藏娇”之事，哪有什么好的结果。

何况那贾珍，也一样垂涎于尤二：似乎可以看出，在贾珍眼里，尤二虽已嫁给贾琏，然而女人的那个“淫”字，怎能在一时半会洗得脱的。所以贾珍前来，尤二也只能好脸相待。

二姐儿已命人预备下酒馔。关起门来，都是一家人，原无避讳。

作者此言，颇有意味。现实社会里，我也常听说这么一句话：“关起门来，都是兄弟。”似乎说人与人之间关系非常亲密，无所谓计较与介意，但关起门来说的事，又有什么好事呢。然而兄弟之妻，岂有这样对待的?

隆儿才坐下，端起酒来，忽听马棚内闹将起来。原来二马同槽，不能兼容，互踭蹶起来。隆儿等慌得忙放下酒杯，出来喝住，另拴好了进来。

作者并不直接写这种事情的尴尬，而是借贾琏回来，二马同槽，取笑于珍琏二人丑陋的行为。

“二马同槽，不能兼容”，千奇百怪之文。写二马岂不是贾珍贾琏同时针对尤二的欲望么？这里二人表面是兄弟，其实已经被欲望冲昏了头脑，早已经忘记了羞耻，忘记了尊卑和伦理。

（三）

二姐听见马闹，心下着实不安，只管用言语混乱贾琏。……二姐滴泪说道：“你们拿我作糊涂人待，什么事我不知道？我如今和你做了两个月的夫妻，日子虽浅，我也知你不是糊涂人。我生是你的人，死是你的鬼，如今既做了夫妻，终身我靠你，岂敢瞒藏一个字：我算是有倚有靠了，将来我妹子怎么是个结果？据我看来，这个情景儿，也不是常策，要想长久的法儿才好。”贾琏听了，笑道：“你放心，我不是那拈酸吃醋的人。你前头的事，我也知道，你倒不用含糊着。如今你跟了我来，大哥跟前自然倒要拘起形迹来了。依我的主意，不如叫三姨儿也合大哥成了好事，彼此两无碍，索性大家吃个杂烩汤。你想怎么样？”二姐一面拭泪，一面说道：“虽然你有这个好意，头一件，三妹妹脾气不好；第二件，也怕大爷脸上下不来。”

这一段，既可笑，又可叹，但仔细一读，其所议之事多么荒唐。可叹尤二生在那样的社会里，没有独立自主的思想，在物质上没有依靠，只能依附于男人的那种无奈和可怜。所以旧时女人的幸福完全依靠男人的品性和责任心，女人一旦嫁错了男人，就是一辈子的灾难，常言道：“男怕入错行，女怕嫁错郎。”对旧时女子来说，这是切身体验总结出来的道理。多少年来，多少女人被婚姻所左右而深陷情感之中，以致郁郁而终！

可笑的是，当贾琏要促成贾珍与尤三之事时，尤二居然说这是一件好事，多么糊涂的认知！也许在贾琏说的“杂烩汤”里，正是对所谓正统体制下的伦理道德极大的嘲讽——那完全把女人当成玩物的纨绔子弟的思想里，哪里有什么道德和廉耻可言！

小说里写贾琏见了贾珍，一席感恩戴德的话，差点给贾珍下跪的情景里，就更进一步说明，在此二人心里，二尤真正是两件玩物而已。看贾琏对着尤三笑嘻嘻的表情：

三妹妹为什么不合大哥吃个双盅儿？我也敬一杯，给大哥和三妹妹道喜。”

这是多么地不堪和可笑！有一种无赖和恬不知耻的感觉。

所以这二人的行为，一下子激怒了尤三：

三姐儿听了这话，就跳起来，站在炕上，指着贾琏冷笑道：“你不用和我花马掉嘴的！咱们‘清水下杂面，你吃我看’。‘提着影戏人子上场儿，好歹别戳破这层纸儿’。你别糊涂油蒙了心，打量我们不知道你府上的事呢！这会子花了几个臭钱，你们哥儿俩，拿着我们姊妹两个权当粉头来取乐儿，你们就打错了算盘了。我也知道你那老婆太难缠。如今把我姐姐拐了来做了二房，‘偷来的锣鼓儿打不得’。我也要会会这凤奶奶去，看他是几个脑袋？几只手？若大家好取和儿便罢；倘若有一点叫人过不去，我有本事先把你两个的牛黄狗宝掏出来，再和那泼妇拼了这条命！喝酒怕什么？咱们就喝。”说着自己拿起壶来，斟了一杯，自己先喝了半盏，揪过贾琏来就灌，说：“我倒没有和你哥哥喝过。今儿倒要和你喝一喝，咱们也亲近亲近。”吓得贾琏酒都醒了。

尤三比起尤二来，性格直爽而泼辣，也更能看清人性的真实面目。在面对两个纨绔子弟的调戏时，她一眼看清这两个男人的虚伪。她不仅在言语上驳斥了二人的不齿行为，痛骂二人不讲人伦，欺骗孤儿寡女，同时她敢作也敢为——自己动手揪着贾琏灌酒，阻止贾珍逃脱的行为中，可以看出尤三的果敢和无畏。

作者写尤三的语言和动作，一下子把她的形象提升了一个高度。随着尤三的渐次表现，也把小说这一回前面的沉郁和昏暗的气氛引向热烈和生动。

尤三的这种表现给人一种痛快淋漓之感。我读此处时，眼前总看到柳湘莲在芦苇荡痛打薛蟠的场面：你看不出尤三有什么轻薄之意，倒看到贾珍和贾琏目瞪口呆的那种囧态。此情此景，不禁令人拍案叫好！

然而，这还不够尽兴，尤三的智慧还表现在：当不能与伪善者周旋时，就要伪恶，潇洒地伪恶，从而更深刻地揭露伪善者的真面目：

只见这三姐索性卸了妆饰，脱了大衣服，松松地挽个鬈儿，身上穿着大红小袄，半掩半开的，故意露出葱绿抹胸，一痕雪脯；底下绿裤红鞋，鲜艳夺目；忽起忽坐，忽喜忽嗔，没半刻斯文，两个坠子就和打秋千一般；灯光之下，越显得柳眉笼翠，檀口含丹，本是一双秋水眼，再吃了几杯酒，越发横波入鬓，转盼流光；真把那珍琏二人弄得欲近不敢，欲远不舍，迷离恍惚，落魄垂涎。再加方才一席话，直将二人禁住。弟兄两个竟全然无一点儿能为，别说调情斗口齿，竟连一句响亮话都没了。三姐自己高谈阔论，任意挥霍，村俗流言，洒落一阵，由着性儿拿他弟兄二人嘲笑取乐。一时，他的酒足兴尽，更不容他弟兄多坐，竟撵出去了，自己关门睡去了。

这是多么刚烈而美丽的一个女子啊！每次读完这一段，我脑子里就想到两个字："风骚"。

风，是一种流动的、变化的美感；一种潇洒风度，只可感受，不可捉摸，所以有"可远观而不可亵玩"的孤傲。这里就有一种高傲的气质凛然而出，面对这种气质，只有英雄和坦荡的君子可以接招，而戚戚小人，只能猥琐退步。

骚，本是一种诗意的嗅觉、味觉和视觉的美学效果，看着现实的美，却难以达到那样的境界。这会让人产生欲罢不能的感受——有欣赏，有向往，有贪婪和占有的冲动。

而此情此景，在朦胧的灯光下，尤三酒后的状态：半遮半掩的身子；蓬松的头发，大红的外衣，绿色的内衣，白里透红的肌肤和酥胸，伴着酒后迷人的眼神——像明珠，像秋水，像月光，像那浓稠眉毛下镶着一颗晶莹的黑葡萄……多情，多魅，多缭乱，一声娇气，一袭香风，在光线时明时暗的衬托下，调动出色、香、味、触等各种感观的情态，这正是极具"风骚"的感觉。

看那两个垂涎欲滴的男人，早已经是酥麻陶醉——那香风的浸骨；那色彩的迷离，那味道的诱惑，那介于情与欲的挑逗中，像蚁虫在内心爬行，初为轻盈慢蠕，渐次急走飞奔，及至后来啮肉伤筋之痛，以至言语失措，张口结舌，竟不知身在何处一般。

这不得不让人感叹作者精妙的写法，恰不是珍莲二人调戏尤三，倒成了尤三把两个纨绔子弟调戏了一番。尤三那潇洒的动态之美，那谈笑随性的洒落气质，又有多少男人可以比之？

最后落笔处，尤三轰人出门，又是干净利落，门响之后，如玉珠坠地，脆声戛然而止，真令人无法言语，只能大呼：快哉！妙极！

尤三是《红楼梦》里极为特别的女子，个性鲜明，又有一种万人不及的风情，所以只有特别的男人才可以拥有她。

经过这一夜的表演，珍莲二人已经再不敢轻易接近尤三了：

偏那三姐一般和他玩笑，别有一种令人不敢招惹的光景。她母亲和二姐儿也曾十分相劝，他反说："姐姐胡涂！咱们金玉一般的人，白叫这两个现世宝玷污了去，也算无能！而且他家现放着个极利害的女人，如今瞒着，自然是好的，倘或一日他知道了，岂肯干休？势必有一场大闹。你二人不知谁生谁死，这如何便当作安身乐业的去处？"她母女听她这话，料着难劝，也只得罢了。那三姐儿天天挑拣吃穿，打了银的，又要金的；有了珠子，又要宝石；吃着肥鹅，又宰肥鸭。或不称心，连桌一推，衣裳不如意，不论绫缎新整，便用剪子绞碎，撕一条，骂一句。究竟贾珍等何曾随意了一日，反花了许多昧心钱。

尤三把自己和姐姐的命运看得一清二楚，很智慧，很聪明，却又无可奈何。既然人生已经看透，既得不到幸福，也看不到希望，与其被命运左右，被世俗困住而无所作为，不如快快乐乐，随性而潇洒——所以尤三的表现里，有一种道家的飘然，更有一种颓废、毁灭、绝望的伤感，看着令人顿生悲悯之心。然而直到她向尤二和贾琏直言自己的心慕之人柳湘莲后，我们仿佛又看到了另一样的尤三。她有一种生命的自我醒悟，代表着女性的独立和解放，她有林黛玉的孤傲；有薛宝钗的理性，更兼凤姐的泼辣，又有鸳鸯的决绝和坚定……所以，并非所有的女子都配称得上尤物二字的——这个姓尤的女子，是多么地与众不同！

作者写尤三之态，既借用了《金瓶梅》里描写女人的手法，又参考了历代众多美女的神形，如前一回的五美之态、之结局，都在尤三一个人身上体现出来。这样的写法，为尤三后面为情而死作了铺垫，把女子拥有的纯洁、

独特的个性、追求自由的精神、豪迈的情怀写得非常完美。然而，尽管这是一个刚烈而美丽的女子，却也死在封建社会伦理道德的唾沫之下，这是多么地可悲！可叹！

作者这样写，一方面热情歌颂女子生命之美——那外表之美！那内心之美！那气质之美！另一方面，其实更突出尤三后面之死的悲哀，以揭露伦理杀人的事实。

（四）

小说这一回写到这里，应该告一段落才对，然而作者却另起笔墨：那时贾琏的心腹小斯兴儿来了，于是关于王熙凤的闲话，在二尤与兴儿之间热烈地展开了。

提起来，我们奶奶事，告诉不得奶奶！他心里歹毒，口里尖快。我们二爷也算是个好的，那里见的他？倒是跟前有个平姑娘，为人很好，虽然和奶奶一气，他倒背着奶奶常做些好事。我们有了不是，奶奶是容不过的，只求求他去就完了。如今合家大小，除了老太太、太太两个，没有不恨他的，只不过面子情儿怕他。皆因他一时看得人都不及他，只一味哄着老太太、太太两个人喜欢。他说一是一，说二是二，没人敢拦他。又恨不得把银子钱省下来，堆成山，好叫老太太、太太说他会过日子。殊不知苦了下人，他讨好儿。或有好事，他就不等别人去说，他先抓尖儿。或有不好的事，或他自己错了，他就一缩头，推到别人身上去，他还在旁边拨火儿。如今连他正经婆婆都嫌他，说他：'雀儿拣着旺处飞''黑母鸡——一窝儿'，自家的事不管，倒替人家去瞎张罗。要不是老太太在头里，早叫过他去了。"

这里兴儿讲王熙凤的事，滔滔不绝，似乎罄竹难书。我们可以看到掌权者的悲哀。当掌权者有权力时，所施行的政策中，总有对一方不利的时候，受损害的那一方自然怀恨在心。王熙凤的管理手段，出发点是维护统治阶级利益的，其严格而苛刻，所以对下难免有高压和盘剥的时候，这自然会引起众多下人的不满。

兴儿说到王熙凤的人品：好强、贪婪、虚伪、权力欲望强、极有忌妒之心，而且阴险，心狠手辣……似乎什么坏的品德都可以安在王熙凤身上。然而从整部小说的情节来看，评判凤姐的管理才能，对刘姥姥的同情，对探春管理大观园的支持等等，我们可以看到这个女人不仅富于才能也有让人感到温暖的一面。

兴儿的话，不是没有道理。但兴儿毕竟是下人，一个底层的下人，他代表着卑微者的短视和无知——他们不知道，贾府一旦衰落下去，所有的下人就面临着失业、无家可归，甚至失去生活的来源。卑微者往往只看到自己的那一点利益，而忘却了利益的来源——这也正是穷人的思维。所以看兴儿兴高采烈地评价王熙凤及贾府各种人物的背后，我往往看到卑微者的可怜，社会的芸芸众生，似兴儿者，何其之众——当然我也不例外。

作者最后写这么一段情节，更重要的是为尤二后面的悲剧埋下伏笔——像王熙凤那样的人，哪里容得下尤二这样的人呢。

至于二尤的最终结局，大家慢慢看去，或欣、或羡、或悲、或叹，自己去体味吧！

2022 年 9 月 5 日于金犀庭苑

六十六、从痴情女的悲情中获得的领悟

（一）

大约在我只有十岁左右的时候，央视 1987 年版《红楼梦》电视连续剧开始上映，那时候家里只有黑白电视机，我依稀记得随父母看过几回，然而那时年纪尚幼，对电视剧里那些恩恩爱爱、热热闹闹的人情世故并没有兴趣，唯能记住一回场景就是那柳湘莲救助薛蟠时有一场短暂的打斗，后来看到一个美少女自杀，众人一阵哭泣，就顿感索然无味了——恐是儿时喜欢武打动作的情景，所以留得那一点点印象。

及至成年，读到《红楼梦》此回时，方觉得武打场景不过是情节的需要，而尤三为情而死，才是此回引人悲叹、触人动容的真正内涵。

尤三的死，演绎了爱情的期望和爱情的毁灭——实实在在的一场爱情悲剧，来得如此迅速，去得又是那么突然。我们不禁会问，作者为什么会这样写呢？也许正是这部小说之所以如此伟大的真正原因之一。

尼采说："悲剧是一种最高的艺术。"接着他又说："一个有深度的人，当他最初接触人生世界时，一定会发现这个世界是一个痛苦的世界，一定对人生、世界产生悲观的看法，如他沉沦在悲观主义里面，他就会颓废。如果他不沉沦在悲观主义里面而能跳出来的话，他就会重新肯定人生世界，对人生世界充满乐观的希望，这个时候的乐观主义，不再是浅薄的乐观主义，而是富于创造力的乐观主义。"

也许《红楼梦》这部小说里，用这样的悲观剧情示人，是告诉众多读者，要在悲观中看到生命的希望，要努力去追求生命的完善和独立，用坚强的心去抗争，去奋斗……然而作者并没有告诉我们该走哪一条路，只留给我们一种对未来生命和爱情、社会和伦理道德的思考。

悲剧的伟大就在它能够更多地引起人们的感观认识，更能引起人们的思考，所以悲剧往往流传得更久。

然而看此回尤三之死，柳湘莲的出家，似乎是对爱情的绝望，这种绝望是一种真实的悲情，同时也是对现实一种强烈的批判和愤恨。细细品读此回，就像看到宝黛二人的爱情结局一样：林之死，宝玉出家，既是一种悲剧，也是一种解脱。

（二）

翻看这一回，其总体情感基调是从喜到悲的，也真像人生一样：出生时伴着欢笑，死亡时引发悲恸。然而一个人在自己的生命历程中，要扮演怎样的角色，一般由两方面的因素决定：一是自我的醒悟，就是要活出自己的生命特色来；二是由社会决定，就是社会的人怎样看我，我就活出怎样的人。所以站在社会层面看一个人，你往往只能看到人的社会性，而看不到他的自我本性。就像兴儿在这里谈到的贾宝玉一样：

他长了这么大，独他没有上过正经学。我们家从祖宗直到二爷，谁不是学里的师老爷严严的管着念书？偏他不爱念书，是老太太的宝贝。老爷先还管，如今也不敢管了。成天价疯疯癫癫的，说话人也不懂，干的事人也不知。外头人人看着好清俊模样儿，心里自然是聪明的，谁知里头更糊涂。见了人，一句话也没有。所有的好处，虽没上过学，倒难为他认得几个字。每日又不习文，又不学武，又怕见人，只爱在丫头群儿里闹。再者，也没个刚气儿。有一遭见了我们，喜欢时没上没下，大家乱玩一阵，不喜欢各自走了，他也不理人。我们坐着卧着，见了他也不理他，他也不责备。因此，没人怕他，只管随便，都过得去。”

兴儿在向二尤闲话贾宝玉时讲到三个问题：一是说贾宝玉不爱读书。在争名夺利的人眼中，读书的目的是获得名和利，所以他们读书带有很强的功利性。在封建社会里，读四书五经，作八股文章，就是为了求得功名，而这正是贾宝玉所讨厌的行为——在贾宝玉的心里，把读书求取功名的男人称为“禄蠹”，带着一种轻蔑心态。所以站在世俗人的立场看贾宝玉，他的确是不爱读书的人。

二是说贾宝玉思想不正常，整天疯疯癫癫的。看到这句话，我想起另一句话来：“世人笑我太疯癫，我笑他人看不穿。”这就是贾宝玉的自我醒悟。金庸武侠小说里，一般写三种人，一种是所谓的名门正派，一种是所谓的邪教，

另一种人是介于二者之间，整天看他疯疯癫癫不着调的样子，其实却活得自在而潇洒，比如《神雕侠侣》里的周伯通。当一个人看清人世间诸多的事情后，才能得到这样的领悟——可能这样的人，最容易看到生命的本质。

三是对人的态度，贾宝玉不像一个公子，没有贵族公子的气派，也不讲阶级的规矩。这其实是平等的人文思想，从儒家思想来看，这就是真正的仁爱——对任何人、任何有生命的东西，都可以保持一种温和的态度。

然而我们更为兴儿感到可怜，他生活在社会的底层，卑微地屈从于权贵，其实早已失去了自我，就像鲁迅先生说的："生活，原如鸟贩子手里的禽鸟一般，仅有一点小米维系残生，决不会肥胖；日子一久，只落得麻痹了翅子，即使放出门外，早已不能奋飞。"他们已经被奴役得没有了自己，哪里还有醒悟的思想，这就叫卑微者的麻木——奴性的体现。

但是尤三却对贾宝玉有另一种看法。在尤三的冷眼里所看到的贾宝玉，正是与众不同的生命特征。尤三是一个有独立思想的人，她从兴儿的闲话和少有几次与贾宝玉的接触中，既看到了贾宝玉形象的俊美，又看到他的与众不同。正所谓"物以类聚，人以群分"，在许多生命特质方面，尤三、贾宝玉、林黛玉等都有生命的共同点——追求个性的解放和自由。

（三）

所以尤三明白地告诉贾琏和尤二她喜欢柳湘莲，甚至达到痴情的地步。

> 二人正说之间，只见三姐走来说道："姐夫，你也不知道我们是什么人。今日和你说罢，你只放心，我们不是那心口两样的人，说什么是什么。若有了姓柳的来，我便嫁他。从今儿起，我吃常斋念佛，伏侍母亲，等来了嫁了他去；若一百年不来，我自己修行去了。"说着将头上一根玉簪拔下来，磕作两段，说："一句不真，就合这簪子一样！"说着，回房去了，真个竟"非礼不动，非礼不言"起来。

尤三的断簪行为里，一方面表现出对爱情的忠贞和热烈的追求，另一方面，有一种决绝的毁灭——生命的洁癖里，正是那种"宁为玉碎，不为瓦全"的毅然之态。也许只有在年轻的生命里，人们才能看到这样的决然和意志，这是一种生命的热忱和纯洁的美！当生命经历过世俗的洗磨后，生命就会变得柔软而圆滑了。

我第一次读到这里时，就被尤三的这种表现所感动，那时候我还天真地想，尤三的婚姻一定会幸福美满的。所以当我读到贾琏在去平安州的路上见了柳湘莲，说定尤三的婚事之后，心里一阵喜悦。

因又说道："方才说给柳二弟提亲，我正有一门好亲事，堪配二弟。"说着，便将自己娶尤氏，如今又要发嫁小姨子一节，说了出来，只不说尤三姐自择之语。……薛蟠忙止住不语，便说："既是这等，这门亲事定要做的。"湘莲道："我本有愿，定要一个绝色的女子。如今既是贵昆仲高谊，顾不得许多了，任凭定夺，我无不从命。"贾琏笑道："如今口说无凭，等柳二弟一见，便知我这内娣的品貌，是古今有一无二的了。"湘莲听了大喜，说："既如此说，等弟探过姑母，不过一月内，就进京的，那时再定如何？"贾琏笑道："你我一言为定。只是我信不过二弟，你是萍踪浪迹，倘然去了不来，岂不误了人家一辈子的大事？须得留一个定礼。"湘莲道："大丈夫岂有失信之理？小弟素系寒贫，况且在途中，那里能有定礼？"薛蟠道："我这里现成，就备一分，二哥带去。"贾琏道："也不用金银珠宝，须是二弟亲身自有的东西，不论贵贱，不过带去取信耳。"湘莲道："既如此说，弟无别物，囊中还有一把'鸳鸯剑'，乃弟家中传代之宝，弟也不敢擅用，只是随身收藏着，二哥就请拿去为定。弟纵系水流花落之性，亦断不舍此剑。"说毕，大家又饮了几杯，方各自上马，作别起程了。

贾琏不说尤三"自择之语"，是要掩盖尤三的性格。要知道在封建社会里，女子自择男人，那是放荡的行为，是要受到伦理批判的。在几千年的封建社会里，这种伦理思想压迫了众多的女性，所以当《牡丹亭》和《西厢记》这两部戏曲出现后，一直影响着当时社会众多的少男少女，《红楼梦》里常常借用这两部戏曲里的内容，也正是要引导年轻生命的觉醒。

从贾琏与柳湘莲的交流中，我们也可以看出，贾琏也并不是那样的一无是处，而且他的办事能力还是很可靠的，只是平日里在王熙凤面前，显得似乎弱了一些——男人一旦在女人面前丢了尊严，心里或多或少会有点变态。而尤二的温柔体贴，正好让贾琏受伤的心得到了安抚，所以当他从平安州回来，见了尤二，完全有一种安定和温暖的情态。也许在尤二那里，贾琏获得了做一个真正男人应有的尊严，所以他此时应该有一种幸福感。

从他迎娶尤二后我们可看出，贾琏再没有外出寻花问柳，而是一直守候着尤二，也许男人与女人之间的忠与不忠，爱与不爱，更需要彼此之间的尊重和体贴。如此看来，他与王熙凤的婚姻里，家庭利益的相互组合一定大于情感本身。所以，不管凤姐如何威风，她的婚姻是失败的，她的情感结局是一种悲剧。

当然尤三收到柳湘莲的定情信物——那把“冷飕飕，明亮亮，如两痕秋水”的鸳鸯剑时，也一定兴高采烈、心花怒放。

在旧时社会里，定情信物是男女私下的行为，就像前面贾琏给尤二的玉佩一样，在迫于礼教的压力，这种私授信物是不被社会认可的。然而贾琏向柳湘莲索要的信物，却是一种契约的证明，是在明面上确定了男女之间的关系，即所谓的订亲。在这本小说里，讲到很多次订亲，比如尤二指腹为婚，后来用银子退婚之事。

我总觉得古时候的人比现在的人更有契约精神，更诚信。凭一件信物就可以达成两个人的终身大事，若不是具有彼此之间高度的信任，是绝不会这样做的。反观我们现在社会，即使签订了各种协议、合同，制定了各种约束条款后，仍然出现层出不穷的违约、欠债、制假、欺诈、贪腐等等行为。也许在商业高度发达、资本疯狂盛行的时代，人们日趋于利，往往遵从己所不欲故施于人的思想，所以这社会越来越变得无序、贪婪、凶残、道德水准急速下滑——人类的文明程度似乎随着物质的飞速发展不但没有得到提高，反而日渐衰退，可悲！可叹！

（四）

当柳湘莲回到京城后，本该有非常愉悦的心情，然而当他同时听到许多关于二尤不好的传言后，他动摇了，犹豫了。

在他向贾宝玉寻求证明的时候，他情不自禁地对贾宝玉说的那句话：“你们东府里，除了那两个石头狮子干净罢了。”这句话已经可以看出他打定了退婚的主意。

在当时的社会里，关于二尤的身份，一定很多诟谇谣诼，这是世俗社会所谓礼教强加在柳湘莲身上的压力。一方面这样的压力实在强大，让柳二郎寝食难安。

二则柳湘莲的性格一定有很多缺陷，他的冷，是表面的，其实内心一直有不敢面对现实的懦弱。可以想想，如若怀疑，为何不去面见尤三，倾心交流，打消自己的疑虑呢？——他那样追求自由放荡的人，怎么会在乎这些名节上的东西？所以，柳湘莲真可谓冷面又冷心。

三是当时宁国府贾珍与贾蓉在社会上的影响一定极坏。“爬灰的爬灰”，“养小叔子的养小叔子”，正说明宁府的淫乱和不干净。

这些原因纠结在一起，动摇了柳湘莲的意志和信心。

他不知道，尤三对他多么痴情，他若前来退婚会让尤三感到极度的失望，也是对尤三极大的侮辱！

那尤三姐在房明明听见。好容易等了他来，今忽见反悔，便知他在贾府中听了什么话来，把自己也当作淫奔无耻之流，不屑为妻。今若容他出去和贾琏说退亲，料那贾琏不但无法可处，就是争辩起来，自己也无趣味。一听贾琏要同他出去，连忙摘下剑来，将一股雌锋隐在肘后，出来便说：“你们也不必出去再议，还你的定礼！”一面泪如雨下，左手将剑并鞘送给湘莲，右手回肘，只往项上一横。

可怜：揉碎桃花红满地，玉山倾倒再难扶！

尤三对自己的痴情作了一个了断，在这个毁灭的行动里，可以看到生命的洁净和高贵。年轻的生命里容不得杂质，尤三用生命证明了自己灵魂的纯度，然而未免太过于悲凉——那个美好的生命何至于如此轻率？！同时我们也为她的爱情感到惋惜——人人都笑尤三的淫奔无耻，可又有谁责怪贾珍父子的乱伦、柳湘莲的懦弱呢？

那些男人为了一点名声，可以这样无情，这不是对男权社会里，那种不可一世、冠冕堂皇地大讲仁、义、礼、智、信的男人极大的嘲讽吗？

尤三死后归入太虚幻境，作者似乎以神的名义，歌颂了这样一个痴情而刚烈的女子——不是现实的贞洁烈女，却是神仙一般的人物！

（五）

人的生命也许只能经历过这样的悲剧，见过这样悲壮的爱情，才会有所领悟。当柳湘莲听到那个瘸腿道士的一段话后，也许他才真正领悟到生命的真谛。

湘莲便起身稽首相问："此系何方？仙师何号？"道士笑道："连我也不知道此系何方，我系何人。不过暂来歇脚而已。"湘莲听了，冷然如寒冰侵骨。掣出那股雄剑来，将万根烦恼丝，一挥而尽，便随那道士，不知往哪里去了。

也许柳湘莲此时一定有这样的感叹：

我来自哪里？将去何方？我追求的放荡自由，不过是内心的虚妄。人生红尘之中，我只是匆匆的过客罢了。人世间的所有事、所有人，也不是可以长久拥有的，这俗世红尘，只不过是我歇歇脚的地方。

所以我要挥尽那三千烦恼丝，方可以获得真正的自由和潇洒。

——多么痛苦的领悟啊！

2022年9月6日于金犀庭苑

六十七、人情看冷暖，小事见真情

（一）

在整理这一回笔记时，首先想到这部小说的特点和结构形式。

我曾经说过，一部好的小说，也就像人的生命一样，生命的多姿多彩，靠的是人生所经历过的每一件小事——生与死，是人生最大的两件事，除此之外，人生再无大事。然而这些小事，都是构成生命过程的每一种元素，它使人生更丰满、更完美。

看《红楼梦》这部小说，除了有一条或者几条主线外，围绕这些主线生出许多的枝叶和骨肉，而这些细小的枝枝节节，恰使得小说更具有可读性，更具有人间的烟火气息，也更能感受生命里跳动的脉搏。我认为这部小说是作者用生命筑成的，它的时空跨度很大，所以读它的时候，应该有一颗意定神闲的心——或在明月之下，泡一壶香茗，浅尝慢品，让文字里那些人情世故的小事，那些嬉笑怒骂、悲欢离合的情节，像血液一样，在体内静静地流——去感受文字里那些一点一滴的生命气息，去领会生命里那些酸甜苦辣里的真正含义……

有人说这部小说在这一回好似缺少了什么内容，读罢总感觉有些乏味。是的，这一回也许不够生动，乍一看，似乎全说的是可有可无的事情，但是当你多读几遍之后，你会发现，这一回有它独特的作用。在情感基调方面，这一回是小说从平静走向热闹的转折，是理性与感性认识的对比；在结构上，这一回又是下面两回的启子，它即将开启一个新的场景：一场如政治般的阴谋里，一个鲜活生命的殒身——人生的最后一件大事：凄风悲凉，烟消云散。

（二）

那么，就让我们翻开这一回，看看这些人情世故里的小事，究竟给我们的人生带来怎样的启示。

小说这里首先讲到柳湘莲这个懦弱的帅哥在道士的几句冷言中，忽然开悟，便随那道士飘然而去。这很形象，也很具有想象力。

冷言，也许更能说出人生的真谛，俗话说得好："良药苦口利于病，忠言逆耳利于行。"冷，是人生的另一种定位，更是生命的一种智慧——浓情软语，听来如和风细雨，然而谁能知道，转眼间却是乌云密布呢？那飘然之态，也许正是经历过悲剧之后，放下了人身沉重的包袱，从此以后，了然无念了。

柳湘莲的飘然而去，让薛家白忙了一阵。不仅如此，当薛姨妈听见尤三之死，湘莲出走之后，顿感一阵怅然。

有时候我突然想到，薛家之所以能成为皇商，把生意做得如此之大，一定有他的经营之道。在薛家给柳湘莲准备结婚家当的这一件事里，我们可以看到薛家是一个懂得知恩图报的商家，从中也可以感受到薛姨妈的善良和处世的大度与温暖。说来好笑，我有时很感叹此事，倘若我在穷困潦倒的时候，遇见薛家这样的商人，我又给了他们一个举手之劳的帮助，他们又会重金回报，我该是多么幸运啊！然而柳湘莲却自己把自己的幸运给毁灭了，所以人的性格决定了他的命运。当幸福来得太突然的时候，很多人却无福消受，真是可叹啊！

这想法实在可笑，足见我也是多么功利和世俗！

正在猜疑，宝钗从园里过来，薛姨妈便对宝钗说道："我的儿，你听见了没有？你珍大嫂子的妹妹三姑娘，他不是已经许定给你哥哥的义弟柳湘莲了吗？不知为什么自刎了，那湘莲也不知往哪里去了。真正奇怪的事，叫人意想不到的。"宝钗听了并不在意，便说道："俗语说得好：'天有不测风云，人有旦夕祸福。'这也是他们前生命定。前儿妈妈为他救了哥哥，商量着替他料理，如今已经死的死了，走的走了，依我说也只好由他罢了，妈妈也不必为他们伤感了。倒是自从哥哥打江南回来了一二十日，贩了来的货物想来也该发完了。那同伴去的伙计们辛辛苦苦地回来几个月了，妈妈和哥哥商议商议，也该请一请，酬谢酬谢才是。别叫人家看着无理似的。"

但看这样一段对话，我就感到欣慰了。薛宝钗虽为十二钗之魁，然而却比我更功利，更现实，她的美貌之下，藏着理性的冷淡。你看她在柳湘莲的出走与尤三之死这件事的看法上，完全与自己的母亲迥异。我仔细地分析过她的看法，细细猜度，实感宝钗此人的冷漠：

一是她觉得尤三的名声不好听，所以她理性地认为，自己的母亲认柳湘莲作义子，实在不妥，这样有辱自己家的声誉。二是她根本看不起柳湘莲，认为柳湘莲一生浪荡不羁的生活，完全是一种不务正业，不负责的表现。三是她更在乎现实的利益，既然柳湘莲已经出走，尤三已死，事情便已经过去了，就应该放下那些儿女情长的东西，及时处理好眼下的生意经营：让伙计感受到薛家的恩情，以便更好地为薛家服务——理性、周到、权谋无不体现在利己的立场上。

所以在薛宝钗那里，我们更能看到一个地地道道的商人形象——救人的恩情既然已经过去，还不如现实的事情来得实惠，在功利面前，实用最好。然而人总是一个复杂的动物，七情六欲之中，也不完全是理性与冷漠。当薛蟠因柳湘莲之事带着泪痕回来，与自己的母亲一阵叹息之后，我仿佛看到了薛蟠头上的光环。薛蟠虽是一个纨绔子弟，呆霸王，但他有人性的真实和温暖，他对柳湘莲是出于真正的兄弟之情。薛蟠的可怜完全是富贵的戕害，薛姨妈的娇宠里，让他失去了人生磨难的经历。所以人的一生，应当在他适当的年龄，经历自己该经历的事，如果像温室里的花朵，娇生惯养，哪里又经得住日晒雨淋呢?

所以谢天谢地，这个呆霸王还有过一次经商的历练。我想在这几个月的历练之中，薛蟠一定学到了许多东西，我们看他在柳湘莲的事上十分上心，忙上忙下，可以看出，他一方面学到了一定的组织才能，另一方面他已经懂得对人的关照了。

（三）

他给家人买回的礼物，虽然是迟了些日子打开，但可见在当时的情景里，薛蟠有他的细腻之处。

薛姨妈和宝钗因问：“到底是什么东西，这样捆着绑着的？”薛蟠便叫两个小厮进来，解了绳子，去了夹板，开了锁看时，这一箱都是绸缎绫锦洋货等家常应用之物。薛蟠笑着道：“那一箱是给妹妹带的。”亲自来开。母女二人看时，却是些笔、墨、纸、砚，各色笺纸、香袋、香珠、扇子、扇坠、花粉、胭脂等物。外有虎丘带来的自行人，酒令儿，水银灌的打金斗小小子，沙子灯，一出一出的泥人儿的戏用青纱罩的匣子装着。又有在虎丘山上泥捏

的薛蟠的小像，与薛蟠毫无相差。宝钗见了别的都不理论，倒是薛蟠的小像，拿着细细看了一看，又看看他哥哥，不禁笑起来了。

……且说宝钗到了自己房中，将那些玩意一件一件的过了目，除了自己留用之外，一份一份配合妥当：也有送笔、墨、纸、砚的，也有送香袋、扇子、香坠的，也有送脂粉、头油的，有单送玩意儿的。只有黛玉的比别人不同，且又加厚一倍。

表面看薛蟠好似一个没有长大的孩子，但从他买的礼物可以看出，他内心的单纯、细腻，他能根据自己的母亲和妹妹的性格特点，采购不同的礼物，说明他是在用心做这样的事。或许每一个人，只要给他足够的时间，让他在自由的时间里领悟人生，他也就会成长得很快。有时候想想，表面看薛姨妈处处溺爱着薛蟠，显得非常亲近，然而孩子却感受不到那种亲情，他会在成长中把这种溺爱的亲情看成理所应当，看成是自己应得的利益一样，更有甚者会看成是一种束缚，所以当他成年后，一旦脱离了这种亲情，他甚至会对父母产生愤恨之情。所以越亲之，越远之，对待孩子的问题，值得我们每一个家长去思考——“慈母多败儿”，古往今来的道理，浅显易懂，为人父母者，真应思之、慎之。

当然，宝钗无疑是可爱的，也是深得人心的。她在分配礼物的时候，一是根据每一个人的心理需求进行搭配，只有知人方可如此用心，也只有用心，才能获得人心。二是雨露均沾，不落下大观园里的任何人，可谓周到。然而她虽多送了些礼物给黛玉，不但没有引起黛玉的高兴，林黛玉见了故乡之物，反而触发了伤感。从中可以看出，薛宝钗其实根本不懂林黛玉的性情。她只在物质方面对人心的思考，然而却不知道林黛玉真正需要的是心灵上的安慰。所以从笼络人心方面看，宝钗的这一处送礼大戏，在林黛玉那里，就是失算的。

作者这样写，也许是为了衬托出贾宝玉的形象——只有他才是林黛玉的知己，洞悉黛玉任何一时的心情变化。

当贾宝玉看到林黛玉床上的那些小礼物，再看到黛玉的表情时，早已明白了其中的缘由。作为一个在乎他人而又多情的男孩子来说，面对这样的事，该怎么做呢?

宝玉忙走到床前挨着黛玉坐下，将那些东西一件一件拿起来，摆弄着细瞧，故意问：“这是什么，叫什么名字？”“那是什么做的，这样齐整？”“这是什么，要他做什么使用？”又说：“这一件可以摆在面前。”又说：“那一件可以放在条桌上，当古董儿倒好呢。”一味地将些没要紧的话来厮混。黛玉见宝玉如此，自己心里倒过不去，便说：“你不用在这里混搅了，咱们到宝姐姐那边去吧。”宝玉巴不得黛玉出去散散闷解了悲痛，便道：“宝姐姐送咱们东西，咱们原该谢谢去。”黛玉道：“自家姐妹，这倒不必。只是到他那边，薛大哥回来了，必然告诉他些南边的古迹儿，我去听听，只当回了家乡一趟的。”说着眼圈儿又红了。宝玉便站着等他。黛玉只得和他出来，往宝钗那里去了。

贾宝玉对林黛玉的理解是深刻的，是一种从身体到心灵的体贴。此时为了让林黛玉转悲为喜，他很聪明：指着薛宝钗送来的礼物问东询西，表现得非常幼稚和无知，其实很明显，他在转移林黛玉的关注点，让她从悲伤之中抽离出来。

我想林黛玉那样聪明的人，一眼便看出了贾宝玉行为的动机，但她一定很享受这样的感觉。她沉浸其中，享受着被一个男孩子那样关怀着、宠着的感受，这是一种精神的理解和情感的认同。贾宝玉的行为，表面看虽有点虚伪和不着边际，但是有时候爱情需要一种纯真的虚假。

林黛玉最后笑了吗？我想她一定也哭了，又笑了。在这里让我们看到了贾宝玉的可爱——换作任何一个女孩子，如果一个男孩子变着法子使你开心，至少此时此刻，这个男孩子是有担当、有爱心的，他对女孩子的付出是真诚的。

我想林黛玉此时内心一定也是满足的——被爱浇灌的满足感，而不是对薛宝钗那些礼物的满足感。林黛玉的生命里，只有对情的追求，她为情而生，也为一个人的情而死，所以她并不在乎那些物质是好是坏，是精致的还是粗俗的。

而此时的赵姨娘，却表现出一种格外的满足感。

且说赵姨娘，因见宝钗送了贾环些东西，心中甚是喜欢。想道：“怨不得别人都说那宝丫头好，会做人，很大方。如今看起来果然不错。他哥哥能带了多少东西来？他挨门儿送到，并不遗漏一处，也不露出谁薄谁厚。连我们这样没时运的，他都想到了。要是那林丫头，他把我们娘儿们正眼也不瞧，哪里还肯送我们东西？”一面想，一面把那些东西翻来覆去的摆弄，瞧看一回。

我们可以看出赵姨娘某些特别的心理特征：当她获得薛宝钗的礼物后，

心里的喜悦溢于那扭曲的脸上，有一种小市民唯利是图的满足感。她马上赞美宝钗会做人、大方、周到，在利益面前，她根本没有自己的原则和立场，容易被眼前的物质所收买，这是一种糊涂和愚昧，这样的人在社会上，就是被人利用的对象。

其实，她也有自己的肤浅见识，她认为此时是巴结王夫人的最好时候：在王夫人面前，可以好好地夸赞一下薛宝钗。也间接地告诉王夫人：你看，我是站在你那一边的。然而她缺少察言观色的能力，她的人生境界只停留在自己眼前的视线里，所以当她在王夫人面前碰了一鼻子灰后，我们就看到了一个卑微的可怜虫形象。她恨王夫人掌权，却又对权力十分向往，多么可悲！

有时候冷静地看这个世界，人与人之间的认知悬殊是非常大的。赵姨娘一辈子生活在自己狭小的世界观里，奴性而卑微，她怎么能看到人的品质、境界、气度、修养、学识呢？正所谓“夏虫不可语冰”，她所看到的东西，在智者眼里，再直接明白不过了。所以赵姨娘代表了世俗之中的大多数，而这大多数，却如蝼蚁一样，为一滴朝露、一粒稻米，每天战战兢兢、小心谨慎地生活在这茫茫的大地上。

（四）

就像兴儿跪在王熙凤面前，战兢兢地朝上磕头，在交代贾琏偷娶尤二的事情上，打了自己十几个嘴巴，说了十几个“奴才”一样。那种在权力的威吓下，作为卑微者的奴才形象，在兴儿这里表现得淋漓尽致。从前面兴儿在二尤面前高谈王熙凤、讥笑贾宝玉，以骗得酒喝，而此时在王熙凤面前的表现来看，卑微者之所以卑微，就在于面临生存危机和计较利益得失的时候，很少有原则和立场可言。当然能在危难之时，坚持原则，守住做人的底线和信仰，这样的人是值得敬佩的，这样的人一般不会成为社会的卑微者——人要体面地活在这个社会里，至少应该有无畏的气节，高尚的情操。这样才可以赢得人们的尊重，哪怕是自己的敌人，也会高看你一眼。所以在王熙凤的眼里，那兴儿不过是一只可怜的蚂蚁，三言两语，便从他那里把事情的来龙去脉摸得一清二楚。可怜贾琏把兴儿当成自己的心腹小厮，——人的秘密，往往被自己认可的人所出卖，所以如何看清一个人的忠诚，必须经历过特别的考验。看王熙凤从生气到愤怒，再到渐渐平静，可以看出王熙凤此人做事的风格：严厉、坚决、果断、智慧——自己的权威被挑战后的那种愤怒过后，很快平静下去，然后思考对策。

可以想象，透过文字，我们看到了她那阴沉的脸色，凶狠的眼神，扭曲的嘴唇……读来倍感一阵寒意。

这一回从小事着笔，却在大处结束，让我们看到人情世故里的冷暖，真情的动人，小人物的可怜可悲……细细深究开去，仿佛字字句句触及人的内心，这不禁令人自问：哪一个小人物是他？是你？还是我自己呢？

2022 年 9 月 8 日于金犀庭苑

六十八、一个阴险的政客

（一）

读这一回，想到王熙凤的判词：

机关算尽太聪明，反算了卿卿性命。

一个人在经历着富贵荣华，在享受荣誉和权力带来的满足时，他怎么会看到生命的悲喜苦乐，又怎么能放下权力给自己带来的满足感，而给予人基本的善良和忍让呢？所以在这一回里，王熙凤把自己的心机和聪明、政治权术与泼辣表演得淋漓尽致，读来不禁令人一阵寒凉。

为什么我要说她是一个政客呢？

第一，她有为利益不择手段的一面，不管对方是谁，只要挡住了自己的利益，她就用自己能掌握的一切手段进行排除。政客是没有朋友的，他们的思想里只有利益得失的计较。

第二，虚伪，她为了骗尤二进荣府，不惜放低身份，一身素衣，然而读过本小说的人都知道，凤姐是何其威风的人，又何其高傲与不可一世！不是心机深谋，她又怎么会如此放低自己；政客的嘴脸，历来两面三刀，当面一套，背后一套，哪里听得一句真话。

第三，泼辣，在宁府大吵大闹，形如泼妇，那形象其实并不雅观，然而却被她表演得生动活泼；与政客讲理，他与你讲情，与他讲情，他与你讲法，与他讲法，他便撒泼打滚，泼妇的原理，最适合于此。

第四，玩弄政治手段，自己既是演员，又是导演，一方面答应了宁府摆平尤二之事，另一方面却故意挑起事端，其目的一目了然。对人对事，处处讲政治，凡与人交往无不站在斗争的立场上来看，擅听人言，擅观人色，趋利避害为能事。

第五，阴狠，对张华之事，怕日后露出马脚，便行斩草除根之策。唯信自己，从不信人，用人之功，憎人之过，一事不顺，图穷匕首见。

不过政客的根本目的，在保住自己政治地位的同时，就是赚取名和利的最大化。那么就让我们来仔细品读这一回，看看王熙凤是如何一步一步赚尤二到荣府，再大闹宁府，左右官家，赚取名和利的。

（二）

话说凤姐自审兴儿后，早已把如何处理此事谋划得条理清楚，一丝不苟。这第一要务，是要骗取尤二的信任，赚她到荣府来，二则也可以在贾府人面前，装一副贤惠容人的姿态——就是常人所言：既想当婊子，又想立牌坊。

鲍二家的开了，兴儿笑道："快回二奶奶去，大奶奶来了。"鲍二家的听了这句，顶梁骨走了真魂，忙飞跑进去报与尤二姐。尤二姐虽也一惊，但已来了，只得以礼相见，于是忙整理衣裳，迎了出来。至门前，凤姐方下了车进来，二姐一看，只见头上都是素白银器，身上月白缎子袄，青缎子掐银线的褂子，白绫素裙；眉弯柳叶，高吊两梢；目横丹凤，神凝三角：俏丽若三春之桃，清素若九秋之菊。周瑞旺儿的二女人搀进院来。二姐赔笑，忙迎上来拜见，张口便叫"姐姐"，说："今儿实在不知姐姐下降，不曾远接，求姐姐宽恕！"说着便拜下去。凤姐忙赔笑还礼不迭，赶着拉了二姐儿的手，同入房中。

鲍二家的听见王熙凤来了，像顶梁骨走了真魂，在贾府众人的心里，凤姐的威慑力可见一斑。但看凤姐，此次可是素色素面，一种温和的派头。从整部小说来看，王熙凤身上从来镶金挂玉、五光十色；行时闻环佩之音，静坐有威严之态；嬉笑怒骂之间，杀伐决断，干净利落。尤其是小说第三回林黛玉初入贾府时，王熙凤出场，未见其人，先闻其声，给人一种艳、快、威、喧的感觉。然而此时凤姐出场，情景迥然不同：素色素面，代表着一种无色的静态，也许那"素"的味道，却是一种冷的警示。她与尤二见礼，互称姐妹，表现得和颜悦色，如不是对王熙凤的行为早有了解，此时见他，俨然一副贤淑明理、大家闺秀之态。

再看她与尤二的对话，语言温和，漂亮得体。那话语里层次分明，有理有节。

凤姐忙下坐还礼，口内忙说：“皆因我也年轻，向来总是妇人的见识，一味的只劝二爷保重，别在外边眠花宿柳，恐怕叫太爷太太耽心：这都是你我的痴心，谁知二爷倒错会了我的意。若是外头包占人家姐妹，瞒着家里也罢了；如今娶了妹妹做二房，这样正经大事，也是人家大礼，却不曾和我说。”

首先她放低身份，欲与尤二在同一平台之间对话，那语气带有一种试探的口吻，显示出一种亲密之感，意在让尤二放松警惕。然而尤二首先向王熙凤下跪行礼，其实也暴露了自己的柔弱。

我也劝过二爷，早办这件事，果然生个一男半女，连我后来都有靠。不想二爷反以我为那等妒忌不堪的人，私自办了，真真叫我有冤没处诉！我的这个心，唯有天地可表。

其次是说自己并不反对贾琏纳妾，若所纳之人，能给贾府添丁进口，不失为一件大喜事。既然自己与尤二皆嫁与贾琏，就应该放下妒意，决心和谐共处，谋誓以宽尤二之心。

要是妹妹在外头，我在里头，妹妹白想想，我心里怎么过得去呢？再者叫外人听着，不但我的名声不好听，就是妹妹的名儿也不雅。况且二爷的名声更是要紧的，倒是谈论咱们姐儿们还是小事。至于那起下人小人之言，未免见我素昔持家太严，背地里加减些话，也是常情。

再次，装可怜。站在自己的立场上，好似在说自己管理贾府，本是恶名在外，如果此时再容不得尤二，那岂不是更教人咒骂？如果尤二不跟随进贾府，岂不是成全那些咒骂她的小人之心？好一副可怜样儿！就差向尤二下跪的那一步了。

尤二本是个实心的人，听了王熙凤这番花言巧语，一颗悬着的心早已放了下去：

二姐是个实心人，便认作他是个好人，想道：“小人不遂心，诽谤主子，也是常理。”故倾心吐胆，叙了一回，竟把凤姐认为知己。又见周瑞家等媳妇在旁边称扬凤姐素日许多善政，“只是吃亏心太痴了，反惹人怨。”又说：

“已经预备了房屋，奶奶进去，一看便知。”尤氏心中早已要进去同住方好，今又见如此，岂有不允之理？便说：“原该跟了姐姐去，只是这里怎么着呢？”

王熙凤的攻心之计，目的只有一个，就是骗尤二进贾府。那贾府上上下下均是自己的人，摆布起尤二来，岂不是易如反掌？所以尤二的善良也是造成她悲剧的内因之一。有时候反观尤二，我们不妨也学一点处世的经验——凡面对言语漂亮、口若悬河的人，一定多一个心眼，否则人家出卖了你，你反倒帮人家数钱，岂不可笑可悲！从前面王熙凤生日吃醋撒泼来看，以她的为人，本不应该这样低声下气，在尤二面前装着可怜的样子，她大可以大闹一阵，迫使贾琏休了尤二，而又为何如此这般模样呢？若凤姐像对待多姑娘那样对待尤二，倒把凤姐看得低了。可以分析一下，在王熙凤来见尤二之前，她很是做了一番功夫的：那尤二的美丽善良，安静平和，比起多姑娘来，不知要好上多少，这自然深得贾府众下人的认可，倘若自己对尤二撒泼打闹，岂不是背上了一个以恶欺善、以大欺小的罪名？王熙凤是何其爱面子的人，她深深地知道，对待多姑娘那件事，她的强势是可以博得同情的，而若对尤二强势，那就会被人诟病。但是谁都知道，王熙凤的温柔里，却藏着一把不见血的刀。

（三）

所以当王熙凤赚取尤二进贾府后，便马上实行下一步计划：在外围调查尤二的身世情况。若是为家族声誉和贾府后世子孙的纯洁考虑，调查尤二的身世，无可厚非。历来贵族人家、朝廷大员正式娶亲，都会这样，据说清朝皇帝要宫中妃子第一次侍寝，还得把女人验明正身。

然而王熙凤哪有闲心去考虑这样的事。男人三妻四妾，不是很正常的事吗？

凤姐一面使旺儿在外打听这二姐的底细，皆已深知：果然已有了婆家的，女婿现在才十九岁，成日在外赌博，不理世业，家私花尽了，父母撵他出来，现在赌钱场存身。父亲得了尤婆子二十两银子，退了亲的，这女婿尚不知道。原来这小伙子名叫张华。凤姐都一一尽知原委，便封了二十两银子给旺儿，悄悄命他将张华勾来养活，“着他写一张状子，只要往有司衙门里告去，就

告琏二爷国孝家孝的里头，背旨瞒亲，仗财依势，强逼退亲，停妻再娶。”

这一步计谋是这一出好戏的关键，从法律的角度上讲，贾琏国丧家孝期间，强逼退婚，停妻再娶的行为，在以孝治天下的正统思想里，就是大罪。

在外围情况来看，那张华一告，这事便闹大了，这对王熙凤是有利的。在众人眼里，自己深居贾府内室，哪里知道这样的事——便可以置身事外。另一方面，告诉众人自己一片好心接尤二进贾府，本意和睦共处，却闹出了这么一件大事，而且自己也深陷其中，让人看到自己做了好事，却又为贾琏背负罪名，惹上了官司，好似她才是最大的冤大头。

王熙凤用自家的亲信，与官府串通一气，务必把这一件事做得圆满不露破绽。所以其实这里最幸运的是那主办这件案子的都察院——既收了王熙凤的钱，又收了贾蓉的钱。好似我们乡下人骂那些不称职的法官一样：吃完被告吃原告。最后还要看银子多少、权力大小办事。

从官场来看，贾家与王家的势力，与都察院都是有关系的，然而找官家办事时，不讲关系，只讲送银子，用我们今天的话来说叫“权力寻租”。王熙凤为了发泄忌妒之心，既使贾府花钱，又使下人劳心费神，这也暗示了贾府在王熙凤的管理中，存在极大的隐患。

（四）

待外围事情完备，王熙凤的本性便露出来了。

正商议间，又报：“西府二奶奶来了。”贾珍听了这话，倒吃了一惊，忙要和贾蓉藏躲，不想凤姐已经进来了，说：“好大哥哥，带着兄弟们干的好事！”贾蓉忙请安。凤姐拉了他就进来。贾珍还笑说：“好生伺候你婶娘，吩咐他们杀牲口备饭。”说着，便命备马，躲往别处去了。

王熙凤气势汹汹地来宁府，贾珍吓得偷跑到外面去了，留下自己的老婆和儿子在家里应付。可以想象贾珍那狼狈的样儿——关键时刻，这个风流成性的纨绔子弟逃了，多么不堪！既做下了那样的事，却又不敢担当，这样的男人，既令人感到痛恨，又让读者看到宁府衰败的必然。

王熙凤大闹宁国府是这一回的高潮。看那一哭二闹三上吊的表演里，活脱脱一个泼妇形象。

凤姐照脸一口唾沫，啐道："你尤家的丫头没人要了，偷着只往贾家送，难道贾家的人都是好的，普天下死绝了男人了？你就愿意给，也要三媒六证，大家说明，成个体统才是。你痰迷了心，脂油蒙了窍，国孝家孝两层在身，就把个人送了来。这会子叫人告我们，连官场中都知道我利害，吃醋。如今指名提我，要休我！我到了这里，干错了什么不是，你这么利害？或是老太太、太太有了话在你心里，叫你们做这个圈套挤出我去？如今咱们两个一同去见官，分证明白，回来咱们共同请了合族中人，大家觌面说个明白，给我休书，我就走！"一面说，一面大哭，拉着尤氏只要去见官。

冯仑有一篇短文叫《泼妇原理》，用在王熙凤身上，特别贴合——

"第一就是高声，而且胡搅蛮缠，大声叫骂，不怕围观的人多，甚至有意召唤来更多的人，因为她不怕丢脸，甚至没脸可丢，因为脸早就掉在地上了。也就是说，世俗的道德、习俗、风俗对她已经没有了约束力，所以她不怕人多，而且越多人围观，她越来劲。"

我们来看王熙凤是不是这样，首先吐唾沫，在气势上压倒尤氏。一方面表达自己受到的委屈，另一方面极力埋怨此事为尤氏所为，自己就是一个受害者。众所周知，这一出好戏完全是她一手自导自演的，现在她玩这一手，很明显有点胡搅蛮缠。

凤姐儿滚到尤氏怀里，哭天动地，大放悲声，只说："给你兄弟娶亲，我不恼，为什么使他违旨背亲，把混账名儿给我背着？咱们只去见官，省了捕快皂隶来拿。再者，咱们过去，只见了老太太、太太和众族人等，大家公议了，我既不贤良，又不容男人买妾，只给我一纸休书，我即刻就走！你妹妹，我也亲身接了来家，生怕老太太、太太生气，也不敢回，现在三茶六饭、金奴银婢地住在园里。我这里赶着收拾房子，和我一样的，只等老太太知道了。原说下接过来大家安分守己的，我也不提旧事了，谁知又是有了人家的！不知你们干的什么事！我一概又不知道。如今告我，我昨日急了，纵然我出去见官，也丢的是你贾家的脸，少不得偷把太太的五百两银子去打点。如今把我的人还锁在那里！"说了又哭，哭了又骂。后来又放声大哭起"祖宗爷娘"来，又要寻死撞头。把个尤氏揉搓成一个面团儿，衣服上全是眼泪鼻涕，并无别话。

王熙凤的肢体语言，就是撒泼："最典型的做法就是一屁股坐在地上，把衣服扯烂，露出肥厚的腰，再抓起一把泥土抹在脸上，一把鼻涕一把泪，哭天抢地，做出一副被侮辱、被蹂躏、被欺负的样子。"

只不过他没有坐在地上，而是滚在尤氏身上，装出一副可怜、伤心欲绝的样子。她骂尤氏，相当泼辣，还把眼泪鼻涕全部擦在尤氏身上，目的是恶心尤氏，使尤氏难堪。

在家庭里，王熙凤与尤氏本是妯娌关系，从整部小说来看，尤氏的宽容大度，本是十分好相处的人，然而王熙凤却在这里把尤氏骂得那样不堪，足见在利益面前，王熙凤是不讲任何人情的。

也许在尤氏那里，把王熙凤当姐妹看，而在王熙凤看来，尤氏是懦弱的，她与尤氏的关系只不过是利益之间的交换。在她那里，根本没有所谓的亲情和友情可言，她不仅要恶心尤氏，挣回面子，而且还向宁府诈取了五百两银子。

（五）

难道王熙凤差这五百两银子吗？不是的，这五百两银子她说得很明白，那是摆平这件事的打点费。其实这也间接地告诉了尤氏，为了你宁府的声誉，我已经在出力出钱周旋这一件事了。

贾蓉只跪着磕头，说："这事原不与父母相干，都是侄儿一时吃了屎，调唆着叔叔做的。我父亲也并不知道。婶娘要闹起来了，侄儿也是个死！只求婶娘责罚侄儿，侄儿谨领。这官司还求婶娘料理，侄儿竟不能干这大事。婶娘是何等样人，岂不知俗语说的'胳膊折了，在袖子里'？侄儿糊涂死了，既做了不肖的事，就和那猫儿狗儿一般，少不得还要婶娘费心费力，将外头的事压住了才好。只当婶娘有这个不孝的儿子，就惹了祸，少不得委屈还要疼他呢。"说着，又磕头不绝。凤姐儿见了贾蓉这般，心里早软了，只是碍着众人面前，又难改过口来，因叹了一口气，一面拉起来，一面拭泪向尤氏道："嫂子也别恼我，我是年轻不知事的人，一听见有人告诉了，把我吓昏了，才这么着急的顾前不顾后了。"

贾蓉的话也说得非常漂亮。首先他是晚辈，所以在王熙凤面前表明了自己的态度，服小认错。其次再夸凤姐能干，什么事情都能摆得平的。三是从大处着眼，这样的事不宜大吵大闹，对家庭的声誉影响极坏。四是显示自己的可怜，博得凤姐的同情——他用与凤姐之间暧昧的关系，打一种感情牌，让王熙凤无法再闹下去。

凤姐又指着贾蓉道："今日我才知道你了。"说着，把脸却一红，眼圈儿也红了，似有多少委屈的光景。贾蓉忙赔笑道："罢了，少不得担待我这一次罢。"说着，忙又跪下了。凤姐儿扭过脸去不理他，贾蓉才笑着起来了。

这一段话很值得玩味。想起宁府里的老用人焦大的话："养小叔子的养小叔子。"正点明了王熙凤与贾蓉之间不同寻常的关系，——贾蓉相貌俊美，机灵而活泼，应该深得王熙凤喜爱的，然而这件事里，贾蓉是主谋，让贾琏在外面娶尤二，对自己是一种伤害。所以凤姐的脸红和转身的表现，有一种委屈和娇态——在自己喜爱的男人面前博得同情。也许在贾府上下，只有贾蓉才能真正治得了王熙凤——女人一旦对某个男人动了真情，那就是她的软肋。

在这一回里，王熙凤的表演是最出彩的。从心机到智谋，都可以算一个很有手段的政客。然而可以想象，如果一个人把家庭之事当成一场政治斗争，把身边所有的亲朋好友视为假想的政治敌人，这样的家庭又怎么会风平浪静呢？

中国人的传统观念是"家和万事兴"，而王熙凤的计谋，也许正是加速贾府衰败的原因之一。

2022 年 9 月 11 日于金犀庭苑

六十九、尤二姐之死

（一）

不瞒各位笑话，读尤二之死，我是怀着悲痛的心情、流着同情的泪水读完的。所以整理这一回笔记时，依然激动异常：这里有王熙凤阴狠的嘴脸；有秋桐的无知和愚昧；有贾琏的懦弱和无情；有平儿的温暖……尤二的死，让我们看到人性在冷漠、爱欲、忌妒、绝望之间表现出来的丑陋、善良和悲凄……

从整部小说来看，尤二之死，拉开了贾府衰败的快节奏。特别是尤二的孩子胎死腹中，让人看到了人生绝望之中的凄凉，家族灭亡的内因。

（二）

这一回接着看王熙凤的政治表演。

当她摆平了宁府，出了一口恶气之后——这一口恶气有两个结果：一是让尤氏和贾蓉闭嘴；二是余下的事情只能落到王熙凤手里——她便装出一副非常和善的样子，带着尤二来见贾母和王夫人及家庭里的长辈。

尤氏那边怎好不过来呢，少不得也过来，跟着凤姐去回。凤姐笑说：“你只别说话，等我去说。”尤氏道：“这个自然。但有了不是，往你身上推就是了。”说着，大家先至贾母屋里。正值贾母和园里姐妹们说笑解闷儿，忽见凤姐带了一个绝标致的小媳妇儿进来，忙觑着眼瞧说：“这是谁家的孩子？好可怜见儿的！”凤姐上来笑道：“老祖宗细细的看看，好不好？”说着，忙拉二姐儿说：“这是太婆婆了，快磕头。”二姐儿忙行了大礼。凤姐又指着众姐妹说，这是某人某人，“太太瞧过，回来好见礼。”二姐儿听了，只得又重新故意问过，垂头站在旁边。

现在可以明白为什么王熙凤要先把尤二安排在李纨那里了吧！只有把尤氏和贾蓉摆平，让众人不明白二尤的真实情况下，王熙凤才能踏实地带尤二面见长辈。

而见长辈的过程，并不是王熙凤的善良和大度。一个权力欲望极强的人，更会热衷于面子上的事，所以她带尤二面见长辈，一方面在众人面前“做光面子活路”：看看，我王熙凤不是那种忌妒含酸的人，我对贾琏私下娶的小妾相处得多么地融洽。只有这样，即使后来尤二有不好的结局，或者死了，众人也不会怀疑是自己所害——而是另有其人，或者尤二无福消受。另一方面，尤二的温柔漂亮，会让贾母很喜欢，贾母的这种态度，会决定着凤姐后面的一系列的神操作。

所以待尤二见过众人之后，转身过来，王熙凤便进一步叫人唆使张华向官府讨要尤二。这样一而再，再而三地告发，对于身份卑微的张华来说，哪有这样的胆量——自古道：“民不与官斗”。然而王熙凤又是许钱，又是威胁，张华迫于无赖，只得把这件事情再次闹大。

有时候不得不感叹这样的事。由于某些政治利益，一场政治斗争就这样降临在张华头上。这些平头百姓何其不幸，命运被人家用权力和金钱玩弄于股掌之中，甚至会成为一个牺牲品，其性命尚不如一只蚂蚁。

所以，做一个明智的人，最好远离政治的是是非非，否则死于何时何地，自己都不清楚，那才叫真正的冤枉！

这件官司再次扩大的根本原因，在于王熙凤想让贾母知道。

凤姐一面吓得来回贾母说，如此这般：“都是珍大嫂子干事不明，那家并没退准，惹人告了。如此官断。”贾母听了，忙唤尤氏过来，说他做事不妥：“既你妹子从小与人指腹为婚，又没退断，叫人告了，这是什么事？”尤氏听了，只得说：“他连银子都收了，怎么没准？”凤姐在旁说：“张华的口供上现说没见银子，也没见人去。他老子又说：‘原是亲家说过一次，并没应准；亲家死了，你们就接进去做二房。’如此没对证的话，只好由他去混说。幸而琏二爷不在家，不曾圆房，这还无妨。只是人已来了，怎好送回去？岂不伤脸？”贾母道：“又没圆房，没得强占人家有夫之人，名声也不好，不如送给他去。那里寻不出好人来？”尤二姐听了，又回贾母说：“我母亲是在某年、某月、某日，给了他二十两银子退准的。他因穷极了告，又翻了口。我姐姐原没错办。”贾母听了，便说：“可见刁民难惹。既这样，凤丫头去

料理料理。”凤姐听了无法，只得应着回来，只命人去找贾蓉。

前一回从法与理的角度，王熙凤已经与尤氏谈妥，而这里她又私下唆使张华翻案，抖落出尤二的问题来。

好深的计谋!

一是可以看出王熙凤没有任何诚信可言，他所追求的是利益的最大化，这种追求贪婪无尽、令人发指。

二是这事情闹大后，贾母一定对尤氏有很大的意见，所以善后之事，一定会指派王熙凤去处理:

贾母听了，便说：“可见刁民难惹。既这样，凤丫头去料理料理。”

在明面上，王熙凤顺理成章地揽了这一件事，办好了，就挣了名，在家族中很有面子，而且钱由宁国府出，宁国府还不敢有任何意见。

当然凤姐也可以在此事之中大大地从公家账户上捞一笔——公家有事，才会有银子的出入。所以现实之中打着为公家出力的幌子巧立名目，而行中饱私囊之实的官员，何其之多!

凤姐听了，心中一想：“……只是张华此去，不知何往，倘或他再将此事告诉了别人，或日后再寻出这由头来翻案，岂不是自己害了自己？原先不该如此把刀把儿递给外人哪！”因此，后悔不迭。复又想了一个主意出来，悄命旺儿遣人寻着了他，或讹他做贼，和他打官司，将他治死，或暗使人算计，务将张华治死，方剪草除根，保住自己的名声。旺儿领命出来，回家细想：“人已走了完事，何必如此大做？人命关天，非同儿戏。我且哄过他去，再作道理。”

很显然，王熙凤所做的这一系列事情，张华均参与其中，所以为杜绝祸患，她要斩草除根，因为只有死人最能保守秘密，不能留下把柄在他人手上。然而旺儿尚且还有一点人性，索性放过了张华。当然，此事报应终久会在王熙凤身上应验出来。

这足见王熙凤的狠毒。过河拆桥，毫无人性，只讲利益——可以想想，王熙凤那样美丽的一个女人，却是如此毒辣，看了真令人背心顿起凉意。想起金庸小说里的一个情节——张无忌很小时候，看见自己的父母被所谓的名门正派害死，临死时他母亲对他说的一句话：“孩儿，你长大了之后，要提防女人骗你，越是好看的女人越会骗人。”这用在王熙凤的头上，是再恰当不过的了。

（三）

当然尤二不一样，她漂亮温柔且善良。在贾府里，她连大声说话的勇气都没有。所以在王熙凤看来，要捏死尤二，就像捏死一只小虫子那样简单。只是此时用不着王熙凤亲自出手了。当贾琏办完公差回来后，贾赦非常满意，便赏了个漂亮的丫头叫秋桐的与他。

真是知子莫若父！

贾琏当然非常高兴，只是凤姐心里很不舒服——这尤二之事尚且没有摆平，又来一个女人，万一这秋桐是个刺儿，刺中自己该如何是好？

且说秋桐自以为系贾赦所赐，无人僭他的，连凤姐、平儿皆不放在眼里，岂容那先奸后娶、没人抬举的妇女？凤姐听了暗乐。自从装病，便不和尤二姐吃饭，每日只命人端了菜饭到他房中去吃。那菜饭都系不堪之物。……每常无人处说起话来，二姐便淌眼抹泪，又不敢抱怨凤姐儿。——因无一点坏形。贾琏来家时，见了凤姐贤良，也不留心。况素昔见贾赦姬妾丫头最多，贾琏每怀不轨之心，只未敢下手；今日天缘凑巧，竟把秋桐赏了他，真是一对烈火干柴，如胶投漆，燕尔新婚，连日那里拆得开？贾琏在二姐身上之心也渐渐淡了，只有秋桐一人是命。凤姐虽恨秋桐，且喜借他先可发脱二姐，用“借刀杀人”之法，坐山观虎斗，等秋桐杀了尤二姐，自己再杀秋桐。

有时候觉得这一出戏，像老天在故意帮助王熙凤一样，偏偏那秋桐是一个尖酸刻薄、泼辣无知的女人。王熙凤正愁如何对付尤二时，却被贾赦送来了这样一个母夜叉——那凤姐多聪明，只在这二人之间一调和，借秋桐之手，正好收拾尤二，自己装病等着看好戏就可以。

更可恨的是那贾琏，喜新怨旧，有了秋桐，便把尤二丢在一边。一个女人嫁给这样的男人，就是一场悲剧。也该尤二雪肤柔性，几番折腾，便就病了下来。

那秋桐听了这话越发恼了，天天大口乱骂，说：“奶奶是软弱人，那等贤惠，我却做不来！奶奶把素日的威风，怎么都没了？奶奶宽宏大量，我却眼里揉不下沙子去。让我和这娼妇做一回，他才知道呢。”凤姐儿在屋里，只装不敢出声儿。气得尤二姐在房里哭泣，连饭也不吃，又不敢告诉贾琏。次日，贾母见他眼睛红红的肿了，问他，又不敢说。

更兼那秋桐在王熙凤的挑唆下，时时尖酸言语、指桑骂槐，使得尤二日日泪流满面，却找不到人来倾诉。

有时候想想秋桐其人，真正活脱脱又一个赵姨娘。在身份和地位上，她本与尤二是一样的，然而当她听过凤姐的挑唆后，她根本不假思索地信任了凤姐，这种毫无明辨是非能力的人，就是一个蠢货。她尚且不知道，自己正被人当着枪使，最后她自己也将被人算计而死。人之所以如此卑微而愚蠢，就在于她用自己的卑微和委屈去欺侮一个比自己更卑微的人，而目的却只是图一时的私愤，这就是人性的麻木。

也许有人会问，难道秋桐生活在贾府里，就没有听过王熙凤的一丁点儿德行吗？还是感觉自己做了小妾，已经心满意足了，可以享受做主子的命运了？——当时邢夫人给鸳鸯的话里，就是这样一种观念，看来人之所以愚蠢和灭亡，就在于只看到眼前的那点荣誉和利益，多么可悲！

王熙凤的计谋到此应该比较圆满了：

秋桐正是抓乖卖俏之时，他便悄悄地告诉贾母、王夫人等说：“他专会作死，好好的，成天丧声晦气。背地里咒二奶奶和我早死了，好和二爷一心一意地过。”贾母听了，便说：“人太生娇俏了，可知心就嫉妒了。凤丫头倒好意待他，他倒这样争风吃醋，可知是个贱骨头。”因此，渐次便不大喜欢，众人见贾母不喜，不免又往上践踏起来。弄得这尤二姐要死不能，要生不得。还是亏了平儿时常背着凤姐与他排解。

看看贾母和众人对尤二的态度，既夸奖了王熙凤，又批评了尤二。舆论对尤二极为不利，在大多数人眼里，尤二就是一个不知好歹而且名声也不好听的贱骨头。

（四）

贾母的话，相当于给尤二定了死刑。可怜的她，无处伸冤，只能等待命运的安排。

就像她的梦一样。

一个人在心神恍惚的时候，就会失眠多梦。我小时候常听自己的婆婆讲，当一个人在梦里老是梦见自己死去的亲人时，对自己是很不利的，可能有大病或者凶灾。我想此时尤二之梦，梦见尤三前来劝她：一是杀凤姐报仇，二是也告诉她命不能长久，即将归天。此梦却也不是什么好梦吧。

想想此时尤二多么孤独！——被人诟谇，无法向人倾诉；无人照顾，守着漫漫长夜，那个曾经与他春宵苦短，日日不舍的男人，已经离去，生命似乎已经只剩下一具躯壳，又有什么可以贪恋的呢？

她的那句："我一生品行既亏，今日之报，既系当然"的话里，既是对生命的悲叹，也是一种绝望。它控诉了在讲究"仁、义、礼、智、信"思想的男权社会里，强加在女人身上无形的枷锁，那种对封建礼教逆来顺受的女人，必然成为礼教的刀下之鬼。

所以我想，作者写尤二之死，除了充满着悲悯，更是想要唤醒女性的独立与自由来。

此时的尤二尚且还有一线希望和寄托，那就是她肚子里的孩子。

"我这病不能好了！我来了半年，腹中已有身孕，但不能预知男女。倘老天可怜，生下来还可；若不然，我的命还不能保，何况于他。"

然而她不知道，她也正卷入一场家族利益的斗争之中——王熙凤怎么可能让她的孩子生下来呢！所以在接下来的医治中，天晓得那个糊涂的医生收了多少贿赂，一剂虎狼之药，便使尤二的孩子胎死腹中。

看过很多宫廷剧的人都知道，皇帝的后宫妃子们为了夺权争宠，上演过多少"狸猫换太子"的悲剧。最可怕的是汉初刘邦的夫人吕氏，为了使自己的儿子能当太子，当她掌管后宫，处置戚夫人的手段可谓令人发指——先是砍掉了戚夫人的双手双脚，割掉舌头，再挖了双眼，扔在猪圈里。

有时候看到历史上的这些故事，想想女人如果沉迷于权力，是多么地心狠手辣。同样，那个女皇武则天，从她掌权起，双手每天都沾满着鲜血。所

以尤二的孩子之死，已经是情理之中的事。

当一个女人被人间的温情抛弃，又被男人冷落，在生命充满绝望的时候，唯一的希望就是自己的孩子。可是当这个希望落空之后，摆在这个女人眼前的才是真正的一潭死水——身已无可恋，只求一死，方可得到解脱。

这里尤二姐心中自思："病已成势，日无所养，反有所伤，料定必不能好。况胎已经打下，无甚悬心，何必受这些冷气？不如一死，倒还干净。常听见人说金子可以坠死人，岂不比上吊自刎又干净。"想毕，挣扎起来，打开箱子，便找出一块金，也不知多重。哭了一回，外边将近五更天气，那二姐咬牙，狠命便吞入口中，几次直脖，方咽了下去。于是赶忙将衣裳首饰穿戴齐整，上炕躺下。当下人不知，鬼不觉。

有一次重读到这里，我突然有一个想法：假如再重拍这部小说的电视剧时，应该在尤二死时布置一种特别的场景——下着瓢泼大雨，电闪雷鸣，风从窗子缝里吹进去，簌簌之声不断；灯火忽明忽暗，仿佛之中有黑白二鬼出现；时有野猫受惊夜啼，瓦砾坠地而响……唯这样，方能渲染出尤二之死的悲怆和凄凉。

各位试想一想，那样一个柔弱女子，生吞一块金子，怎么能吞得下？她已经病入膏肓，体弱无力，那一块金子，又不是圆形，所以只能几次直脖，眼珠圆睁，三吞四咽……那是多么地难受啊！

每每读到此，头脑里想那窗外凄风又苦雨，一个美丽的女子在绝望中拼尽最后一丝力气，只是为了孤独地求死时，不觉两眼湿润，感叹而悲伤！世间人之死，有各种各样，唯读《红楼梦》此一回，看尤二之死，却让人纠心不已！

（五）

我们在读这一部小说的时候，站在人生老病死的角度看，写死的时候多，写生日的时候也多，却从没有写过贾府有新的孩子出生。为什么呢？

小说里唯一两回，一是王熙凤小产，二是尤二的孩子胎死腹中。至于后来被人续写，说到"兰桂齐芳"的猜想，那不过是一种希望的寄托。也许作者对这一个家族就预设了一种衰败，一种悲情——没有新人，就没有希望，注定走向没落和消亡。

所以尤二之死，正加速了贾府走向衰败的节奏，小说后面的所有情节都将奔向一场悲剧！

2022 年 9 月 13 日夜于金犀庭苑

七十、不能承受的生命之轻

（一）

从尤二之死的冷清凄苦之中转入到此一回的春回大地，大观园里鸟语花香，桃谢李飞，随风逐水……一切生命都在春天里充满着活力。

在这生命转换的过程中，我们看林黛玉的桃花诗，似乎在悼念刚刚死去的尤二，又似乎在悲叹青春的易逝。从飘落的桃花，到柳絮乱飞，最后风筝随风而走，三种物相，却写一种情态：轻。轻是一种重量的描写，却又是一种生命的形态，心的多变多感，正是年轻的表现。

生命之中有许多事，看似轻如鸿毛，却难以让人承受。从整部小说的思想看，表面上最终归入佛道，好似什么都放下了，然而作者这样呕沥心血，增删五次写这本大书，难道不是对生命经历过的事情恋恋不舍？人的生命只有一次，没有草稿，也没有预演，那些看似很轻的事，当过去之后，因为回忆的痛苦，所以就成了不能承受的生命之轻。

也许人生经历过的每一件小事，对生命的唯一性而言，都是重要的，都不堪回首……

（二）

小说这里讲尤二死了，贾母在王熙凤的挑唆下，不准贾琏把她送入家庙中——在贾府的发展过程中，尤二的生命就是飘浮的，像一片云——风过去，就散了。人世间有许多的人和事，就这样轻飘飘地过去了，那些刻骨铭心的记忆，只会留在情深者的脑海里，不管岁月如何淘洗，拭开上面的尘沙，露出来的依然闪着人性的光。

所以在尤二死去后的又一年春天，对贾宝玉来说，想起尤三之死，柳湘莲的遁迹空门，尤二吞金而亡，柳五儿的病重：

连连接接，闲愁胡恨，一重不了一重添，弄得情色若痴，语言常乱，似染怔忡之病。

生命要么消失，要么归入空门，要么生病。从本质上看，这些人、这些事与贾宝玉并没有多大关系，而他却感怀失魂，这对比前面王熙凤的政治手腕和阴狠，就更突显了贾宝玉的温暖，也更具有人情味。另一方面，人的多情多感，正是一种纯情的表现，人心的善良，都会因情而伤感。所以看贾宝玉的表现，不免引起读者对人与人的社会重新思考与定位——就如多年前听过的一首歌："只要人人都付出一点爱，这世界将会变成美好的人间！"一个美好的世界，必定人人充满着关爱，人人都洋溢着欢乐和喜悦。

所以人类的和谐，需要人心的修炼，更需要人与人之间建立亲密的关系。像怡红院里，那群孩子打闹的场面，似乎可以看到作者对人世间一种理想的人际关系的期盼：

这日清晨方醒，只听得外间屋内咭咭呱呱，笑声不断。袭人因笑说："你快出去拉拉吧，晴雯和麝月两人按住芳官那里隔肢呢。"宝玉听了，忙披上灰鼠长袄出来一瞧，只见他三人被褥尚未叠起，大衣也未穿：那晴雯只穿着葱绿杭绸小袄，红绸子小衣儿，披着头发，骑在芳官身上，麝月是红绫抹胸，披着一身旧衣，在那里抓芳官的肋肢，芳官却仰在炕上，穿着撒花紧身儿，红裤绿袜，两脚乱蹬，笑得喘不过气来。宝玉忙笑说："两个大的欺负一个小的！等我来挠你们。"说着也上床来隔肢晴雯。晴雯触痒，笑得忙丢下芳官，来和宝玉对抓，芳官趁势将晴雯按倒。

这种快乐的打闹场景——挠痒痒。我记得自己的女儿两三岁的时候，在冬天老是赖在床上不愿意起来，我就用冰凉的手伸进被窝里挠孩子的痒痒，孩子一下子被我逗笑了，乖乖地起床。其实这是人在成长过程中建立亲密关系的一种良好形式，既看到生命的活力，又能增进彼此之间的情感。

在怡红院里，这个春天开启了一种热闹的气氛，如朱自清先生写的《春》："一切都像刚睡醒的样子，欣欣然张开了眼。"所以林黛玉的桃花诗，便引出了一场新的诗会——生命如诗，在适当的季节里，自然会引发多情人的诗意。

桃花行

桃花帘外东风软，桃花帘内晨妆懒。
帘外桃花帘内人，人与桃花隔不远。
……
憔悴花遮憔悴人，花飞人倦易黄昏。
一声杜宇春归尽，寂寞帘栊空月痕。

这一首诗表现了林黛玉复杂的内心世界，但总体情感基调是悲戚的、孤寂的。帘外的桃花与帘内的人相对比：人的生命如桃花一样，是否可以在春天开放？然而桃花在帘外，人在帘内，桃花的开放与飘落是自由的，人却不能这样随心所欲。

生命在春天也应该寻求一种艳丽的色彩，但青春易逝，那仲春之后，花谢花飞消失在夕阳下的杜鹃声里。春去了，人却留下了一堆孤独的感伤。那桃花飘飞而去，就像林黛玉的眼泪，花落尽，她的眼泪也将流尽，生命也许就在孤独中走到了尽头。

也许生命本来是孤独的，不管你是有家还是有孩子，一个人一辈子始终是和自己相处。自由就是一个人孤独地站立，不依恋、不惧怕。有些事情，别人根本帮不到你，只有你自己自救。当自己对一些问题发出思考的时候去请教那些你认为特别有学问的人，突然发现他们一点也帮不了你，因为你必须自己悟到才能懂得——在孤独中享受孤独，也许才是人真正的自我领悟。

只是林黛玉还算幸运，她遇见了一个懂她，知她的人。

宝玉看了，并不称赞，痴痴呆呆，竟要滚下泪来。又怕众人看见，忙自己拭了。因问："你们怎么得来？"宝琴笑道："你猜是谁做的？"宝玉笑道："自然是潇湘子的稿子了。"

知林黛玉的人，莫若贾宝玉。他从诗里看到了林黛玉的感伤和孤独，自然也会想到她的《葬花词》，感叹花落春去，继而悲叹生命之瞬息。那消失的生命也如花瓣一样，轻轻地随风飘落。很多时候读这部小说，总让我产生这样的感觉：林黛玉似乎仅仅代表了一个青春的印象，或者是人的青春的某些特质，所以她在青春结束后，就香魂归天——青春的气质是林黛玉那样的吗？

记得有一次与几位中学生交流这部小说，他们大部分都认同林黛玉的气质，后来我笑一笑：在现实世界里，如果遇到这样的女朋友，会让人气得吐血，谁受得了呢？除非你们都是贾宝玉。同学们一阵大笑。

生命如花的年纪，虽是艳丽多姿，却是短暂的。既已短暂，所以也脆弱，也轻盈。有时候读到这桃花诗，想到青春之短，生命之轻，总会无端地对着那些年轻的人感叹：请好好珍惜这样的光阴吧！不能像落花一样，任年华随水流去！

（三）

当然更不能像柳絮一样，除了轻，更不能自主。

时值暮春之际，湘云无聊，因见柳花飘舞，便偶成一小词，调寄《如梦令》。其词曰：岂是绣绒残吐？卷起半帘香雾，纤手自拈来，空使鹃啼燕妒。且住，且住！莫使春光别去！

柳絮开的时候，我故乡一般在三月底四月初，那时候柳叶已经全面伸展，叶片的阳面呈青绿色，阴面灰白，所以阳光下远看柳树，似乎笼着一阵烟雾。湘云的这首《如梦令》虽有叹春归之意，然而整体风格还算明快，看那杜鹃啼、燕子舞，似乎也有一种春天里热闹的场景。“且住，且住！”远远地闻得一阵杜鹃啼鸣，声声呼唤着生命留下。

读湘云这首《如梦令》便想起李清照那句“争渡，争渡，惊起一滩鸥鹭”，只不过，李清照那时更有少女的青春气质，那暮色苍茫下争着划船是一种更为热闹的场景，迎面而来的是一阵欢声笑语。史湘云的命运与李清照的命运似乎很契合，从青春的喜悦，到中年和老年的流离——冷冷清清里，看容颜凋零，比黄花更憔悴；湘江水逝处，云彩散尽乐中悲。

在这阵欢笑声里，大观园里的诗社又开始了。只不过此一回以“柳絮”为题目，形式是填词。看到“柳絮”，便想到谢道韫的“未若柳絮因风起”。柳絮从绿色的柳枝上脱离，只因风来，便随风而走，风到哪里，它便无根无助地乱飞。也不管风大风小，风主宰了它的方向。柳絮之轻，让人几乎无法触及。所以林黛玉的词里：

“草木也知愁，韶华竟白头。叹今生谁舍谁收。嫁与东风春不管，凭尔去，忍淹留？”

那柳絮也感叹春去之愁，从青白的颜色里，白了头，恰似青春的消失，谁能留住无情岁月里的美好时光呢？所以只好随着春风，让它四处漂流吧！

一个人的生命气质，往往体现在她的文字上。林黛玉的所有诗词中，很难得见到没有悲戚的地方。她的生命，从进贾府开始，就是一种漂泊的形态，所以柳絮更像她的生命特征。时光的流水如此悠悠，生命是如此轻盈无助，又怎能把握得住呢？

然而薛宝钗却显得与众不同：

白玉堂前春解舞，东风卷得均匀。蜂围蝶阵乱纷纷。几曾随逝水？岂必委芳尘？万缕千丝终不改，任他随聚分。韶华休笑本无根。好风凭借力，送我上青云。

从诗词的写作手法和艺术特色来看，薛宝钗这首词，应算众人词中之魁。那“均匀”二字，已经表明一种态度，如中庸之道——平均而和谐，中正平和。儒家思想里的一种豁达和智慧：既然生命可以这样随风而起，何不趁这样的好风，找一个更高的去处呢？从词面的意思看，这首词有一种乐观积极的态度，薛宝钗很会审时度势，就像一个睿智的政治家一样，把一种不利的条件转化为有利条件，从中可以看到她的智慧和理性。

但从诗词的意境看，却少了真实的情感。也许真正的诗人都是抑郁型的、感性的。若诗人处处流露出豪放和理性，似乎就少了人性的真实。人应该受情感左右，没有情感，人类社会要么走向理性和法制，要么走向野蛮与暴戾，也因为情感，人与人相处才显得温暖和融洽。

（四）

正当大家谈论着诗词起劲时，突然窗外竹子一声响动，众人倒吓了一跳。原来一只蝴蝶风筝挂在了竹子上。为什么是一只蝴蝶的风筝，而不是其他形状的呢？

大观院里的女孩子，穿着五颜六色的服饰，透着欢声笑语里的青春活力，不正像那迎风而开的花朵么！想起曾读过的一句诗：“你若盛开，蝴蝶自来。”

那蝴蝶风筝，像开启了这场诗会的高潮。

丫头们听见放风筝，巴不得一声儿，七手八脚，都忙着拿出来：也有美人儿的，也有沙雁儿的。丫头们搬高墩，捆剪子股儿，一面拨起籰子来。宝钗等立在院门前，命丫头们在院外敞地下放去。宝琴笑道：“你这个不好看，不如三姐姐的一个软翅子大凤凰好。”宝钗回头向翠墨笑道：“你去把你们的拿来也放放。”

贾宝玉的美人，探春的凤凰，也许正是他们各自心里所期待和盼望的东西。那趁东风而起的风筝，似乎正迎合了宝钗的词：“好风凭借力，送我上青云。”然而在这里，风筝象征着一种霉运，凭借的东风，只不过是短时间的依靠，风息线断，最终坠地，留下的也许是一阵怅然。

想起小时候的小学课本里关于风筝有一首小诗：“竹做的骨头，纸做的背，春风把它们送上天。它们在天上越飞越高，我们在地上边走边笑。”那时候放飞的似乎是一种生命的活力，一种追求自由的向往。

而在大观园里，放风筝的过程，也许意味着离与散——这一群少男少女以后的生命，就像断了线的风筝，各奔东西。然而贾宝玉的美人，却怎么也放不上去。在他的心里，大观园里这一群年轻的女孩子，像风筝一样，他与她们之间，有一根线相连，即使那风筝放飞天空，手里的线也许会拽得越紧。

从桃花飘落，到柳絮纷飞，再写到断了线的风筝，从生命的角度来看，感叹花开花落，正是生命纯洁与孤独的外在表现；吟咏柳絮，却是在纤弱轻盈的生命里，有一种握不住、停不下、不能自主的伤感；有人轻轻地放飞了那一个风筝，有人却紧紧地拽着那根手中的线，怎么也放飞不了，风筝是轻飘飘的，心却是沉甸甸的。

回忆起春天经历的美好，无论是赏花斗草，写诗谈笑，在生命的长河里，似乎都算不得重要的大事，然而人生经历过的所有岁月，都是由这样的小事组成的，生命之所以珍贵，在于它有许多不能放下的东西，值得眷恋和回想。也许这正是人生不能承受的生命之轻，除此之外，还会有什么呢？

2022 年 9 月 20 日于金犀庭苑

七十一、一群嫌隙人的嫌隙事

（一）

贾母八十大寿的生日，对一个皇亲国戚的贵族家庭来说，本是非常隆重的一件大事，如不看这一回的内容，我们大可闭眼想一想：作者一定颇费心思，大力铺写这样的场景吧。然而作者却只是把贾母生日的隆重过程作为引子，转笔过来写贾府里一群嫌隙人之间的私怨和斗争。这样的写法很值得借鉴和学习，一方面，写大场面之中，必然有人趁乱生事的行为；另一方面从小事着笔，却又从大处着眼，“千里之堤，溃于蚁穴”，往往一些小事，更能看到更大的隐患。

那些嫌隙人的私怨在贾府的主子看来，不过是些鸡毛蒜皮的小事，然而很有意思的是，小人物却把这些小事一层一层地放大，最后居然把矛盾集中在了当家人王熙凤的身上——这不是偶然，是家族内部斗争的必然——历来的掌权者，都是斗争的焦点。

小说里从这些小人物身上所表现出来的行为，揭示了贾府的内部斗争，一方面指出了贾府未来衰败的内部因素——表面看贾母生日宴组织得井井有条，然而却有许多的漏洞和疏忽；另一方面，贾府内部已经形成了许多小集体，这些小人物之间的明争暗斗，也是贾府隐患的内因之一。

（二）

小说开端讲到贾政回家，不像往日那样——贾宝玉听见自己的父亲回来，并没感受到有一阵焦虑，却是又喜又愁。贾政见了宝玉也是一阵欢喜，一阵伤感。我曾在贾宝玉挨打那一回分析过贾政，说这个父亲是缺位的，然而当他历经岁月，年岁渐老，又多时在外做官，感受到长年的骨肉分离后，心中必然有一种不舍和对人生的惆怅。一个好的男人，不是当多大的官，挣多少钱，而是具有对家庭的责任和善良，所以贾政此次回家，应该带着很深的感悟。

特别是他面见贾母后，贾母叫他回房好好歇息，他“又略站着说了几句话，才退出来”。似乎有许多话要与自己的母亲说，却又被贾母劝走，心里总有一种不情愿的感觉，这可以看出贾政对亲人的牵挂和留恋。

作者在这里写贾政，正道出了中年后的人对生命的某些境况：上有老，下有小，那种肩膀上的责任感，那种事重身衰，长年漂泊的孤独感，往往使中年有更多的焦虑。

所以正因为贾政有这样的感叹，才会对贾母的生日非常上心：

“又因亲友全来，恐筵宴排设不开，便早同贾赦及贾琏等商议，议定于七月二十八日起至八月初五日止，宁荣两处齐开筵宴。宁国府中单请官客，荣国府中单请堂客。大观园中收拾出缀锦阁并嘉荫堂等几处大地方来做退居。二十八日，请皇亲、驸马、王公、诸王、郡主、王姑、公主、国君、太君、夫人等；二十九日，便是阁府督镇及诰命等；三十日，便是诸官长及诰命并远近亲友及堂客。初一日，是贾赦的家宴；初二日，是贾政；初三日，是贾珍、贾琏；初四日，是贾府中合族长幼大小共凑家宴；初五日，是赖大林之孝等家下管事人等共凑一日。”

贾母生日的宴饮之乐，要举办七天的时间，这七天请客的步骤都有严格的次序。从这一段话我们不难看出，与贾府里往来的主要人物都有哪些——首先是皇亲国戚，其次是重臣大员，再次是低一级的官员，最后才是亲戚和家下用人。不用我们仔细计算，这一段时间，贾府里来来往往的人，肯定应接不暇。从人财物方面来看，人很多，贾府里管事的人一定很累，所以除了王熙凤，包括尤氏，都会担当大任；贾府的花销用度，一定十分惊人。像这样大的排场，一般的富贵人家，哪敢奢望？在收受礼品上，肯定会有许多奇珍异宝堆积如山，所以贾府开了两府，征用了大观园。其实整体来看，贾府应该忙忙碌碌，人累心乏。

不仅凤姐和尤氏受累，想想贾母，已经八十岁高龄了，还要按品大妆迎接客人，多么不容易！当然贾母迎接的客人，都是高规格的人，如其中的南安王太妃，北静王妃之类。

南安太妃因问宝玉。贾母笑道：“今日几处庙里念‘保安延寿经’，他跪经去了。”又问众小姐们。贾母笑道：“他们姊妹们病的病，弱的弱，见

人腼腆，所以叫他们给我看屋子去了。有的是小戏子传了一班，在那边厅上，陪着他姨娘家姊妹们也看戏呢。”南安太妃笑道：“既这样，叫人请来。”贾母回头命了凤姐儿，“去把史、薛、林四位姑娘带来。再只叫你三妹妹陪着来吧。”

想起小时候在乡下走亲戚，开席前或散席后，一群老妇人、老姐妹就会坐在一起喝茶聊天，无非叨絮些家长里短的闲话，当然更多地会问到儿孙之间的事——也许在生命的某些阶段，关注后代比关注自身更重要。

当然贾母生日宴后，这一群王妃诰命在一起，表面上也似闲聊，其实大有文章可寻：

南安太妃因一手拉着探春，一手拉着宝钗，问："十几岁了？"又连声夸赞，因又松了他两个，又拉着黛玉、宝琴，也着实细看，极夸一回，又笑道："都是好的！不知叫我夸那一个的是！"

你看那南安太妃一会拉这个，一会看那个，还问及年龄，她一定在留心每一个女孩子的外貌、神形、气质。像这些贵族之家的来往，并不像我们平常人家那样只是简简单单地拉拉家常、叙叙旧情，这里面有更多的政治联姻、裙带关系，所以，这是一个很重要的见面。

当然贾母也有自己的心思，她吩咐王熙凤只叫了四个女孩子来：探春、史、薛、林，却没有叫迎春和惜春。

为什么会这样呢？

（三）

换作一般人而言，其实这并没有什么。但要知道，这些女孩子见的可是南安太妃，那不仅有礼品可得，而且也是很大的荣幸，说不清太妃看上哪个女孩子，与贾母一商议，那女孩子的命运就可以得到改变。也许贾母认为迎春有点木讷，惜春又太小，在贵客面前，总得把最好的东西展示给人家看。然而迎春却是贾赦那边的孩子，这在邢夫人看来，未免陡生嫌隙，——内心一定怀疑王熙凤搞鬼，只叫了这四个人。

所以本回的嫌隙根源，便可以从这里追溯。但是要把这一回的嫌隙之事讲明白，首先得说清楚牵扯在里面的人物关系。

引起事端的尤氏自不必说，这是众所周知的：宁府的当家人，贾珍的老婆，一个温柔和宽容的女人。其次便是二门上分菜果的两位老婆子，贾府每天大宴，自然会有些残羹剩饭值得她们收拾。再次是周瑞家的，王夫人的陪房，喜欢寻巧卖乖的一个人。再后来是林之孝家的，贾府内务管事。林之孝家的又遇到了赵姨娘，中间再一挑唆，后来就到了费婆子那里，那费婆子是邢夫人的陪房，自然又有一番计较。

看这些小人物之间，盘根错节，撺三掇四，添油加醋地直把一件小事给闹得收不了场。

先讲讲陪房是什么。古代有钱人家的小姐出嫁时从娘家带过去的奴才，即活的嫁妆。如果是单身的丫头则叫陪房丫头，如果是以家庭为单位的全家跟着小姐到夫家的奴才则叫陪房。从这个意思我们可看出两点：一则陪房是附属物，算奴婢。二是陪房一定是出嫁小姐的心腹，而且靠小姐的脸面撑着。

尤氏忙了一天，客人已经散去，自己也已经很累了，准备到王熙凤那里找点吃的，然而凤姐还没有下班，暂时还不开饭。所以她只能到大观园里找李纨。

且说尤氏一径来至园中，只见园中正门和各处角门仍未关好，犹吊着各色彩灯，因回头命小丫头叫该班的女人。……到了这里，只有两个婆子分果菜吃。因问："那一位管事的奶奶在这里？东府里的奶奶立等一位奶奶，有话吩咐。"这两个婆子只顾分菜果，又听见是东府里的奶奶，不大在心上，因就回说："管家奶奶们才散了。"小丫头道："既散了，你们家里传他去。"婆子道："我们只管看屋子，不管传人；姑娘要传人，再派传人的去。"小丫头听了道："哎哟！这可反了！怎么你们不传去？你哄新来的，怎么哄起我来了？素日你们不传，谁传去？这会子打听了体己信儿，或是赏了那位管家奶奶的东西，你们争着狗颠屁股儿的传去，不知谁是谁呢！琏二奶奶要传，你们也敢这么回吗？"

这婆子，一则吃了酒，二则被这丫头揭着弊病，便恼羞成怒了，因回口道："扯你的臊！我们的事传不传，不与你相干。你未从揭挑我们，你想想你那老子娘，在那边管家爷们跟前，比我们还更会溜呢。各门各户的，你有本事排揎你们那边的人去！我们这边，你离着还远些呢！"丫头听了，气白了脸，因说道："好，好！这话说得好！"一面转身进来回话。

这两段话，是众人嫌隙的起因。尤氏因为也算贾府的当家人，看见门没有关，灯还亮着，为了安全考虑，所以才叫自己的丫头吩咐荣府管事的把门和灯关掉。从管理的角度考虑，尤氏的做法并没有错，这也算尽职。然而此时管事林之孝家的已经下班回家，找不到人，只有两个老婆子在忙着分宴席剩下的菜果，她们对尤氏丫头的话却置之不理。

我们来分析一下尤氏在这里为什么没有受到两个老婆子的尊重。

首先可以看出，这两个老婆子是比较势利的，在利益面前她们根本没有想到自己的职责和对人的尊重——此时，那些剩下的饭菜与果品就是眼下的一切。不仅如此，有时候像这样的小人物，在物质利益面前连道德都会丢掉的。有好几次我在新闻中看到，某高速路上大货车翻车了，车上货物掉在路边，被附近的村民哄抢一空。看后令人非常气愤，也不禁唏嘘，在利益面前，全然放弃了道德底线，只为了贪点便宜，这究竟是何使然?

特别是面对公家的利益方面，小人物是小盗，大人物是大盗。在中国，自古以来，莫不如是。费孝通先生在《乡土中国》第四章“差序格局”里讲到一段话，很能说明中国人的这种现象：

“一说是公家的，差不多就是说大家可以占一点便宜的意思，有权利而没有义务了。小到两三家合住的院子，公共的走廊上照例是尘灰堆积，满院生了荒草，谁也不想去拔拔清楚，更难以插足的自然是厕所。没有一家愿意去管“闲事”，谁看不惯，谁就得白服侍人，半声谢意都得不到。于是像格兰亨姆的公律，坏钱驱逐好钱一般，公德心就在这里被自私心驱走。”

想想我们身边的假冒伪劣商品，不诚信经营，诚然也是这种人性之私的结果。一个良好的社会秩序，需要每个人的公德心去维护。

其次，站在尤氏的立场上考虑，造成尤氏在荣府不受待见的主要因素有两点：一是尤氏的性格柔弱，宽待下人。这本不算什么缺点，相反，这样性格的人对社会和谐是有一定作用的。然而人的奴性告诉贾府里的下人——他们一日不被人压迫，不被人用鞭子抽着，他们是不知道自己头上还有人管着——奴性的思想多么悲哀！二是王熙凤因为尤二的事，在宁府大吵大闹，一点都没有给尤氏的面子，这让贾府所有的下人似乎看清了一个事实：王熙凤根本没把尤氏放在眼里，甚至许多下人还认为，也许王熙凤与尤氏有很深的积怨。既然荣府的当家人是这样的态度，所以那两个分菜果的老婆子才说：

“各门各户的，你有本事排揎你们那边的人去！我们这边，你离着还远些呢！”

好家伙！贾府还没有闹着分家，底下的用人倒已经有了这样的心思。试想，若不是王熙凤的那出好戏，哪有这样的结局——表面看王熙凤挣回了面子，实则暗中离散了人心，此影响可谓之深远！

（四）

当尤氏的丫头带着满脸的气愤来回话后，尤氏心里当然不快，于是当着众人的面，她要叫两老婆子来询问个究底。此时幸好经袭人一群人劝住，才使尤氏平复了心情。也许在尤氏心里，只是当下一时之气，然而当周瑞家的听到这个消息后，那情况就非同小可了。

周瑞家的出去，便把方才之事回了凤姐，凤姐便命：“将那两个的名字记上，等过了这几日，捆了送到那府里，凭大奶奶开发。或是打，或是开恩，随他就完了。什么大事！”周瑞家的听了，巴不得一声，——素日因与这几个人不睦——出来了，便命一个小厮到林之孝家去传凤姐的话，立刻叫林之孝家的进来见大奶奶；一面又传人立刻捆起这两个婆子来，交到马圈里，派人看守。

刘姥姥第一次进贾府，由周瑞家的引荐去的，我初读到小说那一处时，对周瑞家的颇有好感。直至读到这一回，方才觉得这周瑞家的也是一个心性乖滑，专爱以公事泄私愤之人。首先她与分菜果的两个老婆子有私怨，自然时时想着怎么寻些事来报复一下。其次她又是王夫人的陪房，在贾府下人中，自我感觉高人一等，所以她叫林之孝家的处理这两个老婆子，自然也在情理之中。

然而作为当家人王熙凤的本意并不如此。我们看王熙凤的处理意见，很有大局观念，也处理得合情合理——眼下是贾母的八十大寿，贾府上下一片热闹，此时如果大张旗鼓地处理下人，未免让客人看着难堪。所以待事后把两婆子交给尤氏处理，也给尤氏长长脸、消消气。其实明眼人一看王熙凤做了一件好事，然而这件好事却硬生生地因为周瑞家的私怨给搞成了坏事。

试想一下，当林之孝家的半夜被呼来捆两个下人，而且这两个下人还是

她的手下，她怎么想呢？再加上她出门时，遇见了赵姨娘，这事就有看头了。

林之孝家的便笑说："何曾没家去？"如此这般，"进来了。"赵姨娘便说："这事也值一个屁！开恩呢，就不理论；心窄些儿，也不过打几下就完了。也值得叫你进来！你快歇歇去，我也不留你喝茶了。"

林之孝家的心里自然会想，这件事一方面可以看出自己失职，另一方面也可让人看到她管理下属的不力，这不是让自己丢面子吗？她心里哪里会舒服呢！

所以当那两个老婆子的女儿前来求情时，林之孝家的便出了一个馊主意：因为其中一个老婆子与邢夫人的陪房费婆子是亲家，所以她建议那老婆子的女儿去求费婆子，通过邢夫人的关系将她们放了。

这费婆子原是个大不安静的，便隔墙大骂一阵，走了来求邢夫人，说他亲家"与大奶奶的小丫头白斗了两句话，周瑞家的挑唆了二奶奶，现捆在马圈里，等过两日还要打呢。求太太和二奶奶说声，饶他一次吧！"邢夫人自为要鸳鸯讨了没意思，贾母冷淡了他；且前日南安太妃来，贾母又单令探春出来，自己心内早已怨愤；又有在侧一干小人，心内嫉妒，挟怨凤姐，便调唆的邢夫人着实憎恶凤姐；如今又听了如此一篇话，也不说长短。

我们抽丝剥茧，一层一层终于把一件小事推到了邢夫人面前。各位，换着你是邢夫人，你如何看待此事呢？

邢夫人直至晚间散时，当着众人，陪笑向凤姐求情说："我昨日晚上听见二奶奶生气，打发周管家的奶奶儿捆了两个老婆子，可也不知犯了什么罪？论理，我不该讨情。我想老太太好日子，发狠的还要舍钱舍米，周贫济老，咱们先倒挫磨起老奴才来了？就不看我的脸，权且看老太太，暂且竟放了他们吧！"说毕，上车去了。

如果邢夫人是有境界有格局的人，她大可私下把这个人情做了，事后向王熙凤交代一声便可。然而她没有这样做，她是当着众人的面，以求情的态度要求放那两个被捆的老婆子的。在旧社会里，尤其像这样的诗礼之家，当着众多客人的面前，如果婆婆向媳妇求情，那是对媳妇的一种侮辱和讽刺。其次，邢夫人的这种行为，也表示了对王夫人和王熙凤掌管荣府的不满和忌妒。

当然王熙凤是满脸的羞辱和委屈。有时候想想也感到心酸，管理这样大的一个家庭，本也实属不易，然而众人皆看到管理者的威风，却看不到管理者的难处和做事的苦楚。所以纵然她心里有苦，也只得默默承受。当贾母叫人来唤她的时候：

> 凤姐听了，忙擦干了泪，洗面另施了脂粉，方同琥珀过来。

就这一句话，可见王熙凤的形象不知要比邢夫人和众嫌隙人高出多少——所以只有大气魄、大境界的人才能做得管理，倘若换着那些蝇营小人来管理贾府，后果可想而知。

从两个下人之间的嫌隙，引出了一系列的明争暗斗，作者用明暗两线串起这些故事，揭示出贾府里各种复杂的人际关系：下人与下人之间，下人与主子之间，妯娌之间，婆媳之间……那种说不清道不明的私怨纠葛。

这些纠葛，是中国社会里人情关系的产物。也许作者写贾府的衰败，也预示着这种人情关系的破产。

2022 年 9 月 22 日于金犀庭苑

七十二、经济困境的内因和外因

（一）

这一回主要围绕两件事展开故事情节：在贾母的八十大寿之后，荣府的窘相已经显现出来，出现了资金短缺的问题，所以贾琏和王熙凤这两位管理者就关于如何度过眼下的难关进行了一场热烈的讨论。二是王熙凤的陪房旺儿，为了使彩霞做自己的儿媳妇，倚王熙凤的权力，强迫彩霞母亲答应此桩婚姻。

表面看这两件事毫无关联，其实大有深意。前一回写了两个陪房为了一点嫌隙小事，闹得王熙凤受了委屈，使整个贾府都沸沸扬扬，然而热闹之后，细细考究一番，不过是三言两语的误会而已。

而这一回又讲到一个陪房：旺儿媳妇。她虽没有像周瑞家的及费婆子那样把一件小事闹得鸡飞狗跳众人皆知，但她却与王熙凤暗中操作，断送了一个年轻女孩子的命运——天知道那彩霞嫁过去后，等待她的不是悲惨的结局？所以从人的命运来看，上一回明里斗争的东西，无非鸡毛蒜皮的小事，而这一回暗中操作的事情，却是真正的人生悲剧。就像我们常说的一句话：“明枪易躲，暗箭难防”，明面上的东西，不过是表象，真正暗中操作的才是问题的根本，才是致命的毒箭。

除此之外，王熙凤和旺儿媳妇暗箱操作的不仅仅是这一桩婚姻，贾府里之所以出现资金断流的情况，从这一回里我们也可以看出些端倪来。如果上一回从贾府主人与主人之间、下人与下人之间的派系斗争中可以看出贾府内部斗争的话，那这一回，我们就能看到贾府内部的经济问题。

一个大家族，就好比一个企业，在经济形势良好的情况下，收入的增长可以掩盖许多问题，而当它出现经济困难，甚至影响到整个组织的生存时，它经年积月的问题就会一一暴露出来。这些问题的集中体现，这个家族就会出现裂痕，甚至分崩离析，从这一点看，这一回可算作贾府走向衰败的转折点。

但是从管理的角度上看，根本的原因是人的问题。因为所有的管理都是人操作的，人的思想和行为决定了事物的盛衰，所以小说这里用“恃强”和“倚势”，似乎带着对人的某些悲悯和批判意味的。从整部小说来看，尽管贾府的最终没落，是因为社会和政治的因素，然而王熙凤的管理中，却是加快了贾府衰落节奏的内因。

说到这里，我们不禁要认真分析一下王熙凤的管理思想与方法。在《红楼梦》整部小说里，写贾府的管理者，其实主角一直是王熙凤，她管理内务事无巨细，而且一直非常严厉，这就好比一根皮筋，长期处于紧张的状态，久而久之，就会出现疲劳，无法再回归原位了。再次，所有的权力执行都由王熙凤一个人把持，却缺少对她的监督检查，人无完人，哪有不出错的呢？况且当一个人的权力巨大时，他的错误给组织的影响就是致命的。

所以，从一开始贾府里的管理就存在极大的问题。真正良好的管理秩序，应该是刚柔相济，相势而动，其决策、执行、监督等都应形成一整套有力的措施，然而这些贾府里都没有，所有的管理，都是人治。王熙凤的肆无忌惮，造成了她在管理上刚愎自用，目空一切。

（二）

翻开这一回，我们看到鸳鸯从大观园里出来，趁夜色小便，黑暗中遇到两个人。不是别人，正看见司棋与表哥私会于山石之后。这一场景描写，有两个作用，一是宣告了嫌隙人之间嫌隙事的终结——尤氏的提醒并没有错，也给上一回的嫌隙小事一个完美的交代。二是写出了一种年轻生命的躁动。司棋趁贾母生日之乱，私会情人，那不是闹着玩的，在封建社会伦理之墙高筑的情形下，贾府又是诗礼之家，这种行为不可饶恕。

但是作者写司棋这一笔，也是用意颇深。司棋的行为，无疑是对旧思想束缚爱情和婚姻的一种反叛，作者在这里站在人性的角度，赞扬了司棋的叛逆精神。

鸳鸯出了角门，脸上犹热，心内突突地乱跳，真是意外之事。因想：“这事非常，若说出来：奸盗相连，关系人命，还保不住带累旁人。横竖与自己无干，且藏在心内，不说给人知道。”回房复了贾母的命，大家安息不提。

鸳鸯的仗义，包庇了司棋的叛逆。所以鸳鸯的品性远比大观园里老婆子们高，她给予了司棋更大的包容与担待。然而这毕竟不是小事，所以事后司

棋寝食难安：

心内怀着鬼胎，茶饭无心，起坐恍惚。

加上听见老婆子说因通私情被鸳鸯发现后，怕承担责任，她的表哥便逃跑了。司棋听了此事，不免更增加一层担心，所以忧思不住，病倒了。

这日晚间，忽有个婆子来悄悄告诉道："你表兄竟逃走了，三四天没上家。如今打发人四处找他呢。"司棋听了，又急又气又伤心，因想道："纵然闹出来，也该死在一处。真真男人没情意，先就走了。"因此，又添了一层气，次日便觉心内不快，支持不住，一头躺倒，恹恹地成了病了。

司棋的表哥逃走了，这男人是多么不堪！这种男人一方面毫无责任心，不敢面对现实问题；二是从情感上看，他对司棋的感情是极不真诚的，也许在这个男人的心里，对司棋不过是欲望的占有，就像这部小说里大多数的男人，只想着满足欲望，却不想担半点责任，这是对男人虚伪的极大讽刺。

然而看看司棋，虽担心，却也敢于担当。当鸳鸯听说她病了时候，知道病因在哪里，所以特来探望她。于是司棋感激鸳鸯的再生之恩，既激动又非常义气。在两位少女的誓言里，可以看到二人彼此之间对情感的珍惜。也许只有纯洁的感情，才会更坚实和可信，这种情感正好对比出司棋表哥的虚伪。

这部小说写到这里，借司棋的行为，告诉广大读者，大观园里年轻的生命已经成人，即将面临着一种人生的选择——成年人的婚姻。作者在这部小说里写了大观园里众多女孩子的婚姻结局，尽管追求婚姻的方式很多，然而究其结局，大多不过是悲剧收场。

悲，是这部小说的总体情感基调，无论是婚姻、爱情，还是家族事业，最终留下的不过是一声叹息。

（三）

所以面对人生的种种不顺，我们更应看到生命其实最终走向空寂。然而王熙凤自始至终都没有领悟到这一点。

回忆秦可卿死前给她托的梦里，其实已经告诉了贾府未来的结局，以及人生的最终选择。秦氏在死之前，对王熙凤提出了忠告，但那时的凤姐正春风得意，贾府也如日中天，她哪里会看到兴尽悲来的人生命运，所以她不可一世的权力欲望，终究害了她一生。

鸳鸯悄问道："你奶奶这两日是怎么了？我近来看着他懒懒的。"平儿见问，因房内无人，便叹道："他这懒懒的，也不止今日了。这有一月前头，就是这么着。这几日忙乱了几天，又受了些闲气，重新又勾起来。这两日比先又添了些病，所以支不住，就露出马脚来了。"鸳鸯道："既这样，怎么不早请大夫治？"平儿叹道："我的姐姐，你还不知道他那脾气的？别说请大夫来吃药，我看不过，白问一声：'身上觉怎么样？'他就动了气，反说我咒他病了。饶这样，天天还是察三访四。自己再不看破些，且养身子！"

鸳鸯在向平儿问及王熙凤的病情时，有一种感叹。鸳鸯是贾母的小跟班，她常常往凤姐处来，时间长了，鸳鸯便明白王熙凤管理贾府的不易。所以在小说里，总能看到鸳鸯帮助王熙凤说话的时候，如前面凤姐受了她婆婆邢夫人的冷嘲后，鸳鸯一眼便看出来她哭过，并主动向贾母说明了原因。所以鸳鸯的形象在作者笔下是具智慧、善良、坚强为一体的。

在这里，王熙凤的病只有平儿和鸳鸯最清楚，就连王夫人和贾母也全然不知。有时候想想王熙凤的行为，不免令人感到悲哀。我曾说过王熙凤是一个政客。凡政客，或者热衷于权力的人，他们都有一个通病，一是权力欲望爆棚，如果哪天失去权力的掌控，对他们来说，简直生不如死。二是他们时时处处待人处事，都当成一种政治事件来看待，所以很难看到他们待人真诚的地方，在社会生活里，他们除了相信自己，从不相信其他人。

还记得贾琏与下人多浑虫的老婆厮混，王熙凤大吵大闹，连平儿也被打了一顿的情节吗？很显然，在王熙凤的心里，凡侵犯她利益的人，她可以做到六亲不认。有时候想想，这种被权力和欲望左右的人，其实是多么痛苦！——每天都生活在权力和利益的阴影之下寝食难安。所以即使王熙凤此时生病了，而且病得不轻，她也要强撑着，因为她就是权力和面子的象征，所以她的生命其实也多么地可悲和可怜！

当平儿与鸳鸯谈得正起劲的时候，小丫头来向平儿说道："方才朱大娘又来了。"朱大娘是什么人呢？小说里说她是官媒，也就是在衙属中负责媒妁事务的人。她们的生存法则就是通过牵线说媒，一方面可以嫌取人家谢媒

的钱，另一方面，也趁说媒之际，东家长李家短地跑来窜去，可以混得酒饭。这样的人有几项特别的技能：一会察言观色，二会颠倒黑白，三会见风使舵，四会心狠手辣脸厚。《金瓶梅》里，帮助潘金莲与西门庆勾搭上的王婆子，就具有这种典型的特点。

然而这里的朱大娘应该多次来过贾府了，所以小丫头说到“又”。其实我们看平儿与丫头的对话中，她们对这种媒婆的态度是极憎恨的。小说这里突然另起笔墨写这个朱大娘，一方面暗示了贾府里许多女子或者丫头已经成年，到了谈婚论嫁的时候了；另一方面，可以看出贾府里的女子是抢手货，世俗的人为了与贾府攀上关系，应该不惜挤破脑袋迎娶贾府里女孩子。所以这个媒婆的出现，不是空穴来风，而正暗示了贾府众丫头的人生命运。

平儿与鸳鸯的话还没说完，贾琏回来了。

小说在这里第一次写到贾琏与鸳鸯长时间的交流。贾琏对鸳鸯的态度是很客气的。他们谈到了两件事：

第一件事贾琏向鸳鸯询问上一年老太太生日收的一件古董——佛手的下落。

鸳鸯听说，便说道：“老太太摆了几日，厌烦了，就给你们奶奶了，你这会子又问我来了。我连日子还记得，还是我打发了老王家的送来。你忘了，或是问你们奶奶和平儿。”平儿正拿衣裳，听见如此说，忙出来回说：“交过来了，现在楼上放着呢。奶奶已经打发人去说过，他们发昏没记上，又来叨蹬这些没要紧的事。”贾琏听说，笑道：“既然给了你奶奶，我怎么不知道，你们就昧下了？”平儿道：“奶奶告诉二爷，二爷还要送人，奶奶不肯，好容易留下的。这会子自己忘了，倒说我们昧下！那是什么好东西？比那强十倍的也没昧下一遭儿，这会子就爱上那不值钱的咧？”

首先关于佛手的去处，从贾琏与平儿的争论中可以看出贾琏头脑是糊涂的，他对账面上的东西不太清楚，不能及时对账，这是财务的基本原则——账实相符的情况，作为管理者应该随时查看。就现在的企业而言，如果一把手看不懂财务报表，或者不懂一点企业会计准则，我想他自己企业的经济状况也是一笔糊涂账。

另一方面，可以看出贾琏对王熙凤的不信任，所以才说她们把那佛手昧下了。夫妻之间的这种不信任，会给他们的婚姻带来悲剧。从中也可以看出贾琏早已怀疑王熙凤背着自己干了不少见不得人的事。

其次从鸳鸯的话里可看出她不但头脑清晰，而且擅长理财。她对珍贵的物品心里非常有数，也很会持家，所以贾母对她非常放心。也正因如此，贾府里大部分的人才会坚信鸳鸯掌管着贾母所有的钱财。所以贾琏在这里便说到了第二件事：

说着，向鸳鸯道："这两日，因老太太千秋，所有的几千两都使了。几处房租、地租，统在九月才得，这会子竟接不上。明儿又要送南安府里的礼，又要预备娘娘的重阳节，还有几家红白大礼，至少还得二三千两银子用，一时难去支借。俗语说得好：'求人不如求己。'说不得姐姐担个不是，暂且把老太太查不着的金银家伙，偷着运出一箱子来，暂押千数两银子，支腾过去。不上半月的光景，银子来了，我就赎了交还，断不能叫姐姐落不是。"

贾琏说到了一个核心问题：目前贾府遇到了经济困难，支出远远大于收入。所以他向鸳鸯提出了解决目前困境的办法，就是恳请鸳鸯出面，私下挪用贾母的积蓄，把它变现，用来缓解目前的经济危机。

从他们的话里，我们可以看出贾母这个老太太是很有钱的，她的积蓄随便挪出一箱来，就可押上千两银子，这可不是一个小数目！也许贾母经历创业的艰辛，懂得经营一个家族是何等的不易，所以才会有这一笔巨大的财富。然而正如袁枚在《黄生借书说》里的一句话："其他祖父积、子孙弃者无论焉。"通看贾府的后代儿孙，除了吃喝嫖赌，斗鸡走狗，没有几个是成材的，所以即使贾母积累得再多，也难填这么大的一个窟窿。

（四）

然而事实似乎又并非如此。

当鸳鸯离开后，关于经济问题，我们听王熙凤与贾琏的一番口舌，却又感到惊讶。

贾琏笑道："你们也太狠了！你们这会子别说一千两的当头，就是现银子，要三五千，只怕也难不倒。我不和你们借就罢了；这会子烦你说一句话，还要个利钱，难为你们和我——"凤姐不等说完，翻身起来说道："我

三千五千，不是赚的你的！如今里外上下，背着嚼说我的不少了，就短了你来说我了！可知‘没家亲引不出外鬼来’。我们看着你家什么石崇邓通？把我王家的缝子扫一扫，就够你们一辈子过的了。说出来的话也不害臊！现有对证：把太太和我的嫁妆细看看，比一比，我们那一样是配不上你们的？”

从这里我们可以看出王熙凤也有不少的钱。她的钱从何而来，在小说的许多章回里，我们也看得明白。但是在她怒怼贾琏的话里，却隐含一种强悍，这种行为是站在她王家的立场上说的。在王熙凤心里，王家才是最有实力的，贾府根本不算什么，所以她的钱并不是从贾府里得来的。这其实应该算一种狡辩。这是王熙凤在贾琏说中自己要害后的一种激烈反应，说明她心虚了。

在他们的交流里，我们体会不到夫妻之间那种亲密的感觉。贾琏请王熙凤再向鸳鸯去借贾母积蓄的时候，王熙凤还要提成——很现实，也很直接。从这里再次可以看出，王熙凤与贾琏并没有夫妻之间的感情，只不过是家族之间利益交换的牺牲品。王熙凤也并非真正热爱贾府，在贾府这个庞大的机构里，王熙凤类似于专门聘请的职业经理人而已。所以王熙凤的管理思想里，也根本不会从贾府的长远考虑，只图她自己的欲望得到满足而已。在行使权力的时候，她只会考虑自己上司的感受，对王夫人负责，服务好贾母就可以了。对下属的态度，完全是另一种嘴脸。所以当她的陪房旺儿媳妇前来说自己儿子与彩霞的婚事未能达成后，王熙凤的内心其实是很恼火的——她感觉自己的权力受到了挑战。但是当着贾琏的面，她不好发作。

我们看旺儿媳妇的语言，其实是很有挑逗性的：

“爷虽如此说，连他家还看不起我们，别人越发看不起我们了。好容易相看准一个媳妇儿，我只说求爷爷奶奶的恩典，替做成了，奶奶又说他必是肯的，我就烦了人过去试一试，谁知白讨了个没趣儿”

站在贾琏和王熙凤的角度看，他们是荣国府的管理者，既有权又有势，因此他们想当然地认为，旺儿家作为自己的陪房，他们的儿子迎娶彩霞为妻子，是给彩霞家门楣增辉的事，哪有不答应的呢？

世俗社会里的婚姻，大都是这样的认知：首要的前提一要有钱，二要有权，但却把真正的情感忽略掉了。然而彩霞却拒绝这桩婚事，这不得不让旺儿媳妇脸上难堪。

正说到这里，忽然外面传宫里的夏太监派人前来了。

一语未了，人回："夏太监打发了一个小内家来说话。"贾琏听了，忙皱眉道："又是什么话？一年他们也搬够了！"凤姐道："你藏起来，等我见他。若是小事，罢了；若是大事，我自有回话。"贾琏便躲入内套间去。这里凤姐命人带进小太监来，让他椅上坐了吃茶，因问何事。那小太监便说："夏爷爷因今儿偶见一所房子，如今竟短二百两银子，打发我来问舅奶奶家里，有现成的银子暂借一二百，这一两日就送来。"

这个夏太监是谁？宫里的人，他们明面上是服侍宫里的主子，没有实际的权力，但却与皇帝或宫里的人走得很近，所以他们掌握着许多皇宫里的秘密和信息。他们的生存法则很多，一方面可以出卖皇宫里的信息给下面的官员，赚取信息费；二是由于直接接触国家的核心人物，所以他们如果反叛，必将威胁到政权的稳定，看看中国古代太监乱政的历史——东汉的十常侍，明朝的东西两厂，清朝更不用说，所以对于太监形象，作者应该有深刻的体会。三是太监都是阉割的人，一个不完整的人，心理一定有问题，他们内心有阴影——如果他们的利益得不到满足，就会向主子进馋，致使许多无辜的人死于非命。

所以当王熙凤和贾琏听说太监来，自然就会谨慎对待。各位，看看王熙凤的表情，虽然贾府已经出现连几百两银子都无法支出的困境，然而她仍要赔着笑脸，抵押东西也要给那老太监送银子去。

当这夏太监的人走后，贾琏又嘟噜了一句话：

"昨儿周太监来，张口一千两，我略应慢了些，他就不自在。"

这些太监就像吸血鬼一样，只要被他们盯上，不把血吸干，是不会罢休的。可以想象，贾府里一年不知道有多少银子送给那些太监们，真正像贾琏说的一样：

"这一起外祟，何日是了！"

那为什么太监会向贾府索要银子呢？一方面，贾府同样是官家，需要从太监手里获得信息。更要命的是，贾元春在皇宫里当贵妃，她此时一定有危

机了。如果元妃此时不是受到冷落，或者掌管着后宫，根本不会有太监这么明目张胆前来讨要银两。从这些现象推算，贾府可能面临着官场上一场政治风波，这场危机，预示着贾府的彻底衰败和元妃的悲惨结局。

所以小说写到这里，正说明了贾府衰败的真正原因：内部管理出现了经济问题，外面官场的黑暗与宫廷斗争。

（五）

这一回最后，落到了人的问题上。彩霞的母亲扛不过王熙凤的威逼，只能勉强答应把女嫁给旺儿儿子了。

然而彩霞呢，她本来很喜欢贾环，又悉知旺儿的儿子是一个不成材的人——酗酒赌博，容颜丑陋。现如今看着旺儿家倚势强婚，本想做垂死挣扎：

至晚间，悄命他妹子小霞进二门来找赵姨娘，问个端的。赵姨娘素日深与彩霞好，巴不得给了贾环，方有个膀臂，不承望王夫人又放出去了。每每调唆贾环去讨，一则贾环羞口难开，二则贾环也不在意，不过是个丫头，他去了，将来自然还有好的，遂迁延住不肯说去，意思便丢开了手。无奈赵姨娘又不舍，又见他妹子来问，是晚得空，便先求了贾政。贾政说道："且忙什么！等他们再念一二年书，再放人不迟。我已经看中了两个丫头，一个给宝玉，一个给环儿。只是年纪还小，又怕他们误了念书，再等一二年再提。"赵姨娘还要说话，只听外面一声响，不知何物，大家吃了一惊。

此是本回的结尾，很有意思。在强权面前，彩霞想抓住最后一根救命稻草，然而贾环却是一个不中用的人，他辜负了这个女孩子的一片痴心。也许贾环的态度，与前面司棋的表哥一样——彩霞不过是一件可有可无的玩物。

赵姨娘在这里至少还有点良心，看看自己的儿子不中用，便向贾政讨要，然而贾政哪里会懂人与人之间的情感，一句话便否定了此事。所以小说最后的那一声响里，好比我们四川人口中的"哦嚯！"——一个女孩子的美好愿望，就在这一声响里成了泡影。

2022 年 9 月 28 日于金犀庭苑

七十三、做一个有智慧的善良人

（一）

我读小说这一回时，心情是从轻松转到沉重的。

初读贾宝玉半夜应急读书，一群女孩子熬夜陪读时，因一小丫头瞌睡碰壁，把一种紧张的气氛变成了一场闹剧，读来不禁哑然失笑。

再读到贾母查处大观园聚赌，处罚迎春奶妈时，迎春对待累金凤的态度里，让人看到一个懦弱小姐的无为、无助和无情，从而可以预见到她未来的悲剧，所以内心不免忽生嗟叹。

贾迎春虽为十二金钗之一，然而小说集中描写她的地方很少，唯这一回，作者给了贾迎春一个正脸，然度其人生态度，才发现她不仅仅是木讷和懦弱，从整部小说来看，也许造成贾迎春如此性格的因素，值得我们好好分析，其间也许可以明白些人生成长的道理。

（二）

小说开端写到赵姨娘的小丫头小鹊前来通风报信，说赵姨娘在贾政面前说了许多宝玉的坏话，叫他一定小心为上。

《红楼梦》里第一次正面写到赵姨娘的小丫头——背叛主子，当了间谍。然而每一个读者读到小鹊，压根儿不会想到背叛，而是赞赏她仗义、有情。

在世人的认知中，凡是告密者，一定是品行卑劣的人，何况整部小说里赵姨娘的各种神操作，让人打心眼里看不起她。而当小鹊的告密站在大众的正义立场时，她的行为一下子就显得高大光辉起来。所以小鹊和赵姨娘在这里同属告密，给人们的印象却截然不同——人们支持正义的背叛，却憎恨邪恶的告密。

我读到这里甚至出现这样的画面——

半夜里，那个小女孩，风风火火地跑来，半神秘半玩笑地把自己听见的

秘密告诉给怡红院里的众人，然后她的心情一下子好了，像一只小鹊一样，蹦跳着离开，没有什么色彩，只留下一阵风……

这一阵风吹来了一个不好的消息：贾政有可能要在第二天盘问贾宝玉读书的情况——贾宝玉听了，是什么心情呢？

便如孙大圣听见了紧箍儿咒的一般，登时四肢五内，一齐皆不自在起来。想来想去，别无他法，且理熟了书预备明儿盘考：只能书不舛错，就有别事也可搪塞。一面想罢，忙披衣起来要读书。心中又自后悔："这些日子，只说不提了，偏又丢生了。早知该天天好歹温习些。"如今打算打算，肚子里现可背诵的，不过只有《学》《庸》《二论》还背得出来。至上本《孟子》，就有一半是夹生的，若凭空提一句，断不能背；至下《孟子》，就有大半生的。算起《五经》来，因近来作诗，常把《五经》集些，虽不甚熟，还可塞责。别的虽不记得，素日贾政幸未叫读的，纵不知，也还不妨。至于古文，还是那几年所读过的几篇《左传》《国策》《公羊》《谷梁》汉、唐等文，这几年未曾读得，不过一时之兴，随看随忘，未曾下过苦功，如何记得？这是更难塞责的。更有时文八股一道，因平素深恶，说这原非圣贤之制撰，焉能阐发圣贤之奥，不过是后人饵名钓禄之阶。虽贾政当日起身，选了百十篇命他读的，不过是后人的时文，偶见其中一二股内，或承起之中，有作的精致——或流荡或游戏或悲感稍能动性者，偶尔一读，不过供一时之兴趣，究竟何曾成篇潜心玩索？如今若温习这个，又恐明日盘究那个；若温习那个，又恐盘驳这个：一夜之工，亦不能全然温习。因此，越添了焦躁。

贾宝玉首先感到的是一阵紧张和焦躁，这阵紧张里，一定会有肉体疼痛的记忆，因为在贾政的心里，孩子成不成材，与读书用不用功有很大关系，所以搞不好，贾宝玉又要挨打。不知道大家有没有这样的疑问：为什么贾政只关心贾宝玉读书的情况，却不过问贾环读书呢？

其中一个原因在小说二十三回描写过：

"贾政举目一看，见宝玉站在跟前，神采飘逸，秀色夺人。再看看贾环，人物猥琐，举止荒疏。忽又想起贾珠来，再看看王夫人，只有这一个亲生的儿子，视若珍宝。自己的胡须将已苍白。因这几件上，把素日嫌恶处分宝玉之心不觉减了八九。"

也就是说，在贾政的心里，贾宝玉是与众不同的，一句“神采飘逸，秀色夺人”，一定有贾政的欣赏和赞叹。所以贾政把贾府的未来寄托在贾宝玉身上，然而这种期望越大，对孩子的要求就会越严厉，而当他知道贾宝玉读书不用功时，那种期望就会转换成恨意，所以贾宝玉的挨打，是一个父亲对“恨铁不成钢”的一种发泄。

有时候我们也可以理解，作为父母的一番苦心，那鞭挞之下的皮肉之苦，也有父母的不忍和伤痛。

我想起自己小时候，经常挨父亲的打，有一次父亲居然用棍子把我的脸抽出一条长长的血痕，那伤痕在我脸上留了很多年才慢慢消失。后来父亲反思说，不该这样狠心打我，那时只是为了泄一时之气，没想到下手居然这样重。

想想我自己青春年少，父亲的文化程度不高，母亲又是文盲，他们根本不懂如何教育孩子，当孩子不听话时，唯一的手段是打骂。然而现在想来，那些打骂声里，正是父母的一种期望，在这层期望里也包含着做人的基本道理。

所以现在的孩子们，你们比我更幸福！你们的父母都知道与你们正常沟通，却很少有皮肉的疼痛，所以好好珍惜你们父母的爱吧！不要责怪父母给予你们的烦恼，这些在未来必将成为你们幸福的回忆。

好了，我们还是来看看贾宝玉这一夜是怎么读书的吧！

首先看他读的是什么书？这里面包括了“经、史、子、集”各种类别的书，如《学》《庸》《五经》《孟子》，是和经、子、集相关的书，而后面提到的《左传》《国策》皆属于历史类，其文学形式包括诗词、散文、笔记体小说等。也就是说古代人读书，表面看大都只有文史之类的，然而却涉及文学、哲学、历史、生活等各个方面。从另一方面讲，那时候考取功名，不是一件容易的事，应该比我们现在考大学、考公务员更难，所以古人读书，比我们现在更吃得苦。

尤其是随着现代科技的不断进步，人类的知识分化得越来越细，掌握专业知识的人很多，掌握多学科、多领域知识的人却很少。记得有一次读梁思成先生的《中国建筑史》《中国建筑绘画》等著作，发现旧时的大师，都是学富五车、博览群书的，他们不但专注于自己的专业领域，甚至对琴、棋、书、画、诗、词、曲、赋都有相当的功底，所以，这样的人才算真正的大师！有时候经常听到有人说现在难出大师，究其原因，可能是科技的进步，知识的细分，经济的飞速发展，人们更需要实用、快速的知识和技能，却很少人静下心来

做学问吧！不仅如此，很多大学教授根本不做学问，而是在市场上做业务，他们带的研究生、博士生就像他们廉价的劳动力一样，为他们赚取经济利益。如此下去，未来的中国教育一定是功利的、实用的，实在令人感到叹惜。

虽然小说里写贾宝玉不喜欢这样的书，然而可以从中看出，他从小所接受的教育里，文化的根基是很深厚的。我们在某个时代批判旧时的文人，说他们读的书是毒瘤，是旧文化，做死板的八股文章，取笑他们谈“之乎者也”酸腐之道，然而今天看来，我们的高考里，所用的“之乎者也”还少吗？我们现代的文化知识里丢了很多中国传统的东西，现在提倡继承传统的文化，然而当那个“传统”已经被人们抛弃了一个世纪，新文化与旧文化之间已经有了一个鸿沟，想要继承，又谈何容易！

其次看看贾宝玉读书的态度，是不是让我们想起一个词——临阵磨枪？这里面可以看出一种急切，一种焦虑——哎呀！明天要考试啦！我的数学还没做完，我的语文也没看完，我的物理还有好多没搞明白，怎么办？怎么办？……

想起明代胡居仁的“自题联”：“苟有恒，何必三更眠五更起；最无益，莫过一日曝十日寒。”如果你有学习的恒心，何必非要做到三更睡觉五更起床这么夸张的地步，最怕的其实是一时勤奋，一时又懒散，没有恒心。看看这里写贾宝玉，是不是这样呢？

所以，奉劝所有的孩子们，读书是一个持之以恒的过程，只有每天坚持，每天进步，才能真正地达到学有所成；也只有更广泛地读书，涉猎更多的领域，才能成为一个真正的人才。所以真正的读书是一件辛苦的事，希望每一个读书人都能坚持下来，耐得住寂寞。

（三）

然而贾宝玉今夜读书并不寂寞。

袭人等在旁剪烛斟茶，那些小的都困倦起来，前仰后合。晴雯骂道：“什么小蹄子们！一个个黑家白日挺尸挺不够，偶然一次睡迟了些，就装出这个腔调儿来了。再这么着，我拿针扎你们两下子！”话犹未了，只听外间“咕咚”一声，急忙看时，原来是个小丫头坐着打盹，一头撞到壁上，从梦中惊醒。却正是晴雯说这话之时，他怔怔地只当是晴雯打了他一下子，遂哭着央说：“好姐姐，我再不敢了！”众人都笑起来。宝玉忙劝道：“饶他吧。原该叫他们睡去。你们也该替换着睡。”袭人道：“小祖宗，你只顾你的吧！统共这一夜的工夫，你把心暂且用在这几本书上，等过了这一关，由你再张罗别的，也不算误了什么。”宝玉听他说的恳切，只得又读几句。麝月斟了一杯茶来润舌，宝玉接茶吃了。因见麝月只穿着短袄，宝玉道：“夜静了冷，到底穿一件大衣裳才是啊。”麝月笑指着书道：“你暂且把我们忘了，使不得吗？且把心搁在这上头些吧。”

贾宝玉读书是不是很幸福啊？有一群女孩子陪着：一个剪烛，一个捧书，一个端茶……简直就是享受！——那不就是“红袖添香”嘛！

这些场面描写可以看到怡红院里这一群少男少女之间深厚的情谊，那种长期相处之后形成的情同手足的亲密关系。一群女孩子心甘情愿为他守候、陪读到天明，想想人生年少时有这样的经历，多么令人回味！

然而写到小丫头碰壁，却又是另一种场面。贾宝玉深夜读书的场景里，小丫头瞌睡碰壁这情景是最精彩的地方。想想看，一群人忙着侍候贾宝玉读书，大家一同焦急、共同担心——那气氛一定是紧张而严肃的。而此时一个小女孩因为瞌睡迷迷糊糊地碰在了墙壁上，同时她还以为晴雯真的打了自己一下，这一举动，把本来严肃紧张又安静的气氛一下子变得活泼了，多么有趣！我想起自己初中升学考试前夕，所有同学都在认真复习，教室里鸦雀无声，有一个同学可能坐得实在太累了，站起来伸伸懒腰，而他后排的同学故意把凳子往旁边挪了一步，待他再次坐下时，一屁股坐在了地板上，引起全班同学哄堂大笑，于是那一夜的自习课就格外地热闹，也格外地轻松，所以我至今印象深刻。

然而更有趣的是，黑夜里，春燕和秋纹从后房门跑进来，说有人跳进屋里来了。

话犹未了，只听春燕秋纹从后房门跑进来，口内喊说：“不好了！一个人打墙上跳下来了。”众人听说，忙问：“在哪里？”即喝起人来，各处寻找。晴雯因见宝玉读书苦恼，劳费一夜神思，明日也未必妥当，心下正要替宝玉想个主意，好脱此难。忽然碰着这一惊，便生计向宝玉道：“趁这个机会，快装病，只说吓着了。”

作者真是天才一般的人，把深夜里一群人陪读的各种场景都描写了出来。读书其实需要安静的环境，独立的思考，所以是一个人的事，然而小说偏偏安排了一群年轻的女孩子陪读，那哪里还能安静地读书？分明是一场游戏罢。人天生对黑暗有一种恐惧感，所以半夜里女孩子们不睡觉，没事做的东走走，西看看，外面风吹、月色、树影、鸟飞都会引起女孩子们惊恐的想象。

所以在春燕和秋纹的大叫声里，又一出好戏上演了。

在这种场景下，贾宝玉哪里还有心思读得下去书呢？所以还是晴雯聪慧过人，她马上叫贾宝玉装病，说半夜里因为有人翻墙进院，吓出了病。而且晴雯的建议正好符合怡红院里所有人的意见，于是众人不谋而合，全力配合演绎了这一场好戏。

于是园内灯笼火把，直闹了一夜。至五更天，就传管家的细看查访。

这是一场假戏真做的场景，有时候我读到这里，很怀疑这件事是晴雯、秋纹和春燕故意布的局。然而今天看来，我一面微笑，一面回味。在青春的岁月里，有多少这样的欢乐事啊！那些年轻的孩子，可以为了一个人的事而共同担当；共同想办法解决；同谋圆一个谎，那里面有义气，更有一种纯洁的情感——当我们成年后，面对世俗的坎坎坷坷、尔虞我诈时，回想起这样的美好，也许内心会涌动一阵温暖。

（四）

然而此事直接导致了贾母的发怒。

当天明时，大家一起前往贾母处汇报这事时，便讲到了大观园里的安全问题。探春说最近因为凤姐生病，大观园里好多下人不受管束，居然开始在夜里聚众赌博，而且她和李纨还警告过几次。

然而当贾母听了这话，直接发怒了。

贾母忙道：“你姑娘家，哪里知道这里头的利害？你以为赌钱常事，不过怕起争端．不知夜间既要钱，就保不住不吃酒，既吃酒，就未免门户任意开锁，或买东西；其中夜静人稀，趁便藏贼引盗，什么事做不出来？况且园内你姐儿们起居所伴者，皆系丫头媳妇们，贤愚混杂。贼盗事小，倘有别事，略沾带些，关系非小！这事岂可轻恕？”探春听说，便默然归坐。……贾母命：“即刻查了头家赌家来！有人出首者赏，隐情不告者罚。”

贾母的话对我们今天治家和管理企业都很有现实意义。自古以来，吃喝嫖赌都是败家的行为。既然有这样的习惯，时间一长，就会发展到偷盗的事情上去，甚至还会有男女之间伤风败俗的事情发生，所以不可饶恕，必须严惩！

这一彻查，却查出了不少的人，当头的有管家林之孝的亲戚，有大观园厨房管事柳嫂子的亲戚，更有迎春的奶妈。当贾母听说有迎春的奶妈之后，更加气愤：

贾母道：“你们不知道。大约这些奶子们，一个个仗着奶过哥儿姐儿，原比别人有些体面，他们就生事，比别人更可恶！专管调唆主子，护短偏向。我都是经过的。况且要拿一个作法，恰好果然就遇见了一个。你们别管，我自有道理。”

这里讲到一个严格执法的问题——亲信更应遵守规矩。贾迎春的乳母因为奶大了主子，在家族中的地位也应该较高，比一般下人更体面，享受的待遇也更好，比如前面小说里写到贾宝玉的奶妈李嬷嬷。然而这些愚昧的老妇人，却把体面用来作违规的筹码，总以为自己似乎有一些特权，可以摆布一些人和事。贾母的智慧就在于告诫这样的人：你既然已经享受到这样的体面和待遇，你就更应该起表率作用，如果带头违规违纪，更可恶，更应该罪加一等！

贾府内室里的人都知道贾母生气了，后果应该很严重，所以大家都不敢轻易离开，只在大观园里等候听命。特别是邢夫人，当他听见迎春的乳母聚众赌博，受贾母怒斥，感到特别没有面子，她内心除了生气，更有一种委屈——在众多妯娌和下人面前，她背负着管教不严的名声。

所以她郁郁不欢地从王夫人房间出来，径直到大观园迎春处。然而事有凑巧，当她进到园里时，正遇见一个傻姑娘，这傻姑娘名叫“傻大姐”，手里拿了一件东西，花红柳绿的，正高兴地看。

邢夫人因说：“这傻丫头又得个什么爱巴物儿，这样喜欢？拿来我瞧瞧。”原来这傻大姐年方十四岁，是新挑上来给贾母这边专做粗活的。因他生的体肥面阔，两只大脚，做粗活很爽利简捷，且心性愚顽，一无知识，出言可以

发笑。贾母喜欢，便起名为“傻大姐”，若有错失，也不苛责他。无事时便入园内来玩耍，正往山石背后掏促织去，忽见一个五彩绣香囊，上面绣的并非花鸟等物，一面却是两个人赤条条的相抱；一面是几个字。……忽见邢夫人如此说，便笑道：“太太真个说得巧，真是个爱巴物儿。太太瞧一瞧。”说着便送过去。邢夫人接来一看，吓得连忙死劲攥住，忙问：“你是那里得的？”傻大姐道：“我掏促织儿，在山子石后头拣的。”邢夫人道：“快别告诉人！这不是好东西。连你也要打死呢。因你素日是个傻丫头，以后再别提了。”这傻大姐听了，反吓得黄了脸，说：“再不敢了。”磕了头，呆呆而去。

这一段文字是小说情节的转折点，除了承接上下文，以及小说后面情节的转换，都与这香囊有很大的关系。作者在本回的回目里用“痴丫头误拾绣春囊”，然而行文时，这情节却不是本回的重点。

（五）

而真正的重点是随着邢夫人的行踪，直接转移到了迎春身上。

当邢夫人带着满心的委屈走进迎春房时，不是首先对迎春的安慰，而是把自己的委屈发泄了出来——一阵埋怨，一阵数落，然后拿她与探春作比：

邢夫人见他这般，因冷笑道：“你是大老爷跟前的人养的，这里探丫头是二老爷跟前的人养的，出身一样，你娘比赵姨娘强十分，你也该比探丫头强才是。怎么你反不及他一点？倒是我无儿女的一生干净，也不能惹人笑话！”

我们知道，迎春是贾赦前夫人的孩子，在贾府四春之中，排名第二。《红楼梦》第三回林黛玉初进贾府时，对她有过外貌的描写：

“肌肤微丰，身材合中，腮凝新荔，鼻腻鹅脂，温柔沉默，观之可亲。”

贾迎春给人的第一印象：平和、沉默、中规中矩。所以当贾琏的小厮兴儿在尤二面前说起迎春时，给取了一个外号叫“二木头”。所以迎春的性格是木讷、懦弱和随顺的。

这个性格的形成有外因，也有内因。

从整部小说来看，迎春在贾府里是一个不受重视的小姐。元春从宫中送出灯谜，只有她和贾环没有猜中，而贾环委屈地觉得太没意思，迎春却毫不在意。大观园里开诗社，她只当了一个负责出题限韵的虚职，后来的几次诗社，大家似乎把她忘却了，几次都没有迎春的身影。

所以邢夫人用探春与她对比，更能看出迎春在贾府里似乎是个可有可无的人。

正因为这样，使得贾迎春内心产生了一种自卑的心理：既然这个世界不重视我，我又何必努力去主宰什么呢？所以她并不想用自己的意愿来左右这个贾府里的某些人和事，而更喜欢随遇而安。

在她的内心世界里，她坚信道家的无为而治。她的性格缺陷受道家影响极深。所以当她奶妈用累金凤聚赌之事发生后，奶妈的儿媳玉柱儿媳妇还无耻地要求她出面向贾母求情。我们可以想想，如不是因为性格过于善良和懦弱，哪个下人敢这样对待自己的主子呢？

玉柱儿家的听见迎春如此拒绝他，绣橘的话又刻薄，无可回答，一时脸上过不去，也明欺迎春素日好性儿，乃向绣橘说道："姑娘，你别太张势了！你满家子算一算，谁的妈妈奶奶不仗着主子哥儿姐儿得些便宜，偏咱们就这样'丁是丁，卯是卯'的？只许你们偷偷摸摸地哄骗了去。自从邢姑娘来了，太太吩咐一个月俭省出一两银子来给舅太太去，这里饶添了邢姑娘的使费，反少了一两银子。时常短了这个，少了那个，那不是我们供给？谁又要去？不过大家将就些罢了。算到今日少说也有三十两了，我们这一向的钱岂不白填了限呢？"绣橘不待说完，便啐了一口，道："做什么你白填了三十两？我且和你算算账！姑娘要了些什么东西？"迎春听了这媳妇发邢夫人之私意，忙止道："罢，罢！不能拿了金凤来，你不必拉三扯四的乱嚷。我也不要那凤了。就是太太问时，我只说丢了，也妨碍不着你什么，你出去歇歇儿吧，何苦呢？"

想起一句话："人善被人欺，马善被人骑。"人太过于懦弱和善良，往往成为人们利用和算计的对象。

更不要说像玉柱儿媳妇这样不知廉耻又薄情寡义的人。看看玉柱儿媳妇的话里，似乎更看到现实中的某些人：那玉柱儿一家因为自己母亲奶大了迎春，才能依附于贾府生活。因为贾迎春的老实善良，所以他们变着法儿在迎春那里捞得好处，而又极不守规矩。当赌博的事情败露后，不但不知悔改，反而厚着

脸皮来要求迎春出面讨情。当迎春拒绝、丫头绣橘问及累金凤时，在利益的面前，玉柱儿的媳妇直接翻脸，居然向迎春算起了经济账。七上八下，迎春倒多使了奶妈的钱。好一个奴才！当奴才得势时，忘却感恩，忘却了自己是奴才的身份！

我想在和谐与文明的社会里，应该首先保障像迎春这样人的利益。如果一个社会向老实和懦弱的人举起屠刀，那么，这个社会就日趋野蛮和落后。也许作者写玉柱儿媳妇这样对待贾迎春，一方面展示人性的贪婪和无耻，另一方面，也许是对当时社会的一种悲叹。

（六）

正当迎春、绣橘和玉柱儿媳妇三个人闹得不可开交时，探春、黛玉及众姐妹来了。探春的义正词严，驳斥了玉柱儿媳妇的无理，并请出平儿来裁决此事，才收拾了这一场闹剧，然而再看迎春表现，既可笑，又可悲：

> 当下迎春只合宝钗看《感应篇》故事，究竟连探春的话也没听见，忽见平儿如此说，仍笑道："问我，我也没什么法子。他们的不是，自作自受，我也不能讨情，我也不去加责，就是了。至于私自拿去的东西，送来我收下，不送来我也不要了。太太们要来问我，可以隐瞒遮饰得过去，是他的造化；要瞒不住我也没法儿，没有个为他们反欺枉太太们的理，少不得直说。你们要说我好性儿，没个决断；有好主意可以八面周全，不叫太太们生气，任凭你们处治，我也不管。"众人听了，都好笑起来。黛玉笑道："真是'虎狼屯于阶陛，尚谈因果'。要是二姐姐是个男人，一家上下这些人，又如何裁治他们？"迎春笑道："正是，多少男人衣租食税，及至事到临头，尚且如此。况且'太上'说的好，救人急难，最是阴骘事。我虽不能救人，何苦来白白去和人结怨结仇，做那样无益有损的事呢？"

《太上感应篇》的主旨是："福祸无门，唯人自召；善恶之报，如影随形"。是福、是祸都是人们自己招来的，所以人要去恶从善。在贾迎春的意识里，既然善恶都是自己招来的，那么我不去招惹任何事，只做好自己以求自保总可以吧！也正是这样的思想促成了贾迎春无为、老实、懦弱的性格。

有时候想想，懦弱和老实不等于善良，善良是有原则和智慧的。老子的《道德经》上讲得很明白："上善若水。水善利万物而不争，处众人之所恶，故几于道。居善地，心善渊，与善仁，言善信，正善治，事善能，动善时。”

水的特征如大善，水能容纳和包藏万物，然而水可以自我沉静；可以根据时势而改变自己所处地、所处时、所发声、所动能，而不是像贾迎春那样的认知：一切皆可，一切皆无为，一切皆与我无关。这样的思想其实会引导人们走向偏激，甚至于无情无义。林黛玉笑她：“虎狼屯于阶陛，尚谈因果。”这不是善良，是一种愚蠢，所以做人，要做一个有智慧的善良人。

作者在小说八十回接近尾声的时候给了贾迎春一个正面描写，这个描写集中突出了贾迎春的性格特点。也许在这一场生动的描写里，暗喻了迎春的最终悲剧——她的逆来顺受和懦弱，最终把自己的性命给埋葬了。

——只可叹金闺花柳质，芳魂艳魄，一载荡悠悠！

2022 年 10 月 6 日夜于金犀庭苑

七十四、丑陋的灵魂容不下纯洁的生命

（一）

开篇承接七十三回内容，平儿在迎春那里处理了迎春奶妈偷拿累金凤聚众赌博一事，玉柱儿媳妇又向平儿求情，并发誓赎回累金凤，平儿宽容地处理了此事，于是这阵聚赌风波才得以告一段落。

但是迎春的懦弱和无为，导致了下人们的肆无忌惮、主弱奴刁。观现实社会里，何尝不是如此，人性的弱点往往是这样——具有奴性的人，需要枷锁和鞭子进行驱使，方才觉得自己像一个人。而那些有自由思想和纯洁心灵的人，才会有自觉的醒悟。

所以平儿在这里就拥有一种自觉的醒悟和宽容。

平儿在玉柱儿媳妇面前，并没有表现出一种以权压人的姿态，而是允许她有改过自新的机会："既这么样，我也不好意思告诉人，趁早儿取了来，交给我，一字不提。"可见平儿的管理方式既有更多的担当，也有对人的尊重。

特别是她在给王熙凤汇报工作结果的时候，把引起王熙凤烦恼的事一概不提，而是轻描淡写地一笔带过：

平儿到房，凤姐问他："三姑娘叫你做什么？"平儿笑道："三姑娘怕奶奶生气，叫我劝着奶奶些，问奶奶这两天可吃些什么？"

我们知道，前面平儿处理迎春房中之事，从管理上看，聚赌已经不算小事，何况玉柱儿媳妇还蛮横撒泼，实在不可饶恕。再加上探春说的一席话，或多或少，对贾府的管理者王熙凤来说都是不利的。然而平儿却很顺利地化解了这样的矛盾，她安慰了探春和迎春，照顾了王熙凤的情绪，并没有把玉柱儿媳妇的事告诉王熙凤。

从中我们可以看出，平儿是一个优秀的管理助手，她既理性又懂人心；既智慧又宽容，在问题面前，她不回避，并积极地去解决，不把矛盾激化，也不给上司增加烦恼。平儿的行为值得我们任何一个有责任心的管理者学习。作为一个企业的主管，怎样做好自己分内之事，又让自己的上司放心，这是有一定难度的：

其一，得有一个基本的做事原则，就是一切站在为大众利益服务的基础上。我们不难看出，这里平儿是站在维护大观园整体和谐的立场上来看待这事的——为了和谐，把大事化小，尽量平衡各方利益。

其二，有才华和主见，对自己有能力掌控的事，果断地作了决定，不给自己的上司添堵。

其三，怎样汇报工作，一不添油加醋，二不邀功请赏，三不制造矛盾。

在这里我们可以用平儿对比大观园里的老婆子。还记得《红楼梦》第五十八回中藕官在大观园中烧纸，被一个老婆子发现，非得拉她去见凤姐的场景，那老婆子的嘴脸与此时平儿的行为真是天壤之别。人们因为做人的原则和境界不同，留给社会的结果是不一样的，人性的复杂使得人类社会也越来越复杂。所以我们在赞美平儿美好的品性时，同时也应看到人性丑陋的一面。

（二）

正当平儿与凤姐谈论起聚众赌博一事时，贾琏唉声叹气地进来了。他讲到一个关键的人物：邢夫人。

一语未了，只见贾琏进来，拍手叹气道：“好好的又生事！前儿我和鸳鸯借当，那边太太怎么知道了？刚才太太叫过我去，叫我不管那里先借二百两银子，做八月十五节下使用。我回没处借，太太就说：‘你没有钱就有地方挪移，我白和你商量，你就搪塞我！你就没地方儿！前儿一千两银子的当是那里的？连老太太的东西你都有神通弄出来，这会二百两银子你就这样难。亏我没和别人说去！’我想太太分明不短，何苦来又寻事奈何人！”

贾琏的话里透出三个信息：

一是前面他与鸳鸯商量，挪用贾母的积蓄一事，已经成了；二是贾府里已经没有秘密可言，任何事在短时间内都有可能被透出去；三是邢夫人的品行——在前面我们知道贾琏和王熙凤与鸳鸯商量挪用贾母私房钱的目的是用来度过目前的饥荒，但当邢夫人知道此事后，却硬生生地又从这一千银子里

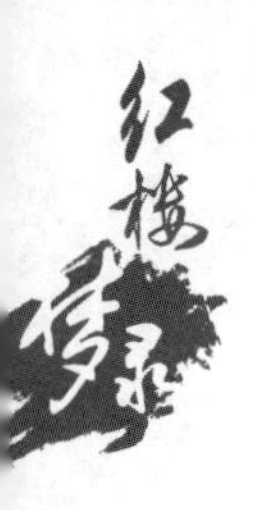

索取了二两百。许多传统的中国家庭，老人们积攒下来的钱，都会成为儿子、媳妇争夺的目标。我们乡下很多儿子、媳妇为了争夺老人留下的“一针一线”，甚至大打出手，根本不会顾念亲情，何况像贾府这样的大家庭呢？所以邢夫人知道贾琏挪用了贾母的私房钱后，她觉得贾琏和王熙凤是出于私心，算计贾母，自然心里很不服气。在这里她明着向贾琏借钱，实际上谁都知道这是“肉包子打狗——有去无回”。

如果站在集体的立场上看，假使邢夫人是有大局观念的人，她应该协助贾琏让贾府渡过眼下的难关，而不是趁火打劫。所以贾府衰败的原因，很大程度上是因为家庭内部的政治斗争造成的。而邢夫人直接把这场政治斗争推上了一个台阶。

当她从傻大姐那里收缴到那个罪恶的香囊后，在她的内心里，其实已经在策划一场阴谋。所以王夫人拿着她派人送来的香囊后，非常吃惊，便急匆匆地来找王熙凤：

王夫人喝命：“平儿出去！”平儿见了这般，不知怎么了，忙应了一声，带着众小丫头一齐出去，在房门外站住。一面将房门掩了，自己坐在台阶上，所有的人一个不许进去。凤姐也着了慌，不知有何事。只见王夫人含着泪，从袖里扔出一个香袋来，说：“你瞧！”凤姐忙拾起一看，见是十锦春意香袋，也吓了一跳，忙问：“太太从那里得来？”王夫人见问，越发泪如雨下，颤声说道：“我从那里得来？我天天坐在井里！想你是个细心人，所以我才偷空儿；谁知你也和我一样！这样东西，大天白日，明摆在园里山石上，被老太太的丫头拾着，不亏你婆婆看见，早已送到老太太跟前去了！我且问你：这个东西如何丢在那里？”

我们可以看看王夫人此时的表现：“喝命”“含着泪”“泪如雨下”“颤声说道”，这些词用得非常贴切，可以看出王夫人复杂的情绪。当邢夫人派人送这个香囊给王夫人的时候，其实在道德和伦理上是对王夫人的一种侮辱——你看看你们王家人！是怎么管理贾府的呢？二是邢夫人并不亲自送来，而是派她的陪房王善保家的送来，这里面有一种轻蔑和嘲笑，这也更间接地告诉王夫人，这个香囊已经不是什么秘密了。所以王夫人从中感到一种委屈，也感到一阵恐慌。

尽管王熙凤已经把这个香囊的事说得非常清楚了，并一再强调会慢慢调查，然而还是未能避免王夫人决定对大观园进行抄检的决心。

凤姐道："太太快别生气。若被众人觉察了，保不定老太太不知道！且平心静气，暗暗访察，才能得这个实在；纵然访不着，外人也不能知道。如今唯有趁着赌钱的因由革了许多人这空儿，把周瑞媳妇旺儿媳妇等四五个贴近不能走话的人，安插在园里，以查赌为由。再如今他们的丫头也太多了，保不住人大心大，生事作耗，等闹出来，反悔之不及。如今若无故裁革，不但姑娘们委屈，就连太太和我也过不去。不如趁着这个机会，以后凡年纪大些的，或有些咬牙难缠的，拿个错儿撵出去，配了人：一则保得住没有别事，二则也可省些用度。太太想我这话如何？"

从这里可以看出王熙凤还是比较冷静沉着的，她理性地分析了当前的形势。她表面上说到暗查绣春香囊一事，实际是想借此际改革大观园里的现状。一方面裁员，降低费用支出，另一方面对不服管理、牙尖嘴利的老婆子们进行清理，还大观园一个良好的环境。站在管理的角度上看，王熙凤的意见都是科学合理的，是值得赞赏和推崇的。

然而当邢夫人的陪房王善保家的再次出现，经过一阵挑拨之后，王夫人立马动摇了。有时候读到这里，我们会有诸多疑问：为什么王夫人此时不信任王熙凤了？为什么会相信邢夫人的陪房呢？

（三）

在整部《红楼梦》里，王夫人的出场很多，然而给读者印象深刻的却很少，我记忆深刻的就两处：一是贾宝玉趁她午睡，与金钏的嬉戏之言，惹得王夫人狠狠地扇了金钏一巴掌，这个举动直接导致了金钏的投井自杀，王夫人已经欠下了一个鲜活的生命。第二处就停留在本回，从表象看，大观园的抄检，王夫人应负有直接责任。

她天天吃斋念佛，似乎一心向善，然而揭开这层面纱来看，其实王夫人扮演了一个封建伦理道德的卫道夫形象，她的慈眉善目之下隐藏着懦弱和胆小、顽固和多疑。所以，王夫人是一个复杂多变的人，她像王熙凤一样，从小在政治斗争的旋涡中长大，深谙政治斗争的策略，只不过王熙凤表现在外面，而她却隐藏在内心。

忽见邢夫人的陪房王善保家的走来，正是方才是他送香袋来的。王夫人向来看视邢夫人之得力心腹人等，原无二意，今见他来打听此事，便向他说："你去回了太太，也进园来照管照管，比别人强些。"

首先，王夫人重用王善保家的来监察大观园，有两层意思：一是对邢夫人送绣春囊一个交代：让你看看，我正在积极地调查此事，而且起用你的人，以此来堵住邢夫人的口。二是转移矛盾，王夫人一定知道查抄大观园是件得罪人的事，而重用王善保家的打头阵，其实也让所有的人看看，这样恶心的事究竟是谁在后面主导呢？所以别小看了王夫人这个天天吃斋念佛的人，她的心机可比王熙凤高明呢！

其次可以看出王善保家的愚蠢，也间接地说明了邢夫人的愚蠢。也许在政治斗争的条件下，邢夫人的手段远远比不上王夫人。

"王善保家的因素日进园去，那些丫头们不大趋奉他，他心里不自在，要寻他们的故事又寻不着，恰好生出这件事来，以为得了把柄；又听王夫人委托他，正碰在心坎上。"

王善保家的站在自己的立场上倚老卖老，觉得自己是大太太的陪房，理应受到大观园里丫鬟们的尊敬才对，然而一个人要想赢得别人的尊重，与做人的原则和气度有很大的关系："若要人敬己，先要己敬人。"没有大气度的人，总会在意那些鸡毛蒜皮的小过节，怀恨于别人对他的意见，所以王善保家的此时完全是小人的心态。

她首先向晴雯发难——

王善保家的道："别的还罢了，太太不知，头一个是宝玉屋里的晴雯那丫头，仗着他的模样儿比别人标致些，又长了一张巧嘴，天天打扮得像个西施样子，在人跟前能说惯道，抓尖要强；一句话不投机，他就立起两只眼睛来骂人。妖妖调调，大不成个体统！"

什么是体统？就是符合身份和地位的言行和举止。晴雯的性格刚烈而直爽，追求自我的完善——一个人追求自我的完美并没有错，然而在封建礼教的禁锢下，人的自我发展是有约束和限制的，何况晴雯仅是一个丫鬟，既漂亮又牙尖，那些守旧的老婆子哪里容得下这样的人呢？

所以王夫人一听到晴雯妖妖调调的举止，便一下子想起往事。

王夫人听了这话，猛然触动往事，便问凤姐道："上次我们跟了老太太进园逛去，有一个水蛇腰，削肩膀儿，眉眼又有些像你林妹妹的，正在那里骂小丫头；我心里很看不上那狂样子。因同老太太走，我不曾说他；后来要问是谁，偏又忘了。今日对了槛儿。这丫头想必就是他了？"

王夫人的往事是什么？也许是她曾经的痛处。她怎么这样憎恨漂亮的女人呢？

一个女人的美，在嫉妒她的女人看来，是一种罪过。王夫人应该有恋子的情结，这个情结来源于她对婚姻的失望。王夫人与贾政结婚，很可能也是出自家族利益之间的考量，她和贾政没有真正的感情。在七十三回里开头写道贾政回来，首先去赵姨娘房里睡觉，可见她在情感上的孤独。所以她把情感寄托在贾宝玉身上，当像金钏或者晴雯那样漂亮的女孩子接近贾宝玉时，她是非常抵制和排斥的。

所以她对众人说：

"宝玉屋里常见我的，只有袭人、麝月这两个，笨笨的倒好。要有这个，他自然不敢来见我呀！我一生最嫌这样的人，且又出来这个事。"

这里的笨，一面指相貌一般，举止平和，没有个性；一面指甘愿为了某种利益而委屈自己的行为。这样的女孩子是大众化的，放在人群中，自然也会淹没在人群里。只有个性鲜明，相貌出众的人才会引起人们的注意，然而在嫉妒的心里，越是个性鲜明，越能刺痛人家的心，晴雯的性格和她的外貌，在王夫人看来就是她的原罪。

所以当王夫人再次见到晴雯那"钗亸鬓松，衫垂带褪，大有春睡捧心之态"，"那花红柳绿的装扮"，便更加愤怒，急命晴雯快快离去。

在这里，作者也不免对晴雯进行形态的描写，可见晴雯是真正的美——"衫垂带褪"有一种妖美，"捧心之态"有一种动人的可爱，而"花红柳绿"正是生命力旺盛的情态。然而这种情态在嫉妒者或贪婪者看来，既是一种罪

过又是一种诱惑。一个人不能发现和欣赏其他生命的美，而用一种肮脏和世俗的眼光来看待和评判，这样的人是缺乏生活艺术的，更缺乏人性的温暖，所以一切恶念来源于嫉妒和贪婪。

（四）

当然，这就更坚定了王夫人抄检大观园的决心。

于是大家商议已定，至晚饭后，待贾母安寝了，宝钗等入园时，王家的便请了凤姐一并进园，喝命将角门皆上锁，便从上夜的婆子处来抄检起，不过抄检些多余攒下蜡烛灯油等物。王善保家的道："这也是赃，不许动的，等明日回过太太再动。"于是先就到怡红院中，喝命关门。

王善保家的两次"喝命"表示了一种权力的张扬，一个势利的小人形象就这样喝命而出。想想现实社会里，又有多少这样的人，拿着鸡毛当令箭，飞扬跋扈、不可一世的样子，所以小人不可掌权，小人一旦掌权，必将弄权而乱天下。在这次抄检的过程中，王善保家的目标非常明确，一方面要在邢夫人和王夫人面前表现自己的才能，另一方面借机打压大观园里对她不敬的下人们，所以这最先抄检的必定是怡红院，严格检查的地方也必然是晴雯的箱子。

然而当晴雯掀开箱子，表示抗议和愤怒的时候，王善保家的却把责任推得一干二净：

王善保家的也觉没趣儿，便紫胀了脸，说道："姑娘你别生气。我们并非私自就来的，原是奉太太的命来搜查，你们叫翻呢，我们就翻一翻，不叫翻，我们还许回太太去呢。那用急得这个样子！"

王善保家的这样讲话，我们在一个企业或一个单位里也经常听到的。在理亏的时候，小人的虚伪就会表露出来。她见晴雯不满，立即搬出王夫人出来镇压，把一切罪过全部转嫁到王夫人身上，这里既看出小人的圆滑，又让人感到恶心。

不过仔细分析，一切的罪过，归根结底还是在主子身上。假如不是邢夫人的心机，王夫人的嫉妒，哪有王善保家的弄权的机会？所以做一个智慧的管理者，在面对任何事情的时候，应该静下心来想一想，别把自己的情绪展现给小人，否则便成了他们弄权的借口，如果那样，失信失德的最终也是自己。

当然，面对小人的言行，我们也应该像晴雯和探春一样，给予严厉的痛斥和反抗。

在这一回里，写得最出彩的地方，应该是这一行人抄检探春房间的时候。

这里凤姐和王善保家的又到探春院内，谁知早有人报与探春了。探春也就猜着必有缘故，所以引出这等丑态来，遂命众丫头秉烛开门而待。

原文这句话用得非常好！——“秉烛开门而待。”《三国演义》里诸葛亮用空城计，城门大开，老弱病残在城门口洒水扫地，而自己却坐在城楼上，焚一炷香，泡一壶茶，从容抚琴，琴声高亢之处，似有千军万马，所以吓得司马懿的兵马落荒而逃。看探春“秉烛开门而待”，似乎就会看到诸葛亮当年的从容和自信，这是一种气魄，也是一种智慧——光明磊落和从容不迫之间，正是对那种小人行径的嘲讽。

探春道：“我的东西倒许你们搜阅，要想搜我的丫头这可不能。我原比众人歹毒，凡丫头所有的东西，我都知道，都在我这里间收着：一针一线，他们也没得收藏。要搜，所以只来搜我。你们不依，只管去回太太，只说我违背了太太，该怎么处治，我去自领。你们别忙，自然你们抄的日子有呢！你们今日早起不是议论甄家，自己盼着好好的抄家，果然今日真抄了！咱们也渐渐的来了！可知这样大族人家，若从外头杀来，一时是杀不死的。这可是古人说的，‘百足之虫，死而不僵’，必须先从家里自杀自灭起来，才能一败涂地呢！”说着，不觉流下泪来。

她对自己丫鬟的保护，有一种责任和担当，这种担当正是一个优秀领导人的作风和气派。她站在智者的高度，透过重重迷雾，把贾府里的一切看得清清楚楚。所以她深刻地意识到一个问题：贾府未来的衰败，首要原因不是外界的力量，而是自杀。从今日大观园的查抄中，她已经预见到未来的结局，所以流下悲伤的泪。可又有谁能明白探春的泪里，焉能不是委屈、愤怒、痛苦、悲哀呢！

反过来想，探春的话里又充满着哲学的思辨：就像一个鸡蛋，从外部打破就是食物，从内部打破就是生命。也许贾府的兴旺，一定要从内部整治开始。然而探春是一个女子，又是庶出，在贾府里不被真正地重视，所以命运似乎给她开了一个玩笑——有一身的才华，又有入世的思想，却没有施展拳脚的机会。

但她并不怕查抄，也不畏惧任何权力，坦荡荡有君子之风。她看得透，说得出，办得来，坐如龙钟，行如脱兔。所以当王善保家的翻看她衣服的时候，她便把自己的愤怒毫不客气地发泄在那一巴掌上了——

一语未了，只听“啪”的一声，王家的脸上早着了探春一巴掌。探春登时大怒，指着王家的问道：“你是什么东西，敢来拉扯我的衣裳！我不过看着太太的面上，你又有几岁年纪，叫你一声‘妈妈’，你就狗仗人势，天天作耗，在我们跟前逞能。如今越发了不得了，你索性望我动手动脚的了！你打量我是和你们姑娘那么好性儿，由着你们欺负：你就错了主意了！你来搜检东西我不恼，你不该拿我取笑儿！”说着，便亲自要解钮子，拉着凤姐儿细细地翻，“省得叫你们奴才来翻我！”

这一记耳光，可见探春是多么地愤怒！

一方面她觉得贾府这些老婆子仗着与主子的关系，拉小团体争权夺利，献媚诟病，弄得贾府上下一阵乌烟瘴气。二是抄检大观园在探春看来，既是对人身自由的侵犯，也是对大观园里绝对的不信任。三是大观园里住的主人不是小姐就是公子，在地位和身份上岂能由一个下人来抄检？

所以读到此处，我想大多数读者的心情一下子痛快了很多，这一巴掌，既打了邢夫人，又打了王夫人，更重重地打在贾府的伤痛之处，所以既过瘾又刺激人心。

（五）

然而这一场闹剧最终还得以悲剧收场。

当大家抄检到惜春处，抄到惜春丫鬟入画那里，搜出一大包银锞子，一副玉带版子，一包男人的靴袜时，惜春的表现却令人惊讶。

惜春胆小，见了这个，也害怕说："我竟不知道，这还了得。二嫂子要打他，好歹带出他去打吧，我听不惯的。"

这里似乎可以看出惜春受到一种恐吓，但她的表现并不像探春那样仗义，而是非常冷漠地对待跟随自己多年的丫鬟入画，这里有一种冷，这种冷的态度，也许正体现着惜春不一样的人生观。

相比迎春的懦弱来，惜春又有一种孤独感。也许在探春、惜春、迎春三个姐妹之中，迎春才是最大的悲剧。

前一回我们讲过迎春的懦弱与老实，促成了自己的悲惨结局，也使得司棋因为缺少管束而走上了一条不归路。

那么就我们来看看大家在司棋的箱子里究竟搜到了什么：

及到了司棋箱中，随意掏了一回，王善保家的说："也没有什么东西。"才要关箱时，周瑞家的道："这是什么话？有没有，总要一样看看才公道。"说着，便伸手掣出一双男子的棉袜并一双缎鞋，又有一个小包袱。打开看时，里面是一个同心如意，并一个字帖儿。一总递给凤姐。凤姐因理家久了，每每看帖看账，也颇识得几个字了。那帖是大红双喜笺，便看上面写道：

上月你来家后，父母已觉察了。但姑娘未出阁，尚不能完你我心愿。若园内可以相见，你可托张妈给一信。若得在园内一见，倒比来家好说话。千万千万！再所赐香珠二串，今已查收。外特寄香袋一个，略表我心。千万收好。表弟潘又安具。

司棋是王善保家的外孙女儿，所以当抄检到司棋的箱子时，众人都不愿意放过她——众人的心里，其实早已看不惯王善保家的行为。这事告诉我们一个道理：做人做事不可太张扬和跋扈，否则到了紧要关头，一定会是"墙倒众人推"的下场。

当大家抄检到司棋箱子里的东西和这封信时，那香囊的下落就不言而喻了——

王家的只恨无地缝儿可钻。凤姐只瞅着他，抿着嘴儿嘻嘻地笑，向周瑞家的道："这倒也好。不用他老娘操一点心儿，鸦雀不闻，就给他们弄了个好女婿来了。"周瑞家的也笑着凑趣儿。王家的无处煞气，只好打着自己的

脸骂道："老不死的娼妇，怎么造下孽了？说嘴打嘴，现世现报！"众人见他如此，要笑又不敢笑，也有趁愿的，也有心中感动报应不爽的。

也许我们读到此处，一定拍手称快，有幸灾乐祸的心情吧！此种结果，正是大多数人想看到的——王善保家的下场，也正应了她的名字：善有善报，即时现报。然而想想此时的司棋，在孤独无望中等待着命运的宣判。造成她悲剧的直接原因是王善保家的弄权，间接原因却是迎春的懦弱，管理不严。

而根本的原因是笼罩在年轻生命之上的伦理道德，这种正统思想就像一层厚厚的乌云，弥漫在这一场抄检的过程中，已经压迫得人喘不过气来了。所以表面看，抄检大观园的结果以闹剧收场，然而却是一场大悲剧的前奏。

（六）

也许大观园里，只有惜春才真正地把这场悲剧看得明白。

第二日当尤氏来她房间看她的时候，惜春对尤氏讲了三件事：

一是坚决要求尤氏把入画带出去。

惜春道："你们管教不严，反骂丫头。这些姊妹，独我的丫头没脸，我如何去见人！昨儿叫凤姐姐带了他去，又不肯。今日嫂子来得恰好，快带了他去，或打或杀或卖，我一概不管。"入画听说，跪地哀求，百般苦告。

惜春是贾府四春之末，贾珍的妹妹。她喜欢作画，所以她的丫头叫"入画"。刘姥姥二进贾府时，贾母吩咐她把大观园画出来，那时的大观园正是花团锦簇，如诗如画，所以才可"入画"。然而经过这一夜的抄检，对大观园所有的孩子来说，都是一种伤害。从抄检的过程，惜春已经看到人性的自私、恶毒，所以大观园已经不再纯洁，不再有美好的生命力了。惜春此时逐出入画，就暗示了大观园的衰败，从此"出画"，不会再有美好的东西存在。

二是惜春要断绝与宁府的往来。

更又说道："不但不要入画，如今我也大了，连我也不便往你们那边去了。况且近日闻得多少议论，我若再去，连我也编派。"……惜春冷笑道："你这话问着我倒好！我一个姑娘家，只好躲是非的，我反寻是非，成个什么人了。况且古人说的，‘善恶生死，父子不能有所勖助’，何况你我二人之间。我只能保住自己就够了，以后你们有事好歹别累我。”

惜春说宁府是非多，这没有错，而且说到了点子上，就像柳湘莲说的，只有门前的石狮子干净。惜春小小年纪，已经有这样的领悟和见地，说明她冷眼看得明白，所以她要戒掉欲望，抛却贪念。

三是惜春说到生命应该归于纯洁和清白。

惜春道：“据你这话就不明白。状元难道没有糊涂的？可知你们这些人都是世俗之见，那里眼里识得出真假、心里分得出好歹来？你们要看真人，总在最初一步的心上看起，才能明白呢。”

想起《西游记》里孙悟空去菩提老祖那里学艺，当学成后，菩提老祖叫他回去，孙悟空问师傅该回哪里，这时菩提老祖说了一句非常经典的话：“从哪里来，回哪里去。”惜春在这里说看人，总在最初一步上看，才算明白。意思说人来自哪里，应该归于哪里，——人最初来到这个世界，带着生命的纯洁，本性的善良，所以人应该保持应有的纯洁和善良，才叫不忘初心。

惜春在自己的生命历程中用冷眼看尽人世间的权力、财富、欲望和人情世故，并从中领悟到人生无常，一切皆空的道理。所以惜春有一种超越常人的大智慧、大境界。她的冷，是一种观自在的境界，像庙里的菩萨，面目和善，塑像冷凝，然心似明镜，洞察世间一切。所以惜春的冷，是一种了悟。

《红楼梦》这一回，是整部小说的一个重点，也是一个难点，更是故事情节和情感的转折点。抄检大观园，喻示着生命之园不再纯洁，青春乐园的结束，从此将开启大观园离散凋零的结局。

2022 年 10 月 12 日夜于金犀庭苑

七十五、贾母中秋赏月

（一）

在这一回里，主要写两场夜宴。虽然在夜宴里有推杯换盏、嬉戏游艺的热闹，然而细细读来，总有一种悲凉、沉郁的气氛笼罩在读者的心里。宁府里的夜宴以阴冷悲音收场，荣府里的夜宴表面其乐融融，其实整个场面均由贾母撑着，在贾母的强颜欢笑之中，正暗示着自己的无可奈何——时光不再与人同。也许在一片美好的月色中，放下心中的执念，才是最终的人生归宿。

所以贾母是这场中秋赏月的人物代表，她的人生智慧，生活艺术，对生命的留恋和不舍……都会在这两回集中体现出来。也许作者用贾母做主角，演绎这一场秋夜月圆的美好场景，正暗示了贾府日薄西山、秋凉萧瑟的命运形态。

月色，在本质上只是一种自然现象，然而在中国人的传统文化里，月色却被赋予了更高的精神境界。它代表着人们对故乡和亲人的思念，“露从今夜白，月是故乡明”——漂泊异域，见不到故乡，只能借月色表达赤子之情。“但愿人长久，千里共婵娟”——山高水长，相见何难，也许只能借月圆之时，表达对亲人的思念。

月色，更代表着人的一种心理状态：苦闷时，见那皎洁的月光，也许内心便可以获得些许安慰；寂寞时，那月光下酒醉的身影，影影绰绰，三影对饮，也许正好陪伴着那个孤独的灵魂……所以，月光是景、是舞、是歌，更是诗、是词、是曲，是一种精神世界的外在表达形式。然而，作者浓墨重彩地写这一场中秋之月，也许是对贾府渐渐衰败的一种悲叹，更是对美好事物消失的一种惋惜。

（二）

小说这里以尤氏的行踪为主线。先从抄检大观园后的余波说起，那时她正从惜春房中出来，本想安慰一下惜春的心，但是惜春的冷漠却让她感到一阵寒意。

在去王夫人那里的路上，她听到甄家被抄检后的结局。表面看似乎是闲笔，然而读过这部小说的人都知道，“假”与“真”其实也就是“贾”与“甄”，他们在小说里是互为因果的。前一日抄检大观园，也不过是贾府以后抄检的前期彩排而已。所以这一回，开篇就预示着一种悲凉的基调。

人生最大的悲剧是什么？我想了很久，翻看过许多古人的文字，从中可以知道除了死亡和离散，似乎其他的人生境遇都不算什么。死亡是人们无法掌握的，唯有离散，那山一程水一程的迢迢之路，相聚时物是人非的悲怆，所以古人把离别看得很重，也很深刻。

不想此时，正当尤氏在李纨房中闲聊些家常，宝钗来辞行了——她是大观园离散的第一人。

宝钗道：“正是，我也没有见他们。只因今日我们奶奶身上不自在，家里两个女人也都因时症未起炕，别的靠不得，我今儿要出去陪着老人家夜里作伴。要去回老太太、太太，我想又不是什么大事，且不用提，等好了，我横竖进来呢。所以来告诉大嫂子一声。”李纨听说，只看着尤氏笑，尤氏也看着李纨笑。

虽然在前一夜并没有抄检蘅芜苑，然而我们知道宝钗对任何事都会在意留心的，也许当时王熙凤不阻止，径直抄检了宝钗的房间，今日此时，薛宝钗未必会提出离开大观园的。所以辞行大观园，薛宝钗一定经历了复杂的心里斗争——

一方面大家不抄检自己的房间，也许出于对自己客居大观园的一种保护，然而所有的人都被抄检了，唯独放过了她，岂不是自己仍没洗脱嫌疑？另一方面，在协助李纨和探春管理大观园的时候，她已经从各种现象中看到贾府衰败的迹象。“君子不立于危墙之下”，所以她要选择离开，一则避嫌，二者明哲保身。宝钗前来辞行并不针对大观园的抄检行为，她提出的理由很充分，自己的母亲身体欠安，又凑巧两个知心的下人生病了，所以非得出去不可——谁能阻止一个人行孝呢？

在这里，尤氏与李纨的相视而笑，对薛宝钗的行为其实心知肚明，只是大家揣着明白装糊涂，彼此心照不宣而已。

只有探春，当她听说宝钗要搬出大观园时，直言不讳地指出贾府内部的矛盾：

探春道："很好。不但姨妈好了还来，就便好了不来也使得。"尤氏笑道："这话又奇了，怎么撵起亲戚来了？"探春冷笑道："正是呢，有别人撵的，不如我先撵。亲戚们好，也不必要死住着才好。咱们倒是一家子亲骨肉呢，一个个不像乌眼鸡似的？恨不得你吃了我，我吃了你！"

探春的话直指贾府里的内部斗争。抄检大观园，让探春敏锐地看出了邢夫人的心机——借绣春囊一物，行抄检一事，打压王夫人和王熙凤。接着她还指出，一家人本是亲骨肉，却弄得反目成仇似的，这不是家族兴旺的现象，一定是分家离散的丑行。另一方面探春也预见到大观园经过此次抄检后，必定弄得人心惶恐，所以宝钗的辞行，只不过是大观园解散的一个前奏，从此这个园子将日趋暗淡，不复往日的风光了。

（三）

其实在这一回里，从尤氏的所听、所见、所说中，我们均能感受到一种没落感，特别是当她从荣府回去，在窗外偷看贾珍聚集一帮纨绔子弟在宁府吃喝嫖赌的时候，那种喧嚣里就有一种不堪的气息迎面而来。

在贾府的第三代和第四代人当中，他们没有经历过创业的艰难，祖父们打下的基业，让这些子孙一生下来就被养在金窝里，他们无所事事，生命在金钱和富贵的享受里变得轻浮——生命的质地不厚重，才会漂浮、空洞、无聊。

于是尤氏一行人悄悄地来至窗下，只听里面称三赞四，耍笑之音虽多，又兼有恨五骂六，愤怨之声亦不少。

当生命出现以下两种状态时，才会有这样的情况：一是穷得毫无斗志，破罐子破摔，对人生有一种彻底的失望，这种失望导致了人的卑微和低落，像虫子一样在角落里苟活，像流浪狗一样夹着尾巴萎缩一团。二是虽生活在富贵里，却糜烂在金钱中，在生色犬马之中没有积极的人生目标，只求在斗鸡走狗、花天酒地之中消磨时光。所以这里的"称三赞四""恨五骂六"，表面看是一种潇洒的发泄，其实正是生命走向荒芜的表现。

在这一场娱乐里，首先写到吃喝：

这些都是少年，正是斗鸡走狗、问柳评花的一干游侠纨绔。因此大家议定，每日轮流做晚饭之主。天天宰猪割羊，屠鹅杀鸭，好似临潼斗宝的一般，都要卖弄自己家里的好厨役，好烹调。

吃喝的本质是对身体的一种折磨。“宰猪割羊，屠鹅杀鸭”里必定是物质过溢的一种浪费，是权力垄断下的一种炫耀；而脑满肠肥的人，那是饱食终日的结果，这些最终导致人越来越趋近于猪，所以日日吃喝，那是对生命的一种消耗。而玩乐呢？那不过是精神世界的空虚，有大智慧的人怎么可以在玩乐中浪费自己的时光呢？

也许作者并没有像我这样天马行空地从欲望想到人类社会，他或许要说明的是一种因果关系。一方面借邢德全的话来回答我们前面对邢夫人的疑问：自己的亲兄弟都在埋怨她，那就更加证明了邢夫人的小气、贪利——小气而贪婪的人，终归不是什么好鸟！二是在描绘一种现实的生活画面，那贾珍在自己家里举办这样的活动，就像开一个Party。三是作者写这样的场面，正指出了贾府走向没落的内部原因，为中秋前夜宁府夜宴的悲兆埋下伏笔。

果然贾珍煮了一头猪，烧了一只羊，备了一桌菜蔬果品。在汇芳园丛绿堂中，带领妻子姬妾先吃过晚饭，然后摆上酒，开怀作乐赏月。将一更时分，真是风清月朗，银河微隐。贾珍因命佩凤等四个人也都入席，下面一溜坐下，猜枚划拳。饮了一回，贾珍有了几分酒，高兴起来，便命取了一支紫竹箫来，命佩凤吹箫，文花唱曲。喉清韵雅，甚令人心动神移。唱罢，复又行令。那天将有三更时分，贾珍酒已八分。大家正添衣喝茶、换盏更酌之际，忽听那边墙下有人长叹之声。

贾珍中秋夜宴，用了一头猪一只羊，再加上桌上丰富的果品，想想看，他们哪里享受得完呢？可见贾珍是多么地铺张浪费，穷尽奢侈。贾府已经出现严重的经济危机，而儿孙们尚且这样大吃大喝，可以想象，这是多么地令长辈寒心，所以那隐约的长叹声里，似乎是对子孙不争气的愤怒，也是对贾府无可挽回的败象的叹息。也许正如我们老百姓说的一样：“富不过三代”，

没有永久的江山，也没有永久的富贵，所以这一夜月色虽好，然而却是一幅凄冷的画面。

（四）

也许贾母更能感受到这种生命的凄冷和荒凉。一个智慧的老人，当她的生命接近终结时，其实她应该有两种矛盾的心态：一是可以豁达地看待生死，二是对美好生命的不舍。

所以像许多老人一样，贾母更需要热闹，更憧憬团聚。

贾母便说："赏月在山上最好。"因命在那山上的大花厅上去，众人听说，就忙着在那里铺设。贾母且在嘉荫堂中吃茶少歇，说些闲话。一时人回："都齐备了。"贾母方扶着人上山来。王夫人等因回说："恐石上苔滑，还是坐竹椅上去。"贾母道："天天打扫，况且极平稳的宽路，何不疏散疏散筋骨也好？"于是贾赦贾政等在前引导，又是两个老婆子秉着两把羊角手罩，鸳鸯、琥珀、尤氏等贴身搀扶，邢夫人等在后围随。从下逶迤不过百余步，到了主山峰脊上，便是一座敞厅。因在山之高脊，故名曰凸碧山庄。厅前平台上列下桌椅，又用一架大围屏隔做两间，凡桌椅形式皆是圆的，特取团圆之意。上面居中，贾母坐下，左边贾赦、贾珍、贾琏、贾蓉，右边贾政、宝玉、贾环、贾兰。团团围坐，只坐了半桌，下面还半桌余空。贾母笑道："往常倒还不觉人少，今日看来，究竟咱们的人也甚少，算不得什么。想当年过的日子，今夜男女三四十个，何等热闹，今日那有那些人？如今叫女孩儿们来坐在那边罢。"于是令人向围屏后邢夫人等席上将迎春、探春、惜春三个叫过来。

这一夜月亮升起来了，月色正好，清风朗月之下，似乎是一团和谐之气。月亮在这里是一种团圆的象征和寄托，但是赏月，需要一定的文化和修养，所以贾母说应该在高处去——月在长空，人在高处，没有什么阻挡，人与月好像可以面对面地对视。如此之境，月在心里，人在月光之中，可以产生一种空灵的静寂之美。

所以，孩子们！记住了，赏月一定要在高处啊！

而贾府的这个高处在哪里呢？凸碧山庄，就是修在山之高脊上敞开的房子。看到"凸碧"两个字，想起数学上的一种曲线——抛物线的顶点。人生就像一条抛物线，从抛出去的那一时刻，达到顶点，然而就会徐徐下落。也许此时贾母站在人生的最高点，从这一夜之后，她的生命将与贾府一样，渐渐地走到生命的最低点，最后变成一条直线。

而此时此刻，当人们登上高处，眼前广阔而渺茫，便触动了人的情思。那凸碧山庄里可凭高悼古，可远思怀人，所以贾母想起了过去的许多事，许多人——当年贾府人丁兴旺，多么繁荣，而今只留下一种眷恋和怅然。

从欣赏浪漫唯美的月色到人事变迁的感叹，贾母深深地懂得时光一去不复返的道理，所以她觉得在自己有限的时光里，更应抓紧时间好好享受暮色下的快乐。于是贾母提议，搞一个击鼓传花的游戏，花传到谁手里，就由谁讲一个笑话：

贾母便命折一枝桂花来，叫个媳妇在屏后击鼓传花，若花在手中，饮酒一杯，罚说笑话一个。于是先从贾母起，次贾赦，一一接过。鼓声两转，恰恰在贾政手中住了，只得饮了酒。众姊妹弟兄都你悄悄地扯我一下，我暗暗地又捏你一把，都含笑心里想着：倒要听是何笑话儿。

听严肃正经的人讲笑话，本身也是一种笑话。这叫一本正经地吹牛。每一次读到这里就想起方清平的单口相声——那个光头的中年人，表情严肃而冷静，不露一点笑容，而他讲的每一句话，却可以逗人发笑。从艺术效果看，笑是一种热烈的状态，而冷却是一种严肃的表情，在这里冷与热一对比，就会觉得这种语言艺术更吸引人，更能加深观众的印象。

那么贾政究竟讲了一个什么笑话呢？

他讲到一个怕老婆的男人，醉酒没有回家，惹了老婆生气，为了给老婆赔罪，居然答应给老婆舔脚，因为恶心呕吐，谎称反酸的故事。

我看过这个故事后，想到现实中一句骂人的话，当一个人看不起另一个人时，会骂人家：“你给老子舔脚都不够格！”这样看来，贾政的笑话似乎是对贾府男人的一种讽刺。整本《红楼梦》里，写了许多有才华的女子，如管理才女王熙凤和探春，宽柔温和的平儿，理性周到的宝钗，好学机灵的香菱等。而小说里的男人呢，大多不过是吃喝玩乐的废物，好不容易有一个贾宝玉和柳湘莲，却不过是徒有外表，内心懦弱的一具皮囊而已。所以借用那句骂人的话——这群男人给那些女子舔脚，还真是不够格呢！

当下一轮花传到贾宝玉面前时，贾政见他不会说笑话，便让他发挥长处，

作一首诗——可见贾政还是比较了解贾宝玉的，他知道自己的儿子虽然不在乎功名利禄没好好读过书，然而对诗词曲赋还是有一定的造诣的，所以为了讨好贾母，贾政命贾宝玉作诗。从某种意义上讲，贾政对贾宝玉是带着欣赏眼光的，只不过这种欣赏的内容在正统思想之外的娱乐而已，所以贾政最后还是把作诗定为邪门歪道的学问。

然而贾母觉得贾宝玉该赏。贾母此时当着所有的儿孙表示了对贾宝玉的偏爱，并光明正大地要求贾政给予奖赏。这种行为一定会引起其他后辈儿孙们的不满，所以贾赦讲的笑话里，就暗中怨恨贾母的偏心。

从整部小说的具体情节看，贾赦说贾母的偏心不仅仅单指她对贾宝玉的疼爱，更多方面还在于贾母对贾政、王夫人、王熙凤及其他儿孙的态度上。特别在鸳鸯这件事上，贾赦一定怀有恨意。所以作为一个家庭掌权的长辈，如何平衡家庭里儿女之间的关系，做到公平公正，这也是一门学问，值得家长好好研究。

特别是在贾环作诗之后，贾赦见贾政进行了批评，贾母也没有说给予奖励，他便力挺贾环：

贾赦道："拿诗来我瞧。"便连声赞好，道："这诗据我看，甚是有骨气。想来咱们这样人家，原不必寒窗萤火，只要读些书，比人略明白些，可以做得官时，就跑不了一个官儿的。何必多费了工夫，反弄出书呆子来？所以我爱他这诗，竟不失咱们侯门的气概。"因回头吩咐人去取自己的许多玩物来赏赐与他，因又拍着贾环的脑袋笑道："以后就这样做去，这世袭的前程就跑不了你袭了。"

也许贾赦的说法，是对贾母偏心行为的一种挑战。同时也可以见到贾赦的为人——物以类聚，人以群分，贾环与贾赦也许是同一路人。

另一方面，贾赦还讲到两个重要的问题：

一是在他的认知里权势和身份是可以绵延和世袭不迭的。想想看，这多么幼稚！历史上曾经有人愤怒地发出疑问："王侯将相宁有种乎？"历史的变革，社会的发展，一定是"一朝天子一朝臣"，哪有长久的仕途可言呢？

二是他认为做官不一定要读多少书，自己的出身、家庭地位和关系，可以保证在官场上平步青云。在现实社会里，这似乎有一定的道理，做官靠关系和经营，但他不知道，如果天下仕宦，都靠关系的话，那么朝堂之上，岂不全是一群碌碌无为之辈，那样又哪会有绵延长久的官爵呢？

所以，通过贾赦的话，可以看到他的愚昧和无知。贾府的外部事务由这样一群男人掌握着，哪有不没落的呢？

2022 年 10 月 16 日于弗斯达酒店

七十六、月夜下两个孤独的灵魂

（一）

读小说这一回时，我们应该有一种美的享受，应带着艺术的鉴赏能力与贾府里的众小姐、贵夫人、俏丫鬟一起欣赏那朦胧的月光，倾听那缓慢的笛声。

在这里，作者给我们展现了两个唯美的场景：一是贾母带着贾府里众多的媳妇小姐，还有一群俏丫头继续在大观园里赏月；二是两个年轻的小女孩趁众人赏月时，偷偷地溜走了，在月光下，用诗意写下了人生的各种感悟。

上一回我们趁着清风明月，宴饮游乐，看那充满着人间温情和烟火气息的中秋之景。而这一回，从月色到笛声，从喧闹到静寂，贾母带我们身临其境，深切地体会了一种不一般的中秋之月。

古人说赏月怎么可以没有酒和诗。对着一轮皓月，沐浴着清风，举起酒杯，把美好的回忆从诗里牵引出来，尽情地抒发生命里的热情，随着月隐鸡鸣，兴尽悲来，感叹生命的孤独、无助和短暂……

一袭生命的热情，一段热烈的回忆，一片冰冷的月色，一池秋风中的寒塘。在这一夜，读者的生命也随着诗意的月光成长了，豁达了，内心也随之变得强大——月色与人生，生活与艺术在这里展现得淋漓尽致。

所以，微闭你的双眼，把心放下去，静静地听那笛声的悠扬邈远；用美的心灵去感受那月光、笛声、寒塘、鹤影带给我们一种对生命深沉的思考吧！

（二）

夜已经很深了，时令又至中秋，清风中带着几缕凉意。然而平日里多一吃点、多喝一点都会感到身体不适的贾母，依然不肯离席，不愿错过这样的月色：

因夜深体乏，且不能胜酒，未免都有些倦意。无奈贾母兴犹未阑，只得陪饮。

贾母又命将毡毯铺在阶上，命将月饼、西瓜、果品等类都叫搬下去，命丫头媳妇们也都团团围坐赏月。

倦意是对一事一物经历太久后，失去了兴趣，便生起百般的无奈。大观园经搜检之后，园中所有人均已经心灰意冷，哪里还有多少激情和兴致来饮酒作乐、赏月观景呢？所以这一倦意里，也许是对家族、对人生的一种倦怠。只是此时贾母强撑着，然而时令之秋，生命已至暮年，她能撑多久呢？

她借着这样的月色，一定在感叹生命之短、时光太窄。曾经她也如黛玉、探春、宝钗那样有着精致的容颜，美好的青春，过着富贵安逸的小姐生活，然而现在自己的满头发丝亦如那皎洁的月光一样霜白，生命多么美好，想留住，却不遂人愿。

也许此时此景，只借这样的月色、这样的音乐来抒发自己对人生的眷恋吧！

贾母因见月至中天，比先越发精彩可爱，因说："如此好月，不可不闻笛。"因命又将十番上女子传来，贾母道："音乐多了，反失雅致，只用吹笛的远远的吹起来，就够了。"

张潮在他的《幽梦影》里专门写过论声："白昼听棋声，月下听箫声，山中听松声。"接着他又说，"凡声皆宜远听。"这很有意思。没有艺术鉴赏能力的人，怎么能说出这样的一番话来呢？凡能享受一种声音，而能从这种声音里生发出不同情感的人，他的人生一定与众不同。所以在这里贾母不仅是贾府里的长辈，他更懂生活的艺术，生命的节奏。

这里众人赏了一回桂花，又入席换暖酒来，正说着闲话，猛不防那壁里桂花树下，呜咽悠扬，吹出笛声来。趁着这明月清风，天空地静，真令人烦心顿释，万虑齐除，肃然危坐，默然相赏。听约两盏茶时，方才止住。

贾母说如此好月，怎么能让美景孤独呢？至少应该有音乐相伴，然音乐如何衬托月色呢？她说唯有笛声的清幽，才能给人一种美的享受——

明月清风，天空地静，有一种悠远而静谧的境界。众人沉浸在朦胧的月光中，任笛声轻抚内心繁杂的情绪，让人凝神而肃穆，此时此刻，宠辱尽弃，

万虑不存。那笛声悠扬而邈远，缓慢清脆，老人想到岁月的流逝，人生时日不多，想留下那些美好的东西，而时光的纤瘦里，细细窄窄，却无情无恋……

老人多么想让时光缓下来呀！

贾母道："这还不大好，须得拣那曲谱越慢地吹来越好听。"便命斟一大杯酒，送给吹笛之人，慢慢地吃了，再细细地吹一套来。

……

鸳鸯拿巾兜与大斗篷来，说："夜深了，恐露水下了，风吹了头，坐坐也该歇了。"贾母道："偏今儿高兴，你又来催。难道我醉了不成？偏要坐到天亮！"因命再斟来，一面戴上兜巾，披了斗篷，大家陪着又饮，说些笑话。只听桂花阴里又发出一缕笛音来，果然比先越发凄凉，大家都寂然而坐。夜静月明，众人不禁伤感，——忙转身赔笑发语解释，又命换酒止笛。

贾母说这还不算太好，应该拣那些缓慢的曲子吹出来才更动听。当此时，月更明，夜更静，笛声悠悠地从远处传来，像清泉滑入溪水之中，渐闻水声，隐隐约约，似有却无，像一阵烟雾，可听、可感，却不明其方向；更感触不到它的形态——伸出手来轻轻一抚，感觉到的是它从指缝间流去，一直流到心里。

其实，月色并没有变化，只是笛声从悠远转到了凄凉，这是情感的转变。也许贾母再也无法忍住内心的感伤，她希望生命如这缓缓的笛声一样：慢点吧！再慢点吧！岁月是如此美好，而老人却已是垂暮，想把自己的美好留住，然而生命如额头上的皱纹，想抚平它，而手松之时，褶皱依然；逝者如斯，流水悠悠，光阴早已不再，所以此时，众人皆动心移情，然而最伤者莫过于贾母——也许笛声终时，她已经老泪纵横。

此时尤氏看出了她的伤感，她想用笑话安慰一下贾母：

尤氏笑说道："我也就学了一个笑话，说给老太太解闷儿。"贾母勉强笑道："这样更好，快说来我听。"尤氏乃说道："一家子养了四个儿子：大儿子只一只眼睛；二儿子只一个耳朵；三儿子只一个鼻子眼；四儿子倒都齐全，偏又是个哑吧。"

在这个冷笑话里，尤氏带着安慰的口气，说出了人生的遗憾——人生不如意事十之八九，我们不应该看到那十之八九的缺憾，而应该看到所得的一二，既然已经经历过了，又何必如此惆怅和恋恋不舍呢?

也许贾母听懂了尤氏的话：人不能胜天，盛衰际遇，生老病死，都是人之常情，何必如此拘泥和执着呢?

贾母笑道："也罢。他们也熬不惯，况且弱的弱，病的病，去了倒省心。只是三丫头可怜，尚还等着。你也去吧，我们散了。"

"也罢"的无奈声里，是一种放下，也是一种领悟：散，才是一个家族、一世人生的最终归属！

（三）

正当贾母及众人在月下伤感的时候，另一种生命形式正在大观园的中秋之夜悄悄上演。

原来黛玉和湘云二人并未去睡。只因黛玉见贾府中许多人赏月，贾母犹叹人少，又想宝钗姐妹家去，母女弟兄自去赏月，不觉对景感怀，自去倚栏垂泪。宝玉近因晴雯病势甚重，诸务无心，王夫人再三遣他去睡，他从此去了。探春又因近日家事恼着，无心游玩。虽有迎春、惜春二人，偏又素日不大甚合：所以只剩湘云一人宽慰他。因说："你是个明白人，还不自己保养。可恨宝姐姐、琴妹妹天天说亲道热，早已说今年中秋要大家一处赏月，必要起诗社，大家联句。到今日，便扔下咱们自己赏月去了，社也散了，诗也不作了。倒是他们父子叔侄纵横起来，你可知宋太祖说得好：'卧榻之侧，岂容他人鼾睡？'他们不来，咱们两个竟联起句来，明日羞他们一羞。"

这是林、史二人联诗的前情铺垫。在这部小说里，诗词是这一群青春少年的生命特征——如诗如画的美好状态。然而经历过大观园这一抄检，似乎一夜之间，所有的少男少女都成熟了。在面对人生的不顺时，如何作出选择?如何看待生与死，聚与离？也许这才是人真正成熟的表现。这一段铺垫，总体写一种分散与离别，人生随着年龄的增长，似乎很多事是无法避免的，只能被动地选择。

而林黛玉和史湘云是贾宝玉生命中最重要的两个女孩子，他们三人从小一起长大，吃一桌饭，睡一张床，在长期的耳鬓厮磨之中，彼此都能感受到对方的体温。林、史二人的生命状态，其实也是贾宝玉所向往的生命情态。

也许作者借这二位年轻的女子联诗，是想在那悲戚的气氛里，给读者带来不一样的人生体验吧。

为什么要在大观园里众人赏月期间，单独写到林、史二人呢？中秋之夜，中国人的传统思想里，那是团圆幸福，共享天伦的佳节。而从血缘关系上讲，林、史二人与贾府并没有直接的血缘关系，所以潜意识里，她们对贾府就有一种自然的疏离感，在贾府没有另行安排她们二人居住地的时候，她们不可能像宝钗一样离开大观园，因为她们是孤寂的。人生从少年为孤，自然对生命有一种不一样的感悟。

从小说的整个情节来看，林黛玉的外在体质是柔弱的，她对四季之变特别敏感，然而她是用泪眼来看这个世界的。她的冷，她的清高孤傲也许说明了那柔弱的身体里其实包裹着一颗强大的心。唯强大，才能冷眼看清这个世界，才会把一切世俗的东西看得轻巧；唯强大，才会深刻地理解人生的真谛，才会专注于情。只不过这种强大表现得隐晦而含蓄，世俗的人怎么看得懂呢？而史湘云却与林黛玉不一样，她的表现热烈而奔放，在小说里，我们根本看不出她是一个孤儿，也许那种奔放的气质里，正掩饰了内心的孤独。

在贾府日渐衰微的情境之下，诗更能展示她们丰富的内心世界。大观园被抄检，马上又会面临着许多人被驱逐，然而这种压迫和禁锢，怎么能困住自由的灵魂、纯洁的生命呢？所以，作者在这里借两个孤独女孩月下联诗，正说明她们对生命有一种成熟的领悟，她们已看到了人生的起伏和兴衰。

湘云笑道："这山上赏月虽好，总不及近水赏月更妙。你知道这山坡底下就是池沿。山凹里近水一个所在，就是凹晶馆。可知当日盖这园子，就有学问。这山之高处，就叫凸碧；山之低洼近水处，就叫凹晶。这'凸''凹'二字，历来用的人最少，如今直用作轩馆之名，更觉新鲜，不落窠臼。可知这两处，一上一下，一明一暗，一高一矮，一山一水，竟是特因玩月而设此处。有爱那山高月小的，便往这里来，有爱那皓月清波的，便往那里去，只是这两个字俗念作'洼''拱'二音，便说俗了，不大见用。只陆放翁用了一个'凹'字，'古砚微凹聚墨多'，还有人批他俗，岂不可笑？"黛玉道："也不只放翁才用，古人中用者太多。如《青苔赋》，东方朔《神异经》，以至《画记》上云'张僧繇画一乘寺'的故事，不可胜举。只是今日不知，误作俗字用了。实和你说罢：这两个字，还是我拟的呢。因那年试宝玉，宝玉拟了未妥，我们拟写出来，送给大姐姐瞧了。他又带出来，命给舅舅瞧过，所以都用了。如今咱们就往凹晶馆去。”

“凹凸”二字隶属于六书的象形，是事物的一种外在形状。凸表示曲线的向上突起；凹表示曲线向下弯曲，也就是说只有曲线才能有这样的形状。人生多么像曲线，平直弯曲可以任意转变，所以人生也就像数学的函数那样，既有多解，又有凹凸性。林黛玉冰雪聪明，她早就预见到生命是一个起起伏伏的过程，所以她把大观园里这两处地用“凹凸”二字进行命名，又何其智慧！

然而史湘云却从艺术的角度进行了解释：上下、明暗、高矮、山水……既讲园林之美，又讲道家的自然法则。站在凸碧山庄赏月，有“山高月小，水落石出”的豁达与空旷之感；傍近凹晶馆赏月、听笛，却又有“春江花月夜”的奇特和浪漫。从艺术的美到人生哲理的悟，作者借两个女孩的对话，跨越了时间、空间的变幻，给我们展现了不一样的奇妙景色和人生境界：空灵、旷阔、细腻、缠绵、热情、豁达、感伤……竟一时难以言尽！

真是千古之文！我想，一百年，两百年，五百年，一千年以至更久，当我们读到此文时，心中那美的享受，那对人生的思考，依然如初。

所以当林、史二人把诗从热烈联到沉郁，再到孤独悲戚之时，我想每一个对生命有深切感触的人都会寂然而叹：

“寒塘渡鹤影，冷月葬诗魂。”

两个孤独的人，两种生命形式，最终归于一种结局：不是孤独无助，就是香魂逝断。这一联诗是极富想象和意境的。寒塘上飞过一只孤独的身影，也许是惊鸿一瞥，没有啼鸣，只是形单影只的一种生命归属。冷月下无论是葬诗还是葬花，都是一种凄然的告别，她用最后的生命之力，写完了这一句诗。

她的泪已经流干，从此以后，是苦、是甜；是悲、是喜；是爱、是恨……与她无关，她把生命交给了这一夜冷月，交给了那一抔净土，只留下一冢香丘。

2022 年 10 月 19 日夜于金犀庭

七十七、晴雯之死

（一）

这一回先从一味药丸讲起。话说王熙凤已经病了很久，近来渐有康复之相，王夫人很关心她的病情，命人赶制“调经养荣丸。”然而翻拣了家里各处，居然找不到一只像样的人参。

王夫人焦躁道：“用不着偏有，但用着了，再找不着！成日家我叫你们查一查，都归拢一处，你们白不听，就随手混撂。”

按理说，王夫人那里是不缺少人参的。从小说整个情节来看，贾府根本不缺少这些，然而现在急需用时，却没有了，这说明贾府的确出现了很严重的经济问题。没有法子，王夫人只得去向贾母讨要，贾母倒是很多，但经过医生鉴定，都是些过期而失去功效的了。

周瑞家的又拿进来，说：“这几样都各包号上名字了。但那一包人参固然是上好的，只是年代太陈。这东西比别的却不同，凭是怎么好的，只过一百年后，就自己成了灰了。如今这个虽未成灰，然已成了糟朽烂木，也没有力量的了。请太太收了这个，倒不拘粗细，多少再换些新的才好。”

这里的人参，喻为人生。从林黛玉进贾府时，就讲到一味药丸，叫“人参养荣丸”，好似在说，荣国府里一直需要有一些生命力强劲的人来支持着它的发展。而到现在贾府的大管家凤姐已经病了很久，贾府的现状更像一个生病的人一样：气血阻凝，更显衰弱之态。

但是贾母却收藏了很多人参。贾母是这一个家庭的灵魂人物，她所经历的人生历程，是贾府一部鲜活的历史，她的社会阅历与人生智慧曾经使贾府一度繁荣昌盛，然而现在贾母老了，已经无力再支撑起这样一个庞大的家族。

所以她的人生智慧，历经百年，已经无法挽回贾府的衰败——人世沧桑，早已物是人非。所以一切都经不住时间的洗磨，百年之后的贾府，必将尘埃落定，烟云尽去。

恰恰此时薛宝钗来了，她向王夫人说可以从她们薛家的商铺里取一些货真价实的人参来，这倒解决了王夫人的燃眉之急。在贾府出现困境的时候，薛家主动承诺送人参前来，这到底是来救人，还是来救助贾府，也许值得大家去思考。

然而薛宝钗最后给没有给贾府人参？给了多少？是值得怀疑的。

不过此时，人参的问题因为薛宝钗的出现，使王夫人焦躁的心略略平静了些。其实她所焦虑的并不是人参，而是大观园的抄检结果。所以转过头来，她便询问周瑞家的："前日园中搜检的事情，可得下落？"

那周瑞家的怎样回复呢？

周瑞家的是已和凤姐商议停妥，一字不隐，遂回明王夫人。王夫人吃了一惊。想到司棋系迎春丫头，乃系那边的人，只得令人去回邢氏。周瑞家的回道："前日那边太太嗔着王善保家的多事，打了几个嘴巴子，如今他也装病在家，不肯出头了。况且又是他外孙女儿，自己打了嘴，他只好装个忘了，日久平服了再说。如今我们过去回时，恐怕又多心，倒像咱们多事似的。不如直把司棋带过去，一并连赃证与那边太太瞧了，不过打一顿配了人，再指个丫头来，岂不省事？如今白告诉去，那边太太再推三阻四的，又说：'既这样，你太太就该料理，又来说什么呢？'岂不倒耽搁了？倘或那丫头瞅空儿寻了死，反不好了。如今看了两三天，都有些偷懒，倘一时不到，岂不倒弄出事来？"

这一段话表面看好像是下级向上级汇报工作，然而从中我们可以看出周瑞家的心机。一方面，她懂王夫人的心思，目标很明确，就是要借司棋之事，让邢夫人出丑，而且这事还不能让邢夫人有还手的机会，所以她建议把事情做得干脆一点：直接把司棋逐出大观园，才向邢夫人汇报处理结果。这主意实在是缺德而可恶！另一方面，虽然此事使邢夫人难堪，然而真正受到伤害的人却是司棋。在这一场家庭的政治斗争之中，司棋首当其冲成了牺牲品。在王夫人和周瑞家的看来，只要邢夫人受到了打压，司棋的死活似乎根本不重要了！这一群世故酷厉的老婆子拿起伦理道德的皮鞭，像衙役一样，抽打呵斥着大观园里一班年轻的生命。

司棋离开大观园时，做了三件事，每一件都令人伤感痛心。

那司棋也曾求了迎春，实指望能救，只是迎春语言迟慢，耳软心活，是不能作主的。司棋见了这般，知不能免，因跪着哭道："姑娘好狠心！哄了我这两日，如今怎么连一句话也没有？"

有时候想想现实的生活和职场中，如果想跟对一个领导或师父，得看准这人的能力和气魄，跟错一个人，自己除了没有发展前途，反而落得一个悲惨的下场。所以司棋的那句："姑娘好狠心！"是对多年来服侍迎春，落得如此下场的一种悔恨，更是一种绝望。

司棋无法，只得含泪给迎春磕头，和众人告别。又向迎春耳边说："好歹打听我受罪，替我说个情儿，就是主仆一场！"

这里体现了司棋的教养和人性的温暖，尽管自己马上要离开大观园了，尽管知道迎春如此冷漠和无情，但是临走时，她没有忘记主仆之间的感情，她仍然对迎春寄予一种期望。

司棋因又哭告道："婶子大娘们，好歹略徇个情儿：如今且歇一歇，让我到相好姊妹跟前辞一辞，也是这几年我们相好一场。"

司棋在被驱逐时，向老婆子们求情，说希望给院子里的姐妹们告别，以报多年来相好一场的缘分。这说明司棋是一个重情重义的丫鬟。

司棋被逐的场景是令人悲伤的。在大观园第一场生死离别之中，可以让我们看到各种人性之间的对比。迎春的冷漠和无情；绣橘的深情与不舍；周瑞家的这一群老婆子的无情与卑微。

看世间众生，似周瑞家的何其之多。从本质上看，她们的表现是一种人性的冷漠和自私。在社会生活中，我们大多数人像她们一样，为了生存，为了利益，随着生命渐渐变老，就会关闭青春所拥有的那颗纯洁和善良的心，而代之以人性的扭曲，心灵将越来越暗淡，也越来越远离当时的初心。

所以贾宝玉见司棋被驱逐后，说了一段经典的话：

“奇怪，奇怪！怎么这些人只一嫁了汉子，染了男人的气味，就这样混账起来，比男人更可杀了！”

贾宝玉的这句话是很有意思的。一方面直接骂男人的浊气、泥猪癞狗。另一方面他指出了人随着生命的成长，心性发生了变化，年轻时心灵纯洁，天真无邪，所以是美好的。但当女人出嫁后，要承担起社会责任时，就变得灰暗了，世俗了。其实看看我们每一个人的生命历程，何尝不是这样的呢。社会是一个五颜六色的世界，像一个大染缸，人在社会中难免不被社会各种世俗的气息所左右，从而变得势利、庸俗、自私、贪婪、嫉妒……怎样在滚滚的红尘中保持一颗纯洁的心，留住一些美好的生命元素，值得我们每一个人去思考。

（二）

对孩子来说，玩闹、不守规矩似乎是种天性。费孝通先生在他的《乡土中国》里讲到一句话：“孩子碰着的不是一个为他方便而设下的世界，而是一个为成人们方便所布置下的园地。他闯入进来，并没有带着创立新秩序的力量，可是又没有个服从旧秩序的心愿。”

所以，当王夫人在驱逐晴雯、四儿、芳官的时候，尽管无情，但在成人的认知世界里，这是符合情理的。因为王夫人是站在伦理道德的所谓“高度”。她恐惧青春的变化，对大观园里一群年轻貌美女孩子产生了嫉恨，她在驱逐晴雯后说道：“这才干净，省得旁人口舌。”

什么是人性的干净？王夫人表面上天天念佛，追求一种超脱，然而她哪里懂得佛的真谛。佛，求诸心里的一种解脱，其行为引导人们向善，而真正的善良应该是站在众生平等的基础上欣赏人、宽恕人，并尊重每一个人的自我发展。这样看来，王夫人的佛经念叨得多么虚伪。所以王夫人及这一群老婆子的行为，不是卫道，而是发泄自己嫉妒之情，是对青春生命的一种扼杀。

从历史的角度看，中国封建社会里，集权统治下的意识形态全面左右着社会的一切思想。从汉武帝罢黜百家、独尊儒术以后，儒家思想经过不断的演变，已经背离了当初的内涵，而变成专为统治阶级服务的工具——“三纲五常”的思想，讲阶级，讲规矩，讲秩序，大多禁锢人性，束缚人的自由成长。而晴雯是一个非常特别的女孩子，她的生命特征与林黛玉相似——不但漂亮，

而且个性鲜明。然而作为正统思想卫道夫的王夫人和那群老婆子看来，晴雯就是一个不懂规矩的异类，所以晴雯成了怡红院第一个被逐出的人。

王夫人不知道，在众多丫鬟之中，晴雯对贾宝玉是多么重要！

我们读这部小说时，很容易看到贾宝玉与晴雯与众不同的关系，——贾宝玉对晴雯有一种发自内心的喜欢和包容。

这是为什么呢?

贾宝玉一生最喜欢的女孩子是林黛玉。我们分析袭人和晴雯的时候，总会联系到薛宝钗和林黛玉，袭人周到与理性，与薛宝钗如出一辙；晴雯孤傲和锋芒毕露的性格，却与林黛玉极为相近。

如果把贾宝玉的爱情用现实与浪漫来区分的话，他与袭人和薛宝钗之间，就是现实的；他与晴雯与林黛玉之间，就是浪漫的，因浪漫，便也唯美，便也值得年轻生命的向往和追求。然而唯美和浪漫的爱情，只会停留在理想之中，真正的爱情结局，不是离散于痛苦，就是死于现实的婚姻和欲望。

而人在现实的欲望中，往往会变得嫉妒和世俗，甚至变得卑鄙和阴暗，所以当贾宝玉看到晴雯被逐后，内心一直怀疑袭人就是告密者。

宝玉道：“怎么人人的不是，太太都知道了，单不挑出你和麝月秋纹来？”袭人听了这话，心内一动，低头半日，无可回答。

贾宝玉的这一句话，也许正戳中了袭人的心里。小说只是借贾宝玉的口来让读者猜测袭人而已，不过我们可以通过整本小说进行分析，从中看出真正的告密者是谁。就像薛宝钗扑蝶听取小红的秘密，却嫁祸于黛玉一样——人与人之间，表面看是看不到本性的。那些周道而理性的人，其实内心藏着很多不可告人的心机。所以人世间唯两样东西不可直视：一是太阳，一是人心。

（三）

通过贾宝玉对袭人的怀疑，我们更可能看出他对晴雯是多么不舍。所以当他冒着极大的风险去探望晴雯的时候，那种深情的场面，令人潸然泪下。

当下晴雯又因着了风，又受了哥嫂的歹话，病上加病，咳嗽了一日，才朦胧睡了。忽闻有人唤他，强展双眼，一见是宝玉，又惊又喜，又悲又痛，一把死攥住他的手，呜咽了半日，方说道："我只道不得见你了！"接着便咳嗽个不住。宝玉也只有哽咽之分。晴雯道："阿弥陀佛，你来得好，且把那茶倒半碗我喝。渴了半日，叫半个人也叫不着。"宝玉听说，忙拭泪问："茶在哪里？"晴雯道："在炉台上。"宝玉看时，虽有个黑煤乌嘴的吊子，也不像个茶壶。只得桌上去拿一个碗，未到手内，先闻得油膻之气。宝玉只得拿了来，先拿些水洗了两次，复用自己的绢子拭了，闻了闻还有些气味，没奈何，提起壶来斟了半碗。看时绛红的也不大像茶。晴雯扶枕道："快给我喝一口罢！这就是茶了。那里比得咱们的茶呢！"宝玉听说，先自己尝了一尝，并无茶味，咸涩不堪，只得递给晴雯。只见晴雯如得了甘露一般，一气都灌下去了。

在小说里，贾宝玉有两次私自外出去探望自己的贴身丫鬟。一是在春节期间去袭人家，那是一种温馨和热闹的场景。而当他这一回到晴雯家时，迎面而来的是一种凄凉的气息：晴雯病恹恹地趴在床上，一领芦席子，乌黑的茶壶，油腥味的茶碗，咸涩的茶汤晴雯却喝出了甘露的味道……这些场景的描写，一方面说明了晴雯的生命如那油枯的灯，既孤独又凄凉，有一种无奈和绝望。

另一方面，当贾宝玉的出现，晴雯忽然有了光彩，她"又惊又喜，又悲又痛"。可见她内心是多么复杂！

也许在她的意识里，早已经预见到自己时日不多，只求孤独地死去。然而没有想到，贾宝玉不计身份，不怕伦理的束缚跑来看她，这给她最后一段生命时光带来了一丝温暖和慰藉——此时的她，也许燃起了生的希望。

然而在贾宝玉的眼里，眼前却是一种荒凉和悲戚。我想贾宝玉此时看晴雯喝茶，一定看得撕心裂肺——

在大观园里，喝茶是一件高雅的事，是精致生活的象征，喝茶在怡红院首先是一种享受，其次才是解渴。所以在贾宝玉的眼里，茶具应该精美而讲究；茶叶应该是有生命力的——在沸水的浸泡之下，茶叶徐徐展开，那是一种生命的释放；茶汤应该清澈透明，香气袭人，饮后回甘。然而此时晴雯叫他倒的茶却装在乌黑的茶壶里——我小时候，婆婆老把茶壶吊在灶门口上，煮一顿饭，那壶里的水就开了，倒出水来，常常还能见到水里浮着一层黑黑的草木灰。我想这里描写的乌黑的茶吊子，与我小时候见到的应该不差上下。

饮茶的茶具呢，不是什么汝、成、定窑等的精美茶杯，而是一个带有油

腥味道的土碗；而茶汤呢，却是绛红色的——红色的一种，却比红色更暗沉。

至于咸涩的茶味，我没有品尝过，那滋味如何，此时晴雯可能感受更深。真正的喝茶是什么样子呢？记得有一年，我去南方出差，客户喜好喝功夫茶，其间谈到喝茶的动作：一闻，二品，三饮。也就是说，喝茶时先闻其香，再细细嘬其味，然后才一饮而尽。然而此时的晴雯是怎样的呢：“只见晴雯如得了甘露一般，一气都灌下去了。”这里只一个“灌”字，把晴雯喝茶的急切动作描写得非常形象——那是一个久渴难耐的人。也许此时的贾宝玉看着晴雯伸长脖子，用力咽下去，耳边似乎还有“咕咚”的一声——生命从高贵走到低贱，似乎只是一刹那间的事。

这样的场景，怎么不会在贾宝玉心里产生强烈的震撼呢？曾经多么高傲和不可一世的俏丫头，怎么会生活在这里？又怎会是这么一副样子？作者这样描写晴雯，与怡红院里的她形成了强烈的对比，从而更能表现晴雯临死前的凄惨和悲凉。

（四）

所以贾宝玉此时的内心也是相当复杂：

宝玉看着，眼中泪直流下来，连自己的身子都不知为何物了，一面问道：“你有什么说的？趁着没人，告诉我。”

此时此刻，贾宝玉忘记了自己的身份，他已经预见到晴雯的死期，所以这一句话，既是一种安慰，又似乎是一种离别的告白。

晴雯也受到了鼓舞，她用尽生命的最后一丝力气，完成了她对爱情的夙愿。

晴雯拭泪，把那手用力拳回，搁在口边狠命一咬，只听“咯吱”一声，把两根葱管一般的指甲齐根咬下，拉了宝玉的手，将指甲搁在他手里。又回手扎挣着，连揪带脱，在被窝内将贴身穿着的一件旧红绫小袄儿脱下，递给宝玉。不想虚弱透了的人，那里禁得这么抖搂，早喘成一处了。宝玉见他这般，已经会意，连忙解开外衣，将自己的袄儿褪下来，盖在他身上。却把这件穿上，不及扣钮子，只用外头衣裳掩了。

这样的场景有一种悲壮感。晴雯与宝玉从来就没有做过越轨之事，然而今天却因小人的口舌，被驱逐出了大观园，她内心既悲痛，又有万般的不甘——既然伦理要将自己杀死，索性一不做二不休，趁着还剩下一段游丝之气，她要把爱表白出去——她咬断了自己精心保留的指甲，送给贾宝玉作为留念；她脱掉了自己的内衣，与贾宝玉进行了互换。

晴雯的指甲是自己身体的一部分，在她生命的历程中，她一直视指甲如生命，而此时的她，断甲送情人，意味着她把自己一生托付给了面前的这个男人。

而在人身体上，最贴身的东西便是内衣。古代称内衣为中衣，又称为“衷”，所以内衣一方面带有人的体温，另一方面也代表着主人的内心世界，也许所谓的衷情，便是根据内衣而来的。《诗经·无衣》里有一句诗：“岂曰无衣，与子同袍。”表达了战友之间深厚的情感，而晴雯在这里与贾宝玉共衣，正表达“以身相许”的愿望。所以二人这一举动，既动情，又使人受到强烈的震动——此时此刻，在晴雯和贾宝玉之间，虽然没有夫妻之实，然而彼此的身体上却已经有了对方的体温，有了对方的气息，不管时间如何流走，也不管空间如何变化，纵然天荒地老、沧海桑田，你中依然有我，我中永存着你。所以即使此刻我立即死去，死得也毫无遗憾了！

然而很可笑的是，此时晴雯的嫂子进来了，这个女人在前情中已交代过：有几分姿色，两只眼儿水汪汪的，而且还妖妖调调，喜欢做出些风流勾当来。

所以她一见贾宝玉，肯定双眼发直，喷得出火来。

那媳妇儿点着头儿，笑道：“怨不得人家都说你有情有义儿的。”便一手拉了宝玉进里间来，笑道：“你要不叫我嚷，这也容易；你只是依我一件事。”说着，便自己坐在炕沿上，把宝玉拉在怀中，紧紧地将两条腿夹住。宝玉那里见过这个？心内早突突地跳起来了。急得满面涨红，身上乱颤，又羞又愧又怕又恼，只说：“好姐姐，别闹。”那媳妇乜斜了眼儿，笑道：“呸，成日家听见你在女孩儿们身上做工夫，怎么今儿个就反讪来？”宝玉红了脸，笑道：“姐姐撒开手，有话咱们慢慢儿地说。外头有老妈妈听见，什么意思呢？”那媳妇哪里肯放，笑道：“我早进来了，已经叫那老婆子去到园门口儿等着呢。我等什么儿似的，今日才等着你了！你要不依我，我就嚷起来，叫里头太太听见了，我看你怎么样？你这么个人，只这么大胆子儿。我刚才进来了好一会子，在窗下细听，屋里只你两个人，我只道有些个体己话儿。这么看起来，

你们两个人竟还是各不相扰儿呢。我可不能像他那么傻。”说着，就要动手。

作者借一个充满欲望的女人说出晴雯与宝玉之间纯洁的感情，似乎很有意味。晴雯已经病得不行，宝玉冒着风险前来探望，而晴雯的嫂子却在窗外偷听。一般偷听的心理，不是出自好奇就是窥探秘密，然而此时，这个女人却听到一段纯洁而真挚的表白，也许此时的她也有所感动——人间真有这样美好的情感！然而对于欲望强烈的人而言，越是感动，就越能激发她的欲望，所以她冲进屋里，根本不管晴雯的死活，只想发泄自己的欲望。那时那景又是多么的有趣：有女人不知羞耻的强迫；有贾宝玉羞愧又害怕的拒绝；有不能大声呼喊的尴尬，彼此之间的推搡、纠缠……既让人感到可悲，又令人感到可笑——一个被欲望左右的人，是多么急切和痛苦啊！

《红楼梦》写作的精妙处便在这里。在前情中，我们看晴雯与宝玉之间的生死离别，感叹于他们之间情感的深厚和纯洁，然而正当二人纠结于情深之时，作者却把悲伤和缓慢的情节转到了欢快之中。晴雯嫂子的出现，既带着一种滑稽之感，也充满着人性的不堪。作者这里诠释了什么是真情，什么是欲望——现实中，真情的人更容易受伤，而欲望之火却难以熄灭。

（五）

晴雯最终在遗憾与不平之中离开了人间。也许她已经获得了生命的解脱，却留给了贾宝玉一生的伤痛，也留给了读者一声叹息。

也许作者写到晴雯之死时，一定怀着悲愤之情，从晴雯凄惨的喝茶到断甲换衣，可以看到纯洁的生命多么的脆弱。现实的所谓道德和欲望，就像一张无形的网，使整个人间的空气显得那样沉闷和压抑

——在浑浊的空气里，纯洁生命只能被迫颠沛流离，要么变得世俗，要么死去……

——芸芸众生的世界，一切是那样的肮脏和无奈！

2022 年 11 月 4 日于金犀庭苑

七十八、一篇鬼话，一段深情

（一）

在这一回里，我们要看到贾宝玉写的两篇诗文，这两篇诗文有一个共同特点：都是纪念死去的灵魂。然而当我们读完后，却又能感受到它们带来截然不同的两种艺术效果和感染力。

为什么会有这样的差异呢？待我们慢慢读来，也许各位会恍然大悟。

（二）

小说这一回前部分以王夫人的行踪为线索，牵牵连连地大约讲了四件事，表面看这四件事似乎与本回并没有太多的联系，然而细细读来，却是小说的大转折、大关键。

那时王夫人刚驱逐了大观园里的小戏子，前往贾母处来汇报工作。那些小戏子被驱逐到哪里去了呢？小说里讲水月庵和地藏庵的两个住持来了，听说王夫人要驱逐戏子一事，于是这两个老尼姑在王夫人面前以佛的名义，拐走了这一班小孩子。

小戏子们无奈而出家，是一种怎样的绝望？不得而知。也许那些年轻的生命从此将变得晦暗无光。在封建的男权社会里，戏子的命运是可悲的。因此当这一群戏子被驱逐后，她们哪里还有脸面在这世间光明正大地生活。没办法，摆在她们面前有三条路：一是坠入风尘，自甘堕落；二是像金钏一样，死在伦理之下；三是寻求人生的解脱，远离红尘俗事。

所以芳官一班戏子选择了出家。然而小说里写的那些所谓正规的寺院道观，哪里又是清净之地？她们的出家，表面上是一种解脱，其实正走向命运的悲剧，所以作者称那些老尼姑为“拐子”——是戏子们命运悲剧的始作俑者？还是一种强烈的讽刺？

然而撵司棋、驱戏子、逐晴雯等等，虽然悲凄，却让王夫人心里感到踏

实。但是当她向贾母一一汇报这些事时，贾母表面上觉得她处理得还算合理，唯独在晴雯的事情上，贾母表示了自己不同的意见：

贾母听了点头道："这是正理，我也正想着如此。但晴雯这丫头，我看她甚好，言谈针线都不及他，将来还可以给宝玉使唤的，谁知变了！"

贾母眼中的晴雯，是与众不同的，说明贾母独具慧眼。也许真正有智慧的老人，她的心像孩子的眼睛一样澄明透彻，她带着毫无世俗的观念看人，看到的是人的真实。而从另一个侧面看，在留下谁作为贾宝玉未来的小妾这问题上，贾母是欣赏晴雯的，她并没有把袭人看上眼，可惜世俗的嫉妒，王夫人的顽固，伤害了贾宝玉，断送了晴雯的性命。

有时候想到晴雯之死，除了感到悲伤之外，更多的会有一种愤愤不平的心理——在那些阶级地位悬殊甚大的社会里，掌权者的一句话，或者一点小情绪，就可以断送底层人的性命。社会地位悬殊越大，社会矛盾就会越突出，那么统治阶级的政权就会更加摇摇欲坠。也许作者借王夫人的行为，正暗喻了当时社会的黑暗、冷酷和没落。

接着王夫人在贾母面前把晴雯与袭人作了比较，说晴雯变了："女大十八变，况且有本事的人，未免就有些调歪。"另一方面她说袭人"性情和顺，举止沉稳"。

这里的"调歪"是什么意思呢？《红楼梦大辞典》上的解释是"不正经，不听使唤。"芸芸众生，真正有本事的人其实少之又少，所以这样的人总有独特的个性，飞扬的才华，在人群中给人是一种特立独行的感觉。也正因如此，才会招致世俗人的嫉妒，引来别人的诟病与毁谤，所以特立独行的人，往往早死。

从个体生命分析，这种特立独行，正是独立人格、自由思想的表现。约一百年前，胡适说过一句话："争你们个人的自由，便是为国家争自由。"也许在经历过几千年的封建社会后，作者已经看到那个社会即将土崩瓦解，所以在这里他呼唤自由的激情是多么强烈！

正当此时，王熙凤过来了。

王夫人便唤了凤姐，问他丸药可曾配来。凤姐道："还不曾呢，如今还是吃汤药，太太只管放心，我已大好了。"

还记得前一回薛宝钗说送人参给凤姐制丸药的事吗？然而这里凤姐虽未正面回答王夫人，我们却可以看出那丸药还没有制成，也就是说宝钗的人参也并未送来。

关于宝钗，王夫人突然想起来了，她问王熙凤："宝丫头出去，难道你们不知道吗？"

这个问题，让王熙凤来回答是非常尴尬的。在贾府里，也许任何人都明白薛宝钗搬出大观园的真正原因，然而王夫人突然有此一问，似乎让人感觉到她在"揣着明白装糊涂"——很有一种置身事外的感觉。也许王夫人是糊涂的，她根本不了解薛宝钗的性情。所以当凤姐说薛宝钗搬出大观园，是因为前日抄检之事，王夫人突然低头陷入了沉思。

她吩咐人把薛宝钗叫来，以解宝钗的疑心。可见王夫人对她的侄女是非常在意的。而薛宝钗呢，却给了一大堆搬出大观园的理由：

一是自己家里的问题，母亲生病，家里用人靠不上，所以得靠自己；况且薛蟠欲娶亲，家里实在忙不过来；二是大观园里因为她的进进出出留门，给管理带来隐患，自己实在很难脱掉嫌疑；三是从伦理的角度上讲，人长大了，应该懂得社会影响，应该遵守各种规矩，所以大家不能再像小时候一样，在大观园里打打闹闹；四是从贾府管理上讲，大观园应该节省开支，自己搬出去，可以给贾府减轻负担。

薛宝钗的话，表面看没毛病，合情合理，更符合王夫人的思想观念，也符合世俗当下人的认知。然而从生命的角度看，她关闭了自己的青春，自愿地让生命被束缚，而只求得一种世俗认可的名分。一个人，为了某些浮华的东西而甘愿让生命进入桎梏之中，其实更是生命最大的悲哀——人，应该好好地为自己活一回，才不负来人世走这一遭！

（三）

正说着，贾宝玉应酬回来了，得了很多礼物。像贾府这样的大家族，男孩子从小就会参与应酬，这是家族的习惯。一方面，培养他们的贵族精神——要培养良好的文化教养，积极的社会担当。另一方面培养孩子经世之道，在社会上建立起自己的人脉关系，说白了，从小在那些达官贵人之中"混个脸熟"。所以贾宝玉所得的礼物中，特别强调了庆国公单给他的护身佛——傍上这样

的大佬，以后才有前途。所以王夫人高兴，贾母更是“喜欢不尽”。

然而在贾宝玉心里，像这样的应酬，实在是一种折磨人的事：

宝玉辞了贾母出来，秋纹便将墨笔等物拿着，随宝玉进园来。宝玉满口里说：“好热！”一边走，一边便摘冠解带，将外面的大衣服都脱下来，麝月拿着，只穿着一件松花绫子夹袄，襟内露出血点般大红裤子来，秋纹见这条红裤是晴雯针线，因叹道：“真是‘物在人亡’了！”

贾宝玉这一举动，可以看出他内心有一种急切和焦躁。一边走一边摘冠解带，将外面大衣脱了。我们知道，凡是外出应酬，总得有所讲究——特别是官场上的应酬，不仅服饰装扮要引起人的注意，就是说话行动都要有所收敛。我经常看到电视上那些女明星走红地毯，她们穿着紧身的裙子，束腰缚带，尽量把自己婀娜的线条展现出来，然而当她们行坐之间，却有一种身体的扭曲和变形，根本看不出自然和潇洒来。这样的场景，表面看更显得妩媚动人，其实是一种束缚。而贾宝玉的这个行为，说明他内心对这种应酬是十分厌烦的。

那穿在外面的大衣和冠带，只不过世俗交往的一层皮——现实世界里，我们往往也为了这张“皮”而活着，为了这张“皮”，我们常常扭曲了自己的身体和人性……贾宝玉快速地脱掉这张皮，露出那松花绫子夹袄，血点般大红裤子来。

麝月将秋纹拉了一把，笑道：“这裤子配着松花色袄儿，石青靴子，越显出靛青的头，雪白的脸来了！”

——这才是生命真正的颜色，是一种追求生命自然属性，追求人性真实的一种体现。人只有在自然放松的状态下，才能展现出最美好的生命状态！

然而贾宝玉心里还有另一件重要的事。待他打发了麝月和秋纹离开后，立即便问及晴雯的死讯来：

他便带了两个小丫头到一块山子石后头，悄问他二人道：“自我去了，你袭人姐姐打发人去瞧晴雯姐姐没有？”这一个答道：“打发宋妈瞧去了。”宝玉道：“回来说什么？”小丫头道：“回来说：晴雯姐姐直着脖子叫了一夜，今日早起，就闭了眼，住了口，世事不知，只有倒气的分儿了。”宝玉忙道：

"一夜叫的是谁？"小丫头道："一夜叫的是娘。"宝玉拭泪道："还叫谁？"小丫头说："没有听见叫别人了。"宝玉道："你糊涂。想必没有听真。"

贾宝玉对这个小丫头的回答一点也不满意，他觉得晴雯死前一定会惦记着他，而且也不会死得那样的凄惨。于是关于晴雯之死，在他和两个丫头之间展开了一场激烈的讨论。

死亡是人生必经的过程，然而死亡的形式却多种多样。人们最期望的死亡形式是无疾而终。但凡因病而亡，那境况就十分凄惨和悲凉，小丫头借宋妈的话说晴雯死时"直着脖子叫了一夜"，可以想象，晴雯那时的身体是多么痛苦！心里又是多么不甘！这样的死法，教贾宝玉听了，心里一定非常难受，所以另一个小丫头便编了一段谎话骗他：

一方面说晴雯死之前一直叫宝玉的名字，表达了对他的惦念；另一方面又说晴雯死后不是入地狱，而是上天堂去了，成了芙蓉花神。我不知道这个小丫鬟说的是真是假，但每次读完这一段内容，我宁愿相信它是真的。贾宝玉也确信这一点，因为他坚信自己与晴雯之间情感的真挚与纯洁，他与晴雯之间的情感是带着彼此的体温的，其他的丫鬟，却没有这样的荣幸，所以他相信，像晴雯那样美好的生命，应该有一个美好的去处——像花一样，色彩艳丽，质地纯洁。

当贾宝玉回到怡红院后，便以看黛玉为名，借机出园，去晴雯家进行悼念，然而晴雯的兄嫂已经把她送往城外进行焚化了。

宝玉走来扑了一个空，站了半天，并无别法，只得复身进入园中。及回至房中，甚觉无味，因顺路来找黛玉，——不在房里。问其何往，丫鬟们回说："往宝姑娘那里去了。"宝玉又至蘅芜院中，只见寂静无人，房内搬出，空空落落，不觉吃一大惊，才想起前日彷佛听见宝钗要搬出去，只因这两日工课忙就混忘了，这时看见如此，才知道果然搬出。怔了半天，因转念一想："不如还是和袭人厮混，再与黛玉相伴。只这两三个人，只怕还是同死同归。"想毕，仍往潇湘馆来。偏黛玉还未回来。

我们知道，《红楼梦》中，林黛玉所属芙蓉花，然而丫头却说晴雯属芙蓉花神，似乎在这里间接地又说到林黛玉的生命一样。贾宝玉对晴雯的深情，令人感动。红颜多薄命，小说里写晴雯早死，黛玉早死，似乎告诉读者，凡与贾宝玉有过真情的女孩，都不得长生——正所谓“情深不寿”。也许一个人老是生活在情感里，生命就会枯萎得越快，深情更能消耗人的身心——有时候，深情会使人义无反顾地扑上前去，就像飞蛾扑火一样，即使是死，也是一种轰轰烈烈的行为。

而理性的人，就会在情感和世俗之间犹豫，会考虑自己的得失，他会选择最利于自己的方式。所以当贾宝玉回到大观园，看到蘅芜院人去楼空，让他突然感到薛宝钗的冰冷和无情。也许在薛宝钗的认知里，她的声誉与贾宝玉比较起来，声誉更为重要，这足见她的无情和冷漠，所以贾宝玉说：“只这两三个人，只怕还是同死同归。”这正表达了对晴雯死亡的感叹。

（四）

正当贾宝玉惆怅无助的时候，王夫人的丫鬟急急地跑来传话了，说贾政得了一个好的题目，唤他前去作诗。

贾政究竟得了怎样的题目呢?

相传曾经有一个恒王，喜好美色，娶了一个漂亮的女子叫林四娘，平日里恒王又喜好武功，便教林四娘及众女子习武。有一年地方土匪强盗横行，恒王剿匪失利，死在匪暴之下，林四娘为替夫报仇，无视男人都惧怕的土匪，径直带兵与土匪交战，最后血染沙场的故事。

> 贾政道：“不过如此。他们那里已有原序。昨日内又奉恩旨，着查核前代以来应加褒奖而遗落未经奏请各项人等，无论僧、尼、乞丐、女妇人等，有一事可嘉，即行汇送履历至礼部，备请恩奖。所以他这原序也送往礼部去了。大家听了这新闻，所以都要做一首《姽婳词》，以志其忠义。”众人听了，都又笑道：“这原该如此。只是更可羡者，本朝皆系千古未有之旷典，可谓‘圣朝无阙事’了。”贾政点头道：“正是。”

有一次我在《文学回忆录》里读到一段话，文化有两种：婢文化和妓文化。而文学作品一般有三种：婢文、妓文和人文。所谓婢文，就是皇帝需要看什么就写什么；妓文是当下流行什么就写什么；而人文呢，就是根据作者真实的感受写出来的文章。后来木心又说真正的文学，其实是人学——真实地再现人性，反映客观的社会现实，这才是真正的文学，所以这样的文字流传得更久，也更具有艺术水平，我想大概《红楼梦》便是这样的文学作品。

在这里，贾政的一句话很重要："昨日内又奉恩旨，着查核前代以来应加褒奖而遗落未经奏请各项人等。"也就是说，这是奉皇帝的要求，作这一篇《姽婳词》的。何为"姽婳"？一般指女子神态安闲，容颜美好的样子。然而大多数评论家在这里说"姽婳"，意味"鬼话"，如此看来，这里作的《姽婳词》，岂不是鬼话连篇？

林四娘的故事，本是远去的传奇，并无可考，然而却被这一群腐儒强作了歌功颂德的题目，以颂扬当时的政治清明，天下太平。也许在当时，找不出可以歌颂的东西，所以借这样的故事来作这篇婢文，以颂皇恩浩荡。可见大多数婢文，不过是满足时局的需要，所以虚构或枉吹的东西居多。

不过我们可以借贾宝玉所作的诗文，来探一探作者的态度：

……

恒王得意数谁行？姽婳将军林四娘。
号令秦姬驱赵女，秾桃艳李临疆场。
绣鞍有泪春愁重，铁甲无声夜气凉。
胜负自难先预定，誓盟生死报前王。
贼势猖獗不可敌，柳折花残血凝碧。
马践胭脂骨髓香，魂依城郭家乡隔。
星驰时报入京师，谁家儿女不伤悲！
天子惊慌愁失守，此时文武皆垂首。
何事文武立朝纲，不及闺中林四娘？
我为四娘长叹息，歌成馀意尚彷徨！

这是贾宝玉诗文的后半部分，前面已经有环、兰二位作了铺垫，贾政说不够恳切。然后贾宝玉便对写这类诗文提出了自己的见解：

宝玉笑道："这个题目似不称近体，须得古体或歌或行长篇一首，方能恳切。"众人听了，都站起身来，点头拍手道："我说他立意不同，每一题到手，必先度其体格宜与不宜，这便是老手妙法。这题目名曰《词》，且既有了序，此必是长篇歌行，方合体式。或拟温八叉《击瓯歌》，或拟李长吉《会稽歌》，或拟白乐天《长恨歌》，或拟咏古词，半叙半咏，流利飘逸，始能尽妙。"

贾政听说，也合了主意，遂自提笔向纸上要写。

贾宝玉首先提到写这类诗词的形式和风格，咏古词，应该半叙半咏，方可尽情，所以这词应属长篇。这其实正迎合了贾政的想法。再看他写的内容，“起承转合”运用得相当熟练。尤其是最后两句，一方面赞美林四娘，另一方面却对当权者进行了讽刺——在男权社会里，本该由男人出征打仗的，却要歌颂一个女人的战功，那些天天叫嚷仁义道德的男人又是多么不堪！所以诗文“何事文武立朝纲，不及闺中林四娘？”是对当时掌权者极大的嘲笑。

虽然这后半部分极力赞美了林四娘，也十分动情，然而整篇看来，不过是应景之作，是缺乏真情实感的。真正的好诗，应该是发自内心的真实感受，这样作出来的诗，才有美感，才能产生共鸣，也才有灵魂。

（五）

所以，作者立即调转笔头，借了《姽婳词》的衬托，给读者展示了一篇真正深情的诗文：《芙蓉女儿诔》。

在为晴雯写这一篇悼词之前，作者是煞费苦心的，前面一系列的铺叙，都在把贾宝玉那种悲愤的情感推向高潮。他参加应酬；去晴雯家亲自祭悼扑了个空；寻黛玉不着；转而又作这一篇“鬼话”。作者似乎有意在让贾宝玉的深情和悲伤被干扰，越是被干扰，越能积累起人的情愫。

所以当一天的忙碌过去之后，四周一片静寂，他把那颗属于自己的心安放下来，过去的点点滴滴才涌上心头：每一次相逢和笑脸，每一次嬉戏与打闹，她的一颦一笑，一转眼，一回眸，都那样刻骨铭心，那样撕心裂肺。

独有宝玉，一心凄楚。回至园中，猛见池上芙蓉，想起小丫头说晴雯做了芙蓉之神，不觉又喜欢起来，乃看着芙蓉嗟叹了一会。忽又想起：“死后并未至灵前一祭，如今何不在芙蓉前一祭，岂不尽了礼？”想毕，便欲行礼。忽又止道：“虽如此，亦不可太草率了，须得衣冠整齐，奠仪周备，方为诚敬。”想了一想：“古人云，‘潢污行潦，苹藻苹蘩之贱，可以羞王公，荐鬼神’，原不在物之贵贱，只在心之诚敬而已。然非自作一篇诔文，这一段凄惨酸楚，竟无处可以发泄了。”因用晴雯素日所喜之冰鲛一幅，楷字写成，名曰《芙蓉女儿诔》，前序后歌；又备了晴雯素喜的四样吃食。于黄昏人静之时，命那小丫头捧至芙蓉前，先行礼毕，将那诔文即挂于芙蓉枝上。

……

这一篇诔文，是大观园女孩子的众生相，既有共性，又有人的个性。芙蓉，俗称荷花，代表一种美好的生命特征：孤傲、纯洁，远离世俗的一切污渍。女儿，不仅指晴雯，更指大观园那些悲惨结局的女孩子。这一篇诔文与前面林黛玉的《葬花词》形成对照和呼应，似乎都是对青春的一种悼念，也是对世俗压迫人性的一种无奈的申诉。

特别是诔文中那句“始信红绡帐里，公子多情；黄土陇中，女儿薄命。”一方面表达了贾宝玉对晴雯的深情和表白，另一方面，却表达了对逝去生命的不舍和遗憾。也许多少个日夜里，贾宝玉独枕床榻，思念起晴雯时，只有眼角的泪、伤痛的心陪伴着他……

前面的《姽婳词》与此时的《芙蓉女儿诔》，都是纪念一个死去的女性，作者很擅长用对比来展现小说里内容的推进和情感的演变。从内容与形式上看，这两篇诗文的对比正好说明了什么是婢文，什么是人文，读者一看，便知道哪篇文章更具有艺术效果和感染力。

诔文后面借助屈原《离骚》的形式，表达了对晴雯的怀念，寄托了对美好事物永不消失的期望。那些美好的形象，愉快的经历，如今只停留在记忆里，随着岁月的流逝，余下一片荒漠，让人怅然失落。

“发轫乎霞城，还旌乎玄圃。既显微而若通，复氤氲而倏阻。离合兮烟云，空蒙兮雾雨。尘霾敛兮星高，溪山丽兮月午。何心意之忡忡，若寤寐之栩栩？余乃欷歔怅快，泣涕彷徨。”

倘若你真的有幸成仙，那么你就该驾着车子，从碧霞城出发，又回到昆仑山的园圃。隐约之间，我能看到你在太空，仿佛我们的情感已经互通，你感念到我对你的思念，你如仙家的形态在我眼前漂浮不定，我与你之间隔着蒙蒙的烟云细雨。此时此景我无限地悲伤、失魂落魄，泪水横涌。这令人多么感伤！多么不舍！又是多么地痛心！

这篇诔文的完成，似乎也是对大观园里众多生命的一个完整的交代，是青春的结束语，就像学校的毕业留言一样，充满着离散的悲戚，告别的殇楚，命运的寄托与期望……

《芙蓉女儿诔》是一篇充满悲愤的诗文。文中前部分写晴雯的生平，贾宝玉与她长期以来相处的情感，然后带着憎恨的口吻，写到晴雯遭妒被逐而夭的过程等，其实这正揭示了封建礼教正统思想约束人性、残害生命的罪恶。也许作者呼唤着一个美好社会的到来：那样的社会，应该是人与人和谐共处，尊重人的个性，拥有更广阔的空间让人得到自由发展的社会。

2022 年 11 月 12 日于源来茶府

七十九、婚姻也许预示着一场悲剧

（一）

话说那日夜里，贾宝玉祭奠完晴雯，焚过诔文之后，却听花阴中有一阵人声，众人以为晴雯显灵，倒着实吓了一跳。细看时，不是别人，正是黛玉。原来黛玉在花阴处，亲见了贾宝玉祭奠晴雯的场景，因情所感，情不自禁地走出来。于是关于《芙蓉女儿诔》里的一句话，二人之间有了一段令人费解的讨论。

贾宝玉的原文是："红绡帐里，公子多情；黄土陇中，女儿薄命。"表达了贾宝玉对晴雯的深情和不舍，也有一种对死者的惋惜。从文字表面看来，公子与女儿，指向不太明确，所以林黛玉说未免俗滥了。

黛玉笑道："咱们如今都系霞彩纱糊的窗，何不说'茜纱窗下，公子多情'呢？"

也许贾宝玉的诔文太过于煽情，林黛玉此时大受鼓舞和感动，所以她改了这么一句。还记得刘姥姥进大观园时，贾母带着一行人走到林黛玉房间里，说林黛玉的房间太阴凉，颜色太绿，应该换一种颜色鲜艳的窗纱。所以林黛玉在这里说的茜纱，应该指自己。她这样一改，这一句话的意思就进一步明确了。

贾宝玉一听，便明白了。他说了一句话："虽然这样改新妙之极，却是你在这里住着还可以。"也就是说，只有林黛玉在茜纱窗里住着的时候，我才有如此多情，许多人根本不配住在茜纱窗里。这是对黛玉才华的欣赏，继尔转化为一种深情的表达。黛玉大受感动，她也很深情地回应了贾宝玉："我的窗即可为你的窗。"也就是说，我和你已经没有什么嫌隙存在了。

但是，小说在这里并没有延续二人的对话，而是通过贾宝玉最后改的这一句话，似乎暗示了二人爱情的最终结局：

宝玉道："我又有了，这一改恰就妥当了：莫若说'茜纱窗下，我本无缘；

黄土陇中，卿何薄命！’”黛玉听了，陡然变色。虽有无限狐疑，外面却不肯露出，反连忙含笑点头称妙，说：“果然改得好。再不必乱改了，快去干正经事罢。”

想想林黛玉，从几岁就生活在贾府里，孤苦无依，尽管贾母对她如此疼爱，然而在成长的过程中，她越来越感受到生命的悲凉与孤独。尤其是在婚姻的问题上，旧时传统的“父母之命，媒妁之言”的束缚，自己没有父母主张这事，所以关于婚姻，总是让她感到无所适从。贾宝玉的深情，常常使她格外敏感，所以当她听到贾宝玉改的这一句话时，从字面意思看，就像谶语：那分明是在诅咒他们之间的爱情，预示着他们之间最终是有缘无分。她陡然变色，正是对未来结局感到茫然的一种表现。

其实所有的读者都能看出来，这句话明明白白地指出了宝黛二人的爱情悲剧：最终是以离散收场。所以这样一改，这诔文就不再是悼念晴雯，而非常明确地告诉我们，这是在悼念黛玉。

（二）

读到这里，细心的读者会问：为什么此时黛玉没有哭了呢？或者说她怎么没流泪了呢。

林黛玉在离开时说了一句话：

黛玉道：“又来了！我劝你把脾气改改吧。一年大，二年小……”一面说话，一面咳嗽起来。

结合小说里林黛玉的气质来看，这一句话很不像她的性格——这口气倒很像薛宝钗那样充满着理性。也许在她听到贾宝玉的诔文之后，感觉到生命的无助和悲凉，她看到命运的最终结局——她的泪已快流干，生命如深秋的黄叶，已经开始枯萎，只待那一阵无情的风霜送她魂归故乡。从另一方面看，说明她与贾宝玉及大观园里所有的人都成长了，青春的美好时光已渐入尾声，人生将面临各种离散失落和悲伤。

所以作者在写贾宝玉看到迎春离开大观园，准备嫁给孙绍祖的场景时，用了非常低沉的笔调来写他的心情。

这孙家乃是大同府人氏，祖上系军官出身，乃当日宁荣府中之门生，算来亦系至交。如今孙家只有一人在京，现袭指挥之职。此人名唤孙绍祖，生得相貌魁梧，体格健壮，弓马娴熟，应酬权变，年纪未满三十，且又家资饶富，现在兵部候缺提升。因未曾娶妻，贾赦见是世交子侄，且人品家当都相称合，遂择为东床娇婿。亦曾回明贾母，贾母心中却不大愿意。但想儿女之事，自有天意，况且他亲父主张，何必出头多事？因此，只说“知道了”三字，余不多及。贾政又深恶孙家，虽是世交，不过是他祖父当日希慕宁荣之势，有不能了结之事，挽拜在门下的，并非诗礼名族之裔。因此，倒劝谏过两次，无奈贾赦不听，也只得罢了。

这里先详细地介绍了孙家的家世，原来曾是依附于贾府而走上仕途的人家，靠的并不是读书谋取的官职，而是靠武功，也就是一介武夫。况且孙绍祖已经年近三十岁，还未娶亲。

我记得小时候父母常说，男人三十还未娶亲，不是家世贫穷，就是男人不务正业。现实中大都如此，除非男人本身为事业所累，或者不想娶亲，大凡经济条件和家世情况较好的大龄单身男人，混迹于花街柳巷寻欢作乐的时候多，久而久之，不过把女人当成玩物而已，哪有真正的爱情可言。

所以贾政的意思是这门亲事并不门当户对。什么叫门当户对呢？门当，指门前左右两边的石墩，一般情况下，那墩下面有一石鼓，鼓上有一石狮。户对，指门柱上石雕或者木雕的圆柱体，一般突出在外，两边对称。门当户对一般指男女双方在家世、教养、财力等方面要相对等。贾府是读书之族，而孙家只不过是“当日希慕宁荣之势，有不能了结之事，挽拜在门下的，并非诗礼名族之裔”。如此人家，迎春若嫁过去，等于自降身价。二则孙家虽在官场上混，然而并不懂得如何知书识礼，他们不过是求名获利而已，所以骨子里缺少真正对人的尊重和修养。

这里详细地介绍孙绍祖的家世，一方面暗示了贾赦的无能，另一方面也给迎春的悲惨命运埋下了伏笔。

池塘一夜秋风冷，吹散芰荷红玉影。
蓼花菱叶不胜悲，重露繁霜压纤梗。

不闻永昼敲棋声，燕泥点点污棋枰；
古人惜别怜朋友，况我今当手足情！

这一首诗，表面既写贾宝玉的心情，实则也写迎春的命运。“池塘”“秋风”“重露繁霜”等的描写，表现出一种残败的境况：那零落的枯叶，灰暗的颜色，凄冷的氛围，给人一种寂寞惆怅又无可奈何之感。

写景，也是释放人的心绪。这首诗后半部分是对迎春的怀念，是一种生死离别的叹息。就像那篇诔文一样，似乎是对迎春悲剧生命的一种悼念。

我有时候读《红楼梦》，会感叹作者对人生的领悟。作者借贾宝玉、林黛玉及大观园众女子的表现来展示人生的宿命——从黛玉的葬花词，到贾宝玉的芙蓉女儿诔，还有贯穿小说各种戏曲、诗文和谶语，以及上面的这首诗，可以看出作者在经历过命运的大起大落之后，对人生有一种彻底的领悟：生命从一开始，就奔赴一场悲剧。

有人说，人生的最终结局是死亡，那为什么我们还要这么艰难地活着？也许人在生命的前期，由于生活和成长，根本没有思考过这个问题，待到经历过诸多世事，突然回头，才发现自己所走过的路变得那样漫长和曲折，当重新回味那些人生路途中的酸、甜、苦、乐的日子，就会觉得活着是有意义的。人生就像一根点燃的火柴，不断地燃烧自己，直到灰飞烟灭，然而你所发出的光和热，曾经照亮过一段黑暗的时光，温暖过另外的生命，也许这一生就是有意思的。

所以，贾宝玉在整部小说里被塑造成一个温暖和善良的小男孩，其用意也在于此——人生既然是这样的艰难，那么就让我们努力地发出光和热，彼此照亮和温暖对方，也许人间就会更接近于理想的世界。

正当贾宝玉惆怅叹惋之时，香菱来了。香菱讲到薛蟠娶亲的事，这让贾宝玉更为忧虑：

宝玉冷笑道：“虽如此说，但只我倒替你担心虑后呢！”香菱道：“这是什么话？我倒不懂了。”宝玉笑道：“这有什么不懂的：只怕再有个人来，薛大哥就不肯疼你了。”香菱听了，不觉红了脸，正色道：“这是怎么说？素日咱们都是厮抬厮敬，今日忽然提起这些事来，怪不得人人都说你是个亲近不得的人！”一面说，一面转身走了。

香菱的出现，让贾宝玉那种沉闷和无奈的心情得了一丝安慰。香菱的语言，轻快而充满着喜悦，从他询问袭人的近况，晴雯的被逐，以及后来对夏金桂欲进薛家的期望里，我们可以看到香菱的可爱和纯朴。也许在读者心里，香菱那连珠炮似的语言里，我们看到一种不同样的生命——活泼、天真、直率，从而想象着一种美好的生命状态：即使在被人贩子卖来卖去，生命如浮萍一般，却依然保持着诗意的追求、顽强和乐观的生命力。她热爱诗词，说明她对生活抱着热切的希望，对人生有一种积极的期待。在她的生命里，她并不把悲惨的命运看成是一种苦难，相反，她对这个世界充满着热爱——她期盼着夏金桂的到来，对夏金桂的生命有一种敬仰和羡慕。她发自内心地追求一种真实，一种美好。像香菱这样的人生态度，应该获得社会的认同和爱护。作者在这里倾力着笔，是为了铺垫和对比香菱后面所受的折磨，给读者带来强烈的情感波动——解释了什么是真正的悲剧：就是把美好的东西毁灭给人看。也许作者在这里写香菱的时候，是带着痛苦的心情来写美好的事情——那字字句句，都饱含着血和泪。

从另一方面，贾宝玉意识到薛蟠婚后，必定喜新厌旧，香菱的结局未必美好，所以表示了他的担心。从这方面看，贾宝玉有了理性看待问题的思想，这是他在面对大观园抄检后，思想成熟的一种表现，也是他对人性的一种反思。

（三）

人只有痛过、苦过、悲过，才会真正地成长。在大观园被抄检后，贾宝玉从中获得了深刻的领悟：他心目中对人性的美好认识突然改变了，他意识到了人性的复杂和多变：人是集善良、仁慈、虚伪、嫉妒、自私、残忍等于一体的动物。所以面对这突如其来的一切，他惶恐终日，每天他内心里都笼罩着一种悲愤和恐惧感。

宝玉见他这样，便怅然如有所失，呆呆地站了半日，只得没精打采，还入怡红院来。一夜不曾安睡，种种不宁。次日便懒进饮食，身体发热。也因近日抄检大观园、逐司棋、别迎春、悲晴雯等羞辱、惊恐、悲凄所致，兼以风寒外感，遂致成疾，卧床不起。

人在成长过程中，似乎应该经历这样一场大病。这一场病里包含着羞辱、惊恐、悲凄。也许当一个人经历了这些情感变化之后，他便成年了，生命从此进入到另一个阶段……

在这一回的回目里，表面写薛蟠娶亲和迎春嫁人，而内容重点却落在贾宝玉与黛玉改文和他与香菱关于薛蟠娶亲的讨论上。在小说结构上，这一回似乎算是上下情节的过渡。然而内容中间却又穿插着贾宝玉忧思成疾的过程，在他生病期间，没有详细记录大观园里众姐妹、众丫头及林黛玉的关心，一切似乎都很平淡，一切又似乎显得枯燥和沉闷。

我想，这是作者有意为之。其目的是一再揭露抄检大观园的人，其人性的丑陋和不堪！另一方面，住在大观园里的人，都受到了来自外界的压力而显得惶惶不安，美好的青春正是在这不安中渐渐远去，或死去，或嫁人，生命从此离散，或将迎接一路的坎坷和波澜……

2022 年 11 月 24 日于金犀庭苑

八十、从悲剧里领悟到的人生哲理

（一）

写到这里，我读此小说的笔记，暂告一段落，关于后四十回的笔记，因为文法和写作风格不同，以及众多版本之说，待日后整理，慢慢再叙。

这一回还得从香菱说起。但在讲香菱之前，我们得了解另一个女人——夏金桂。香菱的判词“自从两地生孤木，致使香魂归故乡”。也就是说，香菱的悲剧，与夏金桂有不可分割的联系。

原来这夏家小姐，今年方十七岁，生得亦颇有姿色，亦颇识得几个字。若论心里的丘壑泾渭，颇步熙凤的后尘。只吃亏了一件，从小时父亲去世得早，又无同胞兄弟，寡母独守此女，娇养溺爱，不啻珍宝，凡女儿一举一动，他母亲皆百依百顺，因此未免酿成个盗跖的性情，自己尊若菩萨，他人秽如粪土。外具花柳之资，内秉风雷之性。在家里和丫头们使性赌气，轻骂重打的。

看这一段话，我们可以分析出夏金桂的品性：有凤姐的泼辣、嫉妒，却没有凤姐的才干。也就是说夏金桂是一个十足的悍妇和妒妇。再者，从作者擅用隐喻和谶语来看，夏金桂的夏，与薛蟠的薛，正喻为夏天的雪——也就暗示着薛蟠娶夏金桂是薛家衰败的开始。

夏金桂与薛蟠在人生轨迹上是相同的，被溺爱和娇惯出来的孩子，所以他们人生观的扭曲必将导致人生走向悲剧。站在现实的意义上讲，这也给我们提供了一个教育孩子的经验——孩子应该承受他成长过程遇见的一切困惑、焦虑、痛苦和艰辛，只有这样，生命才有韧性和耐力，才能学会宽容。如果父母把孩子的一切都包办完了，这样的孩子即使多么有才，他一定是懒惰和自私的。

人类社会有一个很有意思的规律，那就是文明与野蛮是同时发展的。人被驯化得越久，教养越好，文明程度越高，相反野蛮程度就越高。而文明与

野蛮，没有一个具体的量化指标。我们可以这样说，越文明的人，越懂得自控，越能自我约束，在社会上就越表现出一种忍让、温和、平静的做事风格。而野蛮，很多时候表现出残暴、凶狠和无理地纠缠。更悲哀的是，当社会混乱时，文明往往被野蛮奴役。

从这样的规律来看，夏金桂的“自己尊若菩萨，他人秽如粪土”里，其实是一种野蛮生长的过程。所以香菱诗意的生命追求，和顺平静的性格在面对夏金桂这种人时，一定以悲剧收场。

夏金桂的人生其实也是一种悲哀，她的嫉妒心，就是一种恶性的毒瘤，当别人越美好，那毒瘤就在扩散，所以她就会越受到折磨、痛苦。

一日，金桂无事，因和香菱闲谈，问香菱家乡父母。香菱皆答“忘记”，金桂便不悦，说有意欺瞒了他。因问：“‘香菱’二字是谁起的？”香菱便答道：“姑娘起的。”金桂冷笑道：“人人都说姑娘通，只这一个名字就不通。”香菱忙笑道：“奶奶若说姑娘不通，奶奶没合姑娘讲究过。说起来，他的学问，连咱们姨老爷时常还夸的呢。”……金桂听了，将脖项一扭，嘴唇一撇，鼻孔里哧哧两声，冷笑道：“菱角花开，谁见香来？若是菱角香了，正经那些香花放在哪里？可是不通之极！”香菱道：“不独菱花香，就连荷叶、莲蓬，都是有一般清香的。但他原不是花香可比，若静日静夜，或清早半夜，细领略了去，那一股清香比是花都好闻呢。就连菱角、鸡头、苇叶、芦根得了风露，那一股清香也是令人心神爽快的。”

夏金桂因为嫉妒薛宝钗，却又无处发泄，所以借她给香菱取的名字上找到一个突破口。然而从二人的对话中，我们可以看出，这是精神的富贵与贫穷之间的对比，是两种不同的生命境界之间的对立。表面看夏金桂享有香菱无法拥有的富贵，然而她改香菱的名字，不准人叫她的名讳，这里面除了娇宠之后的愚蠢和无知之外，还有同薛蟠一样的霸气，这种霸气是金钱和权力过度享受的恶果。

而香菱讲到花草之香，说那些卑微的生命都会散发出各自独特的味道。“苦菜花根苦，花是甜的。”这一方面说明香菱有独立的人格追求；善良的品性和纯洁的心灵。她对诗的执着，对卑微生命的欣赏，说明她对生活充满着期望和热爱。另一方面，作者借香菱的话，极大地讽刺和嘲笑如夏金桂之流的无知和可怜。他们内心的空虚、恐惧，只有借嫉妒和打压别人来排解，可见这样的人是多么地可悲，这样的人，性情多么地扭曲！

香菱的名字从英莲到秋菱，也是她命运的不断转变。莲与菱，都是水生植物，莲可以在水底生根固定，而菱大都漂浮于水面。生命漂来荡去，而至于秋，似乎在说她命运的终结。然而香菱那种对卑微生命的关注，充满着顽强的生命力，那种乐观的精神，让我们每一个人感叹：生命固然卑微，而追求美好的信念永不湮灭！

（二）

薛家这一场家庭斗争中，香菱算是一个牺牲品。夏金桂用卑劣的手段，一步一步地折磨着香菱，可叹那个毫无用处的薛蟠，在欲望面前，却如酒醉之态，甘愿充当折磨香菱的帮凶。

夏金桂摆弄香菱比凤姐对待尤二更露骨：

第一步，借刀杀人。暗地里故意让自己的丫鬟与薛蟠勾搭关系，正当二人难以分解之时，便叫香菱前去搅了薛蟠的好事，致使薛蟠怀恨于心。

薛蟠再来找宝蟾，已无踪迹了。于是只恨得骂秋菱。至晚饭后，已吃得醺醺然，洗澡时，不防水略热了些，烫了脚，便说秋菱有意害他。他赤条精光，赶着秋菱踢打了两下。秋菱虽未受过这气苦，既到了此时，也说不得了，只好自卑自怨，各自走开。

第二步，折磨与侮辱。夏金桂让薛蟠与她的丫鬟成了好事，薛蟠夜夜与丫鬟厮混。于是夏金桂便要求香菱到自己房间侍候。

秋菱无奈，只得抱了铺盖来。金桂命他在地下铺着睡，秋菱只得依命。刚睡下，便叫倒茶，一时又要捶腿，如是者一夜七八次，总不使其安逸稳卧片时。

这让我想起葛优主演的电影《甲方乙方》里地主婆用针扎打瞌睡的长工（傅彪饰演）的场景，一下子把长工扎醒了，他既痛又生气地说：“你这也太欺侮人了嘛！我不干了！”也许在旧时社会里，那些可恶的地主婆折磨丫鬟的手段比用针扎还要厉害。

所以我每每读到此处，一方面对夏金桂折磨香菱感到十分愤慨，另一方面，

对香菱的遭遇也表示万分的同情。

第三步，捏造事实，污蔑香菱。

半月光景，忽又装起病来，只说心痛难忍，四肢不能转动，疗治不效。众人都说是秋菱气的。闹了两天，忽又从金桂枕头内抖出个纸人来，上面写着金桂的年庚八字，有五根针钉在心窝并肋肢骨缝等处。于是，众人当作新闻，先报与薛姨妈。薛姨妈先忙手忙脚的，薛蟠自然更乱起来，立刻要拷打众人。

这件事的结局，导致香菱挨了薛蟠的贪夫棒。也许是作者实在觉得像香菱这样的女孩子不应该受到如此的折磨，所以在这一回中，故意安排了香菱的去处，让她最后跟了薛宝钗。

然而在这一回我们分析夏金桂摆弄香菱及薛蟠的过程，以及后来她泼妇的行为，闹得薛家鸡犬不宁的情节时，我们却看到一个在娇生惯养下长大的女孩子的孤独与痛苦。

夏金桂好似是被人种植在花园里高高在上的桂树，她的生命气质和芳香，只有她自己能看见，所以她用一种狭隘的思想看待其他生命。在精神世界里，她是孤独的，越孤独越计较，越计较就会生嫉妒之心。正因为此，她的生命始终是阴暗和荒凉的，没有包容和豁达，所以生命里没有快乐，最后只有在酒肉里麻痹自己，在自弃之中荒废时日。

而香菱呢，她能看到自己生命世界之外的生命之美，能用宽容的心去对待不同的生命，包括对夏金桂。香菱的表现似乎在向我们说明，天地有大美，每一个生命都值得尊重和欣赏，所以香菱有一种天地的厚德。

也许我们每一个人的生命，都应该豁达和乐观。生命真正的计较，不是针对他人和外物，而是自我的计较。人应该学会自我完善，努力超越过去的自己，积极而阳光地拥抱未来的自己，这样的人，他的内心才算真正的强大，他的人生才算真正的完美。

不管香菱的命运最终结局如何。我们站在小说的情节来看人生的整个经历，人生似乎是从一处悲剧走向另一处悲剧。

后来香菱果跟随宝钗去了，把前面路径竟自断绝。虽然如此，终不免对月伤悲，挑灯自叹。虽然在薛蟠房中几年，皆因血分中有病，是以并无胎孕。今复加以气怒伤肝，内外挫折不堪，竟酿成干血之症，日渐羸瘦，饮食懒进，请医服药不效。

在这一段话里，作者带着痛心和怜悯告诉了我们，香菱其实命不久矣。《红楼梦》里，像香菱这样，追求生命的纯洁和美好的女孩子，都是柔弱的。也许在小说里塑造这样的一群女孩子，目的是要告诉世人，凡那些慈悲、善良、仁爱、纯洁、自由、独立等人类美好的品质和追求，在集权统治的社会里都是脆弱的，都经不起野蛮和邪恶力量的摧残。除非走向空寂的佛道——那些坐在庙堂的佛像，慈眉善目、和颜悦色，多么像一位美丽的女子，带着微笑俯看着芸芸众生。

（三）

在这部小说里，留下了许多对生命的思考。小说的开端告诉我们，这部小说要写一群女孩子的故事。作者用深情的笔墨，赞扬了这一群女孩子美好的情操；聪明的智慧；追求生命自由的热情和顽强的生命力。然而却从七十九回起，着重写了夏金桂这样虽年轻貌美而又泼辣、阴险、嫉妒的反面人物。

也许作者一方面要衬托其他女孩子的美好，另一方面要说明女人的嫉妒之心不仅会让自己显得丑，其加在其他女人身上的伤害是多么地令人遗憾和伤痛：“女人何苦为难女人？”这既是灵魂的拷问，也是人性的质疑。

所以当贾宝玉百日病愈之后，贾母叫她去天齐庙里烧香还愿，他向那老道士寻求的疗妒汤，似乎是在对这个疑问寻求一种解脱。

那庙里的老道士是个有趣的人。他姓王，又擅长制作膏药，所以人送外号“王一贴”。这个老道士除了有一般庙宇住持的作风外，他还有江湖郎中的生存之道。在小说前面，我们知道清虚观有一个张道士，那是官家的寺庙，那道士有官家的身份，所以张道士懂得官场的交往与应酬，小说里写他时，未免带着几分讥笑与鄙视。然而这天齐庙里的王一贴，却江湖气息浓厚，谈笑之间，风趣幽默，倒显得真实可爱。

王道士虽用偏方骗人钱财，然而他却很坦诚地告诉贾宝玉，这药方并未有多大疗效，只因外敷，不至于伤人。从中我们可看到这位王道士的坦率。《红楼梦》里写了众多和尚、尼姑及道士，然这个王道士与众不同：他有生活的真实性，又可爱而有趣，从他的笑谈之中，我们可以看到人生有一种豁达和

乐观。

那么我们再来看看这王道士所说的“疗妒汤”究竟有些什么功效，是否能达到医治女人嫉妒的病。

宝玉道：“我问你，可有贴女人的妒病的方子没有？”王一贴听了，拍手笑道：“这可罢了，不但说没有方子，就是听也没有听见过。”宝玉笑道：“这样还算不得什么！”王一贴又忙道：“这贴妒的膏药倒没经过。有一种汤药，或者可医，只是慢些儿，不能立刻见效的。”宝玉道：“什么汤？怎样吃法？”王一贴道：“这叫做‘疗妒汤’：用极好的秋梨一个，二钱冰糖，一钱陈皮，水三碗，梨熟为度。每日清晨吃这一个梨，吃来吃去就好了。”宝玉道：“这也不值什么。只怕未必见效。”王一贴道：“一剂不效，吃十剂，今日不效，明日再吃；今年不效，明年再吃。横竖这三味药都是润肺开胃不伤人的，甜丝丝的，又止咳嗽，又好吃。吃过一百岁，人横竖是要死的，死了还妒什么？那时就见效了。”说着，宝玉、焙茗都大笑不止，骂“油嘴的牛头”。

这一剂汤药，其实十分平常。君药为梨，臣药为陈皮与冰糖，外加水。梨有生津止渴、清热解毒、养阴止咳等功效；陈皮有健脾消食、祛痰止咳、理气降逆之功效；冰糖有润肺降燥、补中益气之功效。这三味药结合在一起，大概真像王一贴说的那样有润肺降燥的效果。但为什么偏偏被王一贴取名为“疗妒汤”呢？

贾宝玉向王道士询问有没有治疗女人嫉妒的药方，这老道士说的这一方子，并不是信口开河。结合小说前面的情节来看，从大观园被抄检，司棋、晴雯、芳官等的下场，再加上夏金桂的行为，让贾宝玉似乎认清了一件事：随着岁月的流逝，人们面临的烦恼越来越多。尤其是女人的嫉妒之心对人的伤害，让贾宝玉感到惶恐和苦闷，曾经在他心里建立起的人的美好形象，突然崩塌了。

然而，这一味药方，也有特别的隐喻。梨，代表着离别；陈皮，指过去的事；冰糖，一种甜蜜的味道。这似乎意味着，一个人只有放下过去的事，方得心胸开阔，气息通顺，才能品尝到人生之中的甘美。如果一个人永远放不下积在心里的事，就像王道士说的一样，只能把这一味药一直吃下去，吃到死，就一了百了。

所以，人应该怎样去面对自己的一生？这是值得认真思考的问题。既然人生是一场又一场悲剧的集合，那么我们更应该学会时时放下那些郁结心中的愁闷，在名和利面前，保持一种淡然的心境，不念过往，不迎未来，活在当下就好。

人生没有往返，今日之事是今日的担当。很喜欢电视剧《三国演义》片尾曲里的一句歌词：“担当身前事，何计身后评。”不管生命要经历过多少艰难困苦，如果放下心中的包袱，勇敢去面对，我想人生中的那些悲苦，也就成了生命中光辉的一页。

2022 年 11 月 26 日于金犀庭苑

【第一回】

甄士隐梦幻[1]识通灵[2]
贾雨村风尘怀闺秀

此开卷第一回也。作者自云曾历过一番梦幻之后，故将真事隐去，而借“通灵”说此《石头记》[3]一书也；故曰“甄士隐”云云。但书中所记何事何人？——自己又云：“今风尘碌碌[4]，一事无成，忽念及当日所有之女子，一一细考较去，觉其行止见识皆出我之上；我堂堂须眉[5]，诚不若彼裙钗[6]；我实愧则有余，悔又无益，大无可如何之日也！当此日，欲将已往所赖天恩祖德[7]，锦衣纨绔[8]之时，饫甘餍肥[9]之日，背父兄教育之恩，负师友规训之德，以致今日一技无成、半生潦倒之罪，编述一集，以告天下；知我之负罪固多，然闺阁中历历有人，万不可因我之不肖，自护己短，一并使其泯灭也。所以蓬牖茅椽[10]，绳床瓦灶[11]，并不足妨我襟怀；况那晨风夕月，阶柳庭花，更觉得润人笔墨；我虽不学无文，又何妨用假语村言，敷演出来，亦可使闺阁昭传[12]，复可破一时之闷，醒同人之目，不亦宜乎？故曰‘贾雨村’云云。更于篇中间用‘梦’‘幻’等字，却是此书本旨，兼寓提醒阅者之意。”

025

《红楼梦》开篇第一回笔记

这一回先写元春生命的辉煌、又写秦钟的死亡，这是生命两种状态的对比——也许生命中将经历辉煌和死亡的过程。元春因为家族的欲望而走上了生命的巅峰时刻，也意味着家族走到光辉的顶点。而秦钟为了自己肉体的欲望，却把生命走到了尽头。作者或许要告诉给我们的是：既要看到生命的辉煌时，也要预见生命的死亡时。在人生辉煌的时候，要学会收敛，看到生命固有的结局，那样或许在人生的历程中少些娇气和自抬，在生命低迷或死亡的时候，想到自己的也经历过辉煌，所以人也许会多一些淡然和洒脱。

【第十六回】

贾元春才选凤藻宫
秦鲸卿夭逝黄泉路

秦钟病，是欲望的折磨。少年正值青春，美好的生命如果过早早地沉溺于欲望；生命还受得如此的伤害。一个人在自己应该做成完成的年纪，来得到自我完成，而一味追求超越自己生命年龄的东西，就是寻死。就好比说"德不配位"时，就有死亡的危险。

且说秦钟宝玉二人跟着凤姐自铁槛寺照应一番，坐车进城，到家见过贾母王夫人等，回到自己房中，一夜无话。至次日，宝玉见收拾了外书房，约定了和秦钟念夜书。偏偏那秦钟禀赋[1]最弱，因在郊外受了些风霜，又与智能儿几次偷期缱绻，未免失于检点，回来时便咳嗽伤风，饮食懒进，大有不胜[2]之态，只在家中调养，不能上学，宝玉便扫了兴，然亦无法，只得候他病痊再议。

生命里的坚持，保持着情感的初心。当一个人对生命里有对美好事物的坚持时，他一定会有一种与众不同的气质。

那凤姐却已得了云光的回信，俱已妥协，老尼达知张家，那守备无奈何，忍气吞声受了前聘之物。谁知爱势贪财的父母，却养了一个知义多情的女儿，闻得退了前夫，另许李门，他便一条汗巾悄悄的寻了自尽。那守备之子谁知也是个情种，闻知金哥自缢，遂投河而死。可怜张李二家没趣，真是"人财两空"。这里凤姐却安享了三千两，王夫人连一点消息也不知。自此凤姐胆识愈壮，以后所作所为，诸如此类，不可胜数。

再写凤姐欲望的满足。当一个人欲望初始能顺利地满足时，许多违背道德的事在他看来也变得合情合理而自然不知，越是这样，他走向毁灭的时间也会越来越短。这里凤姐成全了一对青年男女的死亡，自己却背负了道德、法治的罪过。

239

《红楼梦》第十六回笔记

【第四十七回】

呆霸王调情遭苦打
冷郎君惧祸走他乡

话说王夫人听见邢夫人来了，连忙迎着出去。邢夫人犹不知贾母已知鸳鸯之事，正还又来打听信息，进了院门，早有几个婆子悄悄的回了他，他才知道。待要回去，里面已知；又见王夫人接出来了，少不得进来，先与贾母请安。贾母一声儿不言语。自己也觉得愧悔。凤姐儿早指一事回避了。鸳鸯也自回房去生气。薛姨妈王夫人等恐碍着邢夫人的脸面，也都渐渐退了。邢夫人且不敢出去。贾母见无人，方说道："我听见你替你老爷说媒来了！你倒也'三从四德'的。只是这贤慧也太过了！你们如今也是孙子儿子满眼了，你还怕他使性子。我听见你还由着你老爷的那性子闹。"邢夫人满面通红，回道："我劝过几次不依。老太太还有什么不知道的呢？我也是不得已儿。"

贾母道："他逼着你杀人，你也杀去？如今你也想想：你兄弟媳

701

《红楼梦》第四十七回笔记

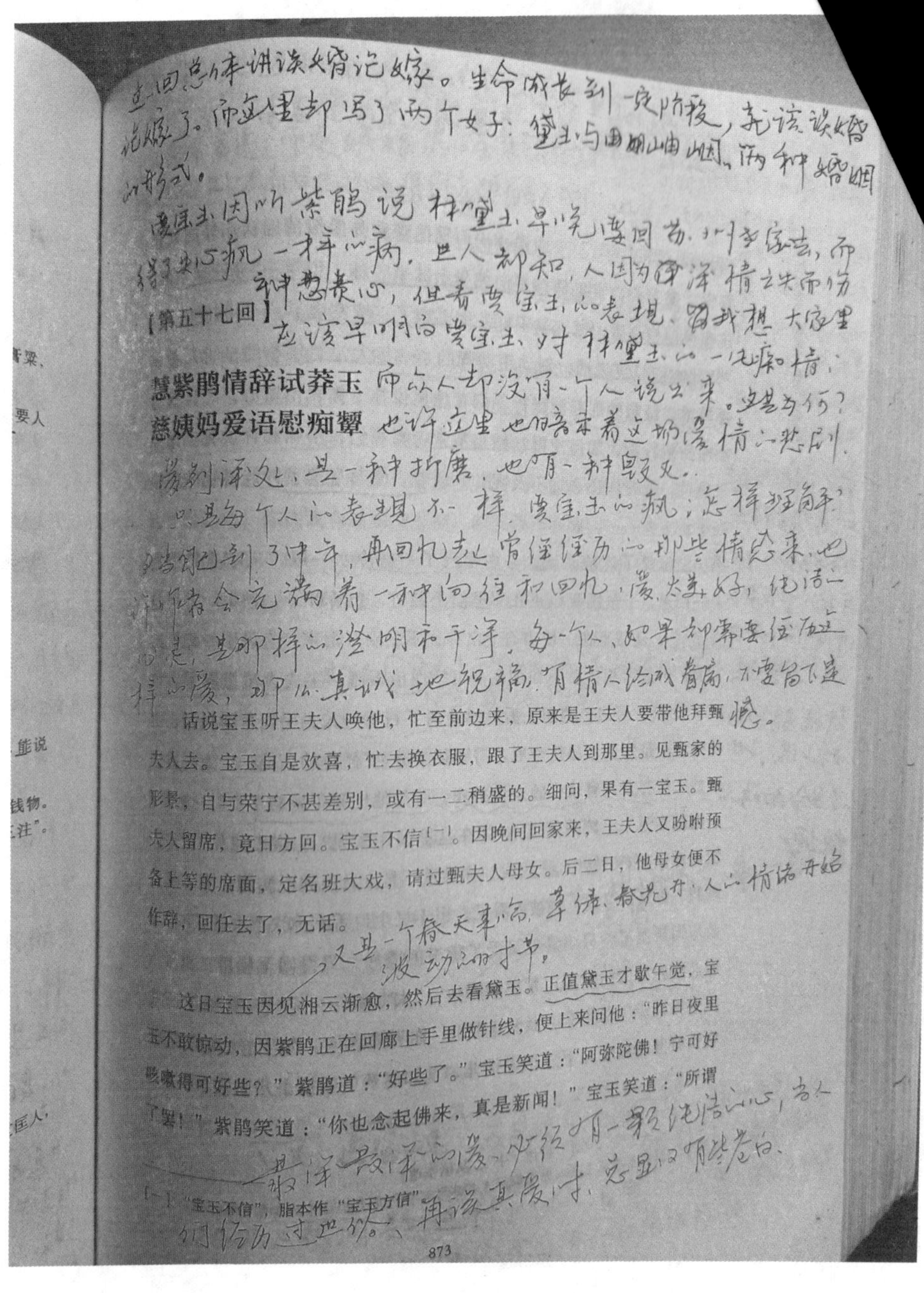

【第五十七回】

慧紫鹃情辞试莽玉
慈姨妈爱语慰痴颦

话说宝玉听王夫人唤他，忙至前边来，原来是王夫人要带他拜甄夫人去。宝玉自是欢喜，忙去换衣服，跟了王夫人到那里。见甄家的形景，自与荣宁不甚差别，或有一二稍盛的。细问，果有一宝玉。甄夫人留席，竟日方回。宝玉不信[一]。因晚间回家来，王夫人又吩咐预备上等的席面，定名班大戏，请过甄夫人母女。后二日，他母女便不作辞，回任去了，无话。

这日宝玉因见湘云渐愈，然后去看黛玉。正值黛玉才歇午觉，宝玉不敢惊动，因紫鹃正在回廊上手里做针线，便上来问他："昨日夜里咳嗽得可好些？"紫鹃道："好些了。"宝玉笑道："阿弥陀佛！宁可好了罢！"紫鹃笑道："你也念起佛来，真是新闻！"宝玉笑道："所谓

[一]"宝玉不信"，脂本作"宝玉方信"。

873

《红楼梦》第五十七回笔记

【第七十二回】

王熙凤恃强羞说病
来旺妇倚势霸成亲

且说鸳鸯出了角门，脸上犹热，心内突突的乱跳，真是意外之事，因想："这事非常，若说出来，奸盗相连，关系人命，还保不住带累旁人。横竖与自己无干，且藏在心内，不说给人知道。"回房复了贾母的命，大家安息不提。

却说司棋因从小儿和他姑表兄弟一处玩笑，起初时小儿戏言，便都订下将来不娶不嫁；近年大了，彼此又出落得品貌风流，常时司棋回家时，二人眉来眼去，旧情不断，只不能入手。又彼此生怕父母不从，二人便设法，彼此里外买嘱园内老婆子们，留门看道，今日趁乱方从外进来。初次入港，虽未成双，却也海誓山盟，私传表记，已有无限风情。忽被鸳鸯惊散，那小厮早穿花度柳，从角门出去了。

司棋一夜不曾睡着，又后悔不来。至次日见了鸳鸯，自是脸上一红一白，百般过不去；心内怀着鬼胎，茶饭无心，起坐恍惚。挨了两日，竟不听见有动静，方略放下了心。这日晚间，忽有个婆子来悄悄

《红楼梦》第七十二回笔记

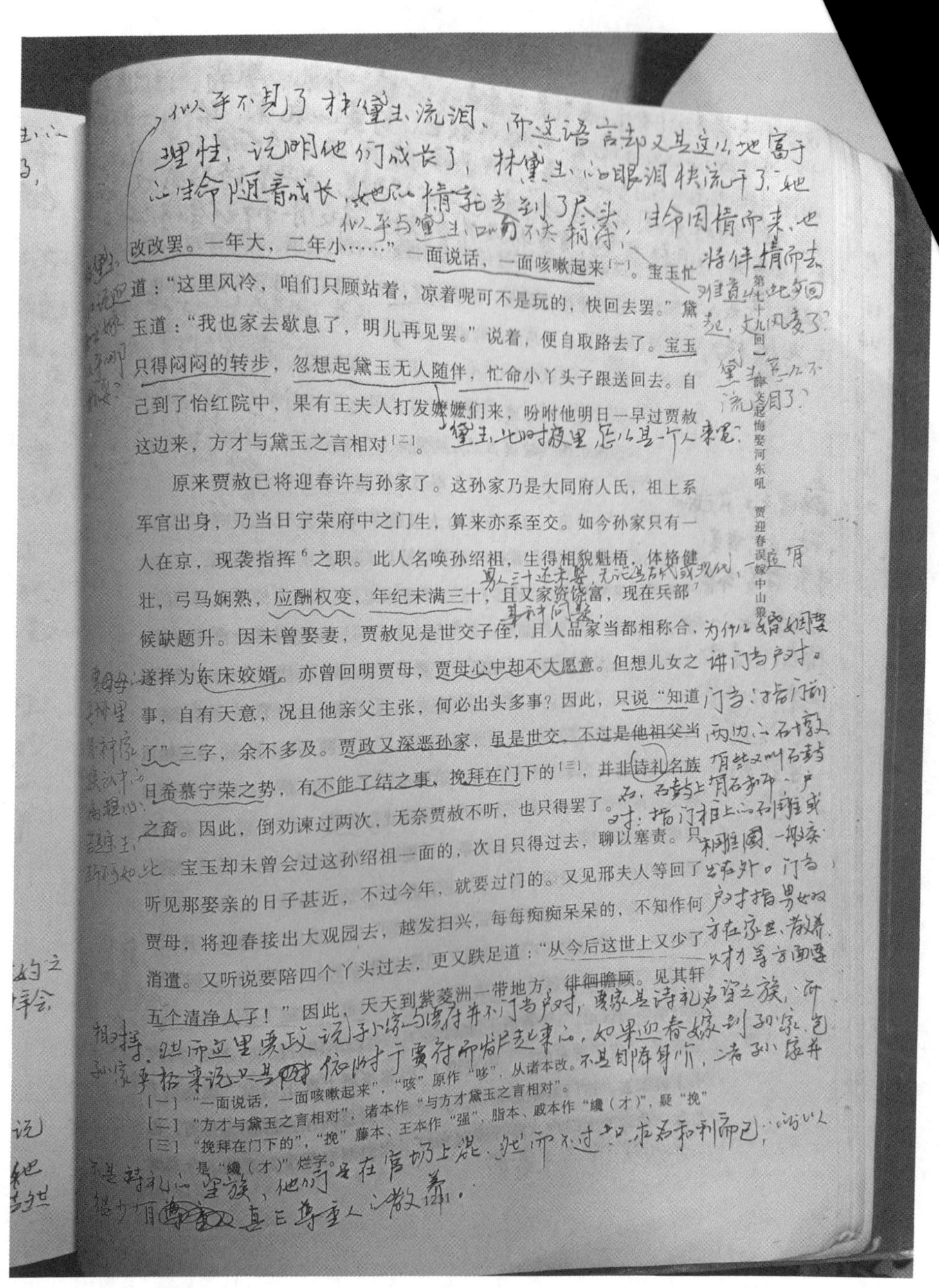

第七十九回 薛文起悔娶河东吼 贾迎春误嫁中山狼

改改罢。一年大，二年小……"一面说话，一面咳嗽起来[一]。宝玉忙道："这里风冷，咱们只顾站着，凉着呢可不是玩的，快回去罢。"黛玉道："我也家去歇息了，明儿再见罢。"说着，便自取路去了。宝玉只得闷闷的转步，忽想起黛玉无人随伴，忙命小丫头子跟送回去。自己到了怡红院中，果有王夫人打发嬷嬷们来，吩咐他明日一早过贾赦这边来，方才与黛玉之言相对[二]。

原来贾赦已将迎春许与孙家了。这孙家乃是大同府人氏，祖上系军官出身，乃当日宁荣府中之门生，算来亦系至交。如今孙家只有一人在京，现袭指挥[6]之职。此人名唤孙绍祖，生得相貌魁梧，体格健壮，弓马娴熟，应酬权变，年纪未满三十，且又家资饶富，现在兵部[7]候缺题升。因未曾娶妻，贾赦见是世交子侄，且人品家当都相称合，遂择为东床娇婿。亦曾回明贾母，贾母心中却不大愿意。但想儿女之事，自有天意，况且他亲父主张，何必出头多事？因此，只说"知道了"三字，余不多及。贾政又深恶孙家，虽是世交，不过是他祖父当日希慕宁荣之势，有不能了结之事，挽拜在门下的[三]，并非诗礼名族之裔。因此，倒劝谏过两次，无奈贾赦不听，也只得罢了。

宝玉却未曾会过这孙绍祖一面的，次日只得过去，聊以塞责。只听见那娶亲的日子甚近，不过今年，就要过门的。又见邢夫人等回了贾母，将迎春接出大观园去，越发扫兴，每每痴痴呆呆的，不知作何消遣。又听说要陪四个丫头过去，更又跌足道："从今后这世上又少了五个清洁人了！"因此，天天到紫菱洲一带地方，徘徊瞻顾。见其轩

[一] "一面说话，一面咳嗽起来"，"咳"原作"啄"，从诸本改。

[二] "方才与黛玉之言相对"，诸本作"与方才黛玉之言相对"。

[三] "挽拜在门下的"，"挽"藤本、王本作"强"，脂本、戚本作"纔（才）"，疑"挽"是"纔（才）"烂字。

《红楼梦》第七十九回笔记